世界文學

經典名作

簡　愛

JANE　EYRE

CHARLOTTE BRONTË

夏綠蒂・勃朗特　著
吳鈞燮　譯

謹以此書獻給——威・梅・薩克雷先生

序文

《簡・愛》第一版不必寫序，因此我也沒有寫。第二版則需要稍寫幾句致謝的話和零星的說明。

感謝讀者用寬容的耳朵傾聽了一個樸實無華的故事。

感謝報界以眞誠的讚許爲一個無名的新手開闢了公平的競爭園地。

感謝我的出版商以他們的眼光、他們的魄力、他們的求實精神和大膽開明的態度向一個沒沒無聞、無人推薦的作者給予了幫助。

報界和讀者對我來說還是籠統的，所以我也只好籠統地感謝他們，而我的出版商卻是具體的，一些寬厚的評論家也是具體的，他們鼓勵我，只有高尙大度的人才懂得那樣鼓勵一個堅苦奮鬥中的陌生人。對於他們，亦即我的出版商和有數的幾位評論家們，我誠懇地說：先生們，我由衷地感謝你們。

在這樣感謝了贊助過我的人的厚意之後，我要轉向另一類人，就我所知，他們爲數極少，但卻不能因此就無視他們。我是指少數幾個大驚小怪、吹毛求疵的人，他們對類似《簡・愛》這樣的書的傾向表示疑慮。在他們眼裏，凡是不尋常的東西都是錯誤的，在他們聽來，任何對偏執——這個壞事之母——的抗議，似乎都含有對虔誠——這位上帝在人間的攝政王——大不敬的意味。我想向這類疑慮者指出一些明顯的區別，我願提醒他們某些簡單的眞理。

習俗並不等於道德；道貌岸然並不等於宗教；非議前者並不等於攻擊後者；揭去法利賽

人❶上的假面具也並不就是唐突冒犯了荊冠❷。這兩類事、兩類行動都是正好相反的，其截然不同猶如害之於惡。一般人太容易將兩者加以混淆，而它們卻是不容混淆的。表面現象不應被誤認作眞相，只一味取悅和抬高少數人的狹隘的凡俗說教，絕不應用來取代基督教救世的教義。這其間——我再重說一遍——是有所不同的，而清楚醒目地畫出一條兩者的分界線是一件好事而不是壞事。

世人也許不喜歡看到這些概念被分開，因爲他們已習慣於混淆它們，覺得把表面光鮮看作貨眞價實——以牆壁刷白來保證殿堂聖潔——是很方便的。世人也許會憎惡那個膽敢探究和暴露、敢於剝掉鍍金而顯出下面的黃銅、敢於深入墳穴揭示古墓陳屍的人，但憎惡歸憎惡，實際還是受到了他的好處。

亞哈不喜歡米該雅，因爲米該雅指責他所說的預言，不說吉語，單說凶言。也許基拿拿那個善於奉承的兒子西底家更能討亞哈的歡心，但如果亞哈當初不聽諂言而聽忠告，他或許就會逃過一場流血的慘死。❸

---

❶法利賽人（Pharisee）：古代猶太教中一個教派的成員，墨守宗教儀式而自命聖潔，《聖經》中稱他們爲言行不一的僞善者。

❷荊冠（Crown of Thorns）：據《聖經》載：耶穌釘上十字架前，曾被人用荊棘編成的冠冕戴在頭上來戲弄。

❸據《聖經》載，以色列王亞哈想去攻取基列的拉末，招聚了國內的許多先知來問吉凶，他說：「還有一個人，是音拉的兒子米該雅，我們可以托他求問耶和華，只是我恨他滿因爲他指著我所說的預言，不說吉說，單說凶言。」米該雅被召來後，預言進攻必定招致潰敗，而另一個先知基拿拿的兒子西底家則迎合亞哈的意旨，預言必勝。亞哈將米該雅下獄，率兵出征，結果在基列的拉末城下中箭流血而死。見《舊約．列王紀上》第22章。

當代就有一個人❹，他的話不是說來迎合只聽得進好話的耳朵的，在我看來，他來到社會上的大人物面前，也正像音拉的兒子來到猶大和以色列諸王的駕前一樣，說出來的眞理也同樣深刻，話也同樣飽含先機，一針見血，神態也同樣無畏和大膽。寫《浮華世界》的這位諷刺家在上層諸公中得到讚揚嗎？我不敢說。不過我以為被他投擲了他那諷刺的火藥、照射了他那譴責的閃電的人中間，如果有幾個能及時接受他的警告的話，那麼他們和他們的後代還能逃脫基列的拉末城下的厄運。

我為什麼要提到這個人呢？讀者，我所以提到他，是因為我覺得我在他身上看到了一位比他同時代人迄今所認識到的更為深刻、更為難得的智者，因為我認為他是當今的第一位改革者，是能撥正扭曲的時世工作團的當然領袖；因為我覺得至今還沒有哪位評論他作品的人找到了適合於他的比擬，找到了能如實刻畫他的才華的言語。

他們議論他像菲爾丁❺，他們談到他的機智、幽默和詼諧的力量。說他像菲爾丁，就好像說雄鷹像禿鷹一樣。菲爾丁會撲在腐屍上，薩克雷卻從不如此。他的機智是巧妙的，他的幽默是有趣的，然而它們與他嚴肅的才智之間的關係，卻正像看來只是嬉戲閃爍在夏日烏雲邊緣上的片狀閃電，與暗藏在烏雲深處的致命的閃電火花的關係一樣。最後，我之所以提到薩克雷先生，是因為我正是要把這《簡・愛》的第二版題獻給他——如果他願意接受一個素不相識的人的題獻的話。

柯勒・貝爾

一八四七年十二月二十一日

---

❹ 指英國著西小說家薩克雷（William Makepeace Thackeray,1811～1863），代表作有《浮華世界》等。

❺ 菲爾丁（Henry Fielding, 1707～1754）：英國十八世紀最著名的小說家之一，代表作有《湯姆・瓊斯》等。

第三版附言

我利用《簡・愛》出第三版所提供的機會，再向讀者說明一下，我如能稱得上小說家，僅僅只是靠了這一部作品。因此，如將其他小說的寫作歸之於我，那就是將榮譽歸到了不該得到它的人名下，而剝奪了理應得到它的人的權利。

這個說明將用來糾正或許已經造成的錯誤❶，並將防止再犯這類的錯誤。

柯勒・貝爾
一八四八年四月十三日

❶ 勃朗特姊妹一八四六至一八四七年間先後寫成的小說——艾蜜莉・勃朗特的《咆哮山莊》、安妮・勃朗特的《艾格妮斯・格雷》以及本書，開始都用的是筆名——艾莉絲・貝爾、阿克辛・貝爾以及柯勒・貝爾。由於一八四七年本書出版後引起廣泛注意，因此有人誤以爲同時問世的另兩書作者與本書作者係同一個人。

1

那天是沒法出去散步了。儘管早上我們還在光禿禿的灌木林間閒逛了一個小時，可是從吃午飯起（沒客人來，里德太太午飯總吃得很早。）就刮起冬天凜冽的寒風還夾著淒風苦雨，這就談不上再到外面去活動了。

這倒正合我心意，本來我一向就不喜歡外出散步，尤其是在午後的冷天氣裏，因爲我最怕直到陰冷的傍晚才回到家裏，手腳凍僵，還被保姆貝絲數落得挺不痛快，又因爲自覺身體不如里德家的伊麗莎、約翰和喬治娜那般強壯而感到丟臉。

隨後，上面所說的伊麗莎、約翰和喬治娜就在客廳裏團團圍在他們媽媽的身邊，而她則斜靠在爐邊的沙發上，讓幾個寶貝兒簇擁著（這會兒既不爭吵，又不哭鬧。）一副心滿意足的樣子。我呢，她就讓我不必去跟他們坐一起了，說是：她很抱歉不得不讓我去獨自待在一個邊，除非她能聽到貝絲報告加上自己親眼目睹，發現我確實在認眞養成一種比較天眞隨和的脾氣，活潑可愛的舉止——比較開朗、坦率一點，或者說比較自然一些——否則她只好讓我得不到那些只有高高興興、心滿意足的小孩子才配得到的特殊待遇了。

「貝絲說我幹了什麼啦？」我問。

「簡，我可不喜歡愛找碴、愛尋根究底的人，再說，一個孩子家竟敢這樣回大人的嘴可眞有點可怕。找個地方坐著去，除非會說中聽的話，要不就閉嘴別再作聲啦。」

客廳隔壁是間小小的早餐室，我悄悄溜了進去。那兒有個書架，我馬上找了一本，特意挑那滿是插圖的。我爬上窗龕裏的座位上，縮起腳，像個土耳其人那樣盤腿坐下，把雲紋呢紅窗帘拉得差不多完全合攏，這樣我就在一個加倍隱藏的地方安下身來。

褶皺重重的猩紅窗幔擋住了我右邊的視線，左邊是一扇扇明亮的玻璃窗，它們在十一月陰沉沉的白晝下成了我的屏障，但同時又並不把我跟它完全隔絕開來。在翻書頁的間歇中，我不時地眺望一下這個冬日午後的景象。遠處，只見雲遮霧罩，白茫茫一片。近處，呈現的是濕漉漉的草地和風摧雨打的樹叢，一陣持續的凄厲寒風，把連綿的冬雨刮得橫掃而過。

我重新又去看我的書——畢維克的《英國禽鳥史》❶。一般說來，我對書的正文不大感興趣，不過儘管是個孩子，書中某些文字說明我還是不能當它空頁似的一翻而過。其中有講到海鳥棲息處的，講到只有它們居住的那些「孤寂的岩石和海岬」，講到從最南端的林內斯或者喬納斯，直到北角島嶼星羅棋布的挪威海岸——

那裏北冰洋捲起巨大漩渦，
繞著北方極地荒涼的島嶼咆哮，
而大西洋的洶湧波濤，
注入風吹浪打的赫布里底群島。❷

---

❶畢維克（Thomas Bewick, 1753～1828）：英國木刻家，以書籍插圖聞名。他爲柯次編寫的《英國禽鳥史》一書所作插圖是他的代表作之一。

❷這是蘇格蘭詩人湯姆遜（James Thomson, 1700～1748）的《秋天》一詩中的詩句。

還有些使我不能漠然翻過的地方，提到了拉普蘭、西伯利亞、斯匹茨卑爾根、新地島、冰島和格陵蘭的荒涼海岸。

「那遼闊無垠的北極地帶──那一片片凄涼廣漠荒無人煙的地區──那兒常年雪壓冰封，千百個嚴冬積聚起來的堅強冰原，像在阿爾卑斯山上那樣層層高聳──晶瑩發亮，它們圍繞著極地，使嚴寒的力量集中起來更增威勢。」

對這些慘白色的地區我形成了自己獨特的印象，朦朦朧朧，就像所有那些似懂非懂的概念那樣，它們隱約浮過孩子們的腦際，但卻又出奇地生動。這些說明中的文字都跟後面伴隨著的小插圖息息相關，使得那孤立在浪花飛濺、波濤洶湧的大海中礁石，擱淺在荒涼海岸上的小船，那從雲縫間俯視正在沒入水中的沉舟的幽靈般冷漠的月亮，都顯得更意味深長了。

我說不清在那塊冷冷清清的墓地上究竟籠罩著一種什麼情調，那裏有刻了字的墓碑，一扇大門、兩棵樹，被破牆圍住的狹隘視野，以及表明時間已近黃昏的一彎初升的新月。

兩艘停在死寂海面上的船，我相信準是兩個海中的幽靈。

魔鬼從後面按住竊賊背的包裹，我趕緊翻了過去，那樣子挺可怕。

頭上長角的黑色怪物高踞在岩頂上，遠望著一大群人團團圍住絞架也是這樣。

每幅畫都在講述一個故事，儘管我理解力還不太強，鑒賞力也不夠，常覺得它們神秘莫測，但仍舊感到它們總是十分有趣。就跟貝絲有時候在冬天的夜晚所講的故事那樣，不過那得碰上她心情好的時候，那時她會把熨衣板搬到育兒室的壁爐旁邊，讓我們在周圍坐好，一邊熨平里德太太的挑花綢邊，把她睡帽邊緣燙出褶線來，一邊就讓我們全神貫注地飽聽一段段愛情和歷險的故事，它們都來自古老的神話和遠古的民間傳說，或者（我後來發現）來自

《帕美拉》和《莫蘭伯爵亨利》❸。

當我膝頭上攤開著畢維克的書的那一會兒，我覺得很快樂，至少是自得其樂。我只擔心別人來打攪，可它卻偏來得很快。早餐室的門一下打開了。

「嘿！煩悶小姐！」約翰·里德的聲音在叫喚，接著他沈默了一會兒，發現房間裏顯然是空的。

「見鬼了，她上哪兒去了？」他接著說。「麗茜！喬琪！」❹（他在叫他的姊妹）「瓊❺不在這兒。告訴媽媽她跑到外面的雨地裏去了——壞畜生！」

「幸虧我拉上了窗帘。」我心想，同時急切地希望他不會找到我藏身的地方。說來約翰·里德自己也不大會找得到，他這人眼光不銳利，頭腦也不靈敏。可惜伊麗莎剛往門裏一探頭，就馬上說道：

「她在窗龕裏坐著呢，準沒錯，傑克❻。」

我馬上走了出來，因為一想到我會被這個傑克硬拉出去就害怕極了。

「你有什麼事？」我侷促不安地問。

「該說：『你有什麼事，里德少爺？』」對方回答。「我要你到這兒來。」說著就在一

❸《帕美拉》（Pamela）：英國作家理查遜（Samuel Richardson, 1689～1761）的作品，是英國文學史上最早的家庭倫理小說。《莫蘭伯爵亨利》，未詳。

❹麗茜、喬琪：伊麗莎、喬治娜的暱稱。

❺瓊：簡的別稱。

❻傑克：約翰的暱稱。

把扶手椅上坐下，做了個手勢示意讓我走近去站在他跟前。

約翰·里德是個十四歲的學生，比我大四歲，我才十歲。儘管按年紀來說他長得又胖又大，但卻膚色灰敗、一張寬臉盤、粗眉大眼、腿臂肥肚、大手大腳。他吃起飯來老是狼呑虎嚥，結果弄得肝火很旺，目光呆滯無神，兩頰鬆垂。他這會兒本來早該住進學校去了，可是他媽媽卻把他接回家來住一兩個月，說是「由於身體不好」。老師邁爾斯先生斷言，只要他家裏少給他捎些糕餅甜食去，他準會過的好。可做母親的心不能接受這樣粗暴的意見，而寧願抱著另外一種較爲高雅的看法，那就是約翰所以臉色不好是因爲用功過度，或者是想家。

約翰並不怎麼愛他的母親和姊妹，對我更抱有一種反感。他常欺負和虐待我，遠不止每星期兩三次，也不是一天一兩回，而是連接不斷，以致只要他一走近來，我身上每一根神經都緊張害怕，骨頭上每一塊肌肉都嚇得抽縮。有時候我都被他呆了，因爲無論對他的威嚇也好、虐待也好，我都無處申訴。傭人們不願意爲了幫我對付他而得罪了他們的少爺，而里德太太對此完全裝聾作啞，她從來沒看見他打過我或者聽見他罵過我，儘管他時常當著她的面這樣做，當然，背著她時就更多了。

由於對約翰順從慣了，我只好走到他椅子跟前。足有兩三分鐘，他拚命向我伸出舌頭，就差沒撐斷了他的舌根。我知道他馬上就要打我了，一邊畏懼著那一擊，一邊凝神打量著這就要動手打我的人那副醜惡可厭的模樣。我不知道他是不是從我臉上看出了我這種念頭，因爲他二話沒說，一下子就猛地狠狠給了我一下。我一個踉蹌，從他椅子跟前倒退了一兩步才站穩了身子。

「這是教訓你剛才敢無禮地跟媽媽頂嘴，」他說：「也因爲你鬼鬼祟祟躲在帘子背後的行爲，還因爲你剛剛在兩分鐘以前眼光裏的那副神氣，你這隻耗子！」

我已經挨慣了約翰．里德的辱罵，所以壓根兒就不想回嘴，我一心只想著怎麼來捱過辱罵之後必然會來的毆打。

「你躲在帘子後面幹什麼？」他問。

「我在看書。」

「把書拿來。」

我回到窗前把書拿了過來。

「你沒資格拿我們家的書。你是個靠人養活的，媽媽說過。你沒錢，你父親一文也沒留給你。你本該去要飯，不該在這兒跟我們這樣上等人的孩子一起過活，跟我們吃一樣的飯，穿花媽媽的錢買來的衣服。現在，我要教訓教訓你再不敢去亂翻我的書架，那全是我的，這家裡的一切都是我的，最多再過上幾年就都是了。滾，站到門口去，別站在鏡子和窗子的前面。」

我照著做了，起初還沒覺察他到底想幹什麼，但是當一看到他舉起書來，掂一掂，起身做出一個要扔過來的架式時，我本能地驚叫一聲往旁邊一閃，但已來不及，書已經扔了過來，打中了我，我跌倒了，頭撞在門上碰破了，傷口流出血來痛得要命。我的害怕心裏已經超過了極限，被其他心情所取代了。

「你這殘酷的壞孩子！」我說。「你簡直像個殺人凶犯……你像是個監工頭……你就像那些羅馬暴君！」

我讀過哥爾斯密❼的《羅馬史》，對尼祿、克利古勒❽這些人有了我自己的看法。而且我還在心裏暗暗作過一些類比，但決沒想到竟會這樣公開說出來。

「什麼！什麼！」他嚷了起來。「她竟敢對我說這樣的話？你們聽見了吧，伊麗莎和喬治娜？我不該去告訴媽媽嗎？不過我先要……」

他向我直衝過來。我感覺到他揪住我的頭髮，抓住了我的肩頭，他眞是在跟一個亡命之徒決一死戰了。我看他眞像是個暴君、殺人犯的樣子。我覺得有幾滴血從我頭上淌下脖子去，感到有幾分劇痛難忍。這些感覺一時壓倒了畏懼，就不顧一切地跟他對打起來。我不大清楚自己的雙手究竟幹了些什麼，只聽見他罵我「耗子！耗子！」一邊還大聲喊叫。幫手就在他身邊，伊麗莎和喬治娜早已去找了里德太太，她已經跑上樓梯，來到了現場，身後還跟著貝絲和她的使女艾葆。我們給拉開了。只聽得她們在說：

「哎呀！哎呀！居然撒野到敢打約翰少爺！」

「誰見過有發這麼大脾氣的！」

隨後里德太太接上來說：

「帶她到紅屋子裏去。」馬上就有四隻手抓住了我，把我拖上樓去。

---

❼哥爾斯密（Oliver Goldsmith, 1728～1774）：英國作家，著名代表作有《威克菲牧師傳》等。

❽尼祿（Nero Claudius Caesar, 37～68）、克利古勒（Caligula Gaius Caesar, 12～41）：古羅馬皇帝。前者以荒淫無道著稱，相傳曾火焚羅馬城；後者以暴虐瘋狂聞名，自稱爲神。

2

我一路都在反抗，這是我從來沒有過的，可這一來就大大加重了貝絲和艾葆小姐對我的惡感，超過了她們本來願意抱有的。實際上，我是有點失掉了自制，或者像法國人常說的：「忘乎所以了。」我明知道，一時的反叛早已經使我難免要受到種種難以想像的懲罰，因此像所有造反的奴隸那樣，我在絕望中下決心索性一不做二不休。

「抓住她的胳臂，艾葆小姐，她簡直像隻發了瘋的貓。」

「眞丟臉！眞丟臉！」那使女喊道。「多嚇人的舉動呀，愛小姐，居然打起一位有身分的年輕人，你恩人的兒子，你的小主人來了！」

「主人?!他怎麼會是我的主人？難道我是個傭人嗎？」

「不，你還比不上傭人呢，因爲你白吃白住，卻什麼也不幹。得啦，坐下來，好好想想你那壞脾氣。」

這時候她們已把我拉進了里德太太指定的那個房間，把我按在一張凳子上。我禁不住要像彈簧似的立刻站起來，她們那兩雙手馬上抓住了我。

「你要不好好坐著，就得把你綁起來。」貝絲說。「艾葆小姐，把你的襪帶借我使使，我那副她準會一下就掙斷的。」

艾葆小姐動手從一條胖腿上解下所需的帶子。這種捆人的前奏曲，以及它所帶來的加倍恥辱，使我的憤激情緒稍微冷靜了一點。

「別解啦，」我喊道，「我不動就是了。」

作為保證，我兩手緊緊抓住了凳子。

「記住可別動。」貝絲說。

當她確信我眞的已經安靜下來了，她才放開了我，然後跟艾葆小姐抱著胳臂站在那兒，沉著臉不放心地瞧著我的臉，好像還拿不準我是否已經清醒了似的。

「她以往從來沒有這樣過。」末了，貝絲終於轉過臉去對那位阿比蓋爾❶說。

「不過這種根性她是一直就有的。」對方回答說。「我常跟太太說過我對這孩子的看法，太太也同意我。她是個鬼頭鬼腦的小傢伙，我從沒見過像她這麼點大的小姑娘那麼會裝腔作勢。」

貝絲沒接過話，但稍過了一會兒，她朝我說：「你該明白，小姐，你是受了里德太太的恩惠的。要是她把你趕出去，你就只好進孤兒院了。」

對這我無話可答，這些話對我來說並不新鮮，在我幼年時期最早的回憶中就包含著別人諸如此類的暗示。這種指責我靠人養活的話在我耳朵裡已經成了涵意不明的老生常談了，儘管聽了十分難受的喪氣，卻叫人有點似懂非懂。艾葆小姐也附和說：

「你別因為太太好心，容許把你和里德小姐、少爺們放在一塊帶大，就自以為可以跟他們平起平坐了。他們將來會很有錢，你可一個子兒也不會有。你得低聲下氣，儘量合他們的心意，這才是你的本分。」

「我們跟你說這些都是為了你好。」貝絲接著說，口氣倒還算緩和。「你該儘量學得能

---

❶阿比蓋爾（Abigail）：英國劇作家波蒙和弗萊契所著《傲慢的貴婦人》中的人物，一個典型的貴族使女。

幹和討人喜歡，那樣說不定你還能在這兒待下去，要是你變得粗暴無禮，愛發脾氣，我敢說太太準會把你攆走的。」

「再說，」艾葆小姐說，「上帝也會懲罰她，他會在她正大發脾氣的時候叫她忽然死掉，而且知道死後會到哪兒去嗎？得啦，貝絲，咱們就隨她去吧，反正怎麼說她也不會對我們有好感的。剩你一個人的時候，愛小姐，好好做做禱告，因為你要是不懺悔，說不定就會有什麼可怕的東西從煙囪裏下來把你抓走的。」

她們走了，關上門，還上了鎖。

紅屋子是個空房間，很少有人在裏面睡，可以說從來沒有人去睡，當然，除非蓋茨黑德府裡偶爾來了大批客人，以致不得不動用它所有的房舍。不過，這間屋子卻是全府裏最寬敞最堂皇的一間臥室。一張有粗大紅木架的床，掛著深紅錦帳，像個神龕似的擺在房間正中央。兩扇大窗子，經常拉下了百葉窗，幾乎被一色帷幔布做成褶襉和垂帘遮得嚴嚴實實。地毯是紅的。床腳邊的桌子鋪著深紅色桌布。牆是柔和的淡褐色，稍帶微紅。衣櫥、梳妝台、椅子都是烏油油的桃花心木做的。床上堆起層層的墊褥和枕頭，上面蓋著雪白的馬賽布❷床罩，在周圍的深沉色調中顯得耀眼而突出。幾乎同樣醒目的是床頭邊一張鋪著坐墊的大安樂椅，也是白色的，跟前還放著腳凳，我想，它看上去就像是個蒼白的寶座。

因為難得生火，這屋子很冷。它離育兒室和廚房都很遠，所以很靜寂。因為誰都知道極少有人進來，所以顯得莊嚴。只有女傭人在星期六進來擦拭一下家具和鏡子，清除掉一星期積起來的薄薄一點灰塵。里德太太自己則隔很長時間才進來一次，查看一下大櫥裏的一隻秘

❷馬賽布（Marseilles）：一種提花厚棉織品，常用來作床罩等用品。

密抽屜，那裏面存放著各種羊皮紙文契，她的首飾盒，此外還有她已故丈夫的一幀小肖像，而紅屋子的秘密和魔力就在於此，使得它儘管富麗堂皇，卻顯得如此冷落。

里德先生過世已經九年，他就是在這間臥室裏斷氣，在這裏停靈，他的棺材也是從這裏由殯儀館的人抬出去的。從那時起，一種哀傷的神聖感就使得屋裏不常有人闖進來。

貝絲和刻薄的艾葆讓我坐著別動的，是放在大理石壁爐架近旁的一張軟墊矮凳。我面前就聳立著那張床。我右邊是黑沉沉的高大衣櫥，散漫、柔和的反光使櫥壁板上顯出斑駁變幻的光澤。我左邊是遮嚴的窗戶，窗和窗間安著一面大鏡子，重現出大床和屋子空蕩蕩的肅穆景象。我拿不準她們是不是眞把門鎖上了，因此等我稍敢動彈時，就站起身來走過去瞧瞧。

哎呀，眞鎖上了！比牢房還嚴實。走回原處時得在鏡子前經過，我的眼光被吸引著不由自主地向鏡中映出的深處探索。在那片幻象的空間中，一切都比現實中顯得更陰沉、更冷漠。裏面那個眼睛直瞪著我的古怪小傢伙，在昏暗朦朧中顯出蒼白的臉和胳膊，在一片死寂中只有那雙驚惶發亮的眼睛在閃閃轉動，看上去樣子眞像一個幽靈，我覺得它就像是貝絲夜晚講故事時所說的那種半神半妖的小鬼中的一個，它們常在沼地上雜草叢生的荒谷中出現在夜行者的眼前。我回到了我的矮凳上。

那時候我很迷信，不過眼前它還沒有完全能佔上風的時候；我的火氣還很旺，起來造反的奴隸那種怨氣衝天的心情還在激勵著我，要我向黯淡的現實低頭，還得首先克制住不再去想那如潮的往事才行。

約翰．里德的蠻橫，他姊妹的傲慢，他母親的憎厭，傭人們的偏心，這一切在我亂糟糟的腦海裏，就像一口污井裏的污泥沉渣那樣翻騰了起來。我爲什麼老吃苦頭，老被呵斥，老受責怪，老是有錯呢？爲什麼我總是不討人喜歡？爲什麼不管我竭力想贏得的好感卻總是白費心機呢？伊麗莎既任性又自私，卻受人尊敬。喬治娜脾氣給慣壞了，尖酸狠毒，愛尋事找碴，盛氣凌人，大家卻還都嬌縱著她。她的漂亮，她紅紅的雙頰和金黃的捲髮，似乎能讓誰見了她都滿心歡喜，不管有什麼錯都得到原諒。而約翰呢，從來沒人敢違拗他，更不用說責罰他，儘管他扭斷鴿子脖頸，弄死小孔雀，放狗去咬羊，摘掉溫室葡萄的果子，掰下花房裏珍貴花木的幼芽，還管他母親叫「老姑娘」，有時候還爲了她跟自己一模一樣的黑皮膚而辱罵她，蠻橫地不聽她的話，不止一次撕破、弄壞她的綢衣裳，可他卻還是她的「心肝寶貝」。而我雖不敢犯一點錯，盡力把每一件事做好，卻仍舊被說成淘氣、陰沉、鬼鬼祟祟，而且從早上到中午，從中午到晚上，無時不被這麼說。

我的頭因爲挨打和跌倒一直還在疼痛流血，卻誰也沒有去責備他不該亂打我，而我爲了不再受無理的虐待才反抗了他，卻飽受了眾人的責難。

「不公平！太不公平了！」

我的理智告訴我說，在痛苦的刺激下它一時變得像大人那麼強而有力。而同樣被激起來的決心，也在慫恿採取某種不尋常的辦法來逃脫難以忍受的迫害——比如說出走。或者不成的話，就從此不吃不喝，讓自己餓死。

那個淒慘的下午，我的心靈是多麼惶惑不安啊！我是多麼滿腦子亂成一片，又滿心憤恨不平啊！然而這場內心鬥爭又是多麼盲目無知啊！我無法回答那個心裏不斷提出的疑問——我爲什麼這麼受折磨。如今，隔了……我不願說隔了多少年，我才看清了是怎麼回事。

我跟蓋茨黑德府完全不協調。我跟那兒的誰也不相像，我無論是跟里德太太，還是她的兒女，或是她的寵幸們，都沒有一點和諧一致的地方。如果說他們不喜歡我，那麼老實說，我也同樣不喜歡他們。他們並無必要非去愛護一個跟他們不能融洽相處的人不可。

這人是個異物，無論在脾氣、能力或者愛好上都跟他們相反；是個毫無用處的傢伙，既不能對他們有什麼好處，也不能增加一點他們的樂趣；是個害人精，身上帶有不滿他們的對待，鄙視他們的見解的毒菌。我明白，如果我是個聰明開朗、輕率任性、漂亮頑皮的孩子，哪怕同樣寄人籬下、無依無靠，里德太太也會比較心安理得地容忍我一些，她的孩子們會對我比較眞誠友善一些，傭人們在育兒室裏也就不至於那麼動輒把我當替罪羔羊對待了。

紅屋子裏天色漸暗。已經過了四點，陰沉的下午正逐漸轉爲淒涼的黃昏。我聽見雨仍在不斷敲打樓梯上的窗子，風還在宅後的樹林子裏呼嘯，我一步步感到渾身凍得像塊石頭，這時，勇氣也跟著消散了。我慣常那種自卑、缺乏自信、灰心喪氣的心情，像冷水那樣澆滅了我已經愈來愈微弱的怒火。人人都說我壞，那我或許眞的壞也說不定：剛才我起了什麼念頭呀，竟想要餓死我自己？那當然是個罪過，而且我眞已想定了要去死嗎？難道蓋茨黑德教堂聖壇下的墓穴眞是那麼誘人的去處！

我聽說里德先生就葬在那樣的墓穴裏，這念頭重又使我想起他的用意來，而越想越覺得擔心。我已不記得他了，不過我知道他是我的親舅舅，我母親的兄弟，知道他在我成爲父母雙亡的孤兒時收養了我，且在他臨終時曾要求里德太太答應一定要像親生兒女那樣扶養我。

里德太太或許認爲她是遵守了諾言，而我認爲她在她生性能夠做到的範圍內也確實是這樣，然而她對於一個並非一家人的外來者，丈夫死後更與她毫不相干的人，怎麼可能眞心喜愛呢？覺得自己爲了勉強作出的保證而不得不去充當一個她無法喜愛的孩子的母親，眼看著一個氣味不相投的外來人長期插足在自己的家人之間，這準是一樁最叫人厭煩的事。

我心裏突然閃過一個古怪的念頭。我毫不懷疑——從不懷疑——要是里德先生還活著，他是準會待我很好的。接著，我坐在那兒眼望著白色的床和昏暗的四壁，偶爾還不由自主地轉眼去望一望隱隱發亮的鏡子，漸漸想起了我曾聽說過的故事，說墳墓裏的死人因爲不甘心違背他們的遺願，會重返世間來懲罰背信棄義者，爲被虐待的人報仇。我覺得，里德先生的靈魂爲他外甥女受到虧待而苦惱，就說不定會離開他的住處——不管是在教堂的墓穴裏，還是在死人所在的陰世間——而在這間臥室裏出現在我的面前。

我擦掉眼淚，忍住啜泣，生怕任何強烈悲痛的表現都有可能招致某種超自然的聲音來安慰我，或者在昏暗中引來一張光暈圍繞的臉，帶著怪異的憐憫表情俯視著我。按理說這種念頭能給人安慰，可我覺得若是眞的實現了卻會十分可怕，因此我拚命打消它，竭力鎭定下來。我甩開擋住在眼前的頭髮，抬頭壯起膽來四處張望這間黑暗的屋子，就在這時，一線亮光射到牆上。我疑惑這會不會是從百葉窗縫裏透進了一縷月光？不對，月光是靜止不動的，而這亮光卻在閃動，我正注視著它時，它就一下閃到了天花板上，在我頭頂上晃動。

要換了現在，我準能馬上猜想到，那道亮光十有八九是有人正穿過草地時手裏拿著的燈發出來的，可當時，我一心只防著怕人的事，激動得全身神經緊張，竟以爲這道迅速跳動的光正是陰間來的某個鬼魂的先兆。我心直跳，頭發暈，耳朵裏充滿著一種聲音，我認爲是翅膀的撲動聲，彷彿有什麼東西到來了我近旁，我感到壓抑，透不過氣來，再也忍受不住了。我衝到門邊，不顧一切地拚命搖鎖。外面走廊裏有腳步聲奔過來，鑰匙轉動了一下，貝絲和艾葆走了進來。

「愛小姐，你不舒服了嗎？」貝絲說。

「鬧出多大的聲音來！差點把我震聾了！」艾葆嚷道。

「帶我出去！讓我到育兒室去！」我喊著。

「幹嘛？有什麼傷著你了嗎？」「你看見了什麼嗎？」貝絲接著追問。

「啊呀！我看見了一道亮光，我覺得鬼就要出現了。」說著我已抓住貝絲的手，她也並沒有縮回去。

「她大聲叫嚷是故意的。」艾葆有點厭惡地斷定著。「而且嚷得多凶啊！要是眞有什麼多大的痛苦倒還可以原諒，可她不過是存心要讓我們跑來，我知道她那套鬼把戲。」

「這裡是怎麼回事？」另外又有個聲音專橫果斷地傳過來，接著里德太太獨自從走廊走來，鬆開的帽帶飄動著，長衣沙沙作響。「艾葆、貝絲，我想我已經吩咐過，叫你們讓簡．愛一直待在紅屋子裏，直到我自己來找她。」

「可是，簡小姐叫得挺響的啊，太太。」貝絲辯說。

「讓她去。」這是唯一的回答。「鬆開貝絲的手，孩子，放心吧，你想靠這些辦法逃出屋子是辦不到的。我最討厭作假，特別是小孩子。我有責任讓你明白，要花招是沒有用的，你這樣反而得在這兒多待一個小時，直到你完全認錯不再犯，我才會放了你。」

「哦，舅媽，行行好！饒了我吧！我實在受不了……用別的辦法懲罰我吧！這會要了我的命，要是……」

「閉嘴！這麼鬧法簡直叫人噁心。」

毫無疑問她眞是這麼感覺的。在她看來我是個早熟的演員，她當眞把我看成是個既滿腔惡意，又心靈卑劣、陰險可怕的角色。

我當時痛苦至極、哭得厲害，里德太太很不耐煩，等貝絲和艾葆一走，就二話不說地把我往屋裏一推，鎖上了門，不再跟我多費口舌。我聽到她大步地走開了。她走後不久，我想我大概發生了一次昏厥，這場糾紛最後就在我不省人事中告終了。

3

接下來我記得的是，我在彷彿剛做過一場可怕噩夢似的感覺中醒了過來，眼前只見一片刺目的紅光，中間橫過一條條又粗又黑的線。還聽見說話的聲音，悶聲悶氣，彷彿被大風或者湍急的水流聲蓋住了似的。激動、惶惑，以及壓倒一切的恐懼感使我有些神智不清。不久，我覺察到有人在照料著我，扶起我，讓我靠著他坐起身來，比以往任何人扶著我坐起來時都更要溫存體貼。我的頭枕在一個枕頭或是一條胳臂上，覺得挺舒服。

過了五分鐘，迷霧消散了，我十分清楚我正躺在自己的床上，那片紅光是育兒室的爐火。已經是夜裏，桌上點著一支蠟燭，貝絲端著水盆站在床腳邊，一位先生坐在我枕頭旁的一張椅子上，正俯身望著我。

我感到說不出地寬慰，安心地確信受到了保護，有了安全感。因爲我知道屋裏來了一個陌生人，一個不屬於蓋茨黑德府，又跟里德太太非親非故的人。我把眼光離開貝絲（雖說相比起來，她的在場遠不像艾葆那樣叫我生厭。）細細打量著那位先生的臉。我認識他，他是勞艾德先生，是個藥劑師，逢到下人們有病，里德太太有時請他來過。她自己和孩子們有病時是另請醫生的。

「好吧，我是誰？」他問。

我叫出他的名字，同時向他伸出手去。他握住手，笑著說：

「咱們一會兒就會好了。」

隨後，他扶我躺下，對貝絲說，要她多加小心，夜裏別讓我受到打擾。他又交代了幾句，說了明天再來，之後就走了。這叫我很難受，因爲他坐在我的枕邊的椅子上時，我感到那麼有依靠，有人幫助，而等他一走，關上了門，整個屋子馬上黯然失色，我的心再次變得沮喪，一種說不出的傷感使它變得沉重。

「你覺得想睡了嗎，小姐？」貝絲問道，口氣相當柔和。

我幾乎不大敢回答她，生怕她下一句又是粗聲粗氣的了。

「我試試看。」

「你想喝點兒什麼，或者能吃點東西嗎？」

「不想，謝謝你啦，貝絲。」

「那麼我想我該去睡了，已經過了十二點啦，不過要是你夜裏需要什麼，你可以叫我一聲。」

多麼殷勤有禮啊！這讓我有勇氣問了個問題。

「貝絲，我是怎麼啦？我病了嗎？」

「我想，你是在紅屋子裏哭壞了身子。你很快就會好起來的，沒問題。」

貝絲回到就在附近的僕人下房裏去了。

我聽見她在說：

「賽拉，你來跟我一塊兒睡在育兒室裏，我今晚怎麼也不敢獨自陪著那個可憐的孩子，她說不定會死的。眞奇怪，她竟會昏了過去，我疑心她是不是看見了什麼。太太也太狠心了。」

賽拉跟她一起回來，兩人都上床去睡了。她們互相悄聲低語了半個鐘頭才睡著。我零星地聽到了幾句她們的談話，但憑這些就已經足夠清楚地推測出她們談論的主要話題。

「有什麼東西在她身邊走過，一身雪白衣服，隨後就不見了……」「有條大黑狗跟在他身後……」「房門上重重地敲了三下……」「墓地上有一道光，正好在他墳上……」諸如此類等等。

最後兩人都睡著了，爐火跟蠟燭都已熄滅了。而對我來說，這個漫漫長夜卻是可怕的清醒不眠中度過的，耳朵、眼睛、頭腦，都統統被恐懼弄得緊張不堪，這種恐懼是只有孩子們才會有的。

這次紅屋子事件並沒有帶來什麼長期或者嚴重的生理上的疾病，只是使我的神經受到了一次震撼，直到今天我還感到它的餘波。的確，里德太太，我心理上的某些嚴重創痛應該歸功於你。不過我應當原諒你，因爲你自己也不明白你做了些什麼。你在傷透了我的心時，還自以爲是在鏟除我的劣根性。

第二天將近中午，我起來穿上衣服，裹著一條披肩坐在育兒室的壁爐旁。我覺得渾身無力，像垮掉了似的，但我最難受的卻是心靈上一種說不出的苦惱。這種苦惱不斷使得我默默流淚，我剛從頰上拭掉一滴鹹鹹的淚珠，第二滴馬上又浩了下來。然而，我覺得我應當高興，因爲里德家的孩子都不在，他們都跟著媽媽坐馬車出去了。並且艾葆也正在另一間屋子裏做針線活，貝絲呢，一邊來來去去，拾掇玩具，整理抽屜，一邊不時跟我說上一兩句多餘的親切的話。

我已過慣了不斷受申斥而又費力不討好的日子，對我來說眼前這種情況本該是個寧靜的天堂了，可事實上我那飽受折磨的神經現在已經到了這樣一種地步，任何平靜都無法使它們得到撫慰，任何樂趣都不能很愜意地使它們振奮起來。

貝絲到樓下廚房去了一趟，端來一個果子餡餅，盛在一只色彩鮮艷的盤子裏，盤子上繪有一隻極樂鳥栖息在旋花和玫瑰花蕾織成的花圈裏，平常總會引起我熱烈的讚美心情。我常常懇求讓我拿著這個盤子以便仔細瞧一瞧，卻一直被認爲不配有這到權利。現在這件珍貴的瓷器擱到了我的膝頭上，人家還熱誠地叫我吃盤裏那好吃的圓麵餅。徒勞的好意啊！就像別的許多朝思暮想但卻一再落空的期望那樣，來得太遲了！我吃不下這個餡餅，鳥兒的羽毛、花兒的色澤，也奇怪地顯得黯然失色了，我把盤子和餡餅都擱到了一邊。

貝絲問我想不想看書，書這個字眼就像一種速效的興奮劑似的發生了效力，我請她到書房裏把《格列佛遊記》拿來。這本書我曾一遍又一遍津津有味地細細讀過。我認爲它講的都是眞事，且覺得它比神話更使我產生濃厚的興趣。因爲就說那些小矮人吧，我曾在指頂花葉和風鈴草叢中，在蘑菇下面，在爬滿連錢草的舊牆角下空找過一回，末了只好下決心喪氣地承認，他們全都已逃出了英國，到某個森林較茂密原始，人跡也較稀少的國度裏去了。

既然在我的信念中，小人國和大人國都是地球上實實在在的地方，因而我毫不懷疑，有一天經過一次遠航，我準能親眼看到其中一個國度裏那些小小的田園、房屋、樹木、小人、小牛和小鳥等，和另一個國度裏那些森林般的麥田、高大的猛犬、嚇人的巨貓和鐵塔般的男男女女。然而，現在這本心愛的書交到了我手裏，我翻著它，在它那些奇妙的插畫中尋求以往從來不曾落空過的魅力時，一切卻都顯得怪誕而乏味，那些巨人全是些瘦骨嶙峋的妖魔，小人全是惡毒可怕的小鬼，格列佛則是歷經最險惡地區的一個最孤獨的流浪漢。我合上書不敢再看，把它放在桌上那一口未嘗的餡餅旁邊。

貝絲這會兒已經打掃完房間，洗過手，打開一個裏面滿裝著漂亮的零碎綢緞的小抽屜，動手給喬治娜的洋娃娃做一頂新帽子。她邊做邊唱著歌，唱的是……

記得當初我們一起出門去浪遊，
時光已過了那麼久。

這首歌我以前曾多次聽到過，每次都感到歡欣悅耳，因爲貝絲有副很甜的嗓音，至少我覺得是如此。可是現在，儘管她的嗓音仍舊很甜，我卻覺得她的調子裏有一種說不出的哀傷。有時她做手裏的活兒做得出了神，把那一句副歌拉得很長，唱得很低沉，「時光已過了那麼久」唱得就像是送葬曲裏最哀傷的終句似的。她接著又唱起另外一首民謠，這回更眞是一首淒涼的小調了。

我走得雙腳疼痛，四肢酸麻，
路遠迢迢，走過荒山無數。
天邊無美，暮色蒼茫，
就要籠罩苦命孤兒的前途。

爲什麼要逼我孤身一人，遠走他鄉，
來到荒原無邊、峰岩禿禿的地方？
人心歹毒，只有天使善良，
保佑苦命的孤兒一路安康。

夜風從遠方微微吹來，

長空無雲，星辰燦爛。
上帝慈悲，賜人平安，
讓可憐的孤兒前途有望，身心舒坦。

即令我一時失足從斷橋墜落，
或被迷霧所欺，陷入泥沼，
天父仍將以祝福和許諾，
把苦命的孤兒擁入懷抱。

有個信念能賦予我毅力，
身然無依無靠、無親無友，
天堂總是我歸宿，隨時能讓我安息；
上帝啊，永遠是苦命孤兒的朋友。

「好啦，簡小姐，別哭了。」貝絲唱完以後說。她還不如去對火說「別燒了」哩。不過她又怎能猜想得到我所陷入的那種難忍的苦痛呢！

午飯前，勞艾德先生又來了。

「怎麼，已經起來了！」他一進育兒室就說。「喔，保姆，她怎麼樣？」

貝絲回答說我的情況很好。

「那她應該顯得更快活些才對。來，簡小姐，你名字叫簡，對嗎？」

「對，先生，簡．愛。」

「哦，你剛才在哭，簡．愛小姐，能告訴我爲了什麼嗎？你哪兒疼嗎？」

「不疼，先生。」

「哦，我想她準是爲了不能跟太太一塊兒坐馬車出去才哭。」貝絲插嘴說。

「絕不會！她已經這麼大，不會再去鬧這種小彆扭了。」

我也是這麼想的，所以這樣錯怪我，傷了我的自尊心，我斷然反駁：

「我從來也沒有爲這樣的事情哭過，我本來就討厭坐馬車出去。我是因爲自己的不幸才哭的。」

「哎唷，小姐！」貝絲說。

好心的藥劑師顯得有些迷惑不解。我正站在他面前，他目不轉睛地瞧著我。他兩隻灰眼睛並不大，也不十分有神，可如今想來我覺得它們相當銳利。他其貌不揚，但卻和藹可親。他不慌不忙地打量了我一會兒之後說：

「你昨天是怎麼病的？」

「她摔倒了。」貝絲又插進來說。

「摔倒！這又像是個小娃娃了！她這麼大連路都不會走嗎？她總該有八、九歲了吧。」

「我是給人打倒的。」自尊心又一次受到傷害引起的不快，使得我冒冒失失地脫口解釋說。「可我生病並不是爲這個。」我又補充了一句。

這會兒勞艾德先生拈了一撮煙吸起來。正當他把鼻煙盒放回背心口袋裏去時，招呼僕人吃飯的鈴聲大響，他知道是怎麼回事。

「那是叫你呢，保姆，」他說，「你下樓去好了，我在這兒一邊好好開導簡小姐，一邊等你回來。」

貝絲本想留下來，可又不得不走，因為準時吃飯是蓋茨黑德府嚴格的規矩。

「你生病不是因為摔跤，那麼是因為什麼呢？」貝絲走了以後，勞艾德先生接著說。

「我給關在一間有鬼的屋子裏，一直關到天黑。」

我瞧見勞艾德先生一面微笑，一面皺皺眉頭。

「有鬼！咳，你到底還是個孩子！你怕鬼？」

「我怕里德先生的鬼魂，他就死在那間屋子裏，而且在那間屋子裏停靈。不管是貝絲還是別的什麼人，晚上只要是能不去就決不去那兒的，連蠟燭都不點，把我一個人關在那兒，眞是狠心——太狠心了，我想我一輩子都忘不了啦！」

「瞎扯！就因為這個，叫你感到那麼不幸嗎？現在大白天裏，你還害怕嗎？」

「不怕。不過夜晚馬上又要到了，再說……我不快活……很不快活，還有別的事。」

「別的什麼事？你能說點兒給我聽聽嗎？」

我是多麼想詳詳細細回答他這個問題啊！可又是多麼難以回答啊！孩子們能夠感覺，但卻不善於分析他們感覺到的東西，即使腦子裏多少能進行一些分析，也不知如何把分析的結果用言語表達出來才好。不過，因為唯恐錯過了這第一次也是僅有的一次機會，來吐一吐我心頭的苦水，因此在困擾地沉默了一會兒以後，我盡力設法作了一個儘管貧乏，但就它談到的範圍而言還算眞實的回答。

「頭一件，我沒有父母親，也沒有兄弟姊妹。」

「你有一位和善的舅媽，還有表兄表姊呀。」

我又沉默了一下，接著愣頭愣腦地脫口說出：

「可是約翰．里德把我打倒在地，我舅媽卻把我關進了紅屋子。」

勞艾德先生又一次掏出他的鼻煙盒來。

「難道你不覺得蓋茨黑德府是一所非常漂亮的房子嗎？」他問。「你能住在這麼好的地方難道還不覺得非常幸運嗎？」

「這又不是我的家，先生。艾葆就說，我比傭人還沒有資格住在這兒哩。」

「呸！你總不會傻到想離開這麼好的地方呢？」

「要是有別的地方可去，我會很高興離開這兒的，不過只要我還沒長大成人，就絕不可能離開蓋茨黑德。」

「也許可能——誰知道呢？你除了里德太太之外，還有別的親戚嗎？」

「我想沒有，先生。」

「你父親那方面的也沒有嗎？」

「我不知道。我有一回問過里德舅媽，她說也說不定我有幾個愛家又窮又低賤的親戚，可她一點也不知道。」

「如果你有這樣的親戚，你願意上他們那兒去嗎？」

我想了一下。貧窮在成年人看來是可怕的，在孩子們心目中就更加如此。他們並不大知道什麼叫勤奮、耐勞、値得尊敬的貧窮，在他們頭腦裏這個字眼總是跟衣衫襤褸、食物短少、爐中無火、舉止粗暴和卑劣成性聯繫在一起的。貧窮在我心目中就是墮落的同義語。

「不，我不願意做窮人。」這就是我的回答。

「哪怕他們對你好，也不願意嗎？」

我搖搖頭。我看不出窮人怎麼能做到對人好。何況還要學得像他們那樣說話，跟他們一樣舉動，變得沒教養，長成就像我有時候看見過的那樣一個窮苦女人，她們常在蓋茨黑德村上的茅屋前洗衣服、餵孩子。不，我可還沒有那麼英雄氣概，寧肯犧牲身分去換取自由。

「不過你的親戚當眞有那麼窮嗎？他們都是幹活兒的嗎？」

「我不清楚。里德舅媽說，就算我有親戚的話，也一定是一些窮要飯的。我可不願意去要飯啊！」

「你願意進學校嗎？」

我又想了一想。我簡直不知道學校到底是什麼回事。聽貝絲有時說起，好像那兒的年輕小姐們都要套著足枷、繫著脊椎矯正板坐著，而且舉止一定要非常文雅、規矩。約翰・里德恨他的學校，罵他的老師。不過約翰・里德的口味不一定是我的口味。而且儘管貝絲關於校規的說法（是從她來蓋茨黑德以前待過的那家人家的年輕小姐嘴裏聽來的）有點兒嚇人，但她說到那幾位小姐學到的一項項才能，我覺得倒也一樣是挺迷人的。

她誇讚她們畫的那些漂亮的風景和花卉，她們會唱的歌和會彈的曲子，會編織的錢包，能譯出來的法國書，聽得我都起了想要比試一番的勁頭。再說，進學校會是個徹底的變化，意味著作一次長途旅行，完全離開蓋茨黑德府，踏進一種新的生活。

「我當然很願意進學校。」我細想了一番之後，說出了這樣的結論。

「好吧，好吧，誰知道事情到底會怎麼樣？」勞艾德先生站起身來說。「這孩子該換一換氣候和環境，」他自言自語地補了一句，「神經不大好。」

這時貝絲回來了，同時正好傳來一輛馬車順著石子路駛來的聲音。

「是你的太太嗎，保姆？」勞艾德先生問。「我想在走之前跟她談一談。」

貝絲請他上早餐間去，說著帶領著他出去了。從後來發生的事情看，我估計在他隨後跟里德太太的談話中，這位藥劑師準是大膽地建議送我進學校去，而這個建議無疑是馬上被接受了。因為有一晚艾葆跟貝絲一起在育兒室時談起這件事，當時我已經上了床，她們還以為我睡著了，艾葆說：

「我敢說，太太正巴不得能擺脫掉這麼一個壞脾氣的討厭孩子，這孩子就彷彿老是在用眼睛盯著每一個人，暗地策劃著什麼陰謀似的。」

我覺得，艾葆倒真是把我看成了幼年福克斯❶似的人物了。

就在這一次，從艾葆小姐告訴貝絲的話中，我頭一回知道了我的父親是個窮教士，我母親不顧親友們擔心有失身分而紛紛反對，仍然嫁給了他。我外祖父里德對於她的違逆勃然大怒，一文錢的遺產也不留給她。我父母結婚後一年，我父親在一個大工業城市當副牧師，當時那兒正流行斑疹傷寒，他在訪問窮人時染上了病，我母親又從他那兒受到了感染，不到一個月，兩人都先後去世。

貝絲聽了這段話嘆口氣說：

「苦命的簡小姐也夠可憐的了，艾葆。」

「是啊，」艾葆回答說，「要是個漂亮、可愛的孩子，她那孤苦伶仃的身世倒還能叫人同情，可像她這麼個小傢伙，實在沒法討人歡喜。」

「確實不太討人歡喜。」貝絲也同意。「至少像喬治娜這樣的美人兒，在同樣的境況下會招人愛惜得多。」

---

❶福克斯（Guy Fawkes, 1570～1606）：英國軍官，一六〇五年曾與其他天主教黨徒陰謀炸毀國會大廈，殺死進行宗教迫害的英王詹姆士一世及支持他的議員，事敗後被捕處死。

「是啊，我眞愛死喬治娜小姐了！」艾葆狂熱地喊起來。「小寶貝兒——長長的捲髮、藍藍的眼睛，而且臉色又那麼可愛，簡直像畫出來似的……貝絲，我眞想晚飯吃一盤威爾士兔子❷。」

「我也想——再配上烤洋蔥。來，咱們下樓去吧。」

說完，她們便走了。

❷ 威爾士兔子：一種澆有融化奶酪和濃啤酒的烤麵包。

4

根據我跟勞艾德先生的交談，以及前面所說貝絲和艾葆之間的議論，我有了足夠的信心可以指望日子能變得好起來。看來不久就會有一種變動，我暗暗地在盼望著、等待著。可是事情卻拖延了下來。幾天幾個禮拜過去了，我身體已恢復正常，但我朝思暮想的事卻誰也沒再提起。

里德太太有時用一種嚴厲的眼光打量著我，但卻極少對我開口。從我生病以後，她在我跟她的孩子之間劃了一條更加涇渭分明的線；另闢了一間小屋子讓我獨自去睡，罰我獨自吃飯，整天待在育兒室，而我的表兄表姊們卻經常在客廳裏活動。有關我進學校的事她一句都沒提過，但我卻出自本能地確信，她絕不會再長期容忍我跟她在同一個屋頂下生活下去了，因爲每當她的目光一掃到我，就流露出一種比以往更加無法克制的深深厭惡。

伊麗莎和喬治娜顯然是在奉命行事，儘量少跟我說話。約翰每次見到我就用舌頭鼓鼓腮幫作個怪相，有一次還想給我點顏色看，可由於我馬上反臉相向，又跟上次惹得我不顧體面那樣被滿腹痛恨、拚死反抗的情緒所激動，他覺得還是罷手爲妙，就一邊咒罵一邊逃開了，還發誓說我打破了他的鼻子。

說實話我倒眞的已瞄準他那副尊容，想盡我拳頭之所能狠狠地揍他一拳了，而且當我看見他不是被這個就是被我那副神氣嚇破了膽的時候，我眞想乘勝追到底，可惜他已經逃到他媽媽身邊了。我聽到他哭哭啼啼在大講「那個不要臉的簡．愛」如何如何像隻瘋貓似的向他撲來，可他卻被頗為嚴厲地喝住了。

「別在我面前講她，約翰，我告訴過你別去走近她，她這個人不配搭理，不管是你還是你的姊妹，我都不願你們去跟她打交道。」

聽到這裏，我從樓梯欄杆上伸出身子，絲毫不假思索地，突然大聲喊道：

「他們才不配跟我打交道哩。」

里德太太是個相當胖的女人，可是一聽到這樣無法無天的奇怪宣告，馬上俐落地奔上樓來，一陣風地把我拖進了育兒室，一把將我推倒在我的小床床邊上，厲聲地說，看我還敢不敢從床上爬起，再多說半個字。

「里德舅舅要是活著的話，會跟你怎麼說呢？」我幾乎是無意間問出了這句話。說幾乎是無意間，是因為我的舌頭似乎是未經意志的認可就自動吐出字眼來的。某些話不由自主地從我口裏說了出來。

「什麼？」里德太太小聲地說，平時冷漠平靜的灰色眼睛被一種近於恐懼的神情弄得有點惶然不知所措。她把抓住我胳臂的手縮了回去，兩眼瞪著我，彷彿她真弄不懂我究竟是個孩子呢還是個魔鬼。這下我可無路可走了。

「里德舅舅正在天上，你想什麼幹什麼他都看得見，爸和媽也看得見，他們都知道你是怎麼整整關了我一天，怎麼一心只想我死掉的。」

里德太太很快就又緩過神來，她抓住我死命地搖晃，左右開弓地打我的耳光，然後一句話沒說就走了。貝絲用整整一個小時候訓誡來彌補了這個疏漏，她振振有辭地說明我確是人家撫養過的孩子中最無賴、最任性的一個。我有點相信起她的話來，因為說實話我當時只覺得心裡翻騰著種種難受不安的情緒。

十一月、十二月和半個正月相繼過去了。聖誕節和新年在蓋茨黑德像往常一樣，在節日的歡樂氣氛中慶祝過了。交換了禮物，舉行了宴會和晚會。各種享樂，不用說，我一概都被排除在外。我僅有的樂趣，只是能眼看著伊麗莎和喬治娜每日盛裝打扮，看她們身穿薄麻紗長衣，束著紅腰帶，頭上精心地做了捲髮，下樓到客廳裏去；然後就傾聽著樓下鋼琴和豎琴的彈奏，侍役和聽差的出出進進，上茶點時玻璃杯和瓷器的叮噹碰撞，客廳門一開一閉時斷續傳來的嗡嗡說話聲。

等到我厭倦了這個樂趣時，我就會離開樓梯口，回到冷靜而寂寞的育兒室裏去。在那兒雖然覺得有些悲傷，我卻不感到苦惱。老實說，我一點也不想到熱鬧場所中去，因爲在那兒很少有人會注意我。而且只要貝絲能和善友好些，我覺得跟她安安靜靜地待上一晚，不必到擠滿太太先生們的屋子裏去挨里德太太的白眼，倒毋寧說是一件樂事。

可惜貝絲一伺候好那兩位小姐的穿著打扮，總是立刻就上廚房和管家屋裏那些熱鬧的處所去了，而且常常把蠟燭也一起帶走。我只好坐在那兒，把我那玩具娃娃抱在膝頭上，直坐到爐火漸弱了下去，偶爾四下望望，以便確信除我以外，並沒有什麼可怖的東西出沒在這間屋子裏。等餘燼微弱到只剩下一點暗紅色時，我就急忙脫掉衣服，拚命解開那些結和帶子，鑽到我那小床上去躲避寒冷和黑暗。我總是把我的洋娃娃一起帶到床上。

人總得愛點什麼，既然沒什麼更寶貴的東西可愛，我就只能從珍愛一個寒酸地像小叫化子似的舊木偶得到點樂趣了。現在回想起來眞有點困惑不解，我當時是多麼可笑地眞心疼愛著這個小小的玩偶，還幾乎有點相信它眞是活的而且有感覺的能力。不把它揣在我的睡衣裏我簡直睡不著覺，一旦它溫暖、安全地躺在那兒我就比較快樂，並且深信它也一樣快樂。

在我等著客人離開，等著聽貝絲上樓來的腳步聲時，時間似乎過得特別慢。有時候她會趁空上來一趟找她的頂針或者剪刀，或者說不定是給我帶來點什麼東西當晚餐——一個小甜麵包或者一塊奶酪餅。這時候她會坐在床上看著我吃，等我吃完了，她替我把被子塞緊，吻我兩次，並且說：「晚安，簡小姐。」每當貝絲這樣和氣時，我就覺得她是世界上最好、最漂亮、最親切的人，我眞巴不得她能總是這麼愉快、和氣，而不像她慣常的那樣把我推來搡去，或者罵罵咧咧，過分地支使我幹這幹那。

現在想來，貝絲·李文一定是個很有稟賦的姑娘，因爲她幹什麼都乾淨俐落，而且有一種挺出色的講故事才能，至少，根據她在育兒室講的那些童話給我留下的印象，我是這麼看的。如果我對她的面容和身材的記憶不錯的話，她也是長得挺漂亮的。我記得她是苗條的年輕婦人，黑頭髮、黑眼睛，五官非常端正，皮膚健康乾淨。不過她脾氣有點急躁任性，原則性和正義感不強，可儘管如此，跟蓋茨黑德府裏所有別的人比起來，我還是較喜歡她。

一月十五日那天，早上九點鐘光景，貝絲已下樓吃早飯去了，我那些表兄表姊還沒有被叫到他們的媽媽那兒去。伊麗莎正戴上帽子，穿好上園子裡去時穿的暖和外套，準備去餵她的那群雞。她喜歡幹這樁活，也同樣喜歡把雞蛋賣給管家，把賣來的錢攢起來，她生性愛做交易，而且有攢錢的特殊癖好，這不但表現在買賣雞蛋和小雞上，也同樣表現在爲賣花株、花種和插條給管園子的花匠而拚命地討價還價上，後者曾從里德太太那兒得到過命令，凡是小姐花壇上種出來的東西，她想賣多少都得收買下來，而如果能賣好價錢，伊麗莎是連頭上的頭髮也肯剪下來賣的。

至於她那些錢呢，她先是用破布或者舊卷髮紙包起來分別藏在偏僻的角落裏，但是這些寶藏中有幾包被女僕發現了，伊麗莎因爲生怕一旦丢失了她這宗珍貴的財富，只好同意把它存在她母親那裏，但要取很大的——百分之五十到六十——的利息。這筆利息她每季度索取一次，用個小帳本一分不差地按期記在帳上。

喬治娜坐在一張高腳凳上，對著鏡子在梳理頭髮，她把從閣樓上一只抽屜裏大量找到的假花和舊羽毛插在自己的捲髮上。我在整理我的床，按照貝絲嚴格的吩咐一定要在她回來以前整理好（因爲貝絲現在經常當我爲保姆手下似的來支使，要我做些收拾房間、椅子等事。）鋪好被子，疊好我的睡衣以後，我走到窗口的椅子跟前去，把一些零零散散擱在那兒的圖畫書和玩具家具收拾好。

喬治娜突然命令我別去碰她的玩意兒（因爲那些小椅子、小鏡子、小巧玲瓏的杯子和碟子都是她的財產。）我馬上住手了。接著，沒別的事可幹，我就去對著窗子上斑斑斕斕凝成的霜花哈氣，在玻璃上哈出一塊透光的地方，以便從這兒眺望在寒威籠罩下一切都寧靜得像僵化了似的庭園。

從這扇窗子裏可以望見門房和馬車道，我剛把蒙住玻璃的銀白色霜花哈化了一塊，夠我望得見外面，就看見大門打開，一輛馬車駛了進來。我瞧著它順著車道駛上坡來，並沒在意；反正常有馬車駛進蓋茨黑德，卻從來沒有一輛送來過跟我有什麼相干的客人。車子在屋子前面停下來了，門鈴大響，來客被請進了門。既然這一切都與我無關，我無所著落的注意力很快就被另一種更有趣的景象吸引住了。那是一隻餓壞了的小知更鳥，飛到窗前貼牆的櫻桃樹那葉子落盡的禿枝上啾啾地叫著。我早飯吃剩下來的麵包和牛奶正擱在桌子上，我弄碎一小塊麵包，正在推開窗扇準備把碎屑放在窗台上，貝絲忽然奔上樓梯來到了育兒室。

「簡小姐，快把圍裙脫掉，你在那兒幹什麼呀？你今早洗臉洗手了嗎？」

我在回答她之前又推了一下窗扇，因爲我要讓鳥兒一定能吃到它的麵包。窗扇被推出了一點，我撒了些麵包屑在窗台上，又撒了些在櫻桃樹枝上，這才關好窗子回答道：

「還沒呢?貝絲,我剛剛才打掃完屋子。」

「粗心、難管的孩子啊!那你這會兒又在幹什麼呢?你臉紅紅的像正在幹什麼淘氣事,你剛剛開窗幹嘛?」

我用不著費事回答了,因爲貝絲似乎那麼匆忙,顧不上再來聽我解釋。她把我一把拉到臉盆架前,用水、肥皂和一塊粗毛巾狠狠地、但幸好時間很短地把我的手臉擦洗了一番,用一個硬毛髮刷理順了我的頭髮,解下我的圍裙,然後就催著我來到樓梯口,吩咐我立刻下樓去,因爲早餐間裏有人正等著我。

我本想問問誰在等我,也想問問里德太太是不是在那兒,可是貝絲已經走了,而且衝著我關上了育兒室的門。我只得慢吞吞向樓下走去。因爲將近三個月來,我從沒被叫到里德太太跟前去過。在育兒室裏禁錮了那麼久,早餐間、飯廳和客廳都成了叫我望而生畏的地方,我簡直都不敢闖進去。

這時我已站在空蕩蕩的大廳裏。早餐間的門就在我面前,可我停住了,心虛得直發抖。在那些日子裏,不公正的懲罰所引起的畏懼,把我變成了一個什麼樣的膽小鬼啊!我既不敢轉身回育兒室,又不敢繼續往前走進客廳去,足有十分鐘我心緒煩亂、猶豫不定地站在那兒,早餐間裏一陣使勁的拉鈴聲才使我硬下心來,我不能不進去。

「誰會找我呢?」我一邊心裏暗想,一邊用雙手轉那很緊的門把,轉了一兩分鐘轉不開。「屋裏除了里德舅媽,我還會見著誰呢?是一個男人還是女人?」

門把終於轉動,門開了,我跨進門去,恭恭敬敬行了個屈膝禮,抬頭一看,只見——一根黑柱子!至少,我剛看見那一身黑衣服,直挺挺地站立在爐前地毯上的筆直、細長的個子時,確實有這樣的感覺,而頂上那張冷酷的臉,就像是作爲柱頭安在柱身上的一個雕刻出來的面具般。

里德太太坐在爐邊她常坐的座位上。她作勢叫我走近前去，我照著做了，她就一面把我介紹給那位石柱似的陌生人，一面說：「這就是我向你提出申請的那個小姑娘。」

他（因爲這根柱子是個男人）朝我站著的地方慢慢地轉過來，先用一雙閃爍在兩道濃眉底下、滿含著探究神氣的灰色眼睛察看了我一番，然後用一種低沉的嗓音嚴肅地說：

「她個子很小，有多大了？」

「十歲。」

「有那麼大了嗎？」答話含有幾分疑問，說著又繼續打量了我幾分鐘。

不一會，他向我說話了。

「你叫什麼，小姑娘？」

「簡．愛，先生。」

說這話時，我抬起頭來。照我看去，他是一位很高大的先生，不過我自己當時實在也太矮小。他五官粗大，而且不只五官，整個身架都顯得古板、嚴峻。

「哦，簡．愛，那麼你是個好孩子嗎？」

對這個問題回答說「是」是不行的，我周圍那個小天地裏就有兩種截然相反的看法，因此我默不作聲。里德太太意味深長地搖了搖頭作爲代替我回答，接著馬上又補了一句話：

「這問題也許越少談越好，布魯克赫斯特先生。」

「聽到這話眞令人遺憾！我一定得跟她好好談談。」說著他從垂直的姿勢彎下身來，在里德太太對面的一把扶手椅上就座。

「過來。」他說。

我從壁爐地毯上走過去，他讓我端端正正站在他跟前。這時我們倆幾乎是面對面，他有著什麼樣一張臉啊！多大的鼻子！什麼樣的一張嘴！還有一口多大的暴牙呀！

「再沒有比瞧著一個淘氣的孩子更讓人喪氣的了，」他開口說，「尤其是淘氣的小姑娘。你知道壞人死了上哪兒去嗎？」

「他們都下地獄。」我不假思索地作了符合正統的回答。

「那地獄又是什麼？你能告訴我嗎？」

「一個大火坑。」

「那麼你願意掉進那個火坑，永遠被火燒著嗎？」

「不，先生。」

「你要避免該怎麼做呢？」

我仔細想了一會兒，可是最後回答出來的話卻是很不像樣的。

「我該讓身體老是健康，不要死掉。」

「你怎麼讓身體老是健康呢？每天都有比你還小的孩子在死掉。就在一兩天前，我還埋葬過一個五歲的小孩子——一個很好的小孩子，他的靈魂現在已經進了天堂。要是你去世了，只怕就不能說這樣的話。」

我無法去除他的懷疑，只好垂下眼睛，望著那兩隻踩在地毯上的大腳，嘆了口氣，巴不得能離開他遠一些。

「但願這聲嘆息是發自內心，說明你已後悔曾經給你那位了不起的恩人招來煩惱。」

「恩人！恩人！」我心裏在說。「大夥兒全部都把里德太太叫作我的恩人，要眞是這樣，那麼恩人就是個討厭的東西。」

「你早晚都做禱告嗎？」我位盤問者繼續往下問。

「是的，先生。」

「你念《聖經》嗎？」

「有時念。」

「高興念嗎？你是不是喜歡它？」

「我喜歡《啓示》、《但以理書》、《創世紀》和《撒母耳紀》，《出埃及記》的一小部分《列王紀》和《歷代志》裏的幾個地方，還有《約伯記》和《約拿書》。」

「《詩篇》呢？我想你總喜歡吧？」

「不，先生。」

「不，唉，眞想不到！我有個小男孩，比你還小，已經背得出六首讚美詩，你只要一問他寧願吃塊薑汁餅乾呢，還是學一首讚美詩，他總說：『哦，學首讚美詩！天使們都唱讚美詩。』他說，『我要當人間的小天使。』這一來因爲他小小年紀卻這麼虔誠，就得到兩塊薑汁餅乾作爲獎賞。」

「《詩篇》沒有趣味。」我說。

「這說明你心很壞，你該祈求主給你換一個新的純潔的心，拿去你那石頭般的心，換上一個有血有肉的心。」

我剛想開口問問，這給我換心的手術是怎麼個做法，可是里德太太插了進來，叫我坐下，然後就談起她自己的話題來。

「布魯克赫斯特先生，我想我在三個星期以前寫給你的信裏已經說起過，這個小姑娘性格脾氣不大像我所希望的那樣，因此要是你肯收她進洛伍德學校的話，我會樂意聽到校方要求校長和教師們嚴厲地看管她，而且特別要提防一個最壞的毛病——愛騙人。我有意，簡，當你的面說到這個，是讓你不敢去想法瞞弄布魯克赫斯特先生。」

眞難怪我要害怕、要憎惡里德太太了，因爲她生性就愛殘酷地傷害我，我在她面前從來沒有快活過，不管我怎麼小心聽話，不管我怎麼竭力想討她歡喜，我的種種努力總仍舊是白費，反而換來上面的那樣一些話。現在，當著一個陌生人的面，這些責難話簡直傷透了我的心。我隱隱地感覺到，她已經把我對在她支配下將要去過的那段新生活所抱的希望，統統消滅乾淨了。儘管我不能公開表露出來，但我心裏明白，她正在我未來的道路上播下厭惡的冷落的種子。我眼看自己在布魯克赫斯特先生的心目中成了一個狡詐、邪惡的孩子，而我還能有什麼辦法來補救這個傷害呢？

「確實沒有。」我邊想，邊竭力忍住啜泣，連忙拭去幾滴枉自顯露我心中苦痛的淚水。

「欺騙在孩子身上的確是一個可惡的缺點。」布魯克赫斯特先生說。「它跟說謊是連在一起的，而凡是撒謊的人，將來在落進硫磺烈火熊熊燃燒的地獄中受罪時，都會有他們的份兒。不過，里德太太，她會給好好看管起來的，我會囑咐譚波爾小姐和別的教師們。」

「我希望能用跟她將來前途相適應的方式去教養她，」我這位恩人繼續說，「讓她變得有用，永遠謙卑。至於假期嘛，要是你允許的話，讓她都在洛伍德過。」

「你的決定非常明智，太太。」布魯克赫斯特先生回答說。「謙恭是基督徒的美德，它尤其適合於洛伍德的學生，所以我指示要特別注意在她們中間培養這種美德。我研究過怎樣才能最好地克制她們身上那種世俗的傲慢情緒，且剛剛在幾天以前，我就得到過一個能說明我的成功的可喜證據。我的第二個女兒奧古斯塔跟她媽媽去參觀學校，回來後感嘆說：『啊呀，好爸爸，洛伍德所有的那些姑娘看上去是多麼安靜和樸素啊！掠到耳朵背後的頭髮，長長的圍裙，還有那些釘在衣服外面的粗麻布小口袋——她們簡直都像是些窮人家的孩子嘛！還有，』她說，『她們瞧著我和媽媽的衣服那副樣子，就好像是從來沒見過綢衣服。』」

「這種情況正是我非常讚賞的。」里德太太接口說。「我就是找遍了英國，也不見得能找到哪一種體制更加適合像簡．愛這樣一個孩子了。堅持不懈，我親愛的布魯克赫斯特先生，我主張在一切事情上都要堅持不懈。」

「堅持不懈，太太，是基督徒最要緊的本分，而我們辦洛伍德學校的每一項措施，都是遵守這個本分的：簡單的伙食、樸素的服裝、不講究的設備、艱苦勤勞的習慣，這就是學校和全校的人生活的常規。」

「這很對，先生。那麼說，我可以放心，這孩子準能進洛伍德學校，並且受到跟她的地位和前途相稱的教育了吧？」

「完全可以，太太。她就要被安置在一個專門培育珍貴花草的園圃裏，而且我確信，她對自己有幸中選的這種無比榮幸，會滿心感激的。」

「既然這樣，布魯克赫斯特先生，我就盡快把她送去，因為老實說，我正迫不及待想早點擺脫這個越來越叫人受不了的重擔呢。」

「當然啦，當然啦，太太，那我就向你告辭了。我要過一兩個禮拜才回布魯克赫斯特府，因為跟我十分投機的副主教準備不肯放我早些走的。我會通知譚波爾小姐，讓她知道又有個新的姑娘要去，這樣收她進校就不會有什麼問題了。再見。」

「再見，布魯克赫斯特先生，替我問候布魯克赫斯特太太和大小姐，問候奧古斯塔和西奧多，還有布勞頓．布魯克赫斯特少爺。」

「一定，太太。小姑娘，這兒有本書叫《兒童指南》，你每次做完祈禱就念念它，尤其是寫到《瑪莎·格××——一個說謊欺騙成性的淘氣孩子暴死的經過。》的那一部分。」

布魯克赫斯特先生說著，把一本有封皮的小冊子塞到我手裏，接著搖鈴吩咐替他備好馬車後，就走了。

剩下了里德太太跟我兩個人，沉默了好幾分鐘。她做活計，我望著她。里德太太那時大概是三十六七歲，是個體格強健的女人，寬肩膀、四肢結實，個兒不高，儘管壯實，卻不算肥胖。她臉盤相當大，下顎十分發達而且有力。額頭很低，下巴突出，嘴和鼻子頗爲端正，一雙淡淡的眉毛下閃出嚴酷的眼神。她皮膚黝黑而缺少光澤，頭髮近乎亞麻色。體質極好，從來無痛無痛。她是個精明的總管，全家大小以全體佃戶都完全受她控制，只她的兒女們敢偶爾藐視和嘲笑她的權威。而她服飾講究，且儀態舉止上也力求能配得上她漂亮的衣著。

我坐在離她的靠椅才幾碼遠的一張矮凳上，打量著她的身材，端詳著她的面容。我手裏拿著那本小冊子，裏面寫到一個撒謊者的暴死，這是作爲適當的警告要我特別注意的一個故事。方才發生的事，里德太太對布魯克赫斯特先生講到我的那些話，他們倆談話的整個主旨，都在我頭腦裏創痛未合、記憶猶新，其中每個字都尖銳地刺進我的心裏，就像它們明白無誤地傳進我的耳朵一樣。這時，一陣憤恨之情湧上了我的心頭。

里德太太離開手裏的活抬起頭來，兩眼碰到了我的目光，她手指的靈巧活動頓時停住了。「離開屋子，回到育兒室去。」她命令道。

準是我的目光或者別的什麼使她突然覺得受到了冒犯，因爲儘管竭力克制，她的口氣還是極爲惱怒。我站起身來，走向門口，又走了回去。我穿過整個房間走到窗邊，一直走到她的跟前。我一定要說。我受到別人殘酷的踐踏，就一定要反咬❶。可是怎麼個咬法？我有什

❶ 這話仿莎士比亞《亨利六世》下篇第二幕第二場克列福的台詞：「最微小的蟲蟻也知道反咬踐踏它的腳。」

麼力量去反擊我的仇敵呢？我竭盡全力想出了這樣幾句直截了當的話來：

「我並不愛騙人。我要是愛騙人，就會說我愛你了，可是我明說，我不愛你，除了約翰·里德，世界上我最恨的就是你了。要說這本講到撒謊者的書，那你最好還是拿去給你的女兒喬治娜，因爲愛撒謊的是她，不是我。」

里德太太的手仍舊一動不動地擱在她的活計上，她冰冷的目光繼續冷冷地凝視著我。

「你還有什麼話要說嗎？」她問，與其說是用通常對孩子說話的口氣，還不如說是用對一個敵對的成年人說話的口氣。

她那種目光、那種語調激起了我無限的反感。我在無法控制的激動下，從頭到腳打著哆嗦，接著說：「我很高興幸好你不是我的親人。我這一輩子絕對不會再叫你舅母，我長大了也永遠不會來看你。要是有人問我喜不喜歡你，你待我怎麼樣，我就說只要一想起你就覺得惡心，你對我殘酷到了可恥的地步。」

「你怎麼敢說這樣的話，簡·愛？」

「我怎麼敢，里德太太，我怎麼敢？就因爲這是事實。你以爲我沒有感情，以爲我連這一點點愛、一點點親切都沒有也行，可我是沒法這樣過下去的，但是你卻連一點憐憫心也沒有。我到死都忘不了你怎麼推搡我——粗暴而凶狠地把我推進紅屋子，把我鎖在裏面，不管我怎麼痛苦得要死，大聲喊道：『可憐可憐我！可憐可憐我，里德舅媽！』還有你那個壞孩子無緣無故地揍我，把我打倒在地，你爲了這個給我的那頓責罰。不管誰問起，我都要告訴他們這種實情。別人都以爲你是個好女人，但其實你很壞，又狠心。你才會騙人呢！」

還沒等反駁完，我的心就已經開始越說越欣喜、越說越舒暢，有一種從來沒有過的奇怪的自由感和勝利感。就彷彿一種無形的枷鎖已經掙斷，我終於掙扎出闖進了夢想不到的自由境地。這種感覺倒並非毫無根據：里德太太彷彿被嚇壞了似的，做的活計從膝頭上滑了下來，她舉起雙手，晃著身子，甚至面容扭曲，好像差點要哭出來。

「簡，你全想岔了，你到底怎麼啦？你幹嘛這麼哆嗦？你要喝點水嗎？」

「不要，里德太太。」

「那你想要點別的什麼嗎，簡？相信我，我只想做你的朋友。」

「你才不呢。你跟布魯克赫斯特說我性格壞、愛騙人，我要讓洛伍德所有的人都知道你是什麼樣的人，你幹了些什麼。」

「簡，這些事你不明白，小孩子有缺點一定要糾正。」

「我可並沒有愛騙人的缺點。」我發瘋似的大聲嚷道。

「可是你性子暴躁，這你總得承認。好，快回育兒室吧，乖孩子，去躺一會兒。」

「我可不是你的乖孩子，我也躺不住。馬上送我進學校吧，里德太太，我討厭這兒。」

「我眞得早些送她進學校去。」里德太太低聲咕噥說，收起活兒，突然走出屋去。

只剩下了我一個人——戰場上的得勝者，這是我打過的最艱苦的一場硬仗，也是我獲得的第一次勝利。我在布魯克赫斯特先生站過的地毯上站了一會兒，對自己勝利者的孤獨沾沾自喜。起初我暗自微笑、揚揚得意，但這種狂喜也像我一度加速的脈搏一樣，在我身上很快減退。一個孩子像我方才那樣跟長輩吵架，像我方才那樣毫無禁忌地大發一頓脾氣之後，是絕不會不感到悔恨的痛苦和事過境遷後的沮喪的。

一塊著了火的小樹叢，氣勢洶洶，光焰四射，吞沒一切，可以作爲我方才責難和威脅里德太太時那種心情的恰當比喻；而火滅以後成爲烏黑焦土的這塊小樹叢，也同樣可以準確地象徵我事後的心境。這時候經過半小時的默默反省，已經使我感到了自己這種行爲的瘋狂，以及我這種既恨人又被人憎的處境之可悲。

我頭一次嘗到了一點報復的滋味。它就彷彿芬芳美酒一腳，剛喝下時覺得暖和且香噴噴，可事後的回味卻又澀又辣，給我一種喝了毒藥似的感覺。現在我倒很願意跑去請求里德太太原諒，然而半憑直覺半憑經驗，我知道這樣做只會使她加倍輕蔑地唾棄我，結果是再次激起我天性中愛爆發的衝動。

我要是能施展某種比說惡毒話更高明一些的才能，能滋長某種不像滿心鬱怒那麼凶狠的感情就好了。我拿了本書——一本阿拉伯故事集，坐下來想看看。我抓不住其中的要領，我自己的思緒老是游移在我和我往常總是那麼入迷的書頁之間。我打開早餐室的玻璃門。樹林子靜悄悄的，田野間一片嚴霜，沒有一絲陽光和微風。我翻起裙襬來罩住頭和胳臂，走出門去，到田莊上一處十分僻靜的地方溜達一會兒。可是那靜靜的樹木、落下來的樅果、冰封的秋天遺物——被陣風掃成了堆，如今又被凍結成一團團的落葉，都無法引起我的歡樂。

我靠在一扇門上，打量著空蕩蕩的田野，那兒沒有羊兒在吃草，短短的草葉被冰霜摧折，懨懨地毫無生氣。這是個異常陰沉的日子，預兆著大雪將至的灰暗天空籠罩著一切，不時飄下幾片雪花，落在堅硬的小路和白濛濛的草地上也不融化。我，一個可憐巴巴的孩子，呆立在那兒，一遍遍地喃喃自語著：「我該怎麼辦呀……我該怎麼辦？」

突然之間，我聽到一個清晰的聲音在喊：「簡小姐！你在哪兒呀？快來吃飯！」

這是貝絲，我完全清楚，可是我沒有動。不久，便傳來了她輕捷的腳步順著小路走來的聲音。「你這淘氣的小傢伙！」她說。「喊你，你幹嘛不來？」

跟我方才一直在思索的那些念頭相比，貝絲的到來似乎叫人愉快，儘管跟往常一樣，她性子有點暴躁。事實上，經過跟里德太太一場衝突並且取勝了之後，我根本不想去計較保姆一時的發火，我倒是眞想去分享一點她那年輕人輕鬆愉快的心情呢。我只是用兩隻胳臂摟住她，說道：「好啦，貝絲！別罵了。」

這個舉動比我往常肯做出來的任何動作都要坦率、大膽得多，不知怎的這使她很高興。

「你眞是個古怪的孩子，簡小姐，」她低頭瞧著我說，「一個喜怒無常、喜歡孤獨的小傢伙。那麼，你快要進學堂了吧，我想。」

我點了點頭。

「那你捨得離開可憐的貝絲嗎？」

「貝絲哪兒把我放在心上呀？她老是罵我。」

「這全怪你是個那麼怪僻、膽小、怕羞的小東西。你該大膽些才好。」

「怎麼，好多挨幾次打嗎？」

「胡說！不過你是受不了這些虧待的。我母親上星期來看我時我說過，她不願意她自己的哪個小把戲處在你這樣的地位……好啦，進來吧，我還有些好消息告訴你呢。」

「我想你不會有的，貝絲。」

「孩子！你這是什麼意思？你盯著我的這雙眼多憂鬱啊！好吧！太太、小姐們和約翰少爺今天下午都要出去吃茶點，你可以跟我在一塊兒吃了。我要讓廚子給你烤個小蛋糕，然後你要幫我一起檢點一下你的抽屜，因爲我馬上就要替你收拾行李了。太太打算讓你過一兩天就離開蓋茨黑德，你可以挑一下，看你想帶哪些玩具。」

「貝絲，你得答應我，在我走之前不再罵我。」

「好，我答應。不過要記住，你是個挺好的姑娘，不用害怕我。有時我話說得兇一點，別嚇得直哆嗦，那眞叫人火冒三丈。」

「我想我不會再害怕你，貝絲，因爲我已經跟你相處慣了。倒是很快又要有另外一些人叫我害怕了。」

「你要是害怕他們，他們就會討厭你的。」

「就像你那樣嗎，貝絲？」

「我並不討厭你，小姐。我想比起所有別的人來，我倒是更喜歡你。」

「不過從你臉上可看不出來。」

「你這個厲害的小傢伙！你說話的口氣跟以前不同了，倒底是什麼叫你變得這麼莽撞大膽的呀？」

「怎麼，我馬上就要離開你們了呀，另外……」我正想說一點我跟里德太太之間發生的事，但是再一轉念，我覺得這方面還是默不作聲好些。

「這麼說你是挺高興離開我了？」

「才不呢，貝絲。說眞的，我這會兒有點難受呢。」

「這會兒?!有點?!我的小姐這話說得有多冷淡啊！現在我敢說要想你吻我一下，你會不肯吻的，你會說我有點不願意。」

「我會吻你，而且很樂意，你把頭低下來。」貝絲彎下身來，我們互相擁抱，然後我心情很舒坦地跟著她回到了屋裏。那個下午在平靜和諧中度過，晚上，貝絲給我講了幾個她最迷人的故事，還給我唱了幾支她最動聽的歌。生活對我來說畢竟也有雲開日出的時候。

5

一月十九日早上五點的鐘剛敲，貝絲就拿著蠟燭走進我的小屋裡來，發現我已經起床，而且衣服都快穿好了。她進來以前半小時我就起了身，並且洗完臉，藉著快要沉下去的半月透過我床邊小窗戶射進來的亮光穿上衣服。

我要坐早上六點經過院子大門口的那班馬車離開蓋茨黑德。只有貝絲一人已經起來，她在育兒室裡生好了火，正在動手給我做早餐。在就要出門旅行的念頭激動下，很少有孩子能吃得下飯，我也是一樣。貝絲強勸我吃幾調羹她給我做的熱牛奶加麵包，但卻徒勞，只好用紙包了些餅乾放在我的旅行袋裡，接著她幫我穿上小大衣，戴上帽子，自己也裹上一條披巾，就和我一起離開了育兒室。經過里德太太臥房時，她說：

「你要進去跟太太道別嗎？」

「不了，貝絲。昨晚你下樓吃晚飯的時候，她到我床邊來過，說我早上不必去吵醒她，也不必去吵醒我的表哥表姊了。她還叫我記住她一直是我的好朋友，所以要說她的好話而且感激她的好處。」

「你怎麼說的呢，小姐？」

「什麼也沒說，我用被子蒙住臉，轉身朝著牆不答理她。」

「這可不對，簡小姐。」

「這挺對，貝絲，你的太太從來不是我的朋友，她是我的仇敵。」

「哎呀，簡小姐！可別這麼說！」

「再見了，蓋茨黑德！」我們穿過大廳從前門出去時，我叫道。

月亮已經落下，天非常黑，貝絲提著一盞燈，燈光閃爍照射在這幾天剛剛解凍而變得濕漉漉的台階和石子路上。冬天的清晨又冷又潮，我一邊急急順著車道走去，一邊牙齒直打顫。門房裡有亮光，我們走到那兒時看見門房的老婆正在生火，我的箱子前一晚已預先送下來，此刻已用繩子綁放在門邊。這時離六點只有幾分鐘，六點剛過不久，遠處傳來的車輪聲宣告馬車已經來了。我走到門口，看著車上的燈在黑暗中迅速地愈來愈近。

「她一個人走嗎？」門房老婆問。

「是的。」

「有多遠？」

「五十英里。」

「多遠的路啊！我奇怪里德太太讓她一個人走這麼遠的路，怎麼不擔心。」

馬車停住了，它就停在大門口，套著四匹馬，頂座上坐滿了旅客。車夫和管車的大聲催促著快一些，我的箱子裝上了車。我抱住貝絲的脖子連連吻著她，被別人拉開了。

「千萬要好好照應她啊。」管車的把我抱起來坐進車廂裡時，她大聲喊著。

「行！行！」對方回答她。車門砰地關上，一個聲音喊了聲「好啦」我們就出發了。我就此跟貝絲、跟蓋茨黑德分了手，就此被匆匆帶向了陌生的，而且在我當時看來是遙遠而又神秘的地方。

一路上的情形，我已不太記得，我只知道那一天在我看來長得出奇，而且我們就好像是趕了幾百里的路。經過了好幾個市鎮，而在其中的一個很大的市鎮上，馬車停了下來。馬給卸了下來，旅客下車去吃飯。我給帶進一家客棧裡，管車的要我在那兒吃點東西。但是我吃不下，他就把我留在一間大屋子裡，屋的兩頭都有壁爐，頂上掛著枝型吊燈，沿牆的高處還有個小小的紅色迴廊，上面擺滿著樂器。

我在那兒來回踱了很長時間，覺得很不自在，而且爲擔心有人走進來把我拐走而害怕的要命，因爲我相信有拐子，他們幹的業績就常常出現在貝絲所講的那些在爐邊講的故事裡。最後那管車人總算回來了，我再一次被塞進車廂裡，我的保護人爬上了他的座位，吹響了他那悶聲悶氣的號角，我們就車聲轆轆地駛過勒×鎭上的「石頭路」[1]開走了。

午後天氣潮濕，還有點霧濛濛。近黃昏時，我開始覺得我們眞的已經離開蓋茨黑德很遠了。我們不再經過城鎭，田野也變了景色，一座座陰沉沉的大山起伏在四周的天邊。暮色漸濃時，我們駛進一個黑壓壓長滿林木的山谷，當夜色已經完全籠罩住周圍景色以後很久，我聽到狂風在樹林間猛烈吹刮。

這聲音像催眠似的，終於使我昏然入睡，可是沒睡多久，可是沒睡多久，車子突然停下，把我驚醒了。車門已經打開，一個樣子像僕人似的女人站在車門口，我藉著燈光看清了她的面容和衣著。

「有個叫簡·愛的小姑娘在車裡嗎？」她問著。我應了聲「有」，就給抱下了馬車，我的箱子也給遞了下來，馬車馬上又開走了。

我坐得太久，身子都發僵了，還被車子的顚簸和發出的聲音弄得昏昏沉沉。我竭力使自

[1]「石頭路」：引自拜倫長詩《查爾德·哈羅德》中描寫滑鐵盧戰爭前夕情境的詩句。難道你沒聽見嗎？——不，這只不過是風聲，或者是車輛轆轆駛過石頭路的聲音。

已恢復過來以後，朝周圍看了一看。四下裡全是風、雨和一片黑暗，不過，我還是隱約辨出了我面前有一堵牆，牆上有扇門，我就隨著我的新嚮導從這扇門走了進去。她一進去就關好門，上了鎖。現在可以看見這兒有一幢或者幾幢房子——因爲整座建築鋪得很開，有許多窗子，其中有些透出亮光。我們濺著水順著一條很寬的石子路走去，被帶進了一扇門。然後那女僕領著我經過一條過道進了一間生著火的房間，把我獨自留在那兒。

我站著在火上烤了烤我凍麻的手指，接著看看四周。這兒沒有蠟燭，但是壁爐裡搖曳不定的火光不時地映出糊著壁紙的牆、地毯、窗幔和發亮的紅木家具。這是一間客廳，沒有蓋茨黑德的客廳那麼寬敞，也沒有那麼華麗，不過也夠舒適的了。我正在困惑地猜不出牆上掛著的一幅畫究竟畫的是什麼，一個人拿著一支蠟燭走了進來，另外還有一個人緊跟在後面。走在前頭的是位高高的女士，黑頭髮、黑眼睛，高高而白皙的前額。她半個身子裹在一條大披巾裡，面容嚴肅，舉止端莊。

「這孩子太小，眞不該讓她一個人來。」她說著，把蠟燭放在桌上。她仔細端詳了我一兩分鐘後，又接著說：

「最好還是馬上打發她上床睡覺，她看來是累了。你累嗎？」她把手放在我肩上問。

「有點兒，小姐。」

「也餓了吧，準是的。讓她睡覺前先吃點晚飯，米勒小姐。你是第一次離開父母來進學校嗎，我的小姑娘？」

我向她說明我沒有父母。她問我他們已經去世多久，接著又問我有多大了，我叫什麼名字，我會不會讀、寫，會不會做點縫紉。然後她用食指輕摸我的臉，說她希望我做個好孩子，就打發我跟著米勒小姐走了。

我剛離開的那位小姐約莫有二十九歲上下，帶我一起走的那位似乎比她小幾歲。前一位的聲音、外表和風度給我的印象很深。米勒小姐比較平凡，臉上雖有些操勞過度的神氣，面色卻還紅潤，步履和舉止都匆匆忙忙，就像是個手頭老有大量事情要做的人那樣。她看上去很像是一位助理教師，後來我發現也真是這樣。我由她帶著，在這座大而不很規則的建築物裡，走過一個又一個小隔間，穿過一道道走廊。最後，我們走出了剛才經過的部分建築中，到處籠罩著的那種有點淒涼的絕對寂靜氣氛，終於聽見了一片嘩嘩的嘈雜人聲，來到了一間又寬又長的屋子裡。

屋子兩頭各擺著兩張很大的木板桌子，每張桌上都點著一對蠟燭，一群不同年齡的姑娘，從九、十歲到二十歲都有，團團圍坐在桌邊的凳子上。在牛脂蠟燭的昏暗光線看下去，我覺得她們的人數似乎多得數不清，可實際上也不過八十來個。她們一律穿著式樣有些古怪的褐色呢罩衫，繫著粗麻布長圍裙。這會兒正是學習時間，她們都在專心熟讀明天要問的作業，我方才聽到的那片嘩嘩聲就是她們同時小聲背誦匯合而成的聲音。

米勒小姐示意叫我坐在一張靠門的凳子上，然後就走到這間長屋子上方的一頭，叫道：

「班長們，把課本收起來放好！」

四個較高的大姑娘分別從各張桌旁站起來，走了一圈，把書收集起來放到一邊。米勒小姐接著又下了命令：

「班長們，去把晚飯托盤端來！」

大姑娘們走了出去，馬上就又回轉屋來，每人端著一個托盤，裡面放著一份份分好了的飯食，我不知道究竟是什麼，每個盤子的中央還放著一壺水和一個大口杯。飲食依次傳遞下去，若要喝水，杯子是公用的。輪到我的時候，我喝了些水，因為口很渴了，但卻沒有動那食物，興奮和疲乏弄得我什麼也吃不下。不過，這時我看清了那是一張薄薄的燕麥餅，給分成了許多塊。

吃完飯，米勒小姐念了祈禱文，各班列隊而出——兩個一排地走上樓去。我這會兒疲乏不堪，幾乎沒有去注意臥室究竟是什麼樣的地方，我只看見它跟教室一樣，屋子很長。這一夜我得跟米勒小姐合睡一張床。她幫我脫掉衣服。我躺下以後看了看那很長的一排排床鋪，每張床上都很快地睡下了兩個人。不到十分鐘，就熄掉了唯一的燈火，我在一片寂靜和漆黑中睡著了。

一夜過得很快，我疲倦得連夢都沒做，只醒了一次，聽得狂風一陣陣怒號，大雨在傾盆地下著，並且覺察到米勒小姐已經在我旁邊睡下了。等我再一次睜眼醒來時，鐘聲正在大響，姑娘們已經起了床正在穿衣服了。天還沒破曉，屋子裡點亮著一兩支燈芯草蠟燭。我也只好不大情願地起床。天冷得刺骨，我打著哆嗦，勉強穿好衣服，等有臉盆空出來時去洗臉。這不是很快就能等到的，因為每六個姑娘才有一個盆子，擱在屋子當中的臉盆架上。鐘又響了，大家兩人一排排好了，列隊走下樓去，走進陰冷而燭光暗淡的教室裡。進去後，由米勒小姐念了祈禱文，接著，她大聲喊道：

「分班！」

接下來的幾分鐘一陣大亂，其間米勒小姐一再喊著：「安靜！」和「保持秩序！」等混亂過去後，我看見她們所有的人圍坐成四個半圈，分別面對著放在四張桌子後的四把椅子，手裡都拿著書。桌上各有一部好像《聖經》似的大書，放在空著的座位面前。接下來是幾秒鐘的靜止，夾著眾人發出來的低沉而聽不清的嗡嗡聲。米勒小姐從這一班走到那一班，把這種隱約的鬧聲壓下去。

遠處一陣噹噹的鐘聲，立刻有三位女士走進屋來，分別走到一張張桌子跟前就了座。米勒小姐在第四張空著的椅子上坐下，離門最近，周圍聚著最小的一些孩子。我就被招呼坐到這個班裡去，排在最末一個位置上。

現在功課開始了。先背誦了這一天的短禱文，隨後念了幾段經文，接著是慢慢朗誦了《聖經》中的幾個章節，整整花了一個鐘頭。做完這些功課，天已經大亮。這時那不知疲倦的鐘聲又敲響了第四遍，各班被整列成隊，出發到另一個屋子裡去用早餐。眼看就要有東西可吃，我真高興極了！前一天吃得那麼少，這會兒我真差一點餓壞了。

飯廳是個天花板很低、光線又暗的大房間，兩張長桌子上放著幾盆熱氣騰騰的東西，可是叫我喪氣的是，它們發出了一股遠不能說是誘人的氣味。我看到，當這些被叫來吃這種食物的人，鼻子裡聞到了這股氣味時，都普遍表示出不滿。在行列最前面，第一班的那些大姑娘中間，小聲地嘀咕了起來：

「眞討厭！粥又煮糊了！」

「安靜！」突然有人喊了一聲，不是米勒小姐，而是幾個高級教師中的一位，是個皮膚黑黑的小個兒，穿得很漂亮，但臉色有些陰沈沈的。她坐在一張桌子的上手，旁邊一桌上手坐的是位比她健壯些的女士。我想找昨晚見到的第一位女士，卻找不到，她不在場。米勒小姐坐在我那一桌的下手，一位樣子像是外國人的古怪老太太──我後來知道是教法文的老師──坐在另外那一桌的下手。念了一段很長的感恩禱告，唱了一首讚美詩，然後一個僕役端來了教師們用的茶點，早飯就開始了。

我餓極了，這會兒簡直有點頭暈眼花，所以顧不上滋味如何，就把我那份粥狼吞虎咽地吃了一兩勺。但當飢餓感稍稍緩和了一點，我就看出自己端著的簡直是一盆令人作嘔的爛泥漿。煮糊的粥差不多跟爛馬鈴薯一樣難吃，飢餓本身也會被它弄倒了胃口的。大家的勺子都不大動，我看到每個姑娘都嘗嘗她的食物，竭力想把它吞下去，但大都馬上就放棄了這種努力。

早飯結束了，可誰也沒吃上早飯。為我們實際沒有得到的東西表示了感恩❷，又再唱了第一遍讚美詩之後，大家離開飯廳，走向教室。我是走在末尾的一個，從桌子旁經過時，我看見一個教師端起一盆粥來嘗了嘗。她望望其他幾個人，她們臉上都露出不快的神氣，其中的一個，就是身體較健壯的那位，嘀咕了一聲：

「多難吃的東西！眞丢臉！」

要再過一刻鐘才重新上課，這時候教室裡亂得一塌糊塗。看來似乎在這段時間裡，是准許比較自由地大聲談話的，大家也就充分利用她們的特權。所有的談話都集中在早餐上，大家都異口同聲地盡情痛罵。可憐的人啊！這是她們僅有的安慰。這時屋裡只有米勒小姐一個教師，一群大姑娘圍著她，一邊說話一邊做著嚴肅而惱怒的手勢。我聽見幾個人的口裡提到了布魯克赫斯特的名字，米勒小姐聽了不以為然地搖搖頭，但也沒有竭力去抑制這種普遍的怒氣，無疑地她自己也有同感。

教室裡的一只鐘敲了九下，米勒小姐離開她周圍那圈人，站到屋子當中去喊道：

「安靜！坐到各人的位置上去！」

紀律終於占了上風，不到五分鐘，亂烘烘的人群就又變得秩序井然，比較寧靜的氣氛使

❷感恩：這是諷刺地指飯後的感恩祈禱。

一場巴比塔式的語言混雜❸趨於平息。這時，幾位高級教師也準時就了座，但是，一切似乎都還得稍稍等待。

八十個姑娘一動不動地筆直坐在凳子上，整齊排列在屋子的兩側，看起來眞像是一群聚在一起的古怪人物，頭髮都平直地往後梳著，看不到一綹捲髮，身穿褐色衣服，領口很高，頸部還圍著個很緊的領圈，罩衣胸前都繫著粗麻布口袋（樣子有點像蘇格蘭山地人的錢袋），是作爲裝活計的袋子用的。每個人還都穿著羊毛長襪和用銅扣繫的土製鞋子。有二十多個穿這樣一身衣著的都已經是成熟的大姑娘，或者不如說是年輕女士了，這身打扮對她們很不合適，使其中最漂亮的也顯得有點模樣古怪。

我還在看著她們，同時也偶爾看看幾位教師——其中沒有一位是我眞正喜歡的，因爲身體健壯的那一位有點粗俗，黑黑的那一位一副凶相，那個外國人粗聲粗氣、怪模怪樣，而米勒小姐呢，可憐的人啊！看上去臉色發紫、飽經風霜，而且操勞過度。正當我的眼光從這張臉又轉到那張臉的時候，全校的人彷彿由同一根發條帶動著似的，忽然同時地站了起來。

這是怎麼回事？我並沒聽見發過什麼口令呀，我被弄得莫名其妙。沒等我明白過來，各班又都坐好了。不過既然現在所有的目光都投向一處，我也跟著看去，竟不意看到了昨晚接待我的那個人。她站在長屋子靠下方那一頭的壁爐旁，因爲屋子是兩頭都有一個壁爐的。她莊嚴地默默檢閱著兩排姑娘們。米勒小姐走過去，似乎是向她請示一個問題，得到她的答覆後，就回到自己的位置上，大聲說：

❸巴比塔式的語言混雜：《聖經》傳說，古代巴比倫人想在巴比城建造通天塔，上帝使他們突然語言混雜，彼此無法相通，致使計畫失敗。

「第一班班長，去把地球儀拿來！」

在等著執行指示時，這位被請示的女士慢慢朝房間這一頭走。我想我身上準有個相當發達的專管崇敬的器官，因爲直到今天，我還仍舊保存著當時目光緊隨著她的腳步時心裡那種景仰之情。當時，在大白天下，她看上去修長，身材勻稱。雙眸中透出溫和目光的褐色眼睛，周圍纖細得像描出來似的長長睫毛，更襯出她寬寬的前額的白皙。兩鬢深褐色的頭髮按照時興的髮式梳理成密密的髮卷，當時分幾綹平梳或者梳成長長的捲髮都還不曾流行。她身上也很時髦的衣服是紫色的料子做的，用一種黑絲絨的西班牙式飾邊來加以襯托，一隻金錶（當時錶還不像如今那麼普遍）在她的腰帶上閃閃發光。

爲了讓畫面更加完整，讀者只要再加上秀麗的容貌，雖略蒼白卻十分明淨的膚色，以及端莊的舉止風度，就足可以獲得——至少，在語言所能表達的限度內——有關譚波爾小姐外貌的正確概念。她全名瑪麗亞．譚波爾，這是後來我在替她帶著上教堂去的祈禱書上看見她的簽名時才知道的。

洛伍德的校長（因爲這就是這位女士所擔任的職務）面對著安放在一張桌上的兩個地球儀落了座，把第一班的學生叫到她身邊，開始給她們上地理課，較低的幾個班級則由幾位教師叫去，背誦歷史、文法等等，持續了一個鐘頭。接著是習字和算術，另外由譚波爾小姐給幾個年紀大一些的姑娘上音樂課。每節功課的時間都按鐘點規定，最後時鐘終於敲響了十二點。校長站了起來。

「我有一句話要跟同學們講一講。」她說。

下課時的喧鬧本來已經開始掀起，但一聽見她的聲音就又靜了下去。她繼續往下說道：

「今早的早飯你們吃不下去，你們一定都餓了，我已經吩咐給大家準備一頓麵包和乾酪作點心。」

教師們用一種有點驚詫的神情望著她。

「這件事由我負責。」她用向她們解釋的口氣補充了一句，接著馬上就離開了教室。

麵包和乾酪很快端了進來分發給大家，使全校的人都興高采烈，精神一振。隨後，發出了「到花園去」的命令。每人都戴上一頂粗草帽，上面綴有用染過的白布做的帽帶子，罩上一件灰色的粗絨斗篷。我也同樣打扮，隨著人流向門口跑去。

花園是一大片圈起來的場地，四面圍著很高的牆，把外面的景色擋得一點也望不見。一道帶頂的遊廊伸向園子的一邊，幾條寬闊的散步道圍繞著分割成幾十個小花壇的中央地帶。這些花壇分配給學生們作爲她們栽種的園地，每個花壇都有它的主人。在鮮花盛開時它們無疑都是很美的，可眼前還是一月將盡的時節，只能見到一片嚴冬的凋零和枯黃衰敗的景象。

站在那兒望望四周，我身上直打哆嗦。對做戶外活動來說，這天的天氣實在是太嚴酷了。倒不是眞的下雨，而是被黃色的濛濛細霧遮得天昏地暗，腳底下仍舊被昨天的豪雨弄得一片透濕。身體強健些的姑娘仍在跑來跑去，做劇烈的活動，但是一些面色蒼白、身體瘦弱的姑娘，卻都擠在一塊，在遊廊裡尋找溫暖的藏身之所。而在後面這些人中間，隨著濃霧透進了她們那哆嗦的身軀，我不斷聽到有悶聲悶氣的乾咳聲。

我還一直沒跟別人說過話，別人好像也都沒注意到我，所以我一人站在那兒，相當孤單。不過這種孤獨感我早已習慣了，因此也並不感到怎麼難受。我靠在一根遊廊柱子上，拉拉我的灰色斗篷裹緊身子，竭力想忘掉身外襲人的寒氣，和肚子裡沒吃飽的難受，而專心去用觀察和思考來打發時間。我的思路太凌亂無緒，不值一提。我到現在還弄不大清楚自己究竟身在哪裡，蓋茨黑德和我以前的生活似乎已經飄浮而去，遠隔千里萬里，眼前是既陌生、又捉摸不定，而對未來我更是無法預計。

我四面環顧一下這個像修道院似的花園，又舉目望望房子，一幢大建築物，其中的一半顯得灰暗陳舊，而另一半卻還相當的新。較新的那部分裡容納了教室和宿舍，一窗窗直櫺的格子窗熠熠生輝，使它看上去有點像教堂。門上嵌著一塊石頭牌子，刻有這樣的文字——

洛伍德義塾——這一部分係於公元×××× 年由本郡布魯克赫斯特府諾奧蜜・布魯克赫斯特重建。

「你們的光也當這樣照在人前，叫他們看見你們的好行爲，便將榮耀歸於你們在天上的父。」——《馬太福音》第五章第十六節。

我反覆地讀著這段文字。我覺得它一定有某種含義，但卻還不能完全理解其中的究竟。我還在揣摩「義塾」這兩個字的意思，並且想要弄清楚前面那段話跟後面所引的經文之間的關係，正在這時，背後不遠處的一聲咳嗽使我回過頭去。我看見有個姑娘坐在近旁的一個石凳上，她正在埋頭看書，看上去全神貫注。我從站著的地方望得見書名——《拉塞拉斯》[4]，這書名令我覺得很古怪，因此也就很有吸引力。她在翻過一頁時偶爾抬頭望了望，我直截了當地問她說：

「你那本書有趣嗎？」我心裡已經起了想請她哪天把書借給我讀一讀的念頭。

[4]《拉塞拉斯》：全名《拉塞拉斯，阿比西尼亞王子》（Rasselas, Prince of Abyssinia, 1759），是英國大文豪塞繆爾・約翰生（Samuel Johnson, 1709～1784）所著的一部藉故事來作哲學辯論的小說。

「我挺喜歡它。」她隔了一兩秒鐘，先打量了我一會兒之後才回答我。

「它說什麼？」我接著又問。

我簡直不知道怎麼會有勇氣這樣開口去跟一個陌生人攀談，這一步是違反我的天性和習慣的，不過我想她所做的事大概是激起了我心中的某種同感，因爲我也同樣喜歡讀書，儘管都是些淺薄幼稚的，眞正嚴肅和有分量的我還消化和理解不了。

「你可以看看。」那姑娘一邊回答一邊把書遞給我。

我看了看。只略略翻了一下就叫我深信，書的內容並不像書名那麼迷人。對我那不大高明的鑒賞力來說，《拉塞拉斯》似乎很乏味。我既看不到仙女，也看不到妖怪的事，印滿密密麻麻字跡的書頁上似乎沒有任何五光十色的東西。我把書還給她。她默默地接過去，什麼也沒說，正想重新像方才那樣專心致志去讀她的書。我又冒昧地打擾了她：

「你能不能告訴我，門上那塊石頭上的字是什麼意思？什麼叫洛伍德義塾？」

「就是你要來住的這所房子。」

「那爲什麼要叫它義塾呢？難道它跟別的學校有什麼不同嗎？」

「這是所半慈善性質的學校，你我，還有我們所有的其他那些人，都是慈善學校的學生。我猜想你是個孤兒吧。不是你爹就是你媽已經去世了，對吧？」

「我還沒懂事的時候就都死了。」

「是啊，這兒所有的姑娘不是死了父母的一方就是父母雙亡，正因爲這樣，所以這兒叫做養育孤兒的義塾。」

「難道我們一個錢也不付？難道他們白白養活我們嗎？」

「我們付的，或者我們的親友付的，每人一年付十五鎊。」

「那麼幹嘛還叫我們是慈善學校的學生呢？」
「因爲十五鎊是不夠付膳宿和學費的，不足的錢就要靠捐款來補足。」
「誰來捐呢？」
「鄰近一帶和倫敦的各種個樣善心的太太先生們。」
「諾奧蜜・布魯克赫斯特是誰呢？」
「就像牌子上記載的那樣，是造這部分新屋子的那位太太，而她的兒子又監督首主管這兒的一切。」
「那爲什麼？」
「因爲他是這個機構的司庫兼總管。」
「那麼，這所房子並不屬於那位帶著錶、說要給我們吃點麵包和乾酪的高個子女士的嘍？」
「屬於譚波爾小姐？噢，不是！我倒希望是她呢。她做的一切都得向布魯克赫斯特先生負責，我們所有的食物和衣著都由布魯克赫斯特先生買來。」
「他住在這兒嗎？」
「不——在兩英里以外一所大宅子裡。」
「他是個好人嗎？」
「他是個牧師，聽說做了許多好事。」
「你說那位高個子女士叫譚波爾小姐嗎？」
「是啊。」
「那麼另外幾位老師叫什麼呢？」

「臉紅紅的那位叫史密斯小姐，她管勞作，還親自裁剪——因爲我們的衣服都歸我們自己做，罩衣也好、外套也好，什麼都自己做。黑頭髮、小個兒的那位叫史凱丘小姐，她教歷史和文法，還管聽兩班的背誦。還有圍著披巾，腰裡用黃絲帶繫著一塊手絹的那位是馬丹❺比埃洛，她是法國的里昂來的，教法語。」

「你喜歡這些老師嗎？」

「挺喜歡。」

「你喜不喜歡那個黑黑的小個子，和那個馬丹……我學不來你剛說的那個名字的發音。」

「史凱丘小姐脾氣急躁，你得小心別惹火了她。馬丹比埃洛倒不是個壞人。」

「不過還得數譚波爾小姐最好，是嗎？」

「譚波爾小姐是很好，她比別的人都強，因爲她懂得比她們多得多。」

「你在這兒很久嗎？」

「兩年了。」

「你是個孤兒嗎？」

「我母親去世了。」

「你在這兒快不快活呢？」

「你未免有點太愛刨根問底了。我眼前回答你已經不少，這會兒我可要看書啦。」

正好這時候已經在召喚吃飯了，大家重新進了屋子。現在飯廳裡彌漫著的那股味兒，並

❺馬丹：法語Mdame（夫人）的譯音。

不比早飯時我們的鼻子曾經領略過的味兒更能引人起人的食慾。飯菜裝在兩個大白鐵桶裡，冒著一股帶有臭肥肉味的熱氣。我看出那亂糟糟的東西是把一些爛馬鈴薯跟變質的臭肉碎塊攪和起來一鍋煮熟的。這頓菜倒是給每個學生都分了挺大的一盤。我一面盡可能吃了一些，一面心裡暗想，不知今後每天的伙食是否都是這副樣子。

吃過飯，我們都來到教室裡，重新開始上課，一直上到五點鐘。

下午唯一突出的事件，是我看見跟我在遊廊上談過話的那個小姑娘在上歷史課時，被史凱丘小姐罰出班上，去站在大教室中央。這種責罰在我看來是非常丟臉的，特別是對於這麼大的一個姑娘來說——她看去已有十三歲或者更大年紀了。我料想她一定會顯出十分痛苦和羞辱的神情，可是叫我吃驚的是，她既沒哭也沒臉紅，儘管臉色嚴肅，卻鎮靜自若地站在衆目睽睽之下。

「她怎麼能這麼平靜、這麼堅強地忍受住這個呢？」我暗自問。「換了我處在她的境地，我覺得自己準會但願腳下裂開一道縫把我吞了下去才好。她看上去就像是正在想著什麼超乎她的受罰、她的處境之外的事情，想著既不在她周圍也不在她面前的事情。我聽說過白日夢——她這會兒難道是正在做白日夢嗎？她兩眼盯著地上，但我肯定她是視而不見，她的目光似乎是內向的，深深轉向自己的內心。我相信，她是在看著她能記憶起來的，而不是眼前實際存在的東西。我眞猜不透她究竟是哪種姑娘——好姑娘呢還是淘氣的姑娘。」

下午五點過後不久，我們又吃了一餐，有一小杯咖啡和半片黑麵包。我狼吞虎咽地吃下麵包，喝了咖啡，吃得津津有味。可是我但願還能再來一份，因爲我仍舊覺得餓。飯後是半個鐘頭的娛樂，接著是學習，然後就是那一杯水和一份燕麥餅，祈禱和上床。這就是我在洛伍德所過的第一天。

6

第二天仍像前一天那樣開始，在燈草芯蠟燭的亮光下起床，穿衣。不過今早我們不得不免去了洗臉這個儀式，因爲水罐裡的水給凍得結冰了。昨天傍晚起天氣變了，刺骨的東北風整夜呼呼地灌進我們寢室的窗縫，吹得我們在床上直打冷戰，把大口水罐裡盛的洗臉水也凍成了冰。

還沒等到長長的一個半小時祈禱和讀《聖經》結束時，我已覺得快要凍死了。最後早餐時間總算來到，而且今早的粥也沒煮糊，質量還算可以，數量卻很少，我那一份看上去是多麼少啊！我眞希望它能再加一倍。

這一天，把我編進了第四班，給我規定了正式的功課和作業。在這以前，我還只是洛伍德各項活動的旁觀者，今後，我就將成爲其中的一名演員了。一開始，因爲對背誦還不大習慣，我覺得課文既長且難，課程一會兒一換，也弄得我頭昏腦漲。因此，我很高興到下午三點鐘光景，史密斯小姐交給我一塊兩碼長的細布滾條，連同針和頂針等等，打發我去坐在教室中一個僻靜的角落裡，讓我按照吩咐給滾條縫邊。

在那個時刻，別的大多數人也同樣在做針線活，可是有一個班卻仍舊圍著史凱丘小姐的椅子，站在那兒誦讀。因爲四周都寂靜無聲，因此聽得見她們課文的內容，也聽得見每一個姑娘表現得如何，以及史凱丘小姐對她們表現優秀的誇獎或者責罵。她們上的是英國史。在讀課文的人中間我看見了我在遊廊上相識的那一位。在剛開始上課時，她排在全班的前頭，可是不知因爲犯了個讀音上的錯誤呢還是句讀上的疏忽，她突然給降到了最末尾。即使到了這樣低微的位置，史凱丘小姐還是不斷地讓她成爲經常惹人注意的目標，不斷地向她說出這樣一些話：

「彭斯，」（這似乎是她的姓，因爲這兒的姑娘們全是用姓來稱呼的，就跟別處的男孩子那樣。）「彭斯，你伸出個下巴，難看死了，快收進去。」「彭斯，我一定要你把頭仰起來，我決不准你這個樣子站在我面前。」等等。

一章節從頭到尾念了兩遍，把書都合上了，對姑娘們進行起抽問來。這一課包括查理一世王朝的一部分，問了各種關於船舶港稅和造艦稅之類的問題，大多數人看來都回答不出。可是，不管什麼難題到了彭斯那兒就立刻解決了，她似乎把整課的內容都記在腦子裡，對什麼問題都能對答如流。我一直在指望史凱丘小姐會讚揚她用心，可是非但沒有，她忽然嚷了起來：「你這個骯髒討厭的姑娘！你今天早上一定連指甲都沒洗！」

彭斯不回答。我對她的沉默感到奇怪。

「她幹嘛不解釋，」我心想，「因爲水結冰了，她既沒法洗指甲，也沒法洗臉。」

這時我的注意力被史密斯小姐分散了，她要我給她綳住一束線。她一邊繞，一邊有一句沒一句地跟我說話，問我以前是不是上過學，我會不會畫樣、縫紉、編織等等。直到她放我走，我一直無法繼續觀察史凱丘小姐的舉動。

正在我回到自己座位上的時候，她下了個命令，到底說什麼我沒有弄清，可是彭斯立刻離開班上，走進隔壁放書的一間小小的裡屋，隔了半分鐘又回轉來，手裡拿著一束一頭捆緊了的小樹枝。她恭恭敬敬地行了個屈膝禮，向史凱丘小姐呈上這個可怕的凶器，然後不等命下，就默默地解下了自己的圍裙，那位教師立刻用那捆枝條朝她頸背上狠狠地抽了十幾下。

彭斯眼裡沒湧出一滴眼淚。我目睹著這種場面，不由產生一種又氣憤又無可奈何的心情，手指都直打戰，不得不停了一下手裡的活兒，可是她那張沉思的臉上卻神色如常，毫無改變。

「倔脾氣的姑娘！」史凱丘小姐喊道，「什麼也改不掉你那邋遢習慣。把笞帚拿走。」

彭斯遵命照辦。當她從存書室裡出來時我仔細瞧瞧她，她剛把自己的手絹揣回到口袋裡，一絲淚痕閃爍在她瘦削的臉上。

在洛伍德，傍晚的遊戲時間我覺得是最愉快的時刻。五點鐘時大口呑下的一小塊麵包、幾口咖啡雖說不能解飢，但也使人恢復了一點生氣，一整天的緊張拘束鬆弛了下來，教室也顯得比早上暖和了些，因爲允許把爐火稍微升得旺一點，以便多少可以代替一下尙未點上的蠟燭。發紅的暮色、放膽的喧嘩、嘈雜的人聲，給人一種自由自在的可喜感覺。

史凱丘小姐鞭打她的學生彭斯的那天傍晚，我仍跟先前那樣，徘徊在長凳、桌子和一群群笑鬧的人群中間，沒有一個人作伴，但也並不覺得孤獨。每當在一個窗前經過，我不時地掀起窗帘，望望外面。大雪紛飛，靠下部的窗格上已經開始蒙上了一層積雪。我把耳朵貼近窗子，可以在屋內的笑語喧鬧中分辨出屋外大風的哀號。

如果我是新近剛拋下了一個可愛的家和慈愛的雙親，也許眼前這種時刻最會引起我離別的愁緒，因爲那風聲會使我心情哀傷，這雜亂的人馬會攪亂我的寧靜。但實際上兩者卻引起我一種奇怪的激動，引起不安和興奮，因而我一心只盼望風怒號得更凶，暮色更濃到變成一片漆黑，混亂進一步成爲喧囂。

我跳過長凳，鑽過桌子，擠到一個壁爐跟前，那兒，我看到彭斯正跪在高高的鐵絲爐檔邊，藉著餘燼的微光，全神貫注地默默看著一本書，忘掉了周圍的一切。

「還是那本《拉塞拉斯》嗎？」我來到她身後，問道。

「是的，」她說，「我剛好看完。」

只過了五分鐘，她就合上了書。我對這個很高興。

「這下子，」我心想，「說不定能引她開口說話了。」我在她身邊的地板上坐了下來。

「你姓彭斯，可名字叫什麼呢？」

「海倫。」

「你是從很遠的地方來的嗎？」

「我是從一個再往北去一點的地方來，差不多快到蘇格蘭的邊界了。」

「你還會回去嗎？」

「我希望會的，不過將來的事誰也說不準。」

「你一定很想離開洛伍德吧？」

「不，我幹嘛要想？我是給送到洛伍德來受教育的，不達到目的就離開沒有意思。」

「可是那個老師，史凱丘小姐，對你太凶了呀？」

「凶？沒那回事！她很嚴厲，她討厭我的缺點。」

「可要是我換了你，我會討厭她，我會拒絕她。要是她用那個鞭子揍我，我會從她手裡奪過來，我會當著她的面把它折斷。」

「也許你不會做那樣的事，可要是你眞做了，布魯克赫斯特先生也準會把你開除出學校，這對你的親戚來說，會是件挺不幸的事。寧可耐心忍受一次除你自己之外，別人誰都不會感到的痛楚，也遠比做出冒失的事來，讓跟你有關的人全都受到不利的影響爲好。再說，《聖經》上也教我們以德報怨呀。」

「可挨鞭子，罰站到滿是人的屋子當中去，終歸是丟臉的呀。而且你又是那麼大一個姑娘，我比你小得多，我還受不了呢。」

「可是既然不可避免，就非忍受不可，命中該你忍受的事，如果說你受不了，那是軟弱和愚蠢的。」

我聽著她這些話覺得很驚異。我沒法理解這種忍耐的信條，更無法理解或者贊同她對她的懲罰者所表現的寬容。但儘管這樣，我還是覺得海倫．彭斯是憑藉一種我所看不見的光來考察事物的。我懷疑也許她是對的，而我錯了，但是我不想把這個問題深究下去，也像費力克斯❶一樣，我把它暫且擱下，將來再說。

「海倫，你說你有缺點，什麼缺點呢？我覺得你挺好的嘛。」

「那就讓我告訴你，看人別只看外表。我正像史凱丘小姐說的，很邋遢。我很少把東西收拾整齊，也從來不保持整潔；我粗心大意，我老忽略規則，該做功課的時候我看書；我缺乏條理；而且有時候我也像你那樣，說我受不了按步就班地行事。這些都叫史凱丘小姐小姐十分冒火，她生性愛乾淨俐落、遵守時刻、一絲不苟。」

「還凶狠暴躁。」我又補了一句，但是海倫．彭斯不同意我的補充，她默不作聲。

「譚波爾小姐是不是也像史凱丘小姐那樣，對你很凶？」

一提起譚波爾小姐的名字，一絲溫情的微笑就在她嚴肅的臉上掠過。

「譚波爾小姐十分善良，她不忍心嚴厲對待任何人，哪怕是學校裡最壞的人。她看到我的錯處，就溫和地向我提醒，要是我做了一點值得稱讚的事，就大加讚揚。我生性惡劣到可恥的一個有力的明證，就是即使她的規勸那麼溫和，那麼合情合理，也沒能起到治好我的毛

❶費力克斯：《聖經》中一個遇事拖延的法官。

病的作用。就連她的讚揚，儘管我非常珍視，也沒法激勵我去經常去保持小心謹慎、思前顧後。」

「這眞奇怕，」我說，「要小心還不容易。」

「對你來說，我毫不懷疑是容易的。今早你在上課時我注意過你，看見你非常專心，米勒小姐講課和向你提問時，你一點都沒顯出漫不經心的樣子。可我卻時常心不在焉。在我本該聽著史凱丘小姐講課，把她講的全都用心記住的時候，我卻常常連她的聲音都聽不見了，就像陷進了什麼夢境似的。有時候我覺得自己是在諾森伯蘭❷，我周圍的嗡嗡聲，是流過離我家不遠的『深谷』的那條小溪的潺潺聲——這樣，當輪到我回答問題時，就先得把我叫醒，而我剛才是在聽幻想中的小溪聲，根本就沒聽講，所以不知答什麼好。」

「可是今天下午你回答得挺好呀！」

「這只是碰巧，我們正在讀的那段內容引起了我的興趣。今天下午我不但沒夢見深谷，反而一直在納悶，一個一心想做好事的人，怎麼會像查理一世有時候所做的那樣，幹出些極不公平的蠢事來。我覺得眞太可惜，像他那麼秉性正直、光明正大的人，卻會目光短淺到超不出王權一步。要是他能把自己目光放遠一些，看到人們所說的時代精神的趨向，那該多好啊！不過我還是喜歡查理——我敬重、同情他，這個可憐被殺害了的皇帝啊！一點不錯，他那些仇敵是最壞的人，他們讓他們沒有權利傷害的人流血慘死。他們竟敢殺害了他！」

海倫現在是在自言自語，她忘了我不大能聽懂她說的話——她在談論的事我一無所知，或者幾乎是一無所知。我把她重新拉回到我的水平上來。

❷諾森伯蘭（Northumberland）：英格蘭北部的一個郡。

「那麼譚波爾小姐上課時，你也會心不在焉嗎？」

「當然不，不經常這樣。因爲譚波爾小姐一般總有些比我的想法更新鮮的東西可講。她的措詞用語我特別喜歡，她傳授的知識常常正好是我想要得到的。」

「那麼說，你在譚波爾小姐跟前表現得挺好嘍？」

「是的，不過是被動的，我並沒勉強去做，只是聽憑愛好的左右。這樣的好可沒什麼了不起。」

「挺了不起，凡是對你好的人，你就對他好。這正是我一直想做到的。如果大家老是對殘酷、不公道的人百依百順，那麼那些壞傢伙就更要任性胡來了。他們會什麼都不懼怕，這樣也就永遠不會改好，反而越來越壞。當我們無緣無故地挨了打，我們一定要狠狠地回擊。我相信我們一定得這樣——得非常非常狠，好教訓那個打我們的人永遠不敢再打。」

「我想等你長大一點，你會改變想法的，眼前你還只是個沒什麼教養的小姑娘。」

「可是我總覺得，海倫，我不得不討厭那些不管我怎麼想討他們歡喜，還是一個勁地討厭我的人。我一定得反抗那些不講道理地責罰我的人。這就跟誰對我好，我就愛他，或者我自己覺得該受罰，就乖乖地受罰一樣，是挺自然的事。」

「異教徒和野蠻民族才信奉這種道理，基督徒和文明的民族是否定它的。」

「怎麼？我不懂。」

「最能克服仇恨的並不是暴力，最有把握治好創傷的也不是報復。」

「那麼是什麼呢？」

「讀讀《新約》吧，看看基督徒是怎麼說的、怎麼做的——把他的話作爲你的規範，他的行爲作爲你的榜樣。」

「他怎麼說的呢？」

「你們的仇敵要愛他，咒詛你們的要為他祝福，恨你們、凌辱你們的要待他好。」❸

「那麼我該愛里德太太嘍?!這我辦不到。我該為她的兒子約翰祝福嘍?!這決不可能。」

這回輪到海倫．彭斯要我說說是怎麼回事了。我立刻照自己的想法盡情傾訴了我吃的苦首我心中的怨恨。我心裡一激動，就尖酸刻薄起來，怎麼想的就怎麼說，毫不含蓄或者克制一些。

海倫耐心地聽我說完。我想她總會發表一兩句意見的吧，可是她一句話也沒說。

「怎麼樣，」我急不可耐地問，「難道里德太太還不是個硬心腸的壞女人嗎？」

「當然，她對你不好，因為，你瞧，她討厭你這樣的性格，正像史凱丘小姐討厭我的性格一樣。可是你是多麼一點不漏地記著她對你說過和做過些什麼呀！看來她的不公正行為在你心裡留下的印象是深得多麼出奇呀！沒有任何虐待能這樣深地打動我的感情。如果你儘量去忘掉她的嚴厲，和因此引起來的憤激情緒，你不是會過得更快活一些嗎？

「我覺得生命太短促了，不值得把它花費在懷恨和記仇上。我們在世上，人人都有一身罪過，而且也不可能不是這樣。但是不久總會有那麼一天，我相信，我們在擺脫自己腐敗的軀殼時，同時也就擺脫了這些罪過。到那時，墮落和罪孽會隨著這個累贅的血肉之軀從我們身上卸下，只留下精神的火花——生命和思想的不可捉摸的源泉，純潔得就像它當初離開造物主使萬物具有生命的時候一樣。它從哪兒來，還回到哪兒去。說不定又會被授給某一種比

❸原話見《新約．路加福音》第6章第27至28節：「你們的仇敵要愛他，恨你們的要待他好，咒詛你們的要為他祝福，凌辱你們的要為他禱告。」

人更高的生物——說不定會一步步經過榮耀的各種等級，從照亮蒼白的人類心靈上昇到照亮天使的心靈！

「它是不是一定不會正好相反，不幸從人降低到魔鬼呢？不，我絕不相信，我堅信另一種信條，這種信條沒有人教過我，我也很少提起，可是我喜歡它，我堅守它，因爲它把希望給予每一個人，它使永生成爲一種安息——一個宏偉的家，而不是恐懼和深淵。再說，信奉這個信條，我就能把罪人和他所犯的罪孽非常清楚地區別開來，我就能在痛恨後者的同時十分眞誠地寬恕前者。信奉這個信條，復仇永遠不會使我擔心，墮落永遠不會讓我過分深惡痛絕，不公平也永遠不會叫我過分心灰意懶。我平靜地活著，期待著末日。」

海倫的頭一直低垂著，說完最後一句話時垂得更低了一點。從她這種神情上我看出她不想再跟我多談，而寧願去跟她自己的思想交談。她沒有能夠深思多長時間，不一會兒，一位班長，是個粗魯的大姑娘，來到她跟前，用很重的昆布蘭❹口音嚷道：

「海倫．彭斯，要是你不馬上去整理好你的抽屜，疊好你的活計，我就告訴史凱丘，讓她去看看！」

海倫的冥想消散了，她嘆了口氣站起身來，既沒回答也不耽擱，就服從了班長的命令。

---

❹昆布蘭（Cumberland）：英格蘭北部的一個郡。

7

我在洛伍德的第一個季度長得像整個時代，而且還不是黃金時代，其中包含了克服種種困難的叫人厭煩的鬥爭，來讓自己適應各種新的規則和陌生的工作。生怕在這裡方面受挫的心情，比起我命定要承受的身體上的艱苦來說，更叫我感到苦惱，儘管後者也並不是輕鬆的小事。

整個一月、二月和三月的前半，厚厚的積雪，以及融雪後幾乎無法通行的道路，使得我們除了上教堂以外，無法越出花園的圍牆半步，可是在這個範圍內，我們還是得天天到戶外去度過一個鐘頭。我們身上的衣服不足以抵禦嚴寒。我們沒有長靴，雪鑽進我們的鞋裡並且在那兒融化。我們沒戴手套的雙手凍得麻木，長滿凍瘡，腳也一樣。我至今還忘不了因此自己每天晚上都要忍受的那種痛苦難熬的滋味，因爲我的雙腳都紅腫了。還有每到早上，硬要把腫痛僵硬的腳趾塞進鞋子裡去所遭的那份罪過。

飯食供應的不足也叫人苦惱，我們這班發育中的孩子食欲正旺，可所吃的幾乎還不夠一個虛弱的病人維持生命。營養不足造成了一種惡劣風氣，使年齡小一些的學生大受其害。那些餓壞了的大姑娘一有機會，就會連哄帶嚇分占她們的那一份。我有好多次就曾把午後茶點時分得的一小塊珍貴的黑麵包分給兩個勒索者，還把我那杯咖啡的一半讓給第三個勒索者，然後，我才伴著因爲餓急了偷偷流下的眼淚，咽下所剩的那一半。

在那個嚴冬的季節裡，星期天是個鬱鬱寡歡的日子。我們得走上兩英里路，到我們的保護人常做禮拜的布魯克橋教堂去。我們出發時很冷，走到教堂時更冷，做早禮拜的時候人都快要凍僵了。回校去吃午飯的路太遠，所以在兩次禮拜的中間分給一份冷肉和麵包，份量跟我們平常吃飯時一樣少得可憐。

下午的禮拜結束後，我們走一條毫無遮蔽的山路回去，一路上冬天的刺骨寒風越過北面連綿的積雪山峰刮過來，幾乎把我們臉上的皮都刮掉了。

我還能記得譚波爾小姐腳步輕快地走在我們這列垂頭喪氣的隊伍旁邊，她的格子花呢斗篷被凜烈的寒風吹得緊貼她的身上。她一面口頭開導，一面以身作則，鼓勵我們振作起精神來前進，正如她所說的「就像堅強的士兵那樣」。其他的教師，那些可憐的傢伙們，大都自己也情緒低落，也顧不上去鼓舞別人了。

我們回到學校時，多麼渴望能享有熊熊爐火的光和熱啊！可是，至少那些小姑娘們是享受不到的，教室裡兩個壁爐馬上就都被兩三層大姑娘們緊緊圍住，在她們身後，小一點的孩子們只好成群地蹲在那兒，把她們凍得要命的胳臂藏在圍裙裡。

喝午後茶時總算來了點小小的安慰，發雙份的麵包——不是半片，而是整整的一片，上面還塗著薄薄一層好吃的黃油。這是我們大家從一個安息日到下個安息日一直在盼望著的每周一次的難得款待。我一般都盡力把這份豐厚的點心給自己留一半，其餘的就只好總是分給別人了。

星期天晚上總是用來背誦英國國教的教義問答，《馬太福音》的第五、第六和第七章，還要聽米勒小姐冗長的講道，她克制不住地一再打呵欠，說明她自己也累了。在這些節目中經常出現的一個插曲是，總有五六個小姑娘扮演起猶推古❶的角色來，她們睏倦不堪，雖說不是從三層樓，也是從第四排長凳上掉了下來，扶起來時簡直是半死不活的樣子。治療的辦法是把她們推到教室中央，罰她們一直站到講道結束。有時候她們連兩腳都站立不住，倒下來在地上擠成一堆，這時只好用班長的高凳子把她們支撐住。

我一直還沒提起過布魯克赫斯特先生來學校，事實上，那位先生在我進校後第一個月的大部分時間裡都不在家，也許是在他的好友副主教那兒多耽擱了一些日子。他不在倒叫我鬆了口氣。不用我說，我自有害怕他來的原因。

可是，他終於還是來了。

一天下午（當時我已經在洛伍德待了三個星期了），我正手裡捧著一塊石板坐在那裡，苦苦地思索著做一道長除法❷，偶然心不在焉地抬頭望望窗口，瞥見一個身影正好經過。我幾乎出於本能地立刻認出了那個瘦長的輪廓。所以兩分鐘以後，全校的人，連教師在內，都enmasse ❸起立時，我簡直沒有必要抬頭去看看，以便弄清楚她們究竟是在如此隆重地歡迎誰的到來了。

有人大步走過教室，不一會兒，曾經在蓋茨黑德的爐邊地毯上狠狠朝我皺眉的那根黑鐵柱子，就已經矗立在也同樣站了起來的譚波爾小姐身邊。這時，我斜眼窺視了一下那根建築構件。是的，我沒猜錯，這正是布魯克赫斯特先生，穿著件緊身長大衣，鈕扣扣得嚴嚴實

❶猶推古：《聖經》中一個少年，在聽講道時因爲睏倦沈睡，從三層樓窗台上掉下來死去。
❷長除法：即繁式除法，要求將運算中的每一步都具體寫出來。
❸法語：全體。

實，看去顯得比以前更長、更細，也更生硬了。

我自有理由爲他的現形感到喪氣。里德太太關於我的性情等等所作的那些造謠中傷的暗示，布魯克赫斯特曾表示一定要把我的壞脾氣告知譚波爾小姐和其他教師的諾言，這些我都記得太清楚了。我一直都在擔心這個諾言的兌現——我天天都在提防著這個「隨時會出現的惡人」，他關於我以往生活和言談的介紹，會叫我永遠背上壞孩子的名聲。

現在他終於來了，他就站在譚波爾小姐旁邊。他正在向她低聲耳語，我毫不懷疑，他是在揭露我的惡劣行徑。我焦急難耐地注視著她的目光，隨時準備著看到她烏黑的眸子會向我投來厭惡和輕蔑的一瞥。我也在側耳靜聽，因爲我剛巧正坐在靠近屋子前端的座位上，所以聽見了大部分他所說的話，這些話的內容總算解除了我的近憂。

「譚波爾小姐，我想我在洛頓買來的線是合用的。我當時想到用它縫布襯衣正合適，還特地挑了些跟它相配的針。你跟史密斯小姐說一聲，我忘了記下要買織襯針的事，不過下個星期我會派人送些錢來給她的。叫她無論如何每次最多只能給每個學生發一根針，多了她們就往往會不當回事，把它們弄丟了。噢，還有，小姐！我希望那些羊毛襪子要照管得好一些——上次我來時，我到菜園裡去查看一下晾著的衣服，有許多黑襪子都沒補好，從那些破洞的大小來看，我肯定它們沒有隨時好好地補。」

他停了一下。

「你的指示一定照辦，先生。」譚波爾小姐說。

「還有，小姐，」他又接著說下去，「洗衣的女人告訴我，有些姑娘一個星期換兩次乾淨領圈，這太多了，按規定只能換一次。」

「我想這件事我可以解釋一下，先生。上星期四有朋友請艾格妮絲・約翰斯頓和凱薩琳，約翰斯頓兩人上洛頓去喝茶，所以我准許她們特地換個乾淨領圈。」

布魯克赫斯特先生點了點頭。

「好吧，偶然一次還行，不過請別讓這樣的事發生得太多。另外還有件事也叫我吃驚，我跟總管結帳的時候，發現上兩個星期裡，有兩次給姑娘們發了有麵包和乾酪的點心。這是怎麼回事？我查了下規章，可沒發現上面提到過這樣的飯食。是誰採取了這種新辦法？又是誰批准的？」

「這事得由我負責，先生。」譚波爾小姐回答。「早飯做得太糟，學生們實在吃不下去，我沒敢讓她們一直餓到吃中飯。」

「小姐，請等一等——你明白我培養這些姑娘的辦法，不是讓她們養成奢侈和驕縱的習慣，而是要她們吃苦、忍耐、克己。即使偶爾有點不大對胃口的事發生，比無燒壞了一頓飯、一道菜作料太濃或是太淡等等，化解事故的辦法不應該是用更美味的東西去補償失掉了的那點享受，以致驕縱了肉體，放棄了這所學校的宗旨。應該利用這種情況來使學生受到精神上的薰陶，鼓勵她們遇到一時的艱苦時表現堅忍不拔的精神。

「在這種場合下，作一次短短的訓話不會是不合時宜的，這時候一位賢明的導師會藉此機會提一下最初的基督徒所受的苦難，殉道者遭到的酷刑；提一下我們神聖的主的親口訓誡，他召喚他的門徒們背起他們的十字架跟著他走；提一下他的警告：人不能只靠麵包活著，還得依靠上帝口中說出來的每一句話；提一下他神聖的撫慰：『你們若爲我忍飢受渴，便爲有福。』唉，小姐，你把麵包乾酪代替燒糊了的粥，送進那些孩子的嘴裡時，你當然可以餵飽她們卑微的肉體，但你卻沒有想到，你是在叫她們不朽的靈魂挨餓！」

布魯克赫斯特先生又一次停住了——也許是過分激動的緣故。譚波爾小姐在他剛開始對她講話時垂下了眼睛，但現在她卻目光直視前面，她的臉本來就像大理石那樣白，現在似乎更顯出了那種石頭的冷漠和堅定。尤其是她的嘴緊緊閉著，彷彿要用雕刻家的鑿子才能鑿開似的，而她的眉宇間也愈呈現出一種近於凝固了似的嚴厲神色。

這時候，布魯克赫斯特先生正倒背著兩手站在壁爐跟前，威風凜凜地檢閱著全校。突然間他的眼睛眨了一下，彷彿碰到了什麼刺目或者耀眼的東西。他轉過身去，用比他先前任何時候都要急促的語調說：

「譚波爾小姐，譚波爾小姐，那個……那個捲頭髮的姑娘是誰？紅頭髮的，捲著……滿頭頭髮都是捲著的那一個？」說著，他還伸出手杖指著那個可怕的對象，手都有點發抖。

「那是朱莉亞・塞汶。」譚波爾小姐很平靜地回答。

「朱莉亞・塞汶，小姐！可為什麼她，或者不管什麼人，還留著捲頭髮？為什麼她竟敢在我們這個福音派的慈善機構裡，藐視這兒的一切戒律和原則，這麼肆無忌憚地迎合流俗，居然梳起一頭捲髮起來了？」

「朱莉亞的頭髮是自然捲曲的。」譚波爾小姐語氣更加平靜地回答道。

「自然？對，可是我們卻不能順著自然。我希望這些姑娘成為受上帝恩寵的孩子。再說幹嘛留這麼多頭髮？我一再表示過，我希望頭髮要剪短、要簡單樸素。譚波爾小姐，那個姑娘的長頭髮一定要全剪掉，我明天就叫個剃頭的來。我看見還有些人頭髮也留得太長太長了——那個大點的姑娘，叫她轉過身去。叫第一班的全體起立，臉朝著牆。」

譚波爾小姐用手帕輕輕拭了一下嘴唇，彷彿要把情不自禁浮現在嘴角上的一絲笑意魅去似的。不過她還是下了命令，而當第一班的學生弄明白了要她們幹什麼以後，也都服從了。我坐在凳子上稍稍把身子往後仰一點，可以看得見她們對這個口令動作所表現出來的各種神情和做鬼臉的樣子。眞可惜布魯克赫斯特先生不能也看見這些，否則他或許會體會到，不管他怎麼擺佈杯盤器皿的外表，那內裡的東西卻遠比他所能想像的更不受他的支配。

他細細察看了這些「活獎牌」的背面足有五分鐘，然後宣布了判決。這句話一出口就像敲響了喪鐘：

「頭上的那些頂髻統統都得剪掉。」

譚波爾小姐似乎要提出異議。

「小姐，」他接著說下去，「我得侍奉主，他的王國是不屬於這個世界的。我的使命就是要克制這些姑娘的七情六欲，教導她們要穿著的規矩，不招搖，既不結辮子，也不穿考究衣服。可我們面前這些年輕人個個都把一束頭髮編成辮子，這都是出於虛榮心才把它編起來的。這些東西，我再說一遍，必須統統鉸掉。想想爲它們浪費掉的時間，想想……」

正說到這兒，布魯克赫斯特先生的話給打斷了，又有三位來訪者，都是女客人，這時走進了教堂。她們眞該稍微早來一點才好，那樣就能聽到他關於衣著的這番訓話了，因爲她們正好滿身絲絨、綢緞、毛皮、打扮得十分華麗。三人中兩位年輕的（十六七歲的漂亮姑娘）頭戴著當時時興的水獺皮帽，上面還插著鴕鳥毛，在這雅致的頭飾的邊檐下面，密密地垂著捲得十分精緻的輕盈捲髮。上年紀的那位太太裹著一條鑲有貂皮邊的貴重絲絨披巾，前額還垂著法國假捲髮。

這幾位女客是布魯克赫斯特先生和兩位布魯克赫斯特小姐，譚波爾小姐恭恭敬敬地接待了她們，並且引她們到教堂前端的上座落座。看來她們是跟她們那位擔任著聖職的親屬一起乘馬車來的，當他跟總管辦理事務、查問洗衣女人、訓斥校長的時候，她們一處不漏地查看了樓上那些房間。現在她們就開口對負責照管被服和檢查宿舍的史密斯小姐，提出了種種意見和責難。不過我顧不上去聽她們說些什麼，有另外一些事情把我的注意力引開並且牢牢吸引住了。

在這以前，我一邊留心聽布魯克赫斯特先生跟譚波爾小姐小姐之間的談話，一邊始終沒忘了注意保證自己的安全。我想這是做得到的，只要避免被他看到就行了。為此我坐在長凳上一直儘量往後縮著身子，而且為了看上去像在忙著做算術，故意把石板捧得遮住了臉。本來我很可能不被注意到的，可是不知怎麼我搗亂的石板忽然從我手裡滑了下來，冒冒失失地砰然一聲跌落在地板上，馬上引得所有的眼睛都轉向了我。我明白這下子全完了，所以一邊彎下身去拾起那碎成兩半的石板來，一邊鼓足勇氣準備迎接最壞的後果。它終於來了。

「眞是個粗心的姑娘！」布魯克赫斯特先生說，接著馬上又——「我看出來了，是那個新學生。」緊跟著，還沒等我來得及喘口氣，又說，「我可不能忘了，關於她，我還有一兩句話要說呢！」然後他大聲說，那聲音在我聽來有多大啊！「叫那個打碎了石板的孩子上前來！」

光靠我自己，我可能一動也動不了，我簡直全身癱瘓了。可是坐在我兩旁邊的兩個大姑娘拉我站了起來，把我朝那位可怕的法官推了過去，接著譚波爾小姐輕輕扶著我一直來到他的腳跟前，我聽見了她在悄聲安慰我：

「別怕，簡，我明白這是偶然的過失，你不會受罰的。」

這親切的耳語像刀子似的插進了我的心。

「再過一分鐘，她就會鄙視我是個僞君子了。」我想著，同時因為深信無疑，我身上猛然冒出了一股針對里德和布魯克赫斯特的無名怒火來。我可不是海倫．彭斯呢。

「把那張凳子拿過來。」布魯克赫斯特先生手指著一張很高的凳子說，一位班長起身讓出那張凳子來。凳子給端過來了。

「把這孩子放上去。」

我被放了上去，誰幹的我不知道。我已注意不到這些細節，我只知道人家把我高高舉起到齊布魯克赫斯特先生的鼻子，他只離開我一碼遠，而在我下方，大片橘黃、紫紅色的閃緞斗篷，和雲霧般的雪白鳥羽毛在那兒展開，飄動。

布魯克赫斯特先生清了清嗓子。

「太太小姐們，」他回過頭去朝他的親屬們說，「譚波爾小姐，教師們和孩子們，你們都看見了那個姑娘吧？」

她們當然看見了，因爲我感覺得到她們的眼睛像凸透鏡那樣對準我被灼痛了的皮膚。

「你們瞧她年紀還小，你們看到她有著跟平常孩子一樣的外貌。上帝慈悲爲懷，把跟我們一樣的形狀賜給了她，沒有明顯的殘疾標明她是個特殊的人物。誰能想到魔鬼已經在她身上找到了一個奴僕和代理人？可是我要痛心地說，事實卻正是這樣。」

停頓了一下——這時我漸漸讓自己受震撼的神經穩定了下來，感到反正魯比孔河❹已經渡過了，考驗已沒法逃避，只能堅強地面對。

「我親愛的孩子們，」這個黑大理石般的牧師用悲愴動人的語氣說，「這眞是件傷心難過的事，我有責任警告你們，這個本該成爲上帝親手牧養的羔羊的姑娘，實際是個小小的浪

❹魯比孔河：在今義大利中部，是古羅馬將軍凱撒的領地與當時義大利本土交界的地方。公元前四十九年凱撒率兵渡過此河，宣告與以龐培爲首的羅馬政府正式開戰。後來英語中「渡過魯比孔河」成爲一句成語，表示破釜沉舟，已無退路的意思。

蕩漢，不是眞正的羔羊中的一個，而顯然是個外來者、闖入者。你們必須小心提防她，避免學她的樣。必要的話，不要跟她作伴，不要讓她參加你們的遊戲，不讓她跟你們一起談話。教師們，你們一定要看牢她，注意她的一舉一動、估量她的每句話、考察她的各種行爲、懲罰她的肉體，來拯救她的靈魂。當然，這是說如果這種拯救還有可能的話，因爲（這話我都覺得有點難以出口），這姑娘，這個孩子，出生在一個基督徒的國度裡，卻比許多祈禱梵天❺、膜拜訖里什那神像❻的小異教徒還要壞——這個姑娘是個……說謊者！」

這回停頓了足有十分鐘之久。當時我已完全神智清醒了，所以在這段時間裡，我看清了三位布魯克赫斯特家的女眷都摸出手絹來擦擦眼睛，上年紀的太太來回搖晃著身子，兩個年輕的低輕說：「多可怕啊！」

布魯克赫斯特先生又接著說下去：

「我是從她的女恩人，從那位虔誠、善心的太太那兒聽說的。這位太太在她父母雙亡時收養了她，把她當自己的女兒來撫養，而這個壞姑娘卻用惡劣、可怕到極點的忘恩負義來報答她的仁慈和慷慨，終於使得那位了不起的保護人不得不把她跟自己的孩子們隔離開，以免她的壞榜樣玷污了他們的純潔。她把她送到這兒來治病，就像古時猶太人把病人送到畢士大池❼攪動的水裡去一樣。所以教師們和校長，我請求你們不要讓她四周的水停滯不動。」

---

❺梵天（Brahma）：印度教中的一切衆生之父。
❻訖里什那神像（Juggeraut）：印度教三大神之一毘濕奴的作身。
❼畢士大池（Bethesda）：《新約．約翰福音》第5章第2節中說，耶路撒冷有一個池子叫畢士大，在天使攪動池水時下去，就能治癒百病。

說了這樣一句出色的結束語之後，布魯克赫斯特先生把他長大衣的第一顆鈕扣扣好，對他的家屬低聲說了些什麼，她們站起身來，向譚波爾小姐鞠了個躬，然後這幾位大人物就一起威風凜凜地走出屋子去。走到門口時，我的這位法官回過頭來說：

「讓她在凳子上再站半個小時，今天剩下的時間裡誰也不准跟她說話。」

於是，我就高高地站在那兒。我還說若要我雙腳站立在教室中央，我是絕受不了這種恥辱的，可如今卻竟然站在一個恥辱台上公開示衆。我此時此刻的心情，是無法用言語形容的。然而正當大家站起身來，使我呼吸艱難、喉嚨緊縮的當兒，有個姑娘走了過來，從我跟前走過去，在經過我身邊的時候，她抬起了眼睛。那目光中閃出一道多麼奇怪的光芒啊！這道光芒又使我渾身產生了一種多麼不同尋常的感覺啊！這種嶄新的感覺又給了我多大的支持啊！就彷彿是一位殉道者、一位英雄，走過了一個奴隸或者犧牲者的的身邊，在經過時賦予了他力量一樣。我壓制住了本來正要發作的歇斯底里，昂起頭，在凳子上站穩了身子。

海倫．彭斯問了史密斯小姐一個關於作業方面的小問題，爲了問得太瑣碎無聊而挨了幾句申訴，就仍回自己的原位上去，當她再次走過時，又朝我微笑了一下。什麼樣的微笑啊！我直到今天還記得它，而且明白它是高度的智慧和眞正的勇氣的流露。它就像天使臉上反射出來的光芒那樣，照亮了她那不尋常的面容、她瘦削的臉、和她深陷的灰色眼睛。而當時海倫．彭斯還正在臂上罰戴著「不整潔標誌」，不到一小時以前，我還聽見史凱丘小姐罰她明天中午只准吃麵包和涼水，因爲她在抄寫習題時弄髒了練習簿。

人的天性原本就是不完美的！就是最明亮的星球上也會有黑斑。可是像史凱丘小姐這一類人的兩眼卻只看得見那些小瑕疵，而對星星的耀眼光芒卻視而不見！

8

半個鐘頭還沒滿，鐘敲五點，學校下了課，大家都到食堂吃茶點去了。這時天色已經十分昏暗，我大膽下走凳子，退到一個屋角上，在地板上坐了下來。一直支撐著我的那股魔力開始消失，反作用降臨，不一會兒，在一陣無法抵擋的悲痛之下，我頹然撲倒在地上。現在我哭了。海倫·彭斯不在，沒有任何力量來支撐我了。剩下一個人，我再也無法自制，淚水淌滿了地板。

我曾打算在洛伍德做個那麼好的孩子、做那麼多的好事、交那麼多的朋友，以求博得尊重，贏得好感。而我已經有了明顯的進步。就在當天早上，我已升到了全班的第一名，米勒小姐熱烈地誇獎了我，譚波爾小姐微笑著表示讚許，她答應教我繪畫，准我學習法文，只要未來的兩個月裏我能繼續有這樣的進步。而且同學們也都對我很好，跟我年齡相仿的對我平等相待，誰也不來作弄我。可如今呢？我又被打倒，遭踐踏，趴倒在這兒。我還有再爬起來的一天嗎？

「永遠沒有了。」我想著，一心只希望死掉算了。我正泣不成聲地繼續訴說著這種心願時，不知誰走近前來。我驚跳起來——又是海倫·彭斯來到了離我不遠處，黯淡下去的爐火剛能照見她正經過長長的空房間走過來，她給我端來了咖啡和麵包。

「來，吃點東西。」她說。可是我把它們都推開了，覺得在我眼前這種境況裏，哪怕是一小滴或者一小塊都會梗住了我。

海倫．彭斯打量著我，說不定感到有點詫異。我這會兒再拚命努力也無法使我的激動平息下來，我繼續大聲哭著。她靠近我在地板上坐下，兩臂抱膝，把頭擱在膝頭上。她像個印度人似的保持著這個姿勢，一聲不響。還是我第一個開了口：

「海倫，你幹嘛還跟一個人人都相信是撒謊者的姑娘待在一起呀？」

「人人嗎，簡？什麼話，只有八十個人聽見別人這樣你，世界上卻有幾萬萬人呢？」

「可幾萬萬人跟我有什麼相干？我認識的這八十個都會瞧不起我。」

「簡，你錯了。說不定全校沒有一個人鄙視你或者不喜歡你，我相信，許多人還很同情你呢！」

「聽了布魯克赫斯特先生的話，她們怎麼還會同情我？」

「布魯克赫斯特又不是神，他甚至也不是受尊敬的大人物。他在這兒很不受歡迎，他也從來沒幹過什麼事讓別人喜歡他。要是他把你當成特殊的寵兒，你倒會在周圍發現許多明裏暗裏的敵人。實際上，要是敢的話，大部分人是會向你表示同情的。教師和學生們會有一兩天用冷淡的眼光看你，但是她們心底裏卻暗暗對你抱著友好的感情，而且只要你繼續好好努力，用不著多久，這種感情正因爲暫時受到抑制，反而會更加明顯地表示出來。再說，簡，……」她停住不說了。

「怎麼啦，海倫？」我把手放到她的手裏問著。她輕輕摩擦著手指讓它們暖和過來，又接著說下去：

「即使世上的人都恨你，相信你壞，只要你自己問心無愧，知道自己是無辜的，你就不會沒有朋友。」

「不，我知道應當看重自己，可這還不夠。要是別人不愛我，我活著還不如死——我受不了孤獨和被別人憎恨，海倫。你瞧，爲了博得你，或者譚波爾小姐，或者隨便哪個我眞正愛著的人的歡心，我會心甘情願讓我的手臂骨被折斷，或者讓牛角把我挑起來，或者站到會踢人的馬後面去，讓它用蹄子踢我的前胸……」

「噓，簡！你把人的愛看得太重了。你太衝動，太感情用事。那只創造了你的軀殼，又賦予了它生命的至高無上的手，除了你脆弱的自身，或者跟你一樣脆弱的造物以外，還給你準備了別的財富。除了這個塵世，除了人類，還有一個看不見的世界，一個神靈的王國。這個世界就在我們的周圍，因爲它是無所不在的。

「那些神靈在守護著我們，因爲它們是受命來保護我們的，哪怕我們被痛苦和恥辱折磨得要死，鄙視從四面八方襲來，憎恨把我們壓得粉碎，天使們也會看到我們的苦難，承認我們的無辜的（只要我們確實無辜，正像我知道你是無辜的，並沒有布魯克赫斯特先生從里德太太那兒間接聽來又牽強附會地加以誇大的那些過失，因爲我從你熱情的眼睛和開朗的額頭上看出了眞誠的天性。）而上帝只是在等著靈魂與肉體分離，好最後給予我們充分的酬報。那麼，既然生命很快就會過去，死亡又確實是通向幸福和榮耀之門，我們又何必被苦惱壓得灰心喪氣呢？」

我默不作聲，海倫使我平靜了下來。但在她傳播給我的這種寧靜之中，卻攙雜著一絲說不出來的哀愁。我感覺她的話裏有一種悲哀的意味，但又說不清這感覺究竟從何而來。她說完以後稍微有點氣喘，並且短短地咳嗽了幾聲，我一時之間忘掉了自己的煩惱，轉而隱隱地擔心起她來。

我把頭擱在海倫的肩上，雙臂摟住她的腰，她把我拉近一些，兩人默默地偎依著。我們這樣坐了沒多久，又進來了另外一個人。剛刮起來的風吹走了濃雲，露出了皎潔的月亮，月光透過近旁的窗子，清晰地照亮了我們倆，也照亮了正在走近的身形，我們一眼就認出這是譚波爾小姐。

「我是特意來找你的，簡・愛。」她說。「我要你上我屋裏去，既然海倫・彭斯跟你在一塊兒，那她也一起來吧。」

我們去了。在校長的帶領下，我們得穿過一條條複雜的走廊，登上一道樓梯，才走到她住的房間。它生著旺旺的爐火，顯得很舒適。譚波爾小姐叫海倫・彭斯坐在壁爐一邊的一張矮扶手椅上，她自己在另一張椅子上坐下，把我叫到她身邊。

「都過去了嗎？」她低頭瞧著我的臉問。「是不是把你的傷心事全哭暢快了？」

「我怕永遠也做不到。」

「爲什麼？」

「因爲我受了冤屈，從此——你，小姐，還有所有的人，都要把我看得很壞了。」

「我們會照你自己證明的來看待你，我的孩子。繼續做個好姑娘，如此你就會叫我們感到滿意。」

「我會嗎，譚波爾小姐？」

「你會的。」她用胳臂摟住了我說。「現在跟我說說，布魯克赫斯特先生稱做你的恩人的那位太太到底是誰？」

「里德太太，我的舅媽。我的舅舅去世了，他把我托給她照管。」

「那麼她不是出於自願來收養你的？」

「不是，小姐，她很惱火不得不這樣做。不過，我常聽見傭人們說，我舅舅臨死前要她許下諾言，答應永遠撫養我。」

「那好吧。簡，你知道，至少我要讓你知道，一個罪犯受到控告時，總是允許他爲自己辯護的。人家指責你不誠實，那你就在我面前儘量爲自己辯護吧。照你自己記憶中認爲是眞實的說，既不要無中生有，也不要誇大其詞。」

我從心底下定決心，一定要說得儘量正確無誤，儘量恰如其分，所以先思考了幾分鐘，以便把我該說的理清頭緒，接著就對她述說了我淒慘童年的全部經歷。由於被心情激動弄得精疲力竭，我說得比我平時談論這個傷心話題時，口氣要溫和得多。同時因爲心裏記著海倫警告過不要過分憎恨的話，我在述說中攙進的火氣和怨恨也比通常要少得多。正因爲有所克制和不過分囉嗦，聽起來反而顯得更加可信。我邊講邊覺得譚波爾小姐會完全相信我的話。

在講述過程中，我也提到了勞艾德先生在我昏倒過以後曾經來看過我，因爲我怎麼也忘不了對我來說可怕至極的關紅屋子那段插曲。在說到細節時，我的激動肯定有幾分越出了界限。因爲我無論怎樣也無法淡忘，當里德太太悍然不顧我拚命求饒，再次把我鎖進那間鬧鬼的黑屋子裏的時候，我當時那陣揪心般的痛苦。

我說完了。譚波爾小姐默默地注視了我幾分鐘，然後說：

「勞艾德先生我有點認識，我會寫封信給他，要是他的回信跟你所說的相符，那就一定要替你公開洗清一切罪名。對我來說，簡，你現在就已經是清白無辜的了。」

她吻吻我，仍舊讓我待在她身邊（我非常樂意站在那裏，因爲我高興能懷著一種孩子般的喜悅，來細細地瞧著她的臉、她的服裝、她的一兩件飾物，她那白皙的前額和濃密光亮的捲髮）。她開始跟海倫．彭斯說話。

「你今晚怎麼樣，海倫？今天你咳得厲害嗎？」

「我想不算太厲害，小姐。」

「你胸口的疼痛呢？」
「稍微好點了。」
譚波爾小姐站起身來，拿起她的手，給她量了一下脈搏。接著她又回到自己的座位上。在她坐下時，我聽見她輕輕嘆了口氣。她悶悶不樂地坐了好幾分鐘，然後振作起精神來，高高興興地說道：
「可是今天晚上你們兩個是我的客人呀，我得拿你們當客人待才對。」
她搖了叫人鈴。
「芭芭拉，」她對應聲而來的女僕說，「我還沒喝過茶，把茶盤端來，給這兩位小姐添兩隻杯子。」
茶盤很快就端來了。放在爐邊小圓桌上的細瓷杯和發亮的茶壺，在我看來是多麼美啊！茶的熱氣、烤麵包的香味，又是多麼香啊！可是叫我喪氣的是（因為我已經開始感到餓了），我看出那麵包只是很小的一份，譚波爾小姐也看出來了。
「芭芭拉，」她說，「你不能再多拿點麵包和黃油來嗎？這一點不夠三個人吃的。」
芭芭拉走了出去，一會兒就又回來了。
「小姐，哈頓太太說，她已照平時的分量送來了。」
得說明一下，哈頓太太是總管，是個跟布魯克赫斯特先生一樣心腸的女人，全身是用同樣的鯨魚骨和生鐵鑄成的。
「哦，好吧！」譚波爾小姐回答說。「那我看我們就只好湊合著吃了，芭芭拉。」等那個姑娘走了以後，她微笑著又說道：「幸好這一次我還有辦法彌補不足。」
她請海倫和我坐到桌子跟前去，在我們每人前面放上一杯茶，一片很好吃但可惜很薄的烤麵包，然後起身打開一隻抽屜鎖，從抽屜裏拿出一個紙包，馬上在我們面前拿出了一個挺大的香草甜餅來。

「我本來想讓你們每人帶一點回去吃的，」她說，「可既然烤麵包這麼少，只好這會兒就吃了。」說著就動手毫不吝嗇地把餅切成厚厚的一片片。

那天晚上我們簡直像飽享了一頓神仙的盛宴，而在這盛情款待中，同樣令人愉快的是，女主人望著我們用她慷慨提供的美食來大解飢腸時，臉上露出的那種滿意的微笑。吃完茶點，端走了茶盤，她再次招呼我們坐到爐火跟前去，我們一邊一個坐在她的身旁，這時她跟海倫開始了一場談話，能有機會聽到這樣的談話眞可說是難得的幸運。

譚波爾小姐總是顯得舉止安詳，神態莊重，談吐彬彬有禮，這就使她永不至於陷入狂熱、激動和急躁。同時這也使看著她和聽著她說話的人所感到的喜悅，由於受一種敬畏的約束而顯得較有分寸。我當時的感覺也正是如此。但是海倫·彭斯的情況，卻讓我大吃一驚。

使人精神振作的一餐、旺盛的爐火、她喜愛的導師的在場和親切相待，或許比這些更重要的是，她自己與眾不同的頭惱中的某種念頭，激起了她內心的力量。它覺醒過來，熊熊燃燒了。首先，它閃耀在她臉頰上的奕奕神采中，而在這以前，除了蒼白和毫無血色之外，我在她臉頰上從來沒有看見過別的東西。其次，它閃爍在她兩眼水汪汪的光澤中，使它們忽然顯出了一種比譚波爾小姐的眼睛更獨特的美——這種美既不在於眼睛的顏色，也不在於長長的睫毛、描過似的眉毛，而在於眼中的含意、眼睛的閃動和奕奕的光彩。

還有，她的心和口彷彿已打成一片，話像流水似的滔滔不絕，我都說不清它究竟來自哪個源頭。難道一個十四歲的姑娘會有那麼寬廣、那麼生氣蓬勃的心胸，居然能容下如此洶湧不絕的純淨、豐盛而熱情洋溢的雄辯之泉嗎？在這個對我來說值得懷念的晚上，海倫的談話就有這樣的特色。她的心靈似乎急於要在短促的片刻中，充分度過別人在漫長的一生中所度過的生活。

她們倆談論著我從來沒有聽說過的事情。談到古老的民族和時代，遙遠的國家，已發現的或者還在猜測中的大自然的奧秘。還談到各種書籍，她們讀過的書眞多啊！她們的知識多麼淵博啊！她們似乎還非常熟悉法國人的名字和法國的作家。但是最最使我驚異的是，譚波爾小姐問起海倫，她是否偶爾還能擠出點時間來，溫習一下她父親過去教給她的拉丁文，說著還從架上抽出一本書來，叫她說一頁《維吉爾❶》並且逐字加以翻譯。

海倫照著做了，使我那「崇敬的機能」隨著每一行聲調鏗鏘的詩句更是步步加強。她剛讀完，就寢的鐘聲就響了，再耽擱是不允許的，譚波爾小姐擁抱了我們倆，在把我們摟在懷裏時，說道：

「上帝保佑你們，我的孩子們！」

她擁抱海倫的時間比我長，放開她時也顯得更加不大情願。她一直目送到門口的是海倫，她為海倫，再一次悲哀地嘆了一口氣，也為海倫，擦了擦淌落到臉上的一滴淚水。

我們剛回到寢室，就聽見史凱丘小姐的聲音。她正在檢查抽屜。她剛剛拉開了海倫・彭斯的抽屜，我們一進去，她就迎頭給海倫一頓痛罵，並且要她明天把折得亂七八糟的東西別在肩頭上。

「我的東西確實亂得丟臉。」海倫喃喃地對我小聲說。「我本想整理一下，但忘了。」

第二天早上，史凱丘小姐用顯眼的大字在一塊紙板上寫了「邋遢」兩個字，把它像經

---

❶「維吉爾」：這裏指古羅馬詩人維吉爾（Publius Vergilius Maro，公元前70～前19）的經典作品。

匣❷似的繫牢在海倫那寬闊、馴順、聰明而顯得厚道的額頭上。她耐心地戴著它一直到傍晚，毫無怨言地把它當作是應得的懲罰。下午的課結束，史凱丘小姐剛一離開，我就跑到海倫身邊，把它一把扯下來，扔進了火裏。她自己不會生的無名怒火，整天都燃燒在我的心裏，熱辣辣的大滴眼淚，不斷地刺痛著我的臉頰，因爲瞧著她那種悲哀的逆來順受，我心裏痛苦得難以忍受。

在上面所說的這件事發生以後大約一個禮拜，給勞艾德先生寫信的譚波爾小姐收到了回信，看來他的話有助於證實我所敘述的情況。譚波爾小姐把全校召集在一起，聲明已經就對於簡・愛的種種指控作過調查，現在她很高興能夠宣佈，對簡・愛所加的罪名都已徹底得到洗刷。這一來，教師們都紛紛前來跟我握手、吻我，我的同學們的行列中也到處傳來了高興的喃喃議論聲。

就這樣擺脫了一個叫人傷心的沈重負擔後，我馬上就開始從頭幹起，下決心要戰勝一切困難自己闖出一條路來。辛勤努力，而成功也相應地隨之而來。實踐使我生來不算太強的記憶力有了改進，不斷做練習使我的智力變的敏銳。只過了幾個星期我就升了一班，不到兩個月，就准許我開始學習法文和繪畫。我學了動詞être❸的頭兩個時態，同一天裏又畫了我的第一幅茅屋圖（順便說說，那座茅屋的牆壁傾斜得比比薩斜塔還厲害。）那天晚上上床的時候，我都忘了在想像中備一桌有熱的烤馬鈴薯或者白麵包和新鮮牛奶的巴梅賽德❹晚宴，而

❷經匣：內裝寫有經文的羊皮紙條上的小匣，猶太人祈禱時把一匣頂在頭上，一匣繫在左腕。

❸法語：「是」，「在」。

❹巴梅賽德（Barmecide）：《一千零一夜》中的一個王子，假裝請一個飢餓的窮漢赴宴，卻不給他眞的食物。

以往我是常常用它褒聊以解饞的。

這晚，我卻如飢似渴地彷彿在黑暗中看見了許多完美的圖畫，它們都是我親手所畫的，有熟練地勾畫出來的樹木房屋，情趣盎然的山岩和廢墟，魁普❺式的畜群，有描摹蝴蝶在含苞欲放的玫瑰花上翩翩飛舞，鳥兒啄食熟透的櫻桃，藏著珍珠般鳥蛋的鷦鷯窠，四周還環繞著嫩綠的常春藤之類的可愛繪畫。我還在心中思量自己是不是有可能，能夠把馬丹比埃洛那天拿給我看過的那本薄薄的法國故事流暢地翻譯出來。這個問題還沒有圓滿地解決，我就甜蜜地睡著了。

所羅門❻說得好：「吃素菜，彼此相愛，強如吃肥牛，彼此相恨。」

現在要我用洛伍德和它的種種貧乏，去換取蓋茨黑德和它每天的錦衣玉食，我也是絕不願意的。

---

❺魁普：（Albert Cuyp, 1620～1691）：荷蘭風景畫家。

❻所羅門（Soloman，公元前十世紀）：古以色列國王，以智慧過人著稱，相傳《聖經》中的《箴言》、《雅歌》就是他所寫的。這裏所引的話見於《舊約．箴言》第15章第17節。

9

但是洛伍德的貧乏，或者不如說是艱辛，漸漸有所減輕了。春天臨近，實際上已經降臨，冬日的嚴寒已經減退，積雪消融，刺骨的寒風也已漸緩和了。我可憐的雙腳，原先被正月的寒氣凍得皮開肉綻、紅腫不堪，連走路都一瘸一拐的，如今在四月的和風下開始癒合和消腫了。黑夜和清晨不再以它們那加拿大式的低氣溫，凍得我們連血管裏的血都差點凝結，我們現在也能耐受得住在花園裏度過的遊戲時間了。有時碰到陽光燦爛的日子，它甚至使人覺得是愉快而舒適的。

枯黃的花壇上也已顯出了綠意，一天比一天充滿生氣，使人遐想也許夜裡希望之神曾在它們上面走過，每到早晨就留下了她愈來愈清晰的足跡。花兒從葉叢中探出頭來，有雪蓮花、藏紅花、紫色報春花和帶金色斑點的三色堇。現在每逢星期四下午（放半天假），我們都出去散步，還會發現更加可愛的花開放在小路邊，樹籬下。

我還發現，在我們花園周圍插滿鐵釘的高圍牆外面，有著一種莫大的愉快和樂趣，它廣闊無垠，直達天際。這種樂趣就在於綠蔭蒼翠的深谷環抱在崇山峻嶺中的景色，在於充滿暗黑石子和明亮漩渦的清澈的溪泉。

想當初我所看見的景色，是多麼大不相同啊！那時它雪壓冰封，展現在嚴冬鐵灰色的天空下。那時候，像死亡那麼冰冷的寒霧在東風的驅使下飄過那些紫褐色的山峰，滾滾而下地沉落在低窪草地和河灘上，最後跟山溪上凝結的水氣融爲一體！那條山溪當時是一股混濁而滾滾向前的激流，它衝開林木，向空中發出怒吼般的聲音，還時常跟暴雨或者隨風打旋的凍雨攙合在一起而聽來更加重濁。而溪邊兩岸的樹林呢，看上去只像是一排排死人的骨架。

四月過去，五月來臨。那是個恬靜明媚的五月，從頭到尾都是藍天如洗，陽光和煦，西風或者南風徐來的日子。草木飛快成長，洛伍德抖開它的秀髮，變得到處一片濃綠，遍地鮮花。它那些高大的榆樹、橡樹的骨架都恢復了壯麗的生機，各種林間植物茂密地生長在它的山隈水邊。種類多得數不清的各色蘚苔蓋滿了它的窪地低谷，而那些如火如荼的野櫻草花，簡直成了奇妙地從地上長出來的太陽光。我曾經見過它們那淡淡的金色光芒，就像點點可愛的光輝灑滿在濃蔭深處。所有這些我都經常地盡情欣賞，自由自在，沒人監視，而且幾乎是獨自一人。所以會有這樣不平常的自由和樂趣是有它的原因的，現在講清這個原因就成了我的一樁苦事。

我方才說這兒偎依在樹林和山崗間、屹立於溪澗邊的時候，不是把它描繪成了一個可愛的住所嗎？的確，是夠可愛的。但是否有利於健康，卻是另一個問題了。

洛伍德所在的那個樹林密布的山谷，是霧氣和它所滋生的瘴癘的發源地。病疫隨著加速來臨的春天，也加速地潛入了這個孤兒院，把斑疹傷寒悄悄送進了擁擠的教室和宿舍，還沒到五月，就把學校變成了一所醫院。

半飢半飽和對傷風不聞不問，使大多數學生本來就極容易受到傳染，八十個姑娘中，一下子病倒了四十五個。課上不成，紀律也鬆弛了。對少數還沒病倒的幾乎完全放任自流，因為醫護人員堅持她們必須經常活動以便保持健康，而且即使不是這樣，也沒人再顧得上去照看和管束她們。

譚波爾小姐全副心思都放在病人身上，她整天待在病房裏，除了夜間抽空休息幾小時外幾乎寸步不離。別的老師們則完全忙於打點行李和作其他一些必要準備，來送走那些還算幸運的姑娘，她們有親戚或者朋友能夠而且願意接她們離開這個傳染地區。許多已經傳染上了的人回家去等死，有些人則死在學校裏，而且馬上給悄悄地埋掉，疾病的性質不容許耽擱。

就這樣疾病成了洛伍德的長住戶，而死亡則是它的常客。校園內一片陰鬱和恐懼，房間和走廊裏彌漫著醫院的氣味，藥物和熏香徒然地想蓋住死亡的惡臭。而在戶外，五月的明媚春光卻毫無陰霾地籠罩著峻峭的山岡和美麗的林地。

學校的花園繁花似錦，一丈紅長得像樹那麼高，百合初開，鬱金香和玫瑰花開得正盛。粉紅的海石竹和深紅的重瓣雛菊把一個個小花壇的邊緣點綴得五彩繽紛，多花薔薇早晚都散放出它們的香料和蘋果般的香味。而這些芬芳的珍寶對大多數洛伍德的人來說卻毫無用處，只除了不時地能提供一束花草，用來放在棺木上。

然而我和別的還沒有病倒的人，卻盡情地享受了眼前季節和景物的美。他們讓我們從早到晚像吉普賽人似的在樹林裏遊蕩。我們愛幹什麼就幹什麼，愛上哪兒就上哪兒。我們的生活也改善了。布魯克赫斯特先生一家如今都一步也不靠近洛伍德，日常事務再沒人來嚴格地管住。壞脾氣的總管也已經不在，是因爲怕被傳染而嚇跑了。接替她的人原先是洛頓施藥所的管事，對這個新地方的規矩還沒摸透，所以生活供應上比較寬一些。再說吃飯的嘴少了，病人又吃不下什麼，我們早餐盤裏的東西也就多了一些。還常有來不及做正規午餐的時候，逢到這種情況，她就會給我們一大塊冷的餡餅，或者厚厚一片麵包和乾酪，我們把它帶到林子裏，各人選個自己最中意的地方，痛快地大吃一頓。

我心愛的坐處是一塊又光又大的石頭，潔白而乾燥地矗立在溪流的中間，要涉水才能走到那，這是我赤腳完成的一手絕技。這塊石頭大到恰好能舒舒服服地容下另外一個姑娘和我兩個人，當時我最要好的伙伴是個名叫瑪麗．安．威爾遜的姑娘。她是個聰明伶俐的人，我喜歡跟她作伴一半是爲了她的精靈古怪，一半也是因爲她的舉止使我感到自在。比我大幾歲的年紀，她比我多經過些世面，能告訴我許多我愛聽的事情。跟她在一塊，我的好奇心能得到滿足。對我的缺點她也能寬大地毫不計較，不管我說什麼，她從不硬加管束和阻止。她長於敘述，我善於分析，她喜歡講，我喜歡問，因此我們倆相處得十分融洽，從彼此的交往中即使得不到長進，也得到了不少的樂趣。

那麼這時候海倫．彭斯上哪兒去了？爲什麼我沒有跟她在一起度過這段自由自在的愉快時光呢？是我把她忘掉了？或者我竟低賤到厭倦了跟她的純潔友情？不用說，我剛才提到的瑪麗．安．威爾遜是比不上我第一個相識的朋友。她只能給我講一些有趣的故事，應答我一時興致挑起的新鮮有的閒聊。而要是我前面關於海倫的爲人描寫得沒走樣的話，她是能夠使有幸與她交往的人品味到高超得多的東西的。

的確如此，讀者，而且我明白這一點，也感覺到這一點。儘管我這個人並不高明，缺點很多，值得稱道的長處極少，但我絕不會厭倦海倫．彭斯，也絕不會對她不再懷有那種曾使我的心大受鼓舞的，極爲強烈、溫柔而又充滿崇敬的眷戀之情。既然海倫在任何時候、任何情況下都對我默默表示了一種忠實的友誼，鬧鬧彆扭和發脾氣都從來不曾損害或者動搖了它半分，情況又怎麼會不是這樣呢？

可是海倫眼前已經病倒，我已經好幾個禮拜沒見到她，不知她被搬到樓上哪個房間裏去了。聽人家說，她並沒在安置傷寒病人的那部分屋子裏，因爲她害的不是斑疹傷寒，而是肺病，而我出於無知，還以爲肺病是一種輕微的病症，只要一段時間裏好好加以照看，是一定會好轉的。

使我更堅定這種想法的，是在十分晴朗暖和的下午，她曾下過樓一兩次，由譚波爾小姐帶著到花園裏去。不過在這種時候是不允許我跑去跟她講話的，我只從教室窗子裏望見她，而且還看不大清楚，因爲她身上給裹得嚴嚴實實，坐在遠處的遊廊底下。

六月初的一天傍晚，我跟瑪麗·安一起在林子裏待到很晚。我們跟往常一樣遠遠離開別人，遠到迷失了方向，不得不到一所孤零零的茅屋裏去問路，那裏住著一男一女，養著一群靠吃林子裏的野果長大的半野放的豬。

我們回來的時候月亮已經升起，一匹矮馬正站在花園門口，我們認得它是醫生騎的。瑪麗·安說，她想準是有人病得很重，才會在晚上這麼晚的時候去請貝茨先生來。她進了屋子，我耽擱了幾分鐘把我從樹林裡挖來的一把樹苗栽到我的園子裏，怕它擱到早晨會枯掉。弄完以後，我又多逗留了一會兒，因爲露水一降下來花兒的香味特別濃。夜晚是那麼可愛、那麼寧靜、那麼溫柔，還閃著餘輝的西方那麼明白地預告著明天又是個好天氣。月亮在肅穆的東方那麼莊嚴地升起。我正注視著這一切，並且以一個孩子所能欣賞的程度欣賞著它們，這時，我頭腦裏突然產生了一個從未有過的念頭：

「這會兒躺在病床上，隨時有死亡的機會，是多麼可憐啊！這個世界是可愛的，被迫離開它到誰也不知道的地方去，是十分悲慘的事！」

這時，我的腦子才第一次認眞地力圖去理解以往灌輸給它的關於天堂和地獄的事。它第一次畏縮起來，不知所措了。它第一次瞻前顧後、左顧右盼，卻只見周圍一片無底深淵。它只能感到它腳下所踏的這一點實地——眼前，其他一切都是茫茫迷霧和不測深淵，想到一旦立足不穩，墜入這一片混沌，就不由得不寒而慄。正在一心想著這個新念頭時，我們聽見前門打開了。貝茨先生走了出來，有個護士跟他在一起。她看著他上了馬離開以後，正要關門，我向她跑了過去。

「海倫．彭斯怎麼樣？」

「很不好。」她回答。

「貝茨先生是來瞧她的嗎？」

「是的。」

「他說她怎麼樣？」

「他說她在這兒待不久了。」

要是昨天聽到這句話，它只會讓我理解成她就是要給送到諾森伯蘭她自己家裡去。我絕不會猜疑到這話是意味著她就要死去，可是現在我馬上明白，我能清清楚楚地理解到，海淪活在這個世界上的日子是屈指可數了，她就要被送進神靈的世界去，如果眞有這樣一個地方的話。我感到一陣恐怖，接著是一種錐心的悲痛，然後是一種強烈的願望——非看見她不可的要求。我問，她躺在哪個房間裡。

「她是在譚波爾小姐屋子裡。」護士說。

「我可以上去跟她說話嗎？」

「噢，不，孩子，都可不行。你這會兒也該進屋去了，要是降了露水還待在外面，你也會得熱病的。」

護士關上屋子前門，我從通向教室的邊門進去。我剛好趕上，已經九點了，米勒小姐正在叫學生們就寢。

也許是過了兩小時，大概將近十一點了，我還一直睡不著覺，而且根據寢室裡聲息全無來推斷，認定我那些同伴們都已經沉沉入睡了，我就悄悄起來，在睡衣外面套上件罩衣，鞋也沒穿就偷偷溜出寢室，去找譚波爾小姐的房間。它差不多遠在屋子的那一頭，不過我認爲路，而且夏夜沒有雲彩遮蔽的月光，這兒那兒地穿過走廊上的窗照進來，也使我毫不費事就找到了它。

當我走近傷寒病室的時候，一股樟腦味和燒熱的醋味給了我警告，我趕緊從門口走了過去，生怕被通宵值班的護士聽見了我的聲音。我唯恐被人發現給趕回房去，因爲我必須見到海倫——我必須在她死去以前擁抱她，我必須給她最後的一吻，說上最後的一句話。

走下一道樓梯，穿過樓下的一部分屋子，不聲不響地打開和關上了兩扇門以後，我來到另一道樓梯跟前。我走上了這幾級樓梯，迎面就是譚波爾小姐的房間。門鎖孔裡透出一道光來，門下面也是，四周一片寂靜。走近一些，我發現門開著一條縫，也許是爲了讓密不通風的病房裡透進一點新鮮空氣。我不願意多猶豫，又滿心迫不及待——心靈和感官都焦急痛苦得直打戰——我把門推開，探進頭去。我的目光一邊在尋找海倫，一邊唯恐看見了死亡。

緊靠著譚波爾小姐的床，而且被床前白色的帷幔半掩著，有一張小床鋪。我看見被子下面一個身子的輪廓，但臉卻被帳子遮住了。跟我在花園裡說過話的那個護士坐在一張安樂椅上睡著了。一支沒剪去燭花的蠟燭昏暗地在桌上燃著。沒看見譚波爾小姐在，後來我才知道她是被叫去看傷寒病房裡一個昏迷的病人去了。我走近前去，走到小床旁就停了下來。我的手已經搭在床帳上，不過我想還是先開口說話再拉開它好一些。我仍有點畏縮不前，唯恐看到的是一具屍體。

「海倫！」我輕聲地悄悄喊著，「你醒著嗎？」

她動了一下身子，把床帳拉開，我看見了她的臉，又蒼白、又憔悴，但卻相當平靜。她看上去變化那麼小，我的擔心馬上煙消雲散了。

「眞是你嗎，簡？」她用她特有的溫和語調問。

「啊！」我想，「她不會死的，他們搞錯了。要眞會的話，她絕不會說話口氣和神情都這麼鎭靜。」

我靠近她的床邊，吻了吻她。她的額頭冰涼，面頰又冷又消瘦，手和腕也是這樣，但是她的微笑仍和從前一樣。

「你幹嘛上這兒來，簡？已經過了十一點了，我幾分鐘以前就聽見鐘敲過。」

「我是來看你的，海倫。我聽說你病得挺厲害，不跟你說幾句話我睡不著覺。」

「那麼說，你是來跟我告別的嘍，也許你來得正是時候。」

「你要上哪兒去嗎，海倫？是回家嗎？」

「對，回我永久的家——我最後的家。」

「不，不，海倫！」我悲痛已極，說不下去了。

我正竭力想把眼淚咽回去的時候，海倫劇烈地咳嗽了起來，但卻並沒驚醒護士。這陣咳嗽過去以後，她精疲力竭地靜躺了幾分鐘，然後輕聲地說：

「簡，你光著兩隻小腳。快躺下來，蓋上我的被子。」

我照著做了。她用一隻胳臂摟著我，我緊緊依偎著她。默默不語了很長時間以後，她才又重新說話，聲音仍舊很輕。

「簡，我很快活。當你聽到我死了的時候，你千萬別傷心，沒有什麼可傷心的。我們大家都總有一天會死，正在要我的命的這個病也並不太痛苦，它是一步一步緩慢來的。我心裡沒有什麼牽掛，我死後沒有人會太懷念我，我只有一個父親，他新近又結了婚，不會懷念我的。正因爲死得早，我會免受許多大的痛苦。我並沒有什麼品質或者才能夠讓我在世上闖出一條路來，我準會老是不知怎麼辦才好的。」

「可是你是在往哪兒去呢，海倫？你看得見嗎？你了解嗎？」

「我相信。我有信仰，我是到上帝那兒去。」

「上帝又在哪兒呢？上帝到底是什麼？」

「是你我的創造者，他是絕不會把他創造的東西毀掉的。我絕對信賴他的力量，完全相信他的仁慈。我正在數著時間，等待那重大的時刻到來，它會把我交還給上帝，讓他顯示在我的眼前。」

「這麼說，海倫，你是相信一定有那麼個叫做天堂的地方，我們死了以後靈魂能夠上那兒去嗎？」

「我相信一定有個未來的國度，我相信上帝是善良的，我可以毫不擔心地把我不朽的那部分交給他。上帝是我的父，上帝是我的朋友。我愛他，我相信他也愛我。」

「那麼我死了以後，海倫，我還能再見你嗎？」

「你也一定會到那個幸福的地方去，受到同一個無所不在的全能的天父接待的，毫無疑問，親愛的簡。」

我還在問，不過這回只是在心裡問：「那個地方在哪兒？它眞存在嗎？」想著，我用兩臂把海倫摟得更緊一些。對我來說，她顯得比過去更寶貴了，我覺得我簡直不能放她走。我躺在那兒，把臉埋在她的頸窩上。

不一會兒，她用最溫柔的語調說：

「我覺得多麼適意啊！剛才那一陣咳嗽弄得我有點疲乏了，我覺得彷彿想睡似的。不過別離開我，簡，我喜歡你待在我身邊。」

「我會陪著你的，親愛的海倫，誰也沒法把我拉開。」

「你暖和嗎，寶貝？」

「暖和。」

「晚安，簡。」

「晚安，海倫。」

她吻了我，我也吻了她。我們倆都很快睡著了。

我醒來時已經是大白天。一種不平常的驚動弄醒了我。我抬頭一看，自己正躺在別人懷裡，是護士抱著我。她穿過走廊把我抱回到寢室裡去。我並沒有因爲離開自己的床挨罵，大家有別的事要操心。當時誰也不來回答我的一連串問題，不過一兩天以後，我聽說了當譚波爾小姐清早回到自己的房間裡去，看見我睡在小床上，我的臉緊貼著海倫．彭斯的肩頭，兩臂摟著她的脖子，我睡著了，而海倫已經——死了。

她的墳在布魯克橋墓地裡。她死後的十五年中，那上面只覆著一個雜草叢生的土堆，不過如今已有一塊灰色的大理石碑標出了那個地方，碑上刻著她的名字，還有「Resurgam」❶這個字。

❶拉丁文：「我將再生」。

10

到現在爲止，我詳細記載了自己微不足道的生活中的一些事件。對我一生的最初十個年頭，幾乎也花了同樣多的章節來加以描述。不過本書不準備寫成一部通常的自傳，我只是禁不住要重新去回憶一些想來能引起讀者幾分興趣的往事罷了。因此現在我將差不多一字不提地跳過八年長的一段時間，只是需要稍微交待幾行以便保持連貫。

當斑疹傷寒在洛伍德完成了它所引起的一場浩劫的使命以後，它就逐漸從那兒銷聲匿跡了，不過它所造成的危害以及受害者的數目之多，已經引起了公衆對學校的關注。對這場天災的起因進行了調查，種種事實逐步暴露了出來，激起了極大的公憤。環境本身的有害健康、孩子們飲食的質和量、用來煮食的帶鹹味的臭水、學生粗劣的衣服和生活設備，都一項項被發現了。這一發現導致了使布魯克赫特先生大失顏面，但卻使學校獲益匪淺的後果。

郡裡幾位家產富有而愛好行善的人物捐了大筆款項，在較合宜的地點建起了一座設備較好的房屋。訂了新的規章，改善了伙食和衣著。學校的基金交由一個委員會來管理。憑著財富和親友勢力，布魯克赫斯特先生是無法忽視的，他仍舊保住了司庫的位置。不過他在行使職權時，要由幾位心胸比較寬大，也比較更富於同情心的先生們來從旁協助。他的督學職務也同樣跟另外幾個人共同分擔，那些人明白該如何把情理跟嚴格、舒適和節儉、同情和說一不二結合起來。經過這樣一改進，學校終於成爲一所眞正高尙而有益的機構了。

我在這次革新之後，曾在它的校園裡生活了八年之久，六年當學生，兩年當教師。在這兩種地位上，我都可以為學校的價值和重要性作證。

這八年裡，我的生活一成不變，但卻不能說不愉快，因為它並不是死氣沉沉的。我有了受到良好教育的機會，對我所學的某些課程的喜愛，一心想在各方面都表現出色的願望，再加上為自己能博得老師們，尤其是我所喜愛的老師們的歡心而感到極大喜悅，這一切都在催我奮進。我充分利用了給我的有利條件，終於升到了第一班第一名的位置。接著，我被授予了教師的職位，這工作我熱心地擔當了兩年。但是到了兩年將近的時候，我卻起了變化。

歷經種種變遷，譚波爾小姐始終擔任著這所學校的校長。我所獲得的一些最寶貴的學識，都要歸功於她的教導。她的友誼和跟她的交往，一直是我的一種安慰。她擔當了我的母親、我的家庭導師的角色，後來，又成了我的伙伴。就在這個時候，她結了婚，隨著她的丈夫（一位牧師，一個很好的人，差不多配得上有這樣一位妻子。）一起搬到一個很遠的郡裡去了，因而不用說，我從此就失掉了她。

從她離開的那天起，我就不再是原來的我了。跟她一起消失的，是那些曾經使洛伍德有幾分像我的家的種種慣常的感覺和聯想。我曾經從她身上學到了她的某些品種和許多的習慣——較為和諧的思想，較有節制的感情，已經在我的心靈裡扎了根。我立志忠於職守，克盡本分。我行為安詳，深信自己心滿意足，在別人眼裡，通常甚至在我自己眼裡，我都似乎是個循規蹈矩、安分守己的人。

然而命運藉助於納史密斯牧師，插在我和譚波爾小姐的中間。舉行婚禮之後不久，我就眼看著她一身旅行的打扮跨上了驛站馬車，我目送著車子爬上小山，消失在山頂的那一邊。然後我回到了自己的房裡，獨自度過了那為慶祝婚禮而放半天假的餘下絕大部分時間。

多半時間我都在屋子裡踱來踱去。我原以為自己只會一味惋惜所受到的損失，考慮怎麼才能彌補它。可是等我思索完了，抬頭一望，發現下午已經過去，夜色早已來臨的時候，我頭腦裡卻突然有了一個新發現，那就是，在這段時間裡，我已經歷了一個變化過程，我心裡已經拋棄了所有從譚波爾小姐那裡學來的東西——或者不如說，她已隨身帶走了我在她身邊時所感染到的那種寧靜氣氛——現在我又恢復了自己固有的本性，開始感到原先的種種情緒又活躍了起來。

這與其說好像是一根支柱已被抽掉，不如說彷彿是一種動機已經失去。倒不是我已喪失了保持平靜的能力，而是保持平靜的理由已經不再存在。幾年來我的世界只局限於洛伍德，我的全部經驗也只限於它的各種規章制度。現在我又恍然想起了眞正的世界是廣闊的，一個充滿著希望和憂慮、激動和興奮的變化多端的天地，正在等待著敢於闖進去冒著各種風險探求人生眞諦的人們。

我走到窗前，打開它，朝外面望去。那裡有房子的兩邊側翼，有花園，有洛伍德的周圍一帶，還有山巒起伏的地平線。我的目光越過所有其他的一切，停留在最遠的目標，那些藍色的山峰上。那正是我滿心渴望要越過的。在它們那四面都是岩石和荒草地的範圍內，整個兒就像是一片苦役犯服刑地和流放犯的囚禁場。我用目光追隨著那條沿著山腳盤繞，最後消失在兩山之間的峽谷中的白色大路，我還記得在暮色中如何從那座小山上駛下來。

從我第一次來到洛伍德的那天起，時間彷彿已經整整過了一個時代，而從那天以後我就一步都沒有離開過它。我的假期全都是在學校裡度過的，里德太太從來沒有派人來接我去過蓋茨黑德，她也好，她家的任何一個人也好，都從來不曾來看過我。我跟外界既沒有書信往來，也從來不通消息。學校的規定、學校的職責、學校的習慣和看法，以及它的各種聲音、面孔、用語、服飾、偏愛和惡感，我所知道的生活就只是這一些。而現在我感到這是不夠的了。我在一個下午就對八年來的生活常規突然感到厭倦。

我嚮往自由，我渴望自由，我甚至爲自由而作了祈禱。這祈禱看來似乎是無的放矢，最後只能無聲無息地隨風而逝。我不再奢求，轉而提出了較低的需求，要求變化和刺激。這種祈求看來好像同樣也是石沉大海，毫無結果。

「那麼，」我幾乎是在絕望中喊道，「至少請改判我另一種新的苦役吧！」

這時，一陣通知吃晚飯的鐘聲響了，把我叫下樓去。

直到就寢，我沒有閒空去重續我那打斷了的思路。甚至到了就寢時間，一位跟我同房間的教師還在喋喋不休地跟我閒聊，使我無法回到我渴望繼續再往下想的問題上去。我多希望瞌睡能叫她停下嘴來啊！我彷彿覺得，只要我能重新再去想想剛才我站在窗前時所想到的那個念頭，就準能想出某種別出心裁的主意來解脫困境的。

格萊斯小姐終於打起鼾來了。她是個粗壯的威爾斯女人，以往我總是把她那慣常的鼻腔音樂當作是樁討厭的事情，可今晚剛一聽到最初幾個深沉的音符，我就正中下懷，深表歡迎。擺脫了干擾，我那已經漸趨模糊的想法一下子就又重新清晰了起來。

「一種新的苦役！這値得想想。」我在一個人獨白（當然，是內心獨白，我並沒有說出聲來。）「我知道這値得想想，因爲它聽起來並不悅耳。它不像『自由』、『興奮』、『享樂』那樣一些字眼，聽來固然愉快，但對我來說只不過是一些聲音而已，而且還十分空洞，轉瞬即逝，去傾聽它們完全是浪費時間。可是苦役！那可是實實在在的事情。誰都應該服役。我在這兒已經服役了八年，現在我所要求的，只不過是上別處去服役，難道我連這點願望都不能實現嗎？這件事不是可以做到的嗎？對，對，達到這目的並不困難，只要我肯動腦子，能找出達到目的的辦法來。」

爲了開動這個腦子，我在床上坐了起來。夜很涼，我用一條披巾圍住肩膀，就開始全神貫注地重新思索起來。

「我倒底嚮往什麼？在新的房子、新的面孔和新的環境中的一個新的職位，我只要這個，因爲想要更好的東西是徒勞無益的。別人爲求一個新的職位是怎麼做的呢？想來他們是去求助於親友。我沒有親友，有許多人也沒有親友，他們必須自己去找機會，自己幫助自己，那他們靠的是什麼辦法呢？」

我回答不上，找不到現成答案。因此我強令我的腦子去找出一個答案來，而且要快。它轉呀轉呀，越轉越快，我感覺得到頭上和太陽穴的血管在怦怦跳動。但是將近一個鐘頭，它轉得很亂，白費力氣，毫無結果。我被這種徒勞無功弄得渾身暴躁，就起身在房間裡轉一轉，把窗帘拉開，望見一兩顆星星，冷得直打戰，就又重新爬上床去。

準是有位好心的仙女，乘我不在床上的時候，把我急需的主意放在了我的枕頭上。因爲我剛一躺下，它就自然而然地悄悄來到了我的腦子裡——

「凡是求職的人總是登廣告，你一定要到《××郡先驅報》上去登個廣告。」

「怎麼登呢？我對登廣告的事一點也不懂。」

現在回答馬上順順利利地來了：

「你得把廣告和支付的廣告費裝在一個信封裡，寫上《先驅報》收。你要一有機會就把它帶到洛頓郵寄出去。要讓回信寄到那兒的郵局留交J.E.[1]。你可以在寄出後一個禮拜左右，去問一問是不是有回信來，然後再看看情況該怎麼辦。」

[1] 英文簡・愛姓名Jane Eyre的縮寫。

這個計畫我反覆想了兩三遍，這樣它在我腦子裡就完全融會貫通了。我感到滿意，不久就睡著了。

一大早我就起了床。不等起床鐘響驚醒全校，我就已經把廣告寫好，裝進信封，寫上了地址。廣告是這樣寫的：

「茲有年輕女士，熟悉教學（我不是已當過兩年教師了嗎？）願謀一家庭教師職業，兒童年齡須在十四歲以下（我想自己還剛只十八歲，去承擔教導一個跟自己年齡差不多的學生是不行的）。該女士能勝任英國良好教育所需的各項常規課程之教學，包括法語、繪畫及音樂（讀者，這樣幾門知識今天看來似嫌狹窄，可在當時卻會被認爲是相當廣博的了）。回信請寄××郡，洛頓郵局，J.E.收。」

這份文件在我抽屜裡鎖了一整天。喝過午茶後，我向新來的校長請假要上洛頓去，爲我自己和一兩位跟我共事的老師辦點小事。她一口答應，我就去了。要走兩英里路，天氣也有點雨濛濛的，不過當時白天還比較長。我上了一兩家店鋪，悄悄把信送進了郵局，然後冒著大雨走回來，渾身衣服淋透，但心裡卻感到輕鬆。

接下來的一個禮拜顯得特別長。然而，也像世上的一切事情一樣，它終於來到了盡頭，因此，在一個愉快的秋日將晚的時候，我又一次走在去洛頓的路上。順便說一句，這是一條景色如畫的小道，蜿蜒在小溪的岸邊，穿過十分可愛的曲曲彎彎的山谷。不過那天我想得更多的是，那封可能在也可能不在我所去的小鎮上等著我的回信，而不是草地和溪水的美。

這一次我表面上的任務是去定做一雙鞋，所以我先去辦這件事，辦完之後，我就出了鞋店，穿過那條安靜、清潔的小街到對面郵局去。管郵局的是個老太太，鼻樑上架著牛角框眼鏡，手上戴著黑色的連指手套。

「有給J.E.的信嗎？」我問她。

她從眼鏡框上面打量了我一眼，然後打開一隻抽屜，在裡面翻了好半天，使我都快要不抱希望了。最後，她把一件東西舉在眼鏡前面足有五分鐘之久，才一面又一次用探究和不放心的目光瞟了我一眼，一面隔著櫃台把它遞給了我。信是寫給J.E.的。

「只有一封嗎？」我問。

「沒有別的了。」她說。我把信揣進口袋，就轉身往回來。我不能當時就拆，按校規我非得在八點鐘趕回去不可，現在已經七點半了。

剛回去就有各種各樣的工作在等著我。姑娘們的自習時間我得坐在那兒陪著她們，接著就輪到我來讀祈禱文，看著她們上床，然後再跟別的老師們一起晚餐。即使到了最後回屋就寢的時候，還有那位避不開的格萊斯小姐跟我在一起。我們燭台上只剩一小截蠟燭頭了，我生怕她會一直不停地講到蠟燭點完。幸好，她剛才飽餐的一頓晚飯起了催眠作用，還沒等我脫完衣服，她就已經鼾聲大作了。蠟燭還剩一寸光景，此刻我才把我那封信拿了出來。封印上的戳記是個姓氏縮寫字母F.，我把信打開，內容很簡短：

「如上星期四《××郡先驅報》上刊登廣告的J.E.確具有所稱學識，並能提供有關品格及能力之合格介紹書，即可獲得職位，負責教育僅有之一名學生，一位不足十歲之小女童，年薪爲三十鎊。請J.E.將所需介紹書及其姓名、住址等各項詳細情況寄交：××郡，米爾科特附近，桑菲爾德，費爾法克斯太太。」

我把信件反覆細看了很久。字體是老式的，筆跡還有點不穩，就像是一位老太太所寫。這是個令人安心的情況，因爲我老在自行擔心，怕我這樣自作主張、自行其是，會有招來某種麻煩的危險。尤其重要的是，我希望我奮鬥得來的成果是正當、可敬、enregle❷的。現在我感到，在我眼前所辦的這件事情裡，有位上年紀的老太太倒是個不壞的因素。費爾法克斯太太！我可以想見她身穿黑色長衣，戴著寡婦帽子，生硬，也許有點，但卻並不無禮，是位典型的老派英國體面人物。桑菲爾德！毫無疑問，那是她住宅的名稱。儘管我怎麼也想像不出房屋的準確式樣，但我確信是個整齊、乾淨的地方。

××郡米爾科特。我在記憶中重溫了一下英國地圖。對，我找到了，包括那個郡和那個城市。××郡離倫敦比起我現在所在的這個郡要近七十里，這對我來說是個可取之處。我渴望到生活豐富活躍的地方去。米爾科特是埃×河邊的一個大工業城市，無疑是個夠熱鬧的地方。這樣更好，至少對我是個徹底的變化。想像中那些高大的煙囪和烏雲似的煙霧對我自然不太有吸引力——「不過，」我辯解說，「也許桑菲爾德離城還遠著呢。」

這時燭台孔裡的殘燭塌了下去，燭蕊熄滅了。

第二天得採取進一步的行動了，不能再把我的計畫只藏在我自己的心裡，我得把它公開說出來，以能設法實現它。在中午休息的時間，我找機會跟校長談了。我告訴了她，我有希望得到一個新的職位，薪水比我現在的要高一倍（因爲在洛伍德，我的年薪才十五鎊。）同時請她替我將這件事透露給布魯克赫斯特先生或者委員會中別的哪一位，並且問明他們是否允許我提出他們來作爲我的介紹人。她很熱心地同意來居間促成這件事。

---

❷法語：規規矩矩。

第二天她就把這事向布魯克赫斯特先生提了出來，後者說因爲里德太太是我的當然監護人，所以必須寫信通知她。於是給這位夫人發了信，她回信答覆說我可以「想怎麼做就怎麼做」，因爲她「早已放棄干預」我的事情了。這封信在委員們中間一一傳閱，經過長得叫我不耐煩的拖延之後，終於正式批准我可以自行設法改善自己的境遇，同時還保證說，鑒於我在洛伍德學習和任教期間一貫表現良好，將隨即爲我開具一份有關品格和能力的推荐書，由學校的幾位督學簽署。

於是，約莫在一個星期之後，我拿到了這份推荐書，抄寄了一份給費爾法克斯太太，並且收到她的回信，說她感到滿意，並指定我在兩個禮拜之後就任她家的家庭教師。

隨即我就爲作各項準備忙了起來，兩個禮拜很快就過去了。我的衣服不多，但已湊合夠我穿的，所以完全來得及等到最後那一天才來收拾我的箱子——就是八年前我從蓋茨黑德隨身帶來的那一隻。

用繩綑好了箱子，上面釘上了姓名卡片，再過半小時腳夫就要來搬走它運到洛頓去了，我自己也要在明天一早到洛頓去趕那班馬車。我刷乾淨了我那件黑呢旅行裝，準備好了我的帽子、手套和皮手筒，查看了我所有的抽屜以免把什麼東西忘在那兒。隨後，再也沒有什麼事可做，我就坐下來想休息一會兒，可是我也做不到。

儘管我這一整天腳不曾停過，這會兒卻一分鐘也沒法休息。我太興奮了，我生活中的一章今晚就要結束，新的一章明天即將開始。在這之間安心入睡是不可能的，我必須熱切注視著這一變化的完成。

「小姐，」我正像個遊魂似的徘徊在接待室裡，一個僕人走進來，「有個人想見你。」

「準是腳夫。」我想著，沒有細問就馬上跑下樓去。我剛經過半開著門的後客廳，也就是教師休息室，要到廚房裡去時，有人忽然奔了出來。

「是她，準沒錯！到哪我都能認出她來！」那人半路攔住我，一把抓住了我的手嚷道。

我忙看去，只見一個像衣著講究的僕人似的女人，看樣子是已婚婦女，但還年輕，長得很好看，黑頭髮黑眼睛，臉色紅潤。

「是誰呢，對嗎？」她用一種我還依稀記得的聲音笑貌問道。「我想，你該沒完全忘記了我吧，簡小姐？」

只一秒鐘，我就狂喜地抱住了她，吻起她來。「貝絲！貝絲！貝絲！」除了這個我什麼也說不出來了，她也弄得又哭又笑，緊接著兩人就一起走進了客廳。爐火邊站著一個三歲的小傢伙，穿著格子花呢衣褲。

「這是我的小男孩。」貝絲馬上就說。

「那麼你結婚了，貝絲？」

「對，都快五年了，嫁給趕馬車的羅伯特．李文。除了這個鮑比，我還有個小女孩，我給她取名叫簡。」

「那你現在不住在蓋茨黑德莊園了？」

「我住在門房裡，原先看門的走了。」

「哦，那麼別的人都過得怎麼樣？把他們的情形都講給我聽聽，貝絲。不過先坐下來，喂，鮑比，過來坐在我腿上好嗎？」可是鮑比寧可偷偷溜到她母親身邊。

「你長得不太高，簡小姐，也不夠壯實。」李文太太接下去說。「準是學校裡照顧得你不太好吧。里德家大小姐比你高出一大截，喬治娜比你胖一倍。」

「我猜喬治娜一定長得挺漂亮吧，貝絲？」

「挺漂亮。去年冬天她跟她媽媽上倫敦去了，那兒誰都誇讚她，有個年輕貴族還愛上了她，可是他的親人反對這門婚事，結果——你猜怎麼著？他跟喬治娜小姐決計私奔，可是給人發現，阻止住了。是里德大小姐發現他們的，我想她準是挺忌妒。如今她跟妹妹成天像貓狗不如似的在一塊兒過活，老是吵架。」

「哦，那麼約翰・里德又怎麼樣呢？」

「唉，他可幹得不像他媽所指望地那麼好。他進了大學，可是他給……『刷』了，我想他們是那麼說的。他的幾個舅舅還想讓他當個律師，學法律，可他是那麼個浪蕩小伙子，我想他們永遠沒法叫他混出點名堂來的。」

「他長得怎麼樣？」

「他個子挺高。有人說他是個漂亮小伙子，不過他那嘴唇可夠厚的。」

「里德太太呢？」

「太太看上去胖胖的，臉上氣色也挺好，可我想她的心情並不怎麼好，約翰先生的舉動叫她不高興——他大筆大筆的花錢。」

「是她叫你上這兒來的嗎，貝絲？」

「那可不是。不過我早就想來看你了，一聽說你來過一封信，知道你要上遠地方去了，我就想我最好還是馬上動身來看一看你，免得將來再沒法看到你了。」

「我想你見到我有點兒覺得失望了吧，貝絲。」我開玩笑地說，因爲我看出貝絲的目光裡儘管流露出關心，卻絲毫沒有讚賞的神氣。

「不，簡小姐，倒不完全是這樣。你夠文雅的，看上去就像一位貴族小姐，我先前指望你的也就是這樣。你小時候可不是個小美人啊！」

聽了貝絲坦率的回答，我笑了。我想她的話是對的，不過老實說，我對這話的含義也並非毫不介意。在十八歲的年紀，大多數人都希望能討人歡喜，相信自己的外貌不大可能有助於實現這樣的願望，是絕不會叫人高興的。

「不過，我看你挺聰明的。」貝絲想藉此安慰安慰我。「你會些什麼？你彈鋼琴嗎？」

「會一點。」

屋子裡剛好有一架。貝絲走過去把它打開，然後要我坐下來給她彈一曲。我彈了一兩首舞曲，她聽得入迷了。

「里德家幾個小姐可沒彈得這麼好！」她得意洋洋地說。「我一向說你在學問上會超過她們的。你會畫畫嗎？」

「壁爐架上面的那一幅就是我畫的。」那是一張水彩風景畫，是為了感謝校長替我向委員會疏通而送給她的，她給配上了玻璃鏡框。

「啊，畫得真好，簡小姐！它比得上里德小姐的圖畫老師畫的隨便哪一張畫，更不用說那幾位小姐自個兒畫的了，她們差遠啦。你還學了法語嗎？」

「學了，貝絲，我能看能講。」

「粗細繡花活也會做吧？」

「會。」

「哦，你簡直是位大戶人家小姐啦，我早知道你會的。不管有沒有你的親戚照應，你都會有出息的。有件事我想問問你——你聽到過你父親家的親戚愛家的什麼消息嗎？」

「從來沒有過。」

「嗯，你知道，太太一直說他們窮，甚至低賤。他們也許是窮，可我相信，他們也跟里德家一樣是上等人。因爲有一天，差不多七年前，有位姓愛的先生到蓋茨黑德來想看你。太太說你到五十英里以外進學校去了，他看來挺失望，因爲他沒時間。他要乘船到外國去，船一兩天就要從倫敦開出。他看上去完全是位上等人，我相信他一定是你父親的兄弟。」

「他是去哪個外國，貝絲？」

「是有好幾千里遠的一個島，那兒產酒——管家確實告訴過我……」

「馬德拉❸嗎？」我提示她。

「對，就是那兒——說的正是這個名字。」

「那麼他走了？」

「對。他在屋裡沒待多少分鐘。太太對他挺傲氣，事後管他叫『滑頭滑腦的買賣人』。我那口子羅伯特相信他是位酒商。」

「很可能，」我答道，「也說不定是酒商的職員或者代理商。」

貝絲又跟我談了一個小時的往事，隨後她就不得不自我告辭了。第二天早上我在洛頓等馬車的時候又見到了她幾分鐘。最後我們在那兒的布魯克赫斯特紋章旅店門口分了手，各自皆道揚鑣。她出發到洛伍德岡的坡頂上去等車回蓋茨黑德，我上了車讓它載我到米爾科特的陌生環境裡去投入我的新職務和一種新的生活。

❸馬德拉：北大西洋東部的群島，主島爲馬德拉，曾長期爲葡萄牙屬地，以盛產葡萄酒（馬德拉酒）著稱。

11

一部小說中新的一章，有幾分像一齣戲裡新的一場，而這回我把幕拉開的時候，讀者，你得想像你看到了米爾科特喬治旅館中的一個房間，四週有一般旅館房間裡少見的大花紋的壁紙，有那麼講究的地毯、家具，壁爐上的擺飾，複製畫，其中有一幅喬治三世❶，一幅威爾斯親王❷的肖像，還有一幅是畫沃爾夫❸之死的。

這一切，都是一在一盞天花板上垂下來的油燈和燒得很旺的壁爐火光照耀下顯示在你的眼前的。這時我正把我的皮手筒和傘擱在桌上，披著斗篷、戴著帽子坐在爐子旁邊烤著火，讓自己十六個小時奔波在十月陰冷天氣中凍得發僵的身子暖和過來。我離開洛頓是昨天下午四點鐘，現在米爾科特城裡的鐘正打八點。

讀者，我雖看來得到了很舒適的接待，但卻並不十分安心。我原以爲馬車一到總有人會來接我的。當我走下「擦鞋的」❹替我殷勤放好的短木梯時，我焦急地四下看看，指望能聽

---

❶喬治三世（George III，1738～1820）：一七六〇至一八二〇年的英國國王。
❷威爾斯親王（Prince of Wales）：英國皇太子的封號。
❸沃爾夫：指詹姆士・沃爾夫（James Wolfe，1727～1759），英國將領，受命遠征當時法國統治下的加拿大，在魁北克一役大勝法國時死於戰場。
❹「擦鞋的」：英國旅館中擔任替旅客擦靴及搬行李等雜役的侍者。

到有人叫我的名字，同時看到有輛什麼馬車正等著送我去桑菲爾德。可是，一點跡象也沒有發現，而且當我問一個侍者有沒有人來打聽過一位姓愛的小姐時，回答也是沒有。這一來我毫無辦法，只好請他們領我到一間清靜的房間裡，我一面在那兒等著，一面滿腹疑慮，心神不安。

感到自己在世上孤零零一個，斷絕了一切聯繫，能否到達目的地尚難預測，而返回原來的地方又困難重重，這對一個毫無經驗的青年人來說，實在是種很不平常的心情。冒險的魅力這種心情顯得甜美，自豪的榮光使它顯得溫暖，但緊接著一陣恐懼又使它變得忐忑不寧。當半小時過去，我還是一個人孤零零待著時，恐懼在我心裡占了上風。我決計打鈴喚人。

「這附近有個叫桑爾德的地方嗎？」我問應聲前來的侍者說。

「桑菲爾德？我不知道，小姐。我到櫃台上去問問。」他走了，可一轉眼就又回來了。

「你姓愛嗎，小姐？」

「是的。」

「有人正在等你。」

我跳起來，拿起我的皮手筒和傘，急忙到旅館的走廊上。一個男人正站在打開的大門邊，路燈下的街上，我模糊地看得見有一輛單馬拉的車子。

「這就是你的行李吧，我想？」這個人一看見我，就指著我放在走廊上的箱子有點冒冒失失地問。

「是的。」

他把箱子放到了那輛有點像輕便馬車的車子上，接著我上了車。沒等他關好門，我就問他去桑菲爾德有多遠。

「六英里光景吧。」

「我們到那兒要多長時間？」

「一個半小時上下。」

他關上車門，爬到他在車廂外邊的趕車座上，我們就出發了。車走得很慢，我有充分的時間去沉思。我很滿意這番跋涉終於就要結束了。我坐在這輛雖不堂皇卻還舒適的馬車裡，身子往後一靠，從從容容地想了很多。

「我估計，」我想，「從僕人和車子的不算太氣派來看，費爾法克斯太太不是一位很講究排場的人，這樣更好。除了有一回以外我從來沒跟講究的人在一起待過，而那一回我也跟他們處得挺糟糕。不知道她除了那個小姑娘以外，是不是只一個人過。要是那樣的話，只要她還算和氣，那我也準能跟她相處得好。我要盡最大努力。可惜盡了最大努力也並非總是能得好報。的確，在洛伍德我下了這樣的決心，貫徹了它，結果也取得了別人的好感。可是跟里德太太相處時，我記得我的最大努力卻總是遭到唾棄。只求上帝保佑，費爾法克斯太太可千萬別是第二位里德太太。不過即使她是，我也並非一定要跟她待下去不可。就算壞到底，我也還可以再去登廣告嘛。不知道這會兒我們已經趕了多少路了？」

我把車窗拉下來，朝外面望望，米爾科特已經被我們拋在後面。從它燈火的繁密來看，它似乎是個相當大的地方，比洛頓要大得多。據我看，我們這會兒是在一塊公有地上，不過房屋在這一帶到處星羅棋布。我感到我們是在一個跟洛伍德很不相同的地方，人口比較稠密，景色卻沒那麼好，比較熱鬧，卻沒那麼富有浪漫氣息。

道路難行，夜霧沉沉。我那位嚮導一路上都讓他的馬自己慢慢走，結果我敢確信，原來說的一個半小時已經拉長到兩小時，最後他總算從趕車座上回過頭來說：

「這會兒，你離桑菲爾德不太遠了。」

我再朝外面望望，我們正在經過一所教堂。我看得見它在天空背景襯托下低矮而寬闊的鐘樓，它的鐘聲正報著一刻鐘。我還望得見小山坡下細細的一燈火光，表明那兒是一座村莊或者一個小村落。大約過了十分鐘，趕車的下車來打開了兩扇大門。我們駛了進去，門在我們身後給砰地關上了。現在我們緩緩駛上車道，來到一幢房子寬闊的正門前。有扇遮著窗幔的弓形窗裡透出燭光來，其餘都是一片漆黑。車在正門前停下，一個女僕來開了門，我下了車走進屋去。

「小姐，請走這邊好嗎？」那個姑娘說。

我隨著她穿過一間正方形的大廳，四周有許多高大的門。她引路帶我進了一間屋子，裡面爐火加上蠟燭的光起初照花了我的眼睛，因爲它跟我兩個小時以來已經習慣了的黑暗對比太強烈了。不過等我能看得清楚時，只見眼前展現的是一幅溫暖可喜的景象。

一個小巧、舒適的房間，旺旺的爐火邊放著一張圓桌，一把老式的高背扶手椅上坐著一個再整潔不過的小老太太，戴著頂寡婦帽，身上是黑綢衫和雪白的細布圍裙，跟我想像中的費爾法克斯太太分毫不差，只不過沒那麼莊嚴，樣子比較和氣。她正忙著在編織，一隻大貓一本正經地蹲在她的腳邊。總而言之，不折不扣一副家庭安樂的理想場面。對於一個新來的家庭女教師來說，再想像不出比這更叫人安心的初次見面的情景了。既沒有讓人目眩神迷的富麗堂皇，也沒有叫人手足無措的莊嚴肅穆，再加上我一進去，那老太太就站起身來，毫不遲延地走上來親切地迎接我。

「你好嗎，親愛的？我想你一定坐車坐得厭煩了吧。約翰總是把車趕得太慢。你準是凍壞了，快到火爐這邊。」

「我想，你是費爾法克斯太太吧？」我說。

「是的，你猜得對。請坐下吧。」

她帶我到她的椅子上坐下，接著動手替我拿掉披巾，解開帽帶。我請她不用麻煩了。

「哦，不麻煩。我猜你自己的手一定快凍僵了。莉亞，去調一點熱的尼格斯酒，再拿一兩份夾肉麵包來。給你貯藏室的鑰匙。」

說著，她從衣袋裡掏出當家味十足的一大串鑰匙來，把它交給了女僕。

「好，再往火爐邊靠近一點。」她接著說。「你把行李隨身帶來了，是嗎，親愛的？」

「是的，太太。」

「我去看著他們把它送到你房裡去。」她說著，就急急忙忙走了出去。

「她竟拿我像客人似的對待。」我想。「我萬沒料到會受到這樣的接待。我原先還以為只會遇到冷淡和生硬的態度呢！這可不像我聽說過的對待家庭教師的態度。不過我尚且別高興得太早。」

她回來了，親自動手把她的編織用具和一兩本書從桌上拿開，騰出地方來放莉亞剛端來的托盤，然後又親自把吃的東西遞給我。我從來沒有受到過這樣的殷勤款待，簡直弄得有點不知怎樣才好，尤其因為這種款待是來自我的雇主和地位比我高貴的人。但是既然她自己好像並不覺得是在做什麼有失身分的事，我也就覺得還是默默接受她的殷勤為好。

「我能今晚就榮幸地見見費爾法克斯小姐嗎？」我吃了一點她遞給我的東西以後問。

「你說什麼，親愛的？我耳朵有點聾。」這位好太太把耳朵向我嘴邊湊近一點反問。

我又清楚一些重說了一遍。

「費爾法克斯小姐？哦，你是說瓦倫小姐吧！你要教的學生是姓瓦倫。」

「眞的?!那麼她並不是你的女兒?」

「不是——我沒有親人。」

我本想接下去再問問瓦倫小姐跟她是什麼關係，但是馬上想到問題太多不大禮貌，再說我以後也總會聽到的。

「我眞高興，」她在我對面坐下來，把貓抱在膝頭上，接著說，「我眞高興你來了。這回有個伴兒在這裡一起過活就更愉快了。當然，什麼時候都挺愉快，因爲桑菲爾德是座很好的老宅子，也許這幾年有點兒失修，可仍舊是個挺了不起的地方。不過你知道，一到冬天，幾乎孤零零一個人，就是住在最好的屋子裡也會覺得冷清的。我說孤零零，因爲雖說莉亞確實是個好姑娘，約翰和他妻子也都是挺好的人，不過你明白，他們只是下人，不能用平等的身分跟他們在一塊兒談話，一定得跟他們保持點距離，否則怕會失掉了威信。

「去年冬天（你大概還記得那是個冷得厲害的冬天，不是下雪，就是刮風下雨。）我肯定除了賣肉的和送信的以外，一個人也沒上宅子裡來過，從十一月一直到二月。那時候一晚上一晚上地獨自一個人坐著，我眞有點覺得心裡悶得慌。我有幾次叫莉亞來念點書給我聽，可是我覺得這個可憐的姑娘並不太喜歡這個差使，她覺得這挺拘束。春天和夏天就好過一些，陽光和長長的白天使日子變得大不相同。加上今年剛入秋，小阿迪拉．瓦倫跟她的褓姆就來了。一個小孩使整個屋子一下就變得熱鬧了起來。現在你一來，我就更高興了。」

聽她講著這些話，我心裡確實對這位可敬的太太產生了一種好感。我把椅子稍稍移近她一點，表示我衷心地希望，她會發現跟我作伴一定會像她預期地那麼愉快。

「不過我今晚不想留你坐得太久，」她說，「鐘已經敲了十二點，你奔波了一整天，一定累了。要是你的腳已經烤暖和了，我就帶你到你的臥房裡去。我已經把我隔壁的一間屋子給你收拾好了。那只是一個小房間，不過我想你會更喜歡它，而不大喜歡屋子前面的那些大房間的。自然它們家具佈置得講究些，可是太冷清、寂寞，我自己就從來沒在那兒睡過。」

我謝謝她考慮得挺周到，並且因爲經過一番長途跋涉確實覺得很累，所以表示願意早點休息。她端起蠟燭，我跟著她走出了房間。她先去看了一下大廳的門是不是已經鎖好，把門鑰匙從鎖孔裡拔下來以後，她帶路上了樓。樓梯梯階和扶手全是橡木的，樓梯上的窗子很高，鑲有格子。這樣的樓梯，以及直通一間間臥室的長過道，看來倒像是教堂裡的而不像是住宅房子裡的。樓梯上和過道裡都籠罩著一種像地下墓穴裡一般十分陰森的氣氛，使人產生空曠和孤寂的不愉快感覺。因此，當我最後給領進了自己的臥室，看到房間不大，布置著普通的時式家具時，心裡不由得一喜。

費爾法克斯太太和藹地向我道了晚安，我門上了門，從容地四下看看，剛才那空曠的大廳，那座又闊又暗的樓梯，還有那又長又冷的過道所給我留下的陰慘慘的印象，多少被我這小房間裡比較有生氣的景象沖淡了幾分。這時候，我想起了經過一整天身體上的勞累和精神上的焦慮之後，現在終於來到了一個安全的避風港。我心中湧起了一陣強烈的感恩之情，不禁在床邊跪下來，向理應感謝的上天敬獻了我的謝忱。在重新站起來之前，我也不忘記祈求在我今後的道路上，賜予我幫助和力量，使我能不辜負那份在我似乎還不配得到時就那麼眞誠地給予我的好意。那一夜，我的臥榻上沒有荊棘，我孤寂的臥室裡沒有恐懼。既疲倦又滿足，我很快就酣然地入睡，等我一覺醒來時，天已經大亮了。

陽光從鮮艷的藍色印花布窗帘縫裡射進來，照亮了糊著牆紙的四壁和鋪著地毯的地板，跟洛伍德光禿禿的地板和骯髒的灰泥牆截然不同，使這個房間在我眼裡是那麼個明亮的小天地，一看見它就叫我精神一爽。外表對青年人有很強烈的作用，我覺得自己正踏入生活中一個較美好的時代，一個既有艱難和勞累，也有鮮花和快樂的時代。由於景物變換，由於有新的領域在望，我全身的官能都被喚醒過來，躍躍欲試。我說不清它們具體期待的究竟是什麼，但總是某種愉快的事物。也許不是這一天或者這個月就能來臨，而是在未來的某一天。

我起了床。費了一番心思來穿著，雖只能穿得很樸素——因爲我的衣服沒有一件不是做得十分簡單的——但出於天性，我還是力求穿得乾淨俐落。我從來不願意不修邊幅，不管給人家什麼印象，正相反，儘管我長得並不漂亮，卻總希望能儘量好看一些。有時我眞但願自己有紅噴噴的臉蛋，筆直的鼻樑和櫻桃般的小嘴。我渴望身材勻稱，高大挺拔。我覺得自己長得那麼細小、蒼白，五官那麼不端正又那麼顯眼，眞是一種不幸。

爲什麼我會有這類企求、這類惋惜的呢？這很難說，而且自己對自己都說不清。不過我總是有我的理由，而且是自然、合理的理由。不管怎樣，等我把頭髮梳得很平整，穿上我那件黑色罩衣——雖說有點像貴格教徒❺的樣子，但至少有特別合身的好處——再把潔白的領圍整好以後，我自己覺得足可以體體面面地去見費爾法克斯太太，我那位新學生也至少不至於厭惡地躲開我了。我打開臥房的窗戶，弄清楚確實已把梳妝台上的東西擺得整整齊齊，就放膽走了出來。

經過鋪著地蓆的長過道，走下光滑的橡木樓梯級，來到了大廳裡。我在那兒逗留了一會兒，看了看牆上的幾幅畫（我記得有一幅畫的是個披著胸甲的嚴峻男子，還有一幅是位敷著粉，掛著珍珠項鏈的貴婦人。）又看了看從天花板上垂下來的一座青銅吊燈，和鐘殼用刻有精細花紋的橡木以及年深日久不斷擦拭得烏黑發亮的黑檀木做成的一座大鐘。一切在我眼裡

❺貴格教徒（Quaker）：基督教新教的一派，以嚴謹、樸素著稱。

都顯得雄偉、莊嚴，而我卻恰好極少見過富麗堂皇的場面。

有一扇鑲著玻璃的大廳門正敞開著，我跨出門去。這是個秋高氣爽的早晨，朝陽寧靜地照耀著已經發黃的樹叢和仍舊碧綠的田野。我向前走幾步來到草坪上，仰頭打量著宅子的正面。它有三層高，規模雖說可觀，卻還不算宏大。這是一座紳士的莊園，而不是貴族的府第，屋頂四周的外牆使它平添了幾分畫意。它灰色的門面正好被宅後一座白嘴鴉出沒的樹林子襯托著，林中哇哇亂噪的居民這會兒正在到處飛翔。它們從草坪和庭園上空越過，去紛紛落在一片大草場上，那兒跟宅子隔著一道坍塌了的籬笆，長著一排高大的老荊棘樹叢，一棵棵都粗壯多節，簡直就像是一些大橡樹，這一下子就說明了這所宅子命名的由來❻。

再過去是一些小山，不像洛伍德四周的那麼高、那麼嶙峋，也不像那樣好似把人世隔在外面的壁障。不過它們也是夠荒涼和幽靜的，而且似乎把桑菲爾德圍成一個遠離塵囂的僻靜處所，它竟然會存在於離米爾科特這個熱鬧地區那麼近的地方，這是我原來沒有料到的。一個屋頂與樹尖交雜在一起的小山村，零落散布在一座小山坡上。區教堂座落在離桑菲爾德不遠的地方，它那古老的鐘樓屋頂，露出在宅子和庭園大門中間的一個土丘上方。

我還在享受著這恬靜的景色和宜人的新鮮空氣，愉快地聽著哇哇的鴉鳴，觀察著宅子寬闊而古舊的正面，心裡正在想著，讓一位像費爾法克斯太太那樣的小老太太孤零零住在這兒，這地方實在是太大了，這時，這位老太太恰好出現在屋子門口。

「怎麼！都已經到外面來啦？」她說。「我看出你是個愛早起的人。」

我向她走過去，她和藹可親地吻了我一下，跟我握握手。

❻桑菲爾德的原文Thornfield，意思是「荊棘地」。

「你覺得桑菲爾德怎麼樣？」她問道。

我跟她說我非常喜歡它。

「是啊，」她說，「這是個挺美的地方。不過我怕它會慢慢破敗下去的，除非羅徹斯特先生會想到要回來長住在這兒，或者至少要常來著點兒。大宅子和好的庭園是需要有主人常在那兒的。」

「羅徹斯特先生?!」我驚叫道。「他是誰呀？」

「桑菲爾德的主人。」她平靜地回答。「你還不知道他姓羅徹斯特嗎？」

當然我不知道——我以前還從來沒聽說過他。可是這位老太太卻似乎把他的存在看成是件衆所周知的事，人人都應當只憑直覺就能知道。

「我還以爲，」我繼續說，「桑菲爾德是屬於你的呢。」

「我的?!天啊，孩子，多古怪的想法啊！我的？我只不過是個管家——管理人。的確，從他母親方面說，我跟羅徹斯特家的遠親，或者，至少我丈夫是。他是個教士，是乾草村——山坡那邊那個小村——的教區牧師，離園子大門不遠的那座教堂就是他管的。現在的羅徹斯特先生的母親姓費爾法克斯，她的父親是我丈夫父親的堂兄弟，不過我從來不想以親戚自居——實際上我只當它沒有這回事，我只把自己看作是一個普通的管家。我的東家對我總是很客氣，別的我也就不再指望什麼了。」

「那麼那個小姑娘——我的學生呢？」

「她是羅徹斯特先生監護的孩子。他委託我給她找一位家庭教師。我相信，他是打算把她帶到××郡來撫養成人。這樣她就來了，帶著她的『bonne』❼，她是這樣叫她的褓姆的。」

謎終於解開了。這位矮小而和藹可親的寡婦並不是什麼貴婦人，不過是個跟我一樣受雇用的人。我並不因此就不像原來那麼喜歡她，正相反，我覺得更高興。她和我之間的平等地位是眞實的，並非僅僅是出於她降貴紆尊的結果。這就更好——我的處境更加自在一些。

我還在沉思著這個新發現，一個小姑娘，後面跟著伺候她的人，從草坪上跑了過來。我瞧著我這個學生，她起初似乎沒有注意到我。她還完全是個孩子，約莫七八歲光景，身材纖細、面色蒼白、五官小巧，太長的捲髮一直垂到腰際。

「早安，阿迪拉小姐。」費爾法克斯太太說。「過來跟這位小姐說說話，她就要來教你讀書，好讓你有一天會成個聰明的女人。」

孩子走了過來。

「C'est là ma gouvernante?」❽她指著我對她的褓姆說。

「Mais oui, certainement。」❾褓姆回答道。

「她們是外國人嗎？」我聽到法國話很詫異，便問。

「褓姆是外國人，阿迪拉生在大陸上，而且我相信，一直沒離開過，直到六個月以前來這兒。她剛來的時候不會講英語，現在才勉強能講一點兒。我聽不懂她，她把英語和法語全

---

❼法語：褓姆。
❽法語：「這是我的家庭教師嗎？」
❾法語：「是呀，當然啦。」

攪和在一塊兒了。不過我想你準能完全弄得懂她的意思。」

幸好我有個有利條件，我是跟一個法國女士學的法語。同時，由於我一直注意盡可能經常跟馬丹比埃洛講話，而且除此以外，由於最近七年來還每天背一點法語——努力在我的語調上下功夫，盡可能模仿老師的發音——因此我已經把這種語言學得相當流暢和正確，估計跟阿迪拉小姐談起話來還不至於過分困難。她一聽說我是她的家庭教師，就走過來跟我握手。隨後當我帶她進去吃早飯的時候，我用她自己的語言跟她說了幾句。起初她回答得很簡短，但是等我們在餐桌前坐下，她用她那對淡褐色的大眼睛足足打量了我十來分鐘以後，她就突然開口喋喋不休地講了起來。

「啊！」她用法語叫道，「你講我的話講得跟羅徹斯特先生一樣好，我可以像跟他說話那樣跟你說話了，還有蘇菲也一樣。她準會挺高興。這兒誰也不懂她的話。費爾法克斯太太只會滿口的英語。蘇菲是我的褓姆。她跟我一塊兒從海那邊來，坐一條挺大的船，煙囪裡直冒煙——冒得可厲害啦！我噁心想吐，蘇菲也是，羅徹斯特先生也是。羅徹斯特先生躺在叫頭等艙的一個挺漂亮的房間裡的一張沙發上，蘇菲和我睡在另外一個地方的小床上。我差點兒從我的小床上掉下來，它就像個擱架。後來——小姐，你姓什麼？」

「愛——簡・愛。」

「艾爾！哎！我說不來。哦，後來我們的船在早上，天還沒怎麼亮，停在一座大城市岸邊——一座挺大的城市，房子黑乎乎的，到處全是煤煙，完全不像我原來住的那個乾淨漂亮的城市。羅徹斯特先生抱我走過一條跳板上了岸，蘇菲也跟了上來，我們一塊坐上馬車，車把我們拉到一座漂亮的大房子跟前，那房子叫做旅館，比這兒還要大、還要好。我們在那兒將近待了一個禮拜。我和蘇菲每天都上一個挺大挺大、滿是碧綠樹木的地方去，那叫公園。

那兒除了我還有許多孩子，還有一個池塘，裡面有許多美麗的鳥兒，我用麵包屑餵它們。」

「她說得那麼快，你聽得懂嗎？」費爾法克斯太太問。

我全聽得懂，因爲我聽慣了馬丹比埃洛那種流利的口吻。

「我希望，」這位和氣的太太繼續說，「你能問她一兩句關於她父母的事。我不知道她是不是還記得他們。」

「阿黛爾❿，」我問道，「你剛剛說的你在那個乾淨漂亮的城市裡，是跟誰住在一塊兒？」

「老早以前，我跟媽媽住在一塊兒，可是她上聖母瑪利亞那兒去了。媽媽常教我唱歌跳舞，朗誦詩。有好多好多太太先生們來看媽媽，我常常給他們跳舞，或者坐在他們膝頭上給他們唱歌。我挺高興這樣。這會兒就請你聽我唱好嗎？」

她已經吃完早飯，所以我允許她一顯身手。她爬下椅子過來坐在我的膝頭上。然後小手一本正經地合在胸前，把捲髮往後一甩，抬起兩眼望著天花板，唱起一段歌劇裡的選曲來。這是一個被遺棄的女人唱的歌，她在哀嘆了一陣情人的負心以後，想以自豪來求得安慰。她要僕人用她最晶瑩的珠寶和最華麗的衣裳把她打扮起來，決定當晚到一個舞會上去跟那個虛情假意的人見面，用她的歡快舉止他向表明，他的遺棄對她的影響是多麼微不足道。

選這樣的東西讓一個小歌手來唱，似乎十分古怪。不過我猜表演的目的，就是要聽聽愛和嫉妒的歌聲如何奶聲奶氣地從孩子的嘴裡唱出來。這種目的是十分低級趣味的，至少我是這樣認爲。

---

❿阿迪拉的法文名。

阿黛爾把這支短歌唱得相當宛轉動聽，而且還帶有她那種年紀的天眞無邪的味道。唱完了這個，她跳下了我的膝頭說：

「現在，小姐，我要給你背幾首詩。」

擺好了姿勢，她開口報題目：「La Ligue des Rate: fable de la Fontaine.」⓫接著就十分講究抑揚頓挫地朗誦起這篇小詩來，聲音宛轉自如，表情恰到好處，就她的年紀來說的確十分難能可貴。這說明她受過認眞的訓練。

「這篇東西是你媽媽教你的嗎？」我問。

「是啊，她常常像這樣念：『Qu'avezvous donc?lui dit unde ces rats, parlez!』⓬她要我把手往上舉——像這樣——好記住問話的時候要提高嗓門。現在我給你跳舞好嗎？」

「不要，已經夠了。可是像你說的，你媽媽上聖母瑪利亞那兒去了以後，你又跟誰一塊兒住呢？」

「跟馬丹弗雷德里克和她丈夫。她照顧我，可是她跟我沒有什麼親戚關係。我想她很窮，因爲她沒有我媽媽那樣好的房子。我在那兒沒待多久。羅徹斯特先生問我是不是願意到英國來跟他一塊兒住，我說願意。因爲我認識馬丹佛雷德里克以前就已經認識羅徹斯特先生，他一直對我挺好，還給我漂亮衣服和玩具。不過你看他說話不算數，他把我帶到英國，現在又自個回那兒去了，我再也看不見他了。」

吃過早飯，阿黛爾跟我進了書房。看來，羅徹斯特先生曾吩咐過把它用作教室。大多數

⓫ 法語：「拉封丹的寓言：《老鼠同盟》。（拉封丹是十七世紀法國寓言詩人。）

⓬ 法語：「你怎麼啦？」一隻老鼠問，「快說！」

的書都鎖住在書櫥的玻璃門裡，不過有一個書櫥開著，裡面有可能需要用來作爲初級讀物的各種書籍，還有一些輕鬆的文學作品、詩歌傳記、遊記，以及幾本傳奇小說等等。我想他認爲家庭女教師個人要看的書不過就是這些，而的確，它們暫時也完全足以滿足我的需要。跟我過去在洛伍德偶爾能胡亂找來讀讀的幾本書相比，它們眞可說是使我有機會在消遣和求知方面得到一個大豐收。這間房裡還有一架立式鋼琴，還相當新，音色好極了。另外還有一個畫架和一對地球儀。

我發現我的學生相當聽話，儘管不大肯用功。她從來未養成過按部就班幹任何事情的習慣。我覺得一開始就對她限制過嚴是不明智的。所以，在我跟她講了許多話，總算哄得她學了一點功課以後，時間已經快近中午，我就放她回到她褓姆那兒去了。這時我打算乘還沒吃中飯的時間，畫幾張小的速寫來供她學習用。

我正上樓去取我的畫夾和鉛筆，費爾法克斯太太喚住了我：

「你上午的課已經上完了吧，我想。」

她是站在一個房門口，房間的雙扇門正打開著。她跟我打招呼，我就走了進去。這是間富麗堂皇的大屋子，有紫紅色的椅子和窗幔、土耳其地毯、貼著胡桃木鑲板的牆壁、一扇鑲有許多色彩玻璃的大窗子、飾有華麗線條的高高的天花板。費爾法克斯太太正在給擺在一個餐具櫃上的幾隻精緻的紫晶石花瓶撣灰。

「多漂亮的屋子啊！」我望望四周，驚嘆起來。因我從未見過有這一半氣派的大房間。

「是啊，這是餐廳。我剛打開這扇窗戶，好透進點陽光和空氣來，因爲很少有人進來的房間裡什麼都會變得潮濕，那邊客廳裡簡直就像個地窖似的。」

她指指一道跟窗子一樣又大又寬的拱門，門上也同樣垂著染成提爾紫⓭顏色的帷幔，這會兒正兩邊　起著。踏上兩級寬寬的台階走近拱門前朝裡面一望，我簡直以爲瞧見了一個仙境，在我那未見過世面的眼睛裡，那裡面的景象實在太輝煌了。其實，那不過是十分漂亮的客廳，裡面還套著一間小會客室，全都鋪有上面彷彿撒滿一個個鮮艷花環的白色地毯，天花板上全都飾有白色的葡萄和葡萄葉花紋的雪白線條，下面對比鮮明地擺放著深紅色的軟榻和睡椅。白色的帕羅斯大理石⓮壁爐架上的小擺設都是用紅寶石般紅光閃閃的波希米亞玻璃製成的，窗戶和　戶之間的一面面大鏡子反射出了到處紅白輝映的氣象。

「你把這些屋子收拾得多麼整潔啊，費爾法克斯太太！」我說。「沒有灰塵，也不罩布套。要不是有股冷氣的話，人家還以爲裡面經常有人住呢。」

「那有什麼，愛小姐，儘管羅徹斯特先生很少來，可一來就總是那麼突然，出人意料。我看出他最惱火看到什麼都用布罩著，等他來才忙忙亂亂地動手整理，不如還是隨時把它們收拾妥當好一些。」

「羅徹斯特先生是個毫不馬虎、喜歡挑剔的人嗎？」

「並不特別挑剔，不過他有上等人的習慣愛好，希望什麼事都安排得符合這種愛好。」

「你喜歡他嗎？一般人都喜歡他嗎？」

「噢，喜歡的，這兒的人一向都敬重他們這一家。記不清從什麼時候起，凡是你眼睛望得見的鄰近一帶田地，就全部都是屬於羅徹斯特家的了。」

⓭提爾紫：古代希臘、羅馬人用的一種紫紅色染料，因原出自古腓尼基的提爾城而得名。

⓮帕羅斯大理石：產於希臘帕羅斯島上的名貴白色大理石。

「嗯，可是撇開他的地位不談，你喜歡他嗎？別人喜歡他本人嗎？」

「我沒有理由不喜歡他，我相信他的佃戶們也都認爲他是位正直、開明的地主。不過他很少跟他們一起相處過。」

「可是，難道他沒有跟別人不一樣的地方？總之，他的性格怎麼樣？」

「噢！我想他的性格是無可指摘的。也許他是有點不一樣，他去過很多地方，我敢說他確實見多識廣。他一定很聰明，不過我從來沒跟他談過多少話。」

「他是怎麼個不一樣？」

「我不清楚——這很難說——沒什麼太特別的地方，不過他跟你講話的時候你會有這樣的感覺：你不是總清楚他到底在開玩笑、還是認眞的，是高興呢、還是不高興。總之，你沒法完全了解他——至少我是這樣。不過這不關緊要，他是個很好的東家。」

這就是我從費爾法克斯太太那兒打聽到的有關她和我的雇主的全部情況。有些人似乎絲毫不懂得概括人的性格，觀察和描述人或事物的與衆不同之處，這位好心的太太顯然就屬於這一類。我的一連串問題只能使她迷惑，卻始終問不出個道理來。在她眼裡，羅徹斯特先生就是羅徹斯特先生，是位紳士，一位有產業的人——如此而已，她再也不去作進一步的探究或追問了，而且對於我想要更具體地了解他的爲人，顯然覺得奇怪。

我們從餐廳裡出來後，她主動要帶我去看看屋裡的其他地方。我就跟著她上樓下樓，邊走邊讚嘆不絕，因爲一切都收拾得又整潔又漂亮。我覺得靠前面的一排大房間特別堂皇，而三層樓有幾個房間儘管又低又暗，但卻古色古香得有趣。隨著時尙變化，一度配置在樓下屋子裡的家具不時被搬到了這兒來，從窄窄的窗子裡透進來的暗淡光線，照亮了已有幾百年的老床、橡木或胡桃木的櫃子，上面精緻地雕著棕櫚樹枝和小天使頭像，看來就像是典型的希伯來約櫃⓯。一排排上了年紀的高背窄椅，一隻隻更加古老的矮凳，凳墊上還明顯留有已半磨光的刺繡的痕跡，繡它們的手指化作塵土已有兩代之久了。

所有這些古物，使桑菲爾德府看來就好像是往事的老巢，回憶的神殿。白天，我挺喜歡這些隱蔽處所的寂靜、昏暗和古怪，但夜晚我卻絕不會羨慕躺在這種又大又笨重的床上睡覺。這些床有的還有橡木做的門可以關上，有的掛著古老的英國式繡花床帳，上面密密麻麻繡著各種花樣，描繪古怪的花兒，更加古怪的鳥兒，以及最最古怪的人物——總之，在慘淡的月光底下看上去準會顯得古里古怪的各種形象。

「僕人們睡在這些屋子裡嗎？」我問。

「不，他們都住在後面的一排小屋子裡，誰也沒在這兒睡過。幾乎可以說，要是桑菲爾德府眞有鬼的話，那這兒就是它出沒的地方。」

「我也這麼想。那麼，你們這兒沒有鬼嘍？」

「也從來沒有什麼關於鬼的傳說——神奇傳說或者鬼故事嗎？」

「我想確實沒有。不過據說羅徹斯特家在世的時候都是些暴躁而不是安靜的人，說不定正因爲這樣，他們如今躺在墳墓裡都挺安靜。」

「是啊——『經過了一場人生的熱病，他們現在睡得好好的。』⓰」我喃喃地念著。

「你現在上哪兒去，費爾法克斯太太？」因爲她正要走開。

「到鉛皮屋頂上去，你願意一起去，從那兒眺望一下風景嗎？」

⓯約櫃：《聖經》中記載，古猶太人保藏兩塊十誡碑的木櫃。

⓰這是莎士比亞劇本《馬克白》第三幕第二場中，馬克白講到被他謀害的鄧肯時所說的一句台詞。

我仍跟著她登上一道很窄的樓梯來到閣樓，再從那兒爬上一座梯子，鑽出天窗來到屋頂上。現在我跟那些鴉群的棲息處是在同樣的高度上了，我能清楚地看見鴉巢。我從外牆上探出身子去遠眺下面的景色，俯瞰著像一幅地圖般展開的地面。緊貼著宅子底層，圍繞著一片像絲絨般平滑而光潔的草坪。像獵場般廣闊的田野上點綴著古老的樹木。枯黃的林子被一條顯然已經荒蕪的小徑從中穿過，小徑上長滿苔蘚，比長著葉子的樹木還顯得充滿綠意。園門外的教堂、大路、寧靜的群山，都安然靜臥在秋日的陽光下。在四周的地平線上，是一片夾雜著珍珠白的碧藍晴空。這景色中並沒有什麼不同尋常之處，但一切都那麼賞心悅目。當我收回了目光，重新鑽進天窗爬下梯子的時候，幾乎都看不清路了。我剛才一直在仰望著藍色的天穹，高興地俯視著宅子四周陽光普照的樹叢、牧場和青山，對比之下，閣樓似乎昏暗得就像個地窖。

費爾法克斯太太在後面耽擱了一會兒去關好天窗，我摸索著找到了閣樓的出口，就從狹窄的頂樓扶梯上爬了下去。我在樓梯下面把三層樓的前後房間分隔開來的長過道裡逡巡不前，過道又窄又低又暗，只有很遠的盡頭處有扇小窗子，兩邊的兩排小黑門全都關著，活像是一條藍鬍子⑰城堡裡的走廊。

正當我輕手輕腳往前走去，耳朵裡突然聽到一個我在這樣寂靜的地方萬沒料到會聽見的聲音——一聲笑聲。這是一種奇怪的笑聲，清晰、呆板而鬱鬱寡歡。我停住腳步，笑聲也停了，但只一會兒，就又響了起來，聲音更大，因為最初儘管清晰，聲音卻很小。它震耳地響

---

⑰藍鬍子：法國民間故事中一個曾殺過六個妻子的惡人，屍骨都藏在他城堡裡的密室中，最後才被他的第七個妻子所發現。

過一陣才停，簡直像在每個冷清無人的房間裡都激起了一陣迴響。不過它實際只是從一個房間裡發出來的，我幾乎能指得出聲音來自哪一扇門裡。

「費爾法克斯太太！」我大聲喊道，因爲這時我正聽見她從樓梯上下來。「你聽見那大笑的聲音嗎？是誰啊？」

「大概總是哪一個傭人吧。」她回答。「也許是格蕾絲・普爾。」

「你剛才聽見了嗎？」我又問了一遍。

「聽見了，清清楚楚。我常聽見她笑，她在這兒的一間屋子裡做針線活。有時候莉亞也跟她在一塊兒，她們倆在一處常常挺吵鬧。」

笑聲又低沉而節奏分明地重新傳來，最後化爲一陣古怪的嘟囔聲。

「格蕾絲！」費爾法克斯太太喊道。

說實話，我並不指望有個什麼叫格蕾絲的人會來回答。因爲這笑聲的淒慘和怪誕實在是我聞所未聞。要不是時間在正午，在怪笑的同時又並沒見什麼鬼怪現形的跡象——要不是眼前的季節和景色都並不容易使人產生恐懼感，那我準會迷信地害怕起來的。不過，事實向我證明，即使只感到驚奇，我也已經夠傻的了。

離我最近的那扇門打開了，一個僕人走了出來——是個三四十歲的女人，身材僵硬而寬闊，紅頭髮，一張嚴厲而其貌不揚的臉。簡直再也想不出比這個更缺少神奇氣息、更不像鬼的鬼魂了。

「太吵了，格蕾絲。」費爾法克斯太太說。「記住給你的吩咐！」格蕾絲一聲不響行了個禮，就走進去了。

「她是我們雇來做針線、幫莉亞幹些家務活兒的。」這位寡婦繼續說。「儘管有些方面並非毫無毛病，不過她的活還是幹得相當不錯。順便說說，今兒上午你跟你的新學生課上得怎樣？」

話題就這樣轉到了阿黛爾身上，一直談到我們來到樓下明亮可喜的地方。阿黛爾在大廳裡一面迎著我們跑來，一邊嚷嚷著：

「Mesdames, vous êtes servies!」⓲又加了一句，「J'ai bien faim, moi!」⓳

我們看到午飯已經準備好，正擺在費爾法克斯太太的會客室裡等著我們。

⓲法語：「女士們，午飯已經擺好了！」

⓳法語：「我啊，我可餓壞了！」

12

我剛進桑菲爾德時的平靜氣氛，似乎就預示著前途的順遂，在進一步熟悉這兒和這兒的人以後，這種預期也並沒有落空。費爾法克斯太太果然像她外表看來那樣，是位性情平和、心地善良的女人，具有充分的教養和常人的智慧。我的學生是個活潑的孩子，一向嬌生慣養，所以有時有些任性，但因為完全把她交給了我來管，沒有人來亂加干預，阻礙我教育她的計畫，因此她很快就忘掉了她那些小小的胡鬧，變得既聽話又肯學了。

她並沒有極高的天資，以及顯著的性格特點，或是特別敏銳的感覺和鑒賞力，使她哪怕稍稍高於一般孩子的通常水平，但她也沒有任何缺陷和惡習使她低於這個水平。她已有了可觀的進步，對我懷有一種也許不算太深，但也頗為熱烈的愛，而且她的幼稚單純、愉快的嘮叨和竭力想討人歡喜的努力，反過來也多少激起了我的依戀之情，完全足以使我們倆相處得十分融洽。

這些話，**par parenthese** ❶，準會被某些人認為過於冷淡，因為他們堅守著兒童必有天使般的天性這樣一種神聖信條，並且認為負責教育兒童的人必須對兒童抱著一種偶像崇拜的獻身精神。可是我寫這些並不是為了迎合做父母的自私心理，為了附和時髦的高調，或者支持騙人的空話。我只不過是實話實說。我出自衷心地關懷阿黛爾的幸福和進步，悄悄地喜愛著

❶法語：順便提一句。

她那小小的自我，正像我感激費爾法克斯太太的好心，爲她對我的默默尊重以及她心地、性格的溫和而樂於和她相處一樣。

不管誰是不是會責備我，我可還要說，有時候，當我獨自去庭園裡散步，一直走到園門邊，朝門外的大路向遠處望去；或者，當我趁阿黛爾正在跟她的褓姆一塊兒玩，費爾法克斯太太正在貯藏室裡做果凍時，爬上三道樓梯，掀開閣樓天窗，來到鉛皮屋頂上，極目眺望僻靜的田野和山崗，巡視著朦朧的天際；每當這時候，我總是渴望我的目力能夠超出這個極限，能一直望見那繁華的世界，那些我只聽說卻從沒見過的生蓬勃的城鎮和地區。

這時候，我總企望自己能有比現在更多的實際經歷，能比現在有更多的機會既接觸跟我同樣的人，也結識各種不同性格的人。我珍視費爾法克斯太太身上的優點，阿黛爾身上的優點，但是我相信一定還存在著其他各種更爲鮮明生動的優點，而我希望能親眼目睹我相信存在的東西。

誰會責備我呢？無疑會有許多人，人家一定會說我不知足。但我沒辦法，我生性不安分，有時候這使我深爲苦惱。這時，我唯一的安慰是一個人在三樓的走廊裡踱來踱去，在這兒的寂靜和冷清中感到安心。任自己的心靈去隨意冥想它所見到的一切光輝幻象——不用說它們是既多又燦爛奪目的；任自己的心臟隨著狂熱的跳動而起伏，在跳動受阻時憋得難受，在跳動歡暢時心花怒放。而最可喜的，還是讓我內心的耳朵去專心傾聽一個永不會結束的故事——這個故事由我的想像力創造出來而且不斷講述下去，生動活躍地充滿著種種我所一心渴望而在我實際經歷中並不存在的事件、生活、激情和感受。

強調人應該滿足於平靜是沒有用的，他們必須有行動，要是他們沒找到機會，也會設法去創造它。千百萬人被注定要忍受比我更死氣沉沉的處境，也有千百萬人在默默反抗他們的命運。誰也不知道，除了政治反叛以外，在千頭萬緒的生活中有多少各種各樣的反叛，被人們硬壓了下去。

女人一般總被認爲是非常安靜的，但女人也跟男人有一樣的感受。她們也跟她們的兄弟們一樣要發揮她們的能力，要有她們的用武之地。她們對太嚴厲的束縛，太絕對的停滯不變，會完全跟男人一樣地感到痛苦。要是她們那些較占便宜的同類們，說她們應該局限於做做布丁、織織襪子、彈彈鋼琴、繡繡錢包，那就未免太見識短淺了。要是她們想超出習俗認爲女性所必需的範圍，去做更多的事、學更多的東西，那麼爲此譴責她們或者嘲笑她們，也未免太沒頭腦了。

我這樣一個人待著時，不止一次聽到過格蕾絲．普爾的笑聲。同樣的一陣大笑，同樣低沉、緩慢的幾聲哈哈！當初我第一次聽見它時，曾感到毛骨悚然。同時，我也聽到過她那出奇的嘟囔聲，比她的笑聲更古怪。有些日子她很安靜，但另外也有些日子我簡直沒法形容她發出來的那種聲音。

有時我見到她，她會走出屋子來，手裡端著個臉盆，或者盤子、托盤，下樓到廚房裡去，很快就又回轉來，往往（唉，富於想像的讀者，請恕我實話實說！）帶回來一壺黑啤酒。她的外貌對於她聲音方面的古怪行爲來說，總是起一種抵消作用。她面目嚴峻、神態沉著，絲毫沒有能引起人興趣的地方。我幾次試圖跟她攀談，但她似乎是個話特別少的人，往往只回答一兩個字，使我的每次努力都毫無結果。

宅子裡另外那些成員，也就是說，約翰夫婦、女僕莉亞，法國褓姆蘇菲，都是些正人，但是並無特出之處。我跟蘇菲總是講法語，有時問她一些她祖國的問題，但她不是個善於描繪或敘述的人，回答往往既乏味又含糊，就像是存心阻止而不是鼓勵別人問下去似的。

十月、十一月、十二月依次過去了。一月裡有一天下午，費爾法克斯太太因爲阿黛爾著了涼替她請一天假，同時阿黛爾又那麼急切地從旁附和，使我回想起了自己小時候對偶然的假日是多麼地珍視，因而就同意了，覺得在這件事上表示通融是做得對的。

這天雖然很冷，天氣卻晴朗無風，我一動不動地坐在書房裡整整一天坐得累了，費爾法克斯太太剛好寫好了封信等著寄出去，因此我就戴上帽子、披上斗篷，自告奮勇把它送到乾草村去。走兩英里路是冬天下午一次很愉快的散步。看著阿黛爾舒舒服服地在費爾法克斯太太會客室壁爐旁她自己的一張小椅子上坐了下來，並且把她最好的蠟娃娃（平時我是用錫紙包著放在抽屜裡的）交給她去玩，又給了她一本故事書換換口味，最後，在她說「Revenez bientôt, ma bonne amie, ma chere Mdlle. Jeannette」❷這句話時，吻了吻她作爲回答，我就出發了。

路面堅硬，空氣凝滯，我的旅途是寂寞的。我快步走了一程，使身上緩和起來，然後慢慢走著，享受和細細品味對我來說此時此境所蘊含著的樂趣。三點了，我經過鐘樓下面時教堂的鐘正好敲響。這個時刻的魅力就在於它的趨近薄暮，在於日已西沉，陽光黯淡。

我這時離開桑菲爾德有一英里遠，正走在一條小徑上，它夏天以野薔薇聞名，秋天是堅果和黑莓，即使現在還有一些珊瑚色珍寶般的野薔薇果和山楂果。不過它冬天最喜人的地方，還在於它的無比清幽和葉落枝黃的寧靜氣氛。即使一陣微風拂過，這兒也不會有一絲聲響，因爲沒有一株冬青，沒有一棵常綠樹會沙沙作響，而光禿禿的荊棘和榛樹叢也靜得像鋪在小徑中間的那些已經磨光了的白石子一樣。路的兩邊，舉目望去淨是一片田野，此刻已沒

❷法語：「早點回來，我的好朋友，我親愛的簡小姐。」

有牛羊在那兒吃草。偶爾在樹籬間出沒的幾隻褐色小鳥，看上去就彷彿是忘了落下的幾片零星的枯葉。

這條小徑順著山坡往上一直到乾草村。爬到半路，我在路邊通向田野的一個踏級上坐了下來。我把斗篷在身上裹緊，手藏在皮手筒裡，並不覺得太冷，雖然天氣是冷得徹骨。這從路面上結著薄薄的一層冰就可以看出來，那是一條現在已經結了冰的小溪，前幾天突然解凍時溪水漫到這兒來造成的。從我坐的地方，我可以俯瞰蓋茨黑德。那所頂上有外牆的灰色府第，是我腳下的山谷中一個主要的景物。在它的西邊聳立著著宅旁的林子和黑壓壓的鴉群棲息地。我一直逗留到太陽向樹木深處沉下去，閃出明亮的紅光在它們後面沉落。這時我轉臉向東面望去。

在我上方的山頂上掛著初升的月亮，眼前還是像雲朵那樣淡淡的顏色，但隨時都在變得更加明亮。她照著乾草村，村子掩在樹叢間，爲數不多的煙囪裡冒出幾縷青煙。離那兒還有一英里路，但是在萬籟俱寂中我能清楚地聽到那兒隱約的忙碌活動聲。我的耳朵裡還傳來水流的聲音，我說不出到底發自哪個溪谷、哪個深澗，但在乾草村的那一面有無數小山，無疑有許多溪流正在穿過山間的隘口。這種黃昏的寧靜同樣也洩露出了近處潺潺的溪水聲，遠處颼颼的風聲。

一陣突如其來的鬧聲，既遙遠又清晰，打破了這種輕柔悅耳的水流和風鳴。嶒是一種沉重的吧嗒、巴嗒和刺耳的答答聲，它淹沒了輕柔的聲波蕩漾，猶如在一幅圖畫中，濃墨重彩地畫在前景的大塊山岩，或者一棵大橡樹的粗大樹幹，使得飄渺的遠景中那融爲一體的青翠山岡、明朗天際和斑斕雲彩全都黯然失色了一樣。

這喧鬧聲來滿小徑上。有一匹馬正在奔來，路的拐彎還擋住它叫人望不見，但它已經馳近了。我剛才正準備離開踏級，因爲路很窄，所以我只好坐著不動等它過去。我那時候還很年輕，各種各樣明朗和陰暗的幻想盤踞在我頭惱中，關於童話故事的回憶也夾雜在其他亂七八糟的東西裡，每當它們重新出現時，正在成熟的青春又給它們添加了孩提時代所無法賦予的生動和活力。

當這匹馬正在馳近，我等著看見它在暮色中出現的時候，心中記起了貝絲講過的幾個故事，其中的主角是個英格蘭北部的妖精，叫做「蓋特拉希」，它變幻成馬、騾子或者一條大狗的形狀，出沒在荒徑野路上，有時突然在趕夜路的人面前現形，就彷彿現在正要出現在我面前的這匹馬一樣。

它已經很近，但卻還看不見。這時，除了那吧嗒、巴嗒的聲音以外，我還聽到樹籬下一陣急跑的聲音，一條大狗緊貼著榛樹幹下面悄悄溜了過來，它那黑白相間毛色在樹木襯托下特別醒目。這正是貝絲所講的蓋特拉希的一種幻形——一頭長鬣毛、大腦袋的獅子般的畜牲。不料它卻安安靜靜地從我身邊走了過去，根本沒停下來仰頭用它那似狗非狗的眼睛來望望我的臉，像我原先估計它多半會做的那樣。

接著，那馬過來了——是一匹高頭大馬，背上騎著一個人。這個人，一個凡人，一下子就把那魔力弄得煙消雲散了。蓋特拉希背上從來沒騎過人，它總是獨來獨往的。而在我的想像中，妖魔雖可能附在沒有知覺的動物屍體上，卻絕不會去找個普普通通的人體來做它們的化身。這不是蓋特拉希——只是個抄近路到米爾科特去的行人。他過去了，我繼續走路，只走了幾步，就又掉過頭來。一個走滑了腳的聲音和一聲「見鬼，這可怎麼辦？」的驚叫，接著又是轟隆轟隆摔倒的聲音，把我的注意力吸引住了。

人和馬都倒在地上，路面上結得像玻璃似的那層薄冰使他們滑倒了。那隻狗跳著回頭跑來，一見它主人陷入了困境，聽那馬兒不斷呻吟，就狂吠得連黃昏的的群山也發出了回聲，這吠聲洪亮深沉，跟它龐大的身軀十分相稱。它繞著倒在地上的人和馬嗅了一陣，就朝著我跑了過來。它只能這樣做——近旁沒有別的人可以求救。我聽從了它，向那位行人走去，這時他正竭力想從馬身邊掙脫開來。他使出這麼大的勁，我想他大概傷得不很厲害，不過，我還是向他提出了這樣的問題：

「你受了傷嗎，先生？」

我以爲他是在咒罵，儘管我也不敢十分肯定，但其實他是在說些客套話，以致耽誤了直接回答我的問題。

「我能幫點什麼嗎？」我又問了一句。

「你就站在一邊吧。」他一面回答，一面爬起來，先是跪著，然後站直了身子。我照他說的做了。隨後，就開始了一連串喘息嘶鳴、掙扎站起、馬蹄蹬地的動作，還夾雜著狂吠亂叫的鬧聲，使我馬上退避到了幾碼以外。不過在沒看到結局之前，我是不會被完全趕走的。結局總算很幸運，馬被重新扶了起來，狗被一聲，「趴下，派洛特！」喝住不作聲了。現在那位趕路的人彎下腰來，摸摸自己的腿，似乎在檢查它們是否安然無事。顯然它們不知哪兒有點痛，因爲他一瘸一拐走到我剛才站起來的踏級跟前，坐了下來。

我想我準是一心想能幫點忙，或至少是表示一點好意吧，因爲這時我又向他走了過去。

「要是你受了傷，要人幫忙，先生，我可以到桑菲爾德或者乾草村去找個人來。」

「謝謝你，我行。我骨頭沒斷——只是扭傷了筋。」說著，他又站起來試了試他的腳，但結果只使他忍不住叫出了一聲，「噢！」

天色還沒有全暗，月亮正在漸漸明亮起來，我可以把他看得很清楚。他身上罩著一件皮領子、鋼鈕扣的騎馬披風，看不出他的具體模樣，不過我還是捉摸得出他大體上的樣子是中等身材、胸部相當寬。他臉黑黑的，容貌嚴峻，眉頭緊蹙。這會兒他的眼光和皺起的眉毛正顯出發火和遇到麻煩事的神情。他已不太年輕，但還未入中年，大約三十五歲光景。我對他一點也不害怕，只稍稍有點羞怯。如果他是個漂亮英俊的年輕紳士，我一定不敢站在那兒這樣不顧他的拒絕向他發問，而且不等要求地自請幫忙。

我幾乎從來沒見過一個漂亮的青年人，出世以來從未跟這樣的一個人說過話。我從理論上對漂亮、文雅、殷勤、十分看重，但要是我眞遇到了具體表現在男性身上的這些品質，我馬上會出自本能地知道，它們跟我身上的一切都就沒有也不會有合拍的地方，我會避開它們，就像人們會避開火、閃電或者任何光彩奪目，然而叫人敬而遠之的東西那樣。

要是這個陌生人哪怕只是對我的問話報以微笑並且態度和氣，要是他對我提出的幫助樂呵呵地加以謝絕，我也準會繼續我的路，不再覺得自己有什麼義務要進一步詢問下去。可是這位過路人那種厭煩和無禮的態度，卻反而使我感到無拘無束。我不顧他揮手叫我走開，仍站著不動，並且斷然說道：

「在看到你確實能夠騎馬以前，先生，我是絕不會讓你這麼晚了，獨自留在這條荒涼的小路上的。」

我說這話的時候，他看了看我，在這以前他的眼睛幾乎從來沒有朝我看過。

「我覺得你自己倒該回家去了，」他說，「要是你家在這附近一帶的話。你是從哪兒來？」

「就從這下面來。只要有月亮，我一點也不害怕在外面待得很晚。要是你願意的話，我很高興爲你到乾草村去跑一趟——說實話，我正要上那兒去寄一封信。」

「你就住在這下面——你是說就在有外牆的那所房子裡嗎？」他指指桑菲爾德，月亮正給它披上了一層銀光，使它在這時已被西方天空襯托得成了一片暗影的樹林前，顯得清晰突出，顏色發白。

「是的，先生。」

「那是誰的房子？」

「羅徹斯特先生的。」

「你認識羅徹斯特先生嗎？」

「不，我從來沒見過他。」

「那他不住在這兒嘍？」

「是的。」

「你能訴我他在哪兒嗎？」

「我說不上。」

「當然，你不是宅子裡的僕人。你是……」他住了口，上下打量了一下我身上的衣服，跟平常一樣，我穿得很樸素：一件黑色美麗奴❸呢斗篷，一頂黑海狸皮帽，都還比不上一位太太的使女穿戴的一半那麼講究。他似乎捉摸不定我到底是什麼人，我幫他解脫困境。

「我是家庭教師。」

「哦，家庭教師！」他應聲說道。「見鬼的，我竟給忘了！家庭教師。」說著，我那身衣服又給細細打量了一番。過了兩分鐘，他從踏階上站起來，剛試著邁了

❸美麗奴：一種原產西班牙的細羊毛，這種羊毛稱爲美麗奴羊毛，織成品稱美麗奴呢、美麗奴絨線等。

一步，就滿臉露出痛苦的神情。

「我派你去找人幫忙可不大合適，」他說，「不過要是你肯的話，你自己倒可以稍微幫我一點忙。」

「行，先生。」

「你有一把傘可以讓我當手杖使嗎？」

「沒有。」

「試試抓住馬籠頭，把它牽到我這兒來。你不害怕吧？」

要是只我一個人在，我是會害怕去碰一匹馬的，可是既然人家要我這麼做，我也願意照辦。我把皮手筒放在踏級上，走到那匹高頭大馬的跟前。我試圖去抓住馬籠頭，可是這匹馬是個烈性的傢伙，一點也不肯讓我去碰它的頭。我一次次地努力，卻都白費力氣，同時還對它那不斷蹬著的前蹄害怕得要命。那個過路人在旁等著，瞧了一會兒，最後大笑起來。

「我看，」他說，「山永遠也不會給帶到穆罕默德面前去，所以你只能幫著穆罕默德到山的面前去[4]。我只好請你到這兒來了。」

我走了過去。

「對不起，」他接著說，「我迫不得已，只得藉助你了。」他把一隻手沉重地按在我肩上，勉強靠著我支著一瘸一拐地向馬走去。一抓住馬籠頭，他立刻就制伏住了馬，接著跳上了鞍子——在使勁這樣做的時候他難看地做著鬼臉，因為這弄痛了他扭傷的腳筋。

[4] 傳說伊斯蘭教主穆罕默德為顯示奇蹟，命令薩法山移到他跟前來。山沒移動，他說是眞主不讓山來壓死了大衆，因此他要自己走到山的面前去。

「現在，」他把緊緊咬住的下嘴唇鬆開說，「請把我的馬鞭子遞給我，它就在那兒的樹籬底下。」

我找了一下，找著了。

「謝謝你。現在快去乾草村寄信吧，儘量早點兒回來。」

被帶馬刺的靴跟一碰，他的馬先是受了驚用後腳站了起來，接著就奔騰而去，那條狗緊緊地跟在他後面，連人帶馬和狗全都無影無蹤了。

像長在荒野裡的石楠，
被一陣狂風席捲而去。

我撿起我的皮手筒繼續走路。這件偶然的事發生了，對我來說也已經過去了。從某種意義上來說，這確是一件既無足輕重、毫不浪漫、也平淡乏味的事，但它還是使一種單調不變的生活中的短暫一小時有了一點變化。有人需要而且請求我幫助，我給了他幫助。我高興總算做了件事，事情雖微不足道、過眼煙雲，但它畢竟是個主動的行爲，而我對於完全被動的生活已經感到乏味了。

那張新的面孔，也彷彿是剛被列入記憶的畫廊中的一幅新畫，而且它跟所有其他掛在那兒的畫都有所不同。首先，因爲它是男的。其次，因爲它是黝黑、強健、嚴峻的。我走進乾草村，把信投到郵局裡的時候，眼前彷彿還看見它。我走下山坡，一路快步往回走的時候，仍舊看見它。走到踏階前，我停了一會兒，望望四周，側耳細聽，心想說不定小路上會再次響起一陣馬蹄聲，一個身披斗篷騎在馬上的人，一條活像蓋特拉希模樣的紐芬蘭狗，說不定會再次出現。

可我眼前看到的，只是樹籬和一株截掉了樹梢的柳樹，迎著月光悄然地挺立在那兒。我聽見的只是隱約可聞的習習微風，在一英里之外的桑菲爾德周圍的樹林間陣陣拂過。當我低頭向這風聲的來處望去時，我的目光掠過宅子的正面，注意到有扇窗子裡亮起了燈光，這使我想起時間已經晚了，就急忙繼續趕路。

我不大情願地重新跨進桑菲爾德。走進它的大門，就意味著又回到死水一潭的生活。穿過空寂的大廳，走上黑魆魆的樓梯，尋找我自己那間冷清清的小屋子，然後去會見心平氣和的費爾法克斯太太，去跟她而且只跟她一塊兒度過這漫長的夜，而這也就是說，完全平息我這次散步所激起的那一點點興奮——不知不覺地重新給我的感官戴上千篇一律、過分死板的生活的無形鐐銬，對這種生活的安定舒適的長處本身，我已經愈來愈覺得無法消受了。

倘若我過去曾經在朝不保夕、艱苦求生的風浪中顛簸過，在飽嘗了辛酸難耐的滋味後懂得了渴望享受我眼前正在抱怨的這種平靜，那對當時的我說來，該會有多大的好處啊！的確，正如一個人在「超等安樂椅」❺上坐膩了，如果讓他去走一趟遠路，準會大有好處，在我的情況下想要動彈，也跟在他的情況下想要動彈一樣，是很自然的事。

我留連在園門口，我留連在草坪上，我在石子路上來回踱步。玻璃門上的護窗板拉上了，我瞧不見屋裡。而我的目光和心靈彷彿都不由自主地要離開這座陰沉的房子——這在我看來裡面全是些不見天日的牢房的陰暗洞穴——而飛向那展開在我面前的天空，那片萬里無

❺「超等安樂椅」：出自英國詩人蒲伯（Alexander Pope, 1688～1744）的《愚人記》（The Dunciad）中的詩句：「苦惱不堪地躺在一張超等安樂椅上。」

雲的藍色海洋。

月亮正在一步步莊嚴地升上天空，她離開她原來藏身的山頂背後，把它愈來愈遠地拋在下邊，彷彿正在翹首仰望，一心要攀登那像午夜般漆黑而又深遠莫測的天頂。而那些尾隨在月亮後面出現的閃爍群星，望著它們，就使我心兒顫動，血脈賁張。但往往一些小事就會使我們重新回到大地，大廳裡響起了鐘聲，這就夠了。我掉頭撇下月亮和星星，推開一扇邊門，走了進去。

大廳裡還沒全黑，唯一的那盞高高懸著的銅燈也還沒有點亮。廳上和橡木樓梯的底下幾級都被一片溫暖的火光照亮。這紅紅的光來自寬敞的飯廳，它的雙扇門敞開著，可以望見壁爐裡的熊熊爐火映紅了爐邊的大理石地板和黃銅爐具，並且把紫色的帷幔和擦亮的家具照得光輝悅目。它還映出了聚在爐台前面的一簇人。我還沒來得及看清，也沒完全辨清那混雜在一起的歡快的談話聲，其中只彷彿辨出了阿黛爾的聲音，門就關上了。

我趕緊走到費爾法克斯太太的屋子裡。這兒也生著火，但是沒點蠟燭，費爾法克斯太太也不在，卻瞧見一隻黑白相間的長毛大狗正獨自筆直地蹲在爐毯上，一本正經地盯著爐火，樣子很像小路上碰見的蓋特拉希。它樣子那麼像，使我不由得走上前去就叫道：

「派洛特。」這東西一聽，站起來走到我身邊，用鼻子嗅嗅我。我摸摸它，它搖著大尾巴。不過單獨跟它在一起，它看上去是個挺嚇人的傢伙，而且我也弄不清它究竟是從哪兒來的。我打打鈴，想要支蠟燭，同時我也想問問清楚這個不速之客的來歷。莉亞進來了。

「這是哪兒來的狗？」

「它是跟主人來的。」

「跟誰？」

「跟主人羅徹斯特先生，他剛剛到。」

「眞的！那費爾法克斯太太是在他那兒嗎？」

「是的，還有阿迪拉小姐也在。他們都在飯廳裡，約翰已經去叫醫生，因爲主人出了點意外，他的馬摔倒了，他扭了腳脖子。」

「馬是在乾草村小路上摔倒的嗎？」

「對，正在下坡的時候。它踩在冰上滑倒了。」

「哦！給我拿支蠟燭來，好嗎，莉亞？」

莉亞把蠟燭拿來了。她走進來，後面跟著費爾法克斯太太，她把這消息又重複了一遍，還補充說醫生卡特先生已經來了，現在正在給羅徹斯特先生治傷。她說罷就忙著去吩咐備茶點，我也上樓去脫外出的衣服。

13

羅徹斯特先生那天晚上大概是遵照醫囑，很早就上床睡覺了，第二天也起得不早。他最後下樓來，是爲了要處理事務。他的管事和有些佃戶都來了，正等著要跟他說話。

阿黛爾和我現在不得不把書房騰出來，它每天都要用來接待來訪者。樓上的一個房間裡生了火，我把我們的書搬到那兒，把它布置成未來的教室。在上午的這段時間裡，我覺察出桑菲爾德已經起了變化，不再像教堂裡那麼肅靜，每一兩個小時就會響起敲門或者拉門鈴的聲音。還不斷有穿過大廳的腳步聲，和樓下傳來新的嗓音用各種聲調說話的聲音。來自外面世界的一條小河流過了這兒，這裡有了一位主人。就我來說，我倒是更喜歡它了。

這一天，阿黛爾可眞不容易教，她簡直沒法專心。她老是向門口跑去，伏在樓梯欄杆上張望，竭力想看羅徹斯特先生一眼。她還想出種種藉口來往樓下跑，正像我一眼就看穿的那樣，是爲了到書房裡去，可我明知道那兒並不需要她。後來，當我有點生氣了，叫她好好坐著的時候，她還不停嘴地繼續按她的叫法談著她的「ami, Monsieur Edouard Fairfax de Rochester」。❶（我以前還不曾聽過他的教名叫什麼），猜測他到底給她帶來了什麼禮物，因爲前一天晚上他似乎示意過，等他的行李從米爾科特運到，裡面會有一個小盒子，裝著她感興趣的東西。

❶法語：「我的朋友愛德華·費爾法克斯·德·羅徹斯特先生」（其中「德」是法語中常加在貴族姓氏前的詞）。

「Et cela doit signifier，」她說，「gu'ily arua àl-dedans un cadeau pour moi, et peut-être pour vous aussi, Mademoiselle. Monsieur a parlé de vous: ill m'a demandé le nom de ma gouvernante, et si elle n'était pas une petite personne, assez mince et un peu pâle. J'al dit que oui: car c'est vrai, n'est-ce pas, Mademoiselle?」❷

我跟我的學生仍跟往常一樣，在費爾法克斯太太的會客室裡吃中飯。下午風雪交加，我們一直待在教室裡。天黑的時候，我准許阿黛爾收起書本和作業，跑下樓去。因爲樓下比較靜，也沒有人再來拉門鈴，我估計羅徹斯特先生現在有空了。剩下我一個人，我走到了窗前，可是望出去什麼也瞧不見。暮色和雪花攪得天空渾濁一片，連草坪上的灌木叢都看不見了。我放下窗帘，回到爐火邊。

我在火紅的爐炭中，彷彿看見了一幅景色，有點像我記得以前曾經見過的那幅描繪萊茵河畔海德堡城堡的風景畫。這時費爾法克斯太太走了進來，打亂了正在拼湊起來的這幅火焰的鑲嵌畫，同時也驅散了孤寂中正逐漸湧上我心頭的某種不愉快的沈思。

「羅徹斯特先生想請你和你的學生今天傍晚到客廳裡跟他一起用茶點。」她說。「他整天都很忙，沒有能早一點見你。」

「他幾點鐘用茶點？」我問。

「哦，六點鐘。他在鄉下總是早起早睡。你最好這會兒就去換件罩褂。我陪你去，幫你

❷法語：「這就是說，那裡面有一件給我的禮物，也許還有一件給你的呢，小姐。先生說起過來，他問起我的家庭教師的姓名，問她是不是個小個兒，相當瘦，臉色有點蒼白。我說是的，因爲這是眞的，對嗎，小姐？」

扣好鈕扣。拿上蠟燭。」

「有必要換罩衫嗎？」

「是的，最好換一換。羅徹斯特先生在這兒的時候，我晚上總是把衣服穿整齊一點。」

這種格外的禮儀有點過於講究。不過，我還是回到我的房間，讓費爾法克斯太太幫我脫下我的黑呢衣，換上一件黑綢衣。除了一件淺灰的，這是我另一件最好的衣服了，而用我洛伍德式的衣著觀念來看，我覺得除非在最重大的場合，穿那件淺灰的未免太講究了。

「你要別上一支胸針。」費爾法克斯太太說。

我只有一件小小的珍珠首飾，是譚波爾小姐送我作爲臨別紀念的。我別上它，就兩人一起走下樓來。我本來不大習慣見陌生人，像這樣一本正經地應召去見羅徹斯特先生，簡直有點活受罪。進飯廳時我讓費爾法克斯太太走在前面，而且一直躲在她背後一起穿過那間屋子，經過帷幔已經放下的拱門，走進陳設講究的裡間。

桌上燃著兩支蠟燭，壁爐架上還有兩支。在一爐好火的光和熱中，派洛特躺在那兒取暖。阿黛爾正跪在它旁邊。羅徹斯特先生半躺在長沙發上，一隻腳用墊子墊起著。他正在望著阿黛爾和那隻狗，爐火照亮了他的臉。兩道又粗又黑的濃眉，被橫梳的黑髮襯托得更加方正的前額，使我一眼就認出了他就是我遇見的那個過路人。

我認出了他那堅毅的鼻子，與其說因爲漂亮，還不如說是因爲顯露了他的性格而引人注目。他那大大的鼻孔，照我看來是顯示出脾氣暴躁。他那嚴厲的嘴、下巴和顎骨——是的，這三者都十分嚴厲，一點沒錯。現在脫掉了披風，我看到他體格寬闊，跟他的臉容倒十分相稱，我稱這從體育運動的意義上講，可以說是一個好身材吧——胸寬、腰細，儘管既不算高，也不優美。

羅徹斯特先生肯定已經知道我和費爾法克斯太太走了進來，但他似乎無心來注意我們，因爲當我們走過去時他頭也不抬。

「先生，愛小姐來啦。」費爾法克斯太太用她那文靜的口氣說。

「請愛小姐坐下吧。」他說，在他那既生硬又勉強的點頭，以及不耐煩而又有禮貌的口氣中，彷彿還含有另一層意思。「見鬼，愛小姐來不來跟我有什麼相干？這會兒我無心去跟她攀談。」

我坐了下來，一點也沒發窘。彬彬有禮的接待說不定倒會叫我手足無措，我會不知道如何也以溫文爾雅來還禮或者對答。粗魯任性反而使我無需拘謹，相反地，在失禮的對待下莊重地保持沈默，反倒使我處在有利的地位。再說，這套舉止的古怪離奇也十分有趣，我很想看看他接下來還會怎樣舉動。

他接下來的舉動仍舊跟一尊雕像一樣，就是說，既不說話，也不動彈。費爾法克斯太太似乎覺得，應該有個人表現得隨和些，所以她就開口講起話來。她跟平常一樣態度體貼——但也跟平常一樣有點俗氣地慰問他一整天工作勞累，慰問他痛苦的扭傷給他帶來的煩惱，接著又稱讚他在對付這些事情上既耐心又有毅力。

「太太，我想喝點兒茶。」她只得到了這樣一句回答。便趕緊去打鈴叫人。當茶盤送來時，她又殷勤俐落地動手擺好杯子、茶匙等等。我和阿黛爾走到了桌子跟前，可是主人卻並沒有離開他的長沙發。

「請你把羅徹斯特先生的杯子端給他好嗎？」費爾法克斯太太對我說。「阿黛爾也許會把茶弄灑的。」

我按她說的做了。他從我手上把茶杯接過去的時候，阿黛爾認爲這正是替我提個請求的好時機，就嚷了起來：

「N'est-ce pas, Monsieur, qu'il y a un cadeau pour Mademoiselle Eyre, dans votre petit coffre?」❸

「誰說起過cadeau❹？」他粗聲粗氣地說。「你盼望過禮物嗎，愛小姐？你喜歡禮物？」他邊說邊探究地望著我的臉，我看到他的眼色陰沈、生氣而且尖刻。

「我也說不上，先生。我對於禮物沒什麼經驗，一般都認爲它們是叫人高興的。」

「一般認爲？可是你是怎麼認爲的呢？」

「我得費一點時間，先生，才能作出個值得你一聽的回答。一件禮物可以從許多不同的角度去看它，不是嗎？所以先得從各面都想一想，才能說出你對它的性質是什麼看法。」

「愛小姐，你不像阿黛爾那麼直截了當，她一見我就嚷嚷著要『cadeau』，你卻拐彎抹角。」

「因爲我不像阿黛爾那麼自信該得禮物。她可以憑著彼此熟悉，也憑著往常的習慣而提出要求來，因爲她說過，你過去經常送給她各種玩意兒。可要是讓我提出什麼理由來，那我就要張口結舌了，因爲我是個陌生人，也沒做什麼事情應得到報答。」

「呃，可別用過分謙虛來做擋箭牌啦！我考過阿黛爾，發現你在她身上花了很大的功夫。她並不聰明，也沒什麼天分，可在很短的時間裡她就有了很大的進步。」

「先生，你這就已經給了我『cadeau』啦，我感謝你。老師們最盼望的禮物，就是稱讚

❸法語：「先生，你小箱子裡不是有件禮物要送給愛小姐嗎？」
❹法語：禮物。

他們的學生有進步。」

「啊哈！」羅徹斯特先生哼了一聲，就默默地喝起茶來。

「到爐火這邊吧。」等茶盤拿走，費爾法克斯太太退到一邊做編織活以後，主人說。

這時阿黛爾正拉著我的手在屋裡四處走著，指給我看那些漂亮的書，以及陳列櫃和彎腳牆架上放著的各種擺設。我們遵命走過去，阿黛爾想坐在我的膝頭上，可是他吩咐她去跟派洛特玩。

「你在我家裡待了三個月了？」

「是的，先生。」

「你是從——？」

「××郡的洛伍德學校。」

「哦！一個慈善事業——你在那兒有多長時間？」

「八年。」

「八年！你眞是命長。我原以爲不管什麼樣的體質，在那種地方待上一半長的時間就會徹底完蛋的。難怪你的樣子眞有點像是從另一個世界來的。我本來就奇怪你哪兒來的這麼一副臉色。昨天晚上你在乾草村小路上出現在我面前的時候，我不知怎麼會想起一些神話故事來，幾乎想問問是不是你對我的馬施了巫術。這會兒我還有點拿不準呢。你的父母是誰？」

「我已經沒有父母。」

「也從來沒有過，對吧。你還記得他們嗎？」

「不記得了。」

「我猜也是。那麼說，你在踏階上坐著時，是在等你那些伙伴吧？」

「等誰，先生？」

「等綠仙子啊！那正是個它們常常出現的月夜。是不是我衝破了你們的圈子，所以你才在路面上撒下了那該死的冰？」

我搖搖頭。

「綠衣仙子一百年以前就都已經離開英國啦。」我也跟他那樣一本正經地說。「而且不管在乾草村路或者它四周的田野裡，你也再找不到它們的一點蹤跡。我想無論是夏天、秋天或者冬天的月亮，都不會再照見它們在那兒尋歡作樂啦。」

費爾法克斯太太已放下手裡的編織，揚起眉毛，似乎正在奇怪這到底是在談些什麼。

「好吧，」羅徹斯特先生再接著問，「就算你不承認有父母，你總該有什麼親戚吧，比如叔叔、姨媽？」

「沒有，至少我一個也沒見過。」

「你的家呢？」

「我沒家。」

「你的兄弟姊妹們住在哪兒？」

「我沒有兄弟姊妹。」

「是誰推荐你上這兒來的？」

「我登了廣告，費爾法克斯太太看了廣告給我來信。」

「說得對極了，」那位好心的老太太回答說，現在才聽懂我們在講些什麼了，「而且我每天都在感謝上天讓我作了這樣一個選擇。愛小姐一直是我難得的伙伴，又是阿黛爾和善細心的老師。」

「你別費心去給她作什麼品德鑒定了，」羅徹斯特先生回答說，「頌揚詞是左右不了我的，我會自己來作判斷。她一開頭就叫我的馬摔了跤。」

「先生？」費爾法克斯太太說。

「我扭傷腳也得感謝她。」

這位寡婦看來簡直給弄糊塗了。

「愛小姐，你在城裡住過嗎？」

「沒有，先生。」

「你有過很多交往嗎？」

「沒有，只接觸過洛伍德的一些老師和學生，加上現在桑菲爾德宅子裡的人。」

「你看過很多書嗎？」

「只是偶爾碰到的那些書，並不很多，也不太深。」

「你過的簡直是修女的生活，看來你對宗教儀式一定訓練有素——據我所知，主持洛伍德的是布魯克赫斯特，他是個牧師，對嗎？」

「對，先生。」

「你們這些女孩子大概都很崇拜他吧，一所全是些修女的修道院更是崇拜他們的院長。」

「哦，才不呢。」

「那你可真冷漠。才不呢！什麼話！一個見習修女會不崇拜她的牧師，這簡直有點褻瀆神明。」

「我討厭布魯克赫斯特，而且有這種心情的還不止我一個。他是個粗暴的人，既自傲自大又愛管閒事。他剪掉我們的頭髮，爲了省錢給我們買彆腳針線，弄得我們簡直沒法用。」

「這錢省得可眞蠢。」費爾法克斯太太議論說，這回她又聽懂我們的話題了。

「那麼他的主要罪狀就是這些嗎？」羅徹斯特先生問。

「在還沒有任命一個新委員會，由他一個人主管伙食的時候，他老讓我們挨餓。他還弄得我們厭煩透頂地每個禮拜聽他作一次長篇講道，又叫我們每晚念他自己編的書，講的盡是些暴死呀、報應呀，聽得我們都不敢去睡覺。」

「你剛進洛伍德的時候幾歲？」

「十歲光景。」

「你在那兒待了八年，那你現在是十八歲？」

我表示不錯。

「你看，算術還是管用的，沒有它，我幾乎猜不出你究竟有多大年紀。像你這樣五官和神情的差別那麼大，判斷起來可眞是不容易。現在再說說，你在洛伍德學了些什麼？你會彈琴嗎？」

「會一點兒。」

「當然嘍，照例都這麼回答。到書房裡去……我是說，要是你高興的話。（原諒我的命令口氣，我習慣於說『這樣做』，別人就這麼做了，我設法爲家裡新來一個人改變我的老習慣。）那麼，到書房裡去吧，帶上一支蠟燭，讓門開著，坐在鋼琴跟前，彈上一曲。」

我聽從他的吩咐去了。

「夠了！」過了幾分鐘他喊道。「我看，你是會彈一點兒，跟別的任何一個英國女學生一樣。或許比有些人還好一點，但不算多好。」

我合上鋼琴，回進屋來。羅徹斯特先生又接著說：

「阿黛爾今天早上給我看了幾張速寫，說是你畫的。我不知道它們是不是完全是你自己畫的，也許有個老師幫了你吧？」

「當然沒有！」我打斷他說。

「哦，這話有傷自尊心！好，把你的畫夾給我拿來，要是你敢擔保裡面的東西都是自出心裁畫的。不過沒把握就別輕易擔保，我看得出東拼西湊的玩意兒。」

「那我什麼也不用說，你就自己判斷吧，先生。」

我從書房裡拿來了畫夾。

「把桌子移過來。」他說。我把桌子推到他的長沙發跟前。

阿黛爾和費爾法克斯太太起身走過來看畫。

「別擠在一塊兒看，」羅徹斯特先生說，「等我看過了再把它們接過去看，可別把臉貼得離我那麼近。」

他仔仔細細地看了每張速寫，每一幅畫。他把其中三張另外放開，其餘的他看過以後就推開了。

「把它們拿到另外一張桌子上去，費爾法克斯太太，」他說，「跟阿黛爾一塊兒去看吧——你呢，」他朝我看看，「仍舊坐好，回答我的問題。我看出這些畫都是出於同一個人的手，是出於你的手嗎？」

「是的。」

「你哪有時間來畫它們呢？它們很費了點時間，而且還要構思。」

「它們都是我在洛伍德的最後兩個假期裡畫的，那時候我沒別的事。」

「你的摹本是從哪兒弄來的呢?」

「從我自己腦袋裡。」

「就是我現在看到長在你肩膀上的那個嗎?」

「是的,先生。」

「那裡面還有其他這一類的東西嗎?」

「我想也許有。我希望……還有比這更好一些的。」

他把那幾張畫在面前攤開,又一張張細看著。

趁他在忙著幹這個的時候,讀者,我要給你們講講這是些什麼畫,而且首先必須聲明,它們並不怎麼出色。那些題材倒的確是在我腦袋裡生動地浮現出來的。當我心靈的眼睛剛看見它們,還沒試著去把它們具體體現出來的時候,它們的確很動人的。可惜我的手不應心,每次畫出來的,都只不過是我構想的東西一個蒼白無力的寫照。

這幾張都是水彩畫。第一幅畫的是低壓的濃雲滾滾翻騰的洶湧的大海上,遠景全隱沒在黑暗中,前景也是一樣,或者不如說,靠前邊的浪也是一樣,因爲畫上並沒有陸地❺。一線亮光醒目地突出了一根已經半沈入水中的桅杆,頂上停著一隻又黑又大的鸕鷀,翅膀上濺著點點浪花。它嘴裡銜著一隻鑲寶石的金手鐲,這是用我調色板上所能調出來的最亮的色調,和我鉛筆所能勾出來的最清晰的輪廓勾畫出來。在鳥和桅杆下面,碧波中隱約可見一具淹死的屍體正在逐漸沈沒,唯一還能看得清楚的肢體只有一條美麗的胳臂,金鐲就是從那兒給水沖走或是被鳥兒啄下來的。

---

❺「前景」(foreground)在英語中字面的含意是「前面的地」,所以這裡這樣說。

第二幅畫前景只有一座朦朧的山峰，草兒和一些樹葉彷彿被風刮得倒向一邊。遠處和上方展開一望無際的天空，像在暮色中那樣呈深藍色。高高聳入雲端的是一個女人的上半身形體，我畫她時盡可能把色調調得柔和幽暗。暗淡的前額頂上綴著一顆星星，下面的臉似乎只是透過朦朧的霧氣隱隱顯露。兩眼烏黑放光，神情狂野。頭髮像一片陰影似的飄垂下來，彷彿是被風暴或者閃電撕下來的一團漆黑的雲塊。頸子上有一塊像月亮似的淡淡反光。朵朵薄雲也帶著同樣淡淡的光澤，就從這些雲朵中，低頭聳立著這個金星的幻像。

第三幅畫的是一座冰山的尖頂向冬天北極的天空。一束束北極光豎起它們那朦朧的長矛，密密地出現在地平線上。前景上冒起了一個頭——一個奇大無比的頭，把這一切都遠遠地拋到後面。這個頭垂向冰山，靠在上面。兩隻合在額頭下邊並且支著它的瘦手，把一幅黑紗張在下半張臉的前面，只露出像白骨那樣毫無血色的前額，一動不動的凹陷的眼睛，毫無表情，只有呆滯的絕望神色。兩鬢以上，在繞頭的黑布頭巾的皺襞間，隱隱現出一圈雲霧般難以捉摸的白熾火焰，其中還點綴著更爲耀眼的點點火花。這圈隱約的新月狀的東西，就是戴在「無形之形」頭上的那個「王冠的徵象」❻。

「畫這些畫的時候，你快活嗎？」這時羅徹斯特先生問。

「我當時簡直入了迷，先生。是的，我是快活的。總之，畫這些畫等於是享受我從未經歷過的最大的樂趣。」

「這倒說得並不過分。據你自己說的情況來看，你的樂趣並不多。不過我相信你有調試

❻「無形之形」、「王冠的徵象」：都是英國大詩人彌爾頓在長詩《失樂園》中描寫看守地獄之門的無形人物的話。

和安排這些新奇色調的時候，你確實是沈醉在一種藝術家的夢境中。你每天坐下來畫它們的時間多嗎？」

「因爲放假，我沒有別的事可做，所以我坐在那兒從早上畫到中午，從中午一直畫到晚上。仲夏的日子長，使我容易專心致志地工作。」

「那你對自己埋頭苦幹的成績感到滿意嗎？」

「根本不是。我對我所想的和畫出來的東西之間差別那麼大，感到非常苦惱。每次我想要畫的東西，我都完全無力去實現它。」

「不能說完全——你抓住了你構想的脈絡，不過大概也只是到此爲止。你缺乏足夠的繪畫技巧和知識來充分體現它們。不過對一個女學生來說，這些畫已經是很難得的了。至於那些構思，可眞有點想入非非。那幅金星中的兩隻眼睛，你準是在夢中見到過的。你是怎麼使它們顯得那麼清澈，儘管一點也不明亮，因爲上面的那顆星星壓住了它們的光。而且在它們那莊嚴的深邃中隱藏著什麼含意啊？另外又是誰教會你畫風的呢？那個天空和那座山峰上面有一股高空的強風。你在哪兒看到過拉特莫斯山❼的呢？因爲那正是拉莫斯山。好——把畫拿走吧。」

幾乎還沒等我把畫夾的帶子繫好，他看了看錶，突然說：

「都九點了，你是怎麼搞的，愛小姐，竟讓阿黛爾待到這麼晚？快帶她去睡覺。」

阿黛爾離開屋子前過去吻吻他，他容忍了這種親熱，但似乎不見得像派洛特那樣，更不用說比派洛特更喜歡這種親熱了。

---

❼拉特莫斯山（Latmos）：小亞細亞愛琴海附近的一座山。

「好了，我祝你們大家晚安。」他說，向門口作了個手勢，表示他對我們已經厭煩，想把我們打發走。費爾法克斯太太疊好她織的東西，我拿起我的畫夾，兩人向他行了個禮，他冷淡地點點頭算是回禮，我們就退了出去。

「你說過羅徹斯特先生並不十分特別。」我打點阿黛爾上了床後，重新來到費爾法克斯太太屋子裡跟她見面時說。

「怎麼，他特別嗎？」

「我想是的。他喜怒無常，而且態度生硬。」

「確實，在陌生人看來，他毫無疑問好像是這樣，可是我對他的態度已經完全習慣了，所以從不去計較它。再說，就算他脾氣有些特別，也應當體諒。」

「那為什麼？」

「一方面因為他生性這樣——我們誰都對自己的天性毫無辦法。另一方面，也因為毫無疑問老有一些痛苦的心事在折磨他，使他心緒不寧。」

「什麼事？」

「家庭糾紛，比如說。」

「可是他沒家庭啊。」

「現在沒有，可以前有過——至少，有過親屬。他哥哥幾年前剛去世。」

「他哥哥？」

「對。現在這位羅徹斯特先生擁有這份產業還不很久，只九年左右。」

「九年時間也夠長的了。難道他竟這麼愛他哥哥，到現在還在為失去他鬱鬱寡歡嗎？」

「哦，不——也許不。我相信他們之間有過什麼誤會。羅蘭・羅徹斯特先生對愛德華先生不太公平，也許還讓他父親也對他抱有成見。那位老先生愛錢，一心想讓家產保持完整。他不喜歡因爲分家使它變得零碎了，可又一心想讓愛德華先生也有錢，好保持家族的聲望。所以等他剛成年不久，就採取了一些不太公正的步驟，弄出許多麻煩來。爲了讓他發財，老羅徹斯特先生和羅蘭先生兩人合計著，使愛德華先生落進了一個他認爲很痛苦的處境。

我始終不清楚到底具體是什麼樣的處境，不過他因此要受的罪卻是他精神上無法忍受的。他不是個太肯忍讓的人，他跟家庭斷絕了關係，從此多年來都過著一種漂泊不定的生活。自從他哥哥沒留下遺囑就去世，使他成了這產業的主人以後，我想他從來沒在桑菲爾德連續住滿兩個星期。再說，的確也難怪他要躲開這個老宅子。」

「爲什麼他要躲開？」

「也許他覺得它太沈悶吧。」

這回答有點含糊其辭——我很想聽到比較明確一些的話。可是關於羅徹斯特先生的痛苦到底是什麼性質和什麼原因，費爾法克斯太太不知是做不到呢，還是不願意給我一個更清楚的解釋。她斷言這對她自己來說也是一個謎，她所知道的還多半是出於猜測。的確，她顯然希望我拋開這個話題，我也就不再問了。

14

接下來有好幾天，我很少見到羅徹斯特先生，上午他似乎忙於事務，下午則是米爾科特或者鄰近一帶的紳士們來訪，有時候留下來跟他一起吃晚飯。他的扭傷已經好到可以騎馬了，便常常騎馬出去，大概是進行回訪，因爲往往要到深夜才回來。這段時間裏，連阿黛爾都很少給叫去見他。我跟他的接觸，只限於大廳、樓梯或者走廊上的偶爾碰見。逢到這種場合，他有時會傲慢而冷淡地在我旁邊走過，只疏遠地點頭或者漠然地一瞥，表示看見了我，而有時候卻又會彬彬有禮、和藹可親地又是鞠躬又是微笑。他心情的變化無常我並不在意，因爲我明白這種反覆與我無關，情緒的起伏完全出於跟我不相干的原因。

有一天他留客人吃飯，派人來取走我的畫夾，顯然是要讓人看看裏面的畫。那些先生們走得很早，據費爾法克斯太太告訴我，是去米爾科特參加一個公衆集會。因爲這天晚上又冷又溼，羅徹斯特先生沒有跟他們一塊兒去。

他們剛一離開，他就搖鈴，叫人來通知我和阿黛爾到樓下去。我把阿黛爾的頭髮理順，身上弄弄乾淨，同時確信自己還是照常像貴格會教徒似的整整齊齊，沒什麼可以修飾的——全身趕簡樸嚴整得無以復加，包括編成辮子的頭髮在內，簡直不可能有凌亂不整的地方——於是我們就下樓去了。阿黛爾在納悶是不是那Petit coffre[1]終於送來了，因爲不知出了什麼

[1] 法語：小箱子。

差錯，它還一直沒有運到。她滿意了，我們走進飯廳時，它，一個小小的硬紙盒，正赫然放在桌子上。她似乎直覺地馬上認出了它。

「Ma boîte! ma boîte!❷她嚷著向它跑過去。

「對——你的『boîte』終於來了。快把它拿到屋子一邊，你這個道地的巴黎女兒，去翻腸掏肚地取出裏面的東西來取樂吧。」羅徹斯特埋身在壁爐旁邊一張其大無比的安樂椅裏，用深沉而有點嘲弄意味的聲調說。「同時要記住，」他又接著說，「別拿什麼解剖手術的細節，或者內臟情況的報告來打擾我。靜靜地做你的手術吧——tiens-toi tranquille, enfant; comprends-tu?❸」

看來阿黛爾根本不需要提醒，她早已捧著她的寶貝退到一旁的沙發邊，忙著在解開繫牢盒蓋的繩子了。除去這重障礙，掀掉了幾層銀白色的薄包裝紙以後，她只是喊了一聲：

「Oh ciel Que c'est beau!❹」接著就心花怒放地一心一意觀賞了起來。

「愛小姐來了嗎？」現在主人一面問、一面從他的坐椅上欠身回過頭來望門口，我還正站在那兒。

「哦！好，走過來，坐在這兒。」他把一張椅子拉過來靠近自己。「我不喜歡聽孩子們的嘮叨，」他繼續說，「因爲像我這麼一個單身漢，聽他們喃喃說話引不起我愉快的聯想

❷法語：「我的盒子！我的盒子！」
❸法語：「你要安靜些，孩子，懂嗎？」
❹法語：「天哪，多美啊！」

來。跟一個小娃娃tête-à-tête ❺來度過一晚上可眞叫我受不了。別把椅子拉開，愛小姐，就坐在我放的地方……當然，要是你高興的話。該死的禮貌！我老是記不住它們。我也不太喜歡那些頭腦簡單的老太太。說起來，我可得想著點兒我的那一位，怠慢了她可不行，她是費爾法克斯家的人，至少嫁過一個這家的人，而據說自家人總比外人親嘛。」

他搖鈴派人去請費爾法克斯太太，她帶著編織筐馬上就來了。

「晚上好，太太，我是請你來做件好事的。我不讓阿黛爾跟我談她的禮物，可她憋了一肚子的話要說。行行好，去給她當個聽衆和逗樂角色，這會是你所做的最大的善事了。」

眞的，阿黛爾一見費爾法克斯太太，就馬上要她坐到那張沙發上去，很快在她的裙兜上放滿了她的「boîte」中那些瓷的、象牙的和蠟製的玩意兒，一邊放一邊還用她學會的那點結結巴巴的英語，滔滔不絕地作著解釋，傾吐著她的喜悅。

「現在我既然已經演完了一個好主人的角色，」羅徹斯特先生接下去說，「我就該自由自在地自己找點樂趣了。愛小姐，把你的椅子再稍微移近一點，你仍舊坐得太遠了。我看不見你，除非改變我在這張舒服的椅子上坐著的姿勢，可我又不想那麼做。」

我照他的吩咐做了，儘管我寧願儘量躲在不大顯眼的地方，可是羅徹斯特先生老是用那麼一種直截了當的方式下命令，似乎立即服從他是件理所當然的事。

我剛才說過，我們是待在飯廳裏，爲晚餐點起的枝形吊燈把屋子照得燈火輝煌，旺盛的爐火又紅又亮，高大的窗戶和更加高大的拱門上垂著寬大華麗的紫色帷幔。滿屋靜悄悄的，只有阿黛爾壓低了的談話聲（她不敢高聲說話），和談話間歇中間聽到的冬雨敲窗聲。

❺法語：促膝談心。

羅徹斯特先生坐在他那把錦緞面的椅子上，看上去顯得跟我以前所見的樣子不同——沒有那麼嚴厲，更遠沒有那麼陰鬱。他嘴角帶著笑意，兩眼閃閃發亮，是不是喝了酒的緣故我不敢肯定，不過我想多半是的。總之，他是正處在飯後的好心情中，比較和氣、爽快，也比較隨便，不像早上那樣一副冷淡、生硬的神氣。但話雖如此，他看上去仍舊十分嚴肅，把他那很大的頭靠在鼓起的椅背上，讓爐火的光照亮著他花崗石鑿出來似的臉和又大又黑的眼睛——因爲他的眼睛確實又大又黑，而且也非常漂亮，有時候兩眼深處也並非沒有某種變化，即使不是溫柔的話，至少也會使你想到這種感情。

他眼望著爐火足足有兩分鐘，而我也一直看了他那麼久，這時，他突然掉過頭來，發現我的目光正盯在他的臉上。

「你細細地看著我，愛小姐，」他說，「你覺得我好看嗎？」

要是我考慮一下，我是會含糊而有禮貌地說幾句俗套話來回答他這個問題，可是不知怎麼，我一不小心，一句答話就脫口而出：

「不，先生。」

「啊！我敢打賭，你可眞有點兒特別！」他說。「你的樣子就像個古怪、安靜、嚴肅而又單純的**nonnette** ❻似的，兩手擱在身前坐在那兒，眼睛老是一個勁兒地盯著地毯（順便說一句，除了有時死盯著我的臉，比如說就像剛才似的。）人家問你一個問題，或者發一句議論，讓你非回答不可的時候，你就會毫不客氣地冒出一句話來，就算不是魯莽的話，至少也是冒失的。你這到底是怎麼回事呀？」

❻ 法語：小修女。

「先生，我太直率了，請你原諒。我本來應當回答說，問到外貌的問題，是很不容易當場就隨口作出回答的，應當說，各人有各人的審美觀，說漂亮並不重要，或者諸如此類的話。」

「你本來就用不著這樣回答。漂亮並不重要，說得好！原來，你表面上裝作緩和一下剛才的冒犯，撫慰撫慰我叫我平靜下來，實際上是狡猾地在我耳朵背後又戳了一刀！再說下去！請問，你還在我身上找到了什麼毛病？我想我的五官四肢都跟別人沒什麼兩樣吧？」

「羅徹斯特先生，請讓我取消自己最初的回答。並不是有意語中帶刺，只是一時失言罷了。」

「的確是這樣，我想是這樣，那你就該解釋清楚。挑我的毛病吧，是不是我的額頭讓你討厭？」

他把橫梳在額上的波浪形的黑髮撩開，露出了一個十分堅實的智力器官的總匯，但也觸目地顯露出了缺乏那種本來應當有的柔和的寬厚跡象。

「說吧，小姐，我是個傻瓜嗎？」

「根本不是，先生。要是我過來請問你是不是一位愛做好事的人，也許你會覺得我太唐突吧？」

「又來啦！她又假裝拍拍我腦袋，卻戳了我一刀。這是爲了我剛才說過，我不喜歡跟小孩子和老太太作伴（講得輕聲點）。不，年輕的小姐，我不是個一般愛做好事的人，不過我有良知。」他說著指了指據說是顯示這種官能的那個突出的地方——而對他來說十分幸運的是，那個地方相當醒目，的確使他頭的上半部顯得異常寬闊。

「不但如此，我還一度有過一種魯莽的柔情呢。我在你這樣的年紀時，是個很富於同情心的傢伙，愛袒護弱小的、沒人照顧的、不幸的人。可是在那以後，命運狠狠地打擊了我，它甚至還用它那鐵拳把我折騰了個夠，現在我可以誇耀自己已經堅韌密實得像個橡皮球了，不過，也還是有一兩處能透得過氣的隙縫，而且在它中心還有個易觸動的敏感點。就是這樣。這還能使我有點希望嗎？」

「什麼希望，先生？」

「希望我最後能從橡皮球重新變爲血肉之軀？」

「他肯定是酒喝得太多了。」我心想，不知該怎麼回答他的古怪問題。他能不能重新轉變我怎麼知道？

「你看起來非常迷惑不解，愛小姐。雖說你的美麗也並不勝過我的漂亮，不過迷惑的神情對你倒是很合適的，而且這也是有個好處，可以讓你那雙愛探索的眼睛不再瞧我的相貌，而去忙著瞧地毯上的絨花。所以你就繼續迷惑下去吧。小姐，我今天晚上倒有點愛熱鬧、愛說話呢。」

他一邊這樣宣布，一邊從椅子上立起來，一隻胳臂靠在大理石爐架上，站在那兒。他這樣站著，體態就和面容一樣都可以看得清清楚楚——他那不尋常的寬闊胸部，幾乎跟他的肢體長度不大相稱。我確信大多數人都會覺得他這人難看，可是他神態是那麼不自覺地傲慢，舉止是那麼從容不迫，對自己的外表是那麼滿不在乎，對別的內在或外在品質的力量是那麼高傲自信，這都足以彌補僅僅外貌上的缺少吸引力，使人看著他，就會不由自主地被這種滿不在乎的情緒所感染，甚至盲目而缺乏充分根據地對於這種自信完全信服了。

「我今晚有點愛熱鬧、愛說話，」他又重說了一句，「正因爲這樣所以才請你來。光有爐火和吊燈跟我作伴是不夠的，有派洛特也不行，因爲它們都不會說話。阿黛爾稍微強一些，可還是遠遠不夠格。費爾法克斯太太也一樣。至於你，我確信要是你願意，是可以合我的意的。我請你下樓來的第一個晚上你就叫我有點迷惑不解。那以後我幾乎把你忘掉了，因為有種種別的念頭把你從我的腦子裏趕了出去。可是今天晚上我決心要清閒一下，拋開強加於人的東西，找回叫人高興的東西。現在，引你開口說話，多了解了解你是會叫我高興的——所以你說話吧。」

我沒有說話，只是笑笑，既不特別得意，也不過分恭順。

「說呀。」他催促道。

「說什麼呢，先生？」

「你愛說什麼就說什麼。選什麼話題，怎麼說，全由你自己決定。」

既然這樣，我就坐在那兒什麼也沒說。

「要是他指望我是為說話而說話，或者只為了炫耀而說話，那他就會發現他是找錯人啦。」我心裏想。

「你一聲不響，愛小姐。」

我仍舊一聲不響，他稍稍向我低下頭來，匆匆瞥了我一眼。似乎是在探究我的目光。

「使性子？」他說，「而且還著惱子？哦，這是不矛盾的。我用荒唐甚至有點無禮的方式提出了我的要求。愛小姐，我請你原諒。實際上，索性說清楚吧，我是不想把你當作比我低微的人來對待，這就是說（他糾正自己），我自覺比你高明的地方，完全只憑在年齡上比你大二十歲，在閱歷上比你老練一個世紀罷了。這是完全正當的，et j'y tiens ❼，就像阿黛爾

❼ 法語：我堅持這一點。

會說的那樣。我是憑著這一點優勢，且只是憑著這一點，才要求你現在能好心地跟我談談，讓我散散心，因爲它老是釘在一點上，都磨壞了，跟一枚生銹的釘子那樣，越來越銹得厲害。」

他竟不惜來作辯解，甚至是近乎道歉，對他這樣屈尊俯就，我不能無動於衷，也不想顯得無動於衷。

「只要我做得到，先生，我是願意替你解解悶的，非常願意。不過我不知道談什麼好，因爲我怎麼知道你對什麼感興趣呢？還是你來提問吧，我儘量好好地回答。」

「那麼，首先，你是不是同意，我可以稍微專橫一點、有話直說，有時候說不定還會強人所難，就憑著我剛才說過的理由，具體說，就憑著我年紀足可以做你的父親，在跟許多不同國家的人打交道中間的飽經風霜，遊歷過半個地球，而你只在一座房子裏跟一類人在一起平平靜靜地生活過？」

「隨你的意思辦吧，先生？」

「這不算回答，或者是個挺惱人的回答，因爲它非常模稜兩可——回答得明確點。」

「我並不認爲，先生，你有權對我發號施令，僅僅因爲你比我年長，或者因爲比我閱歷豐富——你究竟能不能說比我高明，還得看你怎樣運用你的年歲和閱歷。」

「哼，倒眞是對答如流！不過我不會同意你這番道理，因爲明知道這準對我不利，我即使不曾濫用，也至少沒有好好利用這兩個長處。那麼就撇開高明不高明不談，你總還是肯偶爾聽從我的吩咐，不因爲帶有命令口氣而感到委屈或者生氣吧——你肯嗎？。」

我微笑。我暗想，羅徹斯特先生確實是特別——他好像忘了他付我三十英鎊一年，就是要我來聽從他吩咐的。

屈和生氣的。」

「這一笑很是好，」他說，立刻察覺了這一閃而過的神情，「不過還是得說話呀。」

「我在想，先生，做主人的很少會費心去問他雇來的下屬是不是因爲他的吩咐而感到委屈和生氣的。」

「雇來的下屬！怎麼，你是我雇來的下屬，是嗎？啊，對，我把薪水給忘了！好吧，那麼就憑這雇傭關係，你肯讓我稍微擺擺威風嗎？」

「不，先生，憑這個可不行。但是憑著你忘掉了這一點，憑著你關心一個下屬處在她的依賴地位上心情是否舒暢，我完全肯。」

「那你是不是同意不講究那些多得數不清的禮貌和客套，而且並不覺得這是由於傲慢無禮的緣故？」

「我相信，先生，我絕不會把不拘禮節錯當成是傲慢無禮的。前一種我反倒喜歡，而後一種沒有哪個生來自由的人肯低頭忍受，即使是看在薪水的份上。」

「胡扯！大多數生來自由的傢伙爲了薪水是什麼都肯忍受的。所以，只說你自己，別去冒冒失失談你全然無知的事情的普遍情況吧。不過儘管答得不大完善，我還是要在心底裏跟你握手感謝你的回答。不只是爲回答的內容，也是爲回答時的態度。因這種態度是誠懇坦率的，這種態度並不多見。正相反，以誠相待所得到的回報，往往倒是裝腔作勢，或者神色冷淡，再不就是愚蠢而且粗心地誤解人家的本意。

「在三千個女學生式的初出茅廬的家庭教師中，會像你剛才那樣回答我的還找不三個來。但這樣說並非要恭維你，若說你跟大多數人不是從一個模子裏鑄出來的，那也並非你的功勞，而是出自大自然的功績。再說，我的結論畢竟還做得太早了些。就我眼前所知，你說不定也並不比別人強，你或許會有各種叫人受不了的缺點，把你少數的優點全給抵消了。」

「你也一樣。」我心想。

這個想法在我腦裏閃過時，我的目光跟他的目光相遇了。他似乎領會了這一瞥的含意，馬上就像它是由我口中說出，非憑他猜想出來的那樣作了回答。

「對，對，你想得不錯，」他說，「我自己也有不少缺點。我知道，而且也不想加以掩飾，我可以向你保證，上帝知道，我用不著去過於苛求別人，我自己就捫心自問我過去的生活，我的一系列行爲，過日子的方式，它們完全可以招致鄰人對我的嘲笑和非難。我二十一歲時就走上了，或者說（因爲也像其他犯了過失的人群那樣，我總想把一半責任難咎於厄運和逆境。）給推上了歧途，而且從此就沒有回到正道上來。可我本來也可能成爲一個完全不同的人，我也可以跟你一樣好——比你更聰明些——也幾乎跟你一樣純潔。我羨慕你心境的平靜、清白的良心、問心無愧的記憶。小姑娘，毫無汙點和劣跡的記憶準是一種無價之寶——是舒暢心情的永不枯竭的泉源，不是嗎？」

「十八歲的時候，你的記憶是怎麼樣的呢，先生？」

「那時候很好，純淨、清澈，還沒有大量滲進汙水，把它變成一個臭水坑。十八歲的時候我跟你一樣好——幾乎跟你一樣好。大自然本來是要讓我基本上成爲一個好人的，愛小姐，成爲較好的人中間的一個。可結果，你看，並不是這樣。你也許會說你看不出來，至少我自以爲從你的眼睛裏領會到這個意思（順便說說，要當心你從這個器官裏流露出來的心情，我是善於察言觀色的。）那麼相信我的話——我不是個惡棍。你不應該有這樣的設想——不應給我加上這一類惡名。只是，我深信，更多地是由於環境而不是出於天性，使我成了個最平凡無奇的罪人，過膩了有錢而無用的人想用來點綴生活的種種猥瑣可憐的放蕩生涯。

「我向你袒露這些你覺得奇怪嗎？告訴你，在你未來的日子裏，你會時常發現自己被不由自主地選來作爲聽你的熟人傾吐隱秘的知心人。人們會像我那樣，直覺地發現你最擅長的不是談你自己，而是在別人談他們自己時專心傾聽。他們還會察覺到，你聽的時候，對於他們的行爲不檢並不幸災樂禍地表示輕蔑，而是懷著出自天性的同情，雖不輕易地公開表露，仍舊很能給人安慰和鼓舞。」

「你是怎麼知道的？你怎麼猜到這一切的呢，先生？」

「我知道得很清楚。所以我幾乎能像把我的想法記在日記裏那樣無拘無束地說下去。你也許會說，我本來應該能超越環境。我確實應該，確實應該，可是你看，我並沒有做到。在受到命運的錯待時，我沒有明智地保持冷靜，我變得不顧一切，這樣一來我就墮落了。事到如今，儘管哪個可惡的笨蛋無恥地瞎說起來，都會叫我厭煩作嘔，我卻無法自以爲比他強一些，我不得不承認他跟我是一丘之貉。我但願過去曾站穩了腳跟——上帝作證我眞希望如此！一個人受到引誘要去做壞事的時候，應該擔心悔恨，愛小姐。悔恨是生活的毒藥。」

「懺悔據說能夠治療它，先生。」

「它不能，改過自新或許倒能治療它，我還有可能改過——我還有力量這樣做——要是……可是像我這樣一身牽累、阻礙重重、受到詛咒的人，去想這個又有什麼用處？再說，既然幸福已無可挽回地拋棄了我，我就有權利從生活中得到樂趣，而我一定要得到它，不管要花多大的代價。」

「那就會更進一步墮落的，先生。」

「有可能。可是我能夠得到既甜蜜又新鮮的樂趣，我爲什麼一定會墮落呢？而我是有可能得到這樣的樂趣的，它又甜蜜又新鮮，就像蜜蜂在沼澤地上採集到的野蜜。」

「它會刺痛舌頭——會吃起來很苦的，先生。」

「你怎麼知道的呢？你又從來沒有嘗過。你看來多麼認眞——多麼嚴肅，可你對這種事就像這個浮雕頭像一樣地無知。（他從爐架上拿下一個來）你沒有權利向我說教，你這個新教徒，你還沒有跨進生活的門檻，完全不知道其中的奧秘呢。」

「我只是提醒你自己說過的話，先生。你說做壞事會帶來悔恨，而且還說過悔恨是生活的毒藥。」

「現在誰在那兒說做壞事呀？我毫不認爲剛才在我頭腦裏閃過的念頭是什麼壞事。我相信它是一種靈感，而不是誘惑。它非常溫暖、非常親切——我確信無疑。瞧，它有來了！它不是魔鬼，我向你保證。或者，即使它才是的話，它也是穿上了光明天使的衣服的。我想這樣美麗的一位客人要到我的心裏來，我就只能讓它進來。」

「別輕信它，先生，這不是眞的天使。」

「再問一次，你怎麼知道？你憑什麼直覺敢說你能分辨得出深淵的墮落天使和永恆寶座派來的使者——分辨得出引導者和誘惑者？」

「我是根據你的臉色來判斷的，先生，你說那個想法又出現在你頭腦裏的時候，你的臉色顯得苦惱。我覺得要是你聽從了它，它一定會給你帶來更多的痛苦。」

「根本不會——它帶來的是世界上最仁慈的信息。至於其他問題，那你並不是我的良心守護者，所以大可不必爲我操心。來，請進吧，可愛的漫遊者！」

他就像在對一個幻影講這句話，除他自己以外別人誰都看不見。接著他把稍稍張開的兩臂向前合攏，彷彿是把那看不見的東西緊抱在自己的懷裏。

「現在，」他繼續對我說，「我已經接受了這個來客——我深信它是位不露形跡的神。

它已經給我帶來了好處，我的心原來簡直像個停屍所，現在它要變成一個神龕了。」

「說眞的，先生，我完全不懂你的意思，我沒法跟你交談下去，因爲它已經超出了我的理解力。只有一點我聽懂了：你說你沒有能像你原先所希望的那麼好，並且對自己的不完美感到遺憾——有一點我能聽明白：你告訴我背上不潔的記憶是個永久的禍害。我覺得，要是你認眞努力，到時候你總會發現是有可能成爲自己所讚賞的人的。要是你從今天起就下定決心糾正自己的思想和行動，要不了幾年你就會積累起許多新的、沒有汙點的記憶，可以供你愉快地回味了。」

「想得有理，說得也對，愛小姐，現在我就已經在用全副精力給地獄舖路了❽。」

「先生？」

「我正在用良好意圖舖路，我相信它們就像燧石那樣牢靠。當然，今後我的交往和追求應當跟以前不一樣了。」

「也更好了？」

「也更放好了——就像純金比起廢銅爛鐵來那樣，要好得多。你好像懷疑我，我可不懷疑我自己。我知道我的目的是什麼、動機是什麼，現在我就通過一條像波斯和瑪代人的法律❾那樣不可更改的法律，宣布它們都是正當的。」

❽ 英語中有成語：「良好意圖常爲地獄舖路」，意思是良好意圖不一定能得到好的結果。

❾《聖經・舊約・以斯帖記》（第1章第19節）中有「寫在波斯和瑪代人的例中，永不更改。」這樣的話，後來英語中就常以「波斯和瑪代（按今譯米堤亞，在伊朗西北部，曾爲古代亞洲強國）人的法律」來比喻不可更改的法規或習俗。

「要是必須用新的法規才能使它們合法化，那它們就不會是正當的。」

「它們是正當的，愛小姐，儘管非得有新的法規才行。前所未聞的錯綜環境，就必需有前所未聞的規則。」

「這聽起來像條危險的準則，先生，因爲一眼就能看出來，它是很容易被濫用的。」

「出語精辟的聖人！它正是這樣。不過我憑著我的家族守護神起誓，絕不去濫用它。」

「你是人，難免會出錯的。」

「我是這樣，你也是——那又怎樣呢？」

「既然是人，又難免出錯，就不該擅自據有只能放心交托給神和完人的那種權力。」

「什麼權力？」

「對任何奇特而未經認可的行爲說『算它是正當的』。」

「『算它是正當的』——正是這句話，你已經說了出來。」

「那就說『願它是正當的』吧。」我一面說，一面站起來，認爲毫無必要再把這場我完全莫名其妙的談話繼續下去，何況我還覺得我完全摸不透這位對話者的性格，至少目前還無法理解。而且除了確信自己無知以外，還隱隱有一種沒有把握和不安全的感覺。

「你上那兒去？」

「打發阿黛爾去睡覺，她上床睡覺的時間已經過了。」

「你是害怕我，因爲我講話像史芬克斯[10]。」

「你的話眞像謎語，先生，不過我雖然有點莫名其妙，卻根本沒害怕。」

[10] 史芬克斯（Sphinx）：希臘神話中有翼的獅身女面怪物，常出謎語給過路人猜，猜不出就被她殺死。

「你是害怕了——你很自負，生怕說錯了話。」

「在這一點上我是有顧慮——我不想胡說八道。」

「你就是胡說八道也會說得那麼嚴肅、靜鎮，讓我誤以爲是說得頭頭是道呢。你難道從來不笑嗎，愛小姐？你不必費神回答了——我看得出，你很少笑，但是你能笑得很開心。相信我的話，你並不是天生一本正經的，就像我也不是天生邪惡一樣。

「洛伍德的拘束還多少有點纏住你不放，在控制你的眉眼、壓低你的聲音、束縛你的手腳。你生怕在一個男人、一個兄弟——或者父親、或者主人、或者不管什麼——前面笑得太快活、說得太隨便，或者動作得太迅速。不過到時候，我想正像我發現無法跟你講究俗套一樣，你也會學會自自然然地對待我的。那時候你的神情動作一定會比現在敢於顯露的更有生氣、更有變化。有時候我透過鳥籠上密密的圍欄，看得見一隻古怪鳥兒的眼神，那兒關著的是一個生氣勃勃、煩躁不寧而滿腔決心的囚徒，一旦它得到了自由，它準會高飛入雲的。你還是一心想走嗎？」

「鐘已經敲九點了，先生。」

「不要緊——再等一會兒。阿黛爾還不想睡覺呢。我這樣坐著，愛小姐，背靠火爐，臉朝房間，很有利於觀察。我一邊跟你講話，一邊也偶爾看看阿黛爾（我自有理由認爲她是個有意思的研究對象——什麼理由我也許——不，我改天一定會講給你聽的。）大約十分鐘以前，她從她那個盒子裡拉出了一件絲織的粉紅色小罩衣，她攤開它的時候臉上喜氣洋溢。風騷在她的血管裡流動，跟她的腦子攙和在一起，並且滲進了她的骨髓。

「『Il' faut que je q'essaie!』⓫她喊了起來。『et'à l'instant même!』⓬接著就從房間裡衝了出去。現在她跟蘇菲在一起，正在進行一場綢袍加身的典禮。過幾分鐘她就會回來，而我料定我會看見什麼——一個塞莉納．瓦倫的縮影，樣子活像她當年大幕一啓，出現在舞台上，扮演……不過別去管她演的是什麼戲吧！無論如何，我那最易受感動的柔情將受到一次震動了，這是我的預感。現在待在這兒，看看它會不會成爲事實。」

沒多久，就聽得見阿黛爾的一雙小腳輕快地跑過大廳。她走進屋來，正像她的保護人所預言的那樣，變了個樣子。她原來穿的褐色罩衣不見了，換上了玫瑰花的緞子衣服，很短，裙擺很大，打了多得不能再多的褶子。她額上戴著一個玫瑰花蕾編成的花環，腳上穿著長絲襪和白緞子的小涼鞋。

「Est-ce que ma robe va bien?」⓭她一邊嚷著，一邊跳跳蹦蹦地奔過來。「et mes souliers? et mes bas? Tenez, je crois que je vais danser!」⓮

她把衣服撐開，用快滑步穿過整個屋子，一直跳到羅徹斯特先生跟前，踮起腳在他面前輕盈地轉了一圈，然後彎下一條腿在他跟前跪下，大聲說：

「Monsieur, je vous remercie mille fois de votre bonté」⓯接著站起身來，又說了一句：

⓫ 法語：「我一定得試一試！」
⓬ 法語：「馬上就試！」
⓭ 法語：「我這件衣服合身嗎？」
⓮ 法語：「我的鞋呢？我的襪子呢？我想我要跳舞了！」
⓯ 法語：「先生，多謝你的好意！」

「C'est comme cela que maman faisait, n'et-ce pas, monsieur?」⑯，她從我的英國襯袋裡騙走了我的英國錢。我也一樣曾經年輕稚嫩過，愛小姐——唉，就像小草那麼嫩，一度曾使我朝氣勃勃的青春色彩，也並不比你現在差。不過我的春天已經過去了，但它卻把那朵法國小花留在我手裡。心情不好時，我真想擺脫它。自從發現長出它來的根只能靠金土來培育，因而不值得珍視以後，我對這朵花兒已經不怎麼喜歡，尤其當它顯得像剛才那樣矯揉做作的時候。我所以收留和撫養它，只不過是仿照羅馬天主教會的原則，想只做一件好事就能贖大大小小數不清的罪孽罷了。我改天再給你解釋這一切。晚安。」

「一點不錯！」他答道。「而且『comme cela』⑰

---

⑯法語：「這就像我媽媽做的那樣，對嗎，先生？」

⑰法語：「就像那樣。」

15

在後來的一個場合中，羅徹斯特先生果眞給我解釋了。

在一天下午，他偶然在庭園裡遇見了我和阿黛爾。趁阿黛爾一邊跟派洛特玩，一邊玩著她的羽球的時候，他請我跟他一塊兒順著一條長長的山毛櫸林蔭路來回散步，小路就在看得見她的不遠之處。

於是他跟我說起，她是一個在歌劇裡擔任舞蹈的法國演員塞莉娜・瓦倫的女兒，他對她曾經一度有過他所說的「grande passion」❶。對這種愛情，塞莉娜聲稱一定要以更大的熱情來回報。他滿以爲自己是她心中的偶像。儘管長得醜，他卻相信，像他所說的，比起貝爾維德爾的阿波羅❷的優美來，她還更喜愛他那「taille d'athlète」❸。

「於是，愛小姐，因爲對這位法國美女竟然會偏愛她的英國醜八怪感到得意非凡，我就

❶法語：「熱戀」。
❷貝爾維德爾的阿波羅：陳列在梵蒂岡貝爾維德爾美術館的古羅馬阿波羅神雕像，經常被認爲是男子優美體形的典範。
❸法語：「體育家的身材」。

把她安頓在一家旅館裡，給她配備了一整套的僕役、馬車、呢絨、鑽石、dentelles ❹等等。還缺少獨創性去另闢蹊徑走向身敗名裂，而只是愚蠢地亦步亦趨沿著那條老路走，一寸也不敢偏離別人的足跡。我遭到了——這也是自作自受——所有別的痴情漢同樣的命運。

「一天晚上，塞莉娜沒料到我會去，我偶然跑去看她，發現她出門去了。可是因爲這天晚上天很暖，我漫步穿過整個巴黎，走得累了，所以就在她的閨房裡坐了下來，高興地呼吸著因爲她不久前剛在這兒待過而變得神聖了的空氣。不——我言過其實了。我從來不覺得她身上有什麼使周圍的東西變成神聖的美德，那只不過是她留下來的一種薰香般的香味，與其說是神聖的香氣，不如說是麝香和琥珀的氣味。

「暖房裡的花和屋裡噴的香油精的濃香，叫我開始感到有點喘不過氣來，我不由想到要打開長窗，到外面陽台上去。屋外有月光，街上的煤氣燈也亮著，非常寧靜、安謐。陽台上有一兩把椅子，我坐下來，掏出一支雪茄——我現在也想抽一支，要是你不介意的話。」

他暫時停頓了一會兒，掏出雪茄來點上。等他把煙銜在嘴裡，把一絲哈瓦那雪茄的香味送進寒冷而陰沈的空氣中以後，才又接著說下去：

「那時候，愛小姐，我還愛吃糖果。我正在一會兒croquant ❺——（別介意我的粗野）croquant巧克力，一會兒抽雪茄，同時望著一輛輛馬車順著繁華街道從四面八方向鄰近的歌劇院駛來，這時在大都市夜晚的燈火輝煌中，清清楚楚地山現了一輛由一對漂亮的英國馬拉

❹法語：花邊、抽花飾物。
❺法語：大嚼。

著的精美輻式馬車，我認出那正是我送給塞莉娜的voiture ❻。她回來了。不用說，我那顆心緊貼著我正俯身憑著的鐵欄杆在怦怦地跳。

「不出所料，馬車在旅館門口停下了，我的相好（用這來稱呼一個演歌劇的inamorata ❼正合適）走了下來，儘管全身裹在一件披風裡——順便說說，在六月天那麼暖的晚上，這實在是不必要的累贅——當她跳下馬車踏級時，我還是從她衣裙下面露出來的那雙小腳上立刻認出了她。我從陽台上俯出身子去，正要喃喃呼喚『Monange』❽——自然是用只有情人才能聽得見的小聲喚——這時有個身影跟在她身後從馬車裡跳了下來，也裹著披風，但是踏在人行道上發出響聲的卻是帶馬刺的靴跟，接著打從旅館拱形porte-cochère ❾下面經過的是一個戴禮帽的頭。

「你從來沒嫉妒過，是嗎，愛小姐？當然沒有，我用不著問，因爲你還從來沒戀愛過。這兩種感情都還有待你去體驗呢。你的心靈還在沈睡，還有待於一次震蕩才能把它喚醒。你以爲一切生活都是像平靜的流水般消逝，就跟到現在爲止你的青春一直在平靜地溜走一樣。你閉目塞耳，隨波逐流地漂去，既沒看見不遠處河床中戳起的塊塊礁石，也沒聽見它們腳下浪濤的激蕩。可是我告訴你——你最好仔細聽著我說的話——總有一天你會來到河道上一個巉岩壁立的隘口，在那兒，原來渾然一體的生命之流會四分五裂，成了漩渦、騷亂、泡沫和

❻法語：馬車。
❼義大利語：情婦。
❽法語：「我的天使」。
❾法語：供車輛出入的大門。

喧鬧。你不是在巉岩的尖角上被撞得粉碎，就是被某人席捲一切的巨浪掀起來帶走，匯進一條比較平靜的河流中去——就像我現在這樣。

「我喜歡今天，喜歡這鐵灰色的天空，喜歡這嚴寒籠罩下的世界的嚴酷和靜寂。我喜歡桑菲爾德，它的古老、它的幽靜、它那鴉群棲息的樹林和荊棘、它灰色的屋子正面，和映出灰色蒼穹的一排排黑洞洞的窗戶。可我曾有多長時間連想到它都感到厭惡，像害怕一所傳染了瘟疫的大房子那樣避之唯恐不及。就是現在我也還是多麼厭惡那……」

他咬牙切齒地住嘴不論了。他停上腳步，用靴子在堅硬的地上蹬了蹬。彷彿有某種可恨的念頭緊緊抓住他，牢牢不放，使他沒法再往前走了。

他這樣停步不前時，我們正順著林蔭路往上走，宅子就在我們前面。他抬眼向著屋上的褔堞投去那麼狠狠的一瞥，這是我在這以前和以後都從沒見過的。痛苦、羞恥、憤怒——煩躁、厭惡、憎恨——一時彷彿在他濃眉下瞠得大大的瞳孔裡，閃爍不定地彼此角逐了起來。一場究竟誰占上風的搏鬥進行得非常激烈，但結果另一種感情卻浮現了出來，而且取得了勝利。這是一種冷酷而憤世疾俗的、任性而堅決不移的心情。它使他的激情平息下來，臉上現出木然的神氣。他又繼續說了下去：

「剛才我默不作聲的那一會兒，愛小姐，我是在跟我的命運商定一件事。她就站在那兒，那株山毛櫸樹幹的旁邊——是個巫婆，就像福萊斯荒原上向馬克白現形的幾個巫婆之一⑩。『你喜歡桑菲爾德嗎？』她舉起一隻手指說。接著她在空中比劃著，用奇怪形狀的文字，橫

---

⑩見莎士比亞悲劇《馬克白》第一幕第三場。蘇格蘭將軍馬克白作戰凱旋，來到福萊斯荒原，遇見三個女巫，預言他將當蘇格蘭王。他後來因此眞的弒君自立。

貫整個屋子正面，在上下兩排窗戶的中間，寫出了一條警語：『只要你能夠，你就喜歡它吧！』『只要你敢，你就喜歡它！』

「『我要喜歡它。』我說。『我敢喜歡它。』而且，（他沈著臉又接著說）我要說到做到。我四排除萬難去追求幸福和善良——是的，善良。我希望做個比以往好一些，比現在也好一些的人——像約伯的海獸⓫那樣折斷長矛、投槍和鎧甲，把別人看作銅和鐵的東西只當是乾草和爛木箭。」

正說著，阿黛爾拿著她的羽球跑到他跟前。

「走開！」他粗魯地喊道。「上遠一點的地方去，孩子，要不就進屋去找蘇菲！」說罷他繼續默不作聲地走著，我斗膽提醒他剛才突然岔了開去的話題。

「瓦倫小姐進來的時候，先生，」我問道，「你離開了陽台嗎？」

我幾乎預料他會拒不回答這個有點不合時宜的問題。可是正相反，他從皺眉蹙額的出神狀態中擺脫了出來，把眼光轉向了我，額頭上的陰影似乎也消散了。

「哦，我把塞莉娜給忘了！好吧，繼續說下去。我一見我那位迷人精像這樣由一個獻殷勤的男人陪著進來，就馬上覺得彷彿有條嫉妒的青蛇盤旋著從月光照耀下的陽台上蜿蜒而起，鑽進了我的背心，一路咬著，只一兩分鐘就一直鑽進了我的心裡。奇怪！」他忽然又碰開話題，驚嘆了起來。

「眞奇怪，年輕的小姐，我居然會選你來聽這些知心話。更奇怪的是你居然不動聲色地

⓫約伯的海獸：《聖經》中威力無窮的水中巨獸，「他以鐵爲乾草，以銅爲爛木箭。」見《舊約‧約伯記》第41章第26至27節。

聽著我講，彷彿像我這樣一個男人，會把自己演歌劇的情婦的事，去講給像你這樣一個古怪而毫無經驗的姑娘聽，不過是世界上最平常的事！不過，後一樁古怪事正好說明了前一樁，以前有一回我就說過，你那樣嚴肅、體貼和謹慎，天生就是個聽人傾訴隱私的人。而且，我知道我挑了什麼樣的心靈來跟自己的心靈交流。我知道它是不容易受傳染的，它是個特殊的心靈、獨一無二的心靈。幸好我並不想去傷害它，就是我想，它也不會受我傷害的。你我越多交談越好，因爲我不會有害於你，你卻會使我振作。」

說了這一套離題的話以後，他才又接著說下去：

「我留在陽台上沒動。『他準會進她的閨房裡來的，』我想，『我來安排打一次埋伏吧。』於是我把手伸進開著的長窗，拉過窗幔來遮住窗子，只留下一點空隙以便觀察。然後我把窗子關上，留一條很窄的縫，剛好能讓一對情人海誓山盟的低聲細語透露出來。然後我就悄悄仍回到我的椅子跟前，剛好坐下，那一對就進來了。我馬上把眼睛湊近窗縫。塞莉娜的侍女走進屋來，點亮了一盞燈，放在桌上後退了出去。這樣，這一對就清楚地呈現在我的眼前。

「兩人都把披風脫掉，於是那位『有名的瓦倫』就滿身綢緞和珠寶——當然是我的禮物——光彩耀眼，赫然在目，旁邊是她那位身著軍官制服的同伴。我認出他是一個有子爵頭銜的年輕roue⑫——一個沒頭腦的惡少，我在社交場上碰見過幾次，從來沒想到過要去憎恨他，因爲我根本就瞧不起他。一認出是他，那條毒蛇——嫉妒——的牙一下子就折斷了，因爲就在這同一瞬間，我對塞莉娜的愛情之火也像被一個滅火機一下子澆滅了。爲這麼一個情

⑫法語：花花公子。

敵就背叛了我的女人是不値得去爭奪的，她只配得到鄙視——儘管我更該如此，因爲我竟受了她的玩弄。

「他們談了起來，他們的談話使我變得完全心平氣和。那麼輕浮淺薄、利欲薰心、沒心沒肺、愚蠢無聊，簡直是存心叫人聽了厭煩，而不是生氣。桌上放著一張我的名片，因爲看見了它，因此就談論起我來。兩人中誰也沒有能耐和智慧來痛罵我一頓，但他們卻用他們那不登大雅之堂的方式，儘量粗俗地侮辱我。尤其是塞莉娜，甚至得意地肆意誇大我外貌上的缺點——她稱之爲殘疾。而以前她卻時常忘乎所以地熱烈讚美所謂我的『beauté mâle』⓭。這方面她正好跟你截然相反，你在第二次見面時就直截了當地告訴我，你覺得我並不漂亮。當時我就感到了這種對比，而且……」

這時阿黛爾又跑了過來。

「先生，約翰剛才說，你的管事來了，想見見你。」

「哦！既然這樣，我只好長話短說了。我推開長窗，進屋朝他們走去，解除我對塞莉娜的保護關係，通知她離開她所住的旅館，給了她一筆錢供她眼前的急用，對於她的尖叫、歇斯底里、哀求、辯解、抽筋都一概置之不理，跟那位子爵約好了在布洛尼樹林⓮決鬥的時間。第二天早上我有幸跟他決鬥，在他的一條軟弱無力得像瘟雞翅膀似的瘦弱可憐的胳臂裡留下了一顆子彈，然後就自以爲跟所有這夥人全一刀兩斷了。

⓭法語：男性美。

⓮法語：巴黎的一個大公園名。

「但不幸的是，六個月以前，瓦倫把這個fillette[15]阿黛爾交給了我，硬說她是我的女兒。也許她眞是的，不過我看不出她臉上有什麼證據說明這種不容置疑的父女關係。派洛特還比她更像我些。我跟她母親分手後過了幾年，她拋下孩子，跟一個音樂或者歌唱家跑到義大利去了。我過去沒承認阿黛爾有要我撫養的當然權利，現在也不承認，因爲我並不是她的父親。可是聽說她簡直無依無靠，我居然還把這可憐的孩子從巴黎那片爛泥塘裡拉了出來，移植到這裡，讓她在英國鄉間花園的沃土裡乾乾淨淨地長大。

「費爾法克斯太太找到了你來培養她。不過你現在既然知道了她是個法國歌劇演員的私生女，或許會對你的職位和你的學生有了不同的看法，你說不定哪一天會跑來通知我，我你找到了新的工作——說你請我設法另找一位家庭教師等等——啊?!」

「不——無論對她母親的過錯或者你的過錯，阿黛爾都是沒有責任的。我關心她，現在既然知道她可以說是父母全無——母親遺棄了她，而你，先生，又不認她——我就一定會比從前更疼愛她了。我怎麼會寧願去教富貴人家一個嬌生慣養、把家庭教師看作眼中釘的寵兒，而撇下一個孤苦伶仃、拿她當知心朋友看待的小小孤兒呢？」

「啊，你是從這個角度來看這個問題的！好吧，我現在得進去了，你也該進來，天已經黑了。」

但是我仍舊跟阿黛爾和派洛特一起，在外面又多待了幾分鐘——跟她作了一次賽跑，還打了一盤羽球。我們回到屋裡，我替她脫掉大衣和帽子以後，把她抱到我的膝頭上，讓她在那兒整整待了一個鐘頭，聽憑她盡情嘮叨個不停，甚至也不去擱阻她稍微作出點輕浮放肆的

[15] 法語：小姑娘。

舉動來，這是她在特別受到別人注意時往往會犯的毛病，顯露出她性格的淺薄，這或許來自她母親的遺傳，是很難叫英國人感到合意的。不過她也有她自己的優點，而我是有心要儘量稱讚她身上好的一面的。我在她的面貌五官中竭力尋找跟羅徹斯特先生相像的地方，但卻一點也找不到。沒有一項特徵，一點表情變化，表明他們的血統關係。這眞遺憾，只要能證明她有點像他，他一定會更多地把她放在心上的。

直到我回自己的房間去睡覺的時候，我才定下心來重新回想方才羅徹斯特先生告訴我的故事。正像他說的，故事的內容本身也許並沒有什麼特別的地方：一個有錢的英國人熱戀一個法國舞蹈演員，她背叛了他，這無疑是社交場上夠平常的事情。但他正在表示他目前心情的滿足，以及他在老宅和它周圍環境中重新感到的樂時，卻突如其來地陷入了一陣感情的激動，這肯定有點古怪的地方。我詫異地思索著這件事，但逐漸把它丟開了，因爲我發覺它目前是無法解釋的，於是我轉而考慮起我這位主人對我本身的態度來。

他覺得可以對我推心置腹，這似乎是對我爲人穩重的一種讚美，我是這樣來看待它，也是這樣來接受它的。最近幾個星期以來，他對我的態度變得比剛開始時要穩定一貫些。我不再顯得礙他的事了。他不再老是突然擺出冷冰的hauteur⑯。意外地碰見我時，他似乎歡迎這種偶然相遇。他總是跟我說句話，有時朝我笑一笑。正式請我上他那兒去的時候，我總是榮幸地受到熱誠的接待，使我覺得自己的確能夠使他得到樂趣，覺得這樣晚上找我來談談不僅是爲了我，也是爲了使他感到愉快。

當然，我談的比較少，但我聽他談話卻聽得很有興味。他生性喜愛談話，樂於向一個未

⑯法語：傲慢態度。

見過世面的人稍稍透露一些世情和世風（我不是指腐敗情景和惡劣風氣，而是由於規模宏大、特徵新奇而使人產生興趣的那一些。）而我也非常高興接受他所提供的新想法，想像他所描繪的新情景，在頭腦裡隨著他觀察他所展示的新領域，一次也沒有爲某個不正當的暗示所驚嚇或困擾。

他態度的從容使我不再難受地感到拘束。他對我既莊重又熱情的友好、坦率使我對他感到親切。有時候我覺得他與其說像我的主人，不如說更像是我的親戚。不過有時候他仍舊態度專橫，但是我並不介意，知道他就是這副樣子。生活中平添了這樣一種新的樂趣，我變得愉快、滿足，再不去渴望什麼親人了。我原來那像月牙兒般微弱黯淡的命運似乎明亮擴大了。生活的空白得到了充實。我身體的健康有了改進，人長胖了，精力也旺盛了。

那麼在我眼裡，羅徹斯特先生現在還醜嗎？不，讀者。感激之情和許多愉快而親切的聯想，使他的臉成了我最愛看見的東西。有他在房間裡，比最旺盛的爐火還要使人高興。不過我並沒忘記他的缺點，的確，我忘不掉，因爲他老把它們暴露在我的面前。他對任何性質的低劣都會顯出高傲、揶揄、粗暴的態度。我在心底裡暗暗明白，他對我的寬厚和藹，其程度跟對其他許多人不公正的嚴厲恰好相等。

他還鬱鬱不樂到簡直不可理解的地步。不止一次，我應召去念書給他聽，看見他獨自枯坐在書房裡，彎下身把頭伏在交叉疊起的胳臂上。當他抬起頭來看人時，一種煩惱的、幾乎帶有恨意的愁容使他臉上布滿了烏雲。但是我相信，他的憂鬱、他的粗暴，以至他過去道德上的過錯（我說過去，是因爲他現在似乎已經改正了。）都是由於命運的某種無情的磨難。

我深信他爲人天生有著更好的志向、更高尚的原則和更純潔的樂趣，勝過那些純是由環境所造就、教育所培養，或者命運所鼓勵的人。我認爲他身上有許多優秀的素質，只是目前它們給糟蹋了，亂七八糟地糾成了一團。我不否認，不管他的憂傷是爲了什麼，我爲他的憂傷而感到憂傷，並且寧願付出很大的代價，只要能減輕它。

這會兒我雖然已經吹滅蠟燭上了床，卻老睡不著覺，因爲心裡總在想著他林蔭路上停下來，說他的命運之神如何突然降臨，問他敢不敢在桑菲爾德獲取幸福時的那副神情。

「爲什麼不敢呢？」我暗自猜疑。「是什麼使他在這所宅子裡待不下去？他很快就又會離開嗎？費爾法克斯太太曾說他很少在這兒一連待兩個星期以上，可他這次卻已經住了八個星期了。要是他眞走的話，那變化可眞叫人發愁！如果他春天、夏天直到秋天都不在這兒，那麼陽光和好天氣都會顯得多麼毫無樂趣啊！」

這樣想了一陣以後，我簡直不知道自己究竟睡著過沒有。不管怎樣，我突然聽到似乎就在我頭上，傳來一陣古怪而陰慘慘的喃喃低語聲，把我完全弄醒了。我眞但願剛才讓蠟燭繼續點燃著。夜黑得可怕，我感到心情壓抑。我在床上坐起來傾聽，聲音沈寂了。

我想接著再睡，但心一直惶恐不安，怦怦直跳，我的內心平靜給攪亂了。樓下大廳裡的鐘遠遠地敲響了兩點。正在這時，我的房間似乎給碰了一下，彷彿有人在外面漆黑的走廊裡摸索著走路，手指在門上摸了過去似的。我問：「是誰？」沒有人回答。我嚇得渾身發冷。

忽然間，我想起這也許是派洛特。廚房門偶爾忘了關上時，它常會摸索到樓上羅徹斯特先生的房門口去，有幾次早上，我就親眼看見過它正躺在那兒。這樣一想，我稍許安心了一些，就躺了下來。寂靜使神經平靜了下來，現在整個宅子重新一片沈寂，我又感到了睡意的來臨。然而這一晚我注定了沒法睡覺。夢神剛悄悄來到我枕邊，就被一件幾乎叫人毛骨悚然的意外事，給嚇得驚惶逃跑了。

這是一陣魔鬼般的笑聲——低低的、壓抑而且深沈——聽來就好像是從我門上的鎖孔外發出來的。我的床頭靠近房門，起初我還以爲那發笑的魔鬼就站在我床邊——或者不如說就蹲在我枕頭邊。可是我爬起來四面張望，卻什麼也看不見。我還在瞪眼望著時，那怪異的聲音又響了起來，我辨出它是來自門外。我最初不假思索地想起身去插上門閂，但隨即又再次喊了一聲：「誰？」

有個什麼東西在一會兒咯咯發笑、一會兒低聲悲嘆。不一會，聽到有腳步聲順著走廊向通三樓的樓梯走去。那兒新近做了一扇門把樓梯隔在裡面。我聽得它打開又關上，然後就又聲息全無了。

「這是格蕾絲·普爾嗎？她是不是中了魔？」我想著。

現在再沒法獨自待著了，我得上費爾法克斯太太那兒去。我匆匆忙忙穿上罩衣，圍上一條披巾，手哆嗦著拉開門閂打開了門。正對著門有支點燃的蠟燭，就放在走廊的地席上。我看到這種情景吃了一驚，但更驚異的是看到空中一片渾濁，像充滿了煙霧似的。我正左右查看，想找出這些青煙是從哪兒來的，卻進一步又覺察到有一股濃烈的燒焦味兒。

什麼東西嘎吱一響，是一扇門開了一條縫。那是羅徹斯特先生房間的門，像一團雲霧似的濃煙就是從那裡面冒出來的。我顧不得再去想費爾法克斯太太，顧不得再去想格蕾絲·普爾或者那陣笑聲，只一眨眼就跑到了那間房裡。火舌在床的四周騰起，床幔已經著火。在一片煙薰火燎之中，羅徹斯特先生攤開手腳一動不動，正在好夢方酣。

「醒醒！醒醒！」我喊叫著——我使勁搖他，他卻只嘟噥了一聲，翻過身去。煙已經把他薰得迷糊了。時間千鈞一髮，連床單都已經著了火，我衝到他的臉盆和水罐跟前，幸好前者很大，後者也很深，裡面都滿裝著水。我舉起它們來，把水統統澆在床和床上的人身上，再飛也似的跑回自己房裡，把我的水罐拿來，重新又給那張床施了一回洗禮，上帝保佑，總算把那正在吞噬著它的火焰撲滅了。

被澆滅的火焰的嘶嘶聲，把水澆光後隨手扔開的水罐的碎裂聲，尤其是，我毫不吝嗇地施以淋浴的水花四濺聲，總算把羅徹斯特先生給鬧醒了。儘管跟前漆黑，我卻知道他醒了過來，因爲我聽得見他一發現自己正躺在一汪水裡時就怒衝衝發出來的古怪咒罵聲。

「發大水了嗎？」他喊道。

「沒有，先生，」我回答，「不過發生過一場火災。快起來吧，你身上的火已經撲滅了，我去給你點支蠟燭來。」

「基督教世界的全體精靈在上，是簡・愛嗎？」他問道。「你到底把我怎麼了，巫婆、術士？屋裡除了你還有什麼人？你是陰謀要淹死我嗎？」

「我去給你拿支蠟燭來，先生。看在老天分上，快起來吧。有人陰謀想幹出點什麼來，可你恐怕沒法很快就查出到底是誰，想幹什麼。」

「哪，我已經起來了，不過你還得去冒險取支蠟燭來。先等我一兩分鐘讓我穿上件乾衣服，要是還有衣服乾著的話——有了，我的晨衣在這兒。好了，跑吧！」

我當眞跑了。我去把點在走廊裡的那支蠟燭拿了來。他從我手裡接了過去，舉高一點，仔細察看著到處薰黑燒焦了的床，濕透了的床單，床邊泡在水裡的毯。

「怎麼回事？是誰幹的？」他問道。

我簡短地給他講了發生的事：我聽到走廊上的怪笑聲、上三樓樓梯的腳步聲、煙霧引得我跑進他房裡來的火燒氣味，我在那兒看到的那種場面，以及我如何把能弄到的水全部倒在他的身上。

他十分嚴肅地聽著，我越往下說，他臉上越露出擔心多於驚訝的神情。我說完時，他沒有馬上說話。

「要我去叫費爾法克斯太太來嗎？」我問他。

「費爾法克斯太太？不——見鬼，你幹嘛要叫她來？她能幹些什麼？別去驚動她睡覺了。」

「那我去叫莉亞來，把約翰夫婦倆叫醒。」

「根本不用，只要你安安靜靜。你披上了披巾嗎？要是還不夠暖，你可以把我那兒那件披風拿來，裹在身上，在安樂椅上坐下來。來——我給你披上。現在你把腳擱在凳子上，免得浸濕了。我要離開你幾分鐘，我要把蠟燭帶上。坐在那兒別動，等我回來，像隻耗子那樣一聲不響。我得上三樓去一趟。記住，別動，也別叫任何人。」

他走了，我目送著燭光越來越遠。他輕手輕腳順著走廊走去，儘量不出聲地打開樓梯門，進去後又隨手關上，最後的一絲光亮就消失了。我給留在一片黑暗之中。我側耳傾聽有什麼聲響，卻什麼也聽不見。這樣過了很長的一段時間。我厭煩起來，因爲儘管有披風，還是覺得很冷，而且既然不讓我喚醒屋裡的人，我看不出再留在這兒有什麼必要。我正要不顧是不是會惹羅徹斯特先生不快，不再遵守他的命令，燭光又隱約映亮了走廊的牆壁，我聽見他光腳踩在地蓆上的聲音。

「但願眞是他，」我心想，「不是什麼更壞的東西。」

他回進屋來，臉色蒼白，十分陰鬱。

「我全弄清楚了，」他把蠟燭放在洗臉架上說，「不出我所料。」

「怎麼回事呢，先生？」

他不答，只眼盯著地，抱著兩臂站在那兒。

過了好幾分鐘，他才用有點特別的語調問道：

「我忘了你剛才是不是說打開房門的時候看到了什麼東西。」

「沒有，先生，只有地上一支蠟燭。」

「可是你聽見了一陣怪笑？我估計，你以前就聽見過這種笑聲，或類似這樣的笑聲吧？」

「是的，先生。有一個在這兒做針線活的女人，叫格蕾絲·普爾——她就是那樣笑法的。她是個挺古怪的人。」

「一點不錯。格蕾絲·普爾——你猜對了。正像你說的，她挺古怪——非常怪。好，我會仔細考慮一下這個問題的。眼前，我很高興除了我以外，只有你知道今晚這件事的詳情細節。你不是個愛多嘴的傻子，這事你什麼也別說，這兒這副情景（他指指床）由我來解釋。現在你回自己房裡去吧。下半夜還剩下的一會兒，我完全可以在書房的沙發上對付過去。快四點了——再過兩個小時傭人們就要起來了。」

「那麼，晚安，先生。」我說著正要走。

他似乎吃了一驚——這很自相矛盾，他剛說了讓我走。

「什麼！」他叫起來，「你馬上要離開我，而且就這樣走了嗎？」

「你說過我可以走了，先生。」

「可是總不能不告個別，不先說上一兩句道謝和友善的話啊！總之，不能就這麼地一走了之。況且，你救了我的命啊！把我從可怕的慘死中搶救了出來——可你打我身邊走了過去，就像我們素不相識似的！至少得握握手吧。」

他伸出手來，我把手伸給他。他先是用一隻手，接著用雙手握住了它。

「你救了我的命。我有幸欠了你這麼大一筆情。別的話我也說不上來了。要是別的任何人成了我欠下這麼大恩情的債主，我準會受不了的。唯獨你啊！那就完全不同了——你的恩惠我一點也不覺得是個負擔，簡。」

他住了口，凝視著我。看得出話幾乎就要從他顫動的嘴上吐出——可是他的聲音卻給哽住了。

「再說一聲晚安，先生。這件事談不上什麼欠債、欠情、負擔、恩惠什麼的。」

「我早就知道，」他繼續說，「什麼時候你總會用某種方式對我有幫助的——我第一次看見你就從你的眼睛裡看出來了。它們的神情和笑意並不是——（他又住了口）——並不是（他急急忙忙說下去）無緣無故激起我心底裡的歡樂的。人們常說起天然的好感，我還聽說善良的天使——最荒唐的神話裡也是有幾分眞理的。我珍愛的救命恩人，晚安！」

他聲音裡有股奇怪的勁兒，目光中有種奇怪的激情。

「我很高興，我剛巧醒著。」我說，接著就準備走了。

「怎麼！你要走嗎？」

「我冷，先生。」

「冷？對——而且還站在一灘水裡！那麼走吧，簡，走吧！」

可是他仍舊抓著我的手不放，我沒法抽回來，便想了個辦法。

「我好像聽見費爾法克斯太太在走動，先生。」我說。

「好，你就走吧。」

他鬆了手，我馬上走了。

我重新上了床，但卻毫無睡意。直到天亮，我始終在一片歡快而不寧靜的大海上輾轉顛簸，覺得在歡樂的浪潮下，又困擾不安的波濤中起伏翻滾。有時候我越過波濤洶湧的大海，似乎已經望見了像畢拉⑰的山地那麼可愛的彼岸，不時有一股由希望喚起的愈來愈強勁的風，把我的心靈順利地送往目的地。然而我即使在想像中，也始終無法到達那裡——有一股從陸上吹來的逆風，不斷地把我刮回去。理智總會抵禦妄想，判斷力會使熱情收斂。我興奮得實在無法安息，天剛亮就起身了。

⑰畢拉（Beulah）：英國作家班揚（John Bunyan, 1628～1688）所著寓言小說《天路歷程》中，香客們一心嚮往的美麗、安寧的目的地。

16

在這個不眠之夜的隔天，我既盼望又害怕見到羅徹斯特先生。我想再次聽到他的聲音，卻又生怕接觸他的眼神。上午的前半晌，我時時盼著他的到來。他平時並不經常來教室，但有時卻也曾走進來待上個幾分鐘，而我隱隱覺得他那天肯定會來。

可是一上午平平常常地過去了，沒有發生任何事情來打斷阿黛爾安安靜靜地學習課業。只不過早餐後不久，我聽見羅徹斯特先生的臥室近旁亂烘烘一片！有費爾法克斯太太的聲音、也有莉亞的、以及廚娘——約翰的妻子——的，甚至還有約翰自己那粗啞的嗓音，紛紛驚嘆著：「主人沒有燒死在床上可真幸運！」「夜裏蠟燭點著是夠危險的！」「真是上天保佑，他能鎮定地想起了水罐！」「我真奇怪他誰也沒吵醒！」「但願他睡在書房沙發上沒有著涼！」等等。

七嘴八舌議論了一通之後，接著就是擦洗和整理的聲音。等我經過那房間下樓去吃午飯的時候，我從開著的房門口望見一切都已重新收拾得井井有條，只有床幔給拿掉了。莉亞正站在靠窗的椅子上擦被煙熏黑了的窗玻璃。我正要跟她說話，想知道這件事是怎麼解釋的，但一走近去，就看見房間裏還有一個人——床邊椅子上坐著一個女人，正在給新窗幔釘上環子，這女人不是別人，正是格蕾絲．普爾。

她坐在那兒，一副安詳而沉默寡言的樣子，跟往常一樣，穿著她那身褐色呢衫、格子圍裙、白色頭巾，還戴著帽子。她在專心幹她的活，似乎全副心思都放在那上面。她嚴峻的額頭和平板的面貌上，絲毫沒有曾經試圖進行過謀殺的女人臉上，預料會顯露出來的蒼白和絕望神色。儘管她圖謀殺害的人昨天夜裏還一直追蹤到她的巢穴，而且（我相信）已經指責了她謀殺未遂的罪行。我大惑不解——簡直給弄糊塗了。

我還在盯著她瞧的時候，她抬起頭來一望，既沒露出驚慌，臉色也沒有漲紅或者發白，洩露出她的激動、犯罪感，或者擔心被察覺的恐懼心情。

她說了聲：「早上好，小姐，」仍舊是平時那種冷淡、簡短的腔調。說完仍拿起另一個環子和一段帶子，繼續縫了起來。

「我要來試試她，」我心想，「像這樣絲毫不露聲色簡直叫人不可思議。」

「早上好，格蕾絲。」我說。「這兒發生了什麼事嗎？我彷彿聽見傭人們剛才全聚在一塊兒紛紛議論。」

「沒什麼，只是主人昨天晚上躺在床上看書，點著蠟燭睡著了，床幔著了火，幸好他沒等床單或者床架燒著就醒了，想法用罐子裏的水撲滅了火。」

「眞是椿怪事！」我低聲說，然後兩眼緊盯著她，又說：「難道羅徹斯特先生誰也沒喊醒？誰也沒有聽見他走動嗎？」

她又抬起眼睛來望望我，這一次目光裏有一點察覺的神情。她似乎留神打量了我一會兒，才回答說：「你知道，小姐，傭人們睡的地方全那麼遠，他們是不大會聽見的。費爾法克斯太太和你的房間離主人最近，可是費爾法克斯太太說她什麼也沒聽見。人上了年紀，常常睡得很死。」她停了一下，接著用一種表面裝作隨便，但實際仍引人注意並且含有深意的口氣補充說：「可你挺年輕，小姐，我想睡覺一定挺警覺，說不定你聽到了一些響動吧？」

「我是聽到了。」我壓低了聲音說，免得讓仍在擦窗子的莉亞聽見了。「起初我還以爲是派洛特，可是洛派特不會笑，而我確實聽到了一陣笑聲，而且是一種怪笑。」

她又取了一段線，仔細地上了蠟，鎮定地用手把線穿進針孔，然後神色自若地說：「我想，小姐，主人在那麼危險的情況底下，是絕不會笑的。你準是做夢了。」

「我可不是做夢！」

我有點惱火地說，因爲她那厚顏無恥的鎮定激怒了我。

她又瞧瞧我，目光還是帶著那種探索和警覺的神氣。

「你告訴了主人你聽到過一陣笑聲嗎？」她問。

「今天上午我還沒有機會跟他說話。」

「你沒想去打開房門，朝外面走廊上瞧瞧嗎？」

她似乎是在盤問我，想乘我不備探聽出一些情況。

我猛然想到，要是她發現我知道或者懷疑她有罪，她或許會對我耍出她那套惡毒的把戲來。我覺得還是提防著一點好。

「正相反，」我說，「我閂上了門。」

「那麼說，你晚上睡覺前沒有閂門的習慣嘍？」

「魔鬼！她還想打聽我的習慣，好根據它來定出計畫！」憤怒又壓倒了謹慎，我尖刻地回答：「以前我時常懶得去插上門閂，我認爲沒必要。我沒覺得在桑菲爾德府會有什麼危險或者麻煩需要提防。不過從今以後，（我每個字都明顯地加重語氣）我要留心弄得萬無一失，才敢放心睡下。」

「還是這樣做聰明些。」她回答說。「這兒鄰近一帶比我知道的任何地方都安靜，從宅子建好以來，我也從沒聽說有人想來搶劫過。不過誰都知道，餐具櫃裏的餐具就值好幾百鎊。可你瞧，這個大個宅子，卻只有很少幾個傭人，因爲主人不大來這兒住，就是來了，單身一人，也用不著多少人伺候。不過我總覺得，太講安全，總比不注意安全好一些。閂上門費不了多大事，還是插上門閂把說不定會發生的禍事隔開好。有許多人，小姐，主張一切都信賴上帝。不過我覺得上帝並不排除採取手段，雖說他總是只祝福那些愼重採取的手段。」說到這裏她才結束了她的高談闊論，對她來說這眞是夠長的，而且口氣還活像個貴格會教徒那麼一本正經。

當我正被她那出奇的鎭定和高深莫測的僞善弄得目瞪口呆，傻傻地站在那兒時，女廚子走了進來。

「普爾太太，」她對格蕾絲說，「傭人們的午飯快做好了，你下來好嗎？」

「不用了，只要把我那一品脫黑啤酒加上一小塊布丁放在托盤裏，我自己端上樓去。」

「你要點肉嗎？」

「只要一點兒，再要點乾酪，這就行了。」

「西米❶呢？」

「這會兒別管它，吃茶點以前我會下樓來，我自己來做。」

女廚子隨後轉身來對我說，費爾法克斯太太正在等著我，於是我就離開了。

吃飯中間費爾法克斯太太講到床幔著火的事，我幾乎沒有聽進去，因爲我正忙於絞盡腦汁，思考著格蕾絲·普爾那謎一般的性格，尤其在尋思她在桑菲爾德的地位問題，納悶爲什麼那天早上她沒有給抓起來，或者至少被主人辭退。

❶西米（sago）：用西米椰子（一種東印度群島產的棕櫚科植物）的莖髓做成的澱粉質食品。

昨天夜裏差不多已經等於表示他確信她犯了罪，到底是什麼神秘的原因使他不願去指控她呢？他又爲什麼要我也跟他一起保守秘密呢？

這眞奇怪，一位大膽、愛報復又挺高傲的紳士，似乎不知怎麼竟受制於他的一個最卑微的僕人，那麼厲害地受制於她，以致連她動手要他的命，他也不敢對她的圖謀提出控告，更不用說讓她受到懲罰了。

要是格蕾絲年輕漂亮，我還會不由得猜想，準是比謹愼或者畏懼更溫柔的感情在影響羅徹斯特先生，使他爲她著想。可是她既那麼面目可憎，又活像個老婆子的樣子，實在不容人有這種想法。

「不過，」我又沉思著，「她以前也年輕過，大概她年輕時主人也正年輕。費爾法克斯太太曾告訴過我，她在這兒已待了許多年了。我不相信她曾漂亮過，不過誰知道呢，也許她性格上有她的長處和獨特之處，足以彌補她外貌上的不足。羅徹斯特先生特別愛好爲人堅決和古怪，格蕾絲至少是夠古怪的。要眞是有椿早年的荒唐事（像他那樣心血來潮、不顧一切的性子很容易幹出來的越軌事。）把他置於她的掌握之中，如今她就處處秘密地左右他的行動，成爲他自己行爲不檢的惡果，使他既無法擺脫又不敢漠視，那又有什麼奇怪的呢？」

不過，即使推論到這種程度，我心目還是清清楚楚地重新現出普爾太太那副橫闊而扁平的身材，那張難看、乾枯甚至粗糙的臉，使我不由得想道：

「不，絕不可能！我的猜想一定是不對的。可是，」我們自己內心那個常在跟我們對話的秘密的聲音又在提醒說，「你也並不美，而羅徹斯特先生卻說不定很讚賞你，至少你時常覺得他是這樣。而且昨天夜裏……想想他那些話、想想他的神氣、想想他的口氣！」

我全部都清清楚楚地想得起來：言語、眼神、語調此刻彷彿又都生動地重新顯現。我現在正在教室裏，阿黛爾在畫畫，我向她俯下身子去把住她的鉛筆。她有點吃驚地抬頭一望。

「Qu'avez-vous, Mademoiselle?」❷她說「Vos dogits tremblent comme la feuille, et vos joues sont rouges: mais, rouges comme des eerises!」❸

「阿黛爾，我是彎著腰，身上有點發熱啦！」

她繼續畫畫，我繼續在想。

我急於把剛才關於格蕾絲·普爾的討厭想法從腦子裏趕走，它叫我厭惡。我拿自己跟她相比，覺得我們是完全不同的。貝絲·李文說過我眞像一位大戶人家小姐，她說得不錯，我確實是一位大家小姐。而且我現在的樣子比起貝絲見到我那會兒又好得多了，臉色比以前紅潤，人也豐滿了些，更富於活力和生氣。這是因爲我有了更光明的前途和更引人的樂趣。

「快傍晚了，」我望望窗口說，「我今天在宅子裏一直沒聽到羅徹斯特先生說話和走路的聲音。不過天黑以前我準會見到他的。早上我還怕跟他見面，可現在卻在滿心指望著，因爲盼望老是落空，變得有點不耐煩了。」

暮色終於降臨，阿黛爾離開我，到育兒室跟蘇菲玩去了，這時我的確急著想要見到他。我傾聽著樓下是不是有門鈴聲，傾聽著莉亞是不是上樓來傳口信。我有幾次還以爲聽見了羅徹斯特先生自己的腳步聲，忙向門口轉過臉去，指望著門一開，他走了進來。但門仍舊關著，只有夜色穿窗而入。不過天還不算太晚，他時常七八點鐘派人來叫我，現在還不過六點。今晚我可千萬不能完全失望啊！我正有那麼多事情要對他說呢！我要再提起格蕾絲·普

❷法語：「你怎麼啦！小姐？」

❸法語：「你的手抖得像樹葉，你的臉紅得像櫻桃！」

爾這個話題。我要直截了當地問他，是不是眞的相信昨晚的可怕圖謀是她幹的，如果是的，那為什麼還要為她幹壞事保守著秘密。

我的好奇會不會叫他惱火倒沒什麼關係，我懂得一會兒惹火他一會兒又撫慰他的樂趣。這是我最高興幹的一件事，而且有一種可靠的直覺總是能使我避免做得太過頭。我從不冒險越過會使他當眞動怒的界限，但我卻很喜歡在危險的邊緣上試試我的身手。在既不忽略表示尊敬的每一個細節，又謹守我的身分應有的規矩的同時，我仍舊能毫不畏懼或者拘束地跟他分庭抗禮互相辯論，這使我們雙方都感到愜意。

樓梯上終於咯咯地響起了腳步聲，莉亞出現了，但只是來通知茶點已經在費爾法克斯太太的房間裏擺好。我就向那兒走去，慶幸至少是來到了樓下，因為我以為這樣總離羅徹斯特先生比較近了一些。

「你準想喝點茶了吧。」這位好心的太太等我來到以後說。「你吃飯時吃得那麼少。我擔心，」她接著說，「你今兒有點不大舒服，你看上去臉緋紅，像在發燒。」

「噢，很好！我覺得再好不過啦。」

「那你就得用好胃口來證明。請你先給茶壺沖上水，讓我織完這一行好嗎？」

她幹完了手頭的活以後，站起來放下了窗帘，原來它是一直拉起的，我想大概是為了把日光儘量放進來，儘管眼前暮色正在迅速變濃，已經一片昏暗了。

「今晚天氣很好，」她透過玻璃窗望了望外面說，「雖說沒有星星，羅徹斯特先生總算還是揀了個好天氣出門。」

「出門！羅徹斯特先生上什麼地方去了嗎？我還不知道他出去了呢。」

「哦，他吃完早飯就動身了。他是上里斯，艾希敦先生那兒，在米爾科特的那一頭，有十英里遠。我想那兒大概到了很大一批客人，英格拉姆爵、喬治・利恩爵士、丹特上校，還有別的人。」

「你估計他今天夜裏回來嗎？」

「不——明天也不會回來。他猜想他多半會待上一個星期或者更長些。這些高雅、時髦的人聚到了一塊，周圍全是雅致、歡樂的景象，又有那麼多吃喝玩樂的東西，他們是不會急著分手的。這種場合尤其需要男客們。羅徹斯特先生那麼有才氣，在社交場上又是那麼活潑，我相信他準會受到大家的歡迎。太太小姐們都很喜歡他。雖說你不會認為他的外貌能特別叫她們看重，但我尋思他的學識才幹，或許還有他的財富和門第，足可以彌補外表上小小的不足了。」

「有女客上里斯去了嗎？」

「有艾希敦太太跟她的三個女兒——確實全都是挺高雅的小姐。還有英格拉姆爵爺家的布蘭琦和瑪麗兩位，我看是最美的女人了。說真的，我在六七年前看見過布蘭琦，那時她還是個十八歲的姑娘。她是來參加羅徹斯特先生舉行的聖誕節舞會和宴會的。你真該看看那天的餐廳——裝飾得多麼豪華，多麼燈火輝煌！我猜想大概總來了有五十位女客和男客——全是郡裏最上等人家來的。英格拉姆家大小姐是那晚大家公認的美女。」

「費爾法克斯太太，你說你看見過她，她長得怎麼樣？」

「對，我看見過她。當時餐廳的門敞開著，因為是聖誕節，准許傭人們聚在大廳裏，聽一會兒小姐們的唱歌和彈琴。羅徹斯特先生要我進去，我就找了個安靜的角落坐下瞧著她們。我從來沒有瞧見過那麼富麗堂皇的場面。女客們全都是一身盛裝，大多數——至少是年輕的裏面大多數——長得都挺漂亮，可英格拉姆小姐當然是其中的皇后。」

「她長得什麼模樣？」

「高個兒，漂亮的胸部，削肩膀。長長的脖子挺優美，橄欖色的皮膚黝黑而潔淨。容貌高貴，眼睛長得倒有點像羅徹斯特先生的，又大又黑，而且像她身上戴的珠寶那麼閃閃有光。她還有一頭那麼好的頭髮，烏油油的，梳得那麼合適，後腦上盤著粗粗的髮辮，前面垂著我從沒見過的又長又光亮的捲髮。她穿得一身潔白，一條琥珀色的長圍巾披在前胸和兩肩，在旁邊打個結，圍巾頭上帶著長長的流蘇，一直垂到她膝蓋下面。她頭髮上還插著一朵琥珀色的花，跟她黑玉般的濃密捲髮正相配。」

「她一定大受讚美嘍？」

「那當然。而且不只爲她長得美，還爲她多才多藝。她也是表演唱歌的小姐中的一位，一位先生替她鋼琴伴奏。她跟羅徹斯特先生一起表演了一個二重唱。」

「羅徹斯特先生？我還不知道他會唱歌呢。」

「噢！他有一副挺好的低音嗓子，對音樂有極好的鑒賞力。」

「那英格拉姆小姐呢？她嗓子怎麼樣？」

「非常圓潤有力，她唱得挺動人，聽著她唱歌眞叫人高興——後來她還彈了琴。我不大懂音樂的好壞，可羅徹斯特先生懂，我聽他說過，她彈得挺出色。」

「這位多才多藝的漂亮小姐還沒有結婚吧？」

「看來還沒有。我猜想她跟她妹妹都沒很多財產。英格拉姆老勛爵的產業絕大部分都是限定繼承❹的，所以長子差不多有權繼承一切。」

---

❹限定繼承：遺產按預先規定的繼承人順序依次繼承，不得轉讓或出賣。

「不過我不相信會沒有一個有錢的貴族或者紳士對她有意，比如羅徹斯特先生，他很有錢，不是嗎？」

「哦，對！不過你瞧，年紀相差太大了，羅徹斯特先生已經將近四十歲了，而她還才二十五歲。」

「那有什麼？比這更不相稱的婚事每天都在舉行呢。」

「不錯。不過我不大認爲羅徹斯特先生會有這樣的想法。可你怎麼什麼也不吃，從開始喝茶，你還什麼也沒吃過呢。」

「不，我太渴了，不想吃。你讓我再喝一杯茶好嗎？」

我正想再回頭來談談羅徹斯特先生跟美麗的布蘭琦結合的可能性，可是阿黛爾進來了，話題就轉到了別的方面。

等我再次獨自待著的時候，我重新回想剛才聽到的情況，省視自己的內心，細察它的種種思想和感情，力圖把那些一直在漫無邊際、雜亂無章的想像天地中亂闖的思緒，堅決拉回到安全的常識範圍中來。

我站在自設的法庭上受審，回憶作爲證人，指出了我從昨夜以來一直懷有的種種希望、期待的心情——指出了將近兩個星期以來我一直沉溺在其中的思想狀態。理智站出來用它自己那沉著的口氣，講出了一個樸實無華的故事，說明我是如何拋開現實而狂熱地吞咽下空想——我宣布了如下的判決：

「世上再沒生活過一個比簡·愛更大的傻瓜，再沒有一個更想入非非的白痴，曾經狼吞虎咽地塡滿了一肚子甜蜜的謊言，把毒藥當甘露吞下。」

「你，」我說，「是羅徹斯特先生的寵兒嗎？你天生有力量得到他的歡心嗎？你有哪一點受到他的看重嗎？去你的吧！你愚蠢得叫我噁心。而你還沾沾自喜於偶爾表示出來的喜愛——一位名門紳士、一位閱歷豐富的人，對一個下屬和沒見過世面的人所作的曖昧的表示呢。你竟敢那麼大膽！蠢得可憐的受騙者！難道連自身利益的考慮都不能叫你變得聰明些嗎？你今天上午還反覆重溫著昨夜那短短的一幕——捂住你的臉感到害臊吧！

「他讚美了幾句你的眼睛，是嗎？瞎了眼的自我陶醉者！張開那雙昏花眼，瞧瞧你自己那該死的糊塗心眼吧！一個女人受到比她地位高的、絕不會想娶她的人的恭維，可不是一件好事。讓愛火在心裏悄悄燃燒，一旦受到漠視、毫無響應，必將反過來毀掉培育它的人的生命，而一旦受到覺察、得到反應，又一定會像ignisfatuus❺似的，把人誘進荒野的泥沼而無法自拔，這對任何女人來說都是發瘋。

「因此，簡．愛，聽著對你的判決：明天你對著鏡子，用蠟筆描下你自己的尊容，要一絲不苟，既不淡化一個缺點，不略去一處難看的線條，也不掩飾令人討厭的五官不正，下面寫上：『一個伶仃孤苦、相貌平平的家庭女教師肖像。』然後，找一塊光潔的象牙——你畫盒裏就有一塊。拿著你的調色板，調出你最鮮艷、美麗、純潔的顏色，挑幾支你最纖細的駝毛筆，用心勾一張你能夠想像得出的最可愛的面龐輪廓。再照著費爾法克斯太太對布蘭琦．英格拉姆的描述，用你最柔和的色調和最悅目的色彩來給它著上色。別忘了烏黑的捲髮，東方人的黑眼睛。

「怎麼！你又回過來拿羅徹斯特先生當起模特兒來啦！守秩序！別哭哭啼啼！別多愁善感！別悔恨自責！我只容許理智和堅決。回想一下那莊嚴而又和諧的臉形，那希臘式的脖子

---

❺拉丁文：鬼火。

和胸脯。露出一條叫人目眩神迷的圓潤的胳臂來，還有一隻纖巧的手。別忘了畫鑽石項鍊或金手鐲。一筆不苟地描出服裝、薄如蟬翼的抽紗和閃閃發光的緞子，雅致的長披巾和金色的玫瑰花。把它題爲：『多才多藝的名門閨秀布蘭琦』吧。

「將來不管什麼時候，只要你偶然幻想起羅徹斯特先生對你有好感來，你就拿出這兩幅畫來對比一下，說：『羅徹斯特先生只要願意努力，就有可能贏得那位高貴小姐的愛，他難道會費心來認眞想到這個渺小貧窮的平民女子嗎？』」

「我會這樣做的。」我下了決心。一打定了這個主意，我心裏便平靜下來，睡著了。

我說話算話。用蠟筆畫我自己的肖像只花了一兩個鐘頭，而不到兩個星期，我就憑想像完成了一幅布蘭琦．英格拉姆的象牙微型畫。那是一張看上去夠可愛的臉，拿它跟照眞人畫的蠟筆頭像比起來，那對比之強烈幾乎超過了自制力所能承受的程度。我從這件工作中得到了好處，它使我的頭腦和雙手都不閒著，而且使我希望永不磨滅地烙印在我心頭上的那些新的想法變得更爲牢固而強烈。

沒過多久，我就有理由慶幸自己在迫使我的感情服從於必要的紀律上得到了進展。多虧這樣，我才能夠以得體的鎭定態度來面對後來發生的種種事情，不然，要是我毫無準備的話，我或許連表面的鎭靜都無法保持。

17

一星期過去了，羅徹斯特先生毫無消息。十天了，他還是沒回來。費爾法克斯太太說，要是他從里斯直接去了倫敦，再從那兒上歐洲大陸，一年也不再在桑菲爾德露面，她也不會感到意外。他不止一次就曾這樣突如其來地不辭而別。

一聽這話，我就莫名其妙地覺得心往下沉，滿心發涼。我竟當眞放縱自己去體味一種難受的失望心情。不過我竭力恢復理智、牢記原則，很快就使心情平靜下來。說來眞叫人驚奇，我怎能那麼迅速糾正一時的忘乎所以——消除那種錯誤的想法，認爲自己有理由去爲羅徹斯特先生的行動操心。我並不是靠一種奴隸般的自卑感來貶低自己，相反地，我只是說：

「你跟桑菲爾德的主人毫無關係，除了教他所收養的人而接受他付給你的薪水，感謝他爲了你盡力盡職而理所應當給予你的尊重和厚待。毫無疑問，這是你和他之間他唯一認眞考慮的關係，所以可別把他作爲你的柔情、你的喜悅、痛苦等等的對象。他跟你不是同一類人，要牢記住你的社會地位。並且要分外自重，別把發自全身心的熾熱的愛，浪擲在不需要甚至還瞧不起這份厚禮的地方。」

我繼續平平靜靜地幹我一天的工作，但不時地，種種有關我應當離開桑菲爾德的想法，不斷地閃過我的腦際。我還常常不由自主地構思著各種廣告，默默猜想著未來種種新的職位。這類念頭我不覺得有加以制止的必要，它們能開花結果，就讓它們去開花結果吧。

羅徹斯特先生離家兩個多星期，郵差給費爾法克斯太太送來一封信。

「是主人寄來的。」她瞧著信上的地址說。「現在咱們就會知道是否等著迎接他回來了。」

她在拆開封印，讀著來信時，我繼續喝著我的咖啡（我們正在用早餐）。咖啡很燙，我把自己臉上突如其來的一陣通紅歸因於它。至於爲什麼我的手發抖，爲什麼我不由自主把半杯咖啡都潑在了碟子裏，我乾脆不去想它。

「嗯，我有時候覺得我們太清靜了，可現在我們有可能要大忙一陣，至少是忙幾天了。」費爾法克斯太太一面說，一面仍舊把信紙舉在眼鏡前面。

在我容許自己請她說清楚之前，我先把阿黛爾身上恰好鬆開了的圍裙帶子繫繫好。給她又遞過去一個麵包，重新給她杯子裏倒滿了牛奶以後，我才漫不經心地說：

「我想，羅徹斯特先生還不會馬上就回來吧？」

「可實際上，他馬上就回來——三天以後，他說。那就是這個星期四，而且還不是他一個人。我不知道有多少在里斯的貴客們會跟他一起來。他來信吩咐把所有最好的臥室都收拾好，書房和幾間客廳也要打掃乾淨。我還得從米爾科特的喬治旅館，或者只要能找到的不管哪兒，去多找幾個廚房裏的幫工來。太太小姐們還要帶著她們的使女，先生們也要帶著他們的聽差來。所以我們會有滿滿一屋子人了。」

費爾法克斯太太說著狼吞虎咽吃完了她的早飯，就匆匆離開，去動手辦事了。

這三天裏，正如她所說，是夠忙的。我原本以爲桑菲爾德所有的房間都整潔漂亮，收拾得很好，但看來我想錯了。找了三個女人來幫忙，那樣一番擦、刷、拭亮油漆、拍淨地毯、把畫取下又掛上、擦鏡子和燈架、給臥室生火、在壁爐邊烘被單和羽毛床墊，那架勢是我過去和此後從來不曾見過的。

阿黛爾在這期間簡直變野了，準備迎客和等待他們到來似乎弄得她欣喜若狂。她硬要蘇菲把她稱之爲「toilettes」❶的所有罩衣都查看一下，把凡是「passées」❷的都改新，把新的曬曬、整理好。她自己呢，卻什麼也不幹，只在靠前面的那排房間蹦進蹦出，在床上跳上跳下，在燒得煙囪裏呼呼直響的熊熊爐火前，躺倒在床墊或者堆得高高的大小枕頭上。她的功課都免了。費爾法克斯太太把我也拉進去聽她調遣，我整天都待在貯藏室裏，替她和女廚子幫忙（或者幫倒忙），學著做蛋奶凍、奶酪餅和法國點心，捆扎野味翅膀和裝飾甜食碟子。

客人預定星期四下午到，趕上六點鐘的晚餐。在等客人來的這段時間裏，我沒時間去胡思亂想，我相信自己跟所有的人——除了阿黛爾以外——一樣地愉快、活躍。但話雖如此，我的愉快心情仍舊常常會像是被當頭潑了一瓢涼水那樣，不由自主地又會被拉回到疑懼、凶險和種種不祥的猜測中去。

這是當我偶然碰見三樓的樓梯門（最近一直鎖著）慢慢打開，端端正正戴著帽子、圍著白圍裙、繫著頭巾的格蕾絲．普爾的身影從那裏出現的時候；當我眼看她腳踏布條拖鞋、無聲無息地悄悄溜過走廊的時候；當我瞧見她朝忙得腳底朝天的臥室裏探頭望望——也許只是跟打雜女工交待一句應該怎樣擦亮爐條，或者抹乾淨大理石爐架，或者從糊著牆紙的牆壁上去除污跡，然後又繼續往前走去的時候。

她就這樣每天下樓到廚房一次，去吃飯，在爐邊適度地抽上一煙斗的煙，然後就又回到她樓上那個幽暗的窩裏去，隨身帶著供她聊以自慰的那罐黑啤酒。一天二十四小時中，她只

❶法語：服裝。
❷法語：過時。

有一個小時是跟樓下那些傭人伙伴們一起過的，其餘時間她都待在二樓一間低矮的橡木板壁的小屋子裏。她就坐在那兒做針線活——也許還陰沉地獨自笑笑——就像個獨自關在地牢裏的囚犯那麼孤單寂寞。

最奇怪的是除了我，宅裏沒有哪個人注意她這些怪習慣，或者對它們大驚小怪。沒沒有人談到她的職務或工作。沒有人同情她的孤單或寂寞。的確，我有一次曾聽到了一點莉亞跟一個打雜女僕間的閒談，話題就是格蕾絲。我沒聽清莉亞說了句什麼，只聽得那打雜女僕說：「想來她拿的工錢挺多吧？」

「是啊，」莉亞說，「我也但願拿那麼多工錢。倒不是說我的工錢有什麼可抱怨的——桑菲爾德從來不苛刻——不過它還不到普爾太太拿的五分之一。她正在攢錢呢，每一季她都要上米爾科特的銀行走一趟。我一點都不懷疑她要是想辭工的話，她也已經攢夠了錢足夠養活她自己了。不過我猜想她在這兒已經待慣，再說她還不到四十歲，又健壯又能幹，幹什麼都行。她要丟掉活兒不幹實在太早了。」

「我想她準是一把好手吧?!」打雜女僕說。

「噢！她明白該幹些什麼——誰也比不上她。」莉亞意味深長地回答說。「而且也不是誰都幹得了她那份差事的，就是給跟她一樣多的工錢也幹不了。」

「確實幹不了！」對方回答道。「不知道主人是不是……」

打雜女僕正要往下說，可是莉亞恰好回頭瞧見了我，就馬上用胳膊輕輕捅了對方一下。

「她不知道嗎？」我聽見那個女人小聲說。

莉亞搖搖頭，這場談話自然就終止了。我從這裏面所能聽明白的僅僅只是——桑菲爾德有一個謎，而我被有意排斥在這個謎之外。

星期四到了，所有的工作前一晚都已經幹完。地毯鋪好、床幔加上了穗子、白得耀眼的床罩鋪在床上、梳妝台安排就緒、家具擦拭乾淨、瓶裏插上了鮮花，所有臥室、客廳都盡其所能，收拾得煥然一新。連大廳也擦洗了一番，雕花的大鐘也好、樓梯的踏級和扶手也好，全擦得像鏡子那麼亮。飯廳裏、餐具櫃擺滿各色餐具，耀眼生輝。客廳和小客室裏，一瓶瓶外國種的花卉在四周盛開著。

到了下午，費爾法克斯太太穿上她最好的黑緞衫子，戴上手套和金錶，因爲要由她來迎接客人——爲太太小姐引路上她們各自的房間裏去等等。阿黛爾也要打扮起來，儘管我看至少在當天不大會讓她去見客。但爲了叫她高興，我讓蘇菲給她穿上了一件寬擺的麻紗短罩衣。至於我自己，就毫無必要換什麼衣服。絕不會來叫我走出那間作爲我個人私室的教室的。這間屋子如今已完全成了我的私室——「一個煩惱時十分愉快的隱蔽所」。

這是個寧靜、溫和的春日，三月末四月初作爲夏日的先驅來到大地的那些明朗的日子之一。天已向晚，可是黃昏也還是相當暖和的，所以我開著窗坐在教室裏工作。

「時間已經晚了。」費爾法克斯太太綢衣窸窣、穿戴整齊地走進來說。「我幸好吩咐了比費爾法克斯太太交待的時間晚一小時開飯，因爲現在就已經過了六點了。我已經打發約翰上園門口去看看路上有沒有動靜。從那兒可以向米爾科特的方向望出很遠的路去。」她走到窗子跟前。「他來啦！」她說。「喂，約翰，（她探出身去）有消息嗎？」

「他們來啦，太太。」對方答道。「再過十分鐘就到了。」

阿黛爾飛也似地奔向窗口，我也跟了上去，小心地站在窗子一側，以便讓窗帘擋著，如此我能瞧得見別人而別人瞧不見我。

約翰所說的十分鐘顯得很長，不過最後終於聽到了車輪聲。四個騎馬的人順著車道奔來，後面跟著兩輛敞篷馬車。車上一眼望去盡是飄拂的面紗和搖動的羽毛。騎馬的人中有兩位是年輕、時髦的先生。第三位是羅徹斯特先生，騎著他那匹馬美羅，派洛特跑在他前面。跟他並排騎著馬的是一位小姐，他們倆走在這一群人的最前面。她那身紫色騎馬裝長得幾乎掃著地，她的面紗迎風長長地飄在後面，隔著面紗，在它透明的褶皺間，可以看見她閃閃發亮的烏黑、濃密的捲髮。

「英格拉姆小姐！」費爾法克斯太太喊了一聲，就趕緊下樓堅守她的崗位去了。

這隊人馬順著車道的拐彎，迅速轉過了屋角，我就再也望不見他們。阿黛爾這時吵著要下樓去，但是我把她抱在膝頭上，竭力開導她不管是現在也好，別的時間也好，都無論如何也不應該想冒昧地跑到太太小姐們跟前去，除非是特地派人來請她，否則羅徹斯特先生準會非常生氣的，等等。聽了這些話，「她自然地流下了眼淚」❸。但看見我臉色變得嚴肅起來，她也終於同意把眼淚擦掉。

現在可以聽得見大廳裏愉快的騷動聲。先生們低沉的嗓音，太太小姐們銀鈴般的聲調和諧地交織成一片，而在這一切之上，可以清楚地分辨出桑菲爾德府主人那雖不很高卻很洪亮的聲音，在歡迎他美麗和英俊的客人們的光臨。接著，有輕盈的腳步聲登上樓梯，快捷的步履穿過過道，還有柔和的歡笑和開門關門的聲音，隨後，一段時間寂靜無聲。

「Elles changent de toilettes。」❹阿黛爾說。她一直在用心聽著，不放過一舉一動。接著她嘆了口氣

---

❸ 這是仿米爾頓在《失樂園》中形容亞當和夏娃的詩句：他們自然地流下了幾滴眼淚，但馬上就將它們擦去。

❹ 法語：「她們在換裝」。

「Chez maman,」她說，「quand il y avait du monde, je le suivais partout, au salon et à leurs chambres; souvent je regardais les femmes de chambre coiffer et habiller les dames,e' était si amusant: comme cela on apprend.」❺

「你不餓嗎，阿黛爾？」

「Mais oui, Mademoiselle:」她答道，「voilà cinq ousix heures que nous n'avons pas mangé.」❻

「那好，趁這會兒太太小姐們都在她們房裏，我試著下樓去給你找點吃的來。」

我小心翼翼地走出我的隱蔽所，找了一道直通廚房的後樓梯下去。那兒正爐火通紅，亂成一片。清湯燉魚已到了快要大功告成的階段，廚子正撲在她那幾口寶貝鍋子上，全副身心都緊張得彷彿隨時有自動著火燃燒的危險似的。在僕役廳裏，兩個車夫和三位「侍從」或坐或立地圍在爐火邊。那些心腹侍女們呢，我想大概都在樓上她們的女主人身邊。幾個從米爾科特雇來的新僕人則正在裏裏外外忙個不停。

穿過這一片混亂，我終於來到了放食品的地方。我在那兒拿了一隻凍雞、一個圓麵包、幾塊甜餡餅、一兩隻盤子和一副刀叉。我拿著這些戰利品趕緊撤退。我重新回到過道上，剛把後樓門在身後關上，就聽得一陣愈來愈響的嗡嗡聲，警告我那些太太小姐們就要出房了。我沒法到達教室而不經過其中的幾個房門，因而有危險被她們正好撞見我手裏滿捧著大批給

❺法語：「跟媽媽在一塊兒的時候，有客人來我總是到處跟著，到客廳裏，到她們房裏，我常常瞧著使女給太太們梳頭、穿衣，挺有意思的，瞧瞧真有好處呢。」

❻法語：「可不是嘛，小姐，我們有五六個鐘頭沒吃東西了。」

養。因此我就在這一頭站住不動，這兒沒有窗，光線很暗，現在天又相當黑了，太陽已經落山，暮色愈來愈濃。

不一會兒，那些房間裏一個接一個地放出了它們美麗的住客，每一個走出來時都輕鬆愉快，滿身穿戴在昏暗中閃閃發光。她們在走廊的那一頭聚在一起站立了一會兒，用活潑可愛的語調輕聲地互相交談。然後她們一起走下樓梯，輕盈無聲得就像一團明亮的霧從山坡上飄下來。她們在一塊兒給我留下的總的印象，是我所從未見過的高貴和優雅。

我發現阿黛爾正在從她推開了一道縫的教室門裏往外張望著。

「多漂亮的太太小姐們啊！」她用英語喊著。「唉，我眞希望能上她們那兒去！你看羅徹斯特就會派人來叫我們去嗎，吃過晚飯後？」

「不，眞的，我看不會。羅徹斯特先生還有別的事情要操心呢。今天晚上別去管那些太太小姐了，說不定你明天能見到她們。這兒是你的晚飯。」

她是眞的餓了，因此雞肉和餡餅暫時轉移了她的注意力。幸好我弄到了這份糧食，要不然連她、連我、還有蘇菲——我把我們的飯食也分給了她一份——都很可能會根本吃不上晚飯。樓下的人都忙得想不起我們來了。九點以後才上甜食，十點鐘那些聽差還在端著托盤和咖啡杯跑來跑去。我准許阿黛爾待到比平常晚得多的時候才睡，因爲她說，樓下不斷門開門閉，人們忙忙亂亂，她根本睡不著覺。另外，她還補充說，說不定等她脫了衣服，羅徹斯特先生又會派人帶口信來，「et alors, quel dommage!」❼

我給她講故事，她願聽多久就講多久。隨後爲了換換口味，我帶她出去，來到走廊裏。

❼法語：「那多可惜啊！」

大廳裏的燈已經點亮，她津津有味地撲在欄杆上俯視著僕人們穿梭般地來去。

到了夜已很深的時候，已經搬進了一架鋼琴的客廳裏傳出了一陣音樂聲，阿黛爾和我在樓梯頂上面一級坐下來聽著。不一會一個歌聲加入了悠揚的琴聲，是一位小姐在唱，唱得非常動人。獨唱完了，接著是二重唱，然後又是無伴奏合唱，中間間歇時還夾雜著一片嗡嗡的愉快談話聲。我聽了很久。突然間，我發覺自己是在豎起耳朵分辨那混在一起的聲音，竭力想從這一片混雜的人聲中辨識出羅徹斯特先生的口音。當我的耳朵很快就捕捉到了它的時候，又進一步努力根據因爲離得太遠而聽不清楚的語調，去猜想出所說的話語來。

鐘跟了十一點。我望望阿黛爾，她已經頭靠著我的肩，眼皮越來越沉重，因此我把她抱在懷裏，送上了床。等那些先生女士們各自回房就寢時，時間已將近一點了。

第二天的天氣也跟前一天一樣好。客人們用這一天去鄰近某個地方遊覽。他們上午很早就出發，有的人騎馬，其餘的人坐馬車。他們出發和回來我都目睹了。像先前一樣，英格拉姆小姐是唯一騎馬的女人，也像先前一樣，羅徹斯特先生騎馬走在她旁邊。兩人跟其他的人稍微隔開一段距離。費爾法克斯太太正好跟我一起站在窗前，我向她指出了這一點：

「你說過他們不大會想到結婚，」我說，「可是你瞧羅徹斯特先生在其他太太小姐們中間明明更喜歡她。」

「對，我想是的。他毫無疑問很愛慕她。」

「而她也愛慕他。」我補充說。「瞧她那樣朝他側過頭去，像在說體己話似的。我眞想能看見她的臉，到現在眞還沒瞧見過一眼呢。」

「今兒晚上你會看到她的。」費爾法克斯太太答道。「我偶爾跟羅徹斯特先生提起阿黛爾多麼想去見見太太小姐們，他說：『哦！晚飯後叫她到客廳裏來，請愛小姐也陪她一起來。』」

「不錯，他只是出於禮貌才這樣說的。我相信我不必去。」我答道。

「是啊，我跟他說了，你不習慣交際，我不相信你會喜歡在這樣一群熱鬧的客人面前露面——全都是些不認識的人。可他還是那麼急躁地回答說：『廢話！要是她反對，就告訴她欲是我特別希望的。要是她還拒絕，你就說如果她一意頑抗，我就要親自去拉她。』」

「我不想麻煩他這樣做。」我答道。「儘管沒什麼好處，我還是去吧。不過我並不喜歡這樣。你也去嗎，費爾法克斯太太？」

「不，我請求免了，他答應了我。我告訴你要怎樣做，才能避免那種一本正經地出場的彆扭勁，那是這件事上最叫人受不了的地方。你得趁太太小姐們還沒退席，客廳裏還沒人時就先進去。挑個你最喜歡的僻靜角落坐下來。除非你高興，你在先生們進來以後就不必多待下去，只要讓羅徹斯特先生看見你在那兒就行，隨後就悄悄溜掉——誰也不會發現你的。」

「這些人會住很久嗎，你看呢？」

「或許住兩三個禮拜，不會再多了。過了復活節假期，新近當選為米爾科特市政委員的喬治·利恩爵士就得進城去上任，我看羅徹斯特先生多半會跟他一塊兒走的。我已經很詫異他竟會在桑菲爾德待了這麼長時間。」

我懷著幾分心驚膽戰的心情，往看著要我帶著我照看的孩子上客廳去的時間已經快到了。阿黛爾自從聽說晚上要讓她去見太太小姐們，一整天都處在欣喜若狂的狀態，直到蘇菲動手替她梳妝打扮，她才靜下心來。隨後，這番手續的事關重大，很快就使她變得穩重起來。等到把她的捲髮梳理成一束束，平整光滑地垂著，給她穿上了她那件緞子的粉紅罩衫，繫上了長腰帶，戴好了抽紗無指手套，她那神情嚴肅得簡直就像個法官似的。用不著去告誡她小心弄亂了衣服，她一打扮好，就一本正經地在她的小椅子上坐下來，事先還注意把緞子衣擺撩起來，生怕坐皺了，並且還要我放心，她會一動不動坐在那兒，直到我打扮好。我用不了多久便打扮好了，我最好的衣服（銀灰色的那一件，是譚波爾小姐結婚時買的，以後一直沒穿過。）很快就穿上了身，我的頭髮很快就梳平了，我僅有的一件首飾，那個珍珠別針，也很快就別好了。我們走下樓去。

幸好進客廳去另外還有一道門，不必經過他們大家正在吃飯的那間餐廳。我們發現屋子裏沒有人，大理石壁爐裏默默地燃著旺盛的爐火，點綴桌面的精美鮮花中夾雜著一支支蠟燭，正在寂寞中明亮地照耀著。拱門上垂著猩紅的帷幔。儘管它只形成一道薄薄的屏障，把隔壁餐廳裏的那些人隔開，但他們說話的聲音那麼輕，所以除了一陣不驚動人的喃喃聲以外，一點也聽不清他們的談話。

阿黛爾似乎還處在令人肅然起敬的氣氛的影響之下，她一聲不響地在我指給她的一張矮凳上坐了下來。我退到一張窗邊的椅子上坐下，從旁邊的桌子上拿了一本書，打算閱讀它。阿黛爾把她的凳子搬到我的腳邊，不久，她碰了碰我的膝頭。

「什麼事，阿黛爾？」

「Est-ce que je ne puis pas prendre une seule de ces fleurs magnifiques, Mademoiselle? Seulement pour compléter ma toilette.」❽

「你對自己的『toilette』❾想得太多了，阿黛爾。不過你可以拿一朵。」

---

❽ 法語：「我可以從這些美麗的花中間拿一朵嗎，小姐？只是為了讓我的打扮更完美一些。」
❾ 法語：「衣著」，「打扮」。

說著我就從花瓶裏拿了一朵玫瑰，插在她的腰帶上。她發出了一聲無比滿意的嘆息，就彷彿現在她那幸福之杯總算完全斟滿了。我掉過臉去掩藏起忍不住的微笑。這個小巴黎女人對於衣飾方面的事情那種天生的、急切的熱衷心情，既有幾分可笑，也有幾分可悲。

現在可以聽到輕輕起身離席的聲音。拱門上的帷幔給撩開了，可以望見那邊的餐廳。點燃的吊燈照耀著銀器和玻璃器皿，它們裝著精美的甜食擺滿了長長的餐桌。一群女客站在門口。她們走了進來，帷幔在她們身後重新合攏了。

一共只有八個人，可不知怎麼她們一起進來時，給人的印象彷彿人數要多得多。她們當中有幾個個兒很高，好幾個都穿得一身潔白，而且人人身上的盛裝都寬大曳地，顯得她們的身量變大，就像霧氣使月亮變大一樣。我站起來向她們行了個屈膝禮，有一兩個人點頭回禮，其餘的人都只瞪著眼望了望我。

她們在屋子裏四下散開，行動的輕盈活潑使我聯想起一群羽毛雪白的鳥兒。她們中有幾個倒身半倚在沙發和軟榻上，有幾個俯身瞧瞧桌上的書籍和鮮花，其餘的人圍聚在爐火邊上，紛紛用她們似乎習慣了的低而清脆的聲調說話。我以後才知道她們的名字，不過不妨現在就提一下。

首先是艾希敦夫人和她的兩個女兒。她顯然曾經是個漂亮的女人，現在也仍舊保養得很好。兩個女兒中，大的那個艾美個兒挺小，面容和神態都顯得天真、孩子氣，舉止有點淘氣。她的白麻紗衣服和藍腰帶都很合她的身。二女兒露薏莎個子高些，身材也優美些，臉長得很漂亮，是法國人所說的「minois chiffo-nné」⑩

⑩法語：「俏皮面孔」。

利恩爵爺夫人是位四十歲上下、又大又胖的人物，神氣非常高傲，身著華麗的閃緞長衣，頭髮上束著綴有一圈寶石的髮箍，在天藍色的羽毛襯托下烏黑發亮。丹特上校太太不那麼炫耀，可是我覺得樣子更高貴。她長著細挑身材，白皙而溫和的臉，一頭金髮。她那身黑緞子服，華貴的外國抽紗圍巾和珍珠首飾，比那位有爵位頭銜的貴婦人滿身的珠光寶氣更令我喜愛。

但是最突出的三位——也許是因爲在這群人當中個子最高的緣故——卻是已寡的英格拉姆爵爺夫人和她的女兒布蘭琦和瑪麗。她們三個都是婦女當中身材最高的。夫人年齡大概在四十到五十歲之間。她體態依然很美，頭髮（至少在燭光下看來）仍舊烏黑，滿口牙齒顯然也依舊完好。大多數人會說她是她那個年紀中的美人，從身體上來講無疑地確實是這樣。然而在她的容貌舉止上卻有一種幾乎令人無法忍受的高傲神氣。

她長著一副羅馬人的臉相，一個雙下巴與脖頸融爲一體，像一根粗柱子。我覺得，她不但爲擺架子而橫著臉、沉著臉，而且還爲擺架子而皺著面孔，甚至也爲了同樣的原因而把下巴挺得高高的，幾乎達到了不自然的程度。此外，她還有一種凶狠嚴厲的目光，叫我聯想起里德太太的目光來。她講話裝腔作勢、嗓音低沉，聲調非常誇張，口氣十分專橫——總之，叫人非常受不了。一件紫紅色的絲絨袍，一頂用印度金絲織物做的頭巾式軟帽給了她（我猜她是這樣想的）一種眞正帝王般的派頭。

布蘭琦和瑪麗是同樣的身材——又高又挺，像棵白楊樹。瑪麗按她的身體來說顯得太瘦，而布蘭琦長得就像是一位狩獵女神。不用說，我懷著特別的興趣打量她。首先，我想看看她的容貌跟費爾法克斯太太的描述是不是相符。其次，看看它跟我憑想像替她畫的那副微型肖像到底像不像。第三——明說了吧——究竟長得是不是像我設想中能適合羅徹斯特先生口味的那種樣子。

就外貌來說，她一絲不差地既符合我的畫像，也符合費爾法克斯太太的描述。高高的胸脯、坦削的雙肩、優美的脖頸、烏黑的眼睛和黑油油的捲髮全在那兒——可是她的臉呢？她的臉活像她的母親，一副年輕而還沒起皺紋的翻版。同樣低低的額頭、同樣高傲的臉容、同樣的架子十足。不過，這種高級沒那麼陰沉，她不斷地笑。她的笑帶著嘲弄，而她那高傲地扭彎的嘴唇也帶著這樣的習慣表情。

據說天才總是自我意識到的。我說不上英格拉姆小姐是不是天才，但她確實是自我意識到的——十分明顯地自我意識到的。她跟和氣的丹特太太談起植物學來。看來丹特太太沒學過那門學問，儘管像她自己所說的，她很喜歡花，「尤其是野花」，而英格拉姆小姐卻學過，因此她神氣活現地列舉數種植物學名詞。我很快就察覺出她是在（用行話來說）追獵著丹特太太玩，這就是說，在利用她的無知尋開心。這種追獵也許很聰明，但它肯定是不夠厚道的。她彈琴，她的演奏是出色的。她唱歌，她的嗓音是美妙的。她單獨跟她媽媽講話時講法語，也講得很好，流利而且口音正確。

瑪麗的臉比布蘭琦溫和、坦率，面目比較和善，皮膚也稍微白一些（英格拉姆小姐黑得像西班牙人）——但是瑪麗缺乏生氣，她臉上缺乏表情，目光缺乏神采，她沒有什麼話可說，而且一旦坐下，就會像神龕裏的雕像那樣一動不動。姊妹倆都穿得一身潔白。

那麼，現在我是不是認爲英格拉姆小姐正是羅徹斯特先生可能會選上的意中人呢？我還說不上——我不知道他在女性美方面的好惡。如果他喜歡有氣派，那麼她正是有氣派的典型，何況她還多才多藝、活潑伶俐。我覺得大多數先生們都會愛慕她。至於他的確是在愛慕她，那我覺得似乎已經得到了明證，現在只等他們結合在一起，一切疑雲就都煙消雲散了。

讀者，你可不要以爲這段時間裏阿黛爾一直都老老實實坐在我腳邊的小凳上。才不呢，女客們一進來，她就站起身來，迎了上去，一本正經地行了個禮，鄭重其事地說：

「Bon jour, Mesdames.」⓫

英格拉姆小姐揶揄地低頭俯視著她，喊了一聲：

「啊，好一個小玩具娃娃！」

利恩夫人說了句：

「我猜這就是羅徹斯特先生照顧的孩子——他說過的那個法國小姑娘。」

丹特太太和善地握住她的手，吻了她一下。

艾美・艾希敦和露薏莎・艾希敦異口同聲地叫道：

「多可愛的孩子啊！」

接著她們把她叫到一張沙發跟前，現在她就安坐在她們倆的中間，一會兒用法語、一會兒又用結結巴巴的英語嘰哩咕嚕說個不停，不但迷住了那兩位小姐，還迷住了艾希敦太太和利恩夫人，被大夥兒寵愛的得意洋洋。

最後咖啡送來了，男賓們給請了進來。我坐在暗角落裏——要是在這間燈光輝煌的屋子裏說得上有什麼暗角落的話，窗幔半遮著我。拱門又撩開了帷幔，他們走了進來。男賓們在一塊兒，也跟女客們一樣，看上去給人十分難忘的印象。他們穿著清一色的黑禮服，大多數人個子高大，有幾位年紀還很輕。

亨利・利恩和弗雷德里克・利恩確實是非常時髦的花花公子，而丹特上校是位有軍人氣

⓫ 法語：「太太小姐們，你們好。」

概的漂亮男人。區執法官艾希敦先生紳士派頭十足，他頭髮幾乎全白了，但眉毛和鬍子卻依舊漆黑，這使他有幾分像「père noble de théâtre」⓬的樣子。英格拉姆勛爵像他的姊妹一樣，個子很高，而且也像她們一樣，長得很漂亮。不過他也有瑪麗那種無精打采的漠然神氣，他四肢的發達似乎勝過了精力的旺盛和腦力的充沛。

可是羅徹斯特先生在哪兒呢？

他最末一個才進來。我並沒朝拱門看，但我卻看見他進來了。我竭力全神貫注在　針和我手頭正織著的錢包的網眼上——我想一心只去想我手上的活兒，只去看我衣兜上那些銀色珠子和絲線。然而，我卻清清楚楚地看見了他的身影，禁不住又回想起了我上一次看見他的情景，我剛給過他所說的重大幫助之後，他握住我的手，低頭望著我的臉，仔細凝視著我，眼裏流露出萬種思緒急於一吐的心情。我也有著跟他同樣的心情。當時我曾跟他多麼貼近啊！從那以後，到底發生了什麼存心要使我倆相互關係發生改變的事情呢？

可現在我們確實是多麼隔閡、多麼疏遠啊！那麼疏遠，以至我毫不指望他會走過來跟我說話。因而我一點都不奇怪，他瞧也沒瞧我一眼，就在屋子那一頭坐下，開始跟幾位太太小姐們閒談了起來。

我一看到他全神貫在她們身上，我盡可能凝視而不被發覺，我的目光就不由自主地被吸引到了他的臉上。我無法管住我的眼皮，它們一定要抬起來，眼珠子一定要盯住他。我看了，看的時候有一種強烈的歡樂——一種甜蜜而又辛辣的歡樂。是純金，卻又有鋼的刺人稜角。是像一個渴得要死的人會感到的那種歡樂，他明知自己爬近的泉水放了毒藥，卻還是不

⓬法語：「戲裏的尊貴長者」。

顧一切地彎下身去喝下那寶貴的幾口。

「情人眼裏出西施」，這話對極了。我這位主人的缺少血色的橄欖色臉龐、寬大的方額角、又粗又濃的眉毛、深沉的眼睛、粗獷的五官、堅定而嚴厲的嘴——處處顯示著精力、決心和意志——按常規來說都不算美，然而對我來說它們卻是更勝過美。它們富於情趣和影響力，使我幾乎完全爲它們所左右——使我的感情脫離我自己的控制而牢牢置於他的控制之下。我並不想去愛他，讀者爲證，我曾竭力想把在自己心靈中覺察到的愛苗連根拔掉。可如今，剛重新見到他，它們就自動地復活過來，既青翠又茁壯！他沒看我一眼，就讓我愛上了他。

我拿他跟他的客人相比。無論是利恩兄弟的風流倜儻，還是英格拉姆勛爵的淡泊文雅——甚至是丹特上校的英武出衆，跟他那流露著天賦精神和眞正力量的神態相比起來，又算得了什麼？我對他們的外貌、他們的表情並無好感，但我能想像得到，大部分看見的人都會說他們漂亮、迷人、令人難忘，而會宣稱羅徹斯特先生相貌既難看，神態又陰鬱。我看到他們微笑、大笑——全都毫無意義。連蠟燭光裏蘊藏的生氣都不比他們的那種微笑少，鈴子叮噹聲中的含意，也並不遜於他們的大笑。

我看見過羅徹斯特先生的微笑——他嚴峻的面容柔和了，他眼睛變得既明亮又親切，目光既銳利又溫存。眼前他正在跟露薏莎·艾希敦和艾美·艾希敦說話。我奇怪地看到，我覺得銳利無比的目光，她們面對著它卻鎮定自若。我原以爲在他的注視下，她們的眼睛會垂下、紅暈會泛起，但是我卻高興地發現，她們完全無動於衷。

「他在她們眼裏跟在我眼裏完全不同，」我想，「他跟她們不是同一類人。我相信他跟我是同一類的——我肯定他是——我覺得自己跟他相似——我明白他面容和舉止中的含意。

儘管財富地位相隔天壤，我的頭腦和心靈、血液和神經中卻有一種東西使我和他精神上彼此相通。幾天前我不是還說過，除了從他手裏接受薪金之外我跟他毫無關係嗎？我不是除了拿他當雇主外，不准自己對他有任何例的看法嗎？

「這眞是違背天性！其實我的一切良好、眞誠、熱烈的感情，都是圍繞著他而迸發的。我知道我必須遮掩我的心情，我得抑制希望，我得牢記他不會太把我放在心上。因爲我說自己跟他是同一類人的時候，並不是說我也有他那種對別人的影響力和神奇的吸引力。我只是說自己在某些志趣和感情上跟他有共同的地方。所以我必須不斷提醒自己，我們之間是永遠隔著一條鴻溝的——但儘管如此，只要我一息尚存，知覺還在，我就不能不愛他。」

咖啡端上來了。自從男賓們一進來，女客們就變得像百靈鳥那麼活躍。談興愈來愈濃，愉快而輕鬆。丹特上校跟艾希敦先生在辯論政治問題，他們的妻子在聽著。兩位高傲的爵士遺孀利恩夫人和英格拉姆夫人，正在一起閒聊。喬治爵士——順便說起，我忘了描寫他的樣子——是位又胖又大、氣色極好的鄉紳，他端著咖啡站在她倆的沙發跟前，偶爾插上一兩句話。弗雷德里克·利恩先生坐在瑪麗·英格拉姆旁邊，正在翻給她看一本裝幀華麗的書裏的木板插圖。她一邊看，一邊不時微笑，但話顯然說得很少。

高大而懶散的英格拉姆勛爵抱臂憑靠在嬌小活潑的艾美·艾希敦小姐的椅背上。她不時仰頭望望他，像隻鷦鷯似的嘰嘰咕咕說個不停。跟羅徹斯特先生相比，她還更喜歡他一些。亨利·利恩坐在露薏莎腳邊的一張軟墊長凳上，阿黛爾跟他坐在一起。他試著跟她講法國話，露薏莎在嘲笑他的纏夾不清。布蘭琦·英格拉姆會跟誰作伴呢？她正一個人站在桌邊，神態優雅地俯身翻看著一本書。她似乎在等著別人來找她。但是她不願久等下去了，她自己去挑了個伴兒。

羅徹斯特先生方才離開了兩位艾希敦小姐，現在正像她獨自站在桌邊那樣，獨自一個人站在壁爐前。她走到壁爐架的另一邊，面對著他站定。

「羅徹斯特先生，我總以爲你是不喜歡小孩子的？」

「我的確不喜歡。」

「那你怎麼會想到撫養那樣一個小玩偶呢？（她用手指指阿黛爾）你是從哪兒把她撿來的。」

「我並沒有去撿她來，是人家把她交給了我的。」

「你該送她進學校呀。」

「我負擔不起，學校太花錢了。」

「可是，我看你給她請了一個家庭教師呢。我剛才還看見有個人跟她在一起——她走了嗎？哦，沒有！她還在那兒，在窗帘背後。你當然付她薪水嘍，我想這大概一樣花錢——花得更多，因爲這樣你更得負擔她們兩個人的生活了。」

我生怕——或許我應當說是希望——羅徹斯特先生一聽到提起了我，會朝我這邊望來，因此我不由自主地更躲進了陰影裏。可是他根本連眼睛都沒轉。

「我沒考慮過這問題。」他漫不經心地說，目光直視著前面。

「對——你們男人確實總是不考慮節儉和常識。你眞該聽聽媽媽是怎講那些家庭教師的。我想瑪麗和我小時候總有過一打以上吧，她們有一半招人討厭，另外的又十分可笑，反正全部都是些惡夢——不是嗎，媽媽？」

「你在跟我說話嗎？我的寶貝？」

被這位貴族遺孀視作她的珍貴財寶的年輕小姐，又把問題重說了一遍並加以解釋。

「我親愛的，快別提那些家庭教師了，一提起這個詞兒就叫我心神不寧。她們的庸碌無能和乖僻任性眞叫我吃盡了苦頭，謝天謝地如今我總算擺脫了她們。」

這時丹特太太向這位信神的夫人彎過身去，在她身邊悄悄說了點什麼，從引出的答話看，我想準是在提醒她眼前正有一個這類挨咒罵的人在場。

「Tant pis!」[13] 這位貴婦人說。「我倒希望這對她會有些好處！」接著，稍壓低些聲音說，但仍舊高到讓我聽得見。「我注意到她了。我善於看相，我在她臉上看到了所有她那個階層的人的缺點。」

「哪些缺點呢，夫人？」羅徹斯特先生大聲問。

「我私下再跟你說吧。」她回答，一面連搖了三搖她那頂頭巾帽暗示不妙。

「可是我那好奇心會失掉胃口的，它現在就想滿足。」

「問布蘭琦吧。她離你比我更近。」

「噢，別叫他來問我，媽媽！對這幫人我只有一句話可說——她們都是些厭物。倒不是因爲我吃過她們多少苦頭，我總是想方設法占她們的上風。西奧多跟我是怎樣經常狠狠捉弄我們那些威爾遜小姐呀、格雷太太呀、還有尤伯特太太們的啊！瑪麗老愛打瞌睡，打不起勁來跟我們一起玩詭計。

「最有趣的是捉弄尤伯特太太。威爾遜小姐是個病懨懨的可憐傢伙，老是哭哭啼啼、愁眉苦臉的。總之，不值得費心去制伏她。格雷太太又粗又遲鈍，怎麼整她都毫不在乎。可是可憐的尤伯特太太啊！我現在還好像看見她被我們鬧得走投無路時那副氣急敗壞的樣子——

[13] 法語：「那才糟糕呢！」（這裏是反話）

我們倒翻茶杯、弄碎黃油麵包、把我們的書拋到天花板上、用尺子拍書桌爐具、敲圍欄來鬧個天翻地覆。西奧多，你還記得那些快樂的日子嗎？」

「啊——啊，我當然記得。」英格拉姆勛爵懶洋洋地說。「那塊可憐的老呆木頭還常常大聲嚷著：『唉，你們這班壞孩子！』——於是我們就訓斥她，說她自己什麼也不懂，居然敢來教我們這樣聰明伶俐的孩子。」

「我們是這麼幹過。泰多⑭，你知道，我還幫你責難（或者說為難）過你那男教師，灰白面孔的維寧先生——我們常常叫他害雞瘟的牧師。他跟威爾遜小姐居然放肆地談起戀愛來了——至少泰多跟我是這樣認為的。我們抓住過他們各種各樣柔情蜜意的眉來眼去和長吁短嘆，我們斷定那都是『la belle passion』⑮的跡象，因為我向你擔保，大家會很快分享到我們的新發現，我們要拿它當杠杆，把壓在我們頭上的這兩個討厭傢伙撬出門外去。親愛的媽媽稍一聽到了關於這件事的風聲，就斷定了它是傷風敗俗的。是這樣嗎？我的母親閣下？」

「當然嘍，我的寶貝女兒。而且我的看法是完全對的。相信我的話，有千百條理由說明，男女家庭教師私通在任何一個規矩人家都是一刻也容忍不得的。首先……」

「唉，天哪，媽媽！別給我們一條條列舉了！Au reste⑯，我們也全都知道：有給童年的天真樹立壞榜樣的危險啊，戀愛雙方心心相印、相依為命，會引起分心因而造成失職啊，由

---

⑭泰多（Tedo）：西奧多（Theodore）的暱稱。
⑮法語：戀愛。
⑯法語：再說。

此而來的剛愎自恃——與此相伴的傲慢無禮——公然頂撞和怨氣總爆發啊。我說得對嗎?!英格拉姆園的英格拉姆男爵夫人。」

「我的百合花兒，你說得對，你總是對的。」

「那就用不著再說下去，換個題目吧。」

艾美·艾希敦沒聽見或者沒留意這句不由分說的話，用她那孩子般柔聲細氣的腔調說：「露薏莎跟我也常常戲弄我們的家庭教師，可是她是那麼個好脾氣，對嗎，露薏莎？」

「對，從來沒有發脾氣。我們可以愛怎麼幹就怎麼幹，搜查她的書桌和針線盒，把她的抽屜翻個底朝天。她卻那麼好脾氣，我們要什麼她都肯給。」

「接下去，我猜，」英格拉姆小姐嘲弄地撇著嘴說：「我們是要去替全部現有的女教師作傳記摘要了。為了免除這場災難，我再一次建議提出一個新話題。羅徹斯特先生，我這個提案你附議嗎？」

「小姐，不管是這件事還是其他所有的事，我都支持你。」

「那麼，得由我來提出啦。Signior Eduardo[17]，今兒晚上你嗓子好嗎？」

「Donna Bianc[18]，只要你下命令，我就唱。」

「那麼，Signior，我就傳旨命你清清你的肺和其他發音器官，好讓它們為朕效力。」

「誰不願意當這樣一位聖明的瑪麗的里丘[19]呢？」

---

⑰ 義大利語：愛德華多先生。

⑱ 義大利語：比央卡小姐。

⑲ 里丘（David Rizzio, 1533?～1566），義大利音樂家，蘇格蘭女王瑪麗的寵臣。

「去它的什麼里丘！」她一邊向鋼琴走去，一邊把滿頭的捲髮一甩，高聲嚷著。「我認為這位拉提琴的大衛準是個枯躁乏味的傢伙。我還更喜歡黑皮膚的博斯威爾⑳一些。我覺得一個男人要沒一點魔鬼氣習簡直一文不值。不管歷史愛怎麼講詹姆士．海普本，我總覺得他正是我願意下嫁的那種又凶又野的綠林好漢式人物。」

「先生們，你們聽聽！那麼你們哪一位最像博斯威爾呢？」羅徹斯特先生嚷道。

「我想，你最合適。」丹特上校應聲回答。

「說實話，我眞對你不勝感激之至。」對方答道。

英格拉姆小姐現在已經高傲而文雅地在鋼琴前坐下，雪白的長袍像皇后般派頭十足地向四面撒開，一面氣勢非凡地奏起了一支前奏曲，一面嘴裏還說著話。她今晚顯得趾高氣揚。無論言語還是神氣都似乎不僅要博得聽衆的讚美，而且要引起他們的驚異。她顯然一心想使他們覺得她眞是非常大膽而且瀟脫。

「哦，我眞厭煩透了現在的年輕人！」她一邊在琴上飛速地彈奏著，一面大聲感嘆說。「全是些可憐的小東西，不配走出爸爸的園子大門一步，沒有媽媽的允許和帶領甚至還不敢走那麼遠！這些傢伙那麼關心他們的漂亮臉蛋，他們雪白的手和小巧的腳，彷彿一個男人美不美有什麼要緊似的！就好像可愛並不是女人專有的特權——她們的當然屬性和遺產似的！我認為一個醜女人是造物美麗的臉上的一個汙點，至於男人，就要讓他們一心只求英武有力吧，讓他們只把打獵、射擊和搏鬥當作自己的座右銘，其他的全一文不值。我要是個男人，

---

⑳博斯威爾（Bothwell）：瑪麗女王的丈夫詹姆斯．海普本（James Hephurn, 1536?～1578），封號為博斯威爾伯爵。

我就準備這麼做。」

「什麼時候我要結婚的話，」在沒人插話中停頓了一會兒之後，她又繼續說，「我拿定主意，我的丈夫不能是我的敵手，只能是我的陪襯。我不容許身邊有爭奪王位的人。我要求對我忠誠不二，他不能既忠於我又忠於他在鏡子中看見的自己。羅徹斯特先生，現在你唱吧，我來替你伴奏。」

「我奉命唯謹。」對方回答說。

「那麼這有首海盜歌曲。要知道我最愛海盜，正因爲這樣，你要唱得『con spirito』[21]。」

「英格拉姆小姐發出的金口御旨，會叫一杯牛奶攙水都變得情緒飽滿的。」

「那就小心唱好。要是你唱得不能叫我滿意，我就要教訓你，做個樣子讓你看看這類事該怎麼幹。」

「這是答應對無能給予獎勵啊，那我就要儘量唱糟了。」

「Gadez-vous en bien![22]要是你存心唱糟，我就要想出個相應的懲罰辦法來。」

「英格拉姆小姐該發發慈悲，因爲她有力量施加凡人忍受不了的懲罰。」

「嘿！解釋一下！」這位小姐命令說。

「請原諒，小姐，沒必要解釋。你自己的敏銳頭腦就會告訴你，你的眉頭一皺就足足抵得上死刑了。」

「快唱！」她說，接著就再次手按琴鍵，以熱烈的情緒開始伴奏。

㉑ 義大利語：「情緒飽滿」。

㉒ 法語：你小心點！

「現在正是我溜走的時候了。」我心想。

但正在這時，一陣劃破長空的歌聲吸引住了我。費爾法克斯太太說過羅徹斯特先生有一副好嗓子，他果然如此——是一種圓潤渾厚的男低音，其中注入了他自己的感情和力量，能夠入耳動心，並且奇妙地喚起了人們心中的激情。

我一直等到最後一個深沉豐滿的顫音消失——暫停了片刻的談話浪潮又一次掀起，這才離開我那隱蔽的角落，從幸好就在近旁的邊門走了出去。那兒有條窄窄的過道通向大廳。我正順著它走去時發現我的鞋帶鬆了，便停下來繫好它，爲此我在樓梯腳下的地席上屈腿蹲下。我聽見餐廳門開了，有一位先生走了出來。我趕緊立起身來時，正好跟他面對面地站著。原來是羅徹斯特先生。

「你好嗎？」他問道。

「我很好，先生。」

「你剛才在房裏幹嘛不走過來跟我說話？」

我心想，我倒可以向問話的人反問一下這個問題，但我不想那麼放肆。我答道：

「我看你挺忙，不想來打攪你，先生。」

「我不在家的時候，你幹些什麼？」

「沒什麼特別的事，照常教阿黛爾念書。」

「同時變得比以前蒼白了不少——我第一眼就看出來了。是怎麼回事？」

「沒什麼，先生。」

「是不是你差點把我淹死的那天晚上受了涼？」

「一點也沒有。」

「回客廳去吧，你離開得太早了。」

「我累了，先生。」

他看了我一會兒。

「還有點心情不好。」他說。「爲了什麼？告訴我。」

「沒什麼……沒什麼，先生。我心情並沒不好。」

「可我肯定你是不好，而且很不好，再說幾句你的眼睛裏就會湧上眼淚來了——眞的，現在就已經在那兒閃動了，而且有一顆已經順著眼睫毛掉落在石板上了。要是我有空，而且不是生怕有哪個愛瞎嘮叨的傭人走過的話，我準會弄清楚這到底是怎麼回事。好吧，今晚我就放你走。不過要記住，只要我的客人還在這兒，我就指望你每天晚上都在客廳露面。我希望這樣，可別置之不理。現在去吧！讓蘇菲來領阿黛爾。晚安我的……」他住了口，咬緊嘴唇，突然撇下我走了。

18

那些天是桑菲爾德府歡樂的日子，也是忙碌的日子，跟我在那兒度過的平靜、單調、冷清的頭三個月是多麼地不同啊！如今這所屋子裏的一切憂傷感覺似乎都已經給趕走，一切陰鬱的聯想都已經忘掉了。到處熱熱鬧鬧，整天人來人往。如今你簡直不可能走過一度曾那麼寂靜無聲的走廊，或者跨進前面那排以前曾空無一人的房間，而不碰見一個衣著漂亮的使女或者一名穿戴講究的男僕。

廚房、配膳間、僕役室、門廳，也都同樣地熱鬧。幾間客廳裏，只有當和煦春天的藍天麗日把裏面的人都引到外面去的時候，才會變得空寂無人。就是天氣不好，一連幾天陰雨連綿，似乎也不曾使他們掃興，戶外的尋歡作樂受了阻，只會使室內的娛樂得更加活潑多樣。

在有人建議要變換一下餘興節目的頭一個晚上，我心裏納悶他們究竟要怎麼幹。他們說要玩「猜啞劇字謎」，但是由於我無知，我一點也不懂這個名詞。僕人們給叫了進來，餐廳裏的桌子都給移走，燈光作了新的布置，椅子朝著拱門排成半圓形。當羅徹斯特先生和其他男賓們在指揮著作這些變動時，女客們在樓梯上跑上跑下，打鈴喚他們的使女。

費爾法克斯太太給叫了來，要她講一講宅裏有多少各色的披巾、衣服、帷幔。三樓的有些衣櫃給翻箱倒篋搜索了一遍，裏面的東西，包括帶裙環的錦緞裙子啊、緞子寬身女袍啊、黑絹頭巾啊、花邊飄帶啊等等，都由那些使女們成抱地捧下樓來，經過選擇，把選中的東西拿進了客廳裡的小客廳。

這時，羅徹斯特先生已經再一次把女賓們招呼到自己身邊，正從她們中間挑選跟自己一邊的人。

「英格拉姆當然是我的嘍。」他說。接著他又點了兩位艾希敦小姐，還有丹特太太。他眼光落到了我身上，這時我因爲替丹特太太和扣好鬆開的手鐲，剛好就在他近邊。

「你參加嗎？」他問。

我搖了搖頭。本來我怕他會堅持，但他並沒有，讓我仍舊悄悄回到我的老座位上去。他和他的助手們現在退到了帷幔後面，由丹特上校領頭的另外一方在圍成半圓形的椅子上坐了下來。男賓中的一位艾希敦先生瞧見了我，似乎主張請我去一起玩，但是英格拉姆夫人駁回了這個意見。

「不要，」我聽得她說，「她看來太蠢了，根本玩不了這一類遊戲。」

沒過多久，鈴響了，幕布拉了起來。也被羅徹斯特選中的喬治．利恩爵士的粗笨身軀，裹著一條白被單出現在拱門裏面。他面前一張桌子上攤開著一大本書。他旁邊站著的是艾美．艾希敦，身披著羅徹斯特先生的斗篷，手裏拿著一本書。有人在看不見的地方起勁地搖著鈴，接著阿黛爾（她一定參加她監護人一邊）跳跳蹦蹦地上場，把挎在臂上的花籃裏的花紛紛撒向四周。

然後就出現了英格拉姆小姐優美的身形，穿得一身潔白，一塊長長的面紗蒙在頭上，額上戴著一個玫瑰花瓣。羅徹斯特先生跟她並排走著，兩人一起走到桌邊。他們跪了下來，也穿得一身潔白的丹特太太和露薏莎在他們身後站好了位置。接著無聲地表演了儀式場面，很容易看出是一幕結婚的啞劇。表演結束，丹特上校一方的人低聲商量了兩分鐘，然後上校大聲地說：

「新娘！」羅徹斯特點頭承認，幕就落下了。

它隔了很長時間才又拉起。第二次開幕表演的一場戲比前一場編排得精細。我前面已經提到過，客廳比餐廳高出兩級台階，現在在第二台階上面往裏一兩碼的地方，赫然擺上了一個大理石的大水缸，我認出那是暖房裏的一個擺設——它平時一直擺在那兒的奇花異草叢中，缸裏養著金魚——因爲它既大且重，從那兒搬來一定很費了番事。

看得見羅徹斯特先生正全身裹著披巾，頭上纏著頭巾，坐在魚缸旁邊的地毯上。他的黑眼睛和黝黑的皮膚，以及帶點異教色彩的面容，跟這身打扮很相配。他看上去正像個典型的東方艾米爾❶，一個不是絞死人就是被人絞死的人物。不一會兒，英格拉姆小姐出場了。她也是一身東方式打扮，一條紅圍巾像腰帶似的繫在腰間，一條繡花頭巾在鬢角打了個結，她圓潤漂亮的手臂裸露著，一條胳臂舉起來，托著一個平穩優雅地頂在頭上的水罐子。她體態容貌的特徵，她的膚色和整個神態，都令人想起宗法時代的以色列公主，而這無疑也正是她想扮演的角色。

她走近水缸彎下身去，似乎是在灌滿她的水罐，又重新把它舉到頭上。這時井邊的那個人似乎在向她搭話，請求著什麼——她「就急忙拿下瓶來，托在手上給他喝。」❷隨後，他從長袍的衣襟裏掏出一個首飾盒來，打開它，顯示出華貴的手鐲和耳環，她表演出吃驚和讚

❶艾米爾（emir）：某些穆斯林國家酋長或官員。

❷引自《舊約．創世紀》第24章第18節。以色列人亞伯拉罕要老僕以利以澤到他的本地本族去爲他的兒子以撒娶一個妻子。僕人帶了駱駝和財物來到目的地，看到美貌的利百加到井旁打水。僕人向她要水，她給他喝了，也給駱駝喝足。僕人就給她金環和金鐲，並隨她回家，求她家裏的人同意，把她嫁給了以撒。

嘆的樣子。他跪著把珠寶放在她腳下，她的表情和姿態表現出既高興又不敢相信的神氣。那個陌生人把手鐲套在她臂上，把耳環戴在她耳朵上。這是以利以澤和利百加，只缺少駱駝。猜謎的一方又交頭接耳地商量了起來。顯然他們對這場戲所表現的究竟是哪個詞或者哪一個字意見無法一致。他們的代表丹特上校要求表演一個「有頭有尾的場面」，因此幕又降下了。

第三次開幕展現的只是客廳的一部分，其餘部分都用掛下來的一幅黑色粗布帘遮住了。大理石水缸給搬走了，那兒放著一張木板桌和一把廚房用的椅子。蠟燭全吹滅了，這些東西只在一張羊角燈十分昏暗的光線照耀下隱約可辨。

在這寒酸的場景中，一個男人坐在那兒，雙手緊握拳頭放在膝上，兩眼盯著地。我認得出是羅徹斯特先生，儘管塵垢滿面的臉，那淩亂的衣裳（他外表的一隻袖子脫落下來，彷彿在打架中差不多完全被人從肩頭上撕裂了似的。）那怒容滿面不顧一切的神色，亂蓬蓬豎起的頭髮，幾乎可以叫人認不出來。他一走動，鐵鏈就鋃鐺作響，他的手腕上戴著手銬。

「牢監！」丹特上校大聲說，謎給猜中了。

過了夠長的一段休息時間，好讓表演者換上他們平時的衣服，然後他們才重新走進了餐廳。羅徹斯特先生引著英格拉姆小姐進來，她正在誇獎他的表演。

「你知不知道，」她說，「三個角色中我最喜歡的是你最後扮的那一個嗎？唉，你要是稍微早生幾年，你可以當個多麼豪俠的綠林紳士啊！」

「我臉上的煤煙都洗掉了嗎？」他朝她轉過臉來問。

「唉，洗掉了！這就更可惜啦！暴徒的紫紅臉膛跟你的膚色再配不過了。」

「那麼說，你是會喜歡一個綠林好漢的嘍？」

「英國的綠林好漢僅次於義大利土匪，而義大利土匪又只比東地中海海盜稍遜一籌。」

「好吧，不管我是什麼人，別忘了你是我的妻子，我們一個小時之前當著這麼許多證人結了婚。」她格格地笑了起來，臉上泛起了紅暈。

「現在，丹特，」羅徹斯特接下去說，「該你們了。」另一方退了出去，她跟他一邊紛紛在空出來的位置上坐了下來。英格拉姆小姐坐在她領頭人的右手邊，其他猜謎的人就在他們兩邊的空椅上落座。

我現在不去看表演的人，不再津津有味地等幕布升起。我的注意力全都貫注到看的人身上去了。我方才還注意望著拱門的眼睛，這會無法抗拒地被吸引到那排半圓形的椅子上。丹特上校那一方到底表演了一個什麼啞劇字謎，他們選擇了一個什麼詞，又表演得如何，我都已經不記得了。但每場表演以後的紛紛商量卻至今仍在目前，我看見羅徹斯特先生轉身向英格拉姆小姐，英格拉姆轉身向他。我看見她朝他側過頭去，烏黑的捲髮幾乎擦著他的肩頭，拂過他的臉頰。我聽見他們互相耳語，我記得他們交換眼色。就連當時目睹這些情景時湧起的心情，此刻也還多多少少記憶猶新。

我曾經告訴過你，讀者，我已經學會了愛羅徹斯特先生。如今我絕不會停止愛他，僅僅只因為我發現他不再來注意我——因為哪怕我接連幾小時待在他面前，他也會一次都不朝我這面看一眼——因為我眼看他全部注意力都投向一位高貴小姐，她連在旁邊走過時都不屑讓她的衣裙碰我一下，她傲慢的黑眼睛即使偶爾落到我身上，也會立即移開，就好像看到了一個渺小不值一顧的東西一樣。

我絕不會停止愛他，僅僅只因為我料定他不久就會跟這位小姐結婚——因為我每天都看到她自豪地確信他娶她的主意已定——因為我時刻都看到他一副求愛的樣子，儘管有點漫不經心，寧願讓別人來追求自己而不是主動追求別人，但正因爲漫不經心，更顯得富於魅力，正因爲傲慢自大，更顯得不可抗拒。

這種情況絲毫也不能使愛情冷卻甚至消失，儘管它會大大引起灰心失望。讀者，你也許會想，它也可能會大大引起嫉妒，如果一個像我這樣地位的女人居然敢去嫉妒一位有像英格拉姆小姐那樣地位的女人的話。可是我並不嫉妒，至少很少嫉妒——我所感受的痛苦不能用這個字來解釋。英格拉姆小姐不是個值得嫉妒的對象，她不配激起這種感情。請原諒這種表面上似乎是怪話的說法，我這話完全是認眞的。

她極愛賣弄，卻毫無誠意。她外形很美、多才多藝，但她頭腦貧乏、天性淺薄，任何花朵都不會在那樣的土壤上自動開放，任何無需強求自然結出的果實，也不喜歡這樣的生土。她並不好，也並無獨創的見解。她總是搬弄書本上的響亮詞句，卻從沒講過也不曾有過她自己的意見。她滿口高調鼓吹高尚情操，卻不知同情和憐憫之心爲何物，溫柔和眞誠與她無緣。隨時暴露出這一點的，是她常常無端發泄她對小阿黛爾所抱的惡意反感。要是阿黛爾偶爾走近了她，她就出口出輕侮之詞，把她一把推開。有時候她把她趕出屋子，平常對她則老是態度冷淡尖刻。

不止是我，還有另外的眼睛在注視著這些性格的顯示——既密切、又銳敏——是的，是未來的新郎羅徹斯特先生自己，在隨時隨地對他的未婚妻進行著監視。正是由於他的這種清醒——他的這種有所戒備——這種對他那美人兒身上種種缺點的完全清醒的認識——這種在對她的感情上明顯缺乏熱情的跡象，引起了我無窮的痛苦。

我看出他所以準備娶她，是出於門第，也許是出於政治上的考慮。因爲她的社會地位和家庭關係正符合他的要求。我感到他並沒有把自己的愛情給予她，而她也不具備從他那兒贏得這種珍貴的資格。這就是問題所在——這就是令人心煩意亂的地方——這就是使激動心情持續不斷的原因，她不可能使他迷戀。

如果她一下子就奪取了勝利，他宣告屈服，並且把自己的心眞誠地奉獻在她的腳下，那我就會蒙住了臉轉向牆壁，並且（打個比喻說）對他們從此死了這份心。如果英格拉姆小姐是位善良、高尙的女人，富於力量、熱情、寬厚、理性，那我就會跟兩隻猛虎——嫉妒和絕望——去決一死戰。那時，就是我的心被撕碎、吞食，我也仍舊會讚美她——承認她的卓越，從此默默地度此餘生。而且她的優越愈是無可置疑，我的讚美之心就愈深——我的默然隱退也會更加眞正地心安理得。

但目前的實際情況卻是，眼看著英格拉姆小姐千方百計想使羅徹斯特先生對她入迷，又眼看著這種努力不斷落空——她自己卻不覺得確已落空，還枉自幻想著箭無虛發、支支中標，因而頭腦發熱、自鳴得意，卻不知她的驕傲和自負反而把她想要引誘的對象愈推愈遠——眼看著這些，就立刻使人陷入無限的激動和不斷的強自壓制之中。

因爲，她雖失敗，我卻看出了她要怎樣就有可能取得成功。我明白，那些不斷偏離羅徹斯特先生的心房而徒然落在他腳邊的箭，如果出自一隻較有把握的手，就會早已閃電般直中他那顆驕傲的心——早已在他嚴厲的目光中喚起了愛，在他嘲弄的臉上喚起了柔情。或者，更好的情況下，一個不動聲色的征服者赤手空拳就有可能贏得勝利。

「既然她有能夠如此接近他的有利條件，爲什麼她不能對他發生更大的影響呢？」我暗地自問。「顯然她不會是眞的喜歡他，或者至少不是出於眞心的愛！如果她是，她就用不著那麼一味地獻媚裝笑，那麼過分地頻送秋波，那麼刻意地裝腔作勢，擺出儀態萬千的樣子。照我看來，她只要安安靜靜地坐在他身邊，不多話，更不要顧盼流睇，就能更貼近他的心。

「我就曾經在他臉上看見過截然不同的表情，完全不像此刻她拚命向他獻媚時他板起臉來的樣子。但那時它是自發的，絕不是靠倚門賣笑的手段和存心耍弄的花招誘引出來的。而且你只要泰然處之——他問什麼你就回答什麼，毫不存心賣弄，需要開口時就對他開口，不用扭怩作態——它就會更加增強，顯得更加和藹、更加親，像撫育萬物的陽光般使人遍體溫暖。一旦他們結了婚，她又如何能贏得他的歡心呢？我不相信她能做到這點，然而這是做得到的。我完全相信，他的妻子可以成爲一個陽光下最最幸福的女人。」

我對羅徹斯特先生爲了利害關係和親屬背景而結婚的打算，始終還沒說過一句譴責的話。我最初發現他抱著這樣的意圖時，曾感到萬分驚奇。我一直以爲他是個在選擇妻子上不大會受如此平庸的動機所左右的人，但是我愈考慮到他們雙方的地位、教養等等，就愈覺得無權評判和責怪他或者英格拉姆小姐，怪他們不該按照無疑從小就灌輸給他們的那些觀念和原則行事。他們那個階級的人都遵守這些原則，因而，我猜想他們自有我無法摸透的道理要牢牢遵守。

我覺得如果我是像他那樣的一位紳士，我就只會擁抱一個我能眞正喜愛的妻子。然而正因爲這樣打算之有利於丈夫本人的幸福是十分顯而易見的，因此我確信它所以不被普遍採納，準有我完全不知道的理由在，否則我相信全世界都會照我想做的那樣去行事了。

然而不但在這一點上，在其他方面我對我的主人也變得越來越寬容了。我逐漸忘記了他的一切缺點，而從前我曾一度對它們嚴加警戒。過去我一直竭力觀察他性格的所有方面，好的壞的都不放過，並且經過對兩者的公平衡量，來作出不偏不倚的判斷。現在我卻看不到有壞的方面了。令人望而生畏的嘲弄，曾使我大吃一驚，只像一盤美味菜肴中濃烈的調味料那樣，有了它們使人感到辛辣，沒有了它們卻會使人感到比較平淡乏味。

至於那點捉摸不透的神情——不知究竟是愁容呢，還是不懷好意，是故弄玄虛呢，還是灰心喪氣？一個細心的觀察者有時會在他的目光中看到它的流露，但不等你能探測這隱約顯示的神秘深淵，它就又隱匿不見了。它常使我害怕退縮，就好像我正徘徊在火山似的群山中間，突然感到大地戰慄，接著就看到地面開裂了。這種神情我至今仍舊不時地看到，而且看到時仍舊是心跳不已，而不是麻木不仁。我非但不想逃避它，反而但願我敢於——去探個究竟。因而我覺得英格拉姆小姐是幸運的，因爲有朝一日她盡可以從容去探察這個深淵，弄清它的秘密，辨明它們的性質。

在此期間，我頭腦裏只想著我的主人和他未來的新娘，眼睛裏只看見他們，耳朵裏只聽到他們的談話，心裏只看重他們的一舉一動——而與此同時，其他客人也都各自有他們不同的興致和樂趣。

利恩夫人和英格拉姆夫人仍舊在一本正經地一起長談。她們各自向對方點著她們那兩頂頭巾帽，而且按照她們所談到的話題，舉起她們的四隻手相互作著大吃一驚、迷惑不解或者厭惡至極的手勢，就像一對特大號的木偶。溫厚的丹特太太在跟好脾氣的艾希敦太太談天，兩人還不時向我說句客氣話或者笑一笑。喬治．利恩爵士、丹特上校和艾希敦先生在討論著政治，或者郡裏的公事，或者司法事務。英格拉姆勛爵在跟艾美、艾希敦調情。露薏莎在唱歌彈琴給一位利恩先生聽，或者跟也一起唱，而瑪麗．英格拉姆則在無精打采地聽著另一位利恩先生大獻殷勤的話。

有時候所有的人不約而同地停止了他們的穿插節目，來觀賞和傾聽主角們表演，因爲歸根到底，羅徹斯特先生以及——由於和他關係密切之故——英格拉姆小姐這兩位，是全體賓主的生命和靈魂。只要他離開房間一個鐘頭，一種明顯可辨的沉悶氣氛就似乎悄悄壓上了他的客人們的心頭，而他一回來，就肯定會重新使得談話活躍起來。

有一天，他有事到米爾科特去，要很晚才回得來，大家就特別明顯地感覺到缺少了他這種能活躍氣氛的影響力。午後陰雨，大夥原定散步去看看新近在乾草村那頭一塊公有地上安頓下來的一個吉普賽露營地，也只好相應推遲。男客中有幾位上馬廄去了，年輕的幾位跟小姐們一起在撞球室打撞球。兩位遺孀英格拉姆夫人和利恩夫人靜悄悄地打紙牌消遣。

布蘭琦・英格拉姆快快不睬地拒絕了丹特夫人和艾希敦夫人想拉她一起談天的企圖，先是伴著鋼琴小聲哼了幾支多愁善感的歌曲和幾段感傷的曲調，然後從書房裏找來一本小說，傲慢地往沙發上懶洋洋一躺，準備藉助小說的魅力來打發這段無人作伴的無聊時光。房間裏和整個宅子裏都一片寂靜，只有樓上偶爾傳來打撞球的人的笑語聲。

暮色已深，時鐘提醒大家，換裝準備進晚餐的時候已經快到了，這時，正在客廳窗邊座位上跪在我身邊的阿黛爾忽然喊了起來：「Voila Monsieur Rocherster, qui revient!」❸

我轉過身去，英格拉姆小姐從沙發上跳起來奔上前去，別的人也都停下各自在幹的事抬起頭來，因爲這時已經可以聽見礫石路上的車輪嘎嘎聲和馬蹄濺水聲。一輛驛車正駛來。

「他著了什麼魔，怎麼會這樣回來？」英格拉姆小姐說。「他出門的時候是騎著美羅（那匹黑馬）走的，不是嗎？還帶著派洛特在一起——他把馬和狗都怎麼啦？」

她說這話的時候，把高高的身軀和寬大的衣服緊緊地挨近窗前，弄得我只好竭力往後仰著讓開，差點扭壞了我的背脊骨。她在急切中起初沒看見我，等她一看見，便撇了撇嘴，移到了另一個窗口去。驛車停下了。趕車的拉了拉門鈴，一位先生身穿旅行服走下了馬車，但

❸法語：「羅徹斯特先生回來啦！」

並不是羅徹斯特先生，而是一個看上去挺時髦的高個子男人，是個陌生人。

「眞氣人！」英格拉姆小姐叫道，「你這討厭的猴子！（這是衝著阿黛爾說的）誰把你擱在窗臺上亂報告消息的？」她說著怒衝衝瞪了我一眼，好像都怪我似的。

傳來大廳裏一問一答的聲音，沒多久，那位新來的人走了進來。他向英格拉姆夫人鞠躬致意，因爲覺得她是在場最年長的老太太。

「看來我來得不巧，太太，」他說，「正好我的朋友羅徹斯特先生出門去了。不過我是遠路趕來，而且作爲一個親密的老相識，我想我可以冒昧在這兒住下，等他回來。」

他的態度彬彬有禮，他說話時的口音我覺得有點兒異樣——不能說眞是外國口音，但總有點不全是英國口音。他年紀大約跟羅徹斯特先生相仿——在三十至四十之間。他的膚色黃得出奇，不然倒是個模樣挺不錯的男人，尤其是乍一看去的時候。再仔細看一下，你就會在他臉上發現一些叫人不喜歡，或者說，不討人喜歡的地方。他五官端正，但卻有些太鬆散。他眼睛很大，也還秀氣，但其中透露出來的生命力卻顯得消沉而空虛——至少我這樣覺得。

換衣服的鈴聲響了，大家紛紛走散。直到晚餐以後我才又見到他，這時他看上去神色已顯得很自在。但是我卻比剛才更不喜歡他的相貌，我發覺它既不安定又有點木呆。他目光老是轉來轉去，但卻漫無目標。這使得他有種古怪的神氣，是我記憶中從未見過的。儘管是個漂亮而且對人也並不缺乏和藹可親態度的人，他卻使我感到異常厭惡。在那張皮膚光潤的鵝蛋形臉上看不到力量，那隻鷹鉤鼻和櫻桃似的小口上看不到堅毅，那低而平的額頭上看不到思想，那漠然的褐色眼睛裏看不到意志。

我坐在我常坐的隱蔽角落裏看著他，壁爐架上枝形燭臺的光正好落在他身上——因爲他坐在一張拉到爐火跟前的扶手椅上，而且還不斷蜷縮著身子拉得更近一些，彷彿怕冷似的。

我把他跟羅徹斯特先生比較了一下。我覺得（但願這樣說並無不敬的意思）一隻光滑的肥鵝和一隻凶悍的老鷹，一頭溫順的綿羊和一條看守它的皮毛蓬亂、目光犀利的猛犬之間的對比，也不會比他倆之間的不同更明顯的了。

他提起羅徹斯特先生，就像是他老朋友似的。那他們兩人的友誼可眞是一種古怪的友誼了，眞可說是古老諺語所謂「相反相成」的一個有力明證。

有兩三位先生坐在他附近，我有時從房間另一頭偶爾聽到他們談話的一鱗半爪。起初我聽不出個眉目來，因爲離得較近的露薏莎・艾希敦和瑪麗・英格拉姆之間的談話把偶爾傳來的片言隻語攪混了。這兩位正在議論著那個陌生人，兩人全都稱他爲「美男子」。露薏莎說他是個「可愛的人兒」，她挺「欣賞他」，而瑪麗則舉出他那「漂亮的小嘴和好看鼻子」來作爲她心目中理想的魅力的範例。

「而且他還有個多麼溫順的額頭啊！」露薏莎讚嘆說。「那麼光潔——一點都沒有我最討厭的皺眉蹙額的怪相。還有那麼恬靜的眼神和微笑！」

這時，叫我大大鬆了一口氣的是，亨利・利恩先生把她們叫到了房間的那一頭，去商定有關曾被推遲了的去乾草村公地遠足的問題。

現在，我可以把注意力集中到爐火邊的那群人身上了。不一會兒，我就弄清楚了那個新來的人叫梅森先生。接著，我又知道了他剛到英國，他是從一個熱帶國家來的，顯然，這就是他所以臉色那麼黃，坐得離爐火那麼近，在屋裏還穿著大氅的原因。

不久，牙買加、金斯敦、西班牙城這些字眼就說明了他是住在西印度群島，而且令我吃驚不小的是，不一會兒，我又知道了他就是在那裏初次遇見而且結識了羅徹斯特先生的。他談起了他的朋友不喜歡那一帶灼人的炎熱、颶風和雨季。我知道羅徹斯特先生愛旅行，費爾法克斯太太曾這樣說過。但我原以爲他的足跡只限於歐洲大陸，在此以前我還從沒聽到說起他曾到過更遠的地方。

正當我正尋思著這些事情時，有件事，而且是有點意想不到的事，突然打斷了我的思路。不知誰偶然開了一下門，梅森先生打了個哆嗦，要人給爐子再加點煤，因爲儘管餘火仍舊又紅又亮，火的旺勢已經過了。僕人送煤進來，出去時在艾希敦先生的椅子旁邊站住，低聲時他說了幾句話，我只聽見「老太婆」……「老糾纏不休」這樣一些字眼。

「告訴她要是再不走的話，就要把銬起來。」這位地方奉執法官說。

「不——等一等！」丹特上校阻止說。「別趕走她，艾希敦，我們或許可以利用它一下，最好先問問太太小姐們。」接著他就大聲地說：「女士們，你們議論過要到乾草村公地上去看吉普賽宿營地。山姆剛才通報說，這會兒有個本奇媽媽❹正待在僕役廳裏，硬要讓人帶她來見『貴人』們，給他們算算命。你們願意見她嗎？」

「不用說，上校，」英格拉姆夫人叫了起來，「你總不會去縱容這樣一個下賤的騙子吧？無論如何，得馬上把她打發走！」

「可是我勸不走她，夫人，」僕人說，「別的僕人也都勸不走。這會兒費爾法克斯太太正在對付她，求她走開。可是她卻在煙囪旁邊坐了下來，並且說誰也沒法把她勸開，除非讓她上這兒來。」

「她要幹什麼？」艾希敦太太問。

❹本奇媽媽（Mother Bunch）：十六世紀倫敦一個出名的酒店老板娘，傳說她善講故事，並有許多奇聞軼事。後來就常用「本奇媽媽」來泛稱算命女人。

「她說『要給先生太太們算命』，太太。她還賭咒說一定要算而且一定會算的。」

「她是個什麼模樣？」兩位艾希敦小姐齊聲問。

「是個醜得嚇人的老傢伙，小姐，黑得簡直跟煤炭差不多。」

「啊，那她是個地道的巫婆呢！」弗雷德里克．利恩嚷嚷道。「那還用說，我們讓她進來吧。」

「當然啦，」他哥哥接口說，「放過這麼個好玩的機會眞是太可惜了。」

「我親愛的孩子們，你們想幹什麼呀？」利恩夫人驚叫起來。

「我絕不能贊成這樣的做法。」老英格拉姆夫人附和說。

「眞的嗎？媽媽，可是你是能夠贊成——而且會贊成的。」布蘭琦在琴凳上轉過身來用傲慢的口氣說，方才她一直一聲不響地坐在那兒，顯然是在翻看著一張張琴譜。「我很想聽別人算算我的命，所以，山姆，去把那個老婆子叫來。」

「我親愛的布蘭琦！想一想……」

「我想了——你會說的我都想了，我還是一定要按我的意思辦——快去，山姆！」

「對——對——對！」所有的年輕人，包括小姐和先生們，全都嚷著。「讓她進來——這一定好玩極了！」

僕人仍猶豫著不走。

「她看起來那麼粗魯。」他說。

「去！」英格拉姆小姐一聲斷喝，那僕人走了。

所有的人立刻興奮了起來，山姆重新進來時，大家正紛紛玩笑打趣，鬧得不可開交。

「她現在又不肯來了。」他說。「她說她的使命不是到『俗人』面前來（這是她說的）。我得把她獨自領到一間屋子裏，誰想找她談就得一個一個地上她那兒去。」

「現在你看見了吧，我的皇后娘娘似的布蘭琦，」英格拉姆夫人又說開了，「她得寸進尺了。聽話吧，我的寶貝女兒——你……」

「那有什麼，就領她到書房裏去吧。」這位「寶貝女兒」打斷她的話說。「當著俗人聽她算命也不是我的使命，我要自己一個人聽她講。書房裏有火嗎？」

「有，小姐……可她那麼十足一副吉普賽人的樣子。」

「別廢話了，笨蛋！照我的吩咐做。」

山姆又走了，神秘、活躍、迫不及待的氣氛再一次高漲。

「她準備好了。」僕人重新進來說，「她想知道誰第一個去找她。」

「我想在女再們去找她之前，最好由我先進去看看。」丹特上校說。

「如訴她，有位先生馬上就去。」

山姆去了，又回來了。

「先生，她說她不接待先生們，他們不必勞駕去她那兒了，另外，」他好不容易忍住笑又補充說，「除了年輕單身的以外，她也不接見別的女士們。」

「我的天，她還挺會挑肥揀瘦的呢！」亨利．利恩嚷了起來。

英格拉姆小姐嚴肅地站起身來。

「我第一個去。」她說，那口氣活像是一位帶頭去進行一次突破的敢死隊隊長。

「唉，我的心肝！唉，我最親愛的！等等——再想一想！」她媽媽這樣喊著。

可是她神色莊嚴，一聲不響地掠過她身邊，從丹特上校替她打開的門裏走了出去，接著我們就聽見她走進了書房。

隨後是一陣比較沉寂的時刻。英格拉姆夫人覺得眼前正面臨著她應該扭著雙手的「le cas」❺了，因此她使勁地扭起雙手來。瑪麗小姐宣稱，她覺得就她來說，她是絕不敢去冒險的。艾美·艾希敦和露薏莎小聲吃吃地笑著，有點害怕的樣子。

時間一分鐘一分鐘過得很慢，一共數到十五分鐘，書房門才又重新打開，英格拉姆小姐穿過拱門回到了我們中間。

她會大笑嗎？她會只把它當作鬧著玩嗎？大家的眼睛都把急不可待的好奇目光投向了她，而她卻只用冷冰的拒絕眼光加以回報。她看上去既不煩亂也不高興。她身子僵直地向她的座位走去，一聲不響地坐了下來。

「怎麼樣，布蘭琦？」英格拉姆勛爵說。

「她怎說，姊姊？」瑪麗問。

「你認為怎麼樣，你覺得怎麼樣？她眞是算得很準嗎？」兩位艾希敦小姐急著問。

「喂，喂，好心人，」英格拉姆小姐回答，「別逼我呀。說眞的，你們也太容易給激起好奇心和一些信心來了。從你們大家——也包括我的好媽媽在內——都那麼重視這件事來看，你們好像全都深信我們宅子裏來了一個跟惡魔勾通一起的眞正巫婆似的。我方才看見的是個吉普賽流浪人。她用老一套的方法看了看手相，跟我說了幾句這類人常說的話。我一時的好奇滿足了，現在我想，艾希敦先生像他威脅過的那樣，明天早上就把這個老妖精給銬起來倒是個好辦法。」

英格拉姆小姐拿起一本書，往椅背上一靠，就此不再跟人談下去了。我注視了她將近半

❺法語：「情況」。

個小時，在這段時間裏她一頁都沒有翻過，而且她的臉色愈來愈陰沉、不痛快，一副惱怒失望的表情。她顯然沒有聽到任何吉利話。從她長時間沒精打采、一言不發的神情來看，我覺得她儘管聲稱毫不在乎，實際卻對剛才聽到的不知什麼預言看得過重了。

這時候，瑪麗．英格拉姆、艾美．艾希敦和露薏莎．艾希敦都紛紛表示她們不敢獨自一個人去，但她們又都想去。於是通過山姆這個使者開展了一場交涉。來回跑了許多趟，直跑到我猜這位山姆的腿都該跑痛了，最後好不容易才總算得到這位苛刻的西比爾❻允許，讓她們三個人一起去見她。

她們這一去可沒像英格拉姆小姐去的時候那麼安靜。我們聽到書房間裏傳來歇斯底里的格格笑聲，還有一陣陣短促的尖叫，約莫過了二十分鐘，她們才猛地打開門，經過大廳奔了回來，就好像差不多被嚇瘋了似的。

「我肯定她有點邪魔外道！」她們衆口一詞地說。「她竟跟我們講了那樣的事情！我們的事她全都知道！」

說著，她們上氣不接下氣地紛紛倒在男客們趕緊給她們搬來的幾把椅子上。

在大家要她們講詳細點的催促之下，她們說，她給她們講了許多她們還很小的時候曾經說過的話和做過的事，還描述了她們在家裏的閨房中所藏的書籍和首飾，以及各位親友贈送給她們的種種紀念物。她們聲稱她甚至還猜到了她們的心思，在她們每個人的耳邊悄悄說出了她們各自在世界上最歡的人的名字，告訴她們各自最希望的是什麼。

聽到這裏，先生們就紛紛插嘴，熱烈要求她們把最後提到的兩點說得再清楚一些。可是

---

❻西比爾（Sybil）：古代西方神話中代傳神諭的女巫。

對於他們的強求，他們所得到的回答只是臉紅、驚叫、發抖和吃吃痴笑。同時，幾位年長婦女們紛紛給她們聞嗅鹽瓶、打扇，反覆表示對她們沒有早聽自己的勸告而感到不安；年長的先生們呵呵大笑，年輕的則在竭力忙著爲這些受驚的美人兒壓驚。

正在亂成一片，我的眼睛和耳朵都正被眼前這番景象弄得應接不暇的時候，我忽然聽見身旁有人清了清嗓子，我掉過頭來，看見是山姆。

「對不起，小姐，那吉普賽人說，房間裏還有一位沒出嫁的年輕小姐沒去，她發誓說一定要見過所有的人才肯走。我想這一定是指你，再想不出有別人了。我怎麼回覆她呢？」

「哦，我一定去。」我回答說，很高興有個意想不到的機會來滿足我大大激發起來的好奇心。我溜出房間，誰也沒看見——因爲大夥兒正亂作一團圍在剛剛回來的三個渾身哆嗦的人旁邊——我悄悄地隨手關上了門。

「要是你願意的話，小姐，」山姆說，「我就待在大廳上等著你。她要是嚇著了你，只要叫一聲我就會進來的。」

「不用，山姆，回廚房去吧。我一點也不怕。」事實上，我也確實不怕，倒是很感興趣，也很激動。

19

我進去的時候，書房裡顯得頗爲安靜，而那位西比爾——如果她眞是西比爾的話——也很舒服地坐在爐邊的一把扶手椅上。她披著一件紅斗篷，頭上戴一頂有繫帶的黑色軟帽，或者不如說，是一頂吉普賽人的寬邊帽，用一條有條紋的頭巾在頸下打個結繫牢。桌上放著一支已吹滅的蠟燭，她彎腰向著爐火，似乎正在藉著火光看一本黑封面的小書，像是本祈禱書。她一邊看，一邊像大多數老婦人那樣把詞句喃喃地讀出聲來。我進去時她並沒有立即停下，看來是想把一段念完。

我站在爐邊的地毯上烤烤手，因爲老坐在離客廳裡的爐火很遠的地方，手有點發冷。我這會兒像我平常一樣心情平靜，這個吉普賽人外貌上也確實沒有什麼能引起人不安的東西。她合上了書，慢慢抬起頭來。她的臉給帽檐遮住了一部分，不過她仰起臉來時，我還是看得出那是一張挺古怪的臉。它看上去整個兒褐中帶黑，亂草蓬似的頭髮從一條白帶子下面露出來，帶子繞過下巴，蒙住下半張臉，或者不如說，蒙住了整個上下頦。她的目光立刻朝我看來，大膽地直盯我。

「好吧，你是想要算命嗎？」她說，口氣像她的目光一樣果斷，像她的面貌那麼粗魯。

「我無所謂，大媽，你高興算就算吧。不過我得事先告訴你，我不相信。」

「這話倒正合乎你那種魯莽脾氣，我早料定你會這樣，從你進門時的腳步聲裡我就聽出來了。」

「眞的嗎？你的耳朵倒眞靈。」

「不錯，而且眼睛靈，腦子也靈。」

「幹你這一行的正需要這樣。」

「是需要，特別是要跟你這樣的顧客打交道的時候。你幹嘛不發抖呢？」

「我不冷。」

這個乾癟老太婆在她的帽子和帶子底下暗暗發出一陣竊笑，然後掏出一支黑色的短煙斗，點著了，吸起煙來。盡情享用了一會兒這種鎭靜劑以後，她直起腰來，取出嘴裡的煙斗，一面定睛注視著爐火，一面鄭重其事地說：

「你冷，你不舒服，你也愚蠢。」

「拿出證據來。」

「我會的，只消幾句話就能證明。你冷，因爲你孤孤單單，沒有跟別人的接觸來激發內心深處的火焰。你不舒服，因爲人所賦有的最美好感情，最崇高、最甜蜜的感情都與你無緣。你愚蠢，因爲你儘管苦惱，卻總不敢讓那種感情直接接近你，也不肯朝它正在等著你的方向跨出一步。」

她又把她那黑色的短煙斗銜到嘴裡，繼續使勁地抽起煙來。

「你知道，幾乎對每一個孤孤單單在一家大宅裡謀生的人，你都可以說這樣的話。」

「我是幾乎對每一個人都可以說這樣的話，但它到底是不是對每一個人都是對的呢？」

「對我這樣處境的人來說是對的。」

「是啊，一點不錯，對你這樣的處境的人。可是你倒另外給我找一個跟你完全一樣境遇的人來看看。」

「我給你找幾千個都容易。」

「你一個都不見得能給我找來。要是你知道就好了，你是處在一個特殊的境地，離幸福很近，是的，一伸手就能拿到。各種條件都已具備，只消動一動手就能把它們融合在一起。偶然情況使它們稍微隔開了一點，只要它們一旦聚攏，就會萬事順遂。」

「我不懂啞謎，這一輩子都不會猜謎。」

「你要我再說明白些的話，你就把手掌伸出來給我看看。」

「我猜還得在上面放上銀幣吧？」

「那當然。」

我給了她一個先令。她從衣袋裡摸出一隻舊襪底來，把錢放進去，縛牢揣好了以後，就要我把手伸出來。我照做了。她把臉湊近手掌，反覆細看，卻並不碰它。

「太細嫩了。」她說，「像這樣的一隻手我什麼也看不出來，幾乎什麼紋路也沒有。再說，手掌上有什麼？命運並沒有寫在那上面。」

「我相信你的話。」我說。

「沒有，」她接著說，「那是寫在臉上、額頭上、眼睛周圍、眼睛本身裡面、嘴的輪廓上的。跪下，把頭抬起來。」

「啊！你現在才說到重點了。」我說。一邊照她的話做。「我這下子倒有點相信你了。」

我跪在離她只半碼的地方。她撥了撥火，被翻動了的煤火微微閃出一道光來。可是因爲她在那兒，這道亮光反而使她的臉更躲在陰影裏，卻把我的臉照亮了。

「我不知道你今晚上到這兒來是懷著什麼樣的心情。」她細細察看了我一會兒以後說。

「我不知道你一直坐在那邊房間裏的時候，看著那班風雅人物像幻燈裏的人影一樣在你面前來來去去，你心裏到底湧起一些什麼樣的念頭。你跟他們這些人絕少共同的感情交流，就好像他們當眞只是些人形的幻影，而不是眞正的血肉之軀似的。」

「我常常感到厭倦，但並不怎麼憂鬱。」

「你那準是有什麼秘密的希望在支持你，在悄悄暗示光明的前途鼓舞你。」

「我可沒有。我最多只希望能從我的薪金裏儘量省下些錢來，有朝一日能自己租一所小屋子辦個學校。」

「只靠這麼點可憐的養料來寄托精神，剩下的就是老坐在窗邊的那張凳子上（你看，我知道你的習慣呢）……」

「你是從僕人那兒聽來的。」

「哦！你覺得你機靈。好吧——也許我是。說實話，我認識他們當中的一個人——普爾太太……」

聽到這個名字，我驚得一下站了起來。

「你認識——是嗎？」我心想，「這麼說那裏面歸根結底是有魔法在起作用嘍？」

「別驚慌，」這怪人繼續說，「她是個靠得住的人，這位普爾太太。嘴緊、話少，誰都可放心大膽地信賴她。可是，正像我方才說的，你坐在那個窗口座位上，難道除了那未來的學校以外，就什麼也不想嗎？你在面前那些占著沙發和椅子的人當中，就對誰也沒眼前的興趣嗎？沒一張臉你在仔細端詳？沒一個人的一舉一動，你至少是有點好奇地加以注意嗎？」

「我喜歡觀察所有的臉，所有的人。」

「可是難道你就沒有特別觀察其中的某一個——或許是兩個嗎？」

「我常常這樣做，要是有兩個人之間的手勢或者神情中大有故事可聽的時候，留心觀察他們是挺有興趣的。」

「你最喜歡聽到什麼樣的故事呢？」

「唉，這可不由我選擇！他們一般總離不了那個話題——求愛，而且十之八九都歸結爲那一場災難——結婚？」

「那你喜歡這個千篇一律的話題嗎？」

「當然，我對這不感興趣，這跟我毫不相干。」

「跟你毫不相干？當一位小姐，既年輕健康，又富於活力，既美麗動人，又生來有財有勢，老笑容可掬地坐在一位先生眼前，而這位先生又是你……」

「我怎麼樣？」

「你認識的——而且或許還有好感。」

「這兒的先生們我都不認識。我跟他們中間的哪一位都幾乎沒有交談過一個字。至於說對他們有好感，我覺得其中幾位莊嚴、可敬，也有了點年紀，另外的幾位年輕、時髦、漂亮而且活潑。可是不管是哪一位，當然都可以愛承受誰的笑臉就承受誰的笑臉，我用不著去操心，這種事跟我有什麼相干。」

「這兒的先生你都不認識？你跟誰都幾乎沒交談過一個字？那麼這宅子的主人呢，你也能這麼說嗎？」

「他不在家。」

「說得眞妙！眞是句十分高明的遁詞！他今天早上去了米爾科特，今天晚上或者明天回來。難道這就能把他排除在你認識的人的名單外——彷彿一筆抹煞了他的存在嗎？」

「不能。不過我實在看不出羅徹斯特先生跟你談到的這個話題有什麼關係。」

「我剛才說女士們正在先生們眼前笑容滿面，而這幾天已有那麼多笑容灌進了羅徹斯特先生眼睛裏，使它們滿得像兩隻溢了出來的酒杯，難道你從來沒注意到嗎？」

「羅徹斯特先生有權享受跟他的客人們交往的樂趣。」

「他的權利毫無問題。不過難道你從沒覺察到，這兒有關婚事的種種傳聞中，羅徹斯特先生是有幸被談得最起勁、最持續不斷的嗎？」

「越有人愛聽，就越有人起勁的嚼舌頭。」我這話與其是對吉普賽人說的，還不如說是對我自己說的。

她那奇怪的言語、聲音、舉止這時簡直把我帶進了一種夢境。意想不到的話一句接一句從她的嘴裏說出來，直弄得我陷進了一個迷惑不解的網裏，簡直疑心有什麼看不見的精靈幾個星期以來一直在守著我的心靈，監視著它的動向，記錄著它的每一個搏動。

「有人愛聽！」她學說了一句，「對，羅徹斯特先生整小時地坐在那兒，側耳傾聽著迷人的小嘴在那麼高興地談個不停。而且羅徹斯特先生是那麼席意消受並且看出來是那麼感激提供給他的消遣。這你注意到了嗎？」

「感激！我不記得在他臉上發覺過感激的神情。」

「發覺！那麼說你留心考察過了。如果不是感激，那你發覺了什麼呢？」

我默默不答。

「你看到了愛，不是嗎？而且展望未來，你看到了他結婚，眼看著他的新娘很幸福？」

「哼！不見得。你的巫術有時候可眞有點失靈。」

「那你到底看見了什麼？」

「別管這個。我是來提問，而不是來表白的。大家都知道羅徹斯特就要結婚了啊？」

「是的，而且就是跟美麗的英格拉姆小姐。」

「很快？」

「從種種跡象可以得出這個結論。而且毫無疑問（儘管你竟膽敢好像不大相信），他們是會成功成爲最幸福的一對的。他準愛那麼一位漂亮、高貴、機智、多才多藝的小姐，而她或許也愛他，或者，即使不愛他這個人，至少也愛他的錢。我知道她認爲羅徹斯特的財產是再合意不過的了，可是（上帝饒恕！）我約莫一小時以前告訴了她這方面的一些情況，弄得她神情出奇地嚴肅，她嘴角都掛下了足有半英寸。我眞想勸勸她那黑面孔的求婚者要當心點兒，要是另外又來了一位，有更大或者更靠得住的地租收入的話——他就準完蛋了……」

「大媽，我不是來給羅徹斯特先生算命的，是來給自己算命的，可你還一點都沒給我算呢。」

「你的命還有點難說。我細看看你的臉，一個特徵跟另外一個互不相應。機運許給了你一份幸福，這我知道。今晚我沒來這兒時就已經知道。它已經替你留出了一份，我看見它這麼做了。全靠你自己伸出手去把它拿過來。不過你到底會不會這麼做，正是我要研究的問題。再在毯子上跪下吧。」

「別讓我跪得太久，爐火烤得我難受。」

我跪了下來。她並沒朝我俯下身子，只是仰靠在椅背上凝視著，口中開始念念有詞：

「火光在眼裏閃爍，眼睛像露珠般發亮。它看來既溫柔又富於感情。它對我的隱語露出微笑。它很敏感，一個接一個的印象閃過它清澈的眼珠。微笑一旦隱去，它就顯得憂傷。倦眼惺忪，不知不覺流露出沒精打采的情緒，表明著由於孤獨而引起的抑鬱。它避開了我，受不了進一步的盯視。它用嘲弄的眼色，似乎要否認我已經發現的事實——既不承認說她的敏感，也不承認說她懊喪。它的自尊和矜持卻更使我堅信自己的看法。眼睛是討人歡喜的。

「至於嘴巴，它有時很喜歡笑。它愛把腦子裏的想法全都直說出來，但我估計它會對心裏的不少感受箴口不言。它既靈活又乖巧，絕不想緊閉雙唇，永遠獨自沉默，這是張愛說笑的嘴，合乎人情地喜歡有人交談，這部分也引人好感。

「除了額頭，我看不出有什麼妨礙幸福的結局，而這額頭似乎公然在說：『如果自尊和環境需要，我可以獨自生活。我不必出賣靈魂去換取幸福。我有著與生俱來的內心財富，哪怕一切外界的樂趣被剝奪，或者除非用我花不起的代價才能獲得，它也足以支持我活下去。』這前額在宣告：『理智穩坐馬鞍，牢握韁繩，絕不會讓情感像脫韁野馬，匆匆將她帶入深淵。熱情盡可以任自己那些眞正的異教徒那樣狂熱發作，欲望盡可以海闊天空地想入非非，但判斷力仍然在每一場爭論中有最後的發言權，在每一個決定中投決定性的一票。狂風、地震、大火也許會在我身邊發生，但我將始終聽從那解釋良心的命令的心靈之聲的指引。』

「說得好，前額，你的宣言會得到尊重。我的計畫已定，我認爲它們是正確的。在這些計畫中，我顧到了良心的要求、理智的忠告。我知道，在奉獻的幸福之杯中，只要覺察出有一點羞辱的痕跡，一絲悔恨的意味，青春就會立刻消逝，鮮花就會馬上凋謝。而我絕不願看到犧牲、傷心和鬱鬱而終——這不合我的口味。我希望培育，而不是摧殘；贏得感激，而不是叫人血淚斑斑。當然，也不是叫人痛哭流涕。我的收穫必須要伴隨著歡笑、親熱和甜蜜。

「夠了，我想我是在做場美夢似的胡話連篇了。我現在眞想把眼前這一刻ad infinitum❶地加以延長，可是我不敢。到目前爲止我總算完全管住了自己。我一直按照自己暗中發誓地那樣小心表演，但再叫我表演下去就要超出我力所能及的程度了。起來吧，愛小姐，你走吧，『戲已散場了』❷。」

我究竟身在何處？我到底是醒著還是睡著？難道我方才是在做夢？難道我現在還在做夢中？這位老婦人的聲音已經變了，她的口氣、她的手勢，一切都熟悉得就像我自己鏡子裏的臉——就像我自己口中說出來的話。

我站了起來，卻沒有走。我看了看，攪動了一下爐火，再定睛看去。但是她把帽子和帶子拉了拉，把臉遮得更嚴實，並且再次擺擺手叫我走。爐火照亮了她伸出來的手，這會兒我已站起身子，而且滿心想弄清秘密，所以一下就看清這隻手，它並不比我的手更像一隻老年人乾枯的手，它圓潤柔軟，手指光滑，十分勻稱。小指上有一隻寬闊的戒指在閃爍發光，我彎腰湊近去看看它，看到了我以前已見過上百次的那顆寶石。我又一次朝她臉上看去，它已經不再避開我——相反地，帽子摘掉了，帶子拉了下來，頭部顯露出來。

「怎麼樣，簡，認識我嗎？」那熟悉的聲音問道。

「只要再脫掉那件紅色斗篷，先生，那就……」

「可是帶子打了死結——幫幫我。」

「扯斷它，先生。」

❶拉丁文：無限。

❷這是英國作家薩克雷（William Thackeray, 1811～1863）的著名小說《浮華世界》的結尾語。

「那好──『去你的吧，借來的東西！』」於是羅徹斯特先生終於脫掉了他的僞裝。

「哎，先生，多古怪的主意呀！」

「不過幹得挺成功吧，呃？你不覺得嗎？」

「對那些小姐，你大概應付得不錯。」

「可對你不行嗎？」

「對我你並沒扮演吉普賽人的角色。」

「那我扮演了什麼角色呢？我自己嗎？」

「不，一個莫名其妙的角色。總之，我相信你一直在竭力想把我的心裏話套出來──或者是想把我套進去。你胡言亂語，想叫我也胡言亂語。這可不太公道，先生。」

「你肯原諒我嗎，簡？」

「我要先好好想想才能回答。要是回想起來，我並沒有中了圈套幹出太大的蠢事來，我會儘量來原諒你。不過這終究是不對的。」

「哦！你剛才一直很正確──非常小心，非常明智。」

我回想一下，覺得大體說來我是這樣，這叫人安心。不過，老實說我幾乎從一見面就心裏有所提防。我疑心有點化了裝的跡象。我知道吉普賽人和算命的都並不像這個外表看來很像的老婦人那樣說話。此外，我還注意到她那裝出來的聲音，她的急於遮住自己面目的心情。但是一直在我腦子裏轉的是格蕾絲．普爾──這個我心目中的活生生的啞謎，這個謎中之謎。我絕沒有想到是羅徹斯特先生。

「怎麼樣，」他說，「你在呆呆地想什麼？那種嚴肅的笑容又是什麼意思？」

「又驚異又慶幸，先生。我想你已經允許我可以走了？」

「不，再等一下，給我說說那兒客廳裏的人在幹什麼？」

「我看準是在議論這個吉普賽人。」

「坐下！說給我聽聽他們在怎麼談論我。」

「我還是別待得太久了，先生，這會兒該有十一點光景了。噢，羅徹斯特先生，你早上離開之後來了一位陌生人，你知道嗎？」

「一位陌生人！不知道，那會是誰呢？我並沒有在等什麼人來。他走了嗎？」

「沒有。他說他跟你相識很久了，所以他可以冒昧在這兒住下等你回來。」

「眞見他的鬼！他說了姓名嗎？」

「他姓梅森，先生，他從西印度群島來，我想，是從牙買加的西班牙城來的。」

羅徹斯特先生站在我身旁，拉住我一隻手，似乎要引我到一張椅子上坐下。我一說出這話，他抽筋似地握緊我的手腕，嘴角的笑容僵住了；顯然一陣呼吸緊促，幾乎透不過氣來。

「梅森！西印度群島！」他說，那口氣簡直就像一架會說話的自動機器在發出單調的詞句。「梅林！西印度群島！」他又說了一遍。他把這幾個字重複唸了三次，一次比一次更變得臉色慘白，猶如死灰。看上去他彷彿自己也不知道在幹什麼。

「你覺得不舒服嗎？先生。」我問他。

「簡，我受了個打擊——我受了個打擊，簡！」他身子搖搖晃晃。

「哎呀！靠住我，先生。」

「簡，你已經有一次讓我靠住你的肩膀，現在再讓我靠住它吧。」

「行，先生，行，還有我的胳臂。」

他坐下包，讓我坐在他旁邊。他雙手握住了我的手，輕輕摩擦著它，用十分苦惱同時又十分憂鬱的神情凝視著我。

「我的小朋友。」他說，「我眞但願只跟你一起待在一個安靜靜的小島上，再沒有煩惱、危險和可怕的回憶壓在我身上。」

「我能幫助你嗎，先生？我願意用我的生命來為你效勞。」

「簡，如果需要幫助，我一定會求助於你的，我向你保證。」

「謝謝你，先生，告訴我該做什麼──我至少一定會竭力去做。」

「現在，簡，你上餐廳裏去替我拿一杯酒來。他們大概在那兒進晚餐。告訴我梅森是不是跟他們在一起，正在幹什麼。」

我去了。我碰到大夥兒正在餐廳裏進晚餐，正像羅徹斯特所說的那樣。他們並沒有坐在桌子跟前──晚餐擺在餐具櫃上，誰愛吃什麼就拿什麼，大家三五成群地各處站著，手裏端著盤子和酒杯。人人都顯得興高采烈，到處都是活躍的談話和歡笑聲。梅森先生靠近爐火站著，正在跟丹特上校夫婦說話，看來跟所有的人一樣高興。我倒了一杯酒（我這樣做的時候，看見英格拉姆小姐皺眉注視著我，她準是認為我太放肆了。）轉身回到書房裏。

羅徹斯特先生極度蒼白的臉色消失了，他又顯得堅定而嚴肅。他接過了我手裏的酒杯。

「祝你健康，救護天使！」他說著，一飲而盡，把杯子還給了我。

「他們在幹什麼，簡？」

「又說又笑，先生。」

「他們不像是聽說了什麼怪事，顯得嚴肅而且神情怪異嗎？」

「沒有的事──他們都高高興興，開著玩笑。」

「梅森呢？」

「他也在笑。」

「要是這班人一窩蜂跑來唾棄我，你會怎麼辦，簡？」

「把他們全趕出去，先生，只要我辦得到。」

他莞爾一笑。「可要是我跑到他們那兒去，他們只冷冷瞧著我，鄙視地交頭接耳議論，然後一個個撇下我走了，那又怎麼辦呢？你會跟他們一起走嗎？」

「我想不大會，先生，我倒覺得還是留在你身邊更愉快些。」

「好安慰我嗎？」

「是的，先生，好安慰你盡我的力量。」

「可要是因爲你守著我，他們一致排斥你呢？」

「我也許根本就沒有察覺到他們在排斥我，就是我察覺到了，我也根本不在乎。」

「那麼說，你能爲了我不顧責難嗎？」

「我能爲了我值得守著的每一個朋友不顧責難。我深信，你就是這樣的一個。」

「你現在回到房間裏去，悄悄走到梅森跟前，小聲湊著他的耳朵跟他說，羅徹斯特先生來了，想要見見他。你把他領到這兒，然後就離開。」

「是，先生。」

我執行了他的命令。我從大夥兒中間穿過去的時候，他們全都瞪大眼睛注視著我。我找到梅森先生，傳達了口信，引路帶他走出房間，把他領進了書房，然後我就上樓去了。

夜深時分，我已經上床躺下了好一會兒，才聽得客人們紛紛各自回房。我辨出了羅徹斯特先生的聲音，聽見他在說：「走這兒，梅森，這是你的房間。」

他高高興興地說著，歡快的語氣使我安下心來。我很快就睡著了。

20

我忘了像平時那樣拉上床幔，也沒放下窗帘。結果當又圓又亮的月亮（因爲夜色很好）運行到對著我窗子的那塊天空，透過沒遮攔的窗玻璃窺視著我的時候，她那明亮的目光把我驚醒了。我在死寂的深夜中醒來，睜眼望見了她那一輪圓盤——通體銀白，像水晶般地皎潔。這景象很美，但太肅穆了。我欠起身來，伸去拉床幔。

天哪！什麼樣的一聲叫喊！

夜——它的寂靜，它的靜謐——完全被一個傳遍桑菲爾德府的狂野、尖利、刺耳的聲音給撕裂了。

我的脈搏停住，心臟停止了跳動，我伸出去的手僵住了。喊聲消失，也沒重新再喊。說眞的，不管它喊些什麼，那種嚇人的尖叫是不可能馬上再重複一遍的。即使安第斯山上翅膀是寬的禿鷹，也不可能接連兩次透過圍著它巢穴的雲端，發出這樣的叫聲。喊出這種聲音的那個東西，準得先歇口氣才能重新再來一遍。

它是從三樓傳下來的，因爲它正好在頭頂上響起。而這會兒在頭頂上——對，就在我屋子天花板上面的那個房間裡——我聽到了一陣搏鬥，從聲音上聽起來是一場你死我活的搏鬥。一個幾乎要窒息似的聲音喊道：

「救命！救命！救命！」急促地連叫了三遍。

「怎麼沒人來啊！」那聲音喊道。

接著，在一片狂亂地繼續著的腳步跟蹌、跌跌撞撞聲中，透過地板和灰泥我聽出了：

「羅徹斯特！羅徹斯特！看上帝份上，快來！」

一扇房門打開了，有人沿著走廊跑過去，或者說衝過去。另外一個跌跌撞撞的腳踏在樓上地板上的聲音，有什麼東西跌倒了，接著是一片寂靜。

我儘管嚇得手腳打顫，仍舊胡亂穿上衣服。從我屋子裏走了出來。睡覺的人全都被驚醒了。每個房間裡都響起了驚叫聲、害怕的低語聲。房門一扇接一扇打開，一個接一個的人探頭出來。走廊上擠滿了人，男客和女客毫無例外地全都下了床。

「哦！怎麼回事？」——「有誰受傷啦？」——「出了什麼事？」——「掌個燈啊！」——「失火了嗎？」——「有強盜嗎？」——「我們往哪兒逃呀？」四面八方都在亂烘烘地問。要不是有月光，會眼前一片漆黑。他們來回亂跑，他們聚成一堆。有人啜泣、有人絆跤，亂得簡直不可開交。

「眞見鬼，羅徹斯特上哪兒去了？」丹特上校嚷道。「我在他床上沒找到他。」

「在這兒！在這兒！」有人喊著回答。「大家放心好了，我來啦！」

走廊盡頭那扇門打開了，羅徹斯特先生端著一支蠟燭走了過來。他剛從樓上那層下來。有位女客朝他直奔過去，一把抓住了他的胳膊。這是英格拉姆小姐。

「到底出了什麼可怕的事？」她說。「快說！馬上把最壞的情況都告訴我們！」

「可是別把我拖倒或者勒死呀。」他答道。

因爲現在兩位艾希敦小姐也死死抓住了他，而兩位貴族遺孀穿著寬大的白色晨衣，正像兩艘滿帆前進的大船似的向他衝了過來。

「什麼事也沒有！什麼事也沒有！」他喊著。「只不過是排演了一場《無事自擾》❶罷了。太太小姐們，放開我，不然我可要兇性發作了。」

他看上去也眞像兇性發作似的。兩隻黑眼睛直冒火花，硬壓住性子平靜下來，補充說：

「有個傭人作了個噩夢，就是這麼回事。她是個容易激動、有點神經質的人，她準是把她做的夢當成了鬼怪現形，或者諸如此類的事，嚇得發了病。好了，現在我得看著你們全回到你們的房間裡去，因為不先把屋子裡的人都安定下來，就顧不上去照料她。先生們，勞駕請給太太小姐們做個榜樣。英格拉姆小姐，我肯定你準會證明你是不會被這些無聊的恐懼壓倒的。艾美和露薏莎，快像一對鴿子似的回到你們的窩裡去吧，你們的確是一對小鴿子。太太們，（對兩位貴族遺孀說）你們要是再在這冰冷的走廊裡待下去，準保會著涼的。」

就這樣，一會兒哄騙、一會兒下命令，他終於設法讓他們又都各自關門回到了自己的臥室。我不等他命令我回去，就不引人注意地悄悄回到了我方才也是悄悄地離開的臥室。

可是我並不是去上床睡覺，正相反，我開始仔細地穿好衣服。我方才緊跟尖叫以後聽見的響動和有人喊出來的那些話，也許只有我一個人聽到，因為它們是從我頭頂上的那個房間裡發出來的，可是它們叫我確信，絕不是有個僕人做了噩夢，才激起全屋子的人那麼一片驚慌，而羅徹斯特先生所作的那番解釋，只是為了使客人們安心而編造出來的。因此我把衣服穿好，以備萬一。穿好衣服之後，我在窗口坐了好一會兒，望著窗外靜悄悄的庭園和銀白色的田野，自己也說不清在等些什麼。我總覺得那聲奇怪的叫喊、搏鬥和呼救之後，一定會發生什麼事情的。

❶莎士比亞寫的喜劇。

沒有。寂靜恢復了，各種低語和走動都漸漸平息了下來，不到一小時光景，桑菲爾德府又靜得像一片沙漠了。看來，沉睡和黑夜又一次重建了它們的帝國。這期間月亮漸漸下沉，就快要隱沒了。我不喜歡老在寒冷和黑暗中坐著，我想還是和衣在床上躺下好一些。我離開窗前，不出聲地走過地毯，正當我停下來脫鞋的時候，有人小心地輕輕敲了敲門。

「要我來嗎？」我問。

「你沒睡嗎？」我期待聽到的聲音，也就是說，我主人的聲音在問。

「是的，先生。」

「穿好衣服了嗎？」

「是的。」

「那麼，你出來，別出聲。」

我照著做了。羅徹斯特先生手上擎著蠟燭，站在走廊上。

「我需要你。」他說。「這兒走，別著急，也別弄出聲音來。」

我的鞋很輕便，我能在舖著地蓆的地板上走得像貓那樣悄然無聲。他悄悄順著走廊走過去，爬上了樓梯，在那不祥的三層樓又低又暗的過道上停了下來。我一直跟著他，在他的身邊站住。

「你屋裡有海棉嗎？」他低聲問。

「有，先生。」

「你有什麼嗅劑——香油精嗎？」

「有。」

「回去把兩樣都拿來。」

我回到屋裡，在盥洗架上找到海棉，在抽屜裡找出嗅劑，然後再循著原路走回去。他仍舊等在那裡。他拿出一把鑰匙，向那些黑色的小門中的一扇走過去，把鑰匙插進了鎖孔。他停了一下，再對我說：

「你見了血不會發暈吧？」

「我想不會，我還沒試過。」

我回答他的時候感到渾身一顫，但並沒發冷，也沒頭暈。

「把手伸給我。」他說，「冒著讓你暈倒的危險可不行。」

我把手放在他的手裡。

「又暖又鎮定。」他說了一句。他轉動鑰匙，打開了門。

我看見一個記得先前曾看過的房間，就在費爾法克斯太太帶著我看看整個宅子的那一天。它掛著帷幔，不過這會兒它撩起一半來用繩環繫住了，露出了一扇門來，那次是被遮住了的。這扇門開著，裡屋有亮光透出來。我聽見那兒傳來又叫又抓的聲音，有點像一隻狗在發威似的。

羅徹斯特先生放下蠟燭，對我說，「等一等，」然後一直走進了裡屋。他一進去，就有一陣大笑迎他而來，起初很嘈雜難辨，末了卻正是格蕾絲·普爾那種魔鬼似的「哈！哈！」怪笑聲。這麼說，是她在那兒。他默不作聲地不知作了些什麼安排，不過我還是聽見有個低低的聲音跟他說了幾句話。他走了出來，隨手把門關上。

「上這兒來，簡！」他說。

我繞過去走到一張大床的那一邊，這床連同它拉上了的床幔遮住了房間的很大一部分。床頭邊放著一把安樂椅，有個男人坐在椅子上，他穿的很整齊，只是沒穿外衣。他一動不動，頭往後靠著，兩眼緊閉。羅徹斯特先生舉起蠟燭來照著他，我從他那張蒼白得看上去毫無生氣的臉上，認出了——那個陌生人——梅森。我還看見他半邊襯衫和一條胳膊，幾乎全浸在鮮血裡。

「拿住蠟燭。」羅徹斯特先生說，我接過了蠟燭。他從臉盆架那兒端來了一盆水。「端著它。」他說。我照著辦了。他拿起海棉，浸了浸水，輕輕拭了一下那張死人般的臉。他要過我的嗅鹽瓶，湊到他鼻子跟前。梅森先生很快張開眼睛，呻吟了一聲。羅徹斯特先生解開受傷的人的襯衫，一邊的肩膀和胳臂上全綁著繃帶，他用海棉吸掉了迅速淌下來的血。

「會有生命危險嗎？」梅森先生喃喃地說。

「啐！沒有——只不過破了一點皮肉。別那麼嚇破了膽，老兄，打起精神來！我馬上就去給你請個醫生來，我親自去。到早上你就可以挪動了，我希望。簡……」他繼續說著。

「先生？」

「我不得不把你留在這間房裡陪著這位先生，一個鐘頭，說不定兩個鐘頭。血再淌出來，你就像我那樣吸掉它。要是他覺得發暈，你把那兒架子上的那杯水湊到他嘴邊，同時把你的嗅鹽放到他鼻子跟前。不管什麼理由，你都別跟他說話——而你也，理查——跟她說話，牽動嘴，使自己情緒激動，都會有叫你送命的危險——那我不可負責。」

那可憐的人又呻吟了一聲。他看來似乎一動也不敢動。一種恐懼，不知是怕死還是怕別的什麼東西，好像弄得他幾乎全身癱軟了。羅徹斯特先生把那塊已經浸透了血的海棉交到我手裡，我就動手用它來照他那樣做。他看了我一會兒，說了句，「記住——別說話！」就離開了房間。當鑰匙在鎖孔裡喀嚓一響，他逐漸走遠的腳步聲聽不見了的時候，我體驗到一種奇怪的感覺。

這麼說，我是待在三層樓上，被鎖在它的一間神秘莫測的小屋子裡。我周圍是黑夜，我眼睛和雙手底下是一片蒼白和血淋淋的景象。一個殺人的女兇手幾乎只跟我隔著一扇門。是的——這眞叫人害怕——別的我還受得了，可一想到格蕾絲·普爾會衝出房門朝我撲過來，我就嚇得發抖。

但儘管這樣，我還是得守住我的崗位。我得看著這副死人般的面孔——這張不准說話的僵硬、發青的嘴巴——這雙一會兒閉上、一會兒張開、一會兒朝屋裡四處張望、一會兒又死死盯住我，而且老是帶著一副被嚇了的呆相的眼睛。我得一次又一次地把手浸到那盆血水裡去，以便擦掉滲出來的淤血。我得眼看著燭光在我幹這件事時變得越來越暗，燭影在我周圍那古色古香的繡花帷幔上逐漸變濃，在那張古老大床的床幔上變得漆黑，而且在對面一個大櫃子的門上面古怪地晃動——那櫃子正面分隔成十二塊嵌板，上面有畫得猙獰可怖的十二使徒頭像，每塊嵌板像畫框似的鑲著一個頭像，而在它們的最上面，豎著一個烏木十字架和垂死的基督。

隨著晃動的暗影和時而跳到這兒、時而照到那兒的飄忽不定的亮光，所看到的一會兒是留鬍子的醫生路加垂著頭，一會兒是聖約翰的頭髮在飄動，一會兒又是猶大那張魔鬼似的臉在嵌板上顯露了出來，彷彿正在漸漸活起來，眼看著就要以最大的叛逆者撒旦的化身出現。

與此同時，我不僅要看而且還得聽，聽著那邊窩裡面的那頭野獸或者惡魔的動靜。不過自從羅徹斯特先生進去過以後，它似乎被符咒鎮住了似的，一整夜我只隔著很長的間歇時間聽到過三次響動——一次悄悄的腳步聲，一次重新短暫發作的狗吠似的聲音、和一次人發出來的深沉呻吟聲。

此外，我自己也心緒煩亂。這個化身爲人潛居在這所與世隔絕的大宅子裡，主人既不能趕走又無法制伏的罪惡究竟是什麼？在最沉寂的深夜裡，時而以火、時而又以血的形式突然顯現出來的謎究竟是什麼？僞裝成普以女人的臉和身形，發出時而像嘲弄人的魔鬼、時而又像獵食腐肉的猛禽似的聲音的那個東西究竟是什麼？

而我正在俯身照料的這個人——這個平庸安靜的陌生人——他怎麼會捲進了這個恐怖之網的呢？復仇女神爲什麼要降禍於他呢？又是什麼原因使他在本該躺在床上的時候，不合時宜地尋到宅子的這一帶來的呢？我曾聽見羅徹斯特先生指派他在樓下的一間屋子住——究竟是什麼叫他到這兒來的呢？而且現在他又爲什麼遭到了暴行或者暗算，還這麼逆來順受呢？他爲什麼對羅徹斯特要硬要掩蓋眞相這麼俯首貼耳呢？羅徹斯特先生又爲什麼硬要這樣掩蓋眞相呢？他的一個客人遭到暴行，他自己上一次也遭到過可怕的蓄意謀害，可是兩次犯罪企圖他都悄悄掩蓋起來，默默瞞了過去！

最後還有，我看得出梅森先生對羅徹斯特先生十分順從，後者的專橫意志完全支配著前者的軟弱性格，他倆之間交談的寥寥數語就使我對這點確信無疑。很明顯，在他們過去的交往中，一方的被動性情已經習慣於受另一方強烈的主動精神所左右。既然這樣，那麼聽到梅森先生來時，羅徹斯特先生的那副喪氣樣子又是怎麼來的呢？爲什麼只不過幾小時之前，僅僅一聽到這位不速之客——現在只消他一句話就能像孩子般管得服服貼貼的人——的名字，他就會像一棵橡樹遭到了雷擊一般？

唉！我忘不了他喃喃說著「簡，我受了個打擊——我受了個打擊，簡。」時，他那副神情和蒼白的臉色。我忘不了他的胳臂擱在我肩上時抖得多麼厲害。而能夠這樣挫折羅徹斯特先生頑強的精神、震撼他強健的體魄的，絕不會是什麼小事情。

「他要什麼時候才會來呀？他要什麼時候才會來呀？」

當黑夜沒有個盡頭，我那流血的病人精神委靡、呻吟、昏昏沉沉，而白晝和救護的人都遲遲未見到來的時候，我心裡這樣大聲呼喊著。我一次又一次把水送到梅森慘白的唇邊，一次又一次拿提神的嗅鹽給他聞，我的種種努力卻似乎毫無效果。不知是肉體上或者精神上的痛苦呢，還是失血過多，或者是三者加在一起，使他迅速地愈來愈精疲力竭。他苦苦呻吟，看來那麼衰弱、焦躁、絕望，我擔心他快要死去，而我卻連話都不能跟他說一句！

蠟燭終於燃盡了、熄滅了。它一滅，我看到了窗帘邊緣透出一道道灰濛濛的光，這麼說，黎明已經臨近了。不一會，我遠遠地聽見派洛特在下面院子遠處的狗窩那兒汪汪直叫，希望又油然而生。不一會，我遠遠地聽見派洛特在下面院子遠處的狗窩那兒汪汪直叫，希望又油然而生。它倒並不是毫無根據的，只過了五分鐘，鑰匙轉動聲、門鎖打開聲，預示我守護的責任已經結束了。總共才不過兩小時光景，可似乎比好幾個星期還長。

羅徹斯特先生進來了，他去請的醫生也一起走了進來。

「喂，卡特，你得注意，」他對後者說，「我只給你半小時，包紮傷口、上綳帶、把病人弄下樓去，全都在內。」

「可是他適宜於移動嗎，先生？」

「這毫無問題，傷並不嚴重，他有點神經質，得讓他打起精神來，來，快動手吧。」

羅徹斯特先生撩開厚厚的窗幔，拉起亞麻布窗帘，儘量把光線放進來，使我又驚又喜地發現晨光已來臨，一道道玫瑰色的霞光已經使東方漸漸發亮。隨後他向梅森走過去，這時醫生已經在動手治療了。

「喂，我的好伙伴，你怎麼樣？」他問。

「我怕她已經送了我的命。」對方軟弱無力地回答。

「沒那回事！拿出勇氣來！兩個星期以後的今天你就會什麼事也沒有了。你流了點血，就這麼回事。卡特，你讓他放心絕沒有危險。」

「我可以憑良心這麼說。」卡特說，他已經解開了綳帶。「只不過但願我能早點來，他就不會流這麼多血了……可這是怎麼回事？肩上的肉像被刀割似的裂開了。這傷並不是刀子捅出來的，這是讓牙齒咬的！」

「她咬了我。」他喃喃地說。「羅徹斯特奪下了她的刀子，她像隻母老虎似的對我又咬又撕。」

「你不該退讓，你應該馬上就跟她格鬥的。」

「可是在這種情況下，你能怎麼辦？」梅森回答。「唉，那眞可怕！」他打了個寒戰又補充說。「我又一點都沒防備，起初她看上去那麼安靜。」

「我警告過你。」他的朋友答道。「我說過——『你走近她的必的要小心。』再說，你本來可以等到明天，而且讓我跟你在一塊兒。你想今天晚上就見面，而且獨自一個人來，眞是一件傻事。」

「我以爲我可以做點有益處的事。」

「你以爲！你以爲！眞是的，聽你說話眞叫我不耐煩。不過，既然你已經吃了苦頭，而且不聽我的勸，活該吃足苦頭，所以我也不想多說你了。卡特——快！快！太陽馬上就要出來了，我一定得讓他離開才行。」

「馬上就好，先生，肩上剛剛上好綳帶，我得處理一下手臂上的另一處傷，我想這兒她也咬了。」

「她吸血，她說她要把我心裡的血全吸乾。」梅森說。

我看見羅徹斯特先生打了個冷戰，一種特別明顯的既厭惡、又恐懼而憎恨的神情幾乎使他的臉扭曲得變了形。可是他只是說：

「好啦，別說了，理查，別去管她那種胡說八道，也別再提它了。」

「但願我能忘掉它。」

「你一出了國就會忘掉的。等你回到了西班牙城，你就可以當她已經死了、入了土——或者根本就不必去想她。」

「怎麼也不可能忘了今天這一晚。」

「並不是不可能的。打起點精神來，伙計。兩小時以前你還以爲自己已像一條死魚那樣沒命了，可你現在不是活生生的，還說著話嗎。瞧！卡特已經給你包紮好，或者差不多已經好了，我會一轉眼就把你打扮得整整齊齊的。簡，（他重新進屋來以後第一次向我轉過臉來）拿上這把鑰匙，到樓下我的臥室裡去，直接走進我的更衣室，打開衣櫃最上面那個抽屜，取出一件乾淨襯衣和一條圍巾，把它們拿到這兒來。手腳要快些。」

我去了，尋到他所說的那個放衣服的地方，找出他要的東西，把它們帶了回來。

「現在，」他說，「在我給他穿好衣服的時候，你到床那邊去，不過別離開房間，也許還用得著你。」

我照他吩咐退到一旁。

「你下樓時有人走動嗎，簡？」不一會羅徹斯特先生又問。

「沒有，先生，全都安安靜靜的。」

「我們得小心地把你打發走，狄克，這樣不論對你，對那邊那個可憐的人來說都更好一些。我已經這麼長時間竭力避免暴露，我不願意弄到最後仍舊洩露了出去。過來，卡特，幫他穿上背心。你把皮斗篷放在哪兒了？我知道，在這樣該死的大冷天裡，不披上它趕一英里路是不行的。在你房間裡？簡，快跑到樓下梅森先生的房間裡——就在我隔壁的那一間——去把你在那兒看到的一件斗篷取來。」

我又趕快跑去跑回來，捧來一件皮裡、皮鑲邊的大斗篷。

「現在，我還有件差事要你辦。」我那不厭其煩的主人又說。「你得再上我房間去一趟。幸好你穿著一雙絲絨鞋，簡——在這種緊急關頭叫一個笨手笨腳的人跑腿可不行。你得打開我梳妝台中間那個抽屜，把你在那兒找到的一個小藥瓶和一隻小杯子拿出來——快！」

我飛也似的跑去又跑回，帶來了他要的杯瓶。

「這就好啦！現在，醫生，我要冒昧地自己來用藥了，由我自己來負責。這種興奮劑我是從羅馬弄來的，從一個義大利江湖醫生手裡——那種傢伙，卡特，你準會一腳踢開的。這種東西不能隨便亂用，不過偶爾用用還是有效，比如像在現在這種情況。簡，倒一點水。」

他把那個小玻璃杯遞過來，我用盥洗架上的水瓶給倒了半杯。

「行啦——現在用水把瓶口稍微拭一下。」

我這樣做了。他滴了十二滴深紅色的藥水，遞給梅森。

「喝下去，理查，它會把你缺少的勇氣鼓起來，維持一兩個小時。」

「可是它會對我有害嗎？它有沒有刺激性？」

「喝吧！喝吧！喝吧！」

梅森先生服從了，因爲顯然抗拒是沒有用的。他現在已經穿戴整齊，他看上去仍舊臉色蒼白，但已經不再是滿身血汙了。羅徹斯特先生讓他喝下藥水後靜坐了三分鐘，然後扶住他的胳膊。

「現在我相信你準站得起來了。」他說，「試試看。」

病人站了起來。

「卡特，攙住他另一邊胳膊。鼓起勁來，理查，跨步——對！」

「我是覺得好點兒了。」梅森先生說。

「我相信你確實是。現在，簡，在我前面引路，往後樓梯走。拉開邊門的門閂，你會在院子裡見到趕驛車的車夫——或者就在院子外面，因爲我告訴過他別趕著他那輪子嘎嘎直響的車子駛進石子過道來——你叫他準備好，我們就來。還有，簡，要是附近有人，你就到樓梯下咳一聲。」

這時候是五點半，太陽眼看就要出來了，但是我發現廚房裡仍舊昏暗無人。邊門閂著，我儘量不出聲地打開了它。院子裡毫無動靜，但院門敞開，外面停著一輛驛車，馬匹都已套好，車夫坐在趕車座上。我走到他跟前，跟他說先生們就來，他點了點頭。然後我小心望望四周，仔細傾聽。到處還是一片寧靜，睡意方酣。僕人下房的窗戶上還垂著窗帘。小鳥剛在滿樹白花的果樹上啾鳴，樹枝像一個個雪白的花環垂在院子這一角的圍牆上。拉車用的馬關在它們的馬厩裡不時地頓幾下蹄子，除外一切都寂靜無聲。

這時幾位先生出來了。梅森由羅徹斯特先生和醫生攙扶著，看上去走得滿平穩。兩人扶他上了車，卡特跟著也上去了。

「小心照料他，」羅徹斯特先生對後者說，「讓他在你家裡一直待到好了爲止。我過一兩天就會騎馬來探望他。理查，你覺得怎麼樣？」

「新鮮空氣讓我精神好多了，費爾法克斯。」

「讓他那邊的車窗開著，卡特，沒有風——再見，狄克。」

「費爾法克斯……」

「嗯，什麼事？」

「讓她得到照顧，讓她得到體貼的對待，讓她儘量受到體貼的對待，讓她……」他滿眼淚水，說不下去了。

「我盡其所能，過去這樣，將來也這樣。」對方回答。仍關上車門，馬車駛走了。

「不過上帝保佑，這一切總得有個了結！」羅徹斯特先生關上、閂上好沉重的院門時，又說了一句。

關好門，他慢吞吞心不在焉地朝果園旁邊的一扇圍牆門走去。我以為他已用不著我了，正準備轉身回屋裡去，可是，我又聽見他叫了一聲「簡！」他已經打開那道門，站在那兒等著我了。

「來，上有點新鮮空氣的地方稍微待一會兒，」他說，「屋子裡簡直像個土牢，你不覺得這樣嗎？」

「我看它是一座很漂亮的宅子，先生。」

「你的眼睛被天真無知的魔力給蒙蔽住了，」他回答說，「所以你是用被施了魔法的眼光來看它的。你辨不出那些鍍金只是膠泥，絲綢帷幔只是蛛網，大理石只是骯髒的石板，上光的木器只是些樹皮爛木片。而這兒（他指指我們踏進去的一片綠葉婆娑）一切都是真實的，可愛而純潔的。」

他信步順著一條沿路種著小樹的小徑走去，一邊有蘋果樹、梨樹和櫻桃樹，另一邊有滿是各色常見花木的一長溜花圃，其中有紫羅蘭、美洲石竹、報春花、三色堇，夾雜著青蒿、薔薇和各種香草。四月不斷交替的驟雨和放晴，緊接著又是一個春天明媚的早晨，這會兒使得它們全都鮮艷欲滴。太陽剛在五色繽紛的東方出現，陽光照耀著枝葉盤繞、晨露點點的果樹，灑落在樹下寧靜的小徑上。

「簡，給你一朵花好嗎？」

他摘下枝頭第一朵初綻放的玫瑰，遞給了我。

「謝謝你，先生。」

「你喜歡這日出嗎，簡？喜歡那天空和天一近午就準會消失不見的高高的輕雲——還有這令人心曠神怡的寧靜氣氛嗎？」

「喜歡，非常喜歡。」

「你過了一個奇怪的晚上，簡。」

「是的，先生。」

「它叫你顯得臉色蒼白——我把你一個人留在梅森身邊時，你害怕嗎？」

「我生怕有人從裡屋出來。」

「但我鎖上了門，鑰匙在我口袋裡。要是我會讓一頭羔羊——我心愛的小羔羊——毫無保護地待在離一個狼窩那麼近的地方，那我就眞是個粗心的牧羊人了。你是很安全的。」

「格蕾絲·普爾還會在這兒待下去嗎，先生？」

「哦，是的！你別爲她去傷腦筋——丟開這件事別去想它吧。」

「可我覺得只要她待著，你的生命就不大安全。」

「別怕——我會自己小心的。」

「你昨天晚上擔心的危險現在已經過去了嗎，先生？」

「只要梅森還沒離開英國，我就不敢肯定；即使他離開了也還是這樣。生活對我來說，簡，就像是站在火山口上，說不定哪天它就會裂開，噴出火來。」

「不過梅森先生好像是個容易擺布的人。你的影響，先生，顯然很能左右他。他絕不會公然跟你作對，或者存心害你的。」

「哦，絕不會！梅森既不會跟我作對，也不會明明知道而有心傷害我——可是出於無意，他卻有可能隨便一句話，就一下子即使不奪去我的生命，也永遠奪去了我的幸福。」

「叫他小心一些，先生。讓他知道你擔心什麼，告訴他怎麼避免危險。」

他嘲弄地大笑，一下抓起我的手，又一下把它甩開了。

「要是我能那樣做，傻瓜，那還會有什麼危險？一下子就消除了。可是在這件事上我卻不能命令他。我不能說『當心別傷害我，理查。』因為我絕對不能讓他知道他可以傷害我。現在你似乎有點迷惑不解，我還會更加叫你迷惑不解呢。你是我的一個小朋友，對嗎？」

「我高興為你效勞，先生，只要是正當的事情，我都樂意聽你吩咐。」

「確實這樣，我看到你是這樣做的。我從你的步履、神態、目光和臉色中，都看出你是真心地樂意幫助我，讓我高興——為我做事、跟我合作，正像你富有特色的說法那樣，『只要是正當的事情』；因為如果我叫你去做什麼你認為是不正當的事情，你就一定不會跑動步履如飛，辦事迅速俐落，也不會有活潑的眼神和生氣勃勃的臉色了。那時我的朋友就準會鎮定而蒼白地朝我轉過臉來說：『不，先生，這可不行，我不能這麼做，因為這是不正當的。』而且變得像顆恒星似的不可動搖了。是啊，你也有力量左右我，可以傷害我。但我不敢向你露出我的要害來，生怕你儘管這麼忠實、友好，也會萬一給我致命的一擊。」

「要是你對梅森也像我那樣沒什麼可以害怕的話，那你就非常安全了。」

「上帝保佑但願如此！簡，這兒有個涼棚，坐下吧。」

涼棚是牆裡的一個圓拱門，周圍攀繞著藤蘿，裡面有一張粗木凳。羅徹斯特坐下了，不過給我留出了空來，但我還是站在他面前。

「坐吧，」他說，「這長凳夠兩個人坐的。你該不是對於坐在我身邊感到猶豫不決吧，是嗎？這是不正常的，簡？」

我沒回答，逕自坐下。我覺得拒絕是不明智的。

「現在，我的小朋友，趁陽光正在吮吸露水，這個古老花園裡的花兒都正在甦醒，紛紛開放，鳥兒正從桑菲爾德樹叢裡爲它們的孩子銜來早餐，早起的蜂蜜正在開始它們的第一陣忙碌——我要講一樁例給你聽，你要竭力設想它就發生在你自己的身上。不過首先，你把眼睛望著我，告訴我你覺得很自在，並不擔心我留住你有什麼不正當，或者你肯留下來有什麼不正當。」

「不，先生，我心裡很舒坦。」

「好吧，簡，那你就求助你的想像力，假設你從前並不是一位管教得很好的姑娘，而是個從小就被慣壞的小伙子；設想你是在一個遙遠的異國；設想你就在那兒犯下了一樁大錯，別去管它是什麼性質、出於什麼動機，反正它的後果足以貽害終身，糟蹋了你的整個生活。注意，我並沒說罪惡，我並不是在說殺人流血或者別的什麼犯罪行爲，使罪犯會因此受到法律處分。我說的是錯誤。

「你做下那件事的後果，遲早會讓你感到完全無法忍受。你採取了措施以求解脫，它有點不尋常，但既不違法，也無可指摘。但你仍舊痛苦，因爲眼看生活就在面前，你卻毫無希望。你正在如日中天時，卻被日蝕遮蔽得黯淡無光，而你知道不到日落西山，你無法擺脫它。痛苦、丟臉的回想，是你記憶的唯一食糧。你浪蕩四方，遠離家鄉以求得安寧，尋歡作樂來尋求幸福——我指的是那種毫無心肝的酒肉聲色之樂——它使得你頭腦昏沉、感情冷漠。

「在心神疲憊、靈魂痲木的情況下，你在多年的自我流放後回到了家裡。你結識了一個新朋友——何時何地無關緊要，你在這位陌生人身上發現了許多你二十年來一直在尋找而始終未曾遇到的優異品質，而且全都那麼清新、健康、毫無塵埃和汙點。這樣的交往能使人復活，催人新生。你覺得比較美好的日子又重新回來了——又有了比較高尚的期望，比較純潔的感情。你渴望重新開始你的生活，用一種比較配得上不朽靈魂的方式來度過你的餘生。為達到這個目的，你是不是有權越過習俗的障礙——那種既不被你的良心所認可、也不為你的判斷力所贊同的純粹世俗的阻力呢？」

他停了一停等我回答，但我能說什麼呢？唉，但願哪位善良的神明來啓示我作出明智而滿意的回答。無聊的空想！西風習習，拂過我周圍的藤蔓，但卻並沒有一位溫存的愛麗兒❷藉助風聲而給我一句提示。鳥兒在樹梢歌唱，但它們的歌聲不管多麼甜蜜，總是沒法理解的。

羅徹斯特先生又再一次提問：

「這個曾經浪蕩而誤入歧途，但如今正力求安定下來、改邪歸正的人，是不是有權向世人的看法挑戰，以求使那個溫柔、文雅、和藹可親的陌生人永遠跟他在一起，因而取得他自己心靈的寧靜和生活的復甦呢？」

「先生，」我回答說，「一個浪蕩者的重新安定和一個誤入歧途者的改過自新，是絕不能依賴於一位同類的。男人和女人都會死，哲學家有智窮的時候，基督徒也會在善行中有所

❷愛麗兒（Ariel），西方中世紀傳說中的空氣精靈。

閃失。如果你知道有誰行為不當，受過痛苦，那就勸他從高於他同類的地方去尋求力量來改過自新，尋求安慰來治癒創傷吧。」

「可是手段呢——手段呢！做這件事的上帝規定了手段。我本人——我跟你說這話並不是打比喻——就曾經是庸俗、放蕩、不安分的人，而現在我相信自己已經找到了得救的手段，那就是……」

他住了口。鳥兒仍在婉囀歌唱，樹葉仍在輕聲地沙沙作響。我幾乎有點奇怪它們怎麼不停止出聲，好傾聽這暫時中斷了的自白。不過它們也許要等待好幾分鐘時間——沉默持續了很久。最後，我終於抬起頭來望望那說話磨磨蹭蹭的人，他正急切地瞧著我。

「小朋友，」他說，聲音完全變了——同時面容也完全變了，溫和嚴肅的神情完全不見，變得既粗暴又嘲弄——「你注意到了我對英格拉姆小姐的傾慕了吧，你認為我娶了她，她會使我得到徹底的新生嗎？」

他猛地站起來走了開去，幾乎一直走到了小徑的那一頭，等他又轉身走回來時，嘴裡哼著一支曲子。

「簡，簡，」他在我面前停住，說：「你守了一夜，熬的臉色都蒼白了，你不咒罵我打擾了你的休息嗎？」

「咒罵你？不，先生。」

「握握手來證實這句話吧。多冷的手啊！昨晚我在那間密室門口觸到它時，它比現在還暖和些。簡，什麼時候你再跟我一起守夜？」

「任何用得著我的時候。」

「比如，我結婚的前一刻！我相信我準會睡不著覺，你答應坐著不睡來陪陪我嗎？我可以跟你談談我那可愛的人，因爲現在你已經見過她，認識她了。」

「是的，先生。」

「她是個世上少有的人，是不是，簡？」

「是的，先生。」

「一個健壯婦人——一個地道的健壯婦人，簡，高大、褐色皮膚、身材健美，頭髮大概就跟那些迦太基婦人一樣。糟糕！丹特跟利恩到那邊馬厩裡去了！你從灌木叢旁邊進去，走那扇邊門。」

我朝一頭走去時，他走向另一頭，我聽得他在院子裡高高興興地說：

「梅森今早搶在你們大家前面，他在太陽沒出山就走了，我四點鐘起來給他送行的。」

21

預感是十分奇特的東西！感應也是，預兆也是。而三者結合在一起，構成了人類至今還未找到鑰匙來解開的一個謎。我一生從沒有嘲笑過預感，因爲我自己就有過幾次奇怪的預感。感應呢，我相信是存在的（比如在關係很遠、長期睽隔、久不來往的親戚們之間，久不來往的親戚們之間，它說明儘管彼此疏遠，他們歸根到底，還是同出一源。），它的作用超出了正常的理解。而預兆呢，也許只是大自然和人之間的感應吧，我們也說不上來。

當我還是個小姑娘，只有六歲大的時候，一天晚上我聽見貝絲・李文在跟馬莎・艾葆說，她夢見了一個小娃娃，而夢見小孩不是自己就是親屬要遭到麻煩的可靠預兆。這說法本來早就會被我遺忘了，要不是緊跟著發生的一件事使它永遠牢記在我心裡的話。

就在第二天，貝絲被叫回家去看她臨終的小妹妹。

最近我時常記起這個說法和這一件事來。因爲過去一星期裡，我幾乎沒有一夜上床睡覺不夢見一個小孩，有時我把他抱在懷裡哄著他，有時放在膝上搖著他，有時候看著他在草地上玩弄雛菊，再不就是在用手攪動著流水玩。這一夜是個嚎啕大哭的孩子，下一夜又在哈哈大笑。一會兒他鑽在我懷裡，一會兒逃開我。但不管這個幻象表現出什麼心情，長得什麼樣子，一連七夜只要我一進夢鄉，他就準來迎接我。

我不喜歡這種同一念頭的一再重複——這種同一形象的奇怪重現。每當快要睡覺時間，幻象出現的時刻漸近，我就坐立不安起來。那個月夜裡，我正是在跟這個幻影孩子作伴時，聽見喊聲驚醒了過來。而第二天下午，就有人帶口信來叫我下樓去，說費爾法克斯太太屋裡有人在找我。到了那兒，我看見有個男人正在等我，樣子像是位紳士的貼身男僕。他身著重喪，拿在手裡的帽子上也纏著黑紗。

「我猜想你準認不出我來了，小姐，」我進去時他站起身來說，「不過我姓李文，八九年前你在蓋茨黑德府的時候，我就在那兒給里德太太當車夫，現在我還在那兒。」

「哦，羅伯特！你好！我完全記得你，你有時候常讓我騎一下喬治娜小姐的栗色小馬。貝絲怎麼樣？你不是跟貝絲結婚了嗎？」

「是的，小姐。我妻子身體挺健壯，謝謝。約莫兩個月前她又給我養了個小把戲——我們現在有三個了——大人孩子都挺好。」

「府裡的人都好嗎，羅伯特？」

「眞可惜我不能給你帶來好一點的消息，小姐，他們眼前都很糟——」

「但願不是有人去世了吧？」我瞧了瞧他身上的黑禮服說。他也低頭看了看帽上纏著的黑紗，回答道：

「約翰先生到昨天剛去了一個禮拜，死在他倫敦的住所裡。」

「約翰先生？」

「是的。」

「他母親怎麼受得到呢？」

「說得是呀，你知道，愛小姐，這可不是一樁平常的不幸事。他生前生活非常放蕩，最近三年以來他更荒唐得出奇，他死得也挺嚇人。」

「我從貝絲那兒聽說，他幹得不太好。」

「幹得不太好？他幹得不能再壞了；他跟世上最壞的男人女人混在一起，毀了自己身體，又毀了家業。他陷進債務，又陷進了監牢。他母親把他弄出來兩次，可他一出來就馬上又恢復了他的老關係和老習慣。他腦子不大好，跟他混在一塊兒的那些無賴欺詐他到了我聽都沒聽說過的程度。約莫三個星期前他來到蓋茨黑德，竟要太太把一切交給他。太太拒絕了，她自己的收入也因爲他的揮霍，早就減少了許多。這樣他只好又回去了，接下來的消息就是他死了。到底怎麼死的，上帝知道！人家說他是自殺的。」

我一句話沒說，這消息太可怕了。羅伯特．李文又說下去：

「太太自己也身體不好，有些日子了。她原來就發胖的厲害，卻胖而不夠結實，錢財損失和擔心受窮更弄得她幾乎完全垮了下來。約翰先生去世和他死的方式，消息來得那麼突然，結果引起了一場中風。她三天沒說話，不過上星期二她似乎好了一點。她彷彿想要說些什麼，一邊嘴裡喃喃著，一邊不斷向我老婆打手勢。但直到昨兒早上，貝絲才聽出了她是念叨你的名字，且最後終於聽明白了她的話：『把簡帶來——把簡．愛找來，我要跟她說話。』

貝絲抓不準她神志是不是清醒，說的話是不是認眞，不過她還是告訴了里德小姐和喬治娜小姐，並且勸她們派人來找你。開頭兩位小姐置之不理，可是她們的母親變得那麼煩躁不安，『簡、簡』地說了那麼多次，所以最後她們只好同意了。我是昨天從蓋茨黑德動身的，要是你來得及準備的話，小姐，我想明天一早就陪你回去。」

「好，羅伯特，我來得及。我看我應當去。」

「我也是這樣想，小姐。貝絲說她料得定你是不會拒絕的。不過我猜你還得先請個假才能離開呢？」

「對，我這就去。」我先帶他到僕役室，托約翰的妻子款待一下，並且請約翰親自關照，然後就回身去找羅徹斯特先生。

樓下的哪一間屋子裡都沒有他，他也不在院子裏、馬厩裏、或者庭院裏。我問費爾特克斯太太有沒有見過他——是的，她相信他準是在跟英格拉姆小姐一起打撞球。我連忙趕到撞球室去，球的撞擊聲和嗡嗡的談話聲從那兒傳出來。羅徹斯特先生、英格拉姆小姐、兩位艾希敦小姐和她們的傾慕者，都在起勁地打球。去打攪這些興致正高的人眞得有一點勇氣，但我的使命實在容不得我多耽擱，因此我只好向著正站在英格拉姆小姐身邊的主人走過去。

我走近的時候，她轉過臉來，高傲地看著我。她的眼神似乎在問：「這鬼鬼祟祟的傢伙現在又想幹什麼了？」而我一低聲喚了句「羅徹斯特先生，」她就做了個動作，彷彿忍不住想命令我走開。我至今還記得她當時的樣子——非常優雅，非常引人矚目：她身著一件天藍色縐紗晨衣，頭髮上紮了條淡青色紗巾。她打撞球打得正起勁，被人觸犯了尊嚴，是不會使她那傲慢的臉上的神色變得緩和一些的。

「那人想找你嗎？」她問羅徹斯特先生，而羅徹斯特就回過頭來看看「那人」究竟是誰。他做了個古怪的鬼臉後——他那種奇怪而含意不明的表示之一——就扔下手裡的球杆，跟著我走出了房間。

「什麼事，簡？」他關上撞球室的門，背靠著門上說。

「對不起，先生，我想請一兩個禮拜假。」

「幹什麼？上哪兒？」

「去看一位派人來叫我去的生病的太太。」

「哪位先生的太太？她在哪兒住？」

「在××郡的蓋茨黑德。」
「在××郡?那有一百英里路呢!她到底是什麼人,竟會叫人那麼遠的路趕去看她?」
「她姓里德,先生——里德太太。」
「蓋茨黑德的里德?是有一個蓋茨黑德姓里德的,他是個地方執法官。」
「正是他的寡婦,先生。」
「那你跟她是什麼關係?你怎麼會認識她的?」
「里德先生是我的舅舅——我母親的哥哥。」
「眞見鬼,他是你的舅舅!你從前從來沒告訴過我,你一直說你沒有親戚。」
「沒有一個肯承認我的親戚。里德先生已經去世,他的妻子趕走了我。」
「爲什麼?」
「因爲我窮,是個累贅,而且她不喜歡我。」
「可是里德有孩子留下嗎——你總有表兄妹吧?喬治・科恩昨天還談起蓋茨黑德的里德——說他是全城最地道的無賴之一。英格拉姆也提起那兒的一位喬治娜・里德,她的美貌前一兩個社交季節曾經在倫敦大受讚美。」
「約翰・里德也死了,先生。他毀了自己,也幾乎毀了他的一家,而且據猜測他是自殺的。這消息使他的母親大受打擊,引起了中風。」
「那你對她能有什麼好處呢?眞荒唐,簡!我就絕不會想到趕一百里路,去看一個說不定等你趕到早已死了的老太太。再說,你說過她把你趕了出來。」
「是的,先生,不過那已經是很久以前的事了,而且那時候她的情況完全不同。現在我不顧她的願望是於心不安的。」

「你要待多長時間呢？」

「盡可能短些，先生。」

「答應我只待一個星期……」

「我還是先不擔保好一些，說不定我會不得不違背諾言的。」

「無論如何你總會回來，你總不會在任何理由下被勸說得她長住下去吧？」

「哦，不會的！要是一切順利的話，我一定會回來的。」

「誰陪你去呢？你總不能獨自一個人趕一百英里路吧。」

「不，先生，她派了她的車夫來。」

「是個靠得住的人嗎？」

「是的，先生，他已經在他家待了十年了。」

羅徹斯特先生沉思了一會兒。

「你打算什麼時候走呢？」

「明天一清早，先生。」

「好吧，你得帶點錢去，你總不能不帶點錢就出門旅行，而我敢說你的錢並不多，我到現在還沒付過你薪水吧。你到底有多少錢，簡，」他微笑著問。

我掏出了我的錢袋，錢袋是空癟癟的。

「五個先令，先生。」

他拿過錢袋，把裡邊那點寶貝全倒在他的手掌裏，看著它咯咯地笑了起來，彷彿對它寒酸可憐感到很有趣似的。他馬上摸出了皮夾來。「拿著。」他說，遞給我一張鈔票，是五十鎊的，可他只欠我十五鎊。我跟他說我找不出。

「我又不要你找，這你知道的。收下你的薪水吧。」

我不肯收多於我應得的錢。他起初皺眉不高興，隨後好像想起了什麼，說道：

「對，對！最好這會兒別都給你，你有了五十鎊，說不定會待上三個月不回來。拿十鎊去，這不是足夠了嗎？」

「夠了，先生，不過現在你欠我五鎊了。」

「那你就回來拿吧，我這兒存著你四十鎊。」

「羅徹斯特先生，趁現在有機會，我最好還是跟你提一下另外一件正事。」

「正事？我倒很想聽聽。」

「你等於已經告訴了我，先生，你很快就要結婚了？」

「是的，怎麼樣呢？」

「那樣的話，先生，阿黛爾就應該進學校去。我想你一定明白這是很必要的。」

「讓她別擋了我新婚夫人的路，否則怕會被重重地踩在腳底下嗎？這建議有道理，這是毫無疑問的。照你說，阿黛爾得進學校，而你，不用說，就得直接去……見魔鬼是不是？」

「我希望不是，先生，不過我是得上什麼地方去另找個職位。」

「那當然嘍！」他大聲說，聲音有點發顫，臉上顯出既古怪又可笑的異樣神色，他看了我好幾分鐘。

「那麼我猜想，你會去求里德太太，或者她的兩位千金，幫你找個職位吧？」

「不，先生。我跟我的親戚們關係沒那麼好，還夠不上去要她們來幫我什麼忙——不過我可以登廣告。」

「你還可以大搖大擺走到埃及的金字塔上去呢！」他怒沖沖地說。「你登廣告簡直是自己找死！我眞但願剛才給你的只是一鎊，而不是十鎊。還給我九鎊，簡，我要用。」

「我也要用，先生。」我一邊回嘴，一邊兩手抓住錢袋藏在背後。「這錢我無論如何也不能給。」

「小氣鬼！」他說，「錢財上居然一點也不肯跟我通融！給我五鎊吧，簡。」

「五先令都不給，先生，五便士也不給。」

「只讓我看看那筆錢吧。」

「不，先生，不能信賴你。」

「簡！」

「怎麼？」

「答應我一件事。」

「什麼事我都答應，先生，只要我覺得我辦得到。」

「別登廣告，把這件謀職的事交給我。我會及時替你找到的。」

「我很樂意這樣辦，先生，只要你也答應，在你的新娘進門以前，讓我和阿黛爾平安地離開這所宅子。」

「很好！很好！我保證做到。那麼，你明天就走嘍？」

「是的，先生，一早。」

「晚飯後你到客廳裏來嗎？」

「不了，先生，我得打點一下行裝。」

「那麼你我得暫時告別幾天了？」

「我想是的，先生。」

「人們是怎麼舉行那種告別儀式的，簡？教教我，我對這個不大在行。」
「他們說聲『再見』，或者用他們喜愛的任何別的形式。」
「那就說一聲吧。」
「再見，羅徹斯特先生，暫時告別了。」
「我該怎麼說呢？」
「你高興的話，先生，就也這麼說。」
「再見，愛小姐，暫時告別了。這就完了嗎？」
「是的。」
「照我看，這似乎不太吝嗇、太乾巴巴，太不友好了。我想再有點別的，給儀式稍微再作點補充。比方說，握握手。哦，不——那我也覺得還不夠。那麼除了說聲再見以外，你不想再做些什麼了嗎，簡？」
「這就夠了，先生。一句出於眞心的話所表達的好意，可以勝過千言萬語。」
「很可能。不過這總有點空洞而且冷淡——『再見』。」
「他背靠著那扇門，到底還打算站多久？」我暗自問著。「我要動手去打點行李了。」
晚飯鐘響了，他一句話也沒再說，就突然跑開了。
那天我沒有再見到他，第二天早上他還沒起來我就動身了。
五月一日下午五點鐘光景我到達了蓋茨黑德的門房。在上裡面宅子去以前，我先進這兒去瞧瞧。裡面非常整潔，假窗龕上掛著小小的白帘子，地板上沒有汙跡，爐柵和爐具都擦得發亮，火也燒得挺旺。貝絲坐在爐邊，正在給她剛生的孩子餵奶，小羅伯特跟他的妹妹在一邊安安靜靜地玩著。

「謝天謝地！我知道你會來的！」我一進去，李文太太就嚷了起來。

「是啊，貝絲，」我吻了她，說，「我相信我來得還不太晚吧！里德太太怎樣了？但願她還活著。」

「是啊，她活著，而且還比前一陣清醒些，也安定些。醫生說她還能拖上一兩個禮拜，但不相信她最後還能復元了。」

「這幾天她提起過我嗎？」

「今兒早上還在說起你，希望你來，不過這會兒她正在睡著，或者說十分鐘前我在宅裡的時候她正在睡著。她一般整個下午都躺在那兒昏睡著，六七點鐘才醒。你先在這兒休息一個小時，小姐，然後我再陪你一起進去好嗎？」

正說著，羅伯特進來了，貝絲就把正睡著的孩子放進搖籃裡，迎上前去。接著她定要我把帽子脫下，用一些茶點，因為她說我看上去既蒼白又疲倦。我很高興接受她的款待，而且老老實實地聽任她替我脫下旅行服，就像我小時候總是讓她替我脫衣服一樣。

我一邊望著她，一邊禁不住往事歷歷，重上心頭。她忙忙碌碌地拿出她最好的瓷器，擺上了茶盤，切好麵包和黃油，烤了一份喝茶時吃的小點心，還不時抽空拍一把或者推一下羅伯特或者簡，正像從前她對我所做的那樣。貝絲不但保持了她輕快的步履和好看的容貌，而且也仍舊保持著她急燥的脾氣。

茶點準備好了，我正要朝桌前走去，但她仍用從前那種不容違抗的口氣要我坐著別動。她說，一定要給我端到爐火跟前來吃，說著就在我面前擱了一張小圓几，放上我的一杯茶和一盤點心，完全跟她從前常把偷偷拿來好吃東西放在育兒室的椅子上給我吃一樣，而我也笑著跟往日一樣聽從她的安排。

她很想知道我在桑菲爾德府是不是快活，女主人爲人如何。當聽說那兒只有一位男主人，她就又問他是不是一位很好的先生，我是不是喜歡他。我告訴她說他長得相當難看，但完全是位紳士。說他待我挺好，我很滿意。接著我又給她描述了最近來府裡作客的那班快快活活的客人。對這些細微末節貝絲聽得津津有味，這正是她最愛聽的。

這樣談著，一小時很快就過去了。貝絲給我把帽子等等重新穿戴好，我就由她陪著出了門房朝府裡走去。將近九年以前，我也正是由她陪著，沿現在我正在走進去的這條路走出來。在一月裡一個昏暗、多霧、潮濕的早晨，我懷著一顆絕望而痛苦的心——一種被放逐和近乎被擯棄的感覺——離開一座敵視的房子，到洛伍德那樣一個既遠遙又茫然無知的地方去尋求清冷的棲身之所。

如今，原來那座敵視的房子又聳立在我的眼前，我的前途還難以預卜，我的心裡還餘痛未滅。我仍舊覺得自己是在四處漂流。不過我對自己和自己的力量感到了較強的自信，而對壓迫不再那麼畏懼退縮。我那飽受委屈的流血傷口，如今也已癒合，仇恨之火也已熄滅。

「你該先上早餐室去，」貝絲引路帶我穿過大廳時說，「兩位小姐都在那兒。」

不一會兒我就進了那個房間。這兒每件家具都仍舊跟我初次被帶來見布魯克赫斯特的那天早上一模一樣；他站在上面的那塊小爐毯仍舊舖在壁爐前。朝書架望望，我覺得仍舊能辨認出那兩卷畢維克的《英國禽鳥史》擺在第三格的老地方，《格列佛遊記》和《天方夜譚》仍排列在它上面的一格。無生命的東西絲毫未變，而有生命的卻已變得簡直認不出來了。

兩位年輕小姐出現在我面前，一位很高，幾乎跟英格拉姆小姐相仿——而且很瘦，臉色發黃，神色嚴峻。她看上去有點苦行者的味道，更加重了這種感覺的是她那身極其樸素的打扮，一件下身是直統裙的黑呢長衣，一個漿洗過的麻布領圈，鬢邊的頭髮往後梳，戴著修女戴的那種飾物：一串黑檀木念珠和一個十字架。我猜到這準是伊麗莎，儘管我從她那張拉長而毫無血色的臉上，簡直找不出一點跟從前的她相似之處。

另一位當然是喬治娜了，但卻不是我記憶中的喬治娜——那纖秀而長得像仙女般的十一歲的小姑娘。這是一位如花盛開、十分豐滿的女郎，像個蠟人兒那麼潔白，端正而漂亮的五官，含情脈脈的藍眼睛，捲曲的黃頭髮。她的衣服顏色也是黑的，但式樣卻跟她的姊姊大不相同——要飄逸和合身得多——看上去很時髦，正像另一位看上去像個清教徒般。

姊妹倆各有母親的一個特徵——而且只有一個：瘦弱蒼白的大女兒有她母親那種煙水晶色的眼睛，而嬌艷和花的小女兒則有她那種頷骨和下巴的輪廓——或許稍微柔和一點，但卻仍然使那張本來會異常妖艷嬌媚的臉平添了一種說不出的嚴厲。

當我走上前去的時候，兩位小姐都站了起來歡迎我，而且都稱我為「愛小姐。」伊麗莎招呼我時口氣簡短突兀，臉無笑容，說罷她就又坐了下去，兩眼盯著爐火，似乎把我忘了。喬治娜在「你好！」之外又加上了幾句有關我的旅途、天氣之類的客套話，說話時有點拖長了腔調，同時還伴隨著各樣的斜眼瞥視，從頭到腳地打量我——眼光時而掠過我淡褐色美麗奴呢大衣的褶皺，時而停留在我鄉居便帽的簡樸飾邊上。

年輕小姐們有一種絕妙的辦法，用不著眞正說出口來就讓你知道她們覺得你是個「怪物」。某種神情上的高傲、態度上的冷淡、口氣上的漫不經心，就完全可以表達出她們這方面的情緒，而無須乎在言行上顯出任何明確的粗魯無禮來。

然而，不管明嘲暗諷，如今對我已經不再具有它一度曾經有過的那種影響力。當我坐在兩個表姊妹的中間時，我驚奇地發現自己對於其中一個的徹底怠慢和另一個含譏帶諷的殷勤態度，是多麼地處之泰然——伊麗莎並沒有使我感到難堪，喬治娜也並沒有惹我生氣。實際上，我要想的別的事情實在太多了。近幾個月來，我心裡激起的萬千思緒遠比她們所能引起的要強烈得多——所喚起的痛苦和歡樂，也遠比她們所能造成或者賜予的要刻骨銘心或者回味無窮得多——正因為這樣，她們的那副神氣好歹都與我無關。

「里德太太身體怎樣？」不一會兒我就神色自若地望著喬治娜問，她對這樣直截了當的稱呼覺得應當表示憤慨，彷彿它是一種出乎意料的放肆。

「里德太太？哦！你是說媽媽。她身體很不好，我拿不準你今晚能不能去見她。」

「要是，」我說，「你肯勞駕上樓去跟她說一聲我來了，我就非常感激了。」

喬治娜幾乎驚跳起來，把一雙藍眼睛瞪得又大又圓。

「我知道她特別希望見到我，」我補充說，「所以除非迫不得已，我不願意推遲去見她，聽她要說些什麼。」

「媽媽不喜歡人家晚上去打擾她。」伊麗莎說了一句。

我馬上站了起來，不等人請就泰然自若地脫掉帽子、摘下手套，說我自己出去找貝絲——我想她準在廚房裡——要她去問問明白，里德太太究竟願不願意今晚就見我。我走了出去，找到貝絲，打發她去替我跑一趟，接著又進一步作了一些安排。

在此以前，我總是習以為常地在傲慢面前退縮。要是在一年以前，受到今天這樣的接待，我準會決定第二天一早就離開蓋茨黑德的。如今，我卻一下就看出那將是個愚蠢的打算。我既然趕了一百英里路來看我的舅母，我就得待下來直到她好一些或者去世。至於她女兒的傲慢或者愚蠢，我必須拋在一邊，不受它的左右。因此我找到管家，請她給我安排一間屋子，告訴她我或許要在這兒作客一兩個星期，要人把我的箱子搬到我的房裏，我自己也跟著去。走到樓梯口上，我碰到了貝絲。

「太太醒著，」她說，「我告訴了她你到了。來吧，瞧瞧她認不認得出你。」

我用不著別人領路到那間熟悉的房間裏去，早先我曾那麼頻繁地被叫到那兒去受罰或者挨罵。我匆匆地走在貝絲前面，輕輕地開了房門。桌上放著一盞有燈罩的燈，因爲天已經黑下來了。這兒仍跟從前一樣放著那張有琥珀色床幔的四柱大床、那個梳妝台、那把扶手椅、還有那張腳凳，我曾上百次在那上面罰跪，爲自己莫須有的過錯求饒。

我朝近旁一個角落上望望，預料多半會看到我那曾經十分害怕的細長的鞭影，它總是潛伏在那兒，等著像惡鬼似的跳出來抽打我發抖的手心或者畏縮的脖子。我走向床邊撩開床幔，朝高高疊起的枕頭俯下身去。

里德太太的臉我是記得很清楚的，因此我急著想尋找那熟悉的面容。世上值得高興的是，時間會消除報復的渴望，平息憤恨和憎惡的衝動。我曾帶著滿腔怨恨離開這個婦人，如今重新回到她身邊來時，卻只有一種對她所受巨大痛苦的憐憫之情，以及忘掉和寬恕她種種傷害的強烈渴望——一心只希望彼此和解，握手言歡。

那張熟悉的臉還在那兒，仍跟先前一樣嚴酷無情——那種任何東西也不能軟化的眼神還在那兒，還有那微微揚起的專橫傲慢的眉毛。它曾多次朝我緊緊皺起，顯示出威脅和憎恨！如今我辨認出它那嚴峻的輪廓時，童年時代的恐懼和憂傷的回憶，又是如何重新湧上了心頭！然而我仍舊彎下身去吻了她，她眼望著我。

「是簡・愛嗎？」她問道。

「是的，里德舅媽。你好嗎，親愛的舅媽？」

我一度曾發誓永遠不再叫她舅媽，但我現在覺得忘掉和違犯這個誓言並不算什麼罪過。我用手緊緊握住她伸出在被子外面的一隻手，如果她和藹地握握我的手，當時我一定會感到眞正的愉快。但頑固的本性不是那麼容易軟化的，天生的反感也不是那麼輕易就能消除的。里德太太把手縮了回去，還微微把臉從我這兒掉開，說了句今晚有點熱。

她又是那麼冷冰冰地瞧著我，我一下子就感到她對我的看法——她對我的感情——還是沒變，也永遠不會變。我從她石頭般的眼神——那溫情無法打動、眼淚無法溶解的冷漠眼神中看出，她是決心要到死都把我看得很壞的了。因爲如果相信我好，那不但不能使她感受到寬厚的愉快，卻反而只會產生屈辱的感覺。

我感到痛苦，接著又感到憤怒，而最後我下定了決心要降伏她——不管她性格和意志如何頑強，我一定要壓倒她。像小時候一樣，我的眼淚已經湧了上來，但我硬把它壓了回去。我端過一把椅子來放在床頭邊。我坐了下來，向枕邊俯下身去。

「你派人叫我來，」我說，「我來了，而且打算住下來，看你的病情發展得怎樣。」

「哦，當然嘍！你見到我的女兒了嗎？」

「見到了。」

「好，你告訴她們我要你住下，等我能把心裡壓著的一些事跟你談談清楚。今晚時間太晚了，我要記起它們來也很吃力。不過確實有些事我想要說一說——讓我想想看……」

目光徬徨不定，說起話來跟以前變了樣，表明她原先強壯的體格已經壞到了如何程度。她煩躁地翻身，拉過床單來裹緊身子，我的一隻胳膊肘正好擱在一個被角上，把它壓住了，她馬上惱怒起來。

「坐直了！」她說，「別壓緊了被子叫我煩心……你是簡·愛嗎？」

「我是簡·愛。」

「我爲那個孩子費的心神誰也不會相信。給我留下了那麼大一個累贅——她又每時每刻給我招來許多煩惱，她那摸不著的脾氣，突如其來的性子發作，還有不斷古里古怪地察看別人的一舉一動！我擔保，她有一回跟我說話簡直就像個瘋子或者魔鬼似的——沒有一個孩子曾經像她那樣說過話或者有過像她那樣的神氣。我很高興總算把她從家裡攆了出去。洛伍德那些人是怎麼對付她的？那兒發作過傷寒，許多學生死了，可她卻沒有死。但是我說她死了——我但願她死了！」

「眞是個奇怪的願望，里德太太。你爲什麼那麼恨她呢？」

「我一直不喜歡她的母親，因爲她是我丈夫唯一的妹妹，非常受他的鍾愛。她降低身分嫁了人，他卻反對家裡人跟她斷絕來往。她的死訊傳來時，他又哭得像個傻子似的。他定要去把孩子接來，我怎麼勸他寧可花錢托出去餵養他也不聽。我第一眼看見她就厭惡透了——一個哭哭啼啼、病懨懨、瘦巴巴的小東西！她會整夜在搖籃裡哭個不停——不像所有別的孩子那樣痛痛快快地大哭，而是老抽抽搭搭、哼哼唧唧。

「里德憐惜她，他時常照料她、關心她，就像他自己的孩子似的。說眞的，比對他自己的孩子小時候還要關心些。他硬要我的孩子們對這個小叫化子好，寶貝們受不了，而她們一露出厭惡來他就跟她們大發脾氣。他死前的生病期間，還不斷叫人把她抱到床前來，臨終前一小時，他又要我發誓一定要繼續撫養她。我倒不如去收養一個從救濟院來的小叫化子還好些。不過他軟弱，生性軟弱。

「約翰倒一點也不像他父親，我很高興。約翰像我和我的兄弟——他簡直像是個吉布森家的人。唉，但願他別再不斷寫信要錢來折磨我！我再也沒有錢給他了，我已經變得越來越窮了。我一定得減掉一半傭人，關掉一部分房子，或者租出去。我絕不甘心這樣做——可不然我們又怎麼過下去？我三分之二的進款都得拿去抵押借款的利息。約翰賭得厲害，而且老是輸——可憐的孩子！他被一群賭棍騙子團團包圍著。約翰墮落變壞了——他的樣子簡直怕人——我瞧著他都爲他害臊。」她越說越激動得厲害。

「我想我這會兒還是離開她好一些。」我對貝絲說，她正站在床的另一邊。

「或許是的，小姐，不過她每到向晚常常這樣說話——到早上她就平靜一些。」

我站起身來。

「站住！」里德太太嚷道，「我還有件事要說。他威脅我——他不斷用他的死或者我的死來威脅我，弄得我有時候夢見他正等著入殮，喉嚨上有個很大的傷口，或者臉又腫又黑。我碰到了一個莫名其妙的關口，我遇到了大麻煩。該怎麼辦？怎麼去弄到錢？」

這時貝絲竭力地說服她服一劑鎮靜藥，好不容易才說服了她。

不一會兒，里德太太變得安靜了些，逐漸進入昏睡狀態。於是我離開了她。

十多天過去了，我還沒有再一次跟她談過話。她一直不是說胡話就是昏睡，醫生禁止做一切會使她痛苦激動的事。這期間，我儘量跟喬治娜和伊麗莎和睦相處。起初她們的確十分冷淡。伊麗莎會半天坐在那兒做針線、看書、或者寫字，無論跟我或跟她妹妹都很少說一句話。喬治娜則會每隔一會兒就嘰哩咕嚕的跟她的金絲雀胡說一通，根本不理睬我。但我決心不顯出無可排遣和無所事事的樣子。我隨身帶來了畫具，它們在這兩方面都給我幫了大忙。

備好一盒畫筆、幾張紙，我經常離開她們，在靠窗的地方坐下，專心一志地勾畫一些想入非非的小圖畫，隨意畫出一時呈現在變幻不定的想像力萬花筒中的各種景象：兩塊礁石之間的一片海，剛升起的月亮，從月亮表面橫過的一條船，一叢蘆葦和劍蘭，一個水仙女的頭，戴著蓮花花冠從裏面冉冉升起，在一圈山楂花下，一個小矮人坐在籬雀窩裡。

一天早上，我隨手去畫一張臉，究竟要畫什麼樣的臉我自己也不知道，而且也無所謂。我挑了一支黑色的軟鉛筆，把筆尖弄得很粗，動手畫了起來。不一會兒，我就在紙上描出了一個突出的寬額角，和一個方臉的下半部。這個輪廓很惹我喜愛，我的手迅速地給它畫上了五官。在那個額角下，一定得畫上兩條引人注目的平直的眉毛，接下來自然是一個輪廓分明的鼻子，筆挺的鼻樑和大大的鼻孔。然後是一張看上去很靈活、長得並不小的嘴。再後來是一個堅毅的下巴，中間有一條明顯的凹痕。不用說，還得畫上點黑黑的鬢鬚和漆黑的頭髮，鬢髮濃密，額髮像波浪似的捲曲。現在得畫眼睛了，我把它們勾得大大的，形狀描得很好，睫毛畫得又長又濃，黑眼珠又大又亮。

「不壞！可總有點不是那麼回事，」我一邊估量著效果，一邊心裡想，「還得把它們畫得更有力、更有精神點。」

於是，我在暗處再加深些，以便使明亮處能更加閃閃發光——恰到好處地加上一兩筆，就圓滿地成功了。瞧，現在有一張朋友的臉在我的眼前，那兩位小姐把背朝著我又算得了什麼？我望著它，我對著它呼之欲出不禁微笑，我看得出神，感到心滿意足。

「那是你一個熟人的肖像嗎？」伊麗莎問道，她在我沒注意的時候已經走了過來。我回答說這只是一個想像的頭像，說著連忙把它放到了其他畫紙的底下。當然，我是在說謊。實際上，它是羅徹斯特先生一幅十分逼真的寫照。不過除了對我自己，這跟她或者跟別的任何人又有什麼關係呢？喬治娜也走過來看。別的幾幅畫她很喜歡，但卻偏偏把這一張叫做「一個醜男人」。

她們倆似乎都對我的技巧感到驚訝。我提出要給她們畫肖像，她們就先後坐下來讓我畫一個鉛筆草圖。接著喬治娜拿出了她的畫集來。我答應畫一幅水彩畫讓她收進去。這一下子就使她高興了起來。她提議到庭園裡去散散步。我們出去了不到兩小時，就十分起勁地談起知心話來。承蒙她給我講述了兩個社交季節之前，她風頭十足地在倫敦度過的那一個冬季——她在那兒贏得的愛慕——她所受到的重視。我甚至還聽到了關於她曾得到過有爵位的人傾心的暗示。

從下午一直到晚上，這類暗示越來越多，提到了各種各樣的綿綿情話，描繪了多次動情的場面。總而言之，那一天她為我即興創作了整整一大部時髦生活的精彩小說。這類話一天天地接著講下去。奇怪的是，她一次也沒提起過她母親的病，或者她哥哥的死，或者眼前這一家前途的黯淡。她似乎滿腦子裝的都是對往日歡樂的懷念和對未來歡娛的渴望。她每天約莫只在她母親房間裏待上五分鐘，一分鐘也不多待。

伊麗莎仍舊沉默寡言，她顯然沒有時間多說話。我從來沒有見過看起來像她那麼忙碌的人，但卻很難說她到底在幹些什麼，或者不如說，很難看出她的忙忙碌碌究竟有什麼效果。她有個鬧鐘一大早就把她叫起來。我不知道她早飯前幹些什麼，不過飯後她把時間均分成好幾段，每小時都有它特定的工作。

她一天三次讀著一本書，我細看了一下，是一本《祈禱書》。我有一次問她這本書最吸引人的地方是什麼，她說是「禮拜規程」。她花三個小時來用金線給一塊四四方方、大到幾乎可以做地毯的紅布縫邊。我問它究竟作什麼用，她告訴我說，它是用來鋪蓋茨黑德附近新建教堂的聖壇的。她花兩小時記日記，兩小時獨自種後院裏的菜園子，還有一小時整理帳目。她似乎既不需要同伴，也不需要談話。我相信她是自得其樂的。她滿足於這樣照章行事，最讓她惱火的就是發生什麼意外事情，迫使她打亂了那鐘錶行走般的一成不變。

有一天晚上，她比平時愛談話一些，她告訴我，約翰的行為、和家裏面臨的破落，是她深爲苦惱的根源，不過她說，現在她正安下心來，下定了決心。她已經留心保住了自己的一份財產，一旦她母親去世——痊癒或者長久拖下去，她平靜地說，這是完全不可能的——她就要實現一個籌劃已久的打算：尋一個隱身之處，要使一絲不苟的生活習慣永不受干擾，要有安全的屏障把她和浮華的塵世隔開。我問她喬治娜是不是會跟她在一起。

她回答說當然不。喬治娜跟她沒有一點合得來的地方，而且從來就沒有過。她無論如何也不願自討苦吃，要她作伴。喬治娜該走她的路，而她，伊麗莎，要走她自己的路。

喬治娜在不向我傾訴心事的時候，大都躺在沙發上消磨時間，抱怨家裏太乏味，一再希望她的吉布森姨媽會請她進城去。

「只要能躲開一兩個月，」她說，「等事情全都過去，那就好得多啦！」

我並沒有去問她「等事情全都過去」這話是什麼意思，不過我估計她指的是意料中她母親的去世和隨之而來的憂鬱的葬禮。伊麗莎通常對她妹妹的無所事事和抱怨並不當一回事，就像面前根本沒有那麼老是懶洋洋躺在那兒嘟囔個沒完的人似的。不過有一天，她收起帳簿，離開刺繡活以後，卻突然衝她發起話來：

「喬治娜，我敢說白讓他們活在這世界上混日子的傢伙中，再沒有比你更愚蠢、更荒唐的了。你根本不該生下來，因爲你白白糟蹋生命。你非但不像一個有理智的人那樣爲自己、按自己、靠自己生活，卻反而一味想靠別人的力量來支撐你的軟弱。要是找不到人來甘心讓他或她自己受這麼個肥胖、孱弱、自滿、無用的東西所拖累，你就大叫大嚷說你遭到了虧待，忽視和不幸。不但這樣，你還認爲生活應該是一場不斷變化、充滿刺激的戲，否則這個世界就是個監獄。你一定要受人愛慕、被人追求、聽人恭維——你一定要有音樂、跳舞和社交——否則你就會憔悴，就要枯萎。難道你就沒有頭腦去想出一套辦法來，使你不靠別的，只靠你自己的意志和努力嗎？

「就拿一天來說，你把它分成幾份，各自都分派好工作，把全部的時間都包括進去，不留下一刻鐘、十分鐘、五分鐘零星的空閒時間。依次有條有理、按嚴格規定幹每一件事。你幾乎還沒覺察一天開始，這一天就會已經過完了。這樣你就用不著欠別人的情來幫你打發了一段空閒的時間，你也用不著求誰來作伴、談天、同情、忍耐。總之，你便可像一個獨立的人理所應當地那樣生活。聽聽這個忠告——我第一次也是最後一次向你提出的忠告，那樣不管發生了什麼，你就不會需要我或者別的任何人也行了。如果不聽——仍像直到現在這樣一味渴望、哀嘆、懶散——那就去承受你愚蠢行徑的惡果吧，不管它會如何糟糕和難以忍受。

「我明白地告訴你，好好聽著，因爲雖然我不準備再重複我現在要說的話，但我是堅決要按這話去做的。等母親一死，我就不再管你的事了。從她的棺材抬到蓋茨黑德教堂的墓地那天起，你我就各不相干，好像彼此從來沒認識過一樣。你不用因爲我們碰巧是由同一對父母所生，就以爲我會容忍你哪怕是最小的一點要求來強加於我。我可以告訴你——哪怕除我們以外整個人類都被消滅乾淨，只剩我們兩個站在地球上，我也會讓你留在舊世界，而獨自投向新世界。」

她閉嘴不說了。

「你大可不必費神去發表這樣的長篇大論。」喬治娜回答說。「誰都知道你是活著的人中最自私、最沒心肝的傢伙，而且我也知道你對我有刻骨的仇恨，以前我就有過這方面的一個例子——你在艾德溫．維爾勛爵的事情上對我玩的詭計。你受不了看我的地位升得比你高，得到貴族頭銜，被接納進那些你連臉都不敢露的社交圈子裡，所以你才扮演奸細和告密者的角色，永遠毀了我的前途。」

喬治娜摸出她的手絹來，在這以後整整一小時裡不斷擤著鼻子。伊麗莎無動於衷，只是冷冷地坐在那兒一個勁兒地幹她的活兒。

不錯，寬厚的感情在某些人看來是無足輕重的，可是這兒呈現的兩個性格，卻正因爲缺少了它，一個刻薄得叫人無法忍受，一個又乏味得令人覺得可鄙。感情缺乏理智固然淡而無味，可是理智中不攙入一點感情，卻也實在苦澀、粗糲得叫人難以下咽。

一個風雨加交的下午，喬治娜在沙發上看小說看得睡著了。伊麗莎已出門上新教堂去參加一次聖徒節禮拜——因爲在宗教的事情上她是個嚴格拘泥形式的人，任何天氣都不能阻止她去按時履行她心目中的虔誠義務。不管天氣好壞，她每個禮拜天都要上三次教堂，平常的日子也一有祈禱就去。

我想到要上樓去看看那垂死的女人怎麼樣了，她躺在那兒幾乎沒人理睬。連傭人們也只在想起來才照料一下。請來的護士因爲沒有人管，愛什麼時候溜出房間就什麼時候溜。貝絲是忠實的，但她有自己的家要照管，只能偶爾到宅子裏來。不出所料，我果然發現病房裏沒有人在看著。護士不見影子，病人一動不動地躺在那兒，顯然是在昏睡。她死灰色的臉深陷在枕頭裡，爐上的火都快熄滅了。我加了點燃料，整理了一下被褥，朝著如今不能睜眼瞧我的她注視一會兒，就走開去來到了窗前。

雨猛烈地敲打著窗玻璃，風狂暴地刮著。

「有個人躺在那兒，」我想，「她很快就要不受人間風雨搏擊之苦了。那心靈眼前正在苦苦要掙脫它的血肉之軀，一旦得到了最後的解脫，它又會飛向何處呢？」

沉思著這個重大的謎，我不由得想起了海倫．彭斯，記起了她的臨終遺言——她的信仰——她關於脫離了軀殼的靈魂都是平等的信條。我還在想像中傾聽著當她平靜地躺在臨終的病榻上，輕聲訴說著她當時那蒼白而超越塵世的面貌，那憔悴的容顏和莊嚴的凝視——這時，我身後的床上喃喃地響起了一個微弱的聲音：

「是誰？」

我早聽說里德太太已經好幾天不說話了，難道她甦醒過來了嗎？我忙向她走了過去。

「是我，里德舅媽。」

「我——又是誰？」她回答說。「你是誰啊？」她詫異而又有點驚恐地望著我，但神色還不算狂亂。「我一點也不認識你——貝絲那兒去了？」

「她在門房裡，舅媽。」

「舅媽！」她學說了一遍。「誰在叫我舅媽？你不像吉布森家的人，可我認得你——那張臉、一雙眼睛、還有額頭，我都很眼熟。你像——對了，你像簡·愛！」

我默不作聲。我生怕一說明我到底是誰會引起她休克。

「不過，」她說，「我想是弄錯了，我的頭腦混亂不清。我想見到簡·愛，就憑空想像看到了相像的人。再說，過了八年，她也一定變得很多了。」

我這才緩緩地讓她確信，我正是她猜想和想見的那個人。看出她聽懂了我的話，而且她神志頗爲清醒，我就詳細說明了貝絲是怎樣差她丈夫去把我從桑菲爾德接來的。

「我病得很重，我知道。」不一會兒她說起話來。「幾個鐘頭前我想翻個身，卻發現連胳膊都動不了。看來臨死以前，我還是把心事說個痛快吧！身體好的時候我們很少去想的事，到了像我現在這樣的時候就會在心裡壓得慌。護士在嗎？還是屋裡除了你沒有別的人？」我叫她放心只有我們在。

「唉，我現在後悔我有兩次做了對不起你的事。一件是沒有遵守我對我丈夫許過的諾言，把你像自己親生孩子那樣扶養大。另一件……」她忽然不說了。「也許，這畢竟不是十分重要的事，」她喃喃地自言自語。「且我說不定會好起來，像這樣在她面前丟臉眞是太痛苦了。」她竭力想變個姿勢，卻做不到。她的臉色變了，彷彿正在體驗到一種內心的強烈感覺——也許正是臨死前的痛苦先兆。

「好吧，一不做二不休。長眠就在我面前，我還是告訴了她好——到我的梳妝盒跟前去，打開它，把你在那兒看到的一封信拿出來。」

我照著她的指點披了。

「讀讀那封信。」她說。

信很短，是這樣寫的——

夫人：

請惠告舍侄女簡・愛住址，並煩示其近況，我擬迅速去函囑彼來馬德拉我處。承上天垂佑，不負苦心，我已薄具資產，然因獨身無嗣，故甚望生前能收彼爲養女，死後將我所遺悉數相贈。謹致敬意。

約翰・愛於馬德拉

來信日期是三年以前。

「爲什麼我從沒聽說過這件事呢？」我問。

「就因爲我對你討厭至極，沒法改變，所以絕不想幫你一把，讓你走遠。我忘不了你對我的行爲，簡——忘不了你有一回對我發火，你聲稱你在世上最討厭我時的那種腔調，你用那種完全不像孩子似的神情和口氣肯定說，只要一想到我你就噁心，並且斷言我窮兇極惡地虐待你。我也忘不了在你這樣突然發作，把你心頭的怨毒盡情發洩出來的時候，我心裡是什麼滋味；我覺得害怕，就好像我曾經打過、推開過的一頭動物忽然抬起頭來用人的眼光盯著我，用人的聲音咒罵我似的……給我一點水！唉，快些！」

「親愛的里德太太，」我把水遞給她，「別再去想這些了，讓它們都從你的心頭丟開吧。原諒我當時說的那些氣話，我那時還是個孩子，在那以後已經過去了八、九年了。」

她根本沒聽我說些什麼，只是喝了口水，繼續這樣說了下去：

「我告訴你，我絕忘不了這個，所以我進行了報復。讓你給你叔叔收養，去過舒適寬裕的生活，是我無法忍受的。我寫信給他，說很遺憾讓他失望，簡．愛已經死了，她是在洛伍德生傷寒病死的。現在，你願意怎麼辦就怎麼辦吧，你隨時都可以寫信去否定我的話——揭穿我撒的謊言。我想，你生來大概就是專門折磨我的，讓我臨死還要回想起做過的事而不得安寧，要不是你，我本來是不會忍不住去幹出這件事來的。」

「你要聽勸，舅媽，別再去想這件事，並且用寬厚和原諒的心情來對待我……」

「你的脾氣壞極了，」她說，「而且我到今天還摸不透。我永遠也弄不懂，你怎麼九年裡不管受到什麼對待，都能一聲不響地忍耐著，到第十年卻火氣十足地全都爆發了出來。」

「我的脾氣並不像你所想的那麼壞。我容易生氣，卻並不愛報復。小時候有許多次，只要你容許的話，我是會很高興愛你的，且現在我也真心渴望跟你和解。吻吻我吧，舅媽。」

我把面頰貼近她嘴邊，她卻連碰也不肯碰它。她說我向床上俯下身子壓得她難受，而且又要水喝，讓她喝了水——我把手放在她冰冷、黏濕的手上，剛一接觸，她無力的手就馬上縮了回去——失神的眼睛躲開了我的注視。

「既然這樣，那就隨你愛我也好，恨我也好，」我終於說，「我總是徹底、自願地寬恕了你。現在你就請求上帝寬恕，安下心來吧。」

可憐而痛苦的女人啊！她如今要改變自己慣常的想法已經太晚了。活著她一直恨我——到死她也仍舊要恨我到底。

這時候護士進屋來，貝絲也跟著來了。我還繼續逗留了半個小時，希望能看到一點和解的跡象。然而她毫無表示。很快她就又陷入昏迷狀態，再沒恢復神志，當夜十二點鐘，她去世了。我沒在場給她合上眼睛，兩個女兒也誰都沒有在場。

次日早晨，別人來告訴我們一切都過去了。她這時已經只等著入殮。伊麗莎和我過去看她，喬治娜卻一味嚎啕大哭，說她不敢去。

塞拉·里德一度壯健靈活的軀幹，僵硬不動地平躺在那兒。冰冷的眼皮蓋住了她無情的雙眼。她的額頭和強悍的容顏上，還依舊帶著她冷酷心靈的印跡。在我眼裡，這具屍體是個古怪而莊嚴的東西。我眼望著它，心中既憂傷又痛苦。它引起的既不是溫柔、甜蜜、憐憫，也不是期望或者寬恕，而只是為她的不幸而並非為我的損失所感到的一種強烈的痛心——以及對於她像這樣可怕地死去所感到的一種既難過又流不出眼淚來得無比沮喪。

伊麗莎神色鎮靜地望著她的母親，沉默了幾分鐘之後她說：

「她那樣的體質本來滿可以活到高年，是煩惱縮短了她的壽命。」

說著一陣痙攣使她的嘴抽搐了一下，接著馬上就過去了，她轉身走出了房間，我也走了出去。我們兩人誰也沒有掉下一滴眼淚。

22

羅徹斯特先生只給了我一星期的假期，但我卻一直過了一個月才離開蓋茨黑德。我本來想葬禮一過就走，可是喬治娜求我待到她動身去倫敦再說，因爲她現在終於受到她舅舅吉布森先生邀請去那兒了。他此來是爲了主持他姊姊的葬禮，同時也安排一下家庭事務的。喬治娜說她眞怕單獨留下來跟伊麗莎在一起，從她那兒，她既在沮喪中得不到同情，在害怕中得不到鼓舞，也在準備動身上得不到幫助。這樣我就只好儘量忍受著她那軟弱的怕這怕那，和自私的怨天尤人，盡力幫她做針織活、打點行裝。說實話，我忙著的時候，她卻閒在那兒。我心裏不禁暗想：

「要是你我注定要長住在一起的話，表姊，那我們就得把事情重新作安排了。我可不會老老實實安於做寬容大量的一方，我要派你做你的那一份活兒，而且還要逼你幹完它，不然你就會半途而廢的。我還定要你把你那些裝腔作勢、半眞半假的抱怨話收起來，藏在你自己的心裏。只因爲我們倆這次接觸十分短暫，又正逢這樣一個特殊的哀傷時刻，我才肯勉強自己採取這樣地耐心和縱容的態度。」

最後我總算送走了喬治娜，但這次又輪到伊麗莎要求我再留一個星期。她說她的計畫需要她全力以赴，無暇它顧，而她就要動身到一個不知名的地方去。整天她待在自己房間裡，從裏面閂上門，裝箱子、出空抽屜、燒掉信件紙張，跟誰也不說話。她希望我照管家裏，接待來客，回覆吊唁信。

一天早上，她告訴我可以不再煩勞我了。

「而且，」她說，「對你的寶貴幫助和周到行事我很感激。跟你這樣的人在一起和跟喬治娜在一起是頗有點不同的，你在生活中盡自己的責任而毫不麻煩別人。明天，」她接著說「我就要動身去大陸。我要住在里爾❶附近一個修道的地方——你大概會稱它作女修道院。我在那兒會清清靜靜，不受打擾。我要花一段時間來潛心鑽研羅馬天主教教義，仔細研究它們的一套修道方式。如果我發現它正如我大體預期的那樣，是最能保證把什麼都弄得規規矩矩、有條有理，我就會皈依羅馬教，或許還會正式當修女。」

「你也不是沒有頭腦，伊麗莎表姊。但是我想再過一年你的頭腦會被一所法國的修道院活活禁錮起來的。不過這不關我事，既然這樣對你合適——我也無所謂。」我回答說。

「你說得有理。」她說。

說完這些話，我們就各奔東西了。

因爲以後我沒有機會再提到她或她的妹妹，所以不如順便在這兒提一下，喬治娜高攀地嫁了上流社會風燭殘年的有錢人，而伊麗莎果眞當了修女，如今就在她度過見習期的那個修道院裏當院長，而且把全部財產都捐給它。

人們不管是久離或者暫別之後重新回家時心裏究竟是什麼滋味，這我不知道，我從來不曾有過這種感受。我只知道小時候跑得很遠以後回到蓋茨黑德時是什麼光景——因爲顯得又冷又情緒低落而挨一頓罵。後來上過教堂回到洛伍德時又是什麼光景——渴望有一頓飽餐和一爐好火，卻兩項全都落空。像這樣的回家都是既不十分愉快也並値得艷羨的，都缺乏一種

❶里爾（Lisle）：法國北部城市。

磁力吸引我趨向某一點，越是接近越是感到強烈而誘人。至於回轉桑菲爾德又將如何，那還有待於嘗試。

我的旅途似乎是令人煩膩的——十分煩膩：一天趕五十英里路，在旅館過一夜，第二天又趕五十英里。開頭的十二個小時我總想著臨終前的里德太太，我看到她那張變形失色的臉，聽見她那奇怪地走了樣的聲調。我回味著下葬的那一天，棺材、靈車、黑壓壓的一長串佃戶和傭人——親戚很少——張開著的墓穴、肅穆的教堂、莊嚴的儀式。隨後我想到了伊麗莎和喬治娜，我看到一個是舞台上衆星捧月式的人物，而另一個卻是修道院斗室裏的住戶。我不禁琢磨和分析起她們倆外貌和性格上各自的特點來。傍晚時分來到某大鎮，這些思緒就給岔開了。夜使它們完全轉了向，我在旅途的床上躺了下來後，從回憶往事轉到了想望未來。

我正在回桑菲爾德，可是我還會在那兒待多久呢？不會太久，這我確信無疑的。我在外出期間曾從費爾法克斯太太信中聽說，府裏的聚會已經散了，羅徹斯特先生三星期期已去了倫敦，不過當時預期他過兩個星期就會回來。費爾法克斯太太猜想他是去安排婚事，因爲他曾說起過要買一輛新馬車。她說他要娶英格拉姆小姐這個打算，她仍覺得有些古怪，但根據衆人所說，也根據她自己親眼所見，她不再懷疑這件事不久就將實現了。

「若你再要懷疑的話，那你就眞是多疑得出奇了。」我心中暗自議論著。「我就毫不懷疑。」

問題隨之而來——「我上哪兒去呢？」我整夜都在夢見英格拉姆小姐。在一個生動逼眞的清曉殘夢裏，我看見她當著我的面關上了桑菲爾德的大門，而且手指著另一條路叫我走，而羅徹斯特先生卻袖手旁觀——似乎在既對著我也對著她嘲弄地微笑。

我並未通知費爾法克斯太太我回去的確切日期，因爲我不希望他們派四輪馬車或輕便馬車到米爾科特來接我。我原來就打算步行，一個人靜悄悄地走這一段路的，所以把箱子托付給了旅館店的馬夫以後，我就在一個六月的傍晚，六點鐘光景，不聲不響地悄悄離開了喬治旅館，走上了通向桑菲爾德的那條老路，這條路大部分穿過田野，這時候已經行人稀少了。

那是個並不算光輝燦爛的夏日傍晚，不過天氣還不錯，平靜無風。沿路都是些翻曬乾草的人在那兒忙碌。天空儘管遠不是萬里無雲，不過看上去卻預示著晴好。在露出藍天的地方，那藍色柔和而澄澈，雲層又高又稀薄。西邊天空也顯得溫暖，沒有飽含雨意的水光閃閃給它帶來寒意——它看上去就彷彿點亮著一團火，在顯出大理石紋路的霧氣屏障下，正有個聖壇在後面熊熊燃燒，透過縫隙，映出一片金紅。

隨著剩下的路越來越短，我感到心裏高興，高興得甚至讓我一度停下來自問，這種歡樂究竟是什麼意思，同時提醒自己要有理智，我並不是在回自己的家，或者是回到我永久的休憩處，回到有好朋友在一心盼望著等我回去的地方。

「費爾法克斯太太當然會微笑著平靜地表示歡迎，」我想，「小阿黛爾看見你也會又跳又拍手，可是你自己非常清楚你在想著的並不是她們而是另一個人，而他卻並不在想你。」

但還有什麼會比年輕更任性？比天眞無知更盲目？它們一味認定，能再看見羅徹斯特先生就夠快樂的了，不管他是不是看你。它們還加上說：「趕快！趕快！趁你還能夠的時候去和他在一起，再過幾天，最多幾個星期，你就要永遠和他分別了！」於是，我硬扼殺了自己剛誕生出來的心頭隱痛——一個我都不敢強使自己承認它和撫育它的畸形兒——繼續快步往前走。

桑菲爾德牧場上也正在翻曬乾草，或者更準確地說，我到達的那會兒，幹活的人正下了工，打著草耙紛紛回家去。我只要再穿過一兩塊田地，然後跨過大路，就來到園門口了。樹叢上開的玫瑰眞多啊！可是我已顧不上去摘它幾朵，我急於要到宅子裏去。我經過一叢花繁葉茂、枝條一直伸到路對面去的野薔薇。我看見了那窄窄的石頭踏級。我看見了——羅徹斯特先生正坐在那兒，手裏拿著一本書一支鉛筆，正在寫著什麼。

當然，他並不是個鬼，但我全身的每一根神經都軟癱了，一時間我簡直完全失掉了自制。這是怎麼回事？我從未想到過一看見他，我會那樣渾身打顫——來到他面前，竟會變得一句話也說不出，一步也動不了。我準備一能動彈就趕緊退回去，我沒有必要顯得像個十足的傻子。我知道有另一條路可以進屋去。可我知道二十條路也沒有用，因爲他已經看見了我。

「喂！」他喊著，隨即收起了他的書和鉛筆。「你來啦！請過來吧。」

我想我是過去了，但卻不知道是怎麼過去的，因爲對自己的行動幾乎全然不知，一心想著的只是如何顯得鎭定自若，而且最要緊的是要制止住臉上肌肉的抽動——因爲我自己覺察到它正全然不顧我的意志，拚命要泄露出我正竭力掩蓋的東西。不過我戴著面紗——它正好放了下來，我還可以竭力做出舉止從容鎭靜的樣子。

「當眞是簡·愛嗎？你剛從米爾科特來，而且是步行來的嗎？不錯——正是你玩的那種鬼把戲，不叫人派輛馬車去接你，像個平常人那樣坐著車經過大街小巷一路嘎嘎地駛回來，卻要乘著黃昏偷偷溜到你家的附近，就好像你是個夢幻或者影子似的。這一個月來你究竟幹什麼去了？」

「我一直在陪我的舅母，先生，她已經去世了。」

「眞是個道地簡·愛式的回答！願善良的天使保護我吧！她剛從另一個世界來——從已

經去世的人所在的地方來，而且還要乘夜色朦朧我獨自一個人在這兒的時候像這樣告訴我！要是我敢的話，我倒要摸摸你到底是有血有肉的人呢還是個影子，你這個小鬼！不過我這等於自討苦吃到荒地上去捉藍色的ignis fatuns ❷。逃學生！眞是個逃學生！」他稍停了一下後又這樣說。「離開我整整一個月，準把我忘得乾乾淨淨了，我敢說！」

我知道跟我的主人重逢會是愉快的，儘管因爲擔心他很快就要不再是我的主人，而且明知道我對他算不了什麼，使這種愉快有些減色。不過羅徹斯特先生永遠具有（至少我這樣認爲）使人感染愉快心情的極大天賦，因而即使只是嘗一口他撒給像我這樣失群的異鄉孤鳥吃的碎食屑，也等於飽享盛宴了。他最後幾句話使人欣慰，它們似乎是說，他還頗爲在乎我是不是忘記了他呢。同時他還把桑菲爾德說成了我的家——眞但願它是我的家就好了！

他老不離開踏級，我也並不想請他讓我過去。我不一會就問起他是不是去過倫敦了。

「是的，你會知道這事，大概是有千里眼吧？」

「是費爾法克斯太太在一封信裏告訴我的。」

「那她告訴你我去幹什麼了嗎？」

「哦，當然了，先生！誰都知道你這趟去的目的。」

「你一定得看看那輛馬車，簡，然後告訴我你覺得它給羅徹斯特太太坐是不是正合適，她靠在那些紫紅椅墊上看上去像不像個波狄西亞女王❸，但願是，簡，能在外貌上稍微更配

❷拉丁文：鬼火。

❸波狄西亞女王（Queen Boadicea）：古代東部不列顛一個部族Iceni的勇敢女王，曾與羅馬軍作戰，於公元六二年戰敗後服毒自殺。

得上她一點。請告訴我，你這位仙女——你能不能給我一道符咒，或者一服藥，或者諸如此類的東西，把我變成個美男子呢？」

「這是連魔法也沒法辦到的，先生。」說著，我心裏又加上一句，「充滿愛的目光就是你所要的符咒，在這樣的目光中，你已經是夠美的了，甚至你的嚴峻，也有超乎美之上的力量。」

過去，羅徹斯特先生有時候就曾以我所無法理解的敏銳目光，看透我沒有講出口來的想法，這一次，他也毫不注意我那唐突的口頭回答，卻只是用他獨有的一種特別的微笑，向我笑著。這種笑容他難得一用，似乎它太寶貴，捨不得用於尋常的場合。它是一種眞正的情感的陽光——而眼前他就正用它來照耀著我。

「走過去吧，簡妮特❹。」他一邊說，一邊讓開身子讓我從踏級上跨過去。「回家去，在一個朋友的家門口歇一歇你那雙漫遊得疲倦了的小腳。」

現在我唯一該做的就是默默地服從他，我沒有必要再跟他交談下去了。我一聲不響地跨過了踏級，打算平平靜靜地就此離開他。但一個衝動緊緊地攫住了我——一種力量迫使我回轉身來。我說——或者不如說是我內心的某種東西在不由我作主地代替我說：

「謝謝你，羅徹斯特先生，對我這樣好意。我重新回到你這兒來有說不出的高興，你在那兒，哪兒就是我的家——我唯一的家。」

我飛快地走了，就是他想追也不見得能追得上。小阿黛爾一見了我，高興得幾乎發瘋。費爾法克斯太太仍用她往常那種樸實無華的友好態度來迎接我。莉亞含著笑，就連蘇菲也高

❹簡的暱稱。

興地跟我說了聲「bon soir」❺。這是很令人愉快的。被你的同類所愛，感到你的到來更增加了他們的快慰，這是世上最幸福不過的事了。

那天傍晚，我斷然閉上眼睛不去看未來，堵住耳朵不去聽那不斷在警告我離別已經臨近、傷心即將到來的聲音。喝過晚茶，當費爾法克斯太太拿起她的編織活，我在她身旁的一個矮凳上坐下，阿黛爾跪在地毯上緊緊偎依著我，一種融洽無間的感覺彷彿用一圈黃金般的安寧氣氛圍繞著我們的時候，我不由得默默地祈禱著，但願我們不彼此馬上遠遠地分開才好。

但正當我們這樣坐著，羅徹斯特先生不聲不響地走了進來，眼望著我們，彷彿面對著這種和睦相處的場面感到十分愉快——正當他說他猜想老太太現在見到自己的養女又重新回到身邊，準感到心情舒暢，還說他看阿黛爾是「prête à croquer sa petite maman Anglaise」❻——這時候，我又有點冒昧地產生了希望，但願即使在結婚之後，他也仍然讓我們在他保護下的什麼地方團聚在一起，而不至於被完全從他的陽光照耀下趕了出去。

我回桑菲爾德以後的兩個禮拜，是在一種前途未卜的平靜氣氛中度過的。有關主人婚事的話一句也沒提起，我也看不出正在為這樣的大事作什麼準備。我差不多每天都在問費爾法克斯太太，她是不是已經聽說作出了什麼決定，她的回答總是否定的。她說，有一回她當真問了羅徹斯特先生他究竟什麼時候把新娘接回來，可是他只是開了句玩笑來回他，同時還露出他特有的那種古怪神氣，她簡直不知道該怎麼來理解他。

❺法語：晚上好。
❻法語：「恨不得把她的英國小媽媽一口吞了下去。」

有件事尤其叫我詫異，那就是他並沒有來來去去不斷地去英格拉姆莊園訪問。固然，那兒有二十英里遠，已到另外一個郡的邊上，但這點距離對於一個熱戀中的情人來說又算得了什麼？對像羅徹斯特先生這樣一個熟練而且又不知疲倦的騎手來說，那不過是一上午的行程罷了。我不禁萌生出種種我不該有的希望：這門親事已經告吹了，傳言本來是不實的，或者有一方或者雙方都改變了主意。

我常常在觀察我主人的臉，看它是否有傷心或者惱怒之色，但我卻從來沒見過它像現在這樣總是既無愁雲又沒顯出不愉快的心情。即使當我和我的學生跟他在一塊兒的時刻，我興致不高，或陷入了難免的沮喪心情，他也會反而顯得興高采烈起來。他從沒有像現在這樣地經常把我叫去，而且去了以後又對我那麼親切——唉！我也從來沒像現在這樣地愛他過。

23

美妙的仲夏遍布著英國，像現在這樣一連好多天見到的如此明淨的天空、如此燦爛的陽光，即使短短一兩天也難得光臨我們這風景環繞的島國。眞彷彿是一大串義大利的天氣，如同一群歡快的過路候鳥從南方飛來暫棲在阿爾比安❶的懸岸上歇歇腳似的。顯出了綠意，大路被曬得又白又硬。樹木正在它們鬱鬱蔥蔥的極盛時期。枝繁葉茂、一片濃蔭的樹籬和林子，跟它們之間那片收割過的牧草地的遍地陽光，正好形成鮮明的對比。

施洗約翰節❷前夕，阿黛爾在乾草村小路上採了半天野草莓採累了，太陽一落山就去睡覺。我看著她睡著了，才離開她，來到花園裏。

這是一天二十四小時中最可愛的時刻——「白晝已耗盡了它的烈火」，露水清涼地降落在喘不過氣來的平原和烤焦了的山頂上。在那落日沒有伴隨著絢麗的雲彩，而只是樸實無華地沉沒下去的地方，展現著一派壯麗的紫色，除了在某一個山峰上方，某一點上，閃出紅寶石和熊熊爐火般的光輝外，這紫色又高又遠、愈遠愈淡地覆蓋了整整半片天空。東方卻有它自己湛藍悅目的美，有它自己那不太炫耀的寶石，一顆獨自徐徐升起的星。它不久就要以月亮來自豪，不過這會兒還沉在地平線下沒有升起。

---

❶阿爾比安（Albion）：英格蘭的舊稱。
❷施洗約翰節（Midsummer Day）：每年六月二十四日。

我在石子路上散了一會兒步，可是隱約有一陣熟悉的香味——雪茄煙味——從某一扇窗戶裏透了出來。我望見書房的窗子打開有一手寬光景。我知道可能有人在那兒窺視我，所以我就走開了，來到果園裏。庭園裏再沒有哪一個角落比這兒更隱蔽，更像伊甸園的了。這兒樹木繁茂，鮮花盛開。一邊有一堵很高的牆把它和院子隔開，另一邊有條山毛櫸林蔭道作爲屏障，和草坪分開。園子盡頭是一道坍塌的籬笆，是它跟寂寞的田野間唯一的分界。有一條蜿蜒的小路通向籬笆，路兩邊是月桂樹，路盡處有一條高大的七葉樹，樹腳圍著一圈坐凳。

在這兒你可以獨自流連而不爲人所見。在這樣蜜也似的露水漸降，萬籟俱寂，暮色漸濃的時候，我覺得自己簡直可以永遠在這樣的蔭蔽處徘徊下去。然而這時初升的月亮正向園中高處一片比較開闊的地方投下一片銀光，我被吸引著走到那兒，正穿行在花衆和果樹之間時，我忽然停下了腳步——並不是因爲聽到了什麼，看到了什麼，而是由於再一次聞到一股引起警惕的香味。

薔薇和青蒿、素馨、石竹和玫瑰，都早已奉獻它們的晚香，這股新的香味既不是花香，也不是來自灌木，它是——我非常熟悉它——來自羅徹斯特先生的雪茄。我望望四周，我側耳細聽。我看見樹上果實累累正在成熟，我聽見半英里外一座林子裏有隻夜鶯在唱歌。但看不到一個移動的人影，聽不到任何走近的腳步聲，可是那香味卻愈來愈濃。我一定得逃走。我正拔步向通往灌木林的小門走去，卻一眼望見羅徹斯特先生正在走進來。我向旁邊一閃，躲進了遮著藤蔓的壁龕。他不會待長的，他一定很快就會回到他原來的地方去，只要我坐在那兒不動，他絕不會看見我。

可是不——黃昏對他來說，跟對我來說一樣可愛，這個古老的花園也一樣迷人。他信步走著，一會兒托起醋栗樹枝，看看枝上大如李子的累累果實，一會兒從牆上摘下一顆熟了的櫻桃，一會兒又朝一簇花朵彎下腰去，不是去聞聞它的香氣，就是去欣賞一下花瓣的露珠。一隻大飛蛾從我身旁嗡嗡飛過，停在羅徹斯特先生腳邊的一株花上。他看見了它，彎下身去仔細看看。

「現在他背朝著我，」我想，「又正在專心看著，只要我輕走，也許我能悄悄溜掉，不被發覺。」

我踏著路邊鋪的草皮走，以免鵝卵石子發出響聲泄露了我的行跡。他正站在離我要經過的地方有一兩碼遠的花壇間，那隻飛蛾顯然吸引住了他的注意力。

「我一定可以很順利地走過去的。」我暗想。

正當我跨過他被尚未升高的月亮映射在園子地上的長長影子時，他頭也不回地輕聲說：

「簡，過來看看這傢伙。」

我並沒出聲，他背後又沒長眼睛——難道說他的影子也能感覺嗎？開始我嚇了一跳，隨後我就向他的身邊走去。

「瞧瞧它的翅膀，」他說，「它倒讓我想起了一種印度群島的蟲子，你在英國是不大看見這樣又大又色彩斑爛的夜游神的。瞧！它飛了。」

蛾子飛走了，我也怯生生地正想走開，可是羅徹斯特先生卻跟在我後面，兩人走到小門邊的時候，他說：

「回轉去吧，這麼可愛的夜晚待坐在屋裏眞太可惜了。而且在這樣日落跟月出緊接在一塊的時候，肯定誰也不會想著去睡覺的。」

我有一個缺點，就是儘管有時候我的舌頭能對答如流，但有時候它卻糟糕地叫我找不出一句推托的話來，而且這種失誤又總是發生在緊要關頭，正需要用隨口回答或者巧言搪塞來擺脫難堪的困境。

我不想在這樣的時刻單獨跟羅徹斯特先生一塊兒在幽暗的果園裏散步，但我又提不出一個理由來離開他。我步履磨蹭地跟在後面，拚命地打著主意想找出一個脫身之法。可是他自己看上去卻那麼泰然自若而又神情嚴肅，弄得我都為自己的心情慌亂感到不好意思起來。行為不端——如果眼前就有或者眼看會有什麼不端行為的話——看來似乎只是就我而言的，他的心裏卻是泰然自若而且毫未意識到。

「簡，」當我們踏上月桂樹小路，朝著坍籬笆和那株七葉樹漫步閒蕩過去的時候，他又開口說起來，「夏天桑菲爾德是個愉快的地方，是嗎？」

「是的，先生。」

「你一定有幾分依戀這所宅子了吧——你這個對大自然的美頗有幾分眼光，又很容易產生依戀心情的人？」

「說眞的，我是很依戀它。」

「而且，儘管我不明白是怎麼回事，但我看得出，你也有幾分關心起那個傻孩子阿黛爾，甚至還有那位頭腦簡單的費爾法克斯太太來了？」

「是的，先生，儘管方式不同，我對她們倆都挺喜愛。」

「而且會很不樂意離開她們吧？」

「是的。」

「眞可惜！」他說著嘆了口氣，停了一下。「世上的事就是這樣，」一會兒他又接著說，「你剛在一個愉快的休憩處安頓了下來，馬上就有一個聲音在呼喚你站起身來，繼續往前走，因為休息的時間已經完了。」

「我得繼續往前走嗎，先生？」我問道。「我得離開桑菲爾德嗎？」

「我相信你得離開，簡。我很抱歉，簡妮特，可是我確實相信你得離開。」

這真是一個打擊，可是我並沒有讓它把我打垮。

「那好，先生，開步走的命令一下，我隨時就走。」

「已經下了——今晚我就不得不下。」

「這麼說，你是就要結婚了，先生？」

「正——是，一點——也——不錯，憑著你一貫的敏銳，你真是一語道破。」

「快了嗎，先生？」

「很快，我的……哦，愛小姐。說來你應該還記得，簡，當初我本人，或者傳言，明白告訴你我打算把我這個老單身漢脖子伸進神聖的絞索裏，踏上結婚的聖壇——簡單地說，把英格拉姆小姐擁抱在懷裏（她抱起來可真是不小呢，不過這不相干——像我美麗的布蘭琦這樣一個寶貝是誰也不會嫌大的。）的時候。嗯，我是說……聽我說呀，簡！你掉過頭去不是在找更多的飛蛾吧，是嗎？那只是一隻瓢蟲，孩子，『正在飛回家』❸。

「我是想提醒你，正是你自己帶著你那令我敬重的審慎態度——那種適合你責任重大而又依人謀生的地位的明智、遠見和謙虛，先向我提出來，如果我娶了英格拉姆小姐，你和小阿黛爾都最好是馬上離開。我並不想來計較你這提議中對我愛人性格所隱含的詆毀。真的，你一旦高飛遠走之後，簡妮特，我會儘量去忘記它。我會只注意其中的明智之處，它很令人信服，所以我已決定照此辦理。阿黛爾一定得進學校，而你，簡小姐，得另找新職位。」

---

❸ 這是當時流行的兒歌中的詞句：「瓢蟲，瓢蟲，快快飛回家……」

「好，先生，我馬上就去登廣告，而在這段時間裏，我想……」我正要說，「我想在另找到一個安身處之前，我仍可以待在這兒吧。」但是我突然住了口，覺得不能冒險去說長長的一句話，因爲我的嗓子已經不大聽使喚了。

「再過一個月光景我就要當新郎，」羅徹斯特先生繼續往下說，「在此之前，我會親自替你去找一個工作和安身的地方的。」

「謝謝你，先生，我很抱歉給……」

「哦，用不著道歉，我認爲一個下屬像你這樣地忠於職守，她就可以說有權利要她的雇主爲她幫一點他只要舉手之勞就能幫她的小忙。說眞的，我已經從我未來的岳母那兒聽說，有一個我認爲很合適的工作，是去愛爾蘭康諾特省的苦果山莊，教狄奧尼修斯·奧加太太的五個女兒。我想你會喜歡愛爾蘭的，聽說那兒的人都非常熱心。」

「路很遠啊！先生。」

「沒關係——像你這樣有頭腦的姑娘總不會怕航行和路遠吧。」

「倒不在乎航行，而是路太遠，再說又有大海相隔……」

「跟什麼相隔，簡？」

「跟英國，跟桑菲爾德——還跟……」

「呃？」

「跟你，先生。」

我這話幾乎是不由自主說出來的，同樣，也不由我自己的意志作主，我的眼淚也奪眶而出。不過我並沒有哭出聲來，我避免抽泣。一想到奧加太太和苦果山莊就叫我寒透了心。但更寒心的，是想到看來注定翻騰在我跟眼前正走在我身邊的主人之間的那茫茫大海。而最最寒心的，是想起比更加遼闊的海洋——財富、地位、習俗——阻隔在我和我無法避免、自然而然愛上的人中間。

「路很遠啊！」我又說一句。

「的確是很遠，你一到了愛爾蘭諾特省的苦果山莊，簡，我就永遠也見不著你了，這是確定無疑的。我絕不會去愛爾蘭，我自己也不大喜歡這個國家。我們一直是好朋友，簡，是嗎？」

「是的，先生。」

「朋友們在就要分手時，總喜歡趁餘下的一點時間彼此多親近一些。來——我們來平心靜氣地好好談談這次航行和離別吧，談它半小時光景，看著星星在那邊天空上升到它們光輝燦爛的全盛時期。這兒是那顆七葉樹，這兒有圍著它老根的凳子。來吧，今晚上我們要安安靜靜在這兒坐坐，儘管以後注定再也不會一起坐在這兒了。」

他招呼我坐下，然後自己也坐了下來。

「去愛爾蘭要走很遠的路，簡妮特，我很過意不去，讓我的小朋友去作這樣一次叫人厭倦的旅行。但既然我沒法安排得更好，那又什麼辦法呢？你覺得你跟我有點相像嗎，簡？」

這一次我沒敢答話，我感到滿心激動。

「因爲，」他說，「有時候我對你有一種奇怪的感覺——尤其是你像現在這樣靠近我的時候。彷彿我左肋下的哪個地方有一根弦，跟你那小小身軀裏同樣地方一根同樣的弦難分解地緊緊糾結在一起。一旦那波濤洶湧的海峽和兩百英里左右的陸地把我們遠遠地分隔兩地，我怕這根聯繫著兩人的弦會一下繃斷，那樣我就會惴惴不安地擔心我內心準會流起血來。至於你呢——你卻會忘得一乾二淨。」

「這我是絕不會的，先生，你知道……」我實在說不下去了。

「簡，你聽見林子裡那隻夜鶯在唱歌嗎？聽！」

我一邊聽，一邊很厲害地啜泣起來，因爲我再也壓制不住我心中的感受了。我不得不聽其自然，痛苦難言的從頭到腳都打起哆嗦來。等我說的出話來時，也只表示我強烈的願望，但願我從未出生，從未來到過桑菲爾德。

「因爲你離開它感到難過？」

我心中的悲傷和愛所激起的感情爆發，正在漸占上風，正在竭力要左右局勢，要求能壓倒一切，戰勝一切，要求存在、擴張，最後成爲主宰，是的——還要求公開說出來。

「我離開桑菲爾德感到傷心。我愛桑菲爾德——我愛它，因爲我在這兒過了一段愉而充實的生活——至少過了短短一段時間。我沒有遭踐踏、沒有被嚇呆，沒有硬把我限制在頭腦較低下的人中間，排斥在與聰明、能幹、高尙的心靈交往的一切機會之外。我能跟我敬重的人面對面地交談，跟我所喜愛的——一個獨特、活躍、寬廣的心靈交談。我認識了你，羅徹斯特先生，一旦感到我非得永遠跟你活生生拆開，眞叫我感到既害怕、又痛苦。我看出了非分手不可，但這就像是看到了非死不可一樣。」

「你從哪兒看出了非這樣不可呢？」他突如其來地問。

「哪兒？是你，先生，讓我明明白白看出來的。」

「在什麼方面？」

「在英格拉姆小姐身上，在一位高貴而美麗的女人——你的新娘身上。」

「我的新娘?!什麼新娘？我沒有新娘！」

「可是你就會有的。」

「對——我就會有的！我就會有的！」他咬牙切齒地說。

「既然這樣，我就非走不可了，你自己親口說過的。」

「不，你非留下不可！我發誓非得這樣——這個誓言是算數的。」

「我跟你說，我非走不可！」我有點發火了似地反駁說。「你以爲我會留下來，做一個對你來說無足輕重的人嗎？你以爲我是個機器人？是一部沒有感情的機器？能受得了別人把我僅有的一小口麵包從我嘴裏搶走，把僅有的一滴活命水從我的杯子蒸發掉嗎？你以爲，就因爲我貧窮、低微、不美、矮小，我就既沒有靈魂、也沒心嗎？你想錯了！我跟你一樣有靈魂……也完全一樣有一顆心！要是上帝曾賦予我一點美貌、大量財富的話，我也會讓你難以離開我，就像我現在難以離開你一樣。我現在只是憑習俗、常規，甚至也不是憑著血肉之軀跟你講話——這是我的心靈在跟你的心靈說話，就彷彿我們都已經離開了人世，兩人一同站在上帝的跟前，彼此平等——就像我們本來就是的那樣！」

「像我們本來就是的那樣！」羅徹斯特先生重複一句——「就這樣，」他補充說，將我一把抱住，緊緊摟在懷裏，嘴唇緊貼著我的嘴唇：「就這樣，簡！」

「對，就這樣，先生，」我回答說，「可又並不是這樣，因爲你是個已結了婚的人——或者等於是已結了婚的人，娶了個比不上你的人——一個你並無好感的人——我並不相信你眞正愛她，因爲我曾親自耳聞目睹過你對她嗤之以鼻，換了我是會對這樣的婚姻不屑一顧的，所以我比你還好一些——讓我走！」

「去哪兒，簡？去愛爾蘭嗎？」

「對——去愛爾蘭。我已經說出了我的心裏話，現在去哪兒都行。」

「簡，安靜點，別這麼死命掙扎了，就像一隻瘋狂發野的鳥兒在不顧死活地扯斷它自己的羽毛似的。」

「我不是隻鳥兒，也沒有落進羅網。我是個自由自在的人，有我的獨立意志，我現在就運用它決心要離開你。」

我又拚命一掙，終於掙脫開來，昂首直立在他的面前。

「那你也運用你的意志來決定你的命運吧。」他說。「我向你獻上我的手、我的心、和分享我全部家產的權利。」

「你是在演一齣滑稽戲，我看了只會發笑。」

「我是請求你一生跟我在一起——成爲第二個我和我最好的終生伴侶。」

「對這樣的終身大事你已經作出了你的選擇，你就應當信守它。」

「簡，求你安靜一會兒，你太激動了。我也要安靜一下。」

一陣微風掠過月桂樹小徑，輕輕地擁過那棵七葉樹的樹枝。它飄忽地吹過去——吹向渺茫的遠處——消失了。只剩下夜鶯的婉囀聲是此時唯一的聲響。聽著它，我又哭了起來。羅徹斯特默默坐著，溫柔而嚴肅後地看著我。他有很長的一會不說話，最後終於說：

「到我身邊來，簡，讓我們彼此好好解釋、互相理解一下吧。」

「我永遠不再到你的身邊去了，我已經被活生生拆開，再也回不來了。」

「可是，簡，我是喚你來做我的妻子，我打算娶的只是你。」

我不作聲，我想他準是在作弄我。

「來吧，簡——過來。」

「你的新娘攔在我們中間。」

他站起來，一步跨到我跟前。

「我的新娘是在這兒。」他說著，再次把我拉向他懷裏，「因為比得上我、像我的人是在這兒。簡，你肯嫁給我嗎？」

我仍舊默默不答，我仍在掙脫他，因為我還是不相信。

「你懷疑我嗎，簡？」

「完全懷疑。」

「你一點也不相信我？」

「一點也不。」

「我在你眼裏是個撒謊者嗎？」他激烈地說。「愛疑心的小鬼，我非叫你相信不可。我對英格拉姆小姐有什麼愛情呢？沒有，這你是知道的。她對我有什麼愛情呢？沒有，這是我已經煞費苦心證明了的。我先想法把一個謠言傳到她耳朵裏，說我的財產還不到人家猜想的三分之一。然後我出場來看看後果如何，後果是她跟她母親全都冷淡起來。我絕不會——也不可能——娶英格拉姆小姐。是你——你這古怪的，你這幾乎不像是塵世的小東西——我才愛得像自己的心肝。你——儘管又貧窮又低微、既不美又矮小——我還是要請求你答應我做你的丈夫。」

「什麼，我！」我失聲叫了出來，不由得從他的一本正經——尤其是從他的出言魯莽——開始有點相信他是眞誠的。「我這個在世上除了你——如果你是我的朋友的話——沒有一個朋友，除了你給我的之外沒有一個先令的人嗎？」

「是你，簡。我一定要讓你屬於我一個人——完完全全屬於我一個人。你願意屬於我嗎？說願意，快。」

「羅徹斯特先生，讓我看看你的臉。轉過來朝著月光。」

「幹嘛？」

「因爲我想仔細看看你的神情，轉過來！」

「哪，你會發現它並不比一張揉皺、亂塗過的紙更容易看得明白。看吧，只求你快一點，因爲我不好受。」

他的臉非常激動，也非常紅，五官表情強烈，眼裏閃出奇異的光芒。

「唉，簡，你在折磨我！」他嚷起來。「你那種尋根究底然而又忠實、寬厚的目光，簡直是在折磨我！」

「我怎麼會折磨你呢？只要你是眞心，你的求婚是當眞的，我對你只能一往情深、滿懷感激，而絕不會來折磨你。」

「感激！」他失聲嚷道。隨即又發狂似的說：「簡，快答應我。說，愛德華——叫我的名字——愛德華，我願意嫁給你。」

「你是認眞的嗎？你眞的愛我？你是眞心希望我做你的妻子？」

「是的。要是一定要發誓你才滿意，那我就起誓。」

「既然這樣，先生，我願意嫁給你。」

「叫愛德華——我的小妻子！」

「親愛的愛德華！」

「到我懷裏來——現在整個兒投到我的懷裏來。」他說。接著，他臉貼著我的臉，又用他最最深沉的語調對著我的耳朵說：「使我幸福吧——我也將使你幸福。」

「上帝饒恕我！」一會兒他又補充說，「別讓人家來干擾我。我得了她，就要牢牢守住她。」

「沒有人會來干擾，先生。我沒有親戚會出來阻撓的。」

「沒有——那眞太好啦。」他說。要不是我那麼愛他的話，我也許會覺得他那狂喜的口氣和神情簡直有點太野了。然而，靠著他坐在那兒，從離別的噩夢中醒來——忽然被召入團圓的天國——我此時想到的只是那任我暢飮的無窮幸福。他一遍又一遍地說：「你快活嗎，簡？」而我也一遍又一遍地回答：「是的。」

隨後他又喃喃地說：

「會贖罪的——會得到上帝寬恕的。難道我不是發現她無親無友、冷冷清清、得不到安慰嗎？難道我能不去保護她、愛惜她、安慰她嗎？難道我不是滿心熱愛、堅定不移嗎？這一切都會在上帝的法庭上贖罪的。我知道我的造物主是准許我這樣做的。至於人間的評判——我才不去管它。別人的議論——我毫不在乎。」

可是這夜色起了什麼變化啦？月亮還沒有下落，我們就已經籠罩在一片黑暗裏。儘管離得那麼近，可我卻幾乎看不清我主人的臉。那株七葉樹又爲什麼這麼痛苦不安？它拚命呻吟、折騰。同時月桂樹小路上狂風呼嘯，朝我們這兒直撲過來。

「我們得進屋去，」羅徹斯特先生說，「天氣變了。我倒眞是想跟你一直坐到天亮呢，簡。」

「我也一樣，」我想，「眞想跟你一直坐下去。」我本來也許會這樣說出來的，但一道耀眼的青色閃電突然從我正在望著的雲堆裏迸發出來，一聲刺耳的霹靂，接著是很近的地方一陣轟隆隆的雷聲，我除了趕緊把弄花了的眼睛貼在羅徹斯特先生的肩頭上藏起來，別的什麼也顧不上了。

大雨傾盆而下。他催我趕快順小路走去，穿過庭園，逃進屋子，但還沒等我們進門，身上就已經完全濕透了。他正在大廳上幫我摘下披肩，抖掉散亂的頭髮裡的雨水，費爾法克斯太太從她的屋子裏走了出來。我一開始並沒有看見她，羅徹斯特先生也沒有。燈亮著。鐘正打十二點。

「快去脫下你身上的濕衣服。」他說著。「臨別之前，道一聲晚安——晚安，我的寶貝！」

他連連地吻我。當我正從他懷裏脫出身來，抬頭一看，那位寡婦正站在那兒，臉色蒼白，嚴肅而又吃驚。我只朝她笑了笑，就跑上樓去了。

「等以後再解釋也不晚。」我心想。

儘管如此，等我走進自己的屋子時，一想到她會哪怕是暫時對她所見的情景產生誤解，我也感到心裏一陣極度的不安。但歡樂馬上就把其他的心情一掃而空。在一連兩小時的暴風雨中，風聲再響，雷聲再近而且深沉震耳，閃電再猛而且頻頻不斷，大雨再下得猶如瀑布傾瀉，我也既不覺害怕，也不感到畏懼。在這期間羅徹斯特先生三次來到我的門前，問我是否平安無事，而這就足以令人安慰，使人有應付一切的力量。

早上還沒起床，小阿黛爾就跑進屋來告訴我，昨夜果園盡頭那株大七葉樹枝被雷擊了，劈掉了一半。

24

我起床穿好衣服，回想了一下所發生的事，眞不知這是不是一場夢。在我再次見到羅徹斯特先生，聽到他重新申述他的愛和諾言之前，我實在無法確信這是眞的。

在梳理我的頭髮時，我望著自己鏡中的臉，覺得它再也不是平庸無奇的了。它面目中流露出希望，臉色飽含著生氣，我的雙眼似乎已看到了豐收的源泉，而且反射出了它晶瑩漣漪的閃閃波光。我過去總是不願去望著我的主人，因爲我怕他會不喜歡我的神情，但我現在確信可以仰起臉來望著他的臉，而再不至於擔心它的表情而失掉他的好感了。我從抽屜裏取出一件樸素而淡雅的夏衣穿上，看上去從來沒有哪件衣裳對我更合身的了，因爲我從來沒有一件衣裳是在這樣幸福的心情中穿上身去的。

我跑下樓去，來到大廳，看到繼昨夜的暴風驟雨之後來到的，是一個燦爛的六月清晨，並且透過開著的玻璃門，感到迎面吹來一陣清新芳香的微風，心裏毫不感到驚奇。既然我是如此地快樂，大自然當然也會是喜氣洋洋的。一個討飯的女人帶著她的小男孩——全都是依衫襤褸、面色蒼白的人兒——正沿著小徑走過來，我跑過去把我錢包裏正好帶著的錢——大約三四個先令——全都給了他們。不管怎樣，他們總得分享一下我的歡樂才是。白嘴鴉哇哇亂叫，比它們活潑些的鳥兒在婉囀歌唱，可是沒有什麼比我自己歡樂的心更充滿喜悅、充滿音樂的了。

費爾法克斯太太卻使我吃驚地正滿臉愁容望著窗外，一本正經地說：

「愛小姐，請來用早飯好嗎？」

吃飯的時候她沉默寡言、神氣冷淡。然而我還不能叫她釋去疑團。我必須等著，讓我的主人來說明一切，她自然也只好等著。我匆匆吃了一點，就連忙走到樓上。我碰見阿黛爾正要離開教室。

「你上哪兒去？上課的時候到了。」

「羅徹斯特要我到育兒室去。」

「他在哪兒？」

「就在裏面。」她指了指她剛走出來的那間屋子。我走了進去，他果然就站在那兒。

「過來跟我說聲早安。」他說。

我高高興兩地走上前去。這回我得到的已不再只是一句冷淡的招呼，甚至也不再只是握一握手，而是擁抱和接吻。受到他這樣的熱愛和愛撫，似乎顯得十分自然，十分親切。

「簡，你看上去容光煥發，而且笑盈盈的，很漂亮，」他說，「今天早上的確很漂亮。難道這就是我那個蒼白的小精靈嗎？這就是我那顆會搖身一變的小芥末嗎？這個臉帶笑靨、嘴唇鮮紅、有光滑的褐色頭髮和發亮的褐色眼睛、滿臉喜洋洋的小姑娘？」（讀者，我的眼睛是綠色的，不過你得原諒他這個錯覺，因爲我猜想在他眼裏它們大概有了不同的顏色。）

「這是簡．愛，先生。」

「很快就要成爲簡．羅徹斯特啦，」他補充說，「再過四個星期，簡妮特，一天也不多了。你聽清了嗎？」

我聽清了，卻還不能完全明白它的含義。它使我頭都暈了。這種感受，這種對我作出的宣告，是一種跟喜悅極不相同的且遠爲強烈的東西——一種叫人震驚、發呆的東西，我覺得，這幾乎近於恐懼。

「你臉上發紅，現在又發白了，簡，這是爲什麼？」

「是因爲你給我一個新的名字——簡・羅徹斯特，而它聽起來那麼古怪。」

「不錯，正是羅徹斯特太太，」他說，「小羅徹斯特太太——費爾法克斯・羅徹斯特年輕的新娘。」

「這絕不可能，先生，這聽起來都不大像是眞的。世上的人從來不會享到完全的幸福，我也不見得生來就跟我的同類會有不同的命運。幻想這樣的幸運會落到我的頭上，那簡直是神話——是做白日夢。」

「這我能夠而且一定會讓它成爲現實的。我今天就開始。今天早晨我已經寫了封信給我在倫敦銀行裏的代理人，叫他給我送來托他保管的一些珠寶——歷代桑菲爾德女主人的傳家珠寶。我希望再過一兩天就能把它們統統倒在你的裙兜裏，因爲假如我要娶的是一個貴族女兒，我能給她的一切特權和關心，我也一定都要獻給你。」

「唉，先生——別提什麼珠寶啦！我不喜歡人家談起它們。簡・愛戴上珠寶，聽上去顯得既不自然又挺古怪。我寧願不要它們。」

「我要親自把鑽石項鍊戴在你的脖子上，把頭飾套在你的額頭上——它一定會很相配的，簡，因爲大自然至少把它的貴人標記蓋在了你這額頭上。同時我還要在這雙纖秀的手腕上套上手鐲，在這些仙女般的手指上戴滿戒指。」

「別這樣，別這樣，先生！想想別的話題，講講別的事情，換個調子。別把我當個美人似的跟我說話，我只是你那相貌平常、像個貴格會教徒的家庭教師。」

「你在我眼裏是個美人，而且是正合我心意的美人——又嬌小又空靈。」

「你是說，又矮小又不起眼吧。先生，你不是在憑空幻想，就是在有心奚落。看在上帝分上，別挖苦人吧！」

「我還要叫全世界的人都承認你是個美人。」他還是這樣說下去，我聽著越來越對他說的話的調子心裏嘀咕起來，因爲我覺得他不是在盲目自欺，就是在存心欺騙我。「我要讓我的簡，一身綢緞和花邊，她要在頭髮插上玫瑰花，我還要在我最心愛的頭上蒙上珍貴無比的面紗。」

「那你就會認不出我來了，先生，我會不再是你的簡·愛，而是一隻穿著花花綠綠小丑衣服的猴子——一隻披著別人羽毛的八哥鳥了。羅徹斯特先生，我不願看見你滿身戲裝打扮，而我自己也身披貴婦長袍。我絕不說你漂亮，先生，儘管我十分愛你，太愛你了，也絕不會來假意奉承你，你也別來奉承我。」

可是他不顧我的極力反對，還是接著這個話頭繼續說下去——

「今天我就要帶著你坐馬車上米爾科特去，你得給自己挑選一些衣著。我跟你說過我們再過四個星期就結婚。婚禮不張揚，就在下坡那兒的那個教堂舉行，完了以後馬上就帶你進城。在那兒稍微耽擱一陣，我就要帶著我的寶貝去太陽多一點的地方，到法國葡萄園和義大利平原上去。她會見到古往今來各種有明文記載的著名文物，也會嘗到大城市生活的風味。那時她只要跟別人公平地比較一下，就會學會看重自己了。」

「我要去出門遊歷——而且是跟你一起嗎，先生？」

「你要在巴黎、羅馬和那不勒斯住住，還要在弗羅倫斯、威尼斯和維也納。凡是我跋涉過的土地都要讓你去重新涉足，凡是我腳踏過的地方，也要讓你留下仙女般的腳印。十年前，我差不多發瘋似的跑遍了歐洲，伴著我的只有憎惡、痛恨和憤怒。如今我要身心健康、面目一新地重遊舊地，由一位眞正的天使給我安慰作伴。」

他說這樣的話，讓我不由朝他發笑。

「我可不是個天使，」我斷然地說，「且到死也不想做，我就是我。羅徹斯特先生，你既不要指望也不能強求我身上有什麼天國裏的東西——因爲你絕得不到它，正像我也絕不會從你身上得到它一樣。我壓根兒就不那樣指望。」

「那你指望我會怎麼樣呢？」

「在一個短時間裏你也許會像你現在這樣——一個很短的時間，然後你就會冷漠下來，接著會喜怒無常，再接著又會嚴厲無情，那時我要煞費苦心才能討你歡喜。不過等你眞正跟我待慣了，你說不定又會重新喜歡我的——我是說，喜歡我，而不是愛我。我看你的愛情再過六個月，或者還不到，就會化爲泡影。我在男人們寫的書裏看到，一個丈夫的熱愛最長就能維持這樣一段時間。不過話雖如此，我希望作爲一個朋友和伴侶，永遠不會變得叫我親愛的主人十分討厭。」

「討厭！重新喜歡你！我想我倒眞會一再重新喜歡你的，而且我會叫你承認我不光是喜歡，而是愛著你——眞誠、熱烈、永不變心地愛著你。」

「你不會反覆無常嗎，先生？」

「對那些只憑容貌取悅於我的女人，一旦我發現她們既無靈魂又沒心肝——看到她們露出了平庸、淺薄，也許困加上愚鈍、粗俗和性情暴躁的苗頭的時候，我倒眞會是個十足的魔鬼的。可是對於清澈的目光、流利的口齒，對於那種熱情如火的心靈，既多情又穩重，既溫順又堅定的寧折不彎的性格——我卻永遠是溫柔而忠實的。」

「你遇到過這樣的性格嗎，先生？你愛過這樣一個人嗎？」

「我現在就在愛著。」

「可是我以前呢？當然，假如我在哪一方面確實夠得上我那難以達到的標準的話。」

「我從沒遇見過能跟你相比的，簡。你叫我高興，又讓我為你傾倒——你看上去順從，我喜歡你給人的柔順感。每當我把柔軟的一束絲線繞到我的手指上時，它就引起一陣快感，從手臂一直傳到心裏。我受到了感染，我被完全征服。而這種感染我覺得說不出地甜蜜，我所遭受的這種征服比我贏得的任何勝利都更為迷人。你幹嘛微笑，簡？你臉上那副神秘莫測的樣子是什麼意思？」

「我是在想，先生（請你原諒我這種想法，這是不由自主的。）我是在想赫克里斯、參孫和迷住他們的美女❶……」

「你想起了這個，你這小妖精……」

「噓，先生！你現在講這話可並不比那兩位先生的所作所為更聰明。不過，當初他們若結了婚，也肯定會求婚時百依百順，一當了丈夫就反過來變得惡狠狠。我怕你也會一樣。我不知道一年以後，要是我向你求一件你不方便或不高興替我做的事時，你會怎樣回答我。」

「現在就求我做點什麼吧，簡妮特——那怕是最瑣屑的小事。我渴望聽到你求……」

「眞的，我會求的，先生，我現在就有個請求。」

「說吧！不過你要是用那樣的神氣抬起頭來含笑的仰望著，那我就會還沒弄清楚你到底要什麼就發誓一定給你了。那樣我就可能會上了你的當。」

❶赫克里斯（Hercules），希臘神話中的大力士，因愛上呂底亞女王翁斐爾，情願跟她的女侍在一起為她紡了三年羊毛。參孫（Samson），《聖經》中的大力士，被情人大利拉哄騙剪去了頭髮，因而失掉了神力。

「沒那回事，先生，我只不過是要你別叫人送珠寶來，別給我戴上玫瑰花，要是那樣你還不如給你那塊平平常常的手絹上鑲上一條金邊更好些。」

「我還不如去『給純金鍍金』更好些。這我知道。那麼說，我就同意你的請求——暫時先這樣吧。我撤消我已經給銀行代理人發出的指令。可是你還沒要求過什麼呢，你只是請求取消一項禮物。再試試吧。」

「那好，先生，請滿足我在某件事上大大激發起來的好奇心。」

他顯得不安起來。

「什麼？什麼？」他連忙說。「好奇心可是個危險的請求理由，幸虧我方才沒發誓答應每一個要求……」

「可是答應這一個沒有什麼危險啊！先生。」

「說出來吧，簡，不過但願它並不是無聊地打聽——也許是打聽什麼秘密吧，說寧可是要我的一半田產。」

「哎呀，亞哈隨魯王❷！我要你的一半田產幹什麼？你當我是個放高利貸的猶太人，想做有利的田地投資買賣嗎？我寧可要求知道你的全部心事。既然你向我敞開了你的心，你總不至於不讓我知道你的心事吧？」

「只要是值得知道的心事，簡，我都歡迎你知道。可是看在上帝分上，別去要求背上一個無聊的負擔！不要一心想去吞下毒藥——別成了我的一個道地的夏娃！」

---

❷亞哈隨魯王（King Ahasuerus）：波斯王（公元前四八六～前四六五年在位）。《聖經》中曾記載他施恩於王后以斯帖說：「你要什麼，你求什麼，就是國的一半，也必賜給你。」（見《舊約．以斯帖記》第5章第3節）

「幹嘛不呢，先生？剛才你還跟我說過你多麼願意被我征服，多麼高興我對你提出過分的要求。難道你不覺得我最好利用這種表白說做就做，連哄帶求——必要的時候甚至又哭又鬧彆扭——哪怕只是爲了試試我的力量嗎？」

「我看你不敢做這樣的試驗。強横霸道、肆無忌憚，就什麼也談不上了。」

「原來是這樣，先生？你馬上就反悔了。這會兒你看上去多嚴厲啊！你皺起的眉毛像我的手指那麼粗，而你蹙起的額尖就像我有一回看到一首出奇的詩裏所說的『烏雲層疊的雷霆』。我看，先生，你結婚以後大概就是這麼副神氣吧？」

「要是你結婚以後會是這麼副神氣，那麼我這個基督教還不如趕緊放棄娶一個十足的妖精或者火神的念頭爲妙。可是你到底有什麼要問的呢，你這小東西？快說！」

「瞧，你現在就連禮貌都不講了，可比起奉承來，我還更喜歡粗魯一些。我寧願做個小東西，而不願當天使。我要問的是——你幹嘛那麼煞費苦心要我相信你想娶英格拉姆小姐呢？」

「就是這個嗎？謝天謝地，不是更糟！」現在他總算解開了他那烏黑的濃眉，低下頭來向我微笑，摸摸我的頭髮，彷彿大爲慶幸避開了一場危險似的。「我想我還是坦白直說好，」他接下去說，「儘管我會惹得你稍微有點生氣的，簡——我見到過你生起氣來會變成個多可怕的噴火妖精。昨天晚上你就在清涼的月光下火冒三丈，你起來反抗命運，聲稱你跟我處在平等的地位。順便說起，簡妮特，是你先向我求婚的。」

「當然，是我。不過，先生，還是請你說到正題吧——英格拉姆小姐？」

「嗯，我假裝追求英格拉姆小姐，因爲我想讓你愛我愛得就像我愛你那麼發狂。我知道嫉妒是我達到這個目的的最好盟友。」

「好極了！現在你可就渺小啦——渺小得不比我小手指尖大。這樣做簡直是奇恥大辱、丟臉至極。先生，難道你一點都不考慮到英格拉姆小姐的感情嗎？」

「她的全部感情只有一種——驕傲，而這正需要挫折一下。你嫉妒了嗎，簡？」

「別管它，羅徹斯特先生，你是絕不會有興趣知道這個的。再老實回答我一次。你認爲英格拉姆小姐不會爲你的虛情假意痛苦嗎？她不會覺得受到了冷落和拋棄嗎？」

「絕不會！我告訴過你正好相反，她拋棄了我。一想到我破了產，她的熱情一下子就冷了下來，或者不如說，一下就熄滅了。」

「你有一個古怪而精明的頭腦，羅徹斯特先生。我怕你在某些事情上的原則是挺古怪的。」

「我的原則從來沒經過訓練，簡，也許因爲不太經心，它們有點走上了歪道。」

「再認眞地問一次，我能享受那許諾給我的無上幸福，而不用怕有人會受到像我剛才經受過的那種難受的痛苦嗎？」

「你放心好了，我善良的小姑娘。世上再沒有別人會像你那樣純潔無私地愛我了——因爲我正是用深信你對我的愛這樣一種令人快慰的心情，來撫慰我的心靈的。」

我把嘴唇轉過去，吻吻那隻擱在我肩上的手。我深深地愛著他——深得我都不相信自己能說得清——深得言語都無法表達。

「再要求點什麼吧，」他馬上又說，「能被請求並且加以同意，這是我的樂趣。」

我又立刻有個現成的請求：

「快把你的打算告訴費爾法克斯太太，先生。昨晚她瞧見我跟你在一起，大吃了一驚。在我還沒重新見到她之前，先向她作點解釋吧。被這麼好心的一個女人所誤解，令我覺得很不好受。」

「到你的房間裏去，戴上你的帽子。」他回答說。「我要你今天早上陪我到米爾科特去。趁你在準備乘車出門的時候，我會去讓這位老太太開開竅的。難道她眞以爲，簡，你是爲愛而不顧一切，而且已弄到身敗名裂了嗎？」

「我相信她是認爲我忘了自己的地位和你的地位，先生。」

「地位！地位！從今以後，你的地位就是牢牢待在我的心頭，同時緊緊掐住那些敢於侮辱你的人的脖子——快去。」

我不一會兒就穿戴好了，等一聽見羅徹斯特先生走出了費爾法克斯太太的起居室，我就趕緊下樓上那兒去。老太太剛才是在念她早晨必讀的一段《聖經》——每天的日課。她那本《聖經》正攤開在她面前，眼鏡擱在書上面。她被羅徹斯特先生的宣布打斷了的功課，眼前似乎全給忘掉了。她呆呆盯在對面那堵空牆上的目光，顯露出一個平靜的心靈被意想不到的新聞打亂後所感到的驚異。一看見我，她清醒了過來，竭力想露出個笑臉，說上幾句祝賀的話。可是笑容消失了，話也說到一半就不說了。她戴上眼鏡，合攏《聖經》，把她的椅子從桌邊往後一推。

「我感到那麼吃驚，」她打開話頭，「我簡直不知該跟你說什麼好，愛小姐，我確實不是在做夢，是嗎？有時候我一個人坐著坐著會變得半睡半醒似的，幻想出種種根本沒有發生的事情來。不止一次，我在打瞌睡的時候似乎覺得我那十五年前就已過世的親愛的丈夫走了進來，坐在我的身邊，我還聽見他在喚著我的名字愛麗絲，就像他生前那樣。現在，你能不能告訴我羅徹斯特先生是不是眞的已經向你求過婚了？別笑我。我確實覺得他五分鐘以前剛來過，說再過一個月你就要做他的妻子啦。」

「他也跟我這麼說過。」我答道。

「他說過！你相信他嗎？你答應也了嗎？」

「是的。」

她大惑不解地看著我。

「我怎麼也想不到。他是個很高傲的人，羅徹斯特家的人全都很高傲，而且至少他的父親還很愛錢。他也總是被人認爲爲人很謹愼。他決意娶你嗎？」

「他是這麼跟我說的。」

她打量著我的全身上下。我從她眼睛裏看出，它們沒有在那兒找到足以讓她解釋疑團的強大魅力。

「這我眞理解不了。」她繼續說。「不過既然你這麼說那準是眞的了。我說不上這件事後果怎麼樣，我眞的不知道。在這類事情上財產地位相當總是可取的。再說你們的年齡又相差二十歲。他差不多都可以做你的父親了。」

「才不呢，費爾法克斯太太！」我給惹惱了，嚷了起來。「他一點也不像是我父親！誰看見我們在一起，也絕不會有絲毫這樣的想法。羅徹斯特先生看上去，而且實際上，都跟有些二十五歲的人一樣年輕。」

「他眞的是出於愛才娶你的嗎？」她問。

她的冷淡和懷疑是那麼傷我的心，我眼睛裏湧上了淚水。

「我很抱歉讓你傷心了，」寡婦繼續說下去，「不過你年紀這麼輕，又這麼不了解男人，我是希望你凡事當心。說句老話『閃光的不都是眞金』，在這件事上我眞擔心將來會出現你我都料想不到的事。」

「怎麼——難道我是個怪物？」我說。「羅徹斯特先生對我絕不會有眞正的愛情嗎？」

「不，你是很好的，近來更是大有長進了，而羅徹斯特先生，我猜，是喜歡你的。我一直注意到你彷佛是他的一個寵兒。對他那種明顯的偏愛，我有時候有點爲你擔心，總想叫你提防著一點。不過我不願意哪怕是提到越軌的可能性，我知道這種想法會叫你大吃一驚，也許會讓你很生氣。你又是那麼行爲謹愼，那麼眞正地又虛心又明白事理，所以我希望完全可以靠你自己來保護自己。昨天夜裏我簡直沒法跟你說我心裏多麼難受，找遍全宅子都旣找不到你，也找不到主人在哪兒，隨後，到了十二點鐘，才看見你跟他一起走了進來。」

「好吧，現在別再擔心這件事啦，」我有點不耐煩地打斷她說，「一切都很好，這就夠了。」

「我也但願最後也一切都很好，」她說，「不過相信我的話，你再怎麼小心也不算過分的。儘量對羅徹斯特先生提防著點，別太相信他，也別太相信你自己。像他那樣有地位的先生們是極少娶他們的家庭教師的。」

我當眞要發火了，幸而阿黛爾恰好跑了進來。

「讓我去——讓我也到米爾科特去！」她喊著。「羅徹斯特先生不讓——儘管那輛新馬車裏有那麼多空地方。求求他讓我去吧，小姐。」

「我會求他的，阿黛爾。」我說著就趕緊帶著她走開了，很慶幸總算離開了我這位叫人喪氣的告誡者。馬車已經備好了，正讓它拐到正門前面來，我的主人正在石路上踱步，派洛特來來去去地跟在他身後。

「阿黛爾想跟我們一塊兒去，可以嗎，先生？」

「我跟她說過不行。我不想帶著小娃娃——我只想帶你一個人去。」

「請你務必帶她去吧，羅徹斯特先生，這樣更好些。」

「沒那回事，她只會礙事的。」

他神情語氣都很專斷。費爾法克斯太太令人寒心的警告，她那叫人掃興的懷疑，都一時湧上了我的心頭，一種不踏實、不牢靠的感覺使我的滿腔希望大爲落空。我自以爲能控制他的感覺失落了一半。我正不再爭辯，準備機械地服從他的時候，他卻一邊扶我上馬車，一邊看了看我的臉。

「怎麼了？」他問道。「陽光全給烏雲遮沒了。你當眞想讓這小傢伙去嗎？撇下她你會不高興？」

「我倒眞寧願讓她一起去，先生。」

「那就快拿上你的帽子，要像閃電那麼快地回來！」他向阿黛爾大聲喊道。

她拚命飛快地服從了他的命令。

「不管怎樣，單單一上午的打擾算不了什麼，」他說，「我馬上就打算要你——你的思想、說話和你的在旁作伴——一輩子都只歸我了。」

阿黛爾一被抱上了車就開始吻起我來，表示感謝我替她求情。她馬上給安置在他另一旁的角落上。於是她不斷向我坐的地方張望。挨著那麼嚴厲的一位鄰座實在太拘束了，在他目前的心情下，她既不敢小聲議論，也不敢向他問話。

「讓她到我這兒來吧，」我請求說，「她或許會打擾了你，先生。這一邊挺空的。」

他一把將她遞了過來，就像她是隻小哈巴狗似的。

「我還是要送她進學校去的。」他說，不過這次他臉上是帶著笑。

阿黛爾聽見了他的話，就問是不是要叫她一個人進學校而「sans mademoiselle」❸？

「對，」他回答，「完全sans mademoiselle，因爲我要帶小姐到月亮上去，我要在那些火山頂之間的白色山谷裏找個山洞，小姐就跟我住在那兒，只跟我一個人。」

「她會沒東西吃的，你要餓死她了。」阿黛爾說。

「早上和晚上我都要給她收集嗎哪❹，月亮上的平原和山腳下全是白花花的嗎哪呢，阿黛爾。」

「她要取暖，又怎麼生火呢？」

「月亮山上有火冒出來，她冷的時候，我就把她抱到一個山峰上，讓她躺在一個火山口旁邊。」

「Oh, qu'elle y sera mal——peu comfortable！❺還有她的衣服，它們會穿破的，她怎麼做新衣服呢？」

羅徹斯特先生裝出難住了的樣子。

「嗯！」他說。「要是你怎麼辦呢，阿黛爾？動動腦筋想出個辦法來吧。你覺得拿一片白雲或者一片紅雲來做袍子怎麼樣？用虹彩也可以裁出一塊滿不錯的披巾來。」

「她還遠不如就像現在這樣好。」阿黛爾細想了一會兒，最後作出結論說。「再說，她只跟一個人住在月亮上也會住厭的。我要是小姐，我就絕不會答應跟你去。」

---

❸ 法語：「沒有小姐在一起」。
❹ 嗎哪（manna）：《聖經》所說古以色列漂泊荒野時神賜的食物，形如白霜。
❺ 法語：「她在那兒會多糟——多不舒服啊！」

「可她答應了，她已經發了誓。」

「可是你沒法把她帶到那兒去，沒有路通月亮，全是空氣，你和她又都不會飛。」

「阿黛爾，瞧瞧那塊田地。」

我們這時已經出桑菲爾德的大門，正輕快地駛在通向米爾科特的平坦大路上，路上的塵土全被雷雨壓了下去，兩邊矮矮的樹籬和高高的大樹全都青翠欲滴，被雨水沖洗一新。

「在那塊田地上，阿黛爾，大約兩星期前有一天傍晚——就是你幫我一起在果園草地上晾乾草的那天傍晚，我一直逛到很晚時。我耙攏乾草耙得累了，就在踏級上坐下來歇一歇。那時我掏出一個小本和一支鉛筆來，開始寫我很久以前遭到的一次不幸，和對未來幸福日子所抱的希望。儘管陽光已經沈到了樹葉的下面，我還起勁地飛快寫著。正在這時，有個什麼東西順著小路過來，在離我兩碼的地方停了下來。我一瞧，是個頭上戴著塊薄面紗的小東西。我招呼她走近來，她一晃眼就來到了我膝頭上。我沒用言語跟她說話，她也沒用言語跟我說話，可是我能看懂她的眼神，她也能看懂我的眼神。我倆之間無聲的交談大致是這樣……

「她說，她是從小精靈國來的一個仙女，她的使命是叫我幸福。我得跟她一起撇下這平常的世界，去一個清靜的地方——譬如說月亮——說時她還朝那正升起在乾草岡上的月牙角兒點了點頭，給我講了我們可以在那兒居住的石膏山洞和白銀溪谷。我說我倒是願意去的，不過我提醒她，也像你方才提醒我一樣，說我沒有可以飛的翅膀。

「『哦』，那仙女回答，『那不要緊！這兒有個可排除一切困難的法寶，』說著她遞過來一隻美麗的金戒指。『來，』她說，『把它戴在我左手的第四個手指上，那我就是你的，你就是我的了，我倆就要一起離開地球，到那去建立我們自己的天堂。』她又朝月亮點了點頭。阿黛爾，那戒指就在我褲袋裏，化作一個金鎊的樣子，但我很快就要重新把它變成一個戒指。」

「可是這跟小姐有什麼關係呢？我可不管什麼仙女，你剛說你要帶小姐到月亮上去？」

「小姐就是個仙女。」他神祕地小聲說。

聽到這兒我忙告訴她別去理會他的瞎說，而她也顯示出了她那份道地的法國式懷疑精神，把羅徹斯特先生稱作「un vria menteur」❻，告訴他說她對他那些「contes de fee」❼全部不當回事，「du reste, il n’y avait pas de fées, et quand mêne il y en avait」❽也相信她絕不會在他面前出現，更不會給他什麼戒指，或表示要跟他一起住到月亮上去。

在米爾科特的那一個小時對我來說簡直是有點煩死人了。羅徹斯特先生硬要我到一家綢緞店去，叫我在那兒挑選半打衣服。我討厭這種事，求他同意以後再說。可是不行——現在就得辦好了它。經過拚命地小聲請求，我才總算將半打減成了兩件，不過他發誓這兩件得由他來挑。我忐忑不安地瞧著他的目光在五光十色的貨品上轉來轉去，終於盯牢在一種華麗而十分鮮艷的紫晶色調子和一疋精美的粉紅色緞子上。

我又再一次連連小聲地對他說，他這樣不如給我同時買上件金袍子和一頂銀帽子更好些，因爲我是絕不會冒險去穿他選中的這種衣料的。他固執得像石頭，我費盡周折，才算說服他改選了一種素淨的黑緞子和珠灰色的綢子。

❻法語：「一個十足的撒謊者」。
❼法語：「神話」。
❽法語：「再說，根本沒什麼仙女，就是有的話」。

「這暫時還過得去，」他說「不過，我終究還是要看你打扮得花團錦簇，就像個花壇子那樣才好。」

我很高興總算催著他走出了綢緞店，接著又走出了首飾鋪。他給我買得越多，一種煩惱和屈辱的感覺就越使我臉上發熱。當我們重新坐上馬車，我又興奮又疲勞不堪地往車座上一靠的時候，我記起了在事件紛至沓來、心情憂喜不定中，我已經忘得一乾二淨的事——我叔叔約翰．愛寫給里德太太的那封信，他要收我作養女成爲他遺產繼承人的打算。

「說眞的，」我想，「哪怕我有很少的一點點獨立財產，那也會好得多。我實在受不了讓羅徹斯特先生把我打扮得像個玩偶，或者像第二個戴娜厄❾那樣每天沐浴在金雨之下。我一回到家就馬上寫信去馬德拉，告訴約翰叔叔我就要結婚，嫁給誰。只要我有指望將來有一天我能給羅徹斯特先生帶來一份額外的財產，眼前我受他的供應也能稍微安心一些。」

想到了這主意（這我當天就趕緊辦了），我心裏稍覺寬慰，也就敢於再直視我的主人兼情人的眼睛了，它們這時正在拚命搜索著我的目光，儘管我一直避開不看他的臉，也不理會他的注視。他微笑了，而我覺得他的笑容，大概正像一位蘇丹在喜悅鍾愛的時刻，對一個他剛慷慨贈以金銀財寶的奴隸所賜的笑容一樣。他的手一直在找我的手，我使勁地緊緊把了它一下，然後把他這隻被緊握得發紅的手推了回去。

「你不必顯出那副神氣，」我說，「要是這樣的話，我就把我那洛伍德的舊衣服一直穿到底，別的什麼也不穿。我要穿著這身淡紫色格子布衣服結婚——你可以用珠灰色綢子給自己做件晨衣，用黑緞子做許許多多的背心。」

---

❾戴娜厄（Danae）：希臘神話中的一個小公主，爲主神宙斯所愛，宙斯化成金雨和她相會。

他格格地笑了起來，摩擦著兩隻手。

「啊，看看她、聽聽她說話可眞有趣！」他大聲讚嘆說。「她還不夠古怪、不夠潑辣嗎？我絕不肯拿這個矮小的英國姑娘去換土耳其皇帝的全部后宮嬪妃，哪怕她們有羚羊似的眼睛、天仙般的身軀！」

這樣用東方來比作比喻又刺痛了我。

「我一絲一毫也比不上你那些后宮嬪妃，」我說，「所以千萬別把我當作她們當中的一個。要是你對這類事情有愛好的話，那就走吧，先生，毫不遲延地馬上到斯勢爾❿市場上去，把你在這兒正不知怎麼花才好的全部閒錢，全都拿出來大幹一番收買女奴的勾當吧。」

「那我在忙著買進成噸的人肉和花色齊全的各種黑眼睛時，你要幹什麼呢？簡妮特？」

「我要打定主意準備當個傳教士，出去向一切受奴役的人——也包括你那些後宮嬪妃們——宣揚自由。我要想法闖進那兒去，煽動造反。而你呢，先生，儘管是位三尾帕夏⓫，也會轉就給戴上腳鍊手銬落到我們手裏。至少就我來說，除非你簽署一個歷來專制君主所頒發過的最開明的憲章，否則是絕不會同意釋放你的。」

「要是你用那樣一種眼神來請求，我就準知道不管你被迫頒布什麼憲章，一旦釋放，你的第一個行動就是把它的條款——破壞。」

「哎呀，簡，你究竟要怎樣呢？恐怕你是一定要我除了在聖壇前之外，再舉行一次秘密婚禮吧。我看得出，你會提出一些特殊條件來——究竟是什麼條件呢？」

❿ 即伊斯坦堡。
⓫ 帕夏（pashaw）：土耳其高級官銜，分三級，依其軍旗所加馬尾數而定，三尾爲最高級。

「我只要求能心安理得，先生，不被數不清的恩惠弄得不知怎麼才好。你還記得你怎麼說起塞莉娜．瓦倫——說起你給她的鑽石、呢絨的嗎？我不願做你的英國的塞莉娜．瓦倫。我要繼續作為阿黛爾的家庭教師，我要憑這個來掙我的食宿，外加一年三十鎊薪水。我要從這筆錢裏開支我的衣著，你什麼也不用給，除了……」

「哦，除了什麼？」

「你的敬重。而且反過來我也用我的敬重來回報你，要能這樣，這筆債就算兩抵了。」

「嗯，要論起天生的冷漠無禮和固有的極度自尊來，再沒人能比得上你。」他說。這時，我們已快到桑菲爾德了。「你今天高興跟我一起吃飯嗎？」當我們重新駛進大門時，他問。

「不，謝謝你，先生。」

「又幹嘛要說『不』『謝謝你』呢？如果可以問問的話。」

「我從來沒有跟你一起吃過飯，先生，我也看不出有什麼理由現在要這樣做，除非到……」

「到什麼？你老愛說半截子話。」

「到我不得不這樣做的時候。」

「難道你設想我吃起來準像個吃人魔王或者食屍妖怪，所以不敢跟我一起吃飯嗎？」

「我倒並沒有這一類設想，先生，不過我想仍像往常一樣地再過上一個月。」

「你該馬上放下你那當家庭教師的苦活兒了。」

「眞的！請原諒，先生，我絕不。我一定要仍像往常那樣地繼續做下去。我要像已經習慣了的那樣，整天不來礙你的事。你想要見我的話，可以傍晚派人來叫我，我會來的，但別的時候可不行。」

「碰到這樣的事，簡，我眞想抽支煙或吸點鼻煙，來給自己平平氣，『pour me donner une contenance』⓬，像阿黛爾會說的那樣。可倒楣的是，我既沒帶雪茄煙盒，也沒帶鼻煙壺。不過，聽著——悄悄跟你說——現在由你得意，小暴君，用不了多久就該輪到我了，而一旦我完全抓住你，爲了牢牢占住不放，我乾脆把你——打個譬喻說——拴在這樣一條鏈子上。（摸摸他的錶鍊）是的『美麗的小仙女，我要把你揣在懷中，免得失落了珍寶。』⓭

他一邊說一邊攙我下了馬車，當他接著去抱阿黛爾下車時，我已走進屋子，乘機溜上樓去了。

傍晚他準時不誤地把我叫了去。我事先已想好了事情叫他做，因爲我決計不把整晚的時間全花在兩人談悄悄話上。我記起了他的好嗓子，我也知道他喜歡唱——唱得好的人大都這樣。我自己不是個歌唱家，而且照他苛刻的標準來看，也算不上是個懂音樂的，不過別人唱奏得好我還是很愛聽的。黃昏這個談情說愛的時刻，剛剛在窗格外垂下了它那綴滿星星的藍色旗子，我就站起身來，打開鋼琴，懇求他務必唱個歌給我聽。他說我是個愛惡作劇的女巫，並且說他寧願在別的時候再唱，可是我一口咬定再沒有比現在更合適的時候了。

他問我喜歡他的嗓子嗎。

「喜歡極了。」我本來不喜歡去縱容他那種容易引起的虛榮心，不過就這一次，而且是

⓬法語：「裝作不在乎的樣子」。

⓭這是蘇格蘭詩人彭斯（Robert Burns，1759～1796）詩句。

出於權宜之計，我甚至不惜去迎合煽動它。

「既然這樣，簡，那你得給我伴奏。」

「很好，先生，我試試。」

我確實試了，但一會兒就被他從琴凳上趕開，還被稱作「一個小笨蛋」。我給毫無禮貌地推到了一邊之後——這正是我所希望的——他就占據了我位置，動手自己給自己伴奏起來，因爲他唱歌彈琴都行。我趕緊走到了窗前的凹處。當我坐在那兒，望著窗外靜靜的樹木和朦朧的草坪時，他按著優美的曲調，用圓潤的嗓音唱出了下面的詞曲——

心兒從熾烈如火的心底，
迸發出世上最眞誠的愛。
它把生命的熱潮，
歡騰地注進了每根血管。

她的來臨是我每日的期望，
她的離去常使我痛苦難耐。
偶然她意外地姍姍來遲，
使我血管中像凝結了冰塊。

總以爲愛別人又爲人所愛，
這幸福難以描述。

我追求這個目標，
既急切又萬分盲目。

誰料在我倆的生活之間，
橫亙著無路的荒漠。
像茫茫的碧海怒濤，
同樣地無比險惡。

像穿行林莽的荒徑那麼可怖，
其間常有剪徑盜匪出沒。
強權和公理，憤怒和憂傷，
要使我們的心靈分隔兩處。

我不懼艱險，蔑視障礙，
種種凶兆都視若無睹。
任它威嚇、阻擾和警告，
我都傲然地置之不顧。

我的彩虹閃電般劃破長空，
我像在夢中飛翔。

因爲我眼前光輝地顯現了，
雨過天晴後的曙光。

只要那溫柔莊嚴的歡樂，
仍燦爛地蓋過痛苦迷茫的烏雲，
我眼前哪顧有種種災禍，
正陰森險惡地臨近。

在這甜蜜的時刻我不顧一切，
哪怕我會衝破的艱難險阻，
仍將插翅般迅猛飛來，
宣告要狠狠地無情報復。

儘管高傲的憎惡會把我踩在腳下，
公理將儼然不容我置辯。
而無情的強權更滿面怒容，
發誓要與我不共戴天。

我的愛人已懷著高貴的忠誠，
把她的小手放在我手裏。

並誓言婚姻的神聖紐帶，
將把我倆的心靈永繫在一起。

我的愛人已用永矢不渝的一吻，
誓與我生死同在。
我終於得到了無法形容的幸福，
我愛別人——也爲別人所愛！

他起身朝我走來，我看見他整個臉都彷彿在燃燒，他睁大的鷹眼目光閃閃，他臉上流露出一片溫柔和激情。我一時感到有些畏縮——隨後又振作起精神來。溫柔的場面、大膽地示愛，都是我不希望發生的，但我卻正面臨著兩者的威脅。一定要備好防禦的武器才行——我磨利了我的口齒，正當他走過時，我粗聲粗氣地問道：

「他現在到底是準備跟誰結婚？」

「我親愛的簡，竟然提出這樣的問題，倒眞有點奇怪。」

「眞的嗎？我倒認爲這是非常自然和必要的問題呢。他說什麼他未來的妻子將跟他同生共死。他提出這樣異教徒的想法究竟是什麼意思？我可不打算跟他一塊兒死——他用不著懷疑這一點。」

「哦，他滿心渴望、一心祈求你會跟他活在一起！死亡可不是屬於你這樣的人的。」

「當然也是屬於我的。跟他一樣，時候一到我也同樣有權去死。不過你要靜待天年，而不是自焚殉夫，被迫早死。」

「你肯原諒他這種自私的想法，而且和解地接個吻表示原諒嗎？」

「不，我看還是免了吧。」

這時，我聽得他在那兒稱我為「一個硬心腸的小東西。」隨後又加上說：「換了別的女人，聽到別人唱這樣的詩句來讚美她，準會心軟得連骨頭都酥了。」

我明確告訴他我天生就是個硬心腸——硬得像石頭，他常常會發現我是這樣一個人。不但如此，我還決心趁接下來的四個星期還沒過去，把我性格上帶刺的地方全都讓他看個明白。他必須充分了解自己究竟做了筆什麼買賣，乘現在還來得及毀約。

「我得保持安靜，說話要有分寸是不是？」

「我也保持安靜，要是他喜歡的話。至於說話有分寸，那我倒敢自誇地說，我現在就是這麼做的。」

他皺眉蹙額，又是呸又是啐的。

「很好，」我心想，「你煩躁也罷、發火也罷，但我確信這是對付你最好的辦法。我說不盡我是多麼喜愛你，但我卻不願陷入卿卿我我的俗套，而且我還要憑著這種巧辯的鋒芒讓你也不至於墜進去，不僅如此，還要藉助它刺痛人的效果，來保持你我之間真正對彼此最有利的距離。」

我一步步惹得他頗為惱火，然後，乘他怒沖沖幾乎走到了屋子的另一頭去的時候，我站起身來，自自然然地像往常一樣恭恭敬敬地道了聲：

「祝你晚安，先生，」便從邊門溜出去走了。

就這樣開始採取的這套辦法，我在整個試探的時期都一直在用，而且極為成功。的確，他時常有些溫怒、惱火，但總的看來，我覺得他還是興致很好的，而綿羊般的馴順、斑鳩般的嬌氣，一方面會更助長他的專橫，另一方面也不見得更投合他的理智、符合他的常識，甚至適合他的趣味。

當著別人的面，我仍舊像往常一樣恭恭敬敬、文文靜靜，沒有必要採取其他的舉止方式，只是在晚間談天的時候，我才像這樣阻擾他、折磨他。他繼續準時不誤地鐘一打七點就把我叫去，儘管現在我一來到他跟前，他已經不再滿嘴掛著「親愛的」、「寶貝兒」這一類的甜言蜜語，用來招呼我的最好的字眼不過是「討厭的小木偶」、「惡毒的小精靈」、「妖精」、「醜八怪」等等。而且現在我得到的不再是撫愛，而是做個鬼臉；不是緊握一下手，而是擰一下我的胳臂；不是吻一吻面頰，而是使勁地拉拉耳朵。這沒什麼，眼前我倒確實寧願承受這一類粗暴的寵愛，而不想看到更溫存的表示。

我看得出，費爾法克斯太太讚許我的做法，她對我的擔心消除了，正因爲這樣，我相信我做得對。同時，羅徹斯特先生卻一口咬定我把他折磨得只剩皮包骨了，而且威脅說在不久就要到來的那個時期，他要狠狠地報復我現在的行爲。我對他的恐嚇暗自發笑。

「我現在能讓你受到合理的約束，」我想，「今後也毫無疑問一定能這樣做。要是一種辦法失效，那就另外再想出一種來。」

但話雖如此，我的工作也並不輕鬆。我時常但願能讓他歡喜，而不願去逗弄他。我未來的丈夫愈來愈成爲我的整個世界，甚至不僅是世界，幾乎成了我進入天堂的希望了。他簡直使我顧不到再去想到宗教，就好像日蝕使人望不見晴天白日一樣。在那些日子裏，我眼裏簡直看不到上帝，而只看到他的造物，我把他當成了我的偶像。

25

成婚之前的一個月過去了，最後剩下的時間已屈指可數。接下來的那一天——結婚的日子不會推遲，爲它的到來，一切都已準備就緒。至少我是沒有什麼事要做的了。我的箱子已經裝好、鎖上、用繩捆牢，在我的小房間裡沿牆排成一排，明天這時候，它們早已上了去倫敦的路，同行的還有我（D．V❶）——或者可以說，不是我，而是某一位簡．羅徹斯特，是一個我目前還不相識的人，只剩地址卡片還沒釘上，那四張小小的方紙片還放在抽屜裡。羅徹斯特先生親自在每一張上寫下了發往地：「倫敦，××旅館，羅徹斯特先生。」

我簡直下不了決心把它們釘上去，或讓它們釘上去。羅徹斯特太太！她還不存在，她要過了明天早上八點以後才會誕生，我想一直等到能肯定她確定降生在這個世界上，才把這些財產全歸到她的名下。在我梳妝台鑲金的儲藏間裡，一些據說是屬於她的衣著已取代了我那落伍德的黑呢衫和舊草帽，那珠灰色長袍和薄如煙霧的面紗正搭在她占爲己有的旅行皮箱上，這就已經夠了。我把儲藏間的門關上，藏起裡面那活人生魂似的古怪的衣著，它們在晚間的這個時刻——九點鐘，透過我房間裡的一片昏暗，當眞像是發出了一絲幽靈似的微光。

「我要讓你們獨自留在這兒，白色的夢幻。」我說。「我心情煩躁，我聽見外面在刮風，我要出去吹吹風。」

❶拉丁文縮寫：全文是Deo Volente，意思是，如蒙上帝垂憐。

弄得我心情煩躁的還不只是倉促地準備，不只是面臨著巨大的變化——面臨著明天就要開始新的生活。這兩點無疑也起了一定的作用，造成我激動不安的心情，促使我這樣晚的時候還急於上外面愈來愈黑的庭園裡去。但是還有第三個原因，比它們更加影響著我的心情。

我心底裡有一樁奇怪而焦急的心事。發生過一件我實在無法消解的事，除我之外沒有人知道或看見過。那是在前一天晚上發生的。今晚羅徹斯特先生出去了，還沒有回來。他有事到三十英里以外有兩三個農場的一塊小田產上去了——在他肯定離開英國之前有些事情要他去親自安排一下。我現在正在等他回來，急於想把壓在心上的石頭放下，找他解開那個令我迷惑不解的謎。等到他回來吧！讀者，等我把我的秘密透露給他時，你也就從旁知道了。

我走向果園，一路被風趕著朝它的蔭蔽處走去。這風一整天都從南方猛烈地刮來，但卻沒有帶來一滴雨。入傍晚時它非但不曾減緩，反而似乎刮得更猛，咆哮得更厲害。樹都被一個勁兒地刮得倒向一邊，從不轉向別的方向，它們的樹枝一個鐘頭也難得擺回來一次，一股強大的勁兒那麼連續不斷地把它們的樹尖壓得朝北彎去——雲被從南向北，一大塊緊跟著一大塊迅速刮去。在這七月的一天裡，連一絲藍天都看不到。

我心裡不無狂喜之情地順風奔跑著，把心頭的煩惱都拋給了破空呼嘯著沒完沒了吹來的大風。走完月桂小徑，我迎面見到那棵七葉樹的殘骸。它烏黑、裂開，樹幹從中間劈成兩半，可怕地張開著口。劈開的兩半並沒有完全脫開，因爲牢固的樹基和粗壯的樹根使它們底部仍舊連著，不過生命力的溝通已經被破壞——樹液已無法再流通無阻了。兩邊的樹枝都已枯死，來年冬天的暴風雨肯定將使其中的一邊或者兩邊都倒伏在地。不過眼前仍可以說它們是一整棵樹——一棵死樹，但卻是一棵完整的死樹。

「你們牢牢守在一起，做得很對。」我說，彷彿這怪物般的兩片殘骸是個活著的東西，能夠聽得懂我說話似的「我想，儘管你們看上去折斷了，燒得烏焦漆黑，但一定仍舊有一點生命的感覺。你們依賴忠誠不渝的樹根豎立在那兒，但卻永遠不會再有綠葉——再也見不到鳥兒在你們的枝頭築巢，唱起悠閒的歌兒。對你們來說，愛和歡樂的時期已經過去了，不過你們並不孤寂。你們各自都還有個伙伴來同情你們的逐漸朽爛。」

正當我抬頭仰望著它們時，兩邊之間裂縫中的那部分天空忽然短時間地露出了月亮來，月輪鮮紅似血，一半被陰霾遮住。它似乎向我投下了憂傷而無奈的一瞥，轉眼就又躲進了濃密的雲堆裡。風勢在桑菲爾德一帶稍許減弱了一會兒，但在遠處的樹林和流水上空，卻盡情地傾吐出狂野而淒慘的哀號聲，聽起來叫人難受，我又不由得跑開了。

我漫步穿行在果園各處，把密密撒落在樹根周圍草叢間的蘋果撿起來，然後我一心把熟的跟沒熟的分開，把它們拿到屋子裡放進了儲藏室。接著我走到書房裡，看看火是不是已經生著，因為雖說是夏天，我知道在這樣一個陰沉的夜晚，羅徹斯特先生是會喜歡一進來就看到愉快的爐火的。不錯，火已經生著了一會兒，燒得很好。我把他的扶手椅放到爐邊，我把桌子推近一些放下了窗帘，拿進幾支蠟燭來以便隨時好點。因為心裡比往常什麼時候都煩躁，我作好了這一切安排之後仍舊坐立不安，甚至連屋裡也待不住。房間裡一隻小鐘和大廳上的老鐘同時敲起了十點。

「這麼晚了！」我說。「我要跑到大門口去，斷斷續續地有月光，我能順著大路望見很遠的地方。他說不定正要到了，出去接他可以省掉幾分鐘的心神不定。」風在遮蔽大門的那些高高的大樹間呼呼吼叫，可是盡我的目力所及，大路的兩頭都空寂無人。除了月亮露出來時偶爾橫過的雲影以外，只見長長的一條白帶子，單調得連一個移動的黑點都沒有。

我望著望著，一陣孩子氣的淚水模糊了我的眼睛——是失望和焦急的淚水，我感到害躁，忙把它擦掉了。我繼續徘徊著。月亮躲進了它的閨房，還嚴嚴地拉上了它那濃雲做成的窗帘。夜色更濃了，雨乘著風勢，正在迅猛地襲來。

「但願他回來！但願他回來！」我在一陣要發作憂鬱症的預感下喊了起來，我原想他在用茶點以前就會回來的，現在天都黑了，到底是什麼留住了它？是發生了什麼意外嗎？我又想起了昨夜的事情。我把它看成是災禍的前兆。我擔心自己的前途實在太光明了，只怕難以實現。我近來享受到的幸福實在太多，唯恐我的運氣已經過了頂點，如今就要走下坡路了。

「嗯，我沒法回到屋子裡去，」我想，「我不能安坐在火爐邊，而他卻正冒著惡劣的天氣在外面奔波。與其心亂如麻，還不如勞累一下我的肢體。我決計往前走著去迎接他。」

我出發了。我走得很快，卻並沒走多遠。還沒走出四分之一英里光景，我就聽到一陣馬蹄聲。一個人騎馬全速奔來，一條狗跟在他身邊跑著。去它的不祥預感吧！這正是他，他正騎著美羅來了，後面跟著派洛特。他看見了我，因爲月亮剛剛在天空中開闢出一塊藍色的領域，晶瑩明澈地高掛在那兒。他脫下帽子，在頭頂上揮舞著。我馬上迎著他跑了過去。

「瞧！」他一邊伸出手從鞍上俯下身來，一邊叫道。「你離不開我吧，這是明擺著的。踩在我的靴子尖上，把兩隻手都伸給我，上來！」

我照他說的做。喜悅使屬我身手矯捷，我跳上去坐到他的身前，他熱烈地吻著我以表示歡迎，一邊自鳴得意地吹噓了幾句，我只好硬著頭皮咽了下去。他終於克制住了自己的得意忘形，問道：「可是難道有什麼要緊事，簡，讓你這麼晚還出來接我嗎？發生什麼事啦？」

「沒有，不過我還以爲你不回來了呢。我受不了待在屋子裡等你，尤其是在這麼大的風雨天。」

「風雨天，一點不假！眞的，你淋得像隻落湯雞了，快把我的披風拉過去裹住身子。不過我覺得你有點發燒，簡，你臉上和手上都滾燙的。我再問一句，發生了什麼要緊事嗎？」

「這會兒沒什麼了，我既不害怕也不發愁了。」

「那麼說你曾經這樣過？」

「有點兒。不過我以後再告訴你這一切，先生。而且我想你知道了這些煩惱，一定只會取笑我的。」

「一過了明天我就會痛痛快快地取笑你了，在那以前我可不敢，我的戰利品還沒有穩到手呢。正是你，這一個月來就像一條鰻魚那麼滑溜，像一株野薔薇那麼多刺！我哪兒都不敢碰一指頭，不然就要挨扎。可這會兒我卻就像懷裡抱著一隻迷路的羔羊。你是離了群來尋找你的牧人的，是嗎，簡？」

「我是在盼望你。不過你盡別自吹噓。桑菲爾德到了，現在讓我下來。」

他把我放在石子路上。當約翰牽走他的馬，他跟著我走進大廳後，便叫我趕緊去換上乾衣服，然後回到書房裡找他。我正要向樓梯走去時，他又叫住了我，一定要我答應別耽誤得太久。我也確實沒耽擱多久，只過了五分鐘我就又回到了他那兒。我看見他正在吃晚飯。

「坐下來陪陪我，簡，要是上帝開恩的話，這在很長一段時間裡將會是你在桑菲爾德所吃的倒數第二頓晚飯了。」

我在他旁邊坐下，但是跟他說我吃不下。

「是因爲想到你就要出門嗎，簡？是不是快要去倫敦的念頭弄得你沒有胃口了？」

「今晚我還不太清楚我就要幹什麼，先生。而且我也不大明白我腦子裡究竟有什麼念頭，生活中的一切似乎都不是眞的。」

「除了我。我是完全實實在在的——摸摸我看。」

「你，先生，恰恰是最像幻影的。你只不過是個夢。」

他大笑著伸出手來：「這是個夢嗎？」他邊說邊把它舉到了我的眼睛前面。他有一隻壯實而肌肉發達的手和長而強健的胳臂。

「是的，儘管我摸到了它，它還是個夢。」我說著，把他伸在我面前的手按了下去。「先生，你吃完晚飯了嗎？」

「吃完了，簡。」

我搖了鈴，吩咐把盤子端走。當我們又單獨在一起的時候，我撥了撥火，然後在我主人膝頭前面的一張矮凳上坐下。

「快到午夜了。」我說。

「是的，不過記住，簡，你答應過我在成婚的前一晚陪我一起守夜。」

「我是答應過，我也準備遵守諾言，至少再守一兩個小時。我還不想去睡。」

「你一切都打點好了嗎？」

「打點好了，先生。」

「我也一樣。」他接口說。「我已經什麼都安排好了，明天我們從教堂裡回來後半個小時，就離開桑菲爾德。」

「很好，先生。」

「你說『很好』的時候笑得多特別啊，簡！你每邊臉頰上都有一小塊紅得多麼發亮啊！而且你的眼睛也多麼奇怪地閃閃發光啊！你身體好嗎？」

「我相信很好。」

「相信！究竟是怎麼回事？告訴我你覺得怎樣？」

「我說不出，先生，我找不到言詞來告訴你我的感覺。我只希望眼前這個時刻永不結束，誰知道下一刻會帶來什麼樣的命運呢？」

「這是犯了憂鬱症，簡。你太興奮了，要不就是太累了。」

「你呢，先生，你感到平靜和快樂嗎？」

「平靜——不。可是快樂嘛——打從心坎裡。」

我抬起頭來看他，察看他臉上幸福的跡象。他紅光滿面，熱情洋溢。

「對我說心裡話吧，簡。」他說。「把壓在你心頭的一切重擔都告訴我，讓你能寬下心來吧。你究竟怕什麼？怕將來證明我不是好丈夫嗎？」

「這是我最沒有想到過的一個念頭。」

「你是害怕你就要進入的那個新天地——你就要去過的那種新生活嗎？」

「不是。」

「你把我弄糊塗了，簡。你那憂傷地不顧一切的神情和口氣讓我既迷惑又難受。我急於要得到解釋。」

「那麼，先生——聽著。你昨晚不在家對嗎？」

「是不在家。我料到了，你剛才還暗示過我不在家時發生了一件什麼事——很可能完全無關緊要，不過總而言之它叫你心情很不安。讓我聽聽究竟是什麼。或許是費爾法克斯太太說了什麼啦？要不你聽了僕人們的議論——你敏感的自尊心受到了傷害？」

「不是，先生。」

鐘敲了十二點——小鐘鳴聲清亮，大鐘重濁地迴蕩著，我直等到它們敲完之後，才接著說下去。

「昨天一整天我都很忙，而且在不停地忙忙碌碌中感到很快樂。因爲我並不像你似乎以爲的那樣，老在爲擔心新的天地等等而感到煩惱。我覺得能有希望跟你生活在一起是一件了不起的事，因爲我愛你。別這樣，先生，現在別撫摸我——讓我安心地說下去。昨天我還完全信任天意，相信你我都會諸事如意。

「你大概還記得，那是個好天氣——天清氣和，絕不會讓人對你旅途的平安和舒適感到憂慮。我吃過茶點以後在石子路上散了一會兒步，心裡想著你。我在想像中似乎看見你離我非常近，幾乎感覺不到你實際不在我身邊。我想著我面臨的生活——是你的生活，先生——比我自己的要廣闊和活躍得多，就如同大海之深，跟流進大海的小河自己那狹窄的河道之淺相比一樣。我眞奇怪那些說教的人爲什麼要把這世界稱作淒涼的荒原，照我看來它倒像一朵盛開的玫瑰。

「正好在日落時分，空氣變冷了，天上布滿了雲，我回進了屋裡！蘇菲叫我上樓去看一看我的結婚禮服，是剛才送來的。在盒子裡衣服下面我發現了你的禮物——一條你像王子那麼闊氣地從倫敦訂購來的面紗。我猜大概是因爲我不肯要珠寶，所以你決心要騙我接受一點同樣貴重的東西。我一邊打開它一邊微笑，心裡盤算著要怎樣來取笑你的貴族趣味，和你竭力想把你的平民新娘裝扮成有貴婦人氣派的企圖。

「我想著如何把我自己那塊準備用來蓋我出身卑微的頭，沒繡花的方絲巾拿下樓來，問問對於一個既不能給丈夫帶來財富、美貌，又不能帶來親友關係的女人來說，它是不是已夠好的了。我能清楚地想見你會有的那副神氣，聽見你那激烈的共和主義者的反駁，和你高傲地否認你有什麼必要要靠跟一個錢袋或一個爵位結親，來擴大你的財富或提高你的地位。」

「你多麼清楚地看透了我，你這女巫！」羅徹斯特先生插嘴說。「可是你在這面紗上除了它繡的花以外究竟還發現了什麼呢？難道你發現了毒藥，或者一把匕首，才弄得你現在這樣愁眉苦臉的？」

「沒有，沒有，先生。除了這塊織物的華麗精緻以外我並沒有發現什麼，除非就是費爾法克斯·羅徹斯特的那種驕傲，而這並不曾嚇壞我，因為我已看慣了這魔鬼。不過，先生，當天黑下來的時候，風刮起來了。它昨天晚上刮得不像現在那樣——又高又猛烈，而是帶著悲悲切切、嗚嗚咽咽的聲音，要淒慘可怕得多。我眞希望你在家裡。我走進這間屋子，一看見空蕩蕩的椅子和沒生火的爐子，就心裡一陣發涼。

「我上床以後很久還睡不著——一種焦躁的心情折磨著我，風越刮越猛，聽起來彷彿蓋住了另外一種隱隱的悲切聲。它究竟發自屋裡還是屋外，起初我辨出來，可是每次風一小下來時它就又隱約然而淒慘地重新響起，最後我才斷定那準是一條狗在遠處吠叫。我很高興它終於停止了。睡著以後，我仍舊在夢中想著狂風怒號的沉沉黑夜，我也仍舊在一心希望著跟你在一起，同時卻又奇怪而遺憾地感覺到有一種障礙在把我們阻隔開。

「在我睡熟之後，我一直在沿一條彎彎曲曲的陌生路走。四周一片漆黑，雨猛打在身上，我吃力地抱著個小孩子。是個很小的小傢伙，太小太弱，還不會走，抱在我冰冷的懷裡老在打顫，在我耳邊可憐巴巴地哭著。我心裡以為，先生，你是順這條路就在我前面很遠的地方走著，所以我拚出全身的力氣想趕上你，同時一次次地竭力想喊出你的名字，求你停下來——可是我的行動被束縛住了，我的聲音總是沒發出口就消失了。而你，我覺得每一秒鐘都在愈走愈遠。」

「那麼現在，簡，我就在你身邊的時候，那些夢卻還壓在你的心頭上嗎？神經質的小東西！忘掉虛幻的災難，只想著實在的幸福吧！你說你愛我，簡。對呀——這是我絕不會忘記，也是你否認不了的。那些話並不曾沒發出口就從你嘴邊消失掉。我聽見它們說得既清楚又溫柔，也許有點兒太嚴肅，但仍舊像音樂那麼悅耳——『我覺得能有希望跟你生活在一起是一件了不起的事，愛德華，因爲我愛你。』你愛我，簡？再說一遍。」

「是的，先生——我愛的，全心全意地愛。」

「哦，」他沉默了幾分鐘以後說，「這很奇怪，可是那句話卻的確鑽心似的直刺進了我的心裡。爲什麼呢？我想就因爲你說的時候帶著那麼一股虔誠的、宗教般的熱情，因爲你這會兒抬頭仰望著我的目光正是忠實、眞誠和堅貞不渝的最高體現。這簡直叫人難以承受，彷彿是一位神陪到來了我身邊似的。顯得邪惡一點吧，簡，你是很懂得怎麼做的。露出你那副狂野、羞澀、惱人的笑容來吧，告訴我你恨我——嘲弄我、惹惱我吧，隨你怎麼都行，只求別叫我感動。我寧願被激怒，也不願被弄得心裡難受。」

「等我講完了，我會把你惹惱、嘲弄個夠的，不過先聽我講完。」

「我以爲，簡，你已經全都講給我聽了。我覺得我已經找到了你心情憂鬱的根源就在於做了個夢！」

我搖了搖頭。

「怎麼！還有嗎？不過我不相信會有什麼要緊事。我預先告訴你我不相信。說吧。」

他擔心的樣子，他有點惴惴不安的神情，使我感到驚異，不過我還是說了下去。

「我還做了另外一個夢，夢見桑菲爾德府成了一片荒涼的廢墟，成了蝙蝠和貓頭鷹的巢穴。我估量屋子整個神氣的正面就只剩下了薄殼似的一堵牆，很高，看上去搖搖墜墜。我在一個月明之夜，漫無目的地穿過裡面那片雜草叢生的地方，這兒又絆在一個大理石壁爐上，那兒又絆在一段掉下來的檐板碎片上。我裹著一條被巾，仍舊抱著那個陌生的小孩。不管我兩臂多麼累，卻沒法找個地方把他放下——不管他重得叫我多麼步履艱難，我都得抱著他。

「我聽見路上遠遠有馬兒奔跑的聲音，我肯定那就是你，而你正要一別多年，去一個遙遠的地方。我發瘋似的不顧死活急忙爬上那堵薄薄的牆，急於要從牆頂上看你一眼。我腳下的石頭滾了下去。我攀住的藤蘿直往下墜，那孩子嚇得緊緊抱住我的脖子，差點掐死了我，最後我總算爬到了頂上。我望見你像泛白路上的一個小黑點，正在迅速地愈來愈小。陣風那麼強烈，刮得我站不住腳。我在窄窄的牆頂上坐下，把那嚇壞了的嬰兒放在膝頭上哄得安靜下來。你在大路上拐了彎，我彎身前再看上最後一眼。牆塌了，我一個晃動，孩子從我膝頭上滾了下去。我失掉平衡，跌了下來，醒了。」

「現在，簡，全講完了吧。」

「序言完了，先生，故事還在後面呢？醒過來時，一道亮光照花了我的眼睛。我想——哦，天亮了！可是我弄錯了，那只不過是燭光。我想，準是蘇菲進來了。梳妝台上放著一支蠟燭，我臨睡以前把我的婚服和面紗掛在裡面的儲藏間的門大開著。我聽見那兒有窸窸窣窣的聲音。我問道，『蘇菲，你在幹什麼？』沒人回答，可是有個人影從儲藏間裡出來，拿起蠟燭，高高舉起，察看著搭在旅行皮箱上的衣服。『蘇菲！蘇菲！』我又叫道。可是她仍舊不響。我已經在床上坐下來，我探身向前，先是感到吃驚，接著迷惑不解，最後是全身血管裡一陣冰涼。羅徹斯特先生，那不是蘇菲，也不是莉亞，不是費爾法克斯太太，不是……我能肯定，現在也仍舊肯定，甚至也不是那個古怪的女人格蕾絲·普爾。」

「那總該是她們中間的一個。」我的主人插進來說。

「不，先生，我嚴肅地向你保證絕對不是。站在我面前的那個身影以前是在桑菲爾德府一帶我從來沒有見過。那身高、那輪廓對我來說都是陌生的。」

「你形容一下看，簡。」

「看上去，先生，那是一個女人，又高又大，頭髮又多又黑，長長地披在背後。我不知道她穿著什麼衣服，又白又挺的，但究竟是長袍、被單，還是裹屍布，我卻說不上來。」

「你瞧見她的臉了嗎？」

「起初沒有，但沒多久她就拿起了我的面紗。她把它舉起來，盯著看了很長時間，然後她把它往自己頭上一披，轉身去照鏡子。就在這時候，我從那黑洞洞的長方形鏡子裡清清楚楚地看見了反映出來的面貌和五官。」

「它們是什麼樣子呢？」

「我覺得很可怕，像鬼似的——哦，先生，我從來沒見過那樣的臉！那是一張毫無血色的臉——那是一張野蠻的臉。我眞但願能忘掉那雙骨溜溜轉動的紅眼睛和那腫脹發亮的可怕的臉！」

「鬼一般都是蒼白的，簡。」

「這東西，先生，卻是發紫的。嘴唇又黑又腫，額上一道道皺紋，充血的眼睛上豎著兩道很寬的黑眉毛。要我告訴你它叫我想起了什麼嗎？」

「你說吧。」

「醜惡的德國鬼怪——吸血鬼。」

「啊！她幹了些什麼呢？」

「先生，她把面紗從她那嚇人的頭上扯下來，撕成兩半，扔在地上，用腳踩它。」

「後來呢？」

「她拉開窗帘，望望外面，也許發現天快黎明了，因爲她拿起蠟燭，朝門口走去。正走到我床邊時，這個人影停住了，火一樣的目光瞪著我——她猛地把蠟燭一直伸到我的臉跟前，就在我的眼皮底下把它吹滅了。我感覺到她那張可怕的鬼臉在我的臉上面閃閃發光，我昏了過去。這是我有生以來第二次——不過是第二次——被嚇得失去了知覺。」

「你甦醒過來的時候誰在你身邊。」

「誰也沒有，先生，只看到已是大白天。我爬起來，連頭帶臉在水裡浸了浸，喝了一大口水，覺得儘管身子軟弱卻並沒生病，於是決定除了你，對誰也不提起這個噩夢。現在，先生，告訴我這女人是誰，是個什麼樣的人？」

「毫無疑問，只是頭腦興奮過度的產物。我得當心你，我的寶貝，像你那樣的神經是經不起粗暴對待的。」

「放心，先生，這可怪不著我的神經。那東西是眞實的，那件事也確實發生了。」

「那麼你前面那些夢，也是眞實的嗎？桑菲爾德是個廢墟嗎？有無法逾越的障礙把我跟你隔開了嗎？我眞沒掉一滴眼淚——沒接一個吻——沒說一句話就離開了你嗎？」

「還沒有。」

「我就要這樣做嗎？怎麼，把我們永不分離牢牢結合的一天已經到來了，一旦我們結合在一起，這種心造的恐怖景象就決不會再發生了，我可以保證。」

「心造的恐怖景象，先生！我倒但願相信它們只是這麼一回事。既然連你都無法給我解開那位可怕的來客的謎，我就比先前更加希望是如此了。」

「既然我無法解釋，簡，那它準也不是眞的。」

「可是，先生，我今早起來後正一邊對自己這樣說，一邊向房間裡四周四面望望，想從每件回答的東西都在光天化日下的可喜景象中得到點勇氣和安慰。這時——在地毯上——我卻看到了確鑿證明我的設想不對的東西——那塊面紗，從頭到尾撕成了兩半！」

我覺得羅徹斯特先生嚇了一跳，打了個寒顫。他急忙伸出兩臂摟住了我。

「謝天謝地！」他喊道，「即使昨晚眞有什麼邪惡的東西到過你身邊，也幸而只損壞了那塊面紗——唉，只要想想可能會發生什麼樣的事！」

他呼吸急促，把我摟得那麼緊，我差點連氣都透不過來。他沉默不語了幾分鐘之後，又高高興興地接著說了起來：

「現在，簡妮特，我要把這事給你都解釋清楚。這一半是夢幻，一半是眞的。毫無疑問，的確有個女人進過你的房間，這女人就是——一定是——格蕾絲・普爾。你自己就說她是個怪人。憑你所了解的一切來看，你也有理由這麼說她——看她對我幹了些什麼？對梅森又幹了些什麼？在半睡半醒下，你注意到了她進來和她的行動。但因爲你發燒，幾乎處在迷迷糊糊的狀態，所以你就把她看成了一副醜惡鬼的樣子，跟她本來的面目不一樣。

「披頭散髮啊、又黑又腫的臉啊、誇大了的身材啊、都是由想像力虛構出來的，是做噩夢的結果。惡狠狠地撕掉面紗倒是眞的，這也像她幹出來的事。我看出你想要問我，爲什麼要讓這麼一個女人待在家裡。這等我們結婚有了年頭，我才會告訴你，現在不行。你滿意了嗎，簡？你接受我對這個人這個謎的解釋嗎？」

我思索了一下，說實話，我覺得這似乎是唯一可能的解釋。說滿意倒未必，不過爲了讓他高興，我竭力裝得那樣——說寬了心，這倒是眞的，所以我用一個表示滿意的微笑來回答了他。隨後，因爲時間已過了一點，我準備起身離開他了。

「蘇菲不是陪阿黛爾睡在育兒室嗎？」我正點蠟燭時，他問道。

「是的，先生。」

「那你在阿黛爾的小床上完全睡得下。今晚你跟她同睡一床了，簡。你剛才告訴我的那件事會叫你神經緊張，這是不足爲奇的，所以我想你最好還是別一個人睡，答應我到育兒室去睡吧。」

「我很樂意這樣做，先生。」

「還要從裡面把門閂牢靠。你上樓後把蘇菲叫醒，推說要請她明天及時喚醒你，因爲你得在八點以想就穿好衣，吃完早飯。現在別再心事重重了，把無聊的煩惱趕走吧，簡妮特。你沒聽到風已經小到成了悄聲細語？雨點已經不再打在窗玻璃上了嗎？瞧，（他撩起窗帘）——多可愛的夜晚！」

的確這樣。半個天空都純淨如洗，風已經轉成從西邊吹來，推著群集的雲塊排成一列列銀白色的長隊向東方飄去。月亮寧靜照耀著。

「嗯，」羅徹斯特先生探詢地注視著我的眼睛問，「現在我的簡妮特感覺怎麼樣？」

「夜很寧靜，先生，我也一樣。」

「那今晚你再不會夢見分別和憂傷，只會夢見愉快的愛情和幸福的結合了。」

這個預言只實現了一半。我確實沒有夢見憂傷，但也沒有夢見歡樂，因爲我壓根兒沒有睡著。我把阿黛爾抱在懷裡，瞧著孩子熟睡——那麼安寧、那麼恬靜、那麼天眞——靜等著即將到來的一天，我的全部生命力都在我的身軀裡清醒著、活躍著，太陽剛一升起，我也跟著起了床。

我至今還記得阿黛爾在我離開她的時候緊抱住不放，我記得把她的小手從我脖子上鬆開時我吻了她，我還帶著奇怪的感情衝動俯身向著她哭了起來，連忙從她身邊走開，怕我的啜泣聲打斷了她還未驚醒的好夢。她就像是我以往生活的標誌，而我現在正要穿戴整齊前去會合的，他是既可怕又熟悉、是我一無所知的未來的標誌。

26

蘇菲七點鐘就來幫我梳妝打扮。她確實花了很長的時間，長得羅徹斯特先生大概對我的耽誤準有點不耐煩了，派人上來問我爲什麼還不下去。她正在用一枚飾針把面紗（結果還是那塊素淨的絲方巾）別牢在我的頭髮上，剛別好我就急忙擺脫她的手要走。

「停一下！」她用法語喊道。「照一下鏡子看看你自己，你連看都還沒看過一眼呢。」於是我從門口轉過身來。我看見了一個身著長袍頭戴面紗的身影，那麼不像我平時的樣子，照出來幾乎像個陌生人似的。

「簡！」有人在喊，我連忙走下樓去。羅徹斯特先生在樓梯腳下迎著我。

「磨磨蹭蹭的人，」他說，「我都等得心急如火了，可你還耽擱了那麼久！」

他拉著我走進餐廳，上上下下挑剔地把我打量了一番，宣稱我「美得像朵百合花，不但是我生活的驕傲，而且讓我大飽眼福」。然後就對我說他只能給我十分鐘時間吃點早飯，說著搖了鈴，他新雇的傭人中的一個男僕應聲而來。

「約翰備好馬車了嗎？」

「備好了，先生。」

「行李搬下來了？」

「正在搬下來，先生。」

「你去一趟教堂，看看伍德先生（牧師）跟教堂執事到了沒有，回來告訴我。」

讀者知道，教堂就在大門外邊。僕人很快就回來了。

「伍德先生在更衣室裡，先生，正在穿上法衣。」

「馬車呢？」

「正在套馬。」

「我們去教堂用不著坐它，但是我們一回來它就得全準備好，所有箱子行李都裝好綁牢，車夫坐在趕車座上。」

「是，先生。」

「簡，你好了嗎？」

我站起身來。沒有男儐相和女儐相，沒有親戚朋友要等或者招呼列隊，除了羅徹斯特先生和我以外什麼人也沒有。我們走過的時候費爾法克斯太太正站在大廳裡，我很想跟她說幾句話，可是我一隻手像被鐵鉗鉗住似的被緊緊抓住。我被緊催著往前走，差點連步子都跟不上，瞥了一眼羅徹斯特先生的臉色，只覺得他說什麼也不肯再拖延一分鐘了。我眞不知道還有哪位新郎曾像他那副神氣——那麼一心直奔目標，那麼堅決不顧一切，或者曾在那麼剛毅的雙眉下，露出那麼熾熱的炯炯目光。

我都不知道天氣究竟是好還是壞，在順著車道往下走的時候，我既沒望天也沒看地，我心無二用，似乎跟我的目光一道都放在羅徹斯特先生的身上，我想看出當我們一起往前走的時候，他的目光彷彿一直牢牢在惡狠狠盯著的究竟是什麼看不見的東西。我想摸透他似乎在竭力抵禦和抗拒其壓力的究竟是些什麼樣的念頭。

到了教堂的邊門口他停了下來。他發覺我簡直已經上氣不接下氣了。

「是不是我對我的寶貝有點太殘忍了？」他說。「稍微歇一下吧，靠在我身上，簡。」

至今我還能想起那灰色的古老教堂聳立在我面前的情景，一隻白嘴鴉正繞著它的尖頂盤旋，背後是一片朝霞映紅的天空。我還依稀記得那些綠色的墳堆。我也忘不了兩個陌生人的身影正漫步在低低的小丘之間，讀著零零落落幾塊長滿青苔的墓石上所刻的紀念詞。我注意到了他們，因為他們一看見我們，就繞到教堂的後面去了，毫無疑問，他們是要從邊廊的門進去觀看婚禮。

羅徹斯特先生並沒有發現他們，他正關切地注視著我的臉，我猜我臉上大概一時變得毫無血色，因為我感覺到前額上汗涔涔的。兩頰和嘴唇都有點發冷。當我很快就重新緩了過來時，他傍著我一起緩緩順著小徑朝門廊走去。

我們進了那安靜而簡陋的殿堂。牧師正穿著白色法衣在矮矮的聖壇那兒等著，教堂執事就在他旁邊。四周一片寂靜，只有兩個人影在遠處的角落裡走動。我猜想得不錯，陌生人在我們之前就溜了進來，現在正背朝我們站在羅徹斯特家的墓穴旁邊，隔著圍欄在看那年深月久的大理石墓，那兒有個跪著的天使，正守護著內戰時期在馬斯頓荒原❶被殺的戴默爾·德·羅徹斯特以及他妻子伊麗莎白的遺骸。

我們來到聖壇欄杆前站好。我聽見背後有小心的腳步聲就回頭看了一眼，見陌生人之一——顯然是一位紳士——正在走上祭台。儀式開始了，講解過婚姻的目地，牧師接著跨前一步，稍稍向羅徹斯特先生俯下身來，繼續說道：

「我要求並且責令你們兩人（既然在眾人一切心中秘密都將揭示無遺的可怕的最後審判日，你們都必須回答。）如果你們當中有一個知道有什麼障礙使你們不能合法地結成夫婦，

❶馬斯頓荒原（Marston Moor）：在英國約克郡。一六四四年英王查理一世與議會黨人的軍隊曾在此作戰。

務必現在就講出來。因爲你們要相信，凡不是基督教有所允許結合的，都不是上帝結成的夫婦，他們的婚姻也都不是合法的。」

他照例停了一會兒。這句話之後的停頓幾時曾經被答話所打破過呢？也許百年之中難得有一次。因此牧師眼望著他手裡的書連目光也沒有抬，只靜默了一會兒就接著進行下去。他已經向羅徹斯特先生伸出一隻手來，剛張開口要說「你願娶這個女子作你正式成婚的妻子嗎？」——一個清晰而離得很近的聲音突然說：

「婚禮不能繼續舉行，我宣布存在著障礙。」

牧師抬起頭來望著說話的人，張口結舌地站在那兒，教堂執事也一樣。羅徹斯特先生微動了一下，彷彿腳下發生了一次地震似的。他站一站穩，連頭和眼睛都不轉過去，只是說：

「繼續進行。」

他剛用深沉的嗓音低聲說了這句話，全場一片靜默。不一會兒伍德先生說話了：

「不先調查一下剛才提出的事，證明它是眞是假。我不能繼續進行。」

「婚禮實際已經中止。」我們背後的聲音又補充說。「我能夠證明我的申述屬實；這件婚姻有不可逾越的障礙存在。」

羅徹斯特明明聽見，但卻毫不理會。他執拗地直挺挺站著，一動不動，只是握住我的手不放。他的手多燙，握得多緊啊！那一會兒他那白皙、堅定、寬廣的前額，多像剛挖出土來的大理石；他的目光是多麼發亮、沉著、警惕，然而又多麼隱隱潛藏著狂野啊！

伍德先生似乎不知如何才好了。

「究竟是什麼性質的障礙？」他問。「或許是可以排除——解釋清楚的吧？」

「未必。」那人回答說。「我方才說過它不可逾越，我的話是經過深思熟慮的。」

說話的人走上前來，俯身憑著欄杆。他接著說下去，說得字字清楚、鎮定、沉著，但卻並不高聲。

「它就在於先前已存在著一件婚姻；羅徹斯特先生有一個目前還活著的妻子。」

我的神經以前在聽到雷聲時，還未像現在聽到這句低聲說出的話時那麼大受震動，我全身血液感受到它們不可思議的衝擊，以往在碰到冰和火時都不曾這樣感受過。不過我還穩得住，沒有暈倒的危險。我看著羅徹斯特先生，逼使他也看了看我。他整個臉就像一塊灰白色的岩石，目光既冒著火又堅硬得像燧石。他一句也沒否認，似乎要向一切挑戰。既不說話、也不笑，似乎並不意識到我是個活人，他只一味用胳臂摟緊我的腰，把我牢牢拉住在身邊。

「你是誰？」他問那個不速之客。

「我姓勃里格斯——倫敦××街的一名律師。」

「你想要硬塞給我一個妻子嗎？」

「我是想提醒你尊夫人的存在，先生，法律承認她，即使你不承認。」

「那就勞你給我說說她的情況——包括她的姓名、她的父母，她的住址。」

「遵命，」勃里格斯先生不慌不忙從口袋裡摸出一張紙來，用種帶鼻音的公事公辦的口氣朗聲念道：「我斷言並能證實，公元××年十月二十日（十五年前的一個日期），英國××郡桑菲爾德府及××郡芬丁莊園的愛德華．費爾法克斯．羅徹斯特，與我姊姊，商人約納斯．梅森及其妻克里奧爾夫人❷安東瓦涅塔之女柏莎．安東瓦涅塔．梅森，在牙買加西班牙城的××教堂結婚。結婚記錄可於該教堂的登記冊中查到——我現有該記錄之抄件一份。

---

❷克里奧爾人（Creole）：生於西印度及中南美各地的歐洲移民後裔。

理查・梅森簽字。」

「這個——如果它是一份眞實文件的話——可以證明我結過婚，並卻並不能證明其中聲稱是我妻子的那個女人還活著。」

「三個月前她還活著。」律師反駁。

「你怎麼知道？」

「我有證明這一事實的證人，他的證詞即使你，先生，也未必能推翻。」

「叫他出來——不然就見你的鬼去。」

「那我還是先叫他出來吧——他就在現場。梅森先生，勞駕請上前面來。」

一聽到這名字羅徹斯特先生就咬緊了牙齒，還發生了一陣猛烈的抽搐戰慄，感覺得出一種憤怒和絕望的痙攣傳遍了他的全身。在這以前一直待在幕後的第二個陌生人這時走了過來，一張蒼白的臉在律師的肩頭面露了出來——不錯，正是梅森本人。

羅徹斯特先生轉過臉來瞪著他。我常說他的眼睛是黑色的，但這時它們陰沉得現出了一種黃褐色，不，是一種血紅色的光芒來。他滿臉充血——橄欖色的臉頰和白皙的前額彷彿因爲心火的蔓延上升而熠熠生光。他身子一動，舉起一隻強壯的胳膊來——他完全可能向梅森一拳打去，把他擊倒在教堂的地上，狠狠地揍得他連氣都沒了——可是梅森躲了開去，微弱地喊了一聲：「老天爺！」

羅徹斯特先生不由得產生了一種冷冷的輕蔑感——就像植物突然得病枯萎似的，他的怒火一下洩了氣。他只是問了一句：

「你有什麼要說的？」

梅森蒼白的唇間吐出了幾句含糊不清的回答。

「先生……先生……」牧師忙插進來說，「別忘了你們是在一個聖潔的地方。」然後他朝著梅森溫和地問道，「你竟究知不知道，這位先生的妻子是否還活著？」

「勇敢些，」律師催促說，「講出來。」

「她現在就住在桑菲爾德府裡，」梅森用比較清楚一些的聲音說，「四月份我還剛見過她。我是她的弟弟。」

「在桑菲爾德府裡！」牧師失聲說。「不可能！我是這一帶的老住戶了，先生，可我從來沒有聽說過桑菲爾德府裡有個羅徹斯特太太。」

我瞧見羅徹斯特先生的雙唇被一個獰笑扭曲了，他嘟囔地說：

「的確沒有——老天作證！我很留神不讓人聽說有這件事——至少不讓人聽說有這樣的稱呼的她。」

他沉思著——獨自心裡盤算了足有十分鐘，最後他下定決心，宣布說：

「夠了——乾脆把什麼都一下說出來，就像把子彈從槍膛裡放出來一樣得啦——伍德，合上你的書，脫下法衣來。約翰．格林（對那個執事說），離開教堂吧，今兒不會再有婚禮了。」

那人服從了。

羅徹斯特先生放肆而不顧一切地接著說：

「重婚是個醜惡的字眼——但我還是決意當個重婚者，可是命運終於要弄了我，或者說上天阻止了我——也許是後一種。這會兒我比魔鬼好不了多少，正像我那位牧師會對我說的，我肯定該受上帝最嚴厲的懲罰——甚至該受不滅的火和不死的蟲的折磨❸。

「先生們，我的計畫給打破了！這位律師和他的委託人所說的是真的，我結過婚，且我娶的那個女人還活著！你說你從未聽說那邊宅子裡有個羅徹斯特太太，伍德。但我想你準已多次留心聽人議論過那兒嚴密管著一個神秘的瘋子吧。有人悄悄對你說她是我異母的私生姊姊，有人說是我遺棄的情婦。現在我告訴你，她是我十五年前所娶的妻子——名字叫柏莎·梅森，就是這位果敢人物的姊姊，他現在正用發白的臉和發抖的四肢向你們表明男子漢可以有多麼堅強的心。打起精神來吧，狄克——用不著怕我！我要揍你，還不如去揍一個女人。

「柏莎·梅森是個瘋子，她出身於一個瘋子家庭——三代都是白痴和瘋人！她母親，那個克里奧爾人，既是個瘋女人又是個酒鬼——這是我娶了她女兒以後才知道的，因為以前他們對這個家庭秘密求口如瓶。柏莎像個孝順孩子，在這兩方面都跟她母親一模一樣。

「我有了個迷人的伴侶——純潔、聰明、謙遜，你們可以想見我是個多麼幸福的人——我經過了種種有趣的場面！唉，我的經歷眞是天曉得，但願你們知道才好！但我不必再向你們解釋什麼了。勃里格斯、伍德、梅森——我請你們大家都上宅子裡去，拜訪一下普爾太太照看的病人，也就是我的妻子——你們就會看到我受騙所娶的是什麼樣的人，想想我是不是有權毀棄婚約，力求得到一點至少是符合人性的慰藉。這個姑娘，」他看看我，繼續說：

「跟你一樣，伍德，對這叫人厭惡的秘密一無所知。她以為一切都是公正合法的，做夢也沒想到會給陷進一樁欺詐的婚事裡，嫁給一個已經跟惡劣、瘋狂、失掉人性的伴侶牢牢拴

❸指入地獄。《聖經》中關於地獄的描繪有「在那裏蟲是不死的，火是不滅的。」等語。（見《新約·馬可福音》第9章第48節）

在一起的上當的可憐蟲！來吧！你們大家，跟我走！」

仍舊緊緊抓住我的手，他走出了教堂，三位先生跟在後面。在宅子的正門前，我們看到了那輛馬車。

「把它趕回車棚裡去，約翰，」羅徹斯特先生不動聲色地說，「今兒用不著它了。」

我們一進門，羅徹斯特先生、阿黛爾、蘇菲、莉亞就都迎上前來，祝賀我們。

「全都向後轉！」主人大聲喝道。「去你們的祝賀吧！誰要聽它們？我可不要——它們來晚了十五年！」

他走過她們，上了樓梯，仍舊抓住了我的手，仍舊在招呼幾位先生跟著他走，他們都聽從了他。我們走上第一道樓梯，沿著過道走去，一直爬上了三層樓。羅徹斯特先生用萬能鑰匙打開低矮的黑門，我們跨進了那間掛著帷幔、擺著大床和有圖案的櫃子的房間。

「你認識這地方，梅森，」我們的嚮導說，「她在這兒咬過你，刺過你一刀。」

他撩起遮著牆的帷幔，露出第二道門，他也打開了它。在一間沒有窗子的屋子裡燃著爐火，用又高又結實的圍欄圍著，一盞燈用鏈子吊在天花板上。格蕾絲．普爾彎身向著火，顯然正用平底鍋在燒點什麼。在屋子那一頭十分昏暗的陰影裡，有個身影在來回跑動。那是什麼，到底是人還是獸，乍一看去辨認不清的。它似乎在手腳著地地爬著，又抓又嗥像隻奇怪的野獸。可是它穿著衣服，可觀的頭髮黑中夾白，蓬亂得馬鬃似的遮住了它的頭和臉。

「早安，普爾太太！」羅徹斯特先生說。「你好嗎？你照顧的人今天怎麼樣？」

「我們還可以，先生，謝謝你。」格蕾絲回答，一邊把燒得滾燙的東西小心揣到鍋架上。「有點要咬人，不過還不太狂暴。」

一聲凶猛的吼叫似乎在戳穿她的有利報告，這個穿人衣的怪獸立了起來，用後腳高高地站著。

「啊！先生，她看見你了。」格蕾絲喊道，「你還是別待在這兒好。」

「只待一小會兒，格蕾絲，你一定讓我稍停一會兒。」

「那麼小心點，先生──看老天分上，小心點！」

瘋子大吼起來，她撩開臉上亂蓬蓬的捲髮，狂野地盯著來看她的人。我清楚認出了那張發紫的臉──那腫脹的眉目。

「別擋著，」羅徹斯特先生，把她推到一邊，「我想她這會沒拿刀吧？而且我也有所防備。」

「誰也不知道她拿著什麼，先生，她狡猾極了，常人的頭腦摸不透她那套把戲。」

「我們最好還是離開她。」梅森悄悄地說。

「見你的鬼去吧！」他姊夫這樣對他說。

「當心！」格蕾絲喊道。

那三位先生不約而同地直往後退。羅徹斯特先生一把將我推到他背後。那瘋子跳上去拿狠狠地掐住他的脖子，用牙齒咬他的臉。他們爭持著。她是個高大的女人，身量幾乎跟他丈夫一般高，外加還很胖。在爭鬥中她顯出男人般的力量──儘管他身體強健，她還不止一次地差點把他掐死。他本來滿可以看準了一拳把她打倒，但他不願用拳頭打，只願意角鬥。最後他總算抓住了她的胳膊，格蕾絲．普爾遞給他一根繩子，他把它們反綁起來，再順手拿起就在近旁的另外一段繩子，把她捆在一張椅子上。這番行動全是在狂呼亂叫、拚命掙扎中完成的。隨後羅徹斯特先生向在場的人轉過身來，帶著一種既辛辣又淒涼的微看著他們。

「就是我的妻子。」他說，「那就是我所知道的唯一的夫妻擁抱──那就是空閒時安慰我的撫愛親熱。而這就是我一心想要的（他把手放在我的肩頭上）就是這一位年輕的姑娘，她那麼嚴肅、鎮定地站在地獄門口，毫不驚惶地瞧著那惡魔活蹦亂跳。我需要她，正是因爲在那道難以下咽的菜之後想用她來換一換口味。把這雙清澈的眼睛跟那一對血紅的圓球比一比吧——把這張臉跟那一張鬼臉——這副身材跟那一個大塊頭比一下吧，然後，傳播福音的牧師和維護法律的律師，你們再來裁判我，而且別忘了，你們怎樣裁判我，別人也會怎樣來裁判你們！現在你們走吧。我得把我的無價之寶關起來了。」

我們都退了出來。羅徹斯特先生又稍微多留了一會兒，再囑咐了格蕾絲·普爾幾句。律師在下樓的時候對我說了起來。

「你，小姐，」他說，「是完全無可指責的。你叔叔準會很高興聽到這個消息——當然，要是梅森先生回馬德拉的時候他還活著的話。」

「我叔叔！他怎麼樣？你認識他嗎？」

「梅森先生認識。愛先生是他的商號在豐沙爾❹的多年老客戶。梅森先生回牙買加途中，暫時留在馬德拉養病，你叔叔接到你的信，告訴他即將和羅徹斯特先生結婚的時候，梅森先生剛巧跟他在一起。愛先生提起了這個消息，因爲他知道我目前這位委託人認識一位姓羅徹斯特的先生。你可以想像得到，梅森先生既吃驚又難過，他說出了事情的眞相。

你叔叔，我很遺憾地說，目前正病在床上。考慮到他病的性質——癆病——和病的程度，他是不大可能重新病癒起來了。因此無法親自趕來英國，把你從落入的陷阱中解救出來。不過他請求梅森先生毫不遲延地採取行動，來阻止這樁欺詐的婚事。他叫他來找我幫

❹豐沙爾（Funchal）：馬德拉群島的首府。

忙。我採取了一切緊急手段，謝天謝地總算沒有太遲，你大概也有同感吧。要不是我確信等你趕到馬德拉，你的叔叔一定已經去世的話，我本來會勸你跟梅森先生一起回去的，可是情況既然如此，我想你最好還是留在英國，等著進一步聽到愛先生的或者是別人關於愛先生的消息再說。還有什麼別的事情要我們留著嗎？」他問梅森問道。

「沒有，沒有——我們快走吧。」對方急不可待地回答。說著不等向羅徹斯特先生告辭，兩人就走出了大廳的正門。牧師留下來跟那位傲慢的教區居民交談了幾句，不知是告誡呢還是責備。盡到了這個責任之後，他也走了。

這時我已回到自己的房間，站在半開著的房門口聽見他走。宅子裡人聲寂靜下來了，我把自己關在屋裡，閂上了門不讓人闖進來，然後就開始——不是啼哭、也不是悲嘆，我還很鎮靜，還不至於那樣，而是——機械地動手脫下禮服，重新換上我昨天還以爲是最後一次穿的那件呢衫子。隨後我坐了下來，感到既虛弱又疲倦。我把兩臂支在桌上，頭埋在手裡。這時我心裡思索了起來。在這以前，我總是在聽、在看、在走動——任別人帶著或者拽著上這兒上那兒——眼看著事件一樁接著一樁發生，秘密一件接著一件暴露。可現在，我思考了。

這一早上可說是平平靜靜的——只除了關於瘋子的那短短一幕。教堂裡的那件事並不張揚，既沒有怒火爆發，也沒有大吵大鬧，既沒有爭辯不休，也沒有公然反駁或者強硬責難，既沒流眼淚，也沒嗚咽作聲。只說了幾句話，從容地表示了反對這種婚事，羅徹斯特先生提了幾個嚴厲而簡短的問題，得到了答覆和解釋，提出了證明，我主人坦率地承認了事實，接著又看到了活生生的證據，不速之客走了，一切就都過去了。

我跟往常一樣仍在自己的房間裏——我還是我，並沒有什麼明顯的變化，既沒被徹底毀滅，也沒受到致命傷害，或者被弄成了殘廢。然而昨天的簡·愛在哪兒呢——她的生活在哪兒——她的前途又在哪兒？

簡・愛，一度曾是個滿腔熱情、滿懷期望的女人——還差點兒當了新娘——如今又成了個冷漠、孤獨的姑娘，她的生活是黯淡的，她的前途是淒涼的。聖誕節的嚴寒在盛夏降臨，十二月的暴風雪在六月裏捲起，冰結滿在成熟的蘋果上，積雪壓壞了盛開的玫瑰，乾草地和麥田上罩上了霜凍的屍布，昨夜還紅花遍地的小徑，今日已蓋滿了未經踩踏的白雪，十二個小時前樹林子還像熱帶叢林般枝葉婆娑、芬芳撲鼻，如今卻像挪威冬天的叢林般廣漠荒蕪，白茫茫、亂蓬蓬地一片。我的種種希望全都破滅了——一夜之間，落到埃及地上所有長子頭上的那種難測的惡運❺打擊了我。

我回顧自己曾抱有的希望，昨日它們還生機蓬勃，耀眼生輝，今天卻都像直挺挺、冷冰冰、灰沉沉地躺在那兒的屍體，再也不會復活了。我回顧著我的愛情，那種屬於我的主人——由他所一手締造出來的感情，它就像一個在冰冷的搖籃裏受罪的孩子那樣，在我的心裏顫抖，正飽受著疾病和痛苦的折磨，卻不能去投入羅徹斯特先生的懷抱，從他的心頭獲得溫暖。唉，它再也不能去求助於他了，因爲忠誠已遭破壞，信任已經喪失了！

對我來說，羅徹斯特先生已不再是過去的他，因爲他原來不像我過去所想像的那樣。我不想把他看成邪惡，我不願說他欺騙了我，不過他在我心目中已失去了正直不欺的屬性，因此我必須離開他，這點我看得很清楚。至於什麼時候——怎麼離開——上哪兒去，我還說不

❺據《聖經》說，埃及法老不准以色列人離去，爲了示警，在逾越節之夜，「耶和華把埃及地所有的長子，就是從坐寶座的法老，直到被擄囚在監裏之人的長子，以及一切頭胎的牲畜，盡都殺了。」（見《舊約・出埃及記》第12章第29節）

準，不過毫無疑問，他自己也會巴不得我早點離開桑菲爾德。看來對我眞正的愛慕他是不會有的，有過的只是一時的熱情，這遭到了挫折，他就不會再需要我了。現在我甚至應當害怕擋了他的道，看見我他一定會感到憎惡。唉，我眞是多麼盲目！我的行爲是多麼糟糕！

我緊閉並且蒙上了雙眼，陣陣黑暗像漩渦似的在我四周飄動，思緒像一股渾濁而混亂的潮水般地湧來。自暴自棄、鬆弛懶散，我就彷彿是躺倒在一條大河乾涸的河床上，聽到遠處群山中一股山洪暴發，感到洪流正滾滾而來。我既不想起來，也沒有力氣逃走。我虛弱地躺在那兒，一心只想死去。我頭腦裏只有一個念頭還有點生命力似的在那兒搏動——想到了上帝。他引來了無聲的祈禱，那些詞句在我一片漆黑的心靈裏縈繞不去，彷彿是些必須低聲訴說出的話，但卻總是振不起精神把它們說出來：

「求你不要遠離我，因爲急難臨近了，沒有人幫助我。」❻

它是臨近了，而且既然我還不曾懇求上天把它推開——我沒有合起雙手，屈膝跪下，也沒有嘴裏喃喃低語——它終於來了，洪流滾滾，汪洋一片，盡情地傾瀉到了我的身上。自覺終生無望、愛情失去、希望破滅、信心喪盡，這念頭像一個黑壓壓的龐然大物，沉重而強大無比地整個壓在我的頭上。那個痛苦的時刻如今實在無法描繪，眞個是「大水淹入我的心靈；我陷入深深的泥潭，覓不到立足之處；我沉進深水之中，洪水淹沒了我。」

❻《聖經》上的話。《舊約・詩篇》第22篇第11節。

27

下午一個什麼時候，我抬起頭來，望望四周，看到西沉的太陽正在牆上金光閃閃地顯示出日落的跡象，我問：

「我該怎麼辦呢？」

可是我心靈的回答——「馬上離開桑菲爾德」——來得那麼快那麼嚇人，使我忙掩住了自己的耳朵。我說，這樣的話我現在受不了。

「承認我不當愛德華·羅徹斯特的新娘在我的苦難中只是最算不了什麼的小事，」我辯解說，「承認我已經從那些無比美好的迷夢醒來，發現它們全都是徒勞的妄想，這些雖然可怕，我還都能接受得了，撐得住，可要我必須斷然、立即、永遠地離開他，卻是無法忍受的，我辦不到。」

但接著，我內心卻有個聲音斷定說我辦得到，而且預言我必須這樣辦。我跟自己的決心搏鬥著。我但願成爲弱者，這樣就可以避免走上我明知擺在我面前的經受更多苦難的可怕的路。已變得專橫的良知也扼住了愛情的喉嚨，嘲罵說，她現在還只是把她那漂亮的小腳稍稍伸進了泥潭，可是詛咒說，他定會用他那條鐵臂將她一直按進深不見底的痛苦深淵裏去。

「那麼快把我拽走吧！」我喊道。「讓別人幫幫我吧！」

「不，你得靠自己把自己拽走，誰也不會來幫助你。你定要自己挖掉你的右眼，自己砍斷你的右手，把你的心作爲祭品，而由作爲祭司的你來一刀把它刺穿。」

我猛地站了走來，被出現這樣無情的裁判者的孤身獨處嚇壞了——被充滿這樣可怕聲音的寂靜嚇壞了。我站起來時直發暈，我明白是因爲激動加上空著肚子而感到了難受，這一整天我的嘴既沒沾過飯菜也沒進過茶水，因爲早餐我根本沒有吃。這時，我心裏懷著一種說不出的劇痛，想起了我在這兒關門待了這麼久，既沒人帶口信來問問我怎麼樣，也沒有人來請我下樓去，甚至連小阿黛爾也不曾敲一敲門，連費爾法克斯太太也不曾找過我。

「被命運遺棄的人，朋友們也往往會把他忘得一乾二淨。」

我喃喃說著，拉開門閂走了出去。我給一個障礙物絆了一下。我頭還發暈、眼還發花、手腳也軟弱無力，沒法馬上穩住身子。我跌倒了，但卻不曾跌倒在地，有隻胳臂伸出來抓住了我。我抬頭一看——扶住我的是羅徹斯特先生，他坐在正擋在我房門口的一把椅子上。

「你終於出來了。」他說。「嗯，我已經等了你很久，還一直聽著，但我既沒聽到一點動靜，也沒有聽見一聲抽泣。再有五分鐘，還是那麼一片死寂的話，我就會像竊賊那樣撬鎖進來了。那麼說你是躲開我——你把自己關在屋裏一個人傷心？我寧可你跑來怒氣地臭罵我一頓。你是火氣很大的，我原想準會有一場好戲。我正等著看你傷心痛哭、淚落如雨，只是本來希望它們會灑落在我胸前，現在卻都被毫無知覺的地板或者你濕透了的手帕承受去了。不過我說得不對，你根本就沒哭！我只看到發白的臉和失神的眼睛，卻沒有一滴淚痕。那麼我想你大概是心裏在哭出血來吧？

「怎麼啦，簡！連一句責備的話都沒有嗎？既沒有抱怨的話——也沒有傷人的話？既不說一句話來傷害感情，也不說一句話去激起惱怒？你一聲不響地坐在我扶你坐下來的地方，用一副沒精打采的漠然神情瞧著我。

「簡，我從來沒打算要這樣傷害你。即使有誰養著一頭他僅有的小母羊，被他看得比他女兒還親，吃他的麵包，喝他杯裏的水，還躺在他的懷裏，可是他卻在屠宰場上誤宰了它，他對自己的致命大錯所感到的悔恨，也不會超過我現在的悔恨。你有天會原諒我嗎？」

讀者啊！我當時當場就原諒了他。他的目光中含著那麼深深的悔恨，他的語氣中含著那麼眞摯的同情，他的態度中顯示那樣的男子氣概，而且在他整個舉止神情中都流露出那麼忠誠不渝的愛——以致我完全原諒了他，但卻並不曾訴之言語，也不曾形於外表，而只是在我的心底裏。

「你知道了我是一個無賴嗎，簡？」

不一會，他可憐巴巴地問——看來大概是摸不透我爲什麼仍舊懨懨地一言不發，其實那並不是有意的，只不過是身子軟弱而已。

「是的，先生。」

「那就毫不客氣、直截了當地對我說——別顧惜我。」

「我不行，我又疲倦又難受。我想喝點水。」

他似乎全身打顫地舒了口氣，忙把我抱在懷裏，一直到樓下。起初我弄不清他帶我進了哪間屋子，我兩眼昏花，什麼都模模糊糊的。不久我就感到了爐火使我恢復精神的暖氣，因爲儘管是夏天，我在自己房間已經渾身凍得冰涼了。他把葡萄酒湊近我嘴邊，我稍許喝了一點，精神就振作了起來。接著我又吃了點他端給我的東西，馬上就覺得恢復正常了。原來我是在書房裏——坐在他的椅子上——他就在我身邊。

「要是這會兒我能就此結束生命，那該多好，」我想，「那樣我就不必活生生地掙斷我的心弦，以便讓它和羅徹斯特先生的心弦分開。看樣子我非得離開他。可是又不願離開他——不捨得離開他。」

「你現在覺得怎麼樣，簡？」

「好得多了，先生。我馬上就會復元了。」

「再喝一點酒，簡。」

我聽從了他。隨後他把酒杯放在桌上，站在我面前，定睛地望著我。突然間他轉過身去，發出一聲含糊不清但卻滿含著某種激情的叫喊。他快步穿過整個房間，又走了回來。他向我俯下身子似乎要吻我，但我想起現在是絕不容許撫愛的了。我掉開臉去，把他推開。

「怎麼！這是怎麼回事？」他馬上嚷了起來。「哦，我明白啦！你不願跟柏莎・梅森的丈夫接吻？你認為我已經懷有中意人，我的擁抱已經另有所屬了嗎？」

「至少已經沒有容我的餘地，我也沒有權利要求了。」

「為什麼呢，簡？為了省得你多說話，我來代你回答吧——是因為我已經有了妻子，你準會回答——我猜得對嗎？」

「對。」

「要是你這樣想，那你就準對我抱有奇怪的看法了。你準把我看成了詭計多端的浪子，一個卑鄙下流的流氓，裝出無私的愛來把你拉進精心佈下的羅網，毀掉你的名譽、剝奪你的自尊。你對這個還能說什麼呢？我看得出，你首先什麼也說不出，你還虛弱，連呼吸都很費力；其次，你還不習慣責備和咒罵我；而且再說，眼淚的閘門還打開在那兒，你一說多了它們就會湧了出來；還有，你也不想教訓、責備、大鬧一場，你正在想如何行動——你認為說是無濟於事的。我知道你——對我已經有所防備。」

「先生，我並不想做什麼來跟你作對。」我說，覺得聲音不穩，趕快把話截住。

「按我的字義而不是按你的字義來解釋，你是在一心要毀了我。你等於已明白說了，我是個已婚的人——作爲一個已婚的人，你要躲著我、避開我，方才你還拒絕跟我接吻。你打算跟我完全成爲陌路人。只是作爲阿黛爾的家庭教師住在這兒。只要什麼時候我對你說句友好的話，什麼時候你又對我產生了一點友好的感情，你就會說——『這個人差點成了他的情婦，我一定要對他冷若如霜。』於是你也就眞的會變得冷若冰霜。」

我清清嗓子，穩住了聲音回答說：

「我周圍一切都改變了，先生，我也要改變——這是毫無疑問的。爲了免得感情波動，不斷要竭力擺脫種種聯想和回憶，只有一條路——阿黛爾必須換個家庭教師，先生。」

「哦，阿黛爾要進學校——這我已經安排好了。我也不打算折磨你，讓你老是難受地回憶和聯想起桑菲爾德府——這個該詛咒的地方——這個亞干的帳篷❶——這個硬要在光天化日下顯出它苟延殘喘的慘相的蠻不講理的墓穴——這個藏有一個比我們想像中千百個魔鬼還更可怕的，眞正魔鬼的狹小的石頭地獄。簡，你用不著待在這兒，我也一樣。我明知道是個鬧鬼的地方，還讓你到桑菲爾德府來，眞是失策。

「我還沒見到你的時候，就叮囑過他們要瞞著不讓你知道有關這兒這個禍害的一切情況，這只是因爲我怕如果讓人知道了將要跟什麼樣的人住在一所房子裏，阿黛爾就不會有一個肯長期留下來的家庭教師了。而我又不可能計畫把瘋子移到別的地方去——儘管我有一所老屋子，芬丁莊園，甚至比這兒還要偏僻隱蔽，我滿可以十分安全地讓她住在那兒，可是顧慮到它地處森林中心，不利健康，良心上不忍作這樣的安排。那些潮濕的牆壁說不定很快就

❶《聖經》載，以色列人破耶利哥城時，猶大的支派亞干違反上帝的曉諭，私將所奪的財物藏在自己的帳篷內，上帝震怒，命以色列人用石頭將他打死。見《舊約・約書亞記》第7章。

會讓我擺脫她這個負擔。不過同是壞蛋，壞處也各有不同，我的壞處並不在間接去謀殺一個瘋女人，哪怕是我最恨的人。

「不過，向你隱瞞有一個瘋女人作鄰居，實在有點像用斗篷蓋住一個孩子，把他放在一株箭毒樹旁一樣。那魔鬼能把四周圍都毒害了，而且毒氣永遠不散。不過我要把桑菲爾德府封閉起來，我要釘死正門，樓下窗戶釘上木板。我要給普爾太太兩百鎊一年，讓她在這兒陪伴我的妻子，你是那樣稱呼那個可怕的母夜叉的。格蕾絲為了錢會很出力，同時還可以讓她的兒子，格林斯貝收容所的管理員，來跟她作伴，好隨時幫助她應付躁狂發作，因為我的妻子常會鬼使神差地幹出像夜裏把人在床上燒死、用刀桶死、把肉從骨頭上咬下來，以及諸如此類的事等等……」

「先生，」我打斷他，「你對那位不幸的太太狠心了，你講到她時滿心憎恨——帶著有仇似的反應。這太狠心了——她發瘋是自己沒有辦法的事。」

「簡，我的小寶貝（我要這樣稱呼你，因為你確實是。）你不知道自己在說什麼，你又看錯了我，我不是因為她才瘋才恨她。要是你瘋了，你以為我會恨你嗎？」

「我的確以為，先生。」

「那你就錯了，你一點也不了解我，不明白我能愛到什麼程度。你血肉中的每一個原子都像我自己的一樣親，即使有病痛也仍舊一樣可親。你的心靈是我的寶庫，即使它崩潰了，也仍舊是我的寶庫。要是你發了狂，抱住你的將是我的胳膊，而不是給瘋人穿的緊身衣——你的亂抓，即使發瘋似的，對我來說也是甜蜜的。要是你像今天早上那個女人那樣向我撲來，我會用擁抱來迎接你，在約束你的同時，至少也同樣地親熱。我決不會像躲她那樣厭惡地躲著你，我會帶著不知疲倦的溫存來照料你，儘管它們已不再顯出一絲認識我的目光。

「——可是我幹嘛順著這個思路想下去呢？我剛才是在講讓你離開桑菲爾德府。你知道，什麼都準備好了，馬上就可以離開，明天你就走。我只要求你再在這幢屋子裏忍受一個晚上，簡，然後就可以跟它的那些痛苦和恐懼永別了！我有一處地方可去，那是個可靠的避難所，可以避開可憎的回憶、討厭的闖入——甚至包括虛偽和毀謗。」

「那就帶阿黛爾一起去，先生，」我插嘴說，「她也好跟你作個伴。」

「你這話什麼意思，簡？我跟你說過我要送阿黛爾進學校，而且我要個孩子作伴幹什麼？何況還不是我自己的孩子——而是個法國舞女的私生子。你幹嘛老跟我糾纏不清地提她？我說，你幹嘛要把阿黛爾塞給我作伴？」

「你談到要退隱，先生，而退隱和孤獨是沉悶乏味的，對你來說太乏味了。」

「孤獨！孤獨！」他惱火地重複著。「我看得好好講講清楚了。我不明白你臉上露出來的是一種什麼謎樣的表情。你是要跟我一起分享孤獨，你懂了嗎？」

我搖了搖頭。在他變得那麼激動的時候，連冒險作出那樣一個默默地不同意的表示，也是需要有一定的勇氣的。他原本快步地在房間裏走來走去，這時卻停了下來，彷彿突然在原地生了根似的。他瞪著我瞧了好半天，我把眼光避開了他，盯著爐火，竭力擺出並且保持著一種泰然自若的神氣。

「現在簡性格上的彆扭勁終於上來啦。」他最後開口說道，語氣比我從他的神情上所預料的要和平得多。「那個螺絲一直轉動得夠平滑的，可我一直料到總會碰上一個結，遇上麻煩的，現在終於來了。這回就該是苦惱、激動和沒完沒了的麻煩了！天啊！我真但願能使出幾分參孫的力氣來，像掙斷繩子那樣解開一團亂麻！」

他又重新走了起來，但很快又停住了，這回正好停在我面前。

「簡！你聽得進講道理嗎？（他俯身把嘴湊近我耳邊）要不然，我只好動蠻力了。」他聲音嘶啞，神情就像一個正要掙開無法忍受的束縛，準備不顧一切蠻幹一番似的。我看出，再過一分鐘，只要再觸發一陣怒氣，我就會對他毫無辦法了。眼前——正在一秒一秒過去的短暫時間——是我僅有的機會來設法把他控制和約束，只要有一個抗拒、逃跑、害怕的舉動，就準會召來我的末日——也召來他的末日。可是我並不怕，一點也不。我自覺得有一種內在的力量，有一種能影響對方的感覺在支持著我。危機關頭是千鈞一髮的，但也不無它的迷人之處，也許正像印地安人駕著獨木舟順著急流而下時的那種感覺吧！我抓住了他那緊張的拳頭，鬆開那些抓緊的手指，用安慰的口氣對他說：

「坐下來，你要跟我談多久就談多久，你想講什麼我都聽著，不管是有道理的沒道理的。」

他坐下來，可是卻並沒有讓他馬上就說。我的眼淚已經忍了多時，我費了很大的勁才不讓它們湧上來，因爲我知道他不喜歡看見我哭。可是現在，我認爲不妨讓它們流個暢快，愛流多久就流多久。要是這種涕泗沱惹他煩惱，那就更好。因此我就不再忍著，痛快地大哭了起來。很快我就聽見他在眞誠地懇求我安靜下來。我說他那麼發火，我沒法安靜下來。

「可我並沒有發怒，簡，我只是太愛你了，可是你卻板起你那張蒼白的小臉，顯示那麼一副堅決、冰冷的神氣，我實在受不了啦。好了，別哭，把眼淚擦乾吧。」

他變柔和了的聲音說明他已經馴服下來了，於是我也安靜了下來。現在他試著想把頭靠在我的肩上，可是我不讓。接著他又想把我拉近他，我也不行。

「簡！簡！」他說著——語調那麼痛心，使我全身的神經都一陣震顫。「這麼說，你並不愛我？你看重的只不過是我的地位和作爲我妻子的身分嗎？現在你覺得我已經沒有資格做你的丈夫，你就碰都不讓我碰，就好像我是隻癩蛤蟆或者是大猩猩似的了。」

這些話刺傷了我。可我又能做些什麼、說些什麼呢？或許我根本什麼也不做、什麼也不說，可是我是那麼痛苦地後悔傷了他的感情，因而情不自禁地想在被我弄傷的地方抹上點止痛膏。

「我確實是愛你的，」我說，「比過去更愛你，可是我絕不該表露或者放縱這種情感，而這次也是最後一次，不得不把它表白出來。」

「最後一次，簡！什麼！要是你仍舊愛我的話，那你以爲你可以跟我生活在一起，每天和我見面，卻總是既冷淡又疏遠嗎？」

「不，先生，這我當然辦不到，正因爲這樣，所以我只有兩條路可走，但是我一說出來你準會發火的。」

「哦，說出來吧！即使我大發雷霆，你也有哭哭啼啼這一招呀。」

「羅徹斯特先生，我得離開你。」

「多長時間呢，簡？幾分鐘，梳一梳你那有點亂了的頭髮，再洗一洗你那有點發燒的臉嗎？」

「我得離開阿黛爾和桑菲爾德。我得一輩子和你分開。我不得不在陌生的臉和陌生的環境中開始一種新的生活。」

「那當然啦。我跟你說過你該這樣。我不理睬什麼跟我分開的瘋話。你實際是說必須成爲我的一部分。至於新生活，那沒有問題，你還要成爲我的妻子，我還是個未婚的人嘛。你要成爲羅徹斯特太太——名副其實的。在你我有生之年，我都只守著你一個人。你要到我在法國南部的一個地方去，是地中海岸上一幢粉刷得雪白的別墅。你要在那兒過一種愉快、安全而無憂無慮的生活。絕不用擔心我會引你誤入歧途——讓你做我的情婦。你幹嘛搖頭？簡，你得講點情理，不然說實話我又要發狂了。」

他的嗓音和手都發抖了，他那太大的鼻孔又撐大了，他的眼裏冒出火來，然而我仍舊敢說出：「先生，你的妻子還活著，這是你今天早上自己也承認的事實。要是我像你希望那樣跟你一起生活，那我就成了你的情婦。不這樣說就是有意詭辯——是說謊。」

「簡，我不是個好脾氣的人——你忘了這一點。我沒有多大耐性，我並不是冷靜而不容易動火的。可憐可憐我，也可憐可憐你自己，把你的手指按在我的脈搏上，看看它跳得多厲害，你就要——小心著點兒！」

他捲起袖子，把手腕向我伸來，臉和兩唇都失去血色，愈來愈顯得一片死灰。我從各方面來說都感到難過。用他最深惡痛絕的拒絕來惹得他如此激動，是狠心的，而讓步呢，又決不可能。我做出了常人在被逼到走投無路時本能會做的事——向高於凡人的神明求助。

「上帝幫助我！」這句話從我嘴裏不由自主地脫口而出。

「我眞是個傻瓜！」羅徹斯特先生突然喊道。「我一個勁兒跟她說我沒結過婚，又不給他說明爲什麼。我忘了她一點也不知道那個女人的性格，也不知道我跟她那門該死的婚事的有關情況。哦，我確信簡知道了我所知道的一切，準會同意我的看法的！就把你的手放在我手裏吧，簡妮待——讓我能像看到你那樣確鑿地摸到你，證實你就在我身旁——這樣我就能用幾句話向你說明事情的眞相。你肯聽我說嗎？」

「是的，先生，你想說就說幾個小時都行。」

「我只要幾分鐘。簡，你是否知道或聽說過，我不是我們家的長子，我有一個哥哥？」

「我記得費爾法克斯太太有一回跟我說過。」

「你還聽說過我父親是個貪財如命的人嗎？」

「我曾聽出話裡有這樣的意思。」

「是啊，簡，就因爲這樣，他決計要讓家產保持完整。他想都不願意想他的田產分開，留給我應有的一份。他決定全部都傳給我的哥哥羅蘭。可是他也同樣不願意他的一個兒子會成爲窮人。我必須結一門富有的親事以便不愁生計。他及時替我物色了一個對象。梅森先生，一位西印度群島的種植園主兼商人，是他的老相識。他確信他的家財又廣又可靠，他作過調查。他了解梅森先生有一兒一女，而且從後者口裏探聽到他可以而且願意給女兒一筆三萬英鎊的財產，這就足夠了。

「我一離開大學，就給送到了牙買加，去娶一個已經爲我訂過親的新娘。我父親一點也沒有提到她的錢，他只告訴我梅森小姐在西班牙是以美貌出名的，而這倒不是假話。我發現她是個漂亮的女人，是布蘭琦・英格拉姆小姐那種類型，高高的、黑黑的，很有氣派。她家裏想要抓牢我，因爲我出身名門，她也這樣想。他們讓她一身華麗地在舞會上跟我見面。我不大單獨見到她，很少跟她私下交談。她討我好，拚命顯示她的美貌和才情來取悅我。她那圈子裏的男人似乎都對她傾倒，羡慕我。

「我給弄花了眼，激起了勁頭，我的感官興奮了起來，由於幼稚無知，缺乏經驗，我自以爲愛上了她。社交界無聊的情場角逐，年輕人的好色、魯莽和盲目，會促使一個人什麼樣的蠢事幹不出來。她的親戚們慫恿我、情敵們刺激我、她引誘我，使我幾乎連自己也弄不清楚是怎麼回事就已經結了婚。唉！我每一想起這個舉動就對自己毫無敬意——一種從內心裏瞧不起自己的痛苦攫住了我。

「我從沒愛過、從沒敬重過她，我甚至從沒了解過她。我拿不準她天性裏是否有一種美德存在。無論從她的心靈或者舉止上我都既看不到謙遜，也看不到仁慈，既看不到豪爽，也看不到雅致——可我竟娶了她——我眞是個又蠢、又賤、又瞎的大傻瓜！要不是這麼傻，我也許早……不過還是讓我記住在跟說話吧。

「我新娘的母親我從來沒見過，我只當她已經去世。蜜月一過，我才知道自己錯了。她只不過是發了瘋，關在一所瘋人院裏。另外還有一個弟弟，完全是個不會說話的白痴。你見到過那個弟弟（我雖厭惡她的所有親屬，對他卻恨不起來，因爲他那不太清醒的頭腦裏還有幾分愛，這表現在他對他可憐的姊姊的經常關心上，也表現在他一度像一條狗似的對我的依戀上。）他有一天說不定也會變成那個樣子。我父親，還有我哥哥羅蘭，完全知道這一切，可是他們一心只想著那三萬英鎊，卻合謀著來坑害我。

「這都是些可惡的發現，可是除了隱瞞眞相欺騙我這一點以外，我本來倒還不想拿這些來怪罪我的妻子。甚至當我發現她的天性與我格格不入，她的志趣令我生厭，她的脾氣庸俗、猥瑣、狹窄，出奇地無法引導到任何稍微高尙一些、擴展到稍微博大一些的境界。

「——當我發現簡直不可能舒舒服服地跟她在一起待上一晚，甚至白天待上一個小時，任何親切的交談都沒法在我倆之間維持下去，因爲不管我談起一個什麼話題，都立刻會聽到她一副既粗俗又陳腐、既乖張又蠢笨的口氣。

「——當我看出永遠不會有個寧靜安定的家，因爲沒有一個僕人受得了她那不斷發作的蠻橫無理的脾氣，或者她那叫人生氣的荒唐、矛盾、苛刻的各種各樣的命令。

「——甚至當這種時候，我還是克制自己，我避免責備，少作規勸，我儘量把我的悔恨和厭惡悄悄地往肚裏吞，把我感到的深深的反感壓制下去。

「簡，我不想拿討厭的瑣碎事來煩擾你了，我要說的意思，只是幾句話就可以表達清楚。我跟樓上的那個女人一起生活了四年，四年還不滿，她就已經把我折磨得夠了。她的壞脾氣蔓延滋長，快得驚人；她的邪惡日甚一日，又快又猛。它們是那麼強烈，只要用殘酷的手段才能制止得住，可我卻不想用它。她的智力低得像侏儒——而怪僻又大得像巨人！這些怪僻使得我受到多可怕的咒罵啊！柏莎·梅森——一個丟臉的母親的忠實女兒——硬把我托進一個娶了位既荒淫又酗酒的妻子的男人，所必然會經歷的那種種丟人顯眼的可怕煩惱。

「這期間我的哥哥死了，四年將盡時我父親也去世了。這時我是夠富的——可同時卻又可怕地貧苦。一個我所見過的最粗野、最下流、最墮落的天性，跟我自己的天性牢牢拴在一起，還被法律和社會稱爲我的一部分。而我卻不可能用任何合法方法的手續把它擺脫掉，因爲醫生們已經診斷出我的妻子瘋了——她的肆意放縱使得瘋狂的種子過早地滋長了起來——簡，你不想聽我的講述，你看上去幾乎像病人——要我把餘下的留到以後再講嗎？」

「不，先生，現在就把它講完吧。我可憐你——我確實眞心實意地可憐你。」

「憐憫，簡，要出自於某些人之口，那是一種侮辱和傷人的言詞，完全有理由把它衝著說它的人的嘴扔回去。不過那是指那些無情、自私的心所常有的憐憫。那是聽到禍事時，一種帶有對受禍者盲目輕視心理的動機，夾雜著以自我爲中心的難受心情。可是你的憐憫並不是那樣，簡，此刻你滿臉流露的——你兩眼中幾乎要湧出來的——你心中洋溢著的——使你的手在我的手裏發抖的，卻並不是那樣的感情。你的憐憫，我的寶貝，是擁有愛的正在受苦的母親，它的痛苦，正是神聖的熱戀臨產時的陣痛。這我歡迎，簡，但願它的女兒順利地降生——我張開兩臂等著擁抱她。」

「好了，先生，接著說吧，你知道她瘋了以後怎麼辦呢？」

「簡——我幾乎到了絕望的邊緣，只是僅有的一點點自尊心才使我沒有墜入深淵。在世人眼裏，我無疑是沾上了骯髒的恥辱，可是我決心在自己眼裡保持清白——死也不讓她的罪惡沾染了我，擺脫自己不跟她的精神殘疾發生關係。可是社會還是把我的姓名和我個人跟她聯繫在一起。我仍舊在天天看到她、聽見她，她呼吸的某些空氣（呸！）也跟我的混在一起。而且，我還記得自己曾是她的丈夫——這個回憶無論當時還是現在，都說不出地叫我感到厭惡。

「不僅如此，我還知道只要她還活著，我就不可能當另外一個較好的妻子的丈夫。而她儘管比我還大五歲（她家的人和我的父親就是在她的年齡問題上也跟我撒了謊。）她因爲身體上結實的程度抵得上她腦子的虛弱，她很可能活得跟我一樣長，因此，還只二十六歲，我就已經毫無指望了。

「有一天夜裏，我被她的叫喊聲驚醒了——（在她瘋了以後，她給關了起來）——那是西印度群島一個火辣辣的夜晚，這是當地氣候中形容熱帶暴風來臨前情況的常用的說法。我在床上睡不著，就起來打開窗子。空氣簡直像硫磺的蒸氣，哪兒都沒法令人神清氣爽。蚊子嗡嗡地飛進來，沉悶地繞著房間營營地叫著，從我那兒遠遠就能聽見大海像地震似的在沉悶地轟鳴——烏雲正在它的上空密佈。月亮逐漸朝向波濤中沉落下去，又大又紅，活像一顆滾燙的炮彈——它向正在暴風雨騷擾中發抖的世界，投下它血紅的最後一瞥。

「我渾身受到眼前這種氣氛和景象的影響，同時耳朵裏灌滿了那個瘋子還一直大喊大叫的咒罵，其中時時夾帶著我的名字，用的是那麼惡魔般切齒仇恨的腔調，那麼難聽的語言！連最毫不知恥的娼妓都沒有用過她那樣汙穢的詞句。儘管隔著兩間屋子，我還是每一個字都聽得見——西印度群島住房中單薄的隔牆簡直擋不住她那狼嗥般的喊叫。

「『這種生活，』最後我終於說道，『簡直是地獄！這種空氣、這種聲音，都是那個無底深淵裏的空氣和聲音！我有權讓自己解脫出來，只要我辦得到。在這種要命的境遇下所受的種種苦難，都將隨著眼前拖累著我的靈魂的這個沉重的軀殼同時離我而去。對那些狂熱信徒們心目中永劫不復的地獄之火，我毫不害怕，來世的任何境遇都不會比現世的這種境遇更糟的了——讓我擺脫它，回到上帝那兒去吧！』

「我一邊說著一邊在一個箱子跟前跪下，打開了鎖，那裏面放著兩把上了子彈的手槍。我打算開槍自殺。這種想法我只保持了短短一剎那，因爲我並沒瘋，引起自殺願望和企圖的那種完全徹底絕望的危機，一轉眼就過去了。

「剛從歐洲那面刮來的一陣風吹過大洋，刮進開著的窗戶，暴風雨終於來了，大雨如注，電閃雷鳴，空氣變得清新起來。這時，我思考並且做出了一個決定。就在我漫步在我那大雨淋透的花園裏一株株滴水的桔子樹下，穿行在溼透的石榴樹和菠蘿樹中間的時候，正當熱帶那種燦爛的黎明在我四周耀眼地出現的時候——我這樣推敲著，簡——好好聽著，因爲當時眞正是所羅門式的智慧使得我安下心來，並且給我指出了該走的正確道路。

「從歐洲吹來的那股可愛的風還在變得清新了的樹葉叢中低語，大西洋正在興高采烈地任情呼嘯，我那長久乾涸枯焦的心聽到這種聲音便舒張開來，熱血沸騰——我的生命盼望著更新——我的心靈渴望著清醇的甘露。我看到希望復萌了——感到獲得新生是可能的。我從我花園盡頭一個花枝交錯形成的拱門下眺望著大海——它比天空還要蔚藍，舊大陸就在海的那一邊，未來的展望就這樣清楚地顯示在我的面前。

「『去吧，』希望說，『重新到歐洲去生活，那兒誰也不知道你有一個如此被玷汙了的名字，也不知道你背著一個這樣骯髒的重擔。你可以帶著瘋子到英國去，在妥善的照料和防範下把她關在桑菲爾德，然後你就隨自己高興上哪兒去遊歷，按自己心願重新跟別人結合吧。那個女人那麼任性讓你長時間受苦，那樣玷汙了你的姓名，那麼糟蹋了你的名聲，那樣耽誤了你的青春，她不是你的妻子，你也不是她的丈夫。只要留心讓她得到她目前情況下需要的照料，你就算已經做了上帝和人道所要求你做的一切。讓她的身分，她跟你的關係，都永遠不爲人所知吧！你用不著把它告訴任何活人。安全和舒適地安頓好她，小心掩藏起她丟臉的情況，然後就離開她。』

「我完全照著這個主意行事。我父親和哥哥沒有把我的婚事通知他們的親友，因爲就在我告訴他們成婚的第一封信裏——由於已開始對它的後果感到極爲懊喪，而且根據那一家人的性格和體質，已經看出將要面臨可怕的未來——我附加了一個迫切的要求，要他們保守秘密。沒過多久，我父親替我挑選的這位妻子的丟臉行爲，嚴重到使他也羞於承認她爲自己的兒媳了。不但不想公開這層關係，他也跟我同樣地急於隱瞞起來。

「就這樣，我把她送到了英國，帶著這樣一個怪物乘船，我這次航行眞夠可怕的。我眞高興，最後終於把她弄到了桑菲爾德，眼看著讓她安全地住進了三樓上面的那個房間，十年來，她已把那間秘密的內室弄成了一個野獸窩——一個妖怪洞了。我很費了點事才找到一個照料她的人，因爲一定得挑個忠實可靠的人才行，要不然她任性發作起來就不可避免地會泄露了我的秘密。再說，她也有一連幾天——有時是幾個禮拜——清醒的日子，這期間她就會不停地罵我。

「最後我終於從格林斯貝收容所雇來了格蕾絲·普爾。她和醫師卡特（梅森被刺傷和咬傷那天他給包的傷口。）是我吐露心腹僅有的兩個人。費爾法克斯太太當然也可能猜測到了幾分，可她沒法確切地知道事情的眞相。格蕾絲大體上證明是個好看守，雖說部分該怪她一個看來無藥可治，同時也是幹她那種麻煩職業的人常有的毛病，她不止一次放鬆和失掉了警戒。

「那瘋子又狡猾又惡毒，她從來不放過看守她的人一時的疏忽，有一次悄悄藏起一把刀子，刺傷了他弟弟，還有兩次偷到了她房間的鑰匙，夜裏從那兒溜了出來。第一回她圖謀把我燒死在床上，第二回她魔鬼似的來找了你。多謝上帝在保佑你，那回她把怒氣發泄到了你的婚服上，或許它模糊地讓她記起了自己結婚的日子。可是當時可能會發生什麼，我現在連想都不敢想。一當我想到今早撲上來掐住我脖子的那傢伙，俯下她又黑又紅的臉瞧著我那小鴿子的窩時，我周身的血就凝住了……」

「那麼，先生，」在他暫時停住口時，我問道，「你把她在這兒安頓好以後，你幹了些什麼？你上哪兒去了？」

「我幹了些什麼，簡？我把自己變成了行蹤飄忽的鬼火。我上哪兒去了嗎？我像三月的輕風那樣變幻不定、四處遊蕩。我上大陸，到處瞎闖，跑遍了它所有的地方。我抱定宗旨要尋找並發現一個我能夠愛上的善良聰明的女子，正好跟我留在桑菲爾德的那個潑婦相反……」

「可是你不能結婚啊！先生。」

「我已經決定，並且深信不疑我不但可以，而且應該。我原來並沒打算像你那樣進行瞞騙。我決意坦率講出我的事，光明正大地求婚。而我覺得事情彷彿完全合情合理，我應當被看作有愛別人和被人愛的自由，我從不懷疑會有某個女人肯理解和能夠理解我的情況，並且接受我，而不顧我所遭受的天罰。」

「嗯，先生？」

「每當你尋根問底的時候，簡，你總是惹得我發笑。你像隻性急的鳥兒那樣睜大著眼睛，還不時做出個坐立不安的動作，彷彿嫌用言語所作的回答還不夠迅速痛快，而想要看透別人心上刻著的字似的。不過在我繼續說下去以前，告訴我你那『嗯，先生？』到底是什麼意思？這是你常掛在嘴邊的一句短短的話，而它卻常常引得我沒完沒了地一直說下去，我也弄不大清究竟是什麼緣故。」

「我的意思是——後來呢？你進行得怎麼樣？這事的結果如何？」

「一點不錯。那麼你現在到底想知道什麼呢？」

「你是不是找到了一個你喜歡的人。你有沒有向她求婚，而她又怎麼說。」

「我可以告訴你我是不是找到了我喜歡的人，我有沒有向她求婚，可是她究竟怎麼說，還要看命運的記錄簿上將來怎麼寫。足有十年之久，我到處漫遊，先在這個都市裏住住，接著又住到了另一個都市裏。有時候住在聖彼得堡，更多的必的住在巴黎，偶爾住在羅馬、那不勒斯和弗羅倫斯。有許多錢、又有名門望族這張通行證，我可以要結交什麼就結交什麼人。沒有一個社民圈子會向我關門。

「我到處尋找我理想中的女人，在英國女士們之中、在法國伯爵夫人們之中、以及義大利signoras ❷之中、德國Gräfinnen ❸之中。我總找不著她。有時候在轉瞬即逝的一剎那間，我以爲我瞥見了一個眼神、聽到了一個聲調、瞧見了一個身影，宣告我的夢想就要實現了。可是很快我就驚醒了美夢。你不要以爲我要求無論在心靈上或者肉體上都十全十美。我只渴望得到適合於我的——正好跟那個克里奧爾人完全相反的人，可我的渴望落空了。我已經對不

❷義大利語：夫人們。
❸德語：伯爵夫人們。

相稱的結合的危險、可怕和令人生厭早有所警惕了，因此即使我當時完全自由，在她們所有的人中間我也找不出一個我願意向她求婚的。

「失望使得我心神不寧。我試著過放蕩生活——可絕不是淫蕩，淫蕩是我過去和現在都痛恨的。那正是我那位西印度淫婦的特點。對這個特點和她本人的深惡痛絕，使得我即使在尋歡取樂中也有所收斂。任何近乎淫亂的享樂，似乎都會使我跟她和她的那些罪惡變得同流合汙，因此我一概避免。

「但是我總不能老一個人生活，因此我嘗試找情婦作伴。我第一個就挑上了塞莉娜・瓦倫——這又是叫人回想起來就蔑視自己的一步。你已經知道了她是怎麼樣一個人，我跟她的姘居又是如何收場的。在她之後又有過兩個人，一個是義大利人嘉辛塔，另一個是德國人克萊拉，兩人都被公認是漂亮得出奇的。才過了幾個星期，她們的美對我又有什麼價值？嘉辛塔既無恥又蠻橫，只三個月就對她厭倦了。克萊拉倒又誠實又安靜，但卻笨拙、沒有頭腦、感覺遲鈍，一點也不合我的口味。我很高興能給她一筆可觀的錢，讓她找到一個不錯的謀生之道，總算體面地把她打發走了。

「可是，簡，我從你臉上看得出你這會兒正對我產生一種不大好的看法。你覺得我是個沒有心肝、不講道德的浪蕩子是嗎？」

「我的確不像過去有的時候那麼喜歡你了，先生。你難道覺得像這樣生活——一會兒跟這個情婦好，一會兒又跟另一個情婦好——一點都沒什麼不對嗎？你談起來就好像是理所當然似的。」

「我當時就是那樣，可我並不喜歡那個樣子。那是一種苟且偷生的生活方式，我再也不想回到那種生活裏去了。花錢包下一個情婦是僅次於買下一個奴隸的壞事情，她們稟性往往較劣，地位總是低下，而跟低劣的人親密地一起生活會讓人墮落。我如今最恨回憶起自己當初跟塞莉娜、嘉辛塔和克萊拉度過的那段時光。」

「我覺得這些話是確鑿的，而且我也從中得出了肯定無疑的結論，要是我一旦忘了自己和以往所受的一切教導，竟至於——以任何藉口——靠任何辯解——受了任何誘惑——去步那幾個可憐姑娘的後塵，那他有一天準會用他眼前回憶起她們來時的那種同樣的褻瀆心情來看待我的。我並沒有把這個信念說出來，感覺到它就足夠了。我把它牢牢銘記在心，供我受到考驗時好向它求助。

「現在，簡，你幹嘛不說『嗯，先生？』了。我還沒講完呢。你神情嚴肅。你仍舊在不贊成我，我看得山。不過還是讓我說說要害問題吧。今年一月，擺脫了所有的情婦——懷著空虛、遊蕩而孤寂的生活所遺留下來的痛苦惡劣的心情——爲失望弄得心灰意懶，對任何人都滿腔怨氣，特別是對於女人（因爲我逐漸認爲一位聰明、忠實而鍾情的女子只不過是個夢想）。後來因爲事務需要，我回到了英國。

「在一個嚴寒的冬日下午，我騎馬馳來，已經望得見桑菲爾德了。可憎的地方啊！我不指望能在那兒得到什麼安寧——什麼歡樂。在乾草村小路的踏級上，我瞧見有個安靜的小人兒正獨自坐在那兒。我毫不經意地從旁邊馳過，就好像經過對面的那棵截去了梢頭的柳樹一樣。我毫沒預感到她將要對我意味著什麼，也沒有什麼內心的暗示告訴我，我生活的主宰——不管我好壞都是我的守護天使——正一身不起眼的打扮守候在那兒。

「即使當美羅出了事，她走上前來一本正經地提出要幫助我時，我也還是沒料想到。孩子般身材小巧的傢伙！眞像是一隻朱頂雀跳到了我的腳邊來，提議要用她那小翅膀把我馱起來似的。我一副沒好氣的樣子，可那東西硬不肯走，以古怪的不屈不撓勁頭牢牢站在我身邊，說話和神氣都不容違抗似的。我必須得到幫助，且就靠那隻手，我也確實得到了幫助。

「我一按著那纖弱的肩頭，某種新的東西——一種新的活力和新的感覺——就不知不覺傳遍了我的全身。幸好我得知這個小人兒定會又出現在我面前——她就來自坡下我的那所屋子——要不然我感到她從我手底下溜走，看到她在那朦朧的樹籬背後消失時，是難免會感到極為遺憾的。那天晚上我聽見你回來，簡，雖說也許你並沒想到我在想著你守候著你。

「第二天，我自己不讓人看見，悄悄觀察了你半個小時，當時你正跟阿黛爾在過道裏玩。我記得那是個下雪天，你們不能上外面去。我在我自己屋裏，門開著一條縫，我既聽得見也看得見你。阿黛爾外表上占有了一會兒你的注意力，可我猜想你的心是在想著別處。不過你對她十分有耐性，我小小的簡，你跟她說話、逗她高興花了很長的時間。最後她終於離開了你時，你馬上就深深地陷入了沉思。

「你開始在過道上慢慢地踱步，每當在一道窗口經過時，你總不時地望望窗外紛紛的大雪，傾聽一下嗚咽的寒風，然後又輕輕地踱著、冥想著。我猜那些白日夢準不是陰鬱的，偶爾你眼裏會露出一種令人愉快的光芒，臉上會顯出一種微微的興奮，它們絕不是意味著抱怨、易怒和多疑的沉思，你的樣子流露出來的倒不如說是青年人的甜蜜夢想，她的心靈正欣然展翅隨著希望高高飛翔，直上理想的天空。

「費爾法克斯太太在廳上跟一個傭人說話的聲音驚醒了你，當時你是多麼古怪地自己笑著同時又在笑著自己啊，簡！你的微笑含意深長，它很尖刻，似乎在譏笑你自己的想入非非。它彷彿在說——『我那些美好的夢都很不錯，可是我絕不該忘了它們完全是虛幻的。我腦子裏是一個有著玫瑰色天空和紅花綠葉的伊甸園，可我完全清楚外面在我腳下展開著一片坎坷不平的大地要我去走，在我四周聚集著重重烏雲密布的風暴要我去對付。』

「你跑下樓去，要費爾法克斯太太給你點事情做做，結一結一週的家用帳啊，或者諸如此類的事吧，我想。我對你從我眼前走開感到有點惱火。

「我急不可耐地等著傍晚到來，那時我就可以叫你來見我。我猜想你的性格是一種很不平常——對我來說——而且完全是新的性格。我很想更深一點探索它，了解得更清楚一些。你進屋來的時候神色和態度既靦腆卻又很有主見。你穿的很古板——就跟你現在差不多。我竭力引你講話，沒多久我就發現你身上有不少奇怪的對比。

「你衣著和舉止很規矩、很拘束，你神態往往是怯生生的，而且儘管是屬於天性文雅的那類人，卻完全不習慣社交，生怕言行失禮而丟人現眼。但一旦有人跟你講話，你立刻抬起一雙敏銳、大膽而明亮的眼睛來直視著對方的臉，你投來的每一瞥都既有力又洞察心肺。當別人緊逼不休連連提問時，你都能對答如流。

「你似乎很快就對我熟悉了——我相信你一定感覺到你跟你那個嚴厲暴躁的主人之間存在著一種好感，簡，因爲你令人驚奇地很快就顯出一種愉快的從容不迫心情，使你的舉止安詳起來。不管我怎麼大聲咆哮，你對我的脾氣乖張卻毫不顯出奇怪、害怕、惱怒或者不高興。你望著我，不時朝我微笑一下，顯得難以形容地單純而又聰明大方。我對我眼前所看到的既滿意又感到鼓舞。我喜歡我看到的，更希望再多看看。

「然而，有很長一段時間，我對你疏遠，極少找你來。我是個精神上的享樂主義者，希望儘量延長這種新奇有趣的結識所帶來的樂趣。另外，有一陣我還老是擺脫不了一種擔心，就是如果我太任情地把玩這朵鮮花，它就會驀然失色——那種可愛的清新魅力就會離它而去。我那時還沒料到，它並不是一開就謝的花朵，而更像是一朵精心雕刻出來，永遠不可摧毀的光華四射的寶石花。

「除此以外，我也想看看如果我迴避你，你會不會來想法接近我——可是你並不。你就像你的書桌和畫架那樣一直安然不動地待在你的教室裏。即使我偶爾碰到你，你也只在不失禮的限度內稍微打個招呼就馬上走了過去。

「那些日子裏，簡，你經常露出來的是一種若有所思的神氣，並不是無精打采，因爲你並不像有病的樣子，但卻也不輕鬆愉快，因爲你就看不到多少希望，也沒有眞正的樂趣。我很想知道你對我有什麼想法——或根本是否想到過我。爲了弄清這一點，我又重新開始理會你。你在談話時目光中有了一種愉快的意味，舉止中有了一種親切的神情。我看出你本心是愛與人交往的——全是因爲教室裏的寂寞——生活中的單調——才使得你鬱鬱寡歡的。

「我縱容自己享受親切待你的樂趣，親切很快就激起了感情，你臉上的表情顯得隨和了，你的語調變得溫柔了。我喜歡聽你的嘴裏用愉快而感激的口氣說出我的名字來。

「那段時間，簡，我總是很高興跟你偶然地相遇，你的神態上總是顯出一種有趣的遲疑。你望著我時總是稍微有點困惑——有點隱約的懷疑——你料不定我會反覆無常地幹出點什麼——我究竟會擺出主人架子來板著面孔呢，還是像個朋友似的顯得和藹可親。我當時老是感到那麼喜歡你，是絕不會起前面那種古怪念頭的。而一當我熱情地伸出手來時，你那年輕而滿腔期待的臉上，就馬上露出了那麼紅潤、光采奕奕、十分幸福的神情。我常常費了好大的勁才避免當場就把你緊緊地抱在我懷裏。」

「別再提那些日子了，先生。」我打斷他說，悄悄揮去了我眼裏的幾滴眼淚。他的話對我是一種折磨，因爲我明白我該怎麼做——而且馬上就做——而所有這些回憶，他這些感情的表白，只會使我要做的事更加困難。

「不提了，簡。」他回答說，「何必一味去留戀過去呢，既然現在要可靠得多——未來更要光明得多。」

聽到他這樣自欺欺人地斷言，我不由打了個寒顫。

「你現在明白是這麼回事了——不是嗎？」他繼續說。「在青年和成年時期半在無法形容的痛苦、半在淒涼寂寞中度過之後，我第一次找到了我能真正熱愛的東西——我找到了你。你是我的同情者——我另一個好的自我——我善良的天使——我對你產生了一種強烈的依戀之情。我覺得你善良、有天賦、可愛。我心裏懷著一腔熱烈而莊嚴的激情，它投向你，把你置於我生命的中心和源泉，讓我的生活圍繞著你——並且燃起了純潔、猛烈的火焰，把你我熔爲一體。

「正因爲我感到和明白這一點，我才決定娶你。跟我說我已經有妻子，不過是無聊的嘲弄，你現在知道了我只是個可憎的惡魔。我不該試圖矇騙你，不過我是擔心你性格中存在的固執。我害怕過早地引起偏見，我想要在冒險說出眞情之前先穩穩地得到你，這是怯懦行爲。我本該一開始像現在這樣訴諸你的高尚和心胸寬大——坦率地向你吐露我痛苦的生活——向你描述我如飢似渴追求較高尚、較有價値的生活的心情——向你表明，不是表明我決定要（這樣說還太無力），而是表明我不可抗拒原一心一意要在我能忠誠而深摯地得到愛的回報的情況下，去忠誠而深摯地愛。在這以後我就該請求你接受我忠貞不渝的誓言，並把你的誓言給我。簡——現在你就把它給我吧。」

一陣靜默。

「你幹嘛不作聲，簡？」

我正經歷著一場嚴峻的考驗，一隻燒紅的鐵手緊緊扼住了我的要害。眞是個可怕的瞬間，充滿了掙扎、滿眼昏黑和難忍的燒灼！世上沒有人能指望比我得到更深摯的愛，而那麼愛我的他又正是我極爲愛慕的。可是我卻不得不把愛和所愛的對象拒諸門外，我這種痛苦難堪的職責，可以用一個淒涼的字眼來概括——「走！」

「簡，你明白了我向你要求什麼嗎？只要這句諾言——『我將屬於你的，羅徹斯特先生。』」

「羅徹斯特先生，我不願成爲你的。」

又一陣長時間的沉默。

「簡！」他又重新開口說，語氣中的那份溫柔令我悲痛欲絕，同時又使我被不祥的恐懼威嚇得渾身冰涼——因爲這種平靜的聲調恰恰是正在慢慢站起來的獅子的喘氣聲——「簡，你是說你要在這世上走一條路，而讓我走另一條路嗎？」

「是的。」

「簡，（俯下身來擁抱著我）現在你還是這個意思嗎？」

「是的。」

「現在呢？」他輕輕地吻著我的額頭和臉頰。

「是的……」我迅速徹底地從束縛中掙脫了出來。

「唉，簡，我太狠心了！這……這是不道德的。愛我倒並不是不道德的。」

「聽從了你，就是不道德。」

一種狂野的神情使他豎起了眉毛——掠過了他整個的臉。他站了起來，但他還是克制著。我用手抓住了椅背以便站穩身子。我發抖、我害怕——可是我下定了決心。

「等一等，簡。瞧瞧一旦你走了以後我可怕的生活吧。一切幸福都將隨著你被生生奪走了。還留下什麼呢？我只有樓上那個瘋子作我的妻子，你還不如讓我去找那邊墓地上的死屍更好些。我怎麼辦呢，簡？到哪兒去找個伴侶，找尋一線希望呢？」

「像我一樣做：信任上帝，信任自己。相信天國，希望在那兒重新相見。」

「那麼說你是不肯讓步？」

「對。」

「那你是要判定我活著受罪，死後受詛咒了？」他的嗓門高了起來。

「我勸你活著不犯罪，希望你死時心安理得。」

「那麼你把愛和清白無辜從我這兒奪走？你又把我重新推回去，拿肉欲當愛情，用作惡當消遣嗎？」

「羅徹斯特先生，我不會把這種命運強加給你，就像我不會硬要把它作為自己的命運一樣。我們生來就是要掙扎和受苦的——你我都一樣，那就去這樣做吧。你會比我忘記你更早就把我忘記的。」

「你說這些話是拿我當撒謊的人看了，你汙辱了我的名譽。我說過我絕不會變心，你卻當面告訴我我很快就會變心的。你這樣做，證明你的判斷是多麼背離實際，你的想法是多麼是非顛倒！把一個同類逼到絕境，難道比違犯僅僅是人為的法律還好一些嗎？這種違犯並不會損害到任何人，因為你既無親又無友，用不著擔心因為跟我一起生活而得罪了他們。」

這倒是真話，他這樣一說，我自己的良心和理智也起來反對我，指責我拒絕他是罪過。它們呼聲之高，幾乎也不亞於感情，而感情正在拚命大聲疾呼。

「哦，答允吧！」它說。「想想他的苦痛，想想他的危險處境——瞧瞧他一旦被獨自撇下時會是個什麼境況吧。要記住他那不顧一切的性子，考慮一下絕望之餘的輕舉妄動——安慰他、挽救他、愛他吧。告訴他你愛他，願意成為他的。這世界上誰在乎你？你幹些什麼又會損害到誰？」

然而，回答仍舊是不屈不撓的——

「我自己在乎我自己。越孤單、越無親無友、越無人依靠，我越是要尊重自己。我要遵從上帝頒發、世人認可的法律。我要堅守我在清醒時，而不是像現在這樣瘋狂時所接受的原則。法律和原則並不是爲了用在沒有誘惑的時候，它們正是要用在像現在這樣肉體和靈魂都起來反對它們的嚴肅不苟的時刻。既然它們是毫不通融的，那它們就不容違反。如果我爲了自己的方便就可以打破它們，它們還會有什麼價值？它們是有價值的——我一向這樣相信。如果說我此刻不能做到相信它們，那全是因爲我發了瘋——幾乎發了瘋的緣故，我血脈賁張像著了火，我心跳快得都數不清了。原定的想法、已下的決心，是我眼前唯一必須堅持的東西，我要牢牢守住這個立場。」

我這樣做了。羅徹斯特先生觀察我的臉色，看出我已經這樣做。他被激怒到了極點，不管後果會怎樣，他都非暫時發泄一下不可。他從房間那頭走過來，一把抓住我的胳臂，緊緊摟住我的腰。他就像要用他那冒火的目光把我吞噬下去似的。

這一剎那，身體上我感到軟弱無力，就彷彿一棵受到爐火和熱氣烤灼的小草一樣——而精神上，我卻仍舊保持著神志清明，同時也保持著最終必將安全的確信。值得慶幸的是，心靈總是從眼睛裏流露出來——往往是不知不覺的但卻是眞實無誤的。我抬起眼睛來對著他的眼睛。當我瞥了一下他那惡狠狠的臉時，我不由自主地嘆息了一聲，他的手緊抓住我，弄得我很痛，而我那過度耗費的精力也幾乎要用盡了。

「從來沒見過，」他咬牙切齒地說，「從來沒見過有什麼東西像這樣既脆弱又不屈不撓。她抓在我手裏簡直就像是一根蘆葦！（他邊說著邊用他緊抓住的手搖撼著我）只用一個大拇指和一個手指就能把她折斷，可就是我折斷了、拔起了、捏碎了她，又有什麼用？想想那雙眼睛，想想那裏面流露出來的堅決、大膽，什麼也不顧的神氣，帶著一種不僅僅是勇氣——而是一種堅定不移的勝利感對我公然藐視。不管我拿它外面的籠子怎麼樣，我都抓不住它——那野性難馴的美麗的東西！即使我拆毀、搗爛那脆弱的牢房，我的暴行也只會放走了囚徒。

「我也許可以征服那房子，但往往裏面的人還沒等我自稱為那土房子的擁有者之前，就早已逃到天上去了。而我所需要的卻正是你，心靈——既有意志和力量，也有美德和純潔的心靈——而不只是你那易碎的軀殼。只要你願意，你能自己悄然地飛過來，投進我懷裏；而不顧你的意願硬抓住你，你就會像一種香氣似的從我手裏溜掉——會在我還沒聞到你的芬芳時就消失得無影無蹤了。唉！來吧，簡，來吧！」

他一邊這樣說著，一邊鬆手把我放開，只用眼睛凝視著我。這種凝視遠比發瘋似的緊抱更難以抗拒。可是，現在只有一個白痴才會屈服。我剛才曾經敢於激起他的怒火，並且挫敗了它，現在我得要逃避他的愁苦。我向門口退去。

「你要走了嗎，簡？」

「我走了，先生。」

「你要離開我了嗎？」

「是的。」

「你不願意來嗎——你不願意做我的安慰者、我的拯救者嗎？我深摯的愛，我劇烈的悲痛、我瘋狂的祈求，你都不放在心上嗎？」

他聲音中含著多麼無法形容的悲愴！要堅定地再說一句「我走了」是多麼困難啊！

「簡！」

「羅徹斯特先生！」

「那麼，你出去吧——我同意——不過要記住，你是把我痛苦不堪地撇在這裏的。到樓上你自己的房裏，把我說過的話，再好好想一想。簡，請你稍微想一想我受的苦難——想一想我。」

他轉過身去，頹然撲倒在沙發上。

「唉，簡！我的希望——我的愛——我的生命！」從他嘴裏痛苦不堪地吐出這幾句話。隨後是一陣強烈而痛心的啜泣。

我已經走到了門口，然而，讀者，我又重新走了回去——跟我要退出屋子是同樣堅決地走了回去。我在他身旁跪了下來，我把他撲在靠墊上的臉撥過來轉向我，我吻著他的臉頰，我用手撫平他的頭髮。

「上帝保佑你，我的主人！」我說。「上帝保護你不受傷害、不犯過失——指引你、安慰你——爲了你以往對我的好意好好地酬勞你。」

「小簡．愛的愛情是對我最好的酬勞，」他回答說，「沒有它，我的心就了。不過簡是一定會把她的愛給我的，是的——既高尚、又慷慨。」

血液猛地湧上了他的臉，他眼裏閃出火一般的目光，他直挺挺地一下站起身來，伸出了他的雙臂。可是我躲開了他的擁抱，立即走出了房間。

「別了！」這是我離開他時心底裏的呼喊。絕望心情又再補充了一句——「永別了！」

那一夜，我根本不想睡覺，可是我一上床躺下睡意就籠罩了我。我在想像中又被重新拉回到了童年的情景：我夢見自己躺在蓋茨黑德的紅房間裏，夜漆黑，我滿心懷著種種奇怪的恐懼。多年以前曾嚇得我昏厥過去的那道光又重現在這次的夢中，它彷彿移動著慢慢地爬上牆頭，抖動著停住在昏暗的天花板中央。

我抬頭望去，屋頂化作了雲層，又高又隱隱約約。微光閃閃，就像是即將破霧而出的月亮照在雲霧上的光芒。我定睛望著它出來——懷著極為古怪的期待望著，就彷彿有某個跟我命運攸關的字寫在它的圓盤上似的。它衝了出來，月亮還從沒有這樣破雲而出過，一隻手先穿過烏黑的雲層，把它們推開；然後，並不是月亮，而是個白色的人體照耀在碧空中，光輝燦燦的額頭俯向大地。它目不轉睛地盯著我。它對我的心靈說話，聲音遠不可測，然而卻又那麼近，它就在我的心裏低語：

「我的女兒，快逃避誘惑。」

「母親，我會的。」

我從精神恍惚般的迷離夢境中清醒過來後，口中這樣回答著。夜還未盡，不過七月的夜晚是短促的，午夜剛過不久，天色就黎明了。

「盡早著手去辦我的事是沒有錯的。」

我想著，就起來了。我身上穿著衣服，因為除了鞋子以外我根本就什麼也沒有脫。我知道在抽屜裏的什麼地方可以找到幾件內衣，一個小金掛盒和一個戒指。在找這些東西的時候，我碰到了羅徹斯特先生幾天前強要我收下的那串珍珠項鍊。我讓它留在那兒，不是我的。它屬於那個幻想中的新娘，她已經在空氣中消失了。其它幾件東西我打成一個包。我的錢袋，裏面裝著二十先令（這是我的全部所有），我放進了衣袋。我繫好了我的草帽，別牢了我的披巾，提起了包和那雙暫時不想穿上的便鞋，就偷偷地走出了房間。

「別了，好心的費爾法克斯太太！」我悄悄從她房門前經過時悄聲地說。「別了，我心愛的阿黛爾！」我一邊朝育兒室那面望了一眼一邊說。要進去擁抱一下她是無法設想的。我得要瞞過一雙耳朵才行，因爲說不定它們現在正聽著呢。

我原可以毫不停留地走過羅徹斯特先生的房間的，可是我的心在那個房門口一時停止了跳動，我的雙腳也不由自主地停了下來。那裏面毫無睡意，房裏的人正在局促不安地從這一面的牆踱到那一面。我這兒傾聽著，他那兒正一遍又一遍地嘆息。在那間房裏有一個天堂——暫時的天堂——在等著我，只要我願意。我只需要走進去說一聲——

「羅徹斯特先生，我要一生至死不渝地愛你，和你生活在一起。」一股歡樂的甘泉就立刻會湧到我唇邊。我想到了這一點。

「那位眼前無法入睡的好主人正在迫不及待地等候著天明。早上他會派人來叫我，我已經走了。他會想法尋找我，卻毫無結果。他準會覺得自己被拋棄，他的愛遭到拒絕。他會痛苦，說不定會變得絕望。」我也想到了這個。我把手朝門鎖伸去，但我縮了回來，繼續悄悄往前走去。

我黯然地順著盤旋的樓梯往下走。我明白我該怎麼做，機機械地這樣做著。我到廚房裏去找到邊門的鑰匙，我還找了一小瓶油和一根羽毛，塗抹了鑰匙和門鎖。我帶了點水，帶了點麵包，因爲說不定我得走很長的路，我新近大爲受損的精力可千萬不能垮下來。這些事我都做得毫無聲息。我打開門，走了出去，又輕輕把它關好。院子裏閃著朦朧的曙光。大門關著並上了鎖，不過一扇門上有個便門卻只是門著。我就穿過這個門走了出去，同樣也把它關好。現在我已走出了桑菲爾德。

一英里外，田野的那一邊，有一條路伸向與米爾科特相反的方向。這條路我從未走過，但卻經常注意到，而且納悶它到底通向何處。現在我就邁步朝那個方向走去。眼前不容許從長思考了，既不能稍許後顧，甚至也無法稍稍前瞻。無論對於過去和將來，都連想也不能去想一想。前者是那麼天堂般甜蜜——同時又那麼哀痛欲絕的一頁——只要去讀上一行就會瓦解我的勇氣，摧毀我的力量。後者又是可怕的一片空白，有點兒像洪水剛過後的世界。

我沿著田地、樹籬，順著小徑走著，直到太陽升起。我確信這會是個可愛的夏日清晨，我覺察到我離開宅子時穿上的那雙鞋很快就已沾透了晨露。但是我既不去看初升的太陽，也不去看含笑的天空和正在甦醒的萬物。一個被押出牢來經過美麗的景色走向斷頭台的人，心裏想到的決不會是沿途向他微笑的鮮花，而只會是砧板和斧子的利刃、骨肉的分離、和路盡頭正張開口等著的墓穴。我所想到的則是淒涼的出走和無家可歸的流離，同時，唉！我心痛難忍地想到了我所拋下的一切。

我無法自制，我此刻想起了他——正待在他房裏——盼望著日出，一心希望我很快就會去說，我會留在他身邊，成爲他的。我渴望成爲他的，我迫切希望回去，現在還不晚，我還來得及讓他免受痛失親人的難忍悲苦。到現在爲止，我確信我的出走還沒人發現。我可以回去，成爲他的安慰者——他的驕傲。把他從苦難中，甚至說不定是從毀滅中拯救出來。唉，擔心他會自暴自棄，還遠比擔心我自己更厲害得多，這種心情正在竭力驅使我這樣做！它像個帶刺的箭頭射進了我的胸口，我越想拔它出來就越是撕肌裂膚；當回憶使它更深深地往裏鑽的時候，它眞使我難以忍受。

鳥兒開始在矮樹叢和雜木林中唱起歌來。鳥兒們都忠實於它們的伴侶，鳥兒是愛的象徵。可我呢？在我飽受內心痛苦和瘋狂地堅持原則之中，我隱隱地對自己感到厭惡。我從自命正確，甚至從自尊自重中，絲毫也得不到什麼安慰。我損害了——傷害了——離開了我的主人。我在我自己的眼裏看來都覺得可恨。可我還是不能回去，一步也不能後退。定是上帝在領著我繼續往前走。至於我自己的意志或者良心呢，它們都已被強烈的悲痛不是踐踏壓倒就是窒息痲木了。

我一邊痛哭一邊走著我淒楚孤單的路，我很快、很快地走著，就像個神志錯亂的人似的。一種虛弱感從內心開始，漸漸擴展到四肢，控制了我的全身，我跌倒了。我躺在地上好幾分鐘，把臉緊緊摸在潮濕的草皮上。我有點害怕——也可說是有點希望——我就此死去。但我還是很快就爬了起來，先是用兩手兩膝往前爬著，然後又重新雙腳著地站了起來——跟先前一樣堅決而急切地朝著大路走去。

等我走到路上時，我不得不坐下來在樹籬下面歇一歇。而正當我坐在那兒時，我聽到了車輪聲，看見有一輛馬車正駛過來。我站起來舉起了手，它停下了。我問它是上哪兒去的，趕車人說了一個很遠的地名，那地方我確信羅徹斯特先生並沒有什麼親朋好友。我問他讓我搭到那兒去要多少錢，他說三十個先令，我回答說我只有二十個先令，他說好吧，那就將就著只收這些。他還允許我坐在車廂裏面去，因爲車子是空的。我坐進裏面，車門給關上了，車就繼續往前駛去。

好心的讀者啊！但願你永遠不會感受到我當時所感受的心情！但願你的兩眼永不會像我當時那樣落淚如雨，淌出那麼摧心裂肺的灼人的眼淚，願你永遠不用像我此刻口中吐出那麼絕望、那麼痛苦的祈禱來求助於上蒼，因爲你永不會像我那樣擔心成爲使你全心愛著的人遭禍的工具。

28

兩天過去了。那是個夏日的傍晚，馬車夫讓我在一個叫惠特克勞斯的地方下了車。按我所付的那點錢，他不能再拉我到更遠的地方去，而我在這世上，再也拿不出一個先令來了。此刻馬車已駛出去有一英里遠，我剩下了獨自一人。這時我才發現，我忘了把包從馬車上的儲物櫃中取出來了，我是爲了安全起見放在那裏面的，它就留在那兒，一定到現在還在那兒。這一來，我眞是一貧如洗了。

惠特克勞斯不是個城鎭，甚至也算不上個村落，它只不過是在十字路口立了一根石柱子，刷成白色，我想大概是爲了從遠處和天黑時看來比較醒目。它頂上伸出四個指路標：從上面的字看來，它們所指的城鎭中最近的一個也有十英里遠，最遠的則有二十英里。從這些熟悉的城鎭名字上，我知道我是在哪個郡下的車——這是中部靠北的一個郡，荒原幽暗、山勢險峻，這我眼前就看得清楚。在我身後和左右兩邊全是大片的荒原，在我腳下的深谷那一邊，遠遠地是連綿起伏的群山。

這兒準是人煙稀少，這些大路上我簡直看不到行人。路向東西南北四面伸去——灰白、寬闊而冷冷清清。它們全都穿過荒原，石楠亂蓬蓬又深又密，一直長到了路邊。不過偶然還是會有一個行路人經過的，而我卻不希望這時候有一雙眼睛看見我。不認識的人準會奇怪我究竟在幹什麼，老在路標柱這兒徘徊，顯然漫無目標，不知上哪兒去才好。我會遭到盤問，我除了說些聽來叫人難以相信並且引懷疑的話以外，簡直什麼也回答不上。

眼前沒有任何東西把我跟人類社會維繫在一起——沒有任何希望或吸引力能召喚我上我的同類那兒去——也沒有一個看見我的人會對我有善意的想法或者抱美好的願望。我沒有一個親友，只有萬物之母，大自然，我就是要投向她的懷抱，去求得安息。

我一頭扎進石楠叢中，緊沿著我在褐色的荒原邊上看見的一道深陷的溝往前走。我在它沒膝的深草叢中費力地走著，轉過它的幾道拐彎處，在一個隱蔽的角落上發現一塊遮滿深色苔蘚的花崗岩，我就在它下面坐了下來。高高的荒原坡岸圍住我四周，那塊岩石護在我頭上，它上面才是天空。

即使在這兒，我也過了好些時候才感到心裏平靜下來。我隱隱地擔心附近會有野牛之類，要不然就是有什麼打獵或者偷獵的人會發現我。偶爾一股陣風刮過荒原，我就會抬頭看看，生怕是一頭公牛衝了過來。要是有一隻鵬鳥一聲尖叫，我就會疑心那是個人。然而，等到發現我這些提心吊膽全都是無中生有，同時隨著暮色漸深、夜幕降臨，周圍一片深深的寂靜使我平靜了下來，我才算有了信心。在此以前我一直無暇去想，只是一味聽著、看著、擔心著，現在我才重新又有了思考的能力。

我該怎麼辦？到哪兒去呢？唉！這眞是叫人難堪的問題，其實我什麼也辦不成，哪兒也去不了——要到達一個有人居住的地方，我還先得靠我那雙疲倦得發抖的腳一步步挨過很長的一段路——要找到一個地方安身，就先得懇求人家冷淡地發個善心——要別人肯聽我講講我的事情，或者肯解救我的一個急需，就先得強求別人勉強表示同情，多半還會招致有些人的白眼。

我摸摸石楠，它們很乾，還帶著夏日白晝的炎熱留下的暖意。我望望天空，它很澄澈，一顆和藹可親的星星正好在溝邊的上空閃爍著。夜露降下來了，不過帶著慈祥的溫柔，也沒有風聲拂拂。大自然對我似乎是寬厚而好心的，我覺得儘管我落魄到這樣，她還是愛我的。而我呢，從人那兒只能指望得到懷疑、鄙棄和侮辱，也就懷著子女般的愛緊緊依偎著她。至少今晚我將做她的客人——因爲我是她的孩子，而我的母親是會收留下我，既不要錢，也不要代價的。

我還有一小塊麵包，是中午我們經過一個鎭上時，我用一便士零錢——我最後的一文錢——買來的一個麵包所剩下來的。我看見石楠叢中都有成熟的越橘像黑玉珠子般在閃光，我摘了一把，就著麵包吃了下去。我原來餓得很厲害，吃了這隱士式的一餐，儘管仍感到不滿足，也總算塡飽了肚子。吃完後我作了祈禱，接下來就選個地方睡覺。

岩石的旁邊石楠長得很深，我躺下來時，腳全埋在了裏面，它們高高聳起在兩邊，只留下很窄的空隙能讓夜風侵入。我把披巾折疊起來當作床單蓋在身上，把一處長滿蘚苔微微隆起的地方當作枕頭。這樣住宿下來，至少在剛剛入夜的時候我並不覺得冷。

我的休息原可以相當地安適，只是一顆悲傷的心破壞了它。它哀訴著自己裂開的傷口、內部的流血、繃斷的心弦。它爲羅徹斯特先生和他的命運戰慄，它懷著強烈的憐憫爲他哀嘆，它以無盡的渴望召喚他。而且儘管像折斷雙翼的鳥兒般無能爲力，它仍然徒然抖動它殘破的翅膀試圖去尋找他。

爲這種思緒折磨的困苦不堪，我跪了起來。夜已降臨，它的點點星辰已經升起。是個平安、寂靜的夜，那麼安祥，與恐懼簡直格格不入。我們都知道上帝無所不在，但無疑我們最感覺到他的存在的，是在他的創造物以最宏大的規模展現在我們眼前的時候。而正是在他的大千世界默默地滚動向前的清澈夜空中，我們最能清楚地看到他的無限、他的全能、他的無所不在。我已跪起來爲羅徹斯特先生作了禱告。

仰起頭來，我淚眼模糊地望見了宏偉的銀河。想到了它是什麼——想到那兒有那麼多數不清的星系像一道淡淡的光痕似的掃過太空——我直感到上帝的偉大和力量。我毫不懷疑他有能力拯救他所創造的東西，因爲我越來越確信無論是地球，還是它所珍視的每一個靈魂，都絕不會毀滅。我把祈禱變成了感恩，因爲生命的泉源同時也定是心靈的救星。羅徹斯特先生是安全的，他屬於上帝，他也一定會受到上帝的護佑。我再次偎依在小山的懷裏，不一會兒，就在睡夢中忘卻了憂愁。

但第二天，我便面對著令人喪氣地赤裸裸出現在眼前的需要了。當小鳥早已離窩，蜜蜂趁露水未乾、晨光正好的時刻，早已飛來採集石楠的花蜜——當清晨長長的陰影已經變短、陽光早已遍布天空和大地的時候——我爬了起來，望望四周。

好一個沉靜、炎熱而道地的白晝！好一個一望無際的荒原所形成的金黃的沙漠啊！到處陽光普照。但願我能生活在這兒，並且靠這兒生活。我看見一條蜥蜴爬過岩石。我望見一隻蜜蜂在甜甜的越橘中間忙忙碌碌。我此刻眞願意成爲一隻蜜蜂或者蜥蜴，以便能在這兒找到合適的食物和永久的安身之地。然而我是個人，有人的種種需要，我絕不能在沒有什麼可以滿足它們的地方逗留下去。

我站起身來，回顧了一下我剛離開的床。對前途毫無指望，我一心只願昨夜我的造物主認爲應當乘我入睡時把我的靈魂收回去，而我這個疲乏的身軀被死亡解脫出來，不必再去與命運搏鬥，現在只消等著靜靜地腐爛掉，順順當當地與這片荒原的泥土攙和在一起就行了。然而，生命，連同它的一切需求、苦難和責任，卻仍舊留在我的身上。重擔還得挑下去，需要還得滿足，痛苦還得忍受，責任還得去盡。我出發了。

重新回到惠特克勞斯，太陽已經火熱地當頭高照，我順著背著太陽的那條路走去。我已無心根據其他的情況來作出選擇了。我走了很長時間，正當我覺得自己已經差不多盡了我的所能，可以心安理得地向幾乎已經壓垮了我的疲勞屈服——可以放鬆一下這種強迫的行動，在我就近看到的一塊石頭上坐下來，聽天由命地屈從於心和肢體都感到的一片痲木時——我聽到了一陣鐘聲——教堂的鐘聲。

我轉身走向聲音傳來的方向，就在那兒，在一個小時前我就已不再注意它們的變化和面貌的那些頗有詩情畫意的小山之間，我看到了一個村落和一個尖頂。我右手邊的整個山谷中都布滿了牧草地、麥田和樹林子，一條水光閃閃的溪流蜿蜒曲折地流過一片片深淺不同的綠蔭，流過正在成熟的莊稼、色彩濃郁的林地、明亮而充滿陽光的草地。一陣轆轆的車輪聲又把我的注意力喚回到我面前的大路上來，我望見一輛裝得沉甸甸的貨車正吃力地爬上山坡去，在它的前邊不遠處是兩頭牛和趕牛的人。人類生活和人類的勞動就在近旁，我一定得繼續掙扎下去，努力像別人一樣地生活和辛苦地勞動。

約莫下午兩點光景，我走進了村子。在它一條街的盡頭有一家小鋪子，櫥窗裏擺著幾塊麵包，我極想得到一塊。有了那點吃的，我說不定還能恢復幾分精力，沒有它，我實在是寸步難行了。要想有點精神和力氣的願望，一當我來到了自己的同類們當中時就馬上又回到了我的身上。我覺得餓昏在一個小村子的人行道上是丟臉的。我身上難道眞沒有什麼可以拿來換這樣一個小麵包嗎？我思索了一下，我脖子上有一條小絲巾圍著，我還有一雙手套。我實在不大清楚陷入極端貧困境地的人們是怎樣做的，我也不知道人家肯不肯接受這兩樣東西中的哪一件。說不定他們不肯，但我總得試試看。

我走進鋪子，有個女人在那裏。瞧見來了一位穿得體體面面、她猜想準是位小姐的人，她殷勤地迎了上來。問她能爲我效點什麼勞嗎？我滿心羞慚，舌頭都僵住了，原先早已打算好的請求都說不出來了。我不敢拿出那已經半舊的手套和皺巴巴的頭巾來問她要不要，而且我也覺得這準會顯得荒唐可笑。我只說我累了，請她允許我坐下來歇一歇。原以爲來了顧主的指望落了空，她勉強同意了我的請求。她指給我一個座位，我頹然地坐了下來，我只覺得直想哭，但意識到這樣當場出醜會是多麼不合時宜，我忍住了。不一會兒，我問她：

「村裏有女服裁縫或者普通女裁縫嗎？」

「有，兩三個，按活兒說也就夠多的了。」

我想了一下，我現在不得不觸到正題了。我已經到了不得不然的地步。我正處在窮途末路的境地，身無分文、又無親友。我必須做點什麼。可做什麼呢？我必須上哪兒去求援？可上哪兒呢？

「你知道鄰近有什麼地方要找個傭人嗎？」

「不，我說不上。」

「這地方主要靠什麼謀生？一般人都幹些什麼嗎？」

「有些人種莊稼，不少人在奧立佛先生的針廠還有鑄造廠裏幹活。」

「奧立佛先生雇用女工嗎？」

「不，那是男人幹的活。」

「那麼女人幹些什麼呢？」

「我不知道。」對方回答。「有的幹這、有的幹那，窮人們總得儘量想法過下去。」

她似乎厭煩了我這一連串問題，說眞的，我又有什麼權利對她糾纏不休？有一兩個鄰居走了進來，我那把椅子顯然要另作別用。只得起身告辭。

我沿著街走去，邊走邊瞧著左右兩側所有的屋子，但卻既沒找到任何藉口，也沒發現任何因由可以讓我走進其中的哪一家去。我繞著村子到處徘徊，有時稍稍走到村外不遠的地方，然後又走了回來，一直走了有一個多鐘頭。因爲精疲力竭，又因爲沒東西吃，這會兒已餓得發慌，我拐進了一條小徑，在一排樹籬底下坐下來。但沒過一會兒我又站了起來，再去尋找機會——一條出路，或者至少是一個能指點我的人。

小徑盡頭有一所漂亮的小房子，前面有個花園，收拾得整整齊齊，一派花團錦簇。我在屋前停了下來。我有什麼事情要走近那白色的門環，去伸手碰那亮閃閃的門環呢？那所宅子裏的住戶又怎麼會有興趣來幫我的忙呢？可我還是走上前去，敲了門。一位神情和善、衣著整潔的年輕女子開了門。我用懷著一顆絕望的心、拖著一個疲憊不堪的身軀的人，可想而知必然會發出來的那種聲音——低微、顫抖得可憐的聲音——

「請問這裏要不要雇個傭人。」

「不，」她說，「我們不用傭人。」

「你能不能告訴我，我上哪兒能找到個隨便什麼樣的工作嗎？」我繼續問。「我是個陌生人，這兒沒有熟人。我需要找工作，什麼工作都行。」

可是替我考慮，或者給我找工作並不是她的事，而且，在她眼裏，我的身分、地位和所說的這番話看起來又準是多麼可疑。她搖搖頭，說她「很抱歉沒法告訴你什麼。」接著那扇白色的門就關上了，輕輕地、很有禮貌，但還是把我關在門外了。如果她把門稍微再多開一會兒，我相信我準會開口討一塊麵包的，因爲我如今已經落到十分卑下的地步了。

我受不了再回到那個小氣的村子裏去，再說，那兒也看不到有什麼指望能讓我得到幫助。我本來倒寧願拐進一座我望見就在不遠處的林子裏去，它的濃蔭看上去能提供誘人的安身之處。然而我是那麼難受、那麼虛弱，自然的渴求又是那麼痛苦難熬，本能驅使我在一些有可能得到食物的住家周圍徘徊不去。當飢餓這隻兀鷹連嘴帶爪深深抓噬著我的身體時，孤獨不可能得到眞正的孤獨——休息也不可能得到眞正的休息。

我走近一所所屋子，走開，又再一次返回去，接著又訕訕地走開，老是因爲自覺沒有權利去要求——去指望人家關心我舉目無親的命運——而退縮不前。同時，就在我這樣像一條喪家的餓狗似的到處亂轉的時候，下午漸漸過去了。從一塊田裏穿過時，我望見教堂的尖塔就在我前面，便趕緊朝它走去。離教堂墓地不遠，在一個花園的中央，矗立著一幢雖小但造得很精緻的房子，我確信那準是牧師的住宅。

我想起了凡是陌生人來到一個沒有熟人的地方，需要找工作做，有時會求牧師舉荐和幫助。對願意自助的人進行幫助——至少是給予忠告——是牧師的職責。我似乎就近乎有權利上這兒來請求出個主意。於是我重新鼓足勇氣，振作我僅剩的一點力量，強自往前走去。我來到屋子跟前，敲了敲廚房門。一位老婦人開了門，我問這兒是不是牧師的住宅？

「是的。」

「牧師在家嗎？」

「不在。」

「他很快就回來嗎？」

「不，他出門去了。」

「去遠地方嗎？」

「不太遠——約莫有三英里。他是因爲他父親突然過世給叫去的，這會兒正在沼澤地，看樣子像是還要在那兒待上兩個禮拜。」

「家裏有女主人嗎？」

「沒有，除了我沒別人，我是管家。」

讀者啊！對她我可拉不下這張臉來，央求解救那正在快讓我倒下去的飢渴。我還沒法開口去要飯，只好又吃力地慢慢走開了。我再一次把頭巾解了下來——我又重新想起了那家小鋪子擺著的麵包。唉，只要一塊麵包皮！只要有一小口來暫解一下挨餓的痛苦也好啊！我本能地又掉頭向村裏走去。我再次找到那家小鋪，走了進去。不管除那個女人之外還有別人在場，我還是壯起了膽請求：

「你肯收下這塊頭巾換給我一個麵包嗎？」

她顯然心中生疑地望著我：

「不，我從來不做這樣的生意。」

我幾乎已不顧一切，要求只給半個，她還是拒絕了。

「我怎麼知道你這塊頭巾是哪兒弄來的呢。」她說。

「你肯要我的手套嗎？」

「不要！我要它幹什麼？」

讀者，談這些細節是不愉快的。有人說回顧以往痛苦的經歷自有它的樂趣，可我卻直到今天還不忍去重溫我所談到的這段時間。精神上的頹敗，跟肉體上的受難攙和在一起，成爲令人不忍詳談的痛苦回憶。

我毫不責怪那些拒絕過我的人。我覺得那都是意料之中而且是不得不然的事情。一個平常的乞丐就常常是招人懷疑的對象，一個穿著體面的乞丐就更不可避免了。固然，我眞正乞求的是工作，然而，給我工作又跟他們有什麼相干呢？當然，這跟那些當時還只第一次看見我，對我的品性還一無所知的人毫不相干。至於那個女人不肯讓我用頭巾來換她的麵包，那又有什麼，她是對的，既然她覺得這個提議有些不對味，或者這筆交易不合算。讓我長話短說吧，我對這個話題實在不想多說了。

天黑前不久我經過一家農舍，農人正坐在敞開著的門口，吃著乾酪麵包當晚餐。我停了下來說：「你肯不肯給我一塊麵包？因爲我餓極了。」

他詫異地看了我一眼，不過並不答話，就從他的麵包上切了厚厚的一塊遞給了我。我猜想他並並認爲我是乞丐，只不過是位有點古怪的小姐，迷上了他的黑麵包。我走到望不見他屋子的地方，馬上坐下吃了起來。

我不指望能投宿在人家的屋子裏，因此就到我前面提到過的那座林子裏去找個住處。然而我這一夜過得糟極了，睡得很差。地又潮、天又冷，加上不止一次有人闖進來，在離我很近的地方過去，我不得不一再換地方，絲毫得不到一點安全感和清靜感。天快亮時落起雨來，接下來的一整天都下著雨。

讀者，請別要我再詳盡無遺地述說這一天的情況了。仍跟先前一樣，我尋找著工作；跟先前一樣，我遭到了拒絕；也跟先前一樣，我餓著肚子。不過也有一回，我吃到了一點東西。在一家農舍門口，我看見一個小姑娘正要把一點冷粥倒進豬糟裏。

「你把這個給我好嗎？」我問。

她睜大眼看著我。

「媽媽！」她喊道，「有個女人要我把粥給她。」

「好吧，孩子，」屋裏傳來一個聲音回答道，「要是她是個要飯的，就給她吧。豬不喜歡吃粥。」

女孩把那已經凝結成塊的東西倒在我手裏，我狼吞虎咽地吃了下去。

雨天的暮色漸濃的時候，我在一條只能通過一匹馬的冷僻小道上已經走了一個多小時，終於停下來。

「我已經支持不住，」我自言自語地說，「我覺得實在沒法再往前走了。難道今晚我又得露宿在外嗎？雨下得這樣大，還要我頭枕著又冷又濕的泥土嗎？我怕我別無他法，因爲誰肯收留我呢？不過那種光景實在太可怕了：渾身帶著飢餓、乏力、寒冷的感覺，還有這淒涼的感覺——這希望全部破滅的處境。不過，看來我完全可能不到早晨就會死掉。我爲什麼不能甘心接受死亡的前景呢？幹嘛我還要苦苦掙扎去保持毫無價值的生命呢？就因爲我知道，或者相信，羅徹斯特先生還活著。再說，受飢寒而死，是人性絕不能甘心承受的一種命運。唉，上帝！再支持我一會兒吧！幫助我——指引我！」

我呆滯的目光茫然望著四周如在霧中的朦朧景色。我看出我已經走得離村子很遠，幾乎已望不見它了。連它周圍耕種的痕跡也已經消失。我經過一個個路口和一條條岔道，再一次來到了那一大片荒原附近，這會兒我離那黑黝黝小山，只不過隔著幾塊田地，它們沒怎麼好好開墾清理，幾乎跟原來的石楠地一樣荒蕪、貧瘠。

「唉，我寧願死在那兒，也不願死在街上，或者來往行人很多的大路上。」我心想。「而且寧可讓烏鴉跟渡鴉——如果這一帶有渡鴉的話——去啄我骨頭上的肉，也遠比讓它給裝進一口救濟院的棺材，在乞丐的義塚裏爛掉要好得多。」

於是，我轉向小山，走到了那兒。現在只要找個低凹處讓我能躺下來，即使不感到安全，至少也覺得隱蔽一些就行了。可是整個荒原的表面看上去都是一片平坦。它幾乎看不出任何變化，只除了色調以外：在沼地上長滿苔蘚和燈心芯的地方是綠色，在乾燥處只長石楠的地方是黑黝黝的。天雖已在黑下去，我還是能看出這些變化，儘管只是在明暗的差別上，因爲隨著天光漸暗，顏色已模糊難辨了。

我的目光還正環顧這片昏暗的高地，沿著消失在極爲荒涼的遠景中的荒原邊緣一路掃視過去，這時，在遠處荒原和山脊之間一個隱約可見的地方，突然了一個亮光。

「那是ignis fatuus❶，」這是我第一個念頭，並且料想它很快就會熄滅。然而它卻繼續亮著，且很穩定，既不後退，也不往前移動。「那麼，它是堆剛燃起的篝火嗎？」我問。我留心看它是否蔓延擴大，但正像並沒縮小下去一樣，它也並沒擴大。「它說不定是一所房子裏點起的蠟燭光，」於是我這樣推測著，「不過即使是的話，我也走不到那兒，它太遠了。而且就算它離我不到一碼，又有什麼用呢？我只能敲敲門，結果又被當著面砰地關上。」

我就在站著的地方頹然倒下，把臉埋在泥地上。我一動不動地躺了一會兒。夜風刮過小山，掠過我，嗚咽地在遠處沉寂了下去。雨又下得緊了，再次淋得我渾身濕透。要是我能凍僵到成了凝固的冰塊——死亡的値得歡迎的麻木狀態——就好了，那就任它猛烈地淋下去吧，我會對它毫無感覺。可惜我那仍舊活著的肌膚在它刺骨寒氣的侵襲下卻直打哆嗦，不久我就爬了起來。

那亮光仍舊在那兒，透過雨幕朦朧閃爍，但卻始終穩定。我試著重新走路，硬拖著精疲力竭的雙腿慢慢地朝著它走去。它引著我斜攀過那座小山，穿過一塊寬闊的沼澤地，這兒冬天準會根本無法穿行，就是在此刻盛夏時節，也是泥漿四濺，一步一滑。我跌倒了兩次，但仍照樣爬了起來，強打起精神。這亮光是我渺茫的一線希望，我一定要掙扎到那兒。

穿過沼澤，我看到荒原上有一條發白的道路痕跡，我向它走過去。那不是大路便是一條

❶拉丁文：鬼火。

小道，直接通向那個亮光，它現在正閃耀在一個土丘似的高處，四周全圍著樹——根據我在黑暗中能分辨得出的樹形和葉子來看，顯然是些樅樹。當我走近的時候，我的星辰卻不見了，有什麼東西擋在了我和它之間。我伸出手來摸摸我前面黑糊糊的東西，辨出那是一堵矮牆的粗石塊——牆的上方有像柵欄似的東西，牆裏面有高高的帶刺樹籬。我摸索著走去。又有個發白的東西在我面前閃光，這是一扇圓門——一道邊門。我一碰，它就在鉸鏈上滑動打開了。門兩邊各有一叢黑黝黝的灌木——冬青或者紫衫。

進了門，走過灌木叢，一所房子的輪廓就顯示在眼前。黑黑的、矮矮的，延伸得較長。可是那指引我的亮光卻看不見，一片漆黑。屋裏的人都睡下了嗎？我擔心的是這回事。為了找屋子的門，我轉過屋角，那友好的亮光又射了出來，它來自一扇很小的格子窗的菱形玻璃窗格裏面。窗子離地一英尺，被長滿的長春藤或者其他爬牆植物襯托得更小了，那些藤葉密密地成堆聚集在開窗的那堵屋牆上。窗洞被遮擋得只剩那麼一點點，因此帘子和百葉窗都被認為是不必要的，當我俯身撥開一枝橫伸過來擋住它的枝葉時，我就可以看見裏面的一切。

我能清楚地望見一個刷洗得乾乾淨淨鋪上了沙石地板的房間，一個胡桃木的餐具櫃，錫制盤碟一排排擺著，反映出旺盛的泥炭爐火又紅又亮的光來。我能看得見一架鐘、一張白松木桌子、幾把椅子。那支發出的光曾成為我的指路明燈的蠟燭，就燃點在桌子上。燭光下一位老婦人正在織襪子，她樣子有點粗氣，但卻渾身乾淨俐落，跟她周圍的東西一樣。

我只粗略地看了看這些景象——其中並沒什麼特別的地方。更引人注意的人物是出現在爐子旁邊，正靜靜地端坐著，沐浴在一片玫瑰色的寧靜和溫暖之中。兩位文雅的年輕女子——從各方面看來都像是大家閨秀——正坐在那兒，一個是在一把矮搖椅裡，另一個是在一張更矮的凳子上，兩人都穿的黑紗和羽緞的重喪服，那黑色的服飾更突出地襯托出她們異常白皙的脖子和臉。一隻大獵狗把它很大的頭枕在一個姑娘的膝頭上——另一個姑娘把一隻黑貓抱在裙兜裏。

這樣兩個人待在這間簡陋的廚方裏可眞顯得奇怪！她們是誰呢？她們絕不會是桌邊那個老婦人的女兒，因爲她看來像個鄉下人，而她們倆卻十分文雅而有教養。我從來沒在哪兒見過她們那樣的臉，可是我注視著她們時，卻彷彿對每一個面部特徵都很熟悉。我不能說她們漂亮——她們都太嚴肅蒼白，用不上這個字眼；尤其每人都一心掛在一本書上，看上去更若有所思到了面目嚴峻的程度。

她們兩人中間的一個架子上，另外點著一支蠟燭，放著兩大卷書，她們常常去查閱，似乎是拿它們跟她們手上較小的書相比較，就像人們在翻譯的時候查字典以得到幫助一樣。這場面是那麼寂靜無聲，以致在場的人都像是影子，而這間生著火的房間則像是一幅圖畫似的，那麼毫無聲息。我聽得見爐灰從爐格間落下，時鐘在昏暗的角落裏滴答作響，我甚至還想像自己能聽得出婦人手裏織針喀嗒喀嗒的聲音。因此，最後終於有個聲音打破了這奇怪的沉寂時，我聽得清清楚楚。

「你聽，黛安娜，」專心致志的學生中的一位說，「弗朗茨和丹尼爾在一起過夜，弗朗茨正講著把他嚇醒過來的一個夢——你聽！」

她低聲地念著什麼，我一個字也聽不懂，因爲那是種陌生的語言——既不是法語，也不是拉丁文。它是不是希臘語或者德語，我說不上。

「那眞有力，」她念完之後說，「我很欣賞它。」

另一個姑娘方才抬起頭來聽她妹妹念，這時眼望著爐火重複著剛念過的一行。後來我知道了這種語言和這本書，因此我願在這兒把這一行引述一下，儘管我初次聽到時，它在我聽來簡直只像是敲打發聲的銅器那樣——毫無意義。

「『Da trat hervor Einer, anzusehen wie die sternen-Nacht.』❷眞妙！」她讚嘆著，她深邃的黑眼睛閃閃發亮。「這樣一位隱約而偉大的天使長就恰到好處地呈現在你的面前。這一行就頂得上一百頁華而不實的描寫。『Ich wäge die Ge-danken in der Schale meines Zornes und die Werke mit dem Gewicht meines Grimms.』❸我喜歡它！」

「有哪個國家的人像這樣說話嗎？」老婦人放下手裏的編織，抬起頭來問。

「是的，漢娜——有一個比英國大得多的國家，那兒的人就是這樣說話。」

「嗯，說實在的，我可眞不知道他們互相怎麼說得明白。那麼要是你們有誰上那兒去，我想準能聽得懂他們說些什麼呢？」

「他們說的我們也許能聽懂一點，可是不全懂——因爲我們可不像你想的那麼聰明，漢娜。我們說不來德語，而且不靠字典幫忙也看不懂。」

「那它對你們有什麼用呢？」

「我們打算什麼時候能教它——或者至少像人家說的那樣，教初級的，那樣我們就可以比現在多掙一些錢了。」

「那敢情是，不過別再學了，你們今晚上學得夠多的了。」

「我想也是，至少我是累了。瑪麗，你累了嗎？」

「累得要命。歸根結底，沒有老師，光憑一本字典吃力地學一門外語，可眞是一件辛苦

---

❷德語：「這時走出來一個人，就像滿天星辰的黑夜。」（引自德國詩人席勒的名劇《強盜》）

❸德語：「我在我忿火的天平上權衡各種思想，在我怒氣的天平上權衡種種作爲。」（同上）

的事。」

「的確是。尤其是學像這種艱難卻又出色的德語這樣的語言。不知道聖約翰到底什麼時候才回來。」

「他肯定快了，這會兒剛十點。（她掏出別在腰帶上的一隻小金錶看了看）雨下緊了。漢娜，你勞駕去瞧瞧客廳裏生的火好嗎？」

婦人站起身來，她打開房門，透過門我依稀望見有一條過道。一會兒我聽見她在裏面一間屋子裏撥爐火，很快她就回來了。

「唉，孩子們！」她說。「這會兒我上那邊屋子裏去眞覺得難受，它看上去怪淒涼的，瞧那把椅子空在那兒，推到了屋角裏。」

她用圍裙擦擦眼睛。兩個姑娘先前就很嚴肅，現在更顯得傷心了。

「不過他是去了一個更好的地方，」漢娜又接著說，「我們不該希望他再回到這兒來。再說，沒有人比他死得更安靜的了。」

「你說他一句也沒提起我們嗎？」一位小姐問。

「他來不及，孩子。他一下子就過去了——你父親。他也像前一天那樣，有點不舒服，可沒什麼要緊。聖約翰先生還問過他想不想派人去叫你們當中哪一個回來，他還直笑話他呢。第二天——就是說整兩個禮拜以前——他又開始覺得頭有點發沉，他就去睡了，一睡就再沒醒過來。你們哥哥進房去看他的時候，他全身差不多都已經僵了。唉，孩子們！他是最後的一個老派人了——因爲你們跟聖約翰比起那些已經死了的人來，就都好像是另外一種人似的，儘管你們的母親很有點像你們，差不多也這麼愛讀書。她幾乎就跟你們一個模樣，瑪麗。黛安娜更像你們的父親。」

我覺得她們那麼相像，實在說不上那個老傭人（因為我現在已經可以斷定她是了）從哪兒看出了差別來。兩個人都膚色白皙、身材苗條，兩人都長著一張既出衆、又聰慧的臉。確實，其中一個頭髮比另一個稍稍深一點，梳的髮式也不同。瑪麗的淡褐色頭髮中間分開，編成光滑的髮辮；黛安娜稍深一些的頭髮卻密密地捲曲著蓋到脖子。

「你們準想吃晚飯了，我知道。」漢娜說。「聖約翰先生回來的時候也準是這樣。」

說著她就動手做飯。兩位小姐站起身來，似乎就要離開上客廳裏去。直到那時，我一直在那麼專心地看著她們，她們的外表和談吐引起了我那麼大的興趣，以致我幾乎忘了自己的糟糕透頂的處境。現在，我又重新想起它來。對比之下，它似乎顯得更加孤獨、更加絕望。而要感動這所房子裏的人來關心我，讓她們相信我確實既飢渴又困苦——說動她們肯施恩讓我在流浪中能歇一歇腳，看起來是多麼不可能啊！當我摸到了門，遲疑不決地敲著的時候，我覺得最後那種想法簡直是異想天開。漢娜來開了門。

「你有什麼事？」她藉手裏的蠟燭光打量著我，用詫異的聲調問。

「我能跟你的小姐們講句話嗎？」我說。

「你最好還是先告訴我你有什麼話要跟她們講。你是從哪兒來的？」

「我是個外地人。」

「你在這個時候上這兒來有什麼事？」

「我想在外面的屋子或者隨便哪兒住一宿，還想要一點麵包吃。」

懷疑不信——我最擔心的一種感覺，馬上在漢娜的臉上顯露了出來。

「我給你一塊麵包，」她停了一會說，「可是我們不能留一個流浪人住宿。這可不行。」

「千萬求你讓我跟你的女主人說一說吧。」

「不，我可不幹。她們能幫你什麼忙呢？你這會兒不該到處亂走了，這看起來很不好。」

「可你要是把我趕走，叫我上哪兒去？我怎麼辦呢？」

「哦，我敢說你準知道上哪兒去，該怎麼辦。你只小心別幹壞事就得了。給你一個便士，快走吧……」

「一個便士不夠我吃的，而且我再也沒力氣往哪走了。別關上門——哦，別關，看在上帝的份上！」

「我一定得關，雨打進來啦……」

「去告訴小姐們——讓我見見她們……」

「老實說，我不會去的。你準不守本分，要不你也不會這麼大吵大鬧。快走開！」

「可要是我把攆走，我準會死的。」

「你才不會呢。我怕你準在打什麼壞主意，才在晚上這個時候還亂闖人家的屋子。要是你後面還有什麼同伙——強盜什麼的——藏在附近什麼地方，你可以告訴他們屋子裏並不是只有我們幾個，我們還有一位先生，還有狗、有槍呢。」說到這兒，這位忠實但有點死板的傭人砰地關上了門並且上了閂。

這眞是到了事情的頂點。一陣心如刀割的劇痛——一種眞正的痛苦絕望之情——充塞著、撕裂著我的心。我實在是精疲力盡了，連一步也動彈不了。我倒在門口濕淋淋的台階上，痛苦萬分地呻吟、絞著手、哭泣著。唉，死亡的魔影！

唉，這如此可怕地降臨的最後時刻！傷心啊！這種舉目無親——這種被同類所拋棄的心情，不僅是希望的依托，就是繼續堅持不屈的立足點也通通消失了——至少有一刹那是這樣，但我很快又竭力想重新恢復了。

「最多不過是一死罷了，」我說，「我相信上帝。讓我試著默默地等待他的意志吧。」

這些話我不僅是頭腦裏想著，且也從口中說了出來。而且說著我把我的全部苦難埋進了心裏，我盡力強使它不出聲地靜靜留在那裏。

「人都是要死的，」一個近在咫尺的聲音忽然說道，「但並不都注定要經受像你這樣牽延痛苦的早死，要是你就這麼因飢渴而的話。」

「是誰，或者是什麼在說話？」我問道，被這突如其來的聲音猛嚇了一跳，同時這會兒也不會再對眼前發生的任何事情寄予得救的希望。一個人影就在近旁——到底是什麼樣的人影，漆黑的夜和我減弱了的目力使我無法分辨。這新來者轉向了門，長時間響亮地敲打起來。

「是你嗎，聖約翰先生？」漢娜喊道。

「對——對，快開。」

「嗯，那麼狂風暴雨的夜晚，你準是淋得多麼冰冷透濕啊！快進來——你妹妹都在爲你擔心了，而且我相信附近還有壞人。剛才有個要飯女人——我敢說她現在還沒走——就躺在那兒。快起來！眞不害臊！喂，快走開！」

「別作聲，漢娜！我有話要跟這女人說。你趕走她已盡了你的責任，現在讓我盡我的責任，放她進來。我剛才就在旁邊，聽著你們兩人說的話。我覺得這是樁不尋常的事情——我至少得查問一下。年輕的女人，你起來，在前面走著，進屋子裏去。」

我艱難地聽從了他的吩咐。不一會，我就站在那個乾淨、明亮的廚房裏——就在那爐火眼前——直打哆嗦，渾身難受，意識到自己一副風吹雨打、神情狂野、可怕到了極點的樣子。兩位小姐，和她們的兄長聖約翰先生，還有老傭人，全都定睛注視著我。

「聖約翰，這是誰？」

我聽見一個人在問。

「我也說不上來，我是在門口發現她的。」對方回答道。

「她臉色眞蒼白。」漢娜說。

「像泥土或者死人那麼蒼白。」有人附和說。「她要倒下來了，快讓她坐下。」

我確實一陣頭暈眼花，倒了下來，不過一把椅子把我接住了。我神志仍舊清醒，不過一時說不出話來。

「或許喝水點她會緩過來。漢娜，拿點水來。不過她眞是憔悴得不像樣子了。那麼瘦，那麼臉無血色！」

「簡直只是個影子。」

「她是病了，還是只是餓的？」

「我想是餓的。漢娜，那是牛奶嗎？把它拿給我，再拿塊麵包來。」

黛安娜（我從她俯身向我時，垂在我和爐火之間的長長的捲髮上認出她來的。）掰下一點麵包，在牛奶裏浸了浸，送到我的嘴邊。她的臉靠我很近，我在那上面看出了憐憫，我從她急促的呼吸上感覺到了同情。這種像止痛油膏似的情感也同樣流露在她簡單的話裏：

「儘量吃一點吧。」

「對——儘量吃點兒。」瑪麗溫和地重複了一遍，也是瑪麗的手脫掉了我濕透的帽子，扶起我的頭來。

我吃了一口她們拿給我的東西，起初有氣無力，接著馬上就迫不及待吃起來。

「一開始不能太多——要讓她克制點，」做哥哥的說，「她已經吃得夠了。」說著他就把那杯牛奶和那碟麵包拿開了。

「稍微再吃一點點，聖約翰——瞧瞧她眼睛裏那貪饞的神氣。」

「暫時不能再吃了，妹妹。試試她現在能不能說話——問問她的姓名。」

我感到自己能說話了，因此就回答說——「我叫簡・愛略特。」因爲仍舊急於避免讓人發現，我早就決定用一個化名。

「那你住在哪兒？你的親友們在哪裏呢？」

我默不作聲。

「我們能帶信去找哪一個你認識的人來嗎？」

我搖搖頭。

「你能不能講一點你自己的情況呢？」

如今我一旦跨進了這一家的門檻，一旦跟它的主人們面面相對，就多多少少不再覺得自己無家可歸、四處流浪，被廣大的世界所拋棄了。我敢於丟掉我沿街行乞的樣子——重新恢復本來的性情和舉止，我又重新認出了原來的我。所以當聖約翰先生要我講一講自己——這我目前還過於虛弱，難以做到——我稍稍沉默了一會兒以後就回答說：

「先生，我今晚沒法跟你細談。」

「那麼，」他說，「你希望我爲你做點什麼嗎？」

「什麼也不用。」我回答。

我的精力還只能作一些這樣簡短的回答。黛安娜接過了話題：

「你是說，」她問道，「我們現在已經給了你所需要的一切幫助？我們盡可以把你再打發到荒原和雨夜中去了嗎？」

我望望她，心想，她有一副出衆的容貌，既充滿力量，又富於善意。我的勇氣突然鼓了起來，我一邊對她同情的凝視報以微笑，一邊說：

「我信賴你。即使我是隻迷路的喪家犬，我知道你今晚也不會把我從你們的爐火邊趕走的。事實上，我也確實並不擔心會這樣。隨你願意怎樣對待我和照顧我，就怎樣對待我和照顧我吧，不過請原諒我不能講太多的話——我感到氣息——一說話就覺得抽搐。」

三個人都細看著我，也都沒有說話。

「漢娜，」聖約翰先生終於說，「暫時讓她坐在那兒，別問她話，過十分鐘，再把剛才剩下的牛奶和麵包給她。漢娜和黛安娜，我們到客廳裏去好好談一談這件事。」

他們走了。沒過多久其中的一位小姐——我說不出是哪一位——就回來了。我在暖洋洋的爐火旁邊坐著，不知不覺陷入了一種昏昏沉沉的舒服感覺。她小聲地吩咐了漢娜幾句。不一會兒，我由那傭人幫著，勉強上了樓梯。我濕淋淋的衣服給脫掉了，馬上躺上了一張溫暖而乾燥的床鋪。

我感謝了上帝——在無法形容的精疲力竭中強烈地體會到一種感激的喜悅之情——很快就睡著了。

29

對於接下來差不多三天三夜的光景，我頭腦裡的記憶非常模糊。我還能記起這段時間裡的一些感覺，但極少形成什麼思緒，更沒有做出什麼舉動。我知道自己睡在一個小房間裡，一張狹狹的床上。我就像是在這張床上生了根似的，像塊石頭那樣躺在上面一動不動，把我從那兒拖開簡直會差不多要我的命。

我對於時間的消逝毫不在意——並不注意從早晨到中午、從中午又到晚上的變化。有人進來出去我都會注意到，甚至能說出是誰。人家如果站在我近旁說話，我能聽懂在說些什麼，但卻回答不出。要我開一開口或者動一動肢體，都同樣是做不到的。最常來看我的那個傭人漢娜。她一來就叫我不安。我有一種感覺，就是她巴不得我走，她對我或者我的處境毫不理解，對我抱著一種成見。黛安娜和瑪麗每天來房間裡一兩次。她們會在我床邊小聲地說著類似這樣的話：

「我們幸好把她收留了下來。」

「是啊，要是給她一整夜關在了外面，早上準會發現她死在大門口的。我眞不知道她吃了什麼樣的苦頭。」

「少有的困苦吧，我想——憔悴、蒼白的可憐的流浪者！」

「我有點覺得，從她的舉止言談來看，她並不是沒有受過教育的人。她的口音純正，她身上脫下來的衣服雖然泥濺水淋，卻並不舊而且質地很好。」

「她的臉挺特別，儘管削瘦憔悴成了那樣，我還是有點喜歡它，要是健康和生氣勃勃的時候，我能想像得出她的長相準是討人喜歡的。」

她們的談話中我從沒聽見過一個字，對於殷勤接待我表示後悔，或是對我這個人表示懷疑或者厭惡的。這使我感到安慰。

聖約翰先生只來過一次，他看了看我，說我的昏睡不醒是長時間過度疲勞所引起的反作用。他斷言用不著去請醫生，他確信讓我聽其自然是最好的辦法。他說我每根神經都有點緊張過度了，所以整個機體都得暫時昏睡一段時間。並不是什麼病。他猜想只要一旦休息夠了，我會恢復得很快。這些看法他都是鎮定而低聲地寥寥數語就表達出來的。停了一會，他又用一個不習慣於高談闊論的人的語氣補充了一句：

「長著一副不大尋常的相貌，當然，並不顯得粗俗或者墮落。」

「恰恰相反，」黛安娜附和道，「說眞的，聖約翰，我對這個可憐的小人兒還眞有點滿腹溫情呢。但願我們能爲她做點長遠的好事。」

「那可不大可能。」對方答道。「你準會發現她是年輕小姐，跟親友們鬧了點誤會，大概是冒冒失失離開了他們的。我們或許能讓她回到他們那兒去，只要她不大固執。不過我在她臉上看出了堅毅的特徵，使得我疑心她很難對付。」他站在那兒端詳了我好幾分鐘，然後又補充了一句：「她看上去很有頭腦，但一點也說不上漂亮。」

「不管生不生病，她總歸長得很平常。五官上總缺少那種美的高雅與和諧。」

第三天我好了一些。第四天我能說話、動彈，在床上坐起來，轉動身子了。大約在我猜想是吃午飯的時間，漢娜給我端來一點稀麥片粥和烤麵包片。我吃得津津有味，食物很好吃——全沒有前幾天不管我吃什麼都會覺得不好吃的發燒時的滋味。她走了以後，我感到比較有力氣也比較有精神了。

不一會兒，睡得煩膩和渴望活動的心情就叫我不安分起來。我想要起床，但我能穿些什麼呢？只有我曾穿著睡在地上、倒在沼澤裡的那幾件又潮濕又沾滿泥汙的衣服。我正覺得不好意思這樣一身打扮出現在我的恩人們面前時，幸而避免了這樣的丟臉事。

在床邊的一把椅子上放著我所有的衣物。我那塊黑絲巾掛在牆邊。泥塘的痕跡已經去掉了，因打濕而起的皺已經熨平，顯得滿體面的。連我的鞋襪也都已弄得乾乾淨淨，穿得出去了。屋裡就有洗臉的用具，還有梳子和髮刷可以理平我的頭髮。經歷了一個吃力的過程，每隔五分鐘就要歇口氣，我總算打扮好了自己。因為瘦了不少，我的衣服就像掛在身上似的，但是我用一塊披巾掩飾住了不足之處，終於再一次又整潔又體面地——沒有一點我最恨也使我降低身分的痕跡和衣衫不整的樣子——扶著欄杆，吃力地爬下了一座石頭樓梯，來到一條窄窄的低矮過道上，馬上就摸索著走進了廚房裡。

這兒滿是新烤麵包的香味和旺盛爐火的暖意，漢娜正在烤麵包。誰都知道，在未經教育耕耘施肥的心田裡，成見是最難消除的，它就像石頭縫裡長出來的野草那樣在那兒牢牢地生根。說實在的，漢娜一開始很冷淡生硬，近幾天她開始稍微和氣了一點。當她看見我穿得整整齊齊、體體面面地走進來時，她甚至還露出了微笑。

「怎麼，你已經起來了？」她說。「那麼你是好一些了。你高興的話，可以坐在爐邊我那把椅子上。」她指指那把搖椅。我坐了下來。她一邊忙著，一邊不時地用眼角瞟著我。當她從爐裡取麵包的時候，她突然轉過臉來冒冒失失地問道：「你來這兒以前要過飯嗎？」

我一時有些生氣，但想到發火是絕對不行的，而且我當時在她眼裡也確實很像個乞丐，所以我平心靜氣地回答了她，儘管仍舊有意把口氣放硬了一點：

「你錯把我當成個要飯的了。我並不是要飯的，我跟你和你的小姐們一樣。」

她默然了一會兒，又說：「這我可不懂了，你看上去是又沒家，又沒銅子兒吧，我想？」

「沒家或沒有銅子兒（是指錢吧），並不就一定叫人成爲一個你所說的要飯的。」

「你讀過書嗎？」她馬上問道。

「是的，讀過不少。」

「可是你從來沒上過寄宿學校吧？」

「我上過八年。」

她睜大了眼睛。「那你怎麼還養不活自己呢？」

「我養活過，而且我相信還會再養活我自己的。你拿這些醋栗做什麼？」我看她拿出一籃這種果子來，就問道。

「用來做餅。」

「給我吧，我來揀。」

「不，我什麼也不要你幹。」

「不過我總得找點事做呀，交給我吧。」

她答應了，她甚至還給我拿來一條乾淨毛巾蓋在衣服上。

「要不，」她說，「你會把衣服弄髒的。」

「你沒幹慣傭人的活兒，我從你的手上就看得出來。或許你是個裁縫吧？」

「不，你猜錯了。好啦，別管我原來是幹什麼的，別再去爲我傷腦筋了，只是告訴我咱們現在待的這所宅子叫什麼？」

「有人叫它沼澤居，有人叫它荒原莊。」

「住在這兒的這位先生叫聖約翰先生是嗎？」

「不，他不住這兒，只是暫時住一陣。他經常住家在是莫爾頓他自己的教區裡。」

「那個離這兒幾英里的村子嗎？」

「嗯。」

「他是幹什麼的？」

「他是位教區教師。」

我記起了我要求見見牧師的時候，那所牧師住宅裡的老管家的回答。

「那麼說，這裡是他父親的住處嘍？」

「嗯。老里弗斯先生住過這兒，在那以前，他的父親、祖父和曾祖父也住這剩。」

「那麼說，這位先生的全名是聖約翰．里弗斯先生嘍？」

「嗯。聖約翰大約是他受洗的名字。」

「他的兩個妹妹叫黛安娜．里弗斯和瑪麗．里弗斯？」

「對。」

「他們的父親過世了嗎？」

「三個禮拜前過世的，是中風。」

「他們沒有母親嗎？」

「太太過世多年了。」

「你在這一家已經很長時間了？」

「我在這兒已經三十年了。他們三個全是我帶大的。」

「這說明你一定是位忠實可靠的僕人。我挺願意這麼誇你，儘管你剛才不客氣地把我當成要飯的。」

她又用驚異的目光端詳著我。

「我相信，」她說，「我是把你看錯了。不過現在騙子那麼多，你千萬莫怪我。」

「話雖這麼說，」我口氣有點嚴厲地繼續說，「你在那麼個連條狗也不該關在門外的雨夜裡，卻一心想把我從門口趕走。」

「呃，這是有點狠心。可叫人怎麼辦呢？我倒不是爲我自己，更多地是想著孩子們，可憐的人兒！他們除了我簡直沒人照料。我總得多留神著點。」

我繼續嚴肅地沈默了好幾分鐘。

「你可別把我想得太壞。」她又說了一句。

「可我確實把你想得很壞，我告訴你爲什麼——倒不光是因爲你不肯收留我，或者把我看成了騙子，更主要的是因爲你剛剛把我既沒『銅子兒』也沒家看成了一種罪惡。世上有一些最好的人跟我一樣一無所有，只要是個基督徒，就不應該把貧苦看成是一種罪惡。」

「我也一樣不應該。」她說。「聖約翰先生也跟我這樣說過。我明白我是做錯了——可我現在對你有了跟以前完全不同的看法。你看起來道道地地是個體面的小人兒。」

「這就行了——我現在不怪你了，握握手吧。」

她把一隻長著老繭、沾滿麵粉的手伸給了我，粗糙的臉上豁然開朗地露出了又一個更加眞誠的笑容，從這一刻起我們就成了朋友。

漢娜顯然很喜歡說話。在我揀著果子，她揉麵粉準備做餅的時候，接連給我講了許多她已故的男女主人以及「孩子們」——像她稱那幾個年輕人那樣，有關的種種瑣事。

她說，老里弗斯先生是個相當樸實的人，但是一位紳士，出身於一個夠說得上是十分古老的家族。沼澤居一造好就屬於里弗斯家，而且，她肯定說：

「它已經有二百多年了——儘管它看上去只是個小小的不起眼的地方，沒法跟奧立佛先生在莫爾頓谷的那所大宅子相比。不過她還能記得比爾．奧立佛的父親只是個做縫衣針的工匠，而里弗斯家在從前亨利王的朝代就已經是鄉紳了，只要去查查莫爾頓教堂事務室裡的戶籍簿，誰都能看得到。」

不過，她承認，「老主人也跟別的人一樣——沒多大出衆的地方，一味發瘋似的愛打打獵、種種莊稼什麼的。」太太就不同。她是個書迷，讀得眞不少，「孩子們」就像她。附近這一帶沒有像他們那樣的，從來也沒有過。他們三個差不多打能說話起就都喜歡讀書，而且老是「有他們自己的一套」。

「聖約翰先生一長大就進大學，當了牧師；而兩個姑娘一離開中學就去找家庭教師的職位，因爲他們告訴過她，她倆的父親幾年前因爲他信托的人破了產，損失了許多錢。既然他如今已沒錢給她們什麼財產，她們就只好自己去賺錢了。她們很長時間極少回家裡來住，現在只是因爲她們的父親死了，才回來待幾個星期。不過她們確實非常喜歡沼澤居和莫爾頓，也喜歡四周那些荒原和小山坡。她們去過倫敦和別的許多大城市，可她們總是說沒一個地方比得上家裡。她們也確實那麼合得來——從不爭吵，也不鬧彆扭。她眞不知道哪兒還有像這麼團結和睦的家。」

完成了我揀醋栗的活兒以後，我問她這會兒兩位小姐和她們的哥哥在哪兒。

「散步上莫爾頓去了，不過只去半小時就要回來用茶點。」

他們果眞在漢娜給他們派定的時間回來了。他們是從廚房門走進來的。看見我在那兒，聖約翰先生只微微施了個禮就走過去了，兩個小姐卻停了下來。瑪麗稍稍說了幾句，親切而平靜地表示她看見我已經好些能夠走下樓來感到高興。黛安娜握住我的手，對我搖搖頭。

「你該等著我們准許你下來才對。」她說。「你看上去仍舊那麼蒼白——那麼瘦！可憐的孩子——可憐的姑娘！」

黛安娜說話在我聽來就像鴿子發出柔和的咕咕聲。她那雙眼睛的凝視也讓我感到高興。我覺得她整個臉都富於魅力。瑪麗的臉也同樣聰慧——她容貌也同樣好看，但她神情比較拘謹，態度雖然和藹，也比較疏遠。黛安娜說話和神態上都有那麼點權威，顯然，她富於意志。我生性喜歡服從像她那樣令人信服的權威，而且在不違背自己良心和自尊感的情況下，聽命於一個積極的意志。

「而且你到這兒來幹什麼？」她繼續說。「這不是你待的地方。瑪麗和我有時候在廚房裡坐坐，因爲我們喜歡自由自在甚至隨隨便便——可你是客人，應該上客廳裡去。」

「我在這兒挺好。」

「一點也不好——漢娜在那兒忙來忙去，把麵粉弄了你一身。」

「再說，這爐火對你來說太熱了。」瑪麗也插了一句。

「可不是嗎。」她姊姊補充說。「來，你一定得聽話。」說著，她仍舊握住我的手不放，把我拉了起來，帶進了屋裡。

「好好坐著，」她把我安置在沙發上說，「等我們脫下衣服，去準備好茶點。這是我們在沼澤地這個小小的家裡享用的另一個特權——在我們高興，或者漢娜正在烤麵包、釀酒、洗衣服或者燙衣服的時候，由我們自己來做飯吃。」

她關上了門，留下我單獨跟聖約翰先生在一起，他正坐在對面，手裡拿著一本書，或是一張報紙。我先端祥了一下這個客廳，然後再端詳著它的主人。

這客廳不過是個小房間，陳設得很簡樸，但因爲又乾淨又整齊，顯得很舒適。幾把老式椅子擦拭得很亮，那張胡桃木的桌子簡直像一面鏡子。不多幾幅舊日男女古老而奇怪的畫像點綴著斑斑痕痕的牆壁，一個玻璃門餐具櫃裡擺著一些書和一套古老的瓷器。屋子裡沒有多餘的擺設——沒有一件新式家具，只有一對針線盒，還有一個女用的花梨木文具匣子放在倚牆的半桌上。所有的東西——包括地毯和窗帘——看上去都既陳舊又保養得很仔細。

就像牆上那些灰濛濛的畫像那樣，一動不動地端坐在那兒，兩眼一直盯在他正在看的書頁上，一言不發地雙唇緊閉著，聖約翰先生是極容易讓人看清楚的。即使他不是個活人而是個偶像，也不會叫人更容易看清的了。他還年輕——也許是二十八到三十歲之間——身材修長。他的臉引人注目，就像是一張希臘人的臉，輪廓完美、一個筆直的古典式的鼻子、一張雅典式的嘴和下巴。的確，極少有一張英國人的臉像他這樣接近古代的典範。他自己的面貌如此勻稱，看見我的不端正，是難免會有點吃驚的。他的眼睛又大又藍，長著褐色的睫毛，他高高的前額像象牙那麼潔白，額上稍稍披著幾綹隨意掛下來的淺色金髮。

這豈不是一幅柔和的寫生嗎，讀者？然而它所描繪的對象卻絕不會使人產生這種印象，覺得他有一種柔和、溫順、易感，或者至少是恬靜的天性。儘管他這會兒安安靜靜地坐在那兒，可是他的鼻孔、嘴巴和額頭上都有那麼一種跡象，使我覺得它暗示著內心的紛擾不寧，或是嚴厲無情，再不然就是急躁渴望的動向。一直到他兩個妹妹回進屋來，他沒有跟我說過一句話，甚至也沒有看過我一眼。黛安娜在進進出出準備茶點的過程中，給我帶來了一塊在爐頂烘製的小蛋糕。

「先把這個吃了，」她說，「你準該餓了。聽漢娜說除了一點麥片粥以外，你從早飯到現在什麼也沒吃過。」

我沒有謝絕，因爲我食欲已經恢復起來，並且還很強烈。這時里弗斯先生才合上書本，走到桌前，並且一邊就坐，一邊用他那雙像畫出來似的藍眼睛直盯著我。他現在的凝視中有一種不禮貌的直率。一種銳利決斷、緊盯不放的神色，說明剛才他是存心，而不是出於靦腆才不朝陌生人看的。

「你很餓了。」他說。

「是的，先生。」我就這樣——出於本能地總是這樣——向來都是以簡短來回答簡短，用直率來對待直率。

「這三天來發燒使得你少吃東西對你很有好處。要是一開始你就飢不擇食，是有危險的。現在你可以吃了，但還是不能毫無節制。」

「我相信，我吃你的不會吃得很久，先生。」這是我倔頭倔腦、粗聲粗氣的一句回答。

「是不會，」他冷淡地說，「你一旦告訴我們你親友的地址，我們可以寫信給他們，你也就可以回家去了。」

「這一點，我得坦白地告訴你，我是沒法辦到的，因爲我根本沒有家，也沒有親友。」

那三個人都望著我，但並沒有不信任的神氣，我覺得他們目光中並無懷疑意味，更多的倒是好奇。我尤其是指兩位小姐。聖約翰的眼睛儘管從字面的意義上可說是相當清澈的，但在比喻的意義上也可說是深不可測的。他似乎更多地是使用它們來作爲探索別人念頭的工具，而不是作爲顯露自己想法的手段。它們既含蓄又敏銳，旨在窘迫對方的用意大大多於使別人得到鼓勵。

「你是想說，」他問道，「你完全孤身一人，毫無親友嗎？」

「是這樣。我跟任何一個活著的人都毫無關係，我也沒有權利要求英國的任何一個家庭來收留我。」

「拿你這樣的年紀來說，倒眞是個非常少有的處境！」

說到這兒，我看見他目光落到了我交叉放在面前桌上的雙手上。我正不明白他想從那兒探究些什麼，他的話馬上就解釋了這種探索。

「你還沒結過婚？你是個姑娘吧？」

黛安娜笑了起來。「怎麼，她還絕不會超過十七八歲呢，聖約翰。」

「我快到十九啦，不過我還沒有結婚，沒有。」

我感到臉上一陣火燒似的發熱，因爲一提到結婚，就重新勾起了種種心酸而叫人激動的回憶。他們都看出了這種窘迫和激動。黛安娜和瑪麗都把目光從我變得通紅的臉上移開，免得我難堪，可是那位比較冷酷和嚴厲的哥哥卻仍舊緊盯不放，直到他所激起的心煩意亂不但逼得我臉紅，還逼出了我的眼淚。

「在這以前你住在哪兒呢？」他又問。

「你太愛問了，聖約翰。」瑪麗低聲咕噥說，但他卻把身子在桌上往前探著，再次用堅定而刺人的目光逼人回答。

「我住的地方和同住的人的名字，都是我的秘密。」我簡潔地答道。

「這我認爲，不管聖約翰問也好，別人問也好，你都有權不說的。」黛安娜說。

「可是如果我對你或者你的經歷都一無所知，我就沒法幫助你。」他說。「而你需要幫助，不是嗎？」

「我需要，而且也在尋求幫助，先生，只求有哪個眞正的好心人能扶我一把，讓我能找個我能做的工作，得到維持生計的報酬，哪怕只夠餬口也行。」

「我不知道我是不是眞正的好心人，但我願意盡我最大的力量來幫助你實現這樣正當的目的。那你就首先告訴我吧，你一向幹什麼，能幹些什麼？」

我這時已一口氣喝下了我的茶，我飲料使我精神大振，就像一位巨人飽飲了美酒一樣。它使我衰弱的神經有了新的活力，使我能夠從容不迫地跟這位盤問不休的年輕審判官說話。

「里弗斯先生，」我轉過身去對他說，就像他望著我那樣，坦然而毫不畏怯地眼望著他，「你和你的兩位妹妹給了我很大的幫助——人能夠給他同類的最大幫助。你們用高尙的款待把我從死亡中救了出來，你們所施的這種恩惠使你們絕對有權得到我的感激，同時也一定程度地有權得到我的信賴。我願意儘量告訴你們蒙你們收留過的這個流浪者的經歷，只要無損於我自己心靈的安寧——無損於我自己的以及別人的精神上和身體上的安全。

「我是個孤兒，是一個牧師的女兒。我父母在我還不能記得他們的時候就已經去世了。我是靠人收養長大的，在一個慈善學校裡受的教育。我甚至可以告訴你們我曾當過六年學生和兩年教師的那個機構的名字——××郡的洛伍德孤兒院，你大概聽說過這個地方吧，里弗斯先生？羅伯特·布魯克赫斯特牧師是那兒的司庫。」

「我聽說過布魯克赫斯特先生，而且我還去參觀過那所學校。」

「我將近一年以前離開洛伍德，當了一名私人的家庭教師。我得到一個很好的職位，覺得很愉快。在來這兒的四天以前我卻不得不離開了那個地方。離開的原因我不能說，也不應該說，因爲那毫無用處——還有危險，而且聽起來也叫人難以置信。我沒有受到任何指摘，我跟你們三位一樣是完全淸白無辜的。我很苦惱，而且還得苦惱一個時期，因爲把我從我曾感到像個天堂似的那所宅子裡趕出來的，是一場有點離奇而可怕的災難。

「我盤算出走時只顧到兩點——迅速、秘密，要確保做到這樣，我只好把我所有的東西都丟下，只帶了一個小包袱，而因爲忙亂和心神不定，我竟忘了把它從我到惠特克勞斯的那輛馬車裡拿下來。這樣一來，我來到這一帶時簡直是一無所有了。我在露天睡了兩夜，將近兩天到處流蕩，沒跨進過一家屋門。這段時間裡我只有兩次吃到過一點食物。

「正是在我飢餓、精疲力竭和絕望到了幾乎奄奄一息的時候，你——里弗斯先生，阻止我餓死在你的門口，把我收留到你的家裡。在那以後你兩位妹妹爲我所做的一切我全都知道——因爲在我看上去昏睡的時候我並非毫無知覺——我對她們那自發的眞誠而親切的憐憫，也跟對你那出於福音精神的慈悲一樣，欠著很大的情。」

「好了，別再讓她說下去啦，聖約翰。」我一停口，黛安娜馬上就說。「她明顯還不宜太激動。到沙發這兒來，快坐下吧，愛略特小姐。」

聽到這個化名，我不由自主地稍稍一驚，我已經把我這新名字忘記了。彷彿什麼也逃不過他眼睛的里弗斯先生，馬上注意到了這一點。

「你說你的姓名叫簡・愛略特？」他說了一句。

「我是說過，我覺得這是我目前用來比較方便的名字，不過這不是我的眞姓名，所以我一聽起來覺得怪陌生的。」

「你不肯說出你的眞實姓名？」

「不，我最怕的是暴露了行蹤，所以儘量避免說出一切可能導致這個後果的話來。」

「你做得完全對，我相信。」黛安娜說。「好了，哥哥，千萬讓她安靜一會兒吧。」

可是聖約翰只稍許沈思了片刻，就又照樣冷靜而敏銳地說了起來。

「你寧願不長期依靠我們的款待——我看得出來，你但願能盡早免受我妹妹的憐憫，尤其是我的慈悲（我完全體味得出這種有意強調的區別，我也並不惱火——這話是公道的。）你極希望能不依賴我們？」

「的確是的，我剛才已經說過了。眼前我只求指點我怎麼去工作，或者說怎麼去找到工作，然後就放我去吧，哪怕是要上最簡陋茅舍裡去也行——不過在那以前，請讓我耽擱在這兒，我實在害怕再去嘗試一次飢寒漂泊的可怕滋味了。」

「當然，你一定得耽擱在這兒。」黛安娜一邊用一隻白皙的手按在我頭上，一邊說。

「你一定得這樣。」瑪麗跟著說，用不太外露的眞誠口氣，這在她似乎是很自然的。

「你看，我妹妹很樂意收留你，」聖約翰先生說，「就像她們很樂意收留和愛護一隻可能被冬天寒風刮得逃進她們窗子裡來的快凍僵的鳥兒一樣。而我卻更傾向於幫你走上自立的路，而且要竭力去這樣做。不過你要看到，我的天地是狹窄的。我不過是一個鄉下窮教區的牧師，所以我的幫助也一定是很不起眼的。如果你不屑成天做些瑣事過活，那就儘管去找比我更有效的幫忙好了。」

「她已經說過願意幹任何她能夠幹的正當活兒，」黛安娜替我答覆說，「而且你知道，聖約翰，她沒法挑揀找誰來幫助了，所以只好耐性忍受像你這麼個壞脾氣的人。」

「我願意當裁縫，願意做普通女工，願意當個傭人、保姆，如果不能幹更好的工作的話。」我回答他說。

「好，」聖約翰口氣頗爲冷淡地說，「既然你有這樣的精神，我答應幫助你，在我合適的時間，用我自己的方法。」說罷，他就又去看他喝茶以前一直在看的那本書了。我馬上起身回房，因爲我已說了那麼多話，坐了那麼久，已到了我目前體力所能容許的極限了。

30

我越熟悉荒原莊的人，就越是喜歡他們。只過了幾天，我的健康就已恢復到能整天坐著，有時還能出去走走了。我能參與黛安娜和瑪麗的一切活動，只要她們願意，就跟她們在一起閒談，而且在她們允許我的時間和地方幫她們一點忙。在這種交往中有一種使人精神振奮的樂趣，是我現在才第一次體味到的——這種樂趣是來自趣味、情感和準則的完全融洽一致。

她們喜歡讀的我也愛讀，她們欣賞的我也喜歡，她們贊同的我也尊重。她們愛自己與世隔絕的家。而這所灰暗、古舊的小小建築物，連同它那低矮的房頂、它的格子窗、它頹敗的牆壁、它那條兩邊都是老樅樹的林蔭路——樹都在山風的壓力下歪向一邊，它那黑壓壓遮滿紫杉和冬青的花園——那兒只有一些最頑強的花木品種才會開花——也使我感到有一種強烈而持久的魅力。

她們依戀自己住處前後左右那一片紫色的荒原——那有條可以走一匹馬的鵝卵石小路從大門口往下通向那兒的深深的溪谷，這條溪谷先蜿蜒穿過兩旁羊齒叢生的陡岸，然後穿過幾塊極為荒蕪的小牧草地，你想像不到它們居然會出現在遍地石楠的荒原邊沿，還會給一群灰色的荒原綿羊和它們那些臉上毛茸茸像長著苔蘚般的小羊提供食料。

哦，她們依依不捨這一片景色，懷著一種十足的眷戀之情。我能夠理解這種情感，而且也同樣強烈和真誠地抱有同感。我看到這一帶的迷人之處，我感覺到它的孤寂給人的神聖感。我眼中盡情瀏覽著連綿起伏的地形——瀏覽著苔蘚、石楠花、點綴著鮮花的草地、色澤耀眼的歐洲蕨和柔和的花崗岩給山脊和低谷染上的斑駁色彩。這些細微末節對於我也正像對於她們來說一樣——是無數純潔可愛的歡樂的泉源。狂飆跟和風、惡劣天氣跟晴朗天氣、日出時分和日落時分、月明之夜和多雲之夜，在這一帶對我來說也有著跟對她們同樣的吸引力——也會跟迷住她們一樣地對我產生左右我整個身心的同樣魔力。

在室內生活中我們也同樣地志趣相投。她們兩人都比我更多才多藝，讀的書也更多，但我一心要在她們在我之前走過的知識之路上追趕她們。我如飢似渴地讀著她們借給我的書，然後到晚上跟她們一起討論我白天看過的書，這可眞是一樁大樂事。想法不謀而合，意見彼此相投，總而言之，我們完全一致。

如果說我們三人中有一個是最強的和帶頭的，那就是黛安娜。從身體上講，她就遠比我強。她容貌漂亮、精神勃勃，她血氣旺盛、富於生命力，而且總是那麼精力充沛，叫我無法理解，也使我驚奇不置。

晚上剛開始我還能談一會兒，但第一陣活躍和暢快的談話過去之後，我就總愛坐在黛安娜腳邊的一張矮凳上，頭靠著她的膝蓋，輪流聽著她和瑪麗談，聽她們徹底探討著我還只是懂得皮毛的話題。黛安娜提議教我德語，我喜歡跟她學，我看出擔任教師的角色使她高興，也對她合適，而當學生也同樣使我高興，對我合適。我們性情相投，彼此喜愛——達到最強烈的程度——是自然而然的事。

她們發現我會畫畫，於是她們的畫筆和顏料盒就立刻任我使用。我的技藝在這方面比她們高，使她們大爲驚訝並且著了迷。瑪麗會一坐就是一個鐘頭，坐在那兒看著我畫。接著她要我教她，而且眞成了個聽話、聰明而又刻苦的學生。這樣忙個不停，彼此都覺得津津有味，幾天就彷彿只是幾個小時，而幾個星期就像只是幾天似的過去了。

至於聖約翰先生呢，我跟他妹妹間那麼自然而又飛快發展起來的親密情誼卻完全與他無緣。我們之間仍然覺察得出的疏遠，他在家時間較少也是一個原因。看來他的大部分時間都用來訪問他那個教區裡散居各處的居民中的窮人和病人了。

任何天氣似乎都阻止不了他作這些牧師的巡視，不管天晴下雨，他做完早課就會拿起帽子，帶著他父親的那條老獵狗卡洛，出門去履行他的出於愛或者是義務的使命了——我實在弄不清他是從哪一種角度來看得這些使命的。有時候碰到天氣很壞，他妹妹們會勸阻他。

這時他就會帶著一種莊嚴多於快樂的古怪的微笑說：

「如果我讓一陣風或者幾點雨就弄得迴避了這些輕而易舉的工作，那這樣懶散，怎麼爲實現我替自己規畫的未來作準備呢？」

對於這個問題，黛安娜和瑪麗的回答通常總是一聲嘆息，跟著是幾分鐘顯然是鬱鬱不樂的沈思。

不過除了他經常不在，也還有另一種不易和他建立友誼的障礙：他的性情似乎屬於沈默拘謹、心不在焉，甚至是耽於沈思默想的那一類。儘管熱心於牧師職責，生活和習慣都無可指摘，但看來卻並不曾享受到每一個眞誠的基督徒和實際上的博愛者所應享的報酬，那種心靈的平靜和內心的滿足。每每到了晚上，他坐在窗前，面對著書桌和攤著的紙張時，他會停止了閱讀和寫作，手托著下巴，任由自己沈浸在不知究竟是什麼樣的思緒裡，不過從他眼睛的頻頻閃動和開合不定上，完全看得出那準是十分激動不寧的。

不但如此，我還覺得大自然對他來說，並不像對他妹妹那樣是樂趣的寶庫。我只聽見他有一次，僅僅只有一次，表示過對山勢起伏的美的強烈感受，和對他自己稱之爲家的這些舊牆壁和黑屋頂的天生的喜愛。但在他表露這種感情時所用的詞句和語調中，卻是憂鬱多於喜悅。同時他也似乎從來沒有爲了那些荒原能使人心平氣和的寧靜而去那兒漫遊過——從來不曾發現或者耽溺過它們能給予人們的千百種平靜的樂趣。

他那麼少言寡語，因此過了相當時候我才有機會探測他的心思。我對他的才華才略有所知，是聽他在莫爾頓他自己的教堂裡佈道的時候。我希望能把這篇講道描述一番，但實在做不到。我甚至都無法把它在我身上所起的作用忠實地表達出來。

它一開始很平靜——而且實在說，就講的方式和語調而言，它從頭到尾都是平靜的。但不久，在清晰的抑揚頓挫之間，很快就流露出一種出於眞誠但同時卻又嚴格加以節制的熱情來。接著強勁有力的言辭就隨之而來，這逐漸發展成了一股力量——凝重、精鍊而控制自如。佈道者的威力使得心臟猛烈跳動、頭腦震驚，但兩者卻都並未受到感動。從頭到尾都有一種奇怪的尖刻味道，而缺少使人得到撫慰的親切。不斷嚴厲地向人提醒加爾文派❶的教義——上帝的選拔、命運的預定、上帝的擯棄；而每一提到這些，聽上去都就像在宣判人們在劫難逃的命運似的。

他說完以後，我不但沒有感到心情好一些、平靜了一些，由於他的講話覺得心明眼亮了一些，卻反而體味到了一種說不出的憂傷。因爲我覺得——我不知別人是否也這樣感覺——我所聽到的這番雄辯，就像是從一個積滿著灰心失意的濁渾沈渣，活躍著貪婪渴望和勃勃野心的惱人衝動的深淵中發出來的。

❶加爾文派：基督教新教中的一個宗派，在維持傳統教義上態度比較嚴格、保守，曾以「異端」罪名殘酷迫害過許多人。

我敢肯定，聖約翰．里弗斯儘管品行純潔、言行謹愼、辦事熱情，卻還是沒有找到那種深奧難解的上帝的安寧。我覺得他沒有找到，也正像我一樣，我還在爲我打碎了的偶像和失去的天堂暗暗抱著痛苦難耐的惋惜之情——這種心情我近來避免提到，但卻仍在纏住我不放，並且無情地主宰著我。

這期間一個月過去了。黛安娜和瑪麗不久就要離開荒原莊，回到正在等待著她們的完全不同的生活和環境中去，到英國南部一個時髦的大城市去當家庭教師，那兒她們各自在一個家庭裡就職，被家裡那些傲慢富有的成員只當作卑微的下人看待，既不知道也不想去看出她們天賦的美德，而只像賞識家裡廚子的手藝或身邊侍女的情趣那樣地賞識她們學得的才藝。

聖約翰至今還一句也沒跟我提起過他曾答應爲我找的工作，而我得好歹有個職業已成爲刻不容緩的事了。一天早晨，我被單獨留下來跟他一起待在客廳裡有好幾分鐘，我大膽走近窗口的凹進處——那兒擺著他的桌椅和寫字台，像個書房似的變得神聖不可侵犯——我剛想開口說話，儘管還不太有把握應該怎樣措詞來問他——因爲任何時候要打破蒙在他那樣的性格外面，那層拘謹的堅冰都是很困難的——他卻省掉了我的麻煩，先開口開始了這場談話。

正當我走進時他抬起頭來——

「你有問題要問我嗎？」他說。

「是的，我想知道你打聽到我可以去要求擔任的工作沒有？」

「三星期前我替你找到了或者說想出了一個工作，不過既然你在這兒看來既有好處也很愉快——我兩個妹妹顯然變得離不開你，有你作伴她們感到非常愉快——我就覺得不便來打擾你們彼此間融融洽洽的氣氛，除非等到她們就要離開沼澤居，因而使你也不得不離開。」

「那麼她們還有三天就要走了，是嗎？」我說。

子就要鎖起來了。」

「是的，而等她們一走，我就要回莫爾頓的牧師住宅去住，漢娜跟我一起走，這間老房

我等待了一會兒，以爲他會接著一開始就提出來的那個話題繼續說下去，但他卻彷彿思路已轉到了別處，他的神情表明他的心已經不在我和我的事情上了。我只好再提醒他回到必然爲我所密切關心的那個話題上面來。

「你當時想到的是一樁什麼工作呢，里弗斯先生？但願這一延擱不至於使得它更爲困難吧？」

「哦，不。因爲這樁工作只要我肯給，你肯接受就行了。」

他又停住了，似乎有點不願意再談下去的意思。我不耐煩了，一兩個煩躁的動作，以及直盯在他臉上的急切而有催逼意味的一瞥，跟言語有效地向他表達了這種心情，而省掉了再說的麻煩。

「你不必急於想聽，」他說，「我可以坦白告訴你，我並沒有什麼合適的或者收入多的工作可提。在我細說清楚以前，請你回想一下我早已清楚提醒過的話，即使我幫助你，那也只能是像瞎子幫助跛子那樣。我窮，因爲我發現還清了父親的債務，留給我的全部遺產就只有這座快要倒塌的田莊，和它後面那排病懨懨的樅樹，還有前面長著紫杉和冬青的那塊荒地。我出身卑微，里弗斯是個古老家族，但它僅有的三個後裔，兩個正在依人謀生，另一個只覺得自己是流落他鄉——不但是終生，連死後也要如此。對，還要認爲，而且不得不認爲自己是得天獨厚，一心只盼著有朝一日脫離世俗羈絆的十字架會戴到他的肩上，那位自己也是其中最卑微成員之一的教會戰士的首領會下令說：『起來，跟我走！』」

聖約翰說這些話時就像他在佈道時一樣，聲音深沈、平靜，臉頰並沒發紅，目光卻神采

奕奕。他接著又說道：

「既然我自己貧窮、卑微，我也就只能提供你一個貧窮、卑微的工作。你或許會認為那甚至是降低身分——因為我現在看出你一向的習慣正是世人稱之為文雅的那一種，你的趣味傾向於力求盡善盡美，而你曾經交往的至少是那些受過教育的人——不過我認為只要是能改善我們人類的工作，就絕不是降低身分的。我確信一個勤勞的基督徒被派去耕耘的土地越貧瘠荒蕪——他辛苦得來的酬勞越少——榮譽就越高。在這種情況下，他所經歷的是先驅者的命運，而傳播福音最早的先驅者就是使徒們——親自擔任他們首領的就是救世主耶穌。」

「嗯？」他又停下口來時，我說，「說下去。」

他在接著說下去前先看著我。說真的，他就彷彿是在不慌不忙地讀著我的臉，上面的五官和線條就彷彿是書頁上的字似的。這樣察看所得出來的結論，他接著所說的話裡就部分地表達了出來。

「我相信你會接受我向你提出的職務，」他說，「不過只是暫時擔任一個時期，而不是永久擔任下去，正像我也不能把英國鄉村牧師這種狹隘並且使人變得狹隘，平靜說又不為人知的職務永久擔任下去一樣。因為你的性情中也像我一樣，有一種使人安定不下來的東西，儘管性不同。」

「請你說得詳細些。」當他又要停下口來時，我催促說。

「好吧，你就會聽到這個建議是多麼可憐——多麼微不足道——又多麼瑣碎煩人。如今我父親一死。我可以自己作主了，我不會再在莫爾頓長待下去。我或許會在十二個月之內離開這個地方。不過只要我還在，我就要盡全力來改進它。兩年前我剛來時，莫爾頓還沒有學校，窮人的孩子毫無進步的希望。我為男孩們興辦了一所，現在我打算再為女孩子們興辦一所學校。我已經爲此租下了一座房子，還連著一所有兩個房間的小屋給女教師住。「她的薪水是三十鎊一年，她的住處已經配備好了家具，雖十分簡單，卻足夠用的了，這多虧了一位女士，奧立佛小姐的好意，她是我教區裡唯一的有錢人，山谷裡那家針廠和鑄造廠的老板奧立佛先生的獨生女。這位小姐還出錢負責一個濟貧院找來的孤女的衣穿和學費，條件是她得幫女教師幹家裡和學校裡的一些雜事，因爲那位教師忙於教務，沒有時間親自來料理這些事。你願意當這個教師嗎？」

他這個問題提得有些倉促。他似乎料想這個建議多半會得到惱怒的，或者至少是輕蔑的拒絕，因爲他雖也猜測到一些，卻並不完全了解我的思想和感情，所以摸不準我究竟會如何看待這種前途。

說實話這工作是卑微的——但它卻能供給住處，而我正需要一個安身立命之所。它是辛苦的——但話說回來，跟在一個富家當家庭教師相比，它是獨立自在的，而怕向陌生人唯唯諾諾的心情已經像烙印在了我的心上。況且，它並不低微——並不輕賤——也並不使人精神上自覺降低身分。因此，我下了決心。

「我感謝你提出這樁工作，里弗斯先生，我全心全意地接受它。」

「不過你聽明白了我的意思嗎？」他說。「那是一所鄉村學校，你的學生只會是一些窮苦姑娘——茅屋裡的孩子——最多也不過是種地人的女兒。編織、縫紉、讀、寫、算，你要教的只能是這些東西。你拿你的種種才藝怎麼辦呢？拿你的大部分心靈——情感——趣味又怎麼辦呢？」

「把它留到需要的時候再用吧，它們會保存下來的。」

「那麼你明白你承擔的是什麼工作嘍？」

「我明白。」

這回他笑了，而且並不是苦笑或者嘲笑，而是大爲高興、極其滿意的微笑。

「那你準備什麼時開始履行職務呢？」

「我明天就到我的住處去，要是你願意的話，下個禮拜就開學。」

「很好，那就這樣吧。」

他站起身來，一直向房間的那一頭走去。他立定了，又朝我看看。他搖了搖頭。

「你對什麼不滿意，里弗斯先生？」我問。

「你不會在莫爾頓待多久的，不會，絕不會！」

「爲什麼？你有什麼理由這樣說？」

「我從你眼睛裡看得出來。心不是表明能平平穩穩度此一生的那一種。」

「我可並沒野心。」

聽到「野心」這個詞他嚇了一跳，他重複了一遍。

「不，你怎麼會想到野心？誰有野心？我知道我有，可你是怎麼發現的呢？」

「我是說我自己。」

「嗯，即使你沒野心，你卻是……」他猶豫不說了。

「是什麼？」

「我本來想說是多情的，不過或許你會誤解了這話，感到不高興。我的意思是說，人類的愛和同情在你身上特別強烈。我敢肯定你不會長期滿足於在孤獨中打發你的餘暇，而把你的工作時間全部用在毫無刺激的單調勞動上。正像我一樣。」

他加強語氣地補充說：

「也不會滿足老住在這兒，埋沒在沼澤裡，閉鎖在群山中——上帝賦予我的天性遭到違反，天賜給我的才能陷於癱瘓——變得毫無用處。你現在聽到我是怎樣地自相矛盾。我勸戒別人要滿足於卑微的命運，甚至還以為上帝服務為名，為砍柴挑水的人的職業辯護——而我，上帝的一名任聖職的牧師，卻幾乎煩躁不寧得發了狂。唉！癖性和原則總得有個什麼辦法協調起來才好。」

他走出了房間。在這短短的一小時裡，我對他比在以往整整一個月中還要了解得更多一些，然而他仍舊叫我迷惑不解。

隨著離開哥哥、離開家的日子日漸臨近，黛安娜和瑪麗變得憂傷和沈默起來。她倆都竭力想顯得一如往常，但她們要對付的那種哀愁心情卻是無法完全克制或者隱藏的。黛安娜透露說，這次分別不同於她們以往的任何一次。這說不定是跟聖約翰之間的多年分別，甚至是一別終生。

「他會為實現自己長期以來的決心而不惜犧牲一切的，」她說，「出於本性的愛好和感情仍舊更有力量一些。聖約翰外表平靜，簡，但內心裡卻滿腔狂熱。你會以為他很溫和，可在有些事情上他是死也不讓步的，而更糟的是，我的良心也不許我去勸說他放棄他那嚴正的決定，說實話，我絲毫也不能為此責怪他。那是正當、高尚、符合基督教精神的，但它卻叫我心都碎了。」說著眼淚湧上她美麗的眼睛。

瑪麗朝著她正在做的活計深深地埋下頭去。

「我們如今已沒有父親，不久我們連家和兄弟也要沒有了。」她喃喃地說。

正在這時，又出現了一樁意外，就像是命運有意安排來證實「禍不單行」這句老話確實不虛，有他們的苦惱上再加上令人難堪的一種——眼看到手的鳥兒飛走了。聖約翰眼睛看著一封信從窗口經過。他走了進來。

「我們的約翰舅舅死了。」他說。

姊妹倆都彷彿楞住了，但既不是吃驚也不是嚇呆，這消息在她們看來與其說是令人悲痛，倒不如說是事關重大。

「死了？」黛安娜重複了一句。

「對。」

她用探索的目光盯在她哥哥的臉上。

「還有什麼呢？」她低聲地問。

「還有什麼，黛？」他回答，臉繃得像大理石那樣，毫無表情。「還有什麼嗎？嗯，什麼也沒有。你看吧。」

他把信扔在她膝頭上。她匆匆看了一下，就遞給了瑪麗。瑪麗默默地細看了一遍，又還給了她哥哥。三人面面相覷，接著又都微笑了——一種頗為憂鬱、淒苦的微笑。

「阿門！我們總還活得下去。」黛安娜終於說。

「不管怎樣，這總還不至於叫我們變得比過去更困難。」瑪麗說了一句。

「不過這叫人心裡強烈地想起了本來可能會出現的景象，」里弗斯先生說，「不免跟如今實際的景況成了過於鮮明的對比。」

他折起了信，鎖進自己的書桌，又走了出去。

好幾分鐘誰也不說話。隨後黛安娜向我掉過臉來。

「簡，你對我們和我們的謎一定會莫名其妙，」她說，「而且覺得我們心腸太硬，對一個舅舅那樣的至親去世都並沒有更加傷心一些。不過我們從來沒有見過他，也不認識他。他是我母親的兄弟。我父親多年前跟他吵翻了。全是聽信了他的話，我父親才冒險用他的大部分財產去做一樁投機買賣，結果破了產。兩人相互埋怨，一氣之下分了手，從此沒有和解過。我舅舅後來做生意比較順利，看來積下了一兩萬鎊的財產。他終身未娶，除了我們沒什麼近親，只有另外一個，也並不比我們更親。

「我父親一直抱有這樣的想法，以爲他爲了補救自己的過失，會把遺產留給我們。那封信卻通知我們，他把每一文錢都給了另外那位親戚，只留出三十幾尼讓里弗斯家的聖約翰、黛安娜和瑪麗分，用來買三個紀念死者的戒指。他當然有權喜歡怎麼做就怎麼做，不過猛聽到這樣的消息總不免使人當頭一盆冷水。瑪麗和我每人有一千鎊就會認爲自己是很富有的，而對於聖約翰來說，這樣一筆錢對他可以用來做的好事是極有價值的。」

作了這番說明後，這事給擱在一邊了，無論是里弗斯先生還是他的兩個妹妹都沒再提起它。第二天，我離開沼澤居去莫爾頓。再下一天，黛安娜和瑪麗動身去了遙遠的布××城。一個星期以後，里弗斯先生跟漢娜回到牧師住宅。這樣，這個古老的田莊就空無一人了。

31

於是，一座村舍就成了我的家，但我終於有了一個家。它包括一個小房間，刷得雪白的牆，鋪了沙子的地板，有四把油漆過的椅子和一張桌子、一座鐘、一個餐具櫃，裏面放著兩三只盆子和碟子，和一套荷蘭式藍白彩陶茶具。樓上是一間跟下面廚房一樣大小的臥室，擺著一張松木架的床，還有一個五斗櫃，很小，但放我少得可憐的衣服已經太大了，儘管承我那和善大方的朋友的好意，已經給稍微增加了幾件必要的衣著。

天已傍晚，我給了個橘子打發走了給我當女僕的那個小孤女。我獨自坐在火爐前。這天早上，村校剛開了學。我有二十名學生。其中能識字的只有三個，能寫和算的一個也沒有。有幾個會編織，極少的幾個稍微會一點縫紉。她們說起話來滿口濃重的本地鄉音。眼前，她們和我聽懂彼此的話都有些困難。她們中有幾個毫無規矩，既無知、又粗魯，不聽管教。不過其餘的都還聽話，想讀書，而且顯示出了我很喜歡的性情。

我絕不能忘記，這些衣著粗陋的小農民也跟最高貴的名門後裔一樣有血有肉，她們內心也跟出身最好的一個樣，存在著天生的美德、文雅、聰慧和善良的萌芽。我的責任就是要培育這種萌芽。肯定我會在履行這種職責時得到一些樂趣的。我並不指望眼前的生活能有多大的愉快，但無疑只要盡我的本分安下心來盡我的力量，它還是會給我一些東西，使我能一天天過下去的。

今天上午我在那個簡陋、不起眼的教室中所度過的時間裏，我是不是非常快活、安心和滿足呢？如果不自欺欺人的話，我必需回答——不。我覺得有幾分淒涼，我覺得——對我真傻——我竟覺得自己是淪落了。我懷疑自己錯跨了一步，在社會生活的等級上不是上升而是下降了。我軟弱地對周圍所見所聞都是無知、貧苦和粗魯而感到灰心喪氣。不過我還是別過於為這些心情憎恨和瞧不起自己吧，我知道它們不對——這就已經是一大進步了，我還要努力去克服它們。很可能過幾個月，看到學生們進步、變好而感到的樂趣，就會使滿意取代了厭惡。我相信明天定會部分地加以制服，而過幾個禮拜，說不定就能完全戰勝它們。

這會兒，先來讓我問自己一個問題吧——到底哪一樣更好？是向誘惑屈服，任熱情支配，不苦苦掙扎、抗拒——而去深深陷入迷人的陷阱，在它覆蓋的鮮花上入睡，在南國的溫馨中醒來，置身於一所旅遊別墅的奢華享受中，至今生活在法國，做羅徹斯特先生的情婦，一半時間沉迷在他的愛情裏嗎？因為他是會——哦，是的，他暫時是會非常愛我的。他的確愛過我——再不會有人這樣愛我。我再也不會得到這種對美貌、青春和優雅的甜蜜禮讚了——因再沒有別人會覺得我具有這些魅力。他曾喜歡我，以我為驕傲——這正是別人永遠不會的。

可是我這是想到哪兒去了，我是在說些什麼，尤其是在懷著什麼樣的心情呀？試問，是在馬賽一個傻瓜的天堂裏當奴隸——這一刻熱衷於騙人的幸福，下一刻就窒息於悔恨和羞慚的傷心熱淚中好呢？還是當一名鄉村女教師，正直而自由自在地生活在有益身心的英格蘭中部一個和風煦煦的小山坳裏好？

是啊，我現在覺得自己當初堅守原則和法律，蔑視和粉碎了狂熱時刻種種不理智的衝動是做得對的。上帝指引我作出了正確的抉擇，我感謝上帝的引導。

把我黃昏的遐想歸結到了這一點以後，我就站起身來，走到門口，望著收穫季節中一天的日落景象，望望跟學校一起座落在村外半英里的我這所小屋前面那靜靜的田野。鳥兒正在唱著它們最後的幾節歌——

和風拂拂，甘露芬芳。

我一邊望著，一邊自以爲是幸福的，但不久就吃驚地發現自己在哭泣——可是爲了什麼呢？爲了那把我從對主人的依戀中強行拉走的命運，爲了我再也見不到的他，爲了因我的離去而引起的絕望的悲痛和致命的憤怒，此刻或許正在拉著他遠遠離開正道，再也沒有最終回頭改正的希望。一個想到這個，我就掉開臉去，不再去看那黃昏可愛的天空和莫爾頓僻靜的山谷——我說它僻靜，是因爲在我望得見的那一帶，除了掩映在樹木間的教堂和牧師住宅，以及極遠處有錢的奧立佛和他女兒所住的那山谷府的屋頂以外，簡直看不到別的房屋。

我把頭靠在石頭門框上，垂下了眼睛，把我的小花園跟外面的牧草地隔開的那道小門邊一聲輕微的響動，使得我抬起頭來。一條狗——我一眼就認出它是里弗斯先生的那條獵狗老卡洛——正在用鼻子拱門，而聖約翰自己則正抱著雙臂伏在小門上。他皺起眉頭，用嚴肅得近乎不高興的目光盯著我。我請他進來。

「不，我不能多耽擱，我只是把我妹妹留給你的一個小包裹給你送來。我想裏面大概是一盒顏料，還有畫筆和紙吧。」

我走上去把它接過來，這眞是一件很受歡迎的禮物。當我走近時，我覺得他在用一種嚴厲的目光打量著我的臉。那上面的淚痕無疑是明顯可見的。

「你發覺你第一天的工作比你料想的要難嗎？」他問。

「哦，不！正相反，我覺得要不了多久，我就會跟我的學生們處得很好的。」

「不過說不定你的設備——你的小屋子——你的家具——使你大失所望了？的確，它們是夠寒傖的，不過……」

我打斷他說：

「我的小屋子很整潔，能避風雨，我的家具也方便夠用。我所見的一切都只能叫我滿心感激，而不是垂頭喪氣。我絕不是那樣一個傻瓜和好享受的人，會抱怨沒有地毯、沙發和銀器。再說，五個禮拜之前我還什麼也沒有——我是個漂泊者、一個乞丐、一個遊民。現在我已有了熟人、有了家、有了工作。我意想不到上帝會這麼仁慈、朋友們會這麼慷慨、命運會這麼好，我一點也不抱怨。」

「不過你覺得孤獨是一種重壓？你身後這座小小的屋子又暗又空空蕩蕩。」

「我現在享受寧靜的感覺還來不及呢，更談不上在孤獨的感覺下感到厭煩了。」

「那很好，我但願你像你所說的那樣感到滿足，因爲不管怎麼樣，你健全的理智告訴你，現在就像羅得的妻子那樣猶豫畏懼❶，未免還爲時過早。我當然並不知道在我看見你之前，你究竟撇下了一些什麼，但我還是要勸你堅決抵制一切會使你想回頭看的誘惑，把你目前的事堅定不移地做下去，至少做它幾個月！」

「我正是這樣打算的。」我答道。

聖約翰又繼續說了下去：

---

❶《聖經》上說，上帝要毀滅罪惡的所多瑪城，命有善心的羅得帶領妻子領先逃出，不可猶豫回顧。羅得的妻子回頭看了一下，就變成了一根鹽柱。見《舊約．創世紀》第19章第12到第26節。

「要克制癖好，扭轉天性，是一樁難事，但我根據經驗知道，這是可以做到的。上帝在一定程度上給予了我們創造自己命運的力量。當我們的精力似乎在要求它們無法得到的食糧——當我們的意願竭力要走上它們不該走的道路時——我驟既不必絕食餓死，也不必拚命止步不前，我們只要去爲心靈尋找另外一種食糧，跟它一心想嘗的禁果同樣有味——而且或許還更爲清醇，去爲愛冒險的腳開闢出一條路來，跟命運不許我們走的那條同樣又直又寬，儘管稍微崎嶇一些。

「一年以前，我自己也極爲煩惱，覺得我當牧師是鑄了一個大錯，它那千篇一律的職責叫我厭煩得要命。我熱切地嚮往更活躍的世俗生活——嚮往文學事業那種更富於興味的勞動——嚮往當一位藝術家、作家、演說家，隨便什麼都行，只要不當牧師。眞的，在我牧師的法衣下面，跳動著一顆政治家、軍人、醉心榮譽、渴望成名、貪圖權力的人的心。

「我反覆估量，我的生活眞太可憐了，一定要有個改變，不然我就得死。在一時的迷惘和掙扎之後，光明突然出現，寬慰終於降臨，我狹隘的生活一下子豁然開朗，成爲一望無際的平原——我渾身的力量聽到了上天的召喚，要它們奮發起來，鼓作全力、展開雙翼，振翅高飛。上帝要派給我一個使命，要把它貫徹到底，好好完成，技巧和力量、勇氣和口才，軍人、政治和演說家的全部卓越本領都是必不可少的，因爲好的傳教士身上就集中這一切。

「我決心做個傳教士。從那一刻起，我的精神狀態就全改變了。我全身每一種官能的桎梏都已瓦解、墜落，沒留下一點束縛，只除了它所造成的惱人傷痛——這只能讓時間來消除了。的確，我父親是反對這種決定的，但他一去世，我就再沒有什麼合法的障礙需要去排除了。一些事務已經安排好，在莫爾頓的接替者也已找到了，一兩樁感情上的糾葛已經衝破或者割斷——這是跟人類弱點的最後一次衝突，我知道自己是會戰勝的，因爲我已發誓一定要戰勝它——然後我就離開歐洲到東方去。」

他說這些時，用的是他那既抑制又加重語氣的聲調，說完以後，他目光不是瞧著我，而是望著我也正在看的落日。我們兩人都背朝著從下面田野裏通向小門來的那條小路。我們一點沒聽見雜草叢生的小徑上的腳步聲，此時此境唯一令人沉醉的聲音是山谷中的潺潺流水聲。難怪我們都猛嚇了一跳。當聽到銀鈴般悅耳的嗓音快樂地喊著時。

「晚上好，里弗斯先生。晚上好，老卡洛，你的狗認出它的朋友來還比你快一些呢，先生，我還在那邊田頭的時候，它就已經豎起耳朵搖著尾巴了，可你直到現在還把背朝著我。」

這倒是眞的。儘管里弗斯先生剛一聽到那唱歌般的語音時嚇了一跳，就像一聲霹靂劈開了他頭上的雲似的，可是直到這段話說完，他還是站在那兒保持著最初被說話的人驚動時的那種姿勢——背靠在門上，臉朝著西方。最後他終於刻意顯得從容不迫地轉過身來。我覺得，彷彿有一個幻影出現在他的身旁。在離他三呎的地方呈現出一個穿得一身潔白的身形——一個年輕、優美的身形，豐滿但線條很美，而當她俯身拍了拍卡洛以後抬起頭來，把長長的面紗甩到後面的時候，在他眼前就像鮮花盛開般露出了一張絕頂美麗的臉。絕頂美麗是極爲強烈的說法，但我卻並不想收回它或者修正它，英格蘭宜人的風土所塑造出來的那些最可愛的容貌，她溫潤的強風和霧濛濛的天空，所培育和保養的那種紅白相襯的純淨膚色，就正在眼前這個例子上證明這個說法是毫不爲過的。

不缺少任何魅力，看不出什麼缺點，這位年輕姑娘面容生得端正秀麗，眼睛的顏色和形狀就像我們那些可愛的畫裏所見到的，又大又黑又圓；濃濃的長睫毛如此溫柔嫵媚地圍在漂亮的眼睛周圍；畫出來似的眉毛顯得如此清晰；白皙光滑的額頭使得較爲濃艷的色調和光澤之美平添了如此的安詳色彩；面頰橢圓、嬌嫩而光潤；嘴唇也同樣嬌嫩，既紅潤健康，又樣子可愛；整齊發亮的牙齒沒有一點毛病；小小的下巴上帶著酒窩；再配上濃密的捲髮——總而言之，凡是總合起來能形成美的典範的一切優點，她全具備。我眼望這個美人兒簡直感到驚異，我全心全意地對她表示讚美。大自然一定是懷著偏愛之情創造了她，忘了她通常那種小氣的後母般的薄賜，而對她這位寶貝兒給予了好外婆似的厚禮。

聖約翰對於這個人間天使又是怎麼想的呢？當我瞧見他轉過身來望著她的時候，我自然而然地這樣問著自己，而且也同樣自然而然在他的臉上尋找答案。他這時已把眼光從這位仙女身上移開，瞧著小門旁邊一叢不起眼的雛菊。

「可愛的傍晚，不過你一個人出來太晚了。」他一面說，一面用腳把那些已經閉合沒開的白色花苞踩倒。

「哦，我今天下午剛從××市回來。（她說了二十英里以外一個大城市的名字）爸爸告訴我你已經讓你的學校開了學，新的女教師已經來了。所以我喝完茶就戴上帽子順著山谷跑來看看她。這位就是她吧？」她指指我。

「是的。」聖約翰說。

「你覺得你會喜歡莫爾頓嗎？」她問我，語調和神態都直率而天眞，毫不做作，很討人喜歡，儘管有一點孩子氣。

「我希望我會喜歡，我很想這樣做。」

「你看到你的學生像你預料的那樣專心嗎？」

「相當專心。」

「你喜不喜歡你的屋子？」

「非常喜歡。」

「我把它布置得好嗎？」

「確實很好。」

「讓愛麗思・伍德來伺候你，挑得不錯嗎？」

「你確實挑得不錯。她很靈巧、肯學。」（那麼，我心想，這準是那位女繼承人奧立佛小姐了，看來不但在廣有家產方面，而且在天生麗質方面，她都是得天獨厚！我眞不知道她的出生，是正逢著多麼幸運的星辰巧合！）

「我有時候會跑來並且幫你教教課的。」她補充說。「不時來看看你，對我來說也可以多一點變化，我是喜歡有一點變化的。里弗斯先生，我耽擱在斯××城的那段時間可眞開心呢。昨天夜裏，或者不如說今天早上，我跳舞一直跳到兩點。第×團自從動亂❷以來就一直駐在那兒。那些軍官可眞是世界上最討人喜歡的人，把我們那班磨刀制剪的年輕生意人都比得黯然無光啦。」

我覺得聖約翰先生下嘴唇噘出、上嘴唇咬緊了一會兒。在那位姑娘笑呵呵告訴他這件事的時候，他看上去明顯地緊緊閉上了嘴巴，下半部臉顯得異常地正經和嚴峻。他同時還撇開雛菊，抬起目光來注視著她。那是一種毫無笑意的、探究而含有深意的目光。她用再一次的笑來回答他，而歡笑對她的青春、她的玫瑰色的面頰，她的笑靨和她亮晶晶的眸子來說，都很相宜。

❷指十九世紀初工人搗毀工廠機器的動亂，曾席捲英國北部，後遭當局殘酷的鎮壓。

因爲他神色嚴肅、一聲不響地站在那裏，她就又去撫摸起卡洛來。

「可憐的卡洛是愛我的，」她說，「它可不會對它的朋友板著面孔、冷冷淡淡，要是它能說話，也不會一聲不吭的。」

當她拍著狗的腦袋，在它年輕而一本正經的主人面前以天生的優雅姿態彎下身去的時候，我看到一抹紅暈騰起了那位主人的臉上。我看到他嚴肅的目光被突如其來的熱情軟化了，閃出了無法抑制的激動心情。當他這樣臉上發紅、激動起來的時候，看上去他作爲一個男子，跟她作爲一個女子，其漂亮程度簡直不相上下。

他的胸脯一陣起伏，彷彿他那顆巨大的心房厭倦了專橫的管束，不顧意志的反對膨脹了起來，劇烈地跳動著渴望獲得自由。不過他還是管住了它，我想，就像一位果斷的騎手勒住了一匹用後腿站立起來的怒馬那樣。對於向他所作的這種溫柔進攻，他在言語和行動上都毫不作出反應。

「爸爸說你現在從不來看我們了。」奧立佛小姐仰起臉來繼續說。「你對溪谷莊園來說簡直成了一位陌生人。他今晚只一個人，身子也不大好，你肯跟我一起回去看看他嗎？」

「這時候還去打攪奧立佛先生不大合適。」聖約翰回答。

「這時候不大合適！可我說合適。這正是爸爸最需要人作伴的時候，工廠已經關門，他沒什麼事情可做。好了，里弗斯先生，你一定來呀。你幹嘛這麼躲躲閃閃，又這麼悶悶不樂？」她接著又自問自答，塡補了他默不作聲所留下的空隙。

「我忘了！」她大聲嚷起來，搖搖她那滿頭捲髮的漂亮腦袋，似乎對自己感到吃驚。「我眞粗心，沒有頭腦！千萬請原諒我。我一心疏忽了，沒想到你完全有理由沒心思跟我閒聊。黛安娜和瑪麗都離開了你，沼澤居關起來了，你感到非常寂寞。我確實很同情你。務必來看看爸爸吧。」

「今晚不去了，羅莎蒙德小姐，今晚不去了。」

聖約翰先生幾乎像機器人似的說著，這樣狠心拒絕到底需要他作出多大的努力，只有他自己知道。

「好吧，既然你那麼固執，我只好向你告別了，因爲我不敢再多待下去，露水已經開始降下來了。晚安！」

她伸出手來，他只勉強碰了碰一下。

「晚安！」他跟著說，聲音又低沉又空洞，彷彿回聲似的。

她轉過身去，不過立刻又回過身來。

「你身體好嗎？」她問道。

難怪她要問這個問題，他的臉白得跟她的衫子一樣。

「很好。」他宣稱，接著鞠了一躬，就離開園門走了。

她朝一個方向走去，他朝著另一個方向。她像個仙女似的飄然穿過田野時，兩次回過頭來望著他的背影，而他卻堅定地大步走去，一次也沒有回頭。

眼看著別人的這種受苦和犧牲，使我的思想不再一味只浸沉在自己的受苦和犧牲上了。漢娜．里弗斯曾說她哥哥「死也不肯讓步」。她的話並沒有誇大。

32

我竭力忠實積極地繼續做著鄉村教師的工作。開始時確實是很艱難的，過了一段時候，盡了最大的努力，我才能理解我那些學生和她們的性情。全無教養、官能十分遲鈍，她們在我看來簡直笨得無法可想，而且，乍一看去，全部一樣地笨。但是我很快就發現自己錯了。她們也像有教養的人一樣，她們中間是有差別的，而且當我開始了解她們，她們也了解了我，這種差別就很快地明顯起來。

她們對我，對我的談吐、規矩和方式感到的驚訝一旦消除，我發現這些一臉蠢相、張口結舌的鄉下人中間有些人開了竅，變成相當機靈的女孩子。許多人也都是顯得和氣可親。而且我還在她們中間發現不少生性講禮貌、有自尊，以及能力出衆的例子，不但贏得了我的善意，也贏得了我的讚美。這一些人很快就樂於做好功課、保持個人衛生、按時學習、養成安靜和守秩序的習慣。在有些例子中，她們進步之快簡直是驚人的，我對此眞正感到令人欣慰的驕傲。而且，我對有幾個最優秀的姑娘還產生了個人的好感，而她們也喜歡我。

我的學生中還有幾個農民的女兒，幾乎已經是長大的年輕姑娘了。這些人已經能讀、能寫、能做縫紉活了。對她們我教語法、地理、歷史的基本知識，和比較精細一點的針線活。我在她們中間發現了一些很可敬的人——熱心求知、渴望上進——我在她們自己家裡跟她們一起度過了許多愉快的傍晚。

她們的父母（農民夫婦）總是對我殷勤備至。承受他們樸質的善意，回報他們以體貼——小心尊重他們的情感——這裡面自有它的樂趣。他們對這個或許並不總是感到習慣，但卻使他們感到十分高興，也對他們極有好處，因爲這不但提高了他們在自己眼裡的地位，同時也使他們好強地力求無愧於他們所受的禮遇。

我感到自己成了這一帶的寵兒。不論我什麼時候出去，總會從四面八方聽到熱情的問候，看到友好的笑臉相迎。生活在大家的關懷之中，哪怕他們只不過是勞苦貧民，也好比是「沐浴在寧靜而可愛的陽光下」，恬靜的心情被照耀得發芽開花。在我生活的這一段時期裡，我心裡洋溢著感激之情的時候，遠比因沮喪而感到心情沉重的時候要多。

然而讀者啊，如果和盤托出的話，在這一切平靜、這一切有益的工作之中——在眞誠地盡力教導學生度過一天，安心地獨自畫畫或著讀書打發黃昏之餘——我夜晚常常會莫名其妙地陷進各種各樣的怪夢，這些夢光怪陸離、焦躁不安，淨是些空想的、激動的、狂風暴雨般的事——夢中在充滿奇特的經歷、提心吊膽的冒險和浪漫的機遇中的種種不尋常的場面中。我仍舊一再地老是在某個激動的關鍵時刻遇見羅徹斯特先生，而且感到置身在他的懷中，聽到他的聲音、接觸到他的目光、摸到他的手和臉，愛他，也爲他所愛——一心想在他身邊度過一生的希望，也會像當初一樣熱情有力地重新出現。

然後我醒了過來，接著又想起了自己身在何處，正處於什麼境地。這時我就會在沒有帳幔的床上坐起身來，渾身戰慄發抖。接著那沉沉的黑夜就會目睹絕望的痙攣，聽到激情的發洩。第二天早上九點鐘，我仍準時打開了校門，平靜而安心地準備一天的例行工作。

羅莎蒙德．奧立佛如約常來看望我。她一般總是在早上騎馬的時候來學校。她騎著那匹幼馬緩步跑到門口，後面跟著一個騎馬穿制服的僕人。她穿著一身紫色的騎馬服，在拂著臉頰、飄垂到肩頭的長長的捲髮上優雅地戴著一頂烏絨女戰士帽，簡直想像不出還有什麼比她這副模樣更優美了。她就是這樣走進這間土裡土氣的房子，在一排排眼花撩亂的鄉下孩子中間飄然走過。她一般總是在里弗斯先生每天上教義問答課的時候來。

我怕這位女客的目光確實銳利地刺進了那個年輕牧師的心。甚至還沒有看見，一種直覺似乎就已經告訴他她來了。而當他眼睛根本沒有望著門的時候，只要她一出現在門口，他臉上就會發紅，他看上去像大理石般的面容儘管仍舊繃著，卻還是有了說不出的變化，就在它的不動聲色之中，也覺察得出有一種硬仰制住的熱情，比顫動的肌肉或者專注的目光還更能有力地說明問題。

當然，她是知道自己的魅力的。實在說，他也並沒有，因爲他做不到，向她掩飾這一點。不顧他那種基督教的禁欲主義，每當她走上前去跟他說話，快樂地、鼓勵地，甚至是親熱地朝著他微笑的時候，他還是會手上發抖，兩眼放光。他儘管不用口說，卻彷彿是用他那黯然而堅決的神情在說：

「我愛你，我也知道你看上了我。並不是由於毫無成功的希望才使我不吐露心聲。如果我獻上我這顆心，我相信你是會接受的。然而這顆心早已奉獻在一個祭壇上，四周已擺好了火堆。它不久就會只是一個焚化的祭品罷了。」

這時候她就會像個失望的孩子那樣噘起嘴，一陣愁雲會使她喜氣洋洋的活潑勁兒減弱下來，她會急忙從他手裡抽回自己的手，一時嘔氣地轉身走開，不再去瞧那張既像英雄又像殉道者的臉。

毫無疑問，當她這樣離他而去的時候，聖約翰本來是會不顧一切跟上去，叫喚她、留住她的，然而他不願放棄一個進入天國的機會，也不肯爲她的愛情的樂土，而放棄任何進入眞正永恆的天堂的希望。再說，他也做不到讓他的全部天性——輾轉不安、懷抱大志的人，詩人、傳教士——單單讓一種激情束縛住手腳。他不能——也不願——拋棄他傳教事業的荒野戰場，去換取山谷府裡的客廳和安寧生活。我這是不顧他的冷淡疏遠，一度大膽逼他說出心裡話來，才從他身上了解得這麼多的。

奧立佛小姐已令我不勝榮幸地屢次光臨我的小屋。我已了解了她既無秘密也不掩遮的性格：她有點賣弄風情，但並非無情無義；喜歡苛求，但並不卑鄙自私。她自小受到寵愛，但並未完全慣壞。她性子很急，但脾氣還好；自負（既然一照鏡子就看到自己那麼漂亮非凡，她又怎能不自負。）卻並不裝腔作勢；慷慨，卻並不以有錢爲得意；直率；相當聰明；愉快、活潑，不大用心機。總之，就是對像我這樣同性別的冷眼旁觀者來說，她也是一個非常迷人的。

可是她卻又並不能深深引起人們的關注，或者給人以難忘的印象。跟例如聖約翰的妹妹們比起來，她的心靈是完全不同的。但儘管如此，我仍舊幾乎像喜歡我的學生阿黛爾那樣地喜歡她，只不過我對於一個同樣迷人的成年相識者所能產生的愛，總比不上我們對於自己管教過的孩子那麼親切而已。

她對我心血來潮地發生起好感來。她說我誰也不像，就像里弗斯先生，儘管，她承認，「沒有他十分之一那麼漂亮；雖說你也是相當清秀可愛的小人兒，可他卻簡直是個天使。」不過，我還是跟他一樣善良、聰明、鎮定，而且堅強。她斷定，作爲一個鄉村教師，我是個lusus naturae ❶。她確信我以往的經歷如果透露出來的話，準能寫成一本有趣的小說。

有天傍晚，她像往常那樣帶著孩子氣的好動，以及冒失而並不令人生氣的好奇心理，正

❶拉丁文：怪人。

在亂翻著我那個小廚房裡的餐具櫃和桌子抽屜，先是發現了兩本法文書、一本席勒、一冊德語文法和一本德語字典，然後又發現了我的畫具和幾張速寫，包括一張用鉛筆畫的漂亮的小姑娘，我的一個學生的頭像，以及在莫爾頓山谷和周圍荒原上畫的一些風景寫生。她先是驚異得愣住了，接著又變得大喜若狂。

「這些是你畫的嗎？你懂法語和德語？你眞是個寶貝——眞是個奇蹟！你比我在斯××城第一流學校裡的老師還畫得好。你肯給我畫一幅速寫給爸爸看看嗎？」

「很樂意。」我答道，想到能有這麼一個完美和光彩照人的模特兒來寫生，不由感到一陣畫家的驚喜之情。

她當時正穿著一身深藍色的綢衣，露著胳臂和脖子，沒帶一點飾物，只有她那一頭栗色長髮似天然捲曲所具有的毫不文飾的優美，飄然垂在她的兩肩上。我拿出一張圖畫紙，仔細地勾了一個輪廓。我已經預先體會到了給它著上色彩的樂趣。因爲這時天色已晚，我對她說她只好改天再來讓我畫了。

她在她父親跟前說了我那些好話，以致第二天傍晚奧立佛先生親自陪著她來了——那是個個子高大、濃眉大眼、頭髮灰白的中年人，在他身邊，他那個可愛的女兒看上去就像是一座古老塔樓旁邊一朵嬌艷的鮮花。他看來是個沉默寡言，或許還頗爲高傲的人物，不過對我卻十分和氣。他對羅莎蒙德肖像的草圖大爲讚賞，叮囑我一定得把它完成。他還一定要我下一天去溪谷莊園過一個晚上。

我去了。我發現那是一座漂亮的大住宅，有無數的跡象說明主人的富有。我在那兒的整個晚上羅莎蒙德都又說又笑，十分高興。她父親也和藹可親。用過茶點，他開始跟我交談的時候，還強烈地表示了對我在莫爾頓學校所做工作的讚許，說他根據自己的所見所聞，只是擔心我是大材小用，很快就會丟下它去做更合適的工作的。

「真的！」羅莎蒙德嚷道，「她那麼聰明，足可以到一個高貴人家去當一位家庭教師的，爸爸。」

我心想——我倒寧願就在這兒，也不願到世上任何一個高貴的人家去。

奧立佛先生以極大的敬意談起了里弗斯先生——談起里弗斯一家。他說他們是這一帶一個很古老的世家，這一家的祖上很富有，一度整個莫爾頓都屬於他們，他認爲就是現在，這一家的代表只要願意，也完全可以跟最好的人家結親。他十分惋惜這麼好、這麼有才華的一位年輕人竟會打算出門去當個傳教士，這簡直是浪擲寶貴的生命。這樣看來，她父親對於羅莎蒙德和聖約翰成婚是絕不會加以阻礙的。奧立佛先生明顯認爲這位年輕牧師的良好出身、古老家世的神聖職業，已足以補償財產的不足了。

十一月五日是個節日❷。我那小傭人幫我清掃了屋子以後，拿了一便士作爲酬勞她的賞金高高興興地走了。我周圍都是亮閃閃的、一塵不染——地板洗過、爐柵擦亮、椅子抹得乾乾淨淨。我自己身上也弄得十分整潔，而且眼看有一個下午可以愛做什麼就做什麼。

翻譯幾頁德文花了一個小時。隨後我就拿起畫筆和調色板來，動手去做比較輕鬆因而也比較愉快的事，就是完成那幅羅莎蒙德．奧立佛的小像。頭部已經畫好了，只剩下背景要渲染，服飾要襯上陰影，紅潤的嘴唇要抹上一點猩紅——頭髮要加上幾個柔和的髮捲——藍蓊蓊的眼皮底下睫毛的陰影還要加深一些。我正聚精會神在完成這些有趣的細節，這時一聲匆

❷一六〇五年十一月五日曾發生福克斯謀炸議會及詹姆士一世的事件，後來這一天被作爲福克斯紀念日。請參看本書第3章註。

匆的敲門，我的房門開了，聖約翰．里弗斯走了進來。

「我是來看看你怎麼度假日的。」他說。「但願不是一味在冥思苦想吧？沒有，那很好。你既然在畫畫，就不會覺得寂寞了。你看，我還是有點信不過你，儘管這一向你都很好地堅持過來了。我給你帶來了一本書，晚上好消遣消遣。」

說著他把一本新出的書放在桌上，是一部長詩，當年——近代文學的黃金時代——幸運的讀者曾經常有幸拜讀的那些眞正的佳作之一。唉！我們今天的讀者就沒有那樣的幸運了。不過，要鼓起勇氣來！我絕不會躊躇流連，一味去指摘或者抱怨的。我知道詩並沒有死亡，天才也並未絕跡，金錢並沒有能控制兩者，把它們捆綁或者殺害。總有一天它們兩個都會重新宣告它們活著、它們存在、它們是自由而有力的。

安居在天上的強大的天使們啊！當卑鄙者慶祝勝利而弱者爲自己的毀滅哭泣的時候，他們還在微笑。詩被摧毀了嗎？天才被放逐了嗎？沒有！平庸得勢了嗎？沒有。別讓嫉妒引得你這樣想。不，它們不但活著，而且還統治著、拯救著，如果沒有它們那神聖的影響遍布各處，你就會置身在地獄裡——在由你自己的猥瑣所造成的地獄裡。

正當我在急切地瀏覽著《瑪米昂》❸（因爲那本書正是《瑪米昂》）的光輝篇章時，聖約翰彎下身去看我那幅畫。他高高的身軀猛的一下又伸直了，一句話也沒說。我抬起頭來看他，他避開了我的目光。我很明白他的想法，能清楚看透他的心思。眼前這一刻我覺得自己比他要冷靜自在，這會兒我暫時占了他的上風，且若做得到的話，我還很想對他做點好事。

❸《瑪米昂》（Marmion）：英國詩人，小說家史考特（Walter Scott, 1771～1832）所寫的長詩，發表於一八〇八年。

「儘管他那麼堅定自制，」我想，「總有點太跟自己過不去：把一切感情和痛苦全鎖在心裡──什麼也不顯示、表白和吐露。我確信，讓他稍微談談這位他認爲不應該娶的可愛的羅莎蒙德，對他會有些好處的。我要想法讓他開口。」

我先說了句「請坐下來，里弗斯先生。」可是他跟往常一樣，回答說他不能久留。

「很好，」我心裡暗自答道，「想站你就站著吧，不過我決心不讓你馬上就走，孤獨對你至少跟對我來說一樣地糟。我要試試能不能探到你吐露心事的秘密泉源，在你那石頭般的胸膛上找出一個小漏洞來，好讓我能滴一兩滴同情的止痛藥進去。」

「這幅肖像畫得像嗎？」我單刀直入地問。

「像！像誰？我沒仔細看。」

「你看了，里弗斯先生。」

他幾乎被我這種古怪而突如其來的直率無禮嚇了一跳，詫異地望著我。

「哦，這還不算呢。」我心裡悄悄地說。「你不打算被你這點小小的生硬態度嚇回去，我已準備好要走得相當的遠。」我繼續說：「你剛才清清楚楚地仔細看過了。不過我不反對你現在再看一下。」說著我站起來把畫放在他手裡。

「畫得挺不錯，」他說，「色彩很鮮明而柔和，勾畫得也很準確而優美。」

「對，對，這我都知道了。可到底像不像？像誰呢？」

克服了一點猶豫，他回答道：

「我想，是奧立佛小姐吧。」

「當然是的。好吧，先生，爲了獎勵你猜對，我答應給你照這張畫一絲不苟地用心畫張複本，只要你表示願意接受它。我可不想把時間精力白白浪費在你認爲毫無價值的禮物上。」

他繼續盯著畫看，越看越牢牢地抓住它，越顯得愛不安手。

「它很像！」他喃喃地說，「眼睛畫得很好，色彩、光線、表情都完美極了。它在笑！」

「有這樣一張複本究竟會叫你得到安慰呢還是引起痛苦？請老實告訴我。等到你到了馬達加斯加、或者好望角、或者印度的時候，有這樣一件紀念品對你會是個安慰呢，還是一看見它就會勾起種種令人頹喪和痛苦的回憶？」

這時他偷偷地抬起目光來望望我，游移不定，心煩意亂。他又端詳著那張畫兒。

「我想要一張是毫無疑問的，這是否理智或者聰明那就是另一回事了。」

既然我已經心裡有數，羅莎蒙德確實看中了他，而她父親也不像會反對這門親事的樣子，因此我——可不像聖約翰那樣目光遠大——心裡早已強烈希望促成他們這門婚事。我覺得，要是他成了奧立佛先生巨大財富的所有者，那他所能做的好事，絕不亞於去任自己的才智在熱帶的炎陽下面枯萎，精力在那兒耗盡。這會兒我就是用這樣的論據來回答他：

「照我看，你不如直截了當把畫裏的本人要去，還更聰明些，也更理智些。」

這時候他已坐了下來，把畫放在面前的桌子上，兩手支著頭，目不轉眼地看著它。我看得出他現在對於我的放肆已經既不惱火也不吃驚了。我甚至看出別人這樣坦率地跟他講到一個他認為不能觸及的話題——聽到它被這樣毫無顧忌地談論著——已使他開始感到是一種新的樂趣——一種意想不到的寬慰。跟有話直說的人相比，沉默寡言的人往往更加眞正需要坦率地談論他們的各種感觸和悲傷。看上去最嚴厲的禁欲主義者畢竟也是人，而大膽和善意地「闖入」他們心靈中「沉默的大海」，往往是施給他們的最好的恩惠。

「我敢肯定，她喜歡你，」我站在他的椅子背後說，「她父親也看重你。再說，她是個可愛的姑娘——不大愛用心思，不過有你為她和為你自己用心思就足夠了。你應當娶她。」

「她真喜歡我嗎？」他問。

「當然，比對誰都更喜歡你。她不斷地談到你，再也沒別的話題，讓她更喜歡談，更常談的了。」

「聽到這話很叫人高興，」他說，「很高興。再談它一刻鐘吧。」

他真的拿出錶來擱在桌上，好看著時間。

「可繼續談下去又有什麼用，」我問，「說不定你正在準備下什麼鐵一樣的反駁利器，或者正在打一條新的鐵鏈把自己的心鎖起來。」

「別想得那麼可怕。不如設想我正在屈服和軟化，就像我現在實際的情況那樣：常人的愛正在我心裡像新闢的泉水那麼湧出來，用甜蜜的洪水淹沒了我曾那麼辛苦地精心耕耘——那麼孜孜不倦地播下種種善意和忘我的計畫的整個心田。現在甘甜的洪水正在那兒泛濫——幼苗給淹了，美味的毒藥毒殺了它們。

「現在我彷彿見到我自己正躺在溪谷莊園客廳裡的軟榻上，在我的新娘羅莎蒙德・奧立佛的腳跟前。她正在用她那甜蜜的聲音跟我說話——用那雙被你靈巧的手描摹得如此逼真的眼睛凝視著我——抿著她那珊瑚般的朱唇朝我微笑。她屬於我——我屬於她——對這眼前的生活和短暫的世界，我已經心滿意足了。噓！別說話——我滿心喜悅——我目眩神迷——讓我安逸地度過我方才規定的時間吧。」

我寬容地隨他去。錶在滴答滴答地走，他的呼吸一會兒急促一會兒平緩，我默不作聲地站著。一刻鐘在這片沉寂中很快地過去了，他收起錶，放下了畫，站起身來立在火爐旁。

「好了，」他說，「這一小會兒是用來發痴和夢想的。我剛把鬢角靠在誘惑的胸前，自願地把脖子套進她用鮮花做的頸軛下，我嘗了她杯中的美酒。那靠枕是炙人的，那花環裡藏著毒蛇，那酒有股苦味，她的許諾是空幻的——她的奉獻是虛假的。我看穿且明白這一切。」

我莫名其妙地望著他。

「說來奇怪，」他接著說，「儘管我如醉如痴地愛著羅莎蒙德·奧立佛——的確懷著初戀的全部熱情，對象也極其漂亮優美、迷人——但同時我卻平靜而清醒地意識到，她不是我合適的伴侶，結婚後一年我就會發現這一點，隨著十二個月的狂歡之後而來的，將會是抱憾終身。我知道這一點。」

「這可眞是古怪！」我禁不住喊了起來。

「儘管我心裡的某一部分，」他繼續說下去，「敏銳地感覺到她的魅力，但另一部分卻同樣深深地覺察到她的缺點。它們會使她對我所嚮往的一切都毫不贊同——對我所從事的一切都不願合作。羅莎蒙德會是吃苦耐勞的人，會是個女使徒嗎？羅莎蒙德會做個傳教士的妻子嗎？不！」

「可你不必去當傳教士呀，你可以放棄那個計畫。」

「放棄！放棄什麼！我的天職？我的偉大的事業？我爲在天堂造一座大廈而在塵世上打下的基礎嗎？放棄我被列入那支隊伍的希望，不跟他們一起把全部雄心歸結爲一個光榮的壯志，去改造他們的同類——去把知識傳進無知的王國——用和平來取代戰爭——自由來取代束縛——宗教來取代迷信——用嚮往天堂來代替害怕地獄嗎？難道我得放棄這些？可它比我血管裡的血還要寶貴呢，它是我應該嚮往的。」

沉默了好一會兒，我說：

「那麼奧立佛小姐呢？難道她的失望和傷心你就毫不關心？」

「奧立佛小姐經常有一群奉承和求婚的人簇擁著，不出一個月，我的形象會在她的心裡抹去。她會忘掉我，而且說不定會嫁一個遠比我更能使她幸福的人。」

「你說得相當平靜，可你卻滿心矛盾痛苦。你越來越憔悴了。」

「不，就算我稍微瘦一點，那全是因爲著急我的前途至今尚未落實——我的動身一再拖延下來的緣故。就在今天早上，我還得到消息說，我已經等了好久的那個接替我的人，三個月內還不能安排好來接替我，而且三個月說不定還會延長到六個月。」

「每次奧立佛小姐一進教室來你就發抖，臉上發紅。」

他臉上又一次掠過驚異的神情。他想像不到一個女人竟然敢這樣跟一個男人說話。對我來說，像這樣對話我倒覺得十分自在。在跟一個堅強、謹慎、有教養的頭腦打交道時，不管對方是男的還是女的，我不突破那常見的沉默寡言的外圍工事，跨過推心置腹的門坎，在他們的心底裡贏得一個位置，我是絕不甘心的。

「你這人眞特別，」他說，「一點也不膽小。你很有幾分勇敢精神，正像你很有點能刺透人的目光一樣。不過請讓我告訴你，你有點誤解了我的感情。你把它們看得比實際上更強烈、更深沉。你給我的同情也超過了我實際應得的程度。我並不爲自己在奧立佛小姐跟前臉紅、發抖而可憐我自己，我倒有點鄙視這種軟弱。我明白那是可恥的。那只是肉體的狂熱，我敢說，而並不是心靈的震顫。後者就像牢牢生根在洶湧的海底的一塊磐石那樣，是毫不動搖的。請了解我實際上是個什麼樣的人——我是個冷酷無情的人物。」

我不相信地笑笑。

「你已經用突然襲擊逼我吐露了心事，我現在只好聽你擺布了。剝掉了基督教用來掩蓋人類弱點的那件血染的法衣，還我本來的面目，我其實只是個冷酷無情、野心勃勃的人罷了。在所有的情感中，只是出於本性的愛好才永遠有支配我的力量，引導我的理智，而不是情感。我的野心是無窮盡的，我想比別人爬得更高、成就更大的欲望是永不滿足的。我看重忍耐、堅毅、勤奮、才幹，因爲只有依靠這些，才能使人實現宏大的目標，升到顯赫的地位。我很關心注意你的事業，是因爲我覺得你是個典型的勤勞、有條有理、精力充沛的女人，而不是因爲我深深同情你過去所經歷的或者眼前還在忍受的痛苦。」

「你這是把自己完全描繪成一個異教徒哲學家了。」我說。

「不。我跟那些自然神論的哲學家們有這樣一個不同：我有信仰，而且信仰福音。你選錯了形容詞。我並不是個異教徒的而是一個基督徒的哲學家——是耶穌這一派的信徒。作爲他的門徒，我接受他純潔、仁慈、寬厚的義。我擁戴它們，我立誓要傳播它們。

宗教從我很年輕時就贏得了我，她這樣培育了我原始的品質，從天性的愛好這棵小小的幼芽，她把它撫育成了仁慈博愛的參天大樹。從常人的正直這株亂蓬蓬的野根，培育出了正規的神聖的正義感。把爲可憐的自我贏得權力和名望的野心，變成了要擴大主的王國，贏得了十字架的勝利和壯志。宗教給了我那麼多好處，把原始的材料派了最好的用途，修剪和馴化了天性。但她卻沒法根除天性，它也不可能根除，直到『這必死的變成不死的』❹時候。」

說罷，他就拿起了我放在調色板旁邊的帽子。他再次望了望畫像。

---

❹意指死去。引自《新約．哥林多前書》第15章第54節。

「她的確可愛。」他喃喃地說。「她眞沒白白起名叫世上的玫瑰❺！」

「那麼我要不要給你照樣畫一幅呢？」

「Cui bono ？❻不必了。」

他把一張薄紙拉過來蓋在畫上，那是我畫畫時習慣於墊在手下面以免弄髒了畫的紙。他究竟突然在這張白紙上看見了什麼，我實在弄不清，不過總有什麼引起了他的注意。他一把把它抓起來，看了看紙的邊上，然後瞥了我一眼，眼神說不出地古怪，而且十分難以理解，它似乎要把我的身形、臉部和服裝的每一點都看清並且記住似的，因爲它像閃電那麼又快又洞察無遺地掃過了一切。他張開了嘴，像是要說話，但不管說的是什麼，他把眼看要出口的話咽住了。

「怎麼回事？」我問。

「沒什麼。」他只是回答說，同時把紙放回去時，我看見他敏捷地從邊上撕下窄窄的一條。紙條藏進了他的手套，接著匆匆地一點頭，一聲「下午好」，就走得無影無　。

「啊！」我驚嘆道，用了句當地的俗話，「這可眞有點絕了！」

我也仔細地察看了那張紙，但什麼也沒看出來，只不過瞧見有幾處顏料的汙斑，是我試試畫筆上顏色的濃淡而塗在上面的。我對這樁怪事思索了一兩分鐘，發覺它實在無法猜透，而且確信它無關緊要，所以就拋開了它，一會兒就把它忘掉了。

❺羅莎蒙德（Rosamond）這個英文名字起源於拉丁文rosa mundi（世上的玫瑰）。

❻拉丁文：有什麼必要？

33

聖約翰走時，天開始下起雪來，這場雪花飛舞的大雪整整下了一夜。第二天一股寒風又重新帶來幾陣迷茫的大雪。到了黃昏山谷裏雪已經堆積起來，幾乎沒法通行了。我閉上百葉窗，在門上擋了一塊毯子以防雪從門縫底下鑽進來，撥旺爐火，在爐邊坐了將近一個小時聽著門外暴風雪隱隱的怒號，然後點燃了一支蠟燭，取下那本《瑪米昂》來，開始讀著——

落日照耀著諾漢堡的陡壁，
美麗的特威德河又深又闊，
還照著孤寂的契維奧特群山；
雄偉的塔樓和要塞，
四周的側牆綿延不絕，
都在落日餘輝中金光閃閃。

我很快就沉浸在詩韻中，忘掉了風雪。

我聽到一陣聲響，我想準是風在搖撼著屋門吧。可是不，原來是聖約翰・里弗斯撥開門閂，從凜冽的大風中——從一片呼嘯的黑暗中——走了進來，站在我的面前。裹著他高高身軀的披風從上到下雪白一片，簡直像一條冰川似的。我幾乎嚇了一大跳，那天夜裏我決沒想到還會有人從大雪封閉的山谷裏跑來作客。

「有什麼壞消息嗎？」我問。「出了什麼事了？」

「沒有。你眞容易受驚啊！」他一面回答，一面脫下披風來掛在門上，又不慌不忙地把他進門時推開了的毯子推回去。他蹬蹬腳把靴子上的雪抖掉。

「我要弄髒你乾淨的地板了，」他說，「不過你得原諒我一次。」接著他走到爐火跟前說：「說眞的，我費了好大的勁才走到這兒來。」他在火上烤著手說。「有一堆雪把我齊腰埋了進去，幸虧現在雪還很鬆軟。」

「可你幹嘛要來呢？」我忍不住問。

「這對客人來說可眞是個不大客氣的問題啊，不過你既然問了，我只好回答。只不過是要稍微跟你聊聊，我守著那些不會說話的書本和空蕩蕩的房間實在厭煩了。另外，從昨天以來，我就一直心緒不寧，就像一個人聽了半截故事，急於想聽後事如何那樣。」

他坐了下來。我想起了他昨天的古怪舉動，眞的開始擔心地他頭腦是中了邪了。不過即使他眞發了瘋，那他發的也是一種十分清醒冷靜的瘋病。當他把被雪沾濕的頭髮從前額上撩開，讓爐火充分照著他蒼白的額頭和同樣蒼白的兩頰時，我還從未見過他這張漂亮的臉比現在更像是個大理石的雕像了。我悲哀地發現，他額上和頰上顯出了操勞或者憂傷十分明顯地刻下的深深的皺紋。我等待著，指望他會說出幾句至少能讓我理解的話來。可是他這會兒卻手托著下巴，一個手指按在嘴唇上，正在沉思。我吃驚地發現他的手看上去就跟他的臉一樣憔悴，心裡湧起了一陣也許是多餘的憐憫。我不由得說道：

「但願黛安娜或者瑪麗能來跟你一起生活，你孤零零一個人實在太糟了，而你又忙忙碌碌不愛惜你的身體。」

「沒有的事，」他說，「只要必要我還是會注意自己身體的。我現在很好。你看到我有什麼不好嗎？」

這話說得隨隨便便、心不在焉，一副滿不在乎的口氣，說明至少在他看來，我的擔心完全是多此一舉。這讓我默不作聲了。

他一隻手指仍在慢慢地撫著上唇，眼睛仍在夢幻般地盯著亮閃閃的爐柵不動。我覺得必須趕緊說點什麼，就馬上問他是不是感到他背後的門縫有冷風吹進來。

「沒有，沒有。」他簡短而有點不耐煩地回答。

「好吧，」我想，「既然你不想說話，你就儘管一聲不響吧。我現在就讓你一個人待著，繼續看我的書。」

於是我剪了剪燭花，重新看起《瑪米昂》來。他沒多久就動彈起來，馬上引得我的目光去注意他的行動。他只是掏出個摩洛哥皮的皮夾來，取出一封信，默默地看了，折起來重新放了回去，又陷入了沉思。有這麼個無法理解一味呆坐在那兒的人待在面前，想要看書是白費力氣的。我很不耐煩，也不情願老做啞巴，他盡可以硬擋著我，但我還是要說話。

「你最近有黛安娜和瑪麗的消息嗎？」

「從一星期前我給你看過的信以後，就沒有消息。」

「你自己的安排沒有什麼變化嗎？該不會叫你比你預料的要更早離開英國吧？」

「我怕不會，說真的，這樣好的機會可落不到我頭上。」

談話一直碰壁，我只好轉變話題——我想還是談談和我的學生吧。

「瑪麗．加勒特的母親好了一些，所以瑪麗今早重新來上學了，另外下星期我就要有四個從鑄鐵廠大院新來的姑娘——要是不下雪，她們本來今天就來了。」

「眞的嗎?!」

「奧立佛先生爲兩個人負擔學費。」

「是嗎?」

「他打算聖誕節爲全校辦個同樂會。」

「我知道。」

「是你的主意嗎?」

「不。」

「那麼是誰的主意呢?」

「我想是他女兒。」

「倒眞像是她的爲人,她心腸好極了。」

「是的。」

談話又停頓下來,出現了空白。鐘敲了八下,這提醒了他。他把架起的腿放下,坐直了,向我轉過身來。

「把你的書抛開一會兒,過來靠火近一點。」他說。

我雖然很奇怪,覺得我碰到的怪事眞是層出不窮,但還是聽從了。

「半小時以前,」他接著說,「我曾說我急於想聽到那故事的後事如何,後來一想,我發覺由我來擔任講的一方,而把你變成聽的一方,也許還更好一些。在開始講以前應該預先警告你,這故事你聽起來大概會覺得有點陳詞濫調,不過陳舊的細節通過新的嘴裡講出來,往往會又有幾分新鮮感的。至於其他嘛,不管陳腐也好新鮮也好,它反正不很長。

二十年前,有個窮牧師——暫且別管他姓什麼叫什麼——愛上了一個富翁的女兒。她也愛上了他，並且不顧所有親友的勸告嫁給了他，因而婚後他們立即跟她斷絕了往來。不到兩年，這對冒失的夫婦就雙雙去世，默默地合葬在一塊石板底下（我曾見過他倆的墓，它就在××郡一個過度膨脹的大工業城市中，一座陰森古老、煤煙熏黑的大教堂四周的一片大墳場上，成了它來往過道的一部分）。

「他們留下了一個女兒，剛生下來就由慈善機構收留了她——那機構冷酷冰涼得就像今晚差點兒把我凍住的雪堆一樣。慈善機構把這個舉目無親的小傢伙送到了她母家的親戚家裏，由一位舅母撫養，她的姓名（我現在要提名道姓了）是蓋茨黑德府的里德太太。你嚇了一跳——是聽到什麼響動了嗎？我猜那準只是一隻老鼠在爬過隔壁教室房上的椽子，我叫人修繕改建以前那原是一個穀倉，而穀倉總是老鼠出沒的地方——再說下去吧。

「里德太太收養了這個孤兒十年，是不是幸福我說不上，因爲從沒聽人說起過，不過在這之後她把她送到一個你知道的地方——不是別處，正是你自己曾長期待過的洛伍德學校。看來她在那兒表現得還很優異，從一個學生成了一位教師，跟你一樣——說眞的，我發覺她的經歷跟你有不少相似之處——她離開了那兒去當一位家庭教師，瞧！你們倆的遭遇又有幾分相像：她負責教育由一位羅徹斯特先生收養的孩子。」

「里弗斯先生！」我插嘴說。

「我能猜想到你的心情，」他說，「不過稍微克制一會兒，我就要結束了，聽我講完吧。關於羅徹斯特先生的爲人我一無所知，只知道一件事情，那就是他宣稱要體面地娶這位年輕姑娘爲妻，可臨走上聖壇，她才發現他已經有了還活著的妻子，雖說是個瘋子。這以後他還有些什麼舉動和主意，那純粹只能猜測，不過後來又出了一件事——非找到女教師的下落不可，大家才發現她已經出走了——誰也不知道什麼時候走的，怎麼走的，上哪兒去了。

「她是夜裏離開桑菲爾德府的，怎麼查訪她的行蹤都無濟於事，四鄉遠近左右都找了個遍，有關她的消息卻一點線索也得不到。但一定要找到她已成了萬分緊迫的事。所有的報紙上都登了啓事，我自己就收到了一位律師勃里格斯先生的來信，通報了我剛才說過的那些詳細情況。這不是挺奇怪的故事嗎？」

「只告訴我一點，」我說，「既然你知道得那麼多，你也一定能告訴我這一點——羅徹斯特先生怎麼樣了？他情況怎樣，他在哪裏？他在幹什麼？他好嗎？」

「羅徹斯特先生的情況我一點也不知道。那封信一點也沒談到他，只講了我剛才已經提到的那個不合法的欺詐企圖。你還不如問問那位女教師的姓名——問問非要她出面的那件事究竟是什麼。」

「那麼沒有人去過桑菲爾德府？沒有人去見過羅徹斯特先生嗎？」

「我想沒有。」

「不過他們總寫過信給他吧？」

「那自然。」

「那麼他是怎麼說的呢？誰替他收的信？」

「勃里格斯先生透露，回信答覆他的請求的不是羅徹斯特先生，而是一位太太，署名是『愛麗絲·費爾法克斯』。」

我感到一陣沮喪寒心，這麼說，我最擔心的事也許果然發生了——他完全可能已經離開英國，在不顧一切的衝動情緒下又跑到大陸上他以前經常出沒的那種地方去了。而他究竟要在那兒爲他難忍的痛苦找尋什麼樣的麻醉劑——爲他強烈的激情尋找什麼樣的發泄對象？我對這個問題簡直不敢設想。唉，我可憐的主人，曾經差一點成爲我的丈夫——我經常叫他作

「我親愛的愛德華』的人啊！

「他準是個壞人。」里弗斯先生說。

「你又不了解他——別對他發表意見。」我生氣地說。

「那好，」他泰然地回答，「老實說我頭腦裏還有別的事要想，顧不到他。我的故事還沒講完呢。既然你不願意問那位女教師的名字，我只好自己說出來了。等等！我記在這兒——留心把要緊事記下來，白紙黑字地寫清楚總是更合適些。」

皮夾子又給鄭重其事地掏了出來，打開來，找了個遍。從其中一個夾袋中抽出了一張匆忙撕下來的破紙條，從紙質和上面藍一塊、紅一塊、紫一塊的斑痕上，我認出了它就是從我蓋畫的紙上撕下來的紙邊。他站起來，把它一直湊到我眼前，我看見了自己親手用黑墨汁所寫的「簡·愛」兩個字——無疑是一時心不在焉時寫下的。

「勃里格斯寫信給我提到一位簡·愛，」他說，「尋人啓事要找一位簡·愛。而我認識一位簡·愛略特——我承認我原來就猜疑過，不過直到昨天下午才一下子得到了證實。你承認這個姓名，取消那個化石嗎？」

「對，不過勃里格斯先生在哪兒？他對羅徹斯特先生的情況也許比你知道得多。」

「勃里格斯在倫敦，我看他不見得會知道什麼羅徹斯特先生的情況，他關心的不是羅徹斯特先生。而且，你一味追問些小事，卻把最緊要的事忘了：你不問一問爲什麼勃里格斯要找你——他找你要幹什麼？」

「嗯，他要幹什麼？」

「只要是告訴你，你叔父，住在馬德拉群島的愛先生去世了，他把全部遺產留給了你，你現在富了——就這些——沒什麼別的。」

「我——富了？」

「正是，你，富了——不折不扣是位財產繼承人了。」

接下來是一片沉寂。

「當然你得證實你的身分，」不一會兒聖約翰又說了下去，「這手續並沒什麼困難，然後你就立即可以取得所有權了。你的財產全投資在英國公債上，勃里格斯保有著遺囑和各種必要文件。」

這就翻出了一張新牌。讀者啊！一下子由窮變富是樁好事情——是樁很好的事情，但卻並不是能叫人一下子就理解因而能享受其樂趣的事。再說，人生中也還有其他的機運遠比這更能叫人狂喜激動。而這是實實在在的，是樁腳踏實地的事，毫無理想的成分，它所產生的聯想全是具體而清醒的，它所引起的表現也是這樣。一個人聽說他得到了一筆財產，絕不會跳起來，絕不會大聲歡呼雀躍。在聽說得到了一筆財產時，一個人就會開始想到責任，考慮到正事，在放心滿意之餘就會產生出一些嚴肅的心事來——於是我們就會克制自己，嚴肅皺起眉毛來反覆想一想我們所交的好運。

何況「遺產」、「遺贈」這類字眼，總是和「死亡」、「葬禮」連在一起的。我只聽說過的叔父如今已經去世了——他是我唯一的親屬。自從聽說有他這個人存在起，我就一直抱著有朝一日能見到他的希望，現在卻永遠也見不到了。而這筆錢又是單單留給我，不是留給我和滿心歡喜的全家，而只是留給我孤孤單單一個人的。但這無疑對我有很大的好處，能獨立自主生活是了不起的事——是的，我體會到這一點——這樣一想我的心裏便又高興了起來。

「你總算展開了眉頭啦，」里弗斯先生說，「我還以爲美杜莎❶望了你一眼，你快要變成石頭了呢——或許現在你會問問你值多少身價吧？」

「那我值多少身價呢？」

「哦，小意思！實在不値一談——我想他們說的是兩萬英鎊吧——你是怎麼啦？」

「兩萬英鎊？」

這又是個大意外——我原來估計不過四五千英鎊。這個消息確實叫我一時連氣都透不過來了。我從來沒聽見他大笑過的聖約翰先生，這時候卻大笑了起來。

「哎呀，」他說，「就是你殺了人，我來告訴你你的罪行敗露了，你也不見得會那麼大吃一驚吧。」

「這數目很大——你覺得不會弄錯嗎？」

「一點也沒弄錯。」

「說不定你把數目字看錯了——也許是兩千！」

「它不是用數目字寫，而是用大寫——兩萬。」

我又覺得自己簡直有點像個胃口平常的人，突然坐下來要獨自消受一大桌可供一百人吃的酒食一樣。這時候里弗斯先生站了起來，披上了披風。

「要不是今晚上天氣那麼壞，」他說，「我會該漢娜到這兒來陪伴你的，你看上去那麼悶悶不樂，實在不放心讓你獨自待著。可是漢娜，可憐的女人！不像我那樣能踏過那厚厚的積雪，她的腿沒那麼長，所以我只好讓你一個人去發愁了。晚安。」

❶美杜莎（Medusa）：希臘神話中的蛇髮女子，任何人只要看了她的眼睛，就會化作石頭。

他正要撥起門閂，我心裏突然閃出了一個念頭。
「等一下。」我叫道。
「嗯？」
「我實在疑惑不解，爲什麼勃里格斯先生要給你寫信來問起我，他怎麼會認識你，竟然會想到住在這樣偏僻地方的你會有能力來幫他找到我。」
「哦！我是個牧師，」他說，「而人家有了各種各樣的事情往往總是會來找牧師的。」門閂又響了。
「不，這話我不能滿意！」我嚷了起來，而且確實，在這種匆忙而不解決問題的回答裏有什麼東西，不僅沒有消除，反而更加激起了我的好奇心。
「這眞是椿很怪的事，」我又說，「我一定要多知道一些。」
「改天吧。」
「不，就今天晚上——今天晚上！」
而一當他從門口轉回身時，我就馬上擋在了他跟門之間，他顯得有點不知怎麼才好。
「你不把一切都告訴我，就一定不放你走！」我說。
「我不想現在就說。」
「你要說——一定得說！」
「我寧願讓黛安娜或者瑪麗來告訴你。」
不用說，他這樣推三阻四更讓我急不可耐到了極點，必須得到滿足，一刻也不能拖延，我直截了當地對他說了。
「可是我告訴你我是個強硬的男人，」他說，「很難說服的。」

「而我是個強硬的女人——是搪塞不過去的。」

「而且，」他又說，「我很冷靜，再激動也影響不了我。」

「可我是個火爆性子，火連冰塊也能融化。這兒的火已經把你披風上的雪全化掉了，不但如此，它還流到了我的地板上，把它弄得像泥濘的大街了。要是你，里弗斯先生，想要我饒恕你弄髒撒了沙子的廚房地板的大罪和惡行，就快把我想知道的事情告訴我。」

「那好吧，」他說，「我就讓步，即使不是對你的熱切心情，也是對你的堅持不懈讓步，就像水滴能使石穿那樣。再說，你遲早也總會知道——早一點知道晚一點知道都一樣。你的姓名是簡·愛？」

「當然，這早已解決了。」

「你也許沒注意到我跟你是同名——我受洗時取的名字是聖約翰·愛·里弗斯吧？」

「眞的，沒注意！這會兒我才記起。常見你在歷次借給我讀的書上所簽的姓名縮寫當中有一個E字，但從來沒問過它代表什麼名字。可那又怎麼樣呢？難道……」

我一下住了口，我簡直不大敢存有、更不用說講出自己的一個想法，它突然出現在我腦子裏——變得具體化——剎那間就確鑿、有力地顯得十分可能。各種情況彼此交織、互相吻合，變得有條有理，原來一直像一堆散亂的環節攤在那兒的鏈條突然給拉直了——每一環都完整無缺，緊扣得嚴絲合縫。還沒等聖約翰再說一個字，我就直覺地明白了是怎麼一回事。不過我不能指望讀者也有這種直覺的洞察力，因此我還得把他的說明重述一遍。

「我母親姓愛，她有兩個兄弟。一個是牧師，娶了桑菲爾德的簡·里德小姐；另一個是約翰·愛先生，生前在馬德拉群島的豐沙爾經商。勃里格斯先生作爲愛先生的律師，今年八月份寫信來通知說我們的舅舅去世了，並且說他已把他的財產留給了他哥哥的孤女，完全不顧我們，因爲他跟我父親發生過一場爭吵，從未和解過。幾星期前他又寫信來，說繼承人失蹤了，問我們是否知道她的一些情況。偶然寫在一張紙上的名字讓我發現了她。其餘的你都知道了。」她說罷又要走，但是我用背抵著門。

「千萬讓我說幾句話，」我說，「先讓我喘口氣，想一想。」我住了口——他手裏拿著帽子站在我面前，樣子十分鎭定。我接著說：

「你母親是我父親的姊妹？」

「是的。」

「那麼就是我姑媽了？」

他點點頭。

「我的約翰叔叔就是你的約翰舅舅？你，黛安娜和瑪麗都是他姊妹的孩子，而我是他哥哥的孩子？」

「無可否認。」

「那麼說，你們三個是我的表哥表姊，雙方有一半血統是同源的嘍？」

「不錯，我們是表兄妹。」

我端詳著他。看來我找到了一個哥哥，一個我可以引以自豪的——我能夠愛的哥哥；還有兩個個姊姊，她們的品格在我還只把她們作爲陌生人初次相識的時候，就已經引起了我由衷的喜愛和敬慕。我曾跪在濕漉漉的地上，透過沼地居廚房低矮的格子窗，懷著那麼既感到有趣又覺得絕望的複雜痛苦心情凝視過的這兩位姑娘，竟然是我的近親。而這位曾在我幾乎快死在他家門口時發現了我的端莊年輕的先生，原來是我的血親。

對一個孤苦伶仃的可憐人來說，這可眞是個了不起的發現！這眞是一筆財富——心靈的財富——純潔、溫暖的愛的寶藏。這是一種光輝耀眼、令人狂喜的幸福——不像那沉重的金錢的禮物，儘管自己有它貴重和值得歡迎之處，但卻有它的壓力使人變得思慮重重。這時我在一陣突如其來的喜悅中拍起手來——我的脈搏急促跳動，我渾身血管一陣震顫。

「哦，我眞高興——我眞高興！」我大聲嚷著。

聖約翰笑了。

「我不是說過你老是捨本逐末嗎？」他問道。「我告訴你得到了一筆財產時，你一副嚴肅樣子，而現在爲一件無關緊要的事，你卻興奮起來。」

「你這話到底是什麼意思？它對你來說也許是無關緊要，你有姊妹，不在乎一個表妹，可我卻什麼人也沒有，而現在一下有了三個——或者兩個，要是你不想算進去的話——成年的親戚在我的世界裏出現了。我再說一遍，我眞高興！」

我快步地一直向房間的那一頭走去。我突然停了下來，被腦子裏迅速出現，快得我都來不及接受、理解和理順的一些想法弄得幾乎喘不過氣來——這些想法就是，我可以、能夠，我會而且一定要怎樣做，而且馬上就怎樣做。我凝望著空空的牆壁，它就彷彿是一面天空，上面密布著初升的繁星，每一顆都在指引我奔向一個目標、一種歡樂。

那些曾救了我的命的人，直到剛才我都只能空自愛著而無以爲報，現在我可以有所報答了。他們身背重軛——我可以解脫他們；他們各奔東西——我能使他們重聚；我的自主、我的富裕，也同樣可以爲他們所有。我們不是四個人嗎？兩萬英鎊平分就是每人五千——足足有餘的了。這樣公道就可以實現，大家都可以得到幸福。這樣財富就不再使我感到壓力，它也不再只是錢財的遺贈——而是得到一種生活、希望和歡樂的遺產。

當我被這些想法弄得神魂顚倒時，看上去究竟是一副什麼樣的神氣，我不知道；但我很快覺察到里弗斯先生已經擺了一把椅子在我身後，正輕輕地想拉我坐下。同時他還勸我一定要鎮靜。我對這種認為我心神無主、神志錯亂的暗示不屑理睬，擺脫了他的手，又開始在房間裏走了起來。

「明天就寫封信給黛安娜和瑪麗，」我說，「叫她們馬上回來。黛安娜曾說她們要是各人有一千英鎊就會認為自己是富有的，那麼有五千英鎊她們就會過得幹不錯了。」

「告訴我上哪去倒杯水來給你喝，」聖約翰說，「你眞得竭力把你的情緒平靜下來才行。」

「廢話！順便說這筆遺贈會對你產生什麼樣的影響？這會叫你留在英國，促使你跟奧立佛小姐結婚，像個平常人那樣安頓下來嗎？」

「你是在信口開河，你有點頭腦不清了。我把消息通報得太突然，這使你興奮得精神支持不住了。」

「聖約翰！眞叫我不耐煩。我神志完全清醒，倒是你誤解了，或不如說假裝誤解了。」

「或許你把你的意思解釋得稍微再清楚一點，我就會更理解一些。」

「解釋！有什麼可解釋的？你總不至於弄不清，把所說的這兩萬英鎊在一個外甥和三個外甥女跟姪女之間平分，就是每人各得五千吧？我要你做的只是寫信給你的妹妹，告訴她們所得的財產。」

「你是說你所得的財產吧。」

「我已經說了我對這事的看法，其他辦法我都不能接受。我還不至於自私到卑鄙，不公道到不分是非，或者忘恩負義到不像人樣的地步。再說，我也決心要有個家、要有親戚。我喜歡荒原莊，我要住在荒原莊；我喜歡黛安娜和瑪麗，我要終生跟黛安娜和瑪麗緊緊相依。

有五千鎊我會感到高興和得益，有兩萬鎊卻會叫我感到沉重和難受，何況公正地說它們也不該是我的，儘管法律上也許是。這樣說來，我只是把對我來說絕對是多餘的那部分讓給了你們。別反對，也別再討論這個問題了，讓我們彼此看法取得一致，立即把它決定下來吧。」

「這是一時衝動下的行爲，這樣的事，在你的話能當眞以前，你總得先考慮些日子。」

「哦！要是你所懷疑的只是我的誠意，那我就放心了。你已經看出這樣做是公正的嘍？」

「我的確看出了它有幾分公正性，不過這完全違反常規。再說，繼承全部財產是你的權利，它是我舅舅靠自己的努力掙來的，他願意留給誰就留給誰，他留給了你。不管怎樣，你保有它還是正當合理的，你可以問心無愧地把它看作完全是屬於你的東西。」

「對我來說，」我說，「這不但是良心問題，更是感情問題。我必須順著我的感情去做，我一向極少有這樣的機會。哪怕你爭論、反對、煩擾我一年，我也絕不能放棄我還只剛剛預先體味到了一點的那種美妙的樂趣——部分地報答深厚的恩情，贏得終生的朋友。」

「你現在這樣想，」聖約翰答道，「是因爲你不知道擁有財富是怎麼回事，因而也不知道享受財富是怎麼回事。你還想像不到兩萬英鎊會使你變得怎樣重要，會讓你在社會上占有什麼樣的地位，會使你擁有什麼樣的前途。你還不……」

「而你呢，」我打斷他說，「卻根本想像不出我多麼渴望兄弟姊妹之愛。我從未有過家，沒有過兄弟姊妹，現在我必須有、且就要有了。你不會不願意承認我、接納我吧，是不是？」

「簡，我會成爲你的哥哥——我妹妹也會成爲你的姊姊的——用不著拿犧牲你的正當權利來作爲條件。」

「哥哥？是啊，遠在千里之外！姊妹？是啊，在陌生人中間服苦役！我呢，很富有——讓既不是我掙來又不是我應得的錢撐飽了！而你們呢，卻分文全無！眞是了不起的平等、友愛！親密的團結！知心的體貼！」

「可是，簡，你對親人關係和家庭幸福的熱望，用不著你所想的辦法也可以如願的啊！你可以結婚。」

「又是廢話！結婚！我不想結婚，也永不結婚。」

「這說得太過分了，這樣冒失地武斷，就恰恰證明你是興奮之下。」

「這並沒說得太過分，我知道自己的心情，知道結婚這件事我連想都不願去想。誰也不會爲了愛而娶我，而我也不想只被人作爲獵取金錢的手段。再說我也不想要一個陌生人——跟我毫無共鳴、格格不入，全然不同的人。我要的是我的同類，跟我完全合得來的人。再說一遍你會做我的哥哥吧，你一說出這話來我就感到幸福、滿足。要是能夠的話，請你再說一遍，眞心實意地再說一遍。」

「我想我能夠。我知道我一直很愛自己的兩個妹妹，而且知道我對她們的喜愛是建立在什麼基礎上——是對她們品德的尊重和對她們才華的讚賞。你也同樣既有頭腦又有信念，你的志趣習慣跟黛安娜和瑪麗很相像，你在我面前我一直覺得很愉快，聽你談話我也早已經覺得既有益又很快慰。我覺得我很容易自然地把你放在心上，作爲我最小的第三個妹妹。」

「謝謝你，今晚上我已經夠滿足的了。現在還是快走吧，因爲要是再多待一會兒，你說不定又會露出什麼猶豫信不過的情緒來惹我發火。」

「那麼學校呢，愛小姐？我看這下只好關門了吧？」

「不，我會繼續擔任教師的職務，等你找到接替我的人。」

他微笑著表示贊同。我們握了握手，他就告辭了。

我不必再細談我後來又進行多少爭論，提出了多少理由來，以求遺產的事按我的意思來解決。我的任務極爲艱巨，但既然我十分堅決——我的表哥表姊又終於看出我是眞心實意、不可改變地定要把財產均分——而他們自己心裏也一定覺得這種打算是公正的；更何況他們也一定本能地意識到，如果處在我的地位，他們也會照樣地像我這樣做——所以他們終於勉強讓步到同意把這件事拿出來仲裁。所選的仲裁人是奧立佛先生，還有一位能幹的律師，他們都同意我的意見，我終於貫徹了自己的主張。轉讓的文書擬了出來：聖約翰、黛安娜、瑪麗和我每人都各得一份相應的遺產。

34

等一切辦好，已經快到聖誕節。這時我讓莫爾頓學校放了假，注意到不讓自己在臨別的時候無所表示。交好運不但使人心胸開朗，同樣也使人手面變得出奇地闊綽起來。把我們大量獲得的稍稍分給別人一點，只不過是讓不尋常的心情激動有個宣洩一下的機會罷了。我早就高興地覺察到不少學生都喜歡我，在我們分別的時候，這種感覺得到了證實，她們把這種喜愛之情表達得既坦率又強烈。我深爲滿意地發現自己確在她們樸實的心裏佔有一個位置。我答應以後每一個星期都會去看她們，同時在學校裏給她們補習一堂課。

正當我看著如今已有六十個女生的各個班級在我面前魚貫而出，然後鎖上了門以後，里弗斯先生來了，看見我正手裏拿著鑰匙站在那兒，特意跟六、六個我最好的學互相告別，她們都不亞於英國農民階層裏所能找到的任何最體面、最可敬、最謙遜也最有見識的姑娘。而這話的分量是很不輕的，因爲歸根結底，英國農民是整個歐洲最有教養、最懂禮貌也最自重的農民。在那以後我曾見到過一些paysannes和Bäuerinnen❶，她們之中最好的人跟我那些莫爾頓的姑娘相比起來，我覺得都顯得粗魯無知，頭腦糊塗。

「你覺得你這一時期的努力，得到了報償嗎？」她們走了以後，里弗斯先生問道。「自覺在自己這一代裏、在正年輕力壯的時候做一些眞正的好事，不是很叫人愉快嗎？」

❶法語和德語：農婦。

「那當然嘍。」

「而你只不過辛苦了幾個月！把終生都獻給改善下一代的事業，豈不是很值得？」

「不錯，」我說，「但是我總不能永遠這樣下去，我不但想培養別人的才能，也同樣想發揮自己的才能。我必須現在就發揮它們，別再要我把身心重新投到學校上去，我已經脫離了它而且打算度長假了。」

他神色嚴肅起來。

「這是怎麼啦？你所表現的這種突如其來的急切心情究竟是什麼？你想要做什麼？」

「要活躍起來，盡我所能地活躍起來。而我首先要請求你的，是放走漢娜，另外找個人照料你。」

「你需要她？」

「是的，跟我一起回荒原莊。黛安娜和瑪麗再過一個星期就要回到家裏，我要讓一切都收拾好了等她們回來。」

「我懂了，我還以爲你是急於想飛到哪兒去旅行呢。這樣更好，漢娜一定會跟你一起去。」

「那叫她明天就準備好。這有，這是教室的鑰匙，我小屋的鑰匙明天早上再給你。」

他接了鑰匙。

「你很輕鬆快愉地把它交了出來，」他說，「我簡直不大理解你的輕鬆心情，因爲我弄不清你究竟要給自己找個什麼的工作，來代替你正在放棄的這一個。你現在究竟有什麼生活目標，來代替你正在放棄的這一個。你現在究竟有什麼生活目標、什麼意圖和雄心？」

「我第一個目標就是徹底清掃（你體會到這話的全部意義嗎？）從臥房到地下室，把荒原莊徹底清掃乾淨。其次我要用蜂蠟、油和無數的抹布把它擦拭一遍，叫它重新閃閃發光。再其次就是要把每一張椅子、桌子、床和地毯安排得像數學似的準確。然後我要讓你幾乎破產般地用大量煤和泥炭，把每個房裏的爐火都燒得旺旺的。

最後，你妹妹預定到達的前兩天，漢娜和我要全用來大量地打蛋、揀葡萄乾、磨香料、配製聖誕蛋糕、剁肉餅餡，以及舉行其他各種各樣烹調儀式，因爲用一般詞兒對像你這樣的門外漢只能產生還不夠充分的概念。簡單地說，我的意圖就是要在下星期四以前把一切都爲黛安娜和瑪麗盡善盡美地準備好，而我的雄心就是要在她們來到的時候，給她們一個beauidéal❷的歡迎。」

聖約翰笑了笑，他還是不大滿意。

「眼前來說這都很好，」他說，「不過認眞說來，我相信在第一陣歡樂情緒過去之後，你會把目光放得更遠大一些，不再局限於家人的親熱和家庭的樂趣。」

「世上最好的兩樣東西！」我插嘴說。

「不，簡，不，這世界可不是享福的地方——千萬別想去把它變成這樣；它也不是休息的地方——千萬別變得懶惰。」

「正相反，我是要忙忙碌碌。」

「簡，眼前我原諒你，我給你兩個月的寬限，充分享受一下你的新地位，痛快體味一下這種新發現的親屬相處的樂趣。可是以後，我希望你會開始讓你的目光超越荒原莊和莫爾頓，超越姊妹的團聚，以及文明的富裕生活中那種自私的安逸和肉體的舒適。但願那時候你

❷法文：十分理想。

的精力會再一次充沛得叫你安不下心來。」

我奇怪地望著他。

「聖約翰，」我說，「我覺得你這樣說簡直是不懷好意。我一心想像個女王那樣躊躇滿志，你卻竭力想攪得我不得安寧！究竟是什麼目的！」

「目的就是要使你的才能夠得到收益，上帝把它托付給了你，有朝一日他肯定是會要你嚴格交帳的。簡，我要嚴密而十分關切地注視著你——我預先告訴你這點。你要竭力不讓自己過分熱衷於你所迷戀的那種庸俗的家庭樂趣。不要戀戀不捨那些肉體的牽累，把你的堅毅和熱忱用於合適的目的，千萬別把它們浪費在平凡而短暫的事物上。你聽見了嗎，簡？」

「聽見了，就像你是在說希臘語似的。我覺得我希望快樂就是合適的目的，我要快樂。再見！」

我在荒原莊也眞是快樂，同時也拚命幹活，漢娜也是一樣。她十分有趣地看著我居然能那麼歡歡喜喜地在鬧得天翻地覆的屋子裏忙個不停——能那樣地又刷、又掃、又洗、又煮。而在一兩天亂上加亂之後，終於逐步在我們自己造成的一片混亂中建立起了秩序，委實是很叫人高興的。

在這之前我已先上斯××市跑了一趟，去購置一些新的家具。我的表哥表姊們已給了我 carte blanche ❸，隨我高興怎麼改變布置，還專門劃開一筆款子供這個用途。常用的起居室和幾間臥室我還是讓它們保持原樣，因爲我知道黛安娜和瑪麗重新看到這些家常的舊桌椅和床舖，比起看見一派時髦的新款式來還更覺得高興些。不過稍作些更新還是必要的，以便給她

❸法語：全權委託。

們的歸來增加一點我希望它們能帶來的新鮮味。

漂亮的深色新地毯和新窗幔，布置幾件包括瓷器和銅器的精選的古雅擺設，新的椅套，以及鏡子和梳妝台上的梳妝盒，就足以實現這個意圖了，它們顯得新鮮而不刺眼。一間備用的起居室和備用的臥室，我用桃花芯木家具和紫紅色的窗帘椅套等徹底布置一新。我在過道上鋪了帆布毯，樓梯上鋪了地毯。等到一切就緒時，我覺得荒原莊在現在這個季節，眞不折不扣是個愉快而適度的舒適環境的典範，而外面則是冬天荒涼寂寞的淒涼景象的標本。

非同小可的星期四終於來了。預料她們要在天快黑的時候才到，而還沒到黃昏，樓上樓下就已升上了火，廚房裏乾乾淨淨，漢娜和我穿著整齊，一切都已準備就緒。

聖約翰先來了。我曾請求他在一切全安排好以前絕對不要到家裏來，實際上，單是一想到滿屋子既髒且亂的糟糕景象，就足以嚇得他躲得遠遠的了。他發現我在廚房裏，正在看著茶點蛋糕烘製得怎樣了。他朝爐子跟前走過來，問道：

「你是不是對女僕的工作感到很滿意？」

我的回答是請他也跟我一起來大體看一下我的勞動成果究竟如何。我費了點力才勉強讓他在屋子裏兜了一圈。他只是在我打開的房門外往裏望上一眼，等他樓上樓下走了一遍之後，他說了句在這麼短時間裏能有如何可觀的變化，我一定大大勞心費力了一番，對於他的住所改觀表示高興的話，卻一個字也沒說。

這種沉默使我大爲掃興，我想或許是改變打破了他所珍視的某些往事的聯想吧。我問他是不是這麼回事，不用說有點垂頭喪氣的味道。

「完全不是，正相反，我注意到你小心周到地顧到了每一種聯想。老實說，我擔你在這方面花的心思太多了，有點不値得。譬如就說這個房間吧，你爲了考慮怎麼布置它究竟花了多少時間？順便問一聲，有本書在哪兒你能告訴我嗎？」

我把書架上的那本書指給他看，他取下來後就回身走到他常待的那個窗口凹進處，開始看起書來。

哎！我可不喜歡這種樣子，讀者。聖約翰是個好人，但我開始覺得他說自己冷酷無情，倒說的是實話。生活中的人之常情和處世之道他毫不感興趣——生活中那種恬靜的樂趣對他也毫無吸引力。絲毫不假，他活著就是為了熱切追求——的確，是追求善良和偉大的東西，不過他永遠安定不下來，也不贊成別人在他身邊安定下來。當我望著他那高高的前額——蒼白、靜止得就像雪白的石頭——望著他那張正在專心看書的俊美的臉——我突然一下子明白了，他不大可能成為一個好的丈夫，做他的妻子眞會是一件叫人受不了的事。

我就像受到啓示似的，懂得了他對奧立佛小姐的愛是什麼性質。我同意他的看法，這只是一種感官之愛。我明白了他怎麼會鄙視自己受到這種愛的狂熱影響，他是多麼一心想要扼殺它、摧毀它，他又怎麼不相信它能永遠使他或她幸福。我看出他是由那樣的材料構成的，大自然正是用這種材料鑿出她的英雄——基督教的或者異教的英雄來——鑿出她的立法者、她的政治家、她的征服者們來；這些人是可以寄以大事的牢靠堡壘，可是在家庭爐火邊，卻往往是一根冰冷、笨重的石柱子，既乏味、又礙眼。

「這間起居室不是他的天地，」我尋思著，「喜馬拉雅山，或者南非叢林，甚至瘟疫流行的幾內亞海岸沼澤地，也會對他更加合適些。他倒眞不如躲開家庭生活的寧靜還好些，這不是適合他的環境，他的才能會在這兒停滯僵化——既無施展，也不能顯示長處。只有在險惡和奮鬥的場合——考驗勇氣，發揮力量和需要毅力的時候——他才會以領袖和強者的面貌，出來講話，採取行動。而在這樣的爐邊，連一個快活的孩子都會顯得比他強。他選擇傳教士的事業是選對了——這我現在才看了出來。」

「她們來啦！她們來啦！」漢娜推開客廳門大聲嚷道。與此同時老卡洛也高興地汪汪叫了起來。我拔腳往外跑。天色已黑，但車輪的轆轆聲還是聽得見。漢娜很快點亮了一盞提燈。車已停在小門旁邊，車夫打開了車門，先是一個熟悉的身形，接著又是一個走了下來。轉瞬間我就把臉埋到了她們的帽子底下，先是貼著瑪麗溫軟的面頰，然後是黛安娜飄垂的捲髮。她們歡笑著——吻了我——接著又吻了漢娜；拍拍高興得幾乎發狂的卡洛，急切地問是不是一切都好，得到肯定的回答後，就連忙走進了屋子。

她們從惠特克勞斯一路長途顛簸乘車趕來，身子都坐得發僵，還被夜晚冰冷的寒氣凍壞了，但是一看到熊熊的爐火她們馬上笑逐顏開。當車夫和漢娜正在把箱籠搬進來的時候，她們問聖約翰哪兒去了。這時他才從客廳裏走了出來，她們倆立刻伸出胳臂摟住了他的脖子。他平靜地吻了她們每人一下，低聲說了幾句歡迎的話，站了一會兒聽她們講，然後說了句他想她們馬上就會到起居室裏去跟他在一塊兒的吧，就像躲進避難所似的回到那兒去了。

我已經她們點好了上樓用的蠟燭，但是黛安娜還先囑咐幾句要好好款待馬車夫的話，說完以後，兩人才一起跟我上樓。她們很喜歡對她們房間的更新和裝飾，包括那新的帷幔、新換的地毯，以及色彩鮮豔的瓷花瓶，毫不吝嗇地表示了她們的滿意之情。我高興地感到我的布置正合她們的口味，我所做的給她們愉快的返家增添了有的魅力。

那一晚眞是太可愛了。我那兩個興高采烈的表姊那麼滔滔不絕地講述、議論，她們的健談掩蓋了聖約翰的沉默寡言。他眞心高興重見他的兩個妹妹，但對她們的熱情洋溢和歡笑不絕卻並不贊同。這天的大事——就是說，黛安娜和瑪麗的歸來——使他高興，但伴隨這件大事而來的種種，快活的喧鬧、迎接時喋喋不休的歡聲笑語，卻叫他厭煩，我看出他但願平靜一些的明天早點到來。正在這晚歡樂的高潮時刻，大約吃過茶點後一小時，傳來了一陣急促的敲門聲。漢娜進來通報說：

「來了個窮孩子，來得眞不是時候，要里弗斯先生去看他的母親，她要快斷氣了。」

「她住在哪兒，漢娜？」

「一直在惠特克勞斯山坡頂上呢，差不多有四英里路，而且一路淨是荒原和沼澤地。」

「告訴他，我去。」

「眞的，先生，你還是別去好。天黑以後，再沒有比這更難走的路了，泥塘上那一段簡直就沒有路。再說今晚又這麼冷——風從來沒刮得這麼猛過。你最好還是帶個信去，先生，說你明早準到那兒。」

可是他已經披上披風，到了過道裏，沒一句推托，沒一聲息怨言就走了。當時是九點鐘，他直到半夜才回來。儘管他又餓又累得厲害，但看上去卻比走的時候還快活。他盡了一份責任，作了一番努力，感到自己辦事的毅力，自我感覺也好了一些。

我擔心接下來的整整一星期使他十分厭煩。那是聖誕節的一週，我們什麼正經事也不幹，把時間全花在家庭的尋歡作樂上。荒原上的空氣、家裏的自由自在、富裕生活的開始出現，對黛安娜和瑪麗的精神起了像起死回生的靈丹妙藥般的作用。她們從早上到中午，從中午到晚上，整天都歡天喜地的。她們能老是講個不停，而她們的談話又機智、又言簡意賅、又新穎獨特，對我有那麼大的魅力，使得我比起幹任何其他事情來，都更情願聽她們談話和跟她們一起談。聖約翰並不責備我們談得這樣起勁，但他迴避開。況且，他也不大在家，他的教區很大，住民又分散，所以他每天都忙於訪問散居各處的勞人和有病的人。

有天早上吃早飯時，黛安娜悶悶不樂了幾分鐘後，問他道：

「你仍舊沒改變計畫嗎？」

「沒改變，也不可能改變。」

她得到了這樣的回答。接著他告訴我們，他離開英國的時間現在已確定，就在明年。

「那麼羅莎蒙德·奧立佛呢？」瑪麗提出，她這話似乎是不由自主漏出口來的，因爲話一出口，她就作了個手勢彷彿想收回報。

聖約翰手裏正拿著書——他吃飯時有看書的不合群習慣——把書合上，抬起了頭來。

「羅莎蒙德·奧立佛，」他說，「快要嫁給格蘭比先生了，他是弗雷德里克·格蘭比爵士的孫子和繼承人，是斯××市社會背景最好也最受人敬重的居民之一。我是昨天從她父親那兒聽到這個消息的。」

他兩個妹妹互相看看，又看看我，我們三個人一起望著他，他平靜得像塊玻璃似的。

「這門婚事一定定得很倉促，」黛安娜說，「他們認識絕不會太久。」

「才兩個月，他們是十月份在斯××市郡裏舉辦的舞會上認識的。不過既然像現在這樣結親並沒什麼障礙，而從各方面看來這門婚事都是可取的，那就沒有必要拖下去。一等弗雷德里克爵士把他們的斯××府重新整修好，他們可以住進去了，就馬上結婚。」

在這番談話以後，我第一次看見聖約翰獨自待著的時候，就禁不想去問問這件事是不是使他很苦惱，但他看來似乎不需要什麼同情，因而我非但不敢冒昧去多此一舉，還爲想起自己以前的冒失行爲而感到有點害臊。

再說，我也不知道怎樣去和他談話了，他的疏遠又像冰似的覆蓋了一切，在它下面，我的坦率也給凍結住了。他並沒有遵守待我如他親妹妹一樣的諾言，他不斷在我們之間作出一些令人寒心的細微區別，根本無助於增長親切之情。

總之，我現在雖被認作他的親屬，跟他同住在一所房子裏，卻感到彼此間的距離，反而遠遠大於當初他只把我當作一位鄉村女教師的時候。當我回想起他一度曾對我那樣推心置腹時，簡直難以理解他目前這種冷冰冰的態度。在這種情況下，難怪我不禁大吃一驚地看到他從埋頭於書桌中突然抬起了頭來，並且說：

「你看，簡，仗終於打過了，而且打勝了。」

被他這樣的話猛嚇了一跳，我一時回答不上來，稍稍遲疑了一會兒以後我才答道：

「可是你眞覺得自己的處境，不有點像那些花了過大的代價才打贏了仗的勝利者嗎？再說，打贏這樣一仗不會毀了你嗎？」

「我想不至於，而且就算這樣，也沒多大關係。再不要我去另打一場這樣的勝仗了。這場鬥爭的結局是決定性的，我的道路已經掃清了，我爲此感謝上帝！」說罷，他就又回到他的文件和默不作聲中去了。

隨著我們共同的歡樂（指黛安娜、瑪麗和我的）逐漸趨於比較平靜的性質，我們又重新恢復了往常的習慣和按步就班的學習，聖約翰待在家裏的時間也比較多了，他跟我們同坐在一間屋子裏，有時候一起待上好幾個小時。當瑪麗畫畫，黛安娜堅持她已決意開始的（令有又敬畏又驚異）閱讀百科全書的課程，而我在費勁地繼續學習德語的時候，他也在用心琢磨他自己的一種神秘的學問——一種東方語言，他認爲學會它是實行他的計畫所必不可少的。

在這樣忙著時，他坐在他自己的角落裏顯得頗爲安靜和專心，只是他那隻藍眼睛卻慣於離開那陌生古怪的文法掃視過來，有時帶著出奇地專注目光瞅看著我們，一被覺察，就馬上縮了回去，但仍不時地又重新朝我們那張桌子窺察。我很不解這是什麼意思。同樣也使我納悶不解的是，對一樁我覺得無關緊要的事——也就是我每週一次去莫爾頓學校的事——他毫無例外地總是顯得十分滿意。更令我困惑的是，逢到天氣不好、落雪、下雨、或者刮大風，他妹妹們勸我不要去，他卻總是貶低她們的擔憂，鼓勵我不顧天氣好壞去完成使命。

「簡可不像你們竭力想把她說成的那樣不中用，」他會說，「她能經得起山風、暴雨，或者片雪花，並不比我們中間的哪一個差。她的體質既健康又善於適應——比起許多更強壯的人來，還更適於經受氣候的變化一些。」

而有時在我得回家來疲憊不堪，被風吹雨打得夠受的情況下，我也絲毫不敢訴苦，因爲我明白抱怨準會使他惱火。在任何場合下，堅忍總叫他高興，而反過來就特別惹他生氣。

可是有天下午我卻獲准待在家裏，因爲我眞得了感冒。他兩個妹妹代我去了莫爾頓，我坐著在讀席勒的作品，他在研讀他那些彆扭難懂的東方文字。當我把翻譯換成了做練習的時候，偶然朝他那兒一望，不料竟發現自己正處在他時刻不停觀察的藍眼睛的威懾之下。我說不上他到底反覆徹底地探究了多久，那眼光是那麼銳利然而又那麼冷漠，我一時竟有些迷信起來——就彷彿我正跟什麼詭秘莫測的東西同坐在一間屋子裏。

「簡，你在幹什麼？」

「學德語。」

「我想要你學印度斯坦語。」

「你這話不是當眞的吧？」

「完全當眞，而且一定要讓你這樣做，我告訴你爲什麼。」

於是他接下去解釋說，印度斯坦語是他自己眼前正在學的，隨著學得深了，他常會忘了初學的東西，所以如果能教個學生，好藉此來一遍遍復習一下基礎知識，使他自己頭腦裏能牢牢記住它們，那就會對他有很大的幫助。他說他曾在我和他妹妹之間猶豫不決了一段時間，不知選誰好，但他終於選中了我，因爲他看出三人中我最能耐心坐下來幹一件事。他問我肯幫他這個忙嗎？也許我作這種犧牲時間並不必太久，因爲現在離他動身只不過三個月了。

聖約翰不是輕易能拒絕的人。你會感到，他一旦有了一個想法，不管是痛苦的也好、愉快的也好，都深深銘刻在心，而且永不放棄。我同意了，當黛安娜和瑪麗回到家裏，前者發現她的學生從她手裏轉到了她哥哥的門下，她大笑了起來，而且她跟瑪麗都異口同聲說，聖約翰是絕不能說服她倆走這一步的。他泰然答道：

「這我知道。」

我發現他是個非常耐心、不厭其煩，但同時又十分嚴格的老師。他對我要求很多，當我滿足了他的期望時，他就以他自己的方式，充分表示了他的讚許。逐漸地，他對我有了一定程度的左右力量，使我失去了頭腦的自由，他的讚揚和關注甚至比他的冷漠更能束縛人。

他在旁邊時，我再也不能談笑自若了，因爲有一種討厭地擺脫不開的本能提醒我，談笑風生（至少在我身上）是他所厭惡的。我完全覺察到，只有嚴肅認眞的心情才能得到讚許，在他面前，要想有任何別的心情舉動都是徒勞的。我感到就像是一種把人完全凍僵的魔力所驅使似的。只要他說「去」，我就去；他說「來」，我就來；說「做這個」，我就做這個。然而我並不愛這種奴隸狀態，有不少次，我倒但願他當初繼續忽視我就好了。

一天晚上，到了睡覺的時候，他兩個妹妹和我都圍著他站在旁邊，跟他道晚安，他照例一一吻了她們，然後又照例把手伸給我。黛安娜一時興至想開個玩笑（她可不會難受地受他的意志所擺布，因爲她的意志也一樣堅強，不過方式不同。）她嚷道：

「聖約翰！你口口聲聲說簡是你的三妹，可你卻並不這樣對待她，你也應該吻吻她。」

她把我推到他跟前。我覺得黛安娜眞叫人惱火，我極不自在地感到十分尷尬。正當我抱著這樣的心情和想法的時候，聖約翰把頭低了下來，他那希臘型的臉低到跟我的臉一般高，他兩眼探詢般銳利地瞅著我的眼睛——他吻了我。

世上沒有石頭吻或者冰吻那樣的東西，不然的話，我就要說我這位教士表哥的致意就是屬於這一類的。不過也許會有試驗性的吻吧，那他的吻就是試驗性的吻了。吻完以後，他打量著我，看看結果如何。結果並不驚人，我敢肯定我沒有臉紅，說不定我倒變得稍稍蒼白了點，因爲我覺得這一吻就彷彿是加在我的鐐銬上的封鉛似的。從這以後，他從來沒有忽略過這個禮節，而我接受它時的一本正經和不動聲色，似乎倒使他對此頗感到幾分有趣。

至於我呢，我每天都變得越來越想討他喜歡，可是要這樣做，我就感到每天越來越變得必須放棄自己一半的天性，扼殺我一半的才能，強扭轉我本來的志趣所向，硬逼著自己去致力於我並無天生愛好的鑽研。他要訓練我達到我永遠也達不到的高度，要盡力企及他所樹立的高標準，對我簡直每時每刻都是一種折磨。這事之絕不可能，就正如要想把我不端正的容貌塑造成他那種精確的古典臉型，賦予我變幻不定的綠眼珠，成爲他自己眼睛的那種海青顏色和嚴肅光芒一樣。

然而眼前壓在我身上的，還不只他的控制。近來我很容易顯得憂傷，有個害人的惡魔盤踞在我心頭，從根本上破壞了我的幸福——這惡魔就是焦慮。

你也許以爲，讀者，在這境況和命運的種種變遷中，我已經把羅徹斯特先生忘掉了。但一刻也沒有，對他的思念還依舊伴隨著我，因爲它並不是陽光驅散得了的霧氣，也不是暴風雨沖洗得掉的沙上畫的人像，它是個銘刻在石碑上的名字，注定要跟刻著它的大理石同樣持久。一心想知道他究竟怎麼樣了的渴望到處緊跟著我，還在莫爾頓，我每晚回到小屋裏就想起它，而現在到了荒原莊，我每夜都一回進自已臥室就悶頭沉思著它。

在爲遺囑的事不得不跟勃里格斯通信來往的期間，我就問過他是否知道羅徹斯特先生目前的地址和身體情況，但正像聖約翰猜想的那樣，他對他的情況簡直一無所知。於是我寫信給費爾法克斯太太，請問這方面的消息。我滿以爲這一步準能達到目的，覺得它肯定能很快得到回音。當過了兩個星期還音訊全無時，我感到很詫異。但兩個月過去，郵件一天天來到，卻什麼也沒給我帶來，這時我就陷在最難耐的焦慮不安之中了。

我又寫了封信，因爲有可能我的第一封信給遺失了。再一次的努力再一次帶來新的希望，它跟前一次一樣閃耀了幾個星期，隨後也像前一次一樣黯淡下去，閃爍欲滅。我連一個字、一行信也沒有收到。當半年時間在一味空盼中白白過去時，我的希望破滅了，這時，我眞感到了灰心絕望。

一片明媚的春光降臨我四周，我卻無心欣賞。夏天快到了，黛安娜想讓我鼓起興致來，她說我看上去像有病，希望陪我一起到海濱去。聖約翰卻反對這樣，他說我不需要游游蕩蕩，我需要的是工作，我目前的生活太無所用心了，我需要有一個目標，因此，我猜是爲了彌補這種不是，他更進一步加重了我的印度斯坦語課業，並且更加嚴格地要求我完成它。而我呢，像個傻子似的，從來沒想過要抗拒他——我無法抗拒他。

有一天，我帶著比平常更低落的情緒來學習，這種低潮是由於一陣鑽心的失望所引起的。漢娜一早告訴我說有我的一封信，我忙下樓去取，幾乎十拿九穩以爲翹望已久的消息總算盼到了，但卻發現那只不過是勃里格斯先生關於事務上的一封無關緊要的短函。這個痛苦的挫折使得我湧出了幾滴眼淚。而這會兒，當我坐在那裏鑽研一位印度作者費解的字句和奧妙的文章時，我兩眼中又湧上了淚水。

聖約翰把我叫到他跟前去朗讀，在試圖這樣做的時候我的嗓音哽住了，啜泣使得我語不成聲。起居室裏當時只有我們兩個人，黛安娜正在客廳裏練她的音樂，瑪麗在整理花木——這正是個五月裏的好天氣，天空晴朗、陽光普照、微風拂拂。我的同伴對我這種情緒激動毫不表示驚異，也並不探問它的原因，他只是說：

「我們稍停幾分鐘吧，簡，等你稍微平靜一點。」

而在我拚命盡快把這陣感情爆發平伏下去的時候，他鎮靜而耐心地靠著書桌坐在那兒，就像醫生用一副科學的眼光觀察著病人身上一次完全可以理解的、意料之中的疾病危機那樣。我把啜泣壓了下去，擦乾眼睛，抱怨了幾句早上身體就不大舒服之後，重新繼續我的課業，並且終於完成了它。聖約翰把我的書和他的一起收了起來，鎖好了書桌，說道：

「現在，簡，你要出去走一走，跟我一起去。」

「我去叫黛安娜和瑪麗。」

「不，今天早上我只要一個同伴，而且必須是你。去穿戴好，從廚房門出去，走通到澤谷盡頭去的那條路，我一會兒就來。」

我不知道怎樣才是適中的辦法。當我跟和自己截然相反的專斷、嚴酷的性格打交道的時候，在絕對服從和堅決反抗之間，我一生從來不知道有什麼適中的辦法。我總是老老實實奉行一種辦法，一直到終於爆發，有時甚至還像火山般猛烈爆發到一下變成奉行另一種辦法爲止。既然眼前的情況並沒有提供理由，我此刻的心情也並沒有促使我要進行反抗，因此我採取了小心服從聖約翰命令的態度，十分鐘後就跟他肩並肩走在那條幽谷的荒野小徑上了。

微風從西邊吹來，它吹過小山，帶著好聞的石楠和燈芯草的香味。碧空無雲，溪水順著山谷流淌，漲滿了剛下的幾場春雨，奔騰而清澈地一瀉而下，映射著太陽的閃爍金光，和天空中藍寶石般的色澤。我們往前走去，離開小徑，踏上了軟軟的草地，草兒像苔蘚般鮮嫩、像翡翠般碧綠，細緻地點綴著一種小小的白花，還繁星般閃爍著朵朵的黃花。四面小山不知不覺間已把我們團團圍住，因爲幽谷盡頭正好蜿蜒伸到了群山的中心。

「我們就在這兒休息一下吧。」聖約翰說。

這時我們剛走到一大群岩石的邊緣處，它們扼守在一個隘口似的地方，山溪從那兒成瀑布狀傾瀉而下，流向遠處，而再稍遠一些，山就像是抖掉了身上的草地和鮮花，只剩下石楠作它的衣服，巉岩作佩帶的寶石——在那兒，它把荒蕪擴大成蠻荒，用鬱悶取代了生氣——那兒，它爲清幽守護著僅守的希望，爲寂靜保留著最後的藏身之地。

我坐了下來，聖約翰站在我旁邊。他瞧瞧隘口的上方，望望下面空曠的低谷；他目光隨著溪流望去，又回過來掃視著溪水映照的晴空。他脫下帽子，任微風吹動他的頭髮，輕拂他的額頭。他彷彿在跟他這個常遊之地的守護神默默交流，用目光在向什麼告別。

「我還會再見到它的，」他說出了聲來，「在夢中，當我睡在恒河邊上的時候，再往後就是，在一個更遙遠的時刻——等我陷入另一次沉睡——在一條更深沉的河流岸邊的時候。」

眞是一種流露著奇怪的愛的奇怪的言詞！是一個赤誠的愛國者對於祖國的熱戀之情！他坐了下來，一連半個小時我們誰也沒有說話，不管他對我也好，我對他也好。這段時間過去之後，他又重新開口說道：

「簡，再過六個星期我就要走了，我已經在一艘『東印度人號』，船上訂好了艙位，六月二十日啓航。」

「上帝一定會保護你的，因爲你承擔了他的工作。」我回答道。

「是的，」他說，「我的光榮和喜悅就在這裏。我是一位永不謬誤的主的僕人。我這次出行並不是受了常人的引導，屈從於我肉眼凡胎的軟弱同類們那些片面的法律和錯誤的支使。我眞奇怪我周圍的人都不急於站到這面旗幟下來，參加這樁事業。」

「並不是人人都有你的毅力，而弱者要想去跟強者一起前進是愚蠢的。」

「我並不是說弱者，我所想到的也不是他們，我只是向配得上幹這項工作而且有能力完成它的人講話。」

「那樣的人爲數很少，也難於發現。」

「你說得不錯，但是一旦發現了。就應該把他們鼓動起來——要求和勸導他們投入這種努力——讓他們明白自己有什麼樣的天賦，又是爲了什麼才給予他們的——向他們傳播上天的神示——直接代表上帝在主的選民的行列中給予他一個位置。」

「要是他們眞適合做這項工作，難道他們自己的心不會首先對他們說嗎？」

我感到似乎有一種魔法正在我四周和頭上圍攏和聚集。我戰戰兢兢地唯恐聽到一句致紹的話說了出來，使這種魔力立刻揭示，馬上奏效。

「那麼你的心意是怎麼說的呢？」聖約翰問。

「我的心什麼也沒說——什麼也沒說。」我回答著，嚇得毛骨悚然。

「那只好由我來替它說了。」那深沉而毫不容情的聲音繼續說下去。「簡，跟我一起到印度去吧，去當我的助手和同事。」

山谷和天空都旋轉起來，群山也起伏不定！我就像是聽到了上天的召喚——彷彿有一個像馬其頓的使者那樣的異象中的使者，說出了：「過來幫助我們！」❹然而我並不是使徒——我看不見那使者——我不能接受他的召喚。

「唉，聖約翰！」我喊道，「發發慈悲吧！」

但我哀求的那人在履行他認為的責任時，是既不知道慈悲，也永不後悔的。他繼續說：

「上帝和大自然是打算讓你做傳教士的妻子的。他們給予你的不是外貌上而是精神上的稟賦，你生來就是為了工作，而不是為了愛情的。你必須——你一定要成為一個傳教士的妻子。你一定要成為我的，我要你——並不是為了我自己愉快，而是為了我主的事業。」

「我並不適合，我沒有這方面的長處。」我說。

他早估計到一開始準會碰到這樣的反對，他聽了並不惱火。眞的，當他雙臂抱在胸前，不動聲色地背靠在身後的岩石上時，我看得出他早已存心對付一次長時間惱人的反抗，而且已經準備了充分的耐心來堅持到底——但他決心要使結局一定要是他的大獲全勝。

「謙卑，簡，」他說，「是基督教美德的基礎。他說你不適合這項工作，說得不錯。可誰又適合呢？或者說，眞正受到過召喚的人，誰又相信過自己是配接受召喚的呢？就拿我說吧，我只不過是行屍走肉罷了。在聖保羅面前，我承認自己是個最大的罪人。但我並不讓我這種自慚形穢的感覺倒了我。我知道我的引導者，他不但強大，也很公正；他既然選中了一個脆弱的工具去完成一種偉大的工作，就一定會以他無限的神明，來為缺乏實現目標的手段

❹據《聖經》載，使徒保羅傳道時，「在夜間有異象現與保羅，有一個馬其頓人，站著求他說，請你過到馬其頓來幫助我們。」見《新約·使徒行傳》第16章第9節。

彌補不足。像我這樣想，簡——像我這樣相信吧。我要你依靠的是永久的磐石[5]，絲毫不用懷疑它承擔得住你那人類弱點的重量。」

「我一點也不理解傳教士的生活，我從沒研究過傳教士的工作。」

「這方面我雖然微不足道，還是能給予你所需要的幫助。我能爲你依次安排好每一個小時的任務，經常待在你身邊，時時刻刻幫幫你。一開始我可以這樣做，不用多久（因爲我知道你的能力）你就會跟我一樣堅強和能幹，用不著我再幫忙了。」

「可是我的能力——承擔這事的能力到底在哪兒呢？我並沒感覺到啊！你在說著的時候，我心裏既沒有迴響也沒有觸動。我一點也沒感到心裏照亮了——生命力活躍了——有什麼聲音在那裏忠告或者激勵。唉！但願我能讓你明白，我此刻的心靈是多麼像漆黑的囚牢，在它深處牢鎖著一種畏縮恐懼——生怕被你逼著去嘗試一種我無法完成的工作。」

「我能回答你的疑懼——聽著。從我們第一次見面我就開始注意你了，我一直考察了你十個月。這段時間裏我對你作了各種各樣考驗，我看到了什麼，得出了什麼結論呢？在鄉村學校裏，我發現你能正直而一絲不苟地完成不合乎你習慣和愛好的工作，我看到你能完成得應付裕如而且十分得法。你既能管束，又能贏得人心。從你聽得自己突然變富時的平靜中，我看到了一個毫無底馬的罪過[6]的心靈——錢財對你沒有過分的影響力。你毫不猶豫地把自己的財產分作四份，自己只保留一份，爲實現抽象的正義的要求而放棄了其餘的三份，從這裏面我看到了一個以熱烈而興奮地甘作犧牲爲樂事的靈魂。

[5] 永久的磐石（Rock of Aques）：原爲一首基督教讚美詩的題目，後用來指耶穌和基督教。

[6] 據《聖經》載，使徒保羅的門徒底馬因爲貪愛現今的世界，離棄保羅而去。見《新約·提摩太後書》。

「你溫順地按我的意願，放棄你學得很有興趣的功課，只因爲我感興趣而改學了另一門；而且從那以後你一直孜孜不倦地堅持學習，用毫不鬆懈的努力和毫不動搖的堅韌來對付它的種種困難——從這上面，我看出我所尋求的各種品質的完全齊備。簡，你是溫順、勤奮、無私、忠實、堅貞和勇敢的，非常文雅，又很有英勇氣概，別再不相信你自己了——我就能毫無保留地相信你。作爲印度學校裏的一位女指導，跟印度婦女打交道的一位女幫手，你對我的幫助將會是無比寶貴的。」

罩在我身上的鐵布衫收緊了，說服在慢慢地穩步進逼。不管我怎樣閉眼無視，他這最後一番話還是把原來似乎堵死的路打通了幾分。我的任務原先看來顯得那麼模糊不清、漫無頭緒，隨著他一句句說下去，逐漸緊湊起來，在他一手擺弄下變得明確成形了。他等著我答覆。我要求在我再一次倉促作答之前，先讓我考慮一刻鐘再說。

「我很樂意。」他答道，說著站起身來，大步順著隘道往上稍微走開了一點，倒身在石楠地上一個隆起的地方躺了下來，一動不動地躺在那兒。

「他要我做的事，我是能夠做的，我不得不看出並承認這一點，」我思索著，「這是說，要是我還能保住生命的話。不過我覺得我的生命在印度的烈日下是保不長的——那怎麼辦呢？他可不在乎這個，當我死期來臨時，他會平靜而肅穆異常地把我交付給創造了我的上帝。事情明明白白地擺在我面前。

離開英國，我不過是離開了一個心愛但卻空虛的地方——羅徹斯特先生不在這兒了，而且即使即使他在，那對我，又能夠對我怎麼樣呢？我現在要緊的是要沒有他而活下去，最荒唐、最軟弱不過的，就是一天天地盼著，似乎我是在等待什麼不可能的環境突變，會使我有可能跟他破鏡重圓。

毫無疑問（正像聖約翰有一回所說的），我必須在生活中另找一件關心的事來取代失掉的那一件。他眼前向我提出的這件事，不正是人所能選定或者上帝所能指派的最最光榮的事業嗎？從它高尚的用心和卓越的成果來看，它不是最適合於塡補被剝奪了的愛和被打破了的希望所留下來的一片空虛嗎？我相信我應該說『好的』——然而我卻一陣寒戰。

唉！要是我跟著聖約翰，我等於毀了自己的一半，要是我去了印度，我就是自尋夭折。而且離開英國去印度，直到再從印度走向墳墓，這當中的那段時間又將如何度過呢？唉！我完全清楚，那也同樣是明明白白擺在我眼前的。

爲了使聖約翰滿意，我會忙個不停，弄得腰酸背痛，我是會做到使他滿意的——從最要害的關鍵直到最瑣碎的末節都完全滿足他的期望。如果我眞的跟他去——如果我眞的作出他所要求的犧牲，我就要做得十分徹底：我要把一切都奉獻在祭壇上——心、五臟六腑，我這整個的犧牲品。他永不會愛我，但他必須讚許我，我要給他看看他還從未見過的幹勁，他從未料到的潛力。是的，我能像他一樣埋頭苦幹，一樣毫無怨言。

這樣說來，是可以同意他的要求的嘍。不過有一點——可怕的一點，那就是——他要我做他的妻子，可他那顆做丈夫的心，卻並不比山泉湧向那邊山谷時繞過的那一塊嚴峻巨石強多少。他珍愛我就像士兵珍愛一件好的武器，如此而已。不嫁給他的話，這本來不會叫我感到難受，可是如果讓他完成他的精心籌畫——冷靜地把他的計畫付諸實現——履行一場婚禮儀式，這我能受得了嗎？

我能從他那兒接受結婚戒指，耐心承受各種愛的表示（這我相信他會嚴格奉行的），心裏卻明知他根本心不在焉嗎？明明知道他給予的每一個表示都只是爲了原則而作的一種犧牲，這我容忍得了嗎？不，這樣的殉道實在可怕，我絕不願忍受。作爲他的妹妹，我可陪他去——但不是作為他的妻子。我就這麼告訴他。」

我朝土墩那邊望望，他就躺在那兒，像根橫著的柱子似的一動不動。他朝我轉過臉來，他目光閃閃，銳利而警覺。他一躍而起，朝我走來。

「我隨時可以去印度，只要我能保持自由。」

「你的回答需要作點說明，」他說，「它不大清楚。」

「你一直是我的表兄，我是你的表妹，讓我們繼續保持這樣吧，你我還是別結婚好。」

他搖搖頭。

「在這種情形下，表兄妹關係是不行的。如果你是我的親妹妹，那就不同了，我會帶著你去，不再要什麼妻子。但照現在的情況，我倆在一起要嘛必須用婚姻來加以確保和神聖化，要嘛就行不通。任何其他辦法都會遭遇到種種實際的困難。你難道看不出這一點嗎，簡？考慮一下吧——你堅強的理智會告訴你怎樣做的。」

我當眞考慮了，但我的理智，儘管說不上什麼堅強，卻只提醒我一個事實，就是我們並不像夫妻間理所應當的那樣彼此相愛，因此它的結論是，我們不應當結婚。我也這樣說了。「聖約翰，」我答覆他，「我把你看成一個弟兄——而你，把我看成一個姊妹，那就讓我們繼續保持下去吧。」

「我們做不到——我們做不到，」他用粗暴嚴厲的斷然口氣答道，「這不行。你說了你跟我一起去印度，記住——你說過這話。」

「是有條件的。」

「好吧——好吧。對主要的一點——你跟我離開英國，跟我合作幹我未來的工作——你並不反對。你差不多等於已經伸手扶住了犁把，你說話算話，絕不會再縮回去的。你只能時時想著一個目標——怎麼才能把你承擔的工作做好。簡化一下你那些複雜的興趣、感情、思想、願望和目的，把一切考慮全融會成一個目標，那就是有效地——有力地——完成你偉大的主的使命。要這樣做，你一定得有一位副手，不是一個哥哥——這關係還太疏遠——而是一個丈夫。我呢，同樣也不需要一個姊妹，姊妹說不定哪天就會從我這兒被奪走。我需要一個妻子，我活著時能有效地給予影響，而且直到死都能絕對保有的唯的的伙伴。」

他說著時我身上直打顫，我感到他對我的影響深達骨髓——他對我的控制遍及全身。

「到別處去找吧，聖約翰，只是別動我的腦筋，去找一個適合於你的人。」

「你是說找一個適合於我目的——適合於我使命的人吧。我再跟你說一遍，我並不是作爲微不足道的個人——帶著男人種種自私心情的普遍人才希望結婚的，而是作爲傳教士。」

「那麼我就把我的精力給這位傳教士——他要的只是這個——但並不把我自己給他，那只不過是果仁上附加的皮殼罷了，它們對他毫無用處，還是由我留著吧。」

「你留不住——你不應該留。你以爲上帝會滿意半個祭品嗎？他會接受殘缺不全的獻禮嗎？我是在維護上帝的事業，我是召募你站到他的旗幟下。我絕不能替他接受半心半意的忠誠，它必須是全心全意的。」

「唉！我要把我的心獻給上帝，」我說，「你並不需要它。」

讀者，我不想起誓說我說這話時的語氣，以及伴隨著它的感情中，毫無一點克制著的譏刺在內。原先，我一直暗暗害怕著聖約翰，因爲我還不了解他。他始終令我敬畏，因爲他始終讓我猜不透。他究竟有幾分是聖徒、有幾分是凡人，在此以前我一直說不清。但在這次談話中，卻逐漸地有所揭示；他本性的剖析，就在我的親眼目睹下逐漸有所進展。

我看出了他也是照樣會錯的，這我已有了體會。坐在石楠地的邊上，眼看著那個漂亮的身影就在我的面前，我明白了我是坐在一個跟我一樣有錯誤的人的腳邊。遮蓋著他的無情和專制的面紗落了下來。一旦覺察到了他有這樣的品質，我就感覺到他並非十全十美，因而也就有了勇氣。我是面對著一個同等的人——一個我可以和他爭論的人——一個如果我認為適當，是可以加以反抗的人。

我說了上面那最後一句話以後，他默不作聲了，不邁我大膽地仰望了一下他的臉。他的目光正對著我，顯出既嚴厲驚詫、又強烈探詢的神色。

「她是在譏刺嗎？而且是在譏刺我！」他彷彿在說。「這究竟是什麼意思？」

「別忘了，這是一件嚴肅的事，」不久他開口說道，「是那種我們無論是輕率地想或者輕率地說都不免有罪的事。我相信，簡，你說你要把心獻給上帝，是出於誠心的，我所要求的也正是這樣。一旦把你的心從人身上拉開，專注在你的創造者身上，那麼造物主的精神王國在世上的興旺，就會是你主要的樂趣和心願，你就會隨時樂意去做任何能促進這個目標的事。你將會看到，我們結婚後身心兩方面的結合，會給你我的努力增加什麼樣的推動力。只有這種結合才能使不同的人的命運和計畫有了永遠一致的特性。只要擺脫一切隨心所欲的小性子——擺脫一切感情上微不足道的障礙和為難處——一切對僅僅個人愛好的程度、類型、強弱或者溫情方面的顧慮——你就會急於馬上就實行這種結合的。」

「我會嗎？」我只是簡短地說了這句，接著看看他那勻稱得美麗，但卻嚴肅呆板得出奇的可怕面容；威儀，但卻並不舒展的額頭；明亮、深沉、銳利，但卻一點都不溫柔的眼睛；看看他那儀表堂堂的高高的身材；心裏想像著自己作為他的妻子是什麼情景。哦！這絕對不行！當他的副牧師、他的同伴，那都很好。我可以以那樣的身分，跟他一起遠涉重洋，擔任那樣的職務。跟他一起在東方的烈日下、在亞洲的沙漠中埋頭苦幹；讚美並且努力仿效他的勇氣、虔誠和過人精力；對他的控制一切默默順從；對他根深柢固的野心一笑置之；把基督徒跟凡人的成分區別開，深深地敬重前者，寬容地原諒後者。

不用說，只以這樣的身分跟著他，我會經常受罪，我在身體上會受到相當嚴重的束縛，但我的心靈卻是自由的。我還可以求助於沒受到摧殘的自我，可以在孤獨的時刻跟我那未被奴役的眞情實感互通心曲。我心中還可以有一個只屬於我自己而他從來未踏入過的隱蔽角落，各種情感在那兒隨意而安全地滋長，他的嚴厲無情無法加以摧殘，他那戰士般嚴整的步伐也無法把它們踏倒。可是作爲他的妻子——時刻在他身邊，隨時受到拘束，還常常遭到制止——被迫一直把自己天性的火焰壓得低低的，強使它在內心燃燒而永不能一洩爲快，哪怕這被壓制住的烈火在把五臟六俯一一燒焦——這實在是無法忍受的。

「聖約翰！」想到這裏，我就大聲喊道。

「怎麼樣？」他冷冷地回答。

「我再說一遍：我痛快地同意作爲你的傳教士伙伴跟你去，但不是作爲你的妻子，我不能嫁給你，成爲你的一部分。」

「你一定得成爲我的一部分，」他堅定地回答，「否則這樁事情就整個落空了。除非嫁給我，不然我這個還不到三十歲的男人，怎麼能帶著一個十九歲的姑娘上印度去呢？不結婚，我們又怎麼能老是待在一塊——有時兩人單獨，有時跟當地蠻族在一起呢？」

「那很好嘛，」我不客氣地說，「在那種情況下，完全可以把我當作你的親妹妹，或者當作一個像你一樣的男人和教士。」

「大家都知道你不是我的妹妹，我不能向人家這樣介紹你，那樣做準會招到對我們兩人有害的懷疑。至於別的呢，儘管你有男人那樣剛強的頭腦，但你卻有顆女人的心——那樣是行不通的。」

「行得通的，」我有點不屑地肯定說，「完全行。我是有顆女人的心，但並不在與你有關的方面。對你，我只有一個伙伴的忠貞，如果你願意的話，還有士兵跟士兵間的坦率、誠實和友愛，以及一個新教士對他的入門導師的尊敬和服從，再沒別的了——不必擔心。」

「這正合意，」他自言自語，「這正是我所希望的。但這樣做還是有障礙，必須把它們除掉才行。簡，你不會後悔嫁給我的，這點你可放心；我倆必須結婚。我再說一遍：沒有其他的辦法；且婚後必然無疑會有足夠的愛，使這次結合甚至在你看來都覺得是對的。」

「我瞧不起你對愛情的看法，」我忍不住說了出來，一邊站立起來，背靠著岩石站在他面前。「我瞧不起你奉獻的這種虛假感情，是的，你奉獻它的時候我也瞧不起你。」

他死死盯著我，與此同時緊緊地閉著他那輪廓秀美的雙唇。究竟他是激怒了、驚呆了，還是別的什麼，這很難說，他能控制自己完全不動聲色。

「我簡直沒料到會從你嘴裏聽到那樣的字眼。」他說。「我想我並沒做過或者說過什麼該被人瞧不起的事。」

我為他溫和的語調所感動，並且被他高尚、坦然的神氣鎮住了。

「原諒我說出這樣的話，聖約翰，不過是你自己的錯才使我這樣口沒遮攔的。你提出了一個我倆的本性無法一致的話題——一個我們本不應該談論的話題，愛這個字眼本身就是會在我倆之間引起爭論的禍端——如果要實事求是的話，那我們該怎麼辦呢？我們該抱著什麼樣的心情呢？親愛的表哥，放棄你那結婚的計畫——忘了它吧。」

「不，」他說，「這是個醞釀已久的計畫，而且是唯一能保證實現我偉大目標的計畫。不過暫時我不再催迫你了。明天，我要離家去劍橋，那兒我有許多朋友我想去告別一聲。我要有兩個禮拜不在家——用這段時間考慮一下我的建議，而且不要忘了如果你拒絕它，那你不是在擯棄我，而是在擯棄上帝。通過我，他為你開辟了一個偉大的前途，而只有作為我的妻子你才能踏上它。拒絕做我的妻子，你就把自己永遠局限在自得其樂和一事無成的狹窄小道上。應該擔心在那種情況下，你就會被列入那些拋棄信仰的人當中，比不信教的人更糟！」

他說完了。轉過身去不再瞧我的時候，他又一次——

「望望小溪，望望山坡。」

不過，這一次他的心情完全是悶在自己心裏的，因為我不配聽他把它們說出來。當我在他身邊一起往回走的時候，我在他冷峻的沉默不語中清楚地看出了他對我的全部心情——一個苛刻、專制的性格在原指望受到服從的地方遭到了反抗時感到的失望——一種冷靜、執著的判斷在別人身上發覺了它無法同意的感情、觀點時產生的不滿。總之，作為常人，他本來是會希望強制我服從的，只是作為一個虔誠的基督教徒，他才肯那麼耐心容忍我的執拗，還寬限那麼長一段時間來讓我反省和懺悔。

那天晚上，吻過兩個妹妹之後，他覺得應當連跟我握個手都忘掉，只是一言不發地離開房間而去。儘管沒有愛，對他卻還是有著深厚友情的我，為這種明顯的忽視感到傷心，傷心得連淚水都湧上眼睛。

「我看得出你跟聖約翰吵過架了，簡，」黛安娜說，「就在你們在荒原上散步的時候。不過還是去追上他吧，他現在正逗留在過道裏，盼著你去——他會跟你和好的。」

我碰到這類事情並不過分自尊，我總是把心情愉快看得比面子更重。所以我眞的跑出去追上了他，他正站在樓梯腳下。

「晚安，聖約翰。」我說。

「晚安，簡。」他平淡地回答。

「那麼握握手吧。」我又說。

他多麼冷淡地稍稍碰了一下我的手啊！那天發生的事使他感到非常不高興，不是熱情所能夠溫暖，眼淚所能夠打動的。不用想跟他愉快地和解——也不用想得到他令人鼓舞的微笑，或者寬宏大量的話。不過他身上的那個基督徒總算還耐心和溫和，我問他是不是肯原諒我時，他回答說他並沒有記恨的習慣，也沒有什麼可原諒的，因爲他並沒有被冒犯。

回答了這麼一句之後，他就撇下我走了。我倒眞寧願他一拳把我打倒在地。

35

第二天，他並沒像他原先說的那樣去劍橋。他要推遲整整一個星期才去，在這期間，他讓我體會到了一個善良然而生性苛刻，耿直然而不肯寬容的人，對冒犯了他的人能給予多麼嚴厲的懲罰。沒有一個公開敵對的舉動，沒有一句責備的話，他卻能時刻讓我知道自己是失掉他的歡心了。

這倒並不是說聖約翰懷有一種非基督徒的報復心理——或者說他會損傷我頭上的一根毛髮，儘管他完全可以做得到。無論從本性或者信念來說，他都不至於卑鄙地以力求報復爲快事，對於我所說我瞧不起他和他的愛這件事，他已經原諒了我，但是他卻並沒有忘記那句話，而且在我們倆的有生之年，他都永遠忘不了它。每當他向我轉過臉來時，我都從他的神色中看出，它就寫在我們兩人之間的空氣中；不管我什麼時候說話，在他聽來我的話音中總含有那句話的意味，而他給我的每一句回答，也就總帶著那句話的迴響。

他並沒有不跟我說話，甚至還每天早上照常叫我到他書桌跟前去，但我覺得他身上的那個墮落的人，恐怕在背著和撇開那個純潔的基督徒，揚揚得意顯示著他能多麼巧妙地在表面上一切言行如常的同時，卻從一言一行中抽去了過去曾使他的言語舉止賦有一種嚴肅魅力的關心和讚許的心情。對我來說，他實際上已變得不再是血肉之軀，而是大理石；他的眼睛是冰冷、閃亮的藍寶石；他的舌頭只是個說話的工具——別的什麼也不是了。

這一切簡直是對我的折磨——細細的、慢慢的折磨。它持續地激起一種隱隱的怒火，一種令人打顫的傷心煩惱，弄得我既心緒不寧又垂頭喪氣。我體會到了——要是我做了他的妻子，這位像不見陽光的深泉那樣的好人，不用多久就會要了我的命，而用不著從我的血管裏抽一滴血，或者使他水晶般的清白良心沾上一點點犯罪感。每次我試著跟他和解時，尤其感覺到這一點。

我的悔恨絲毫引不起悔恨的回報。他並不感到疏遠的難受——也並不急於想講和。儘管不止一次，我很容易掉下來的眼淚一顆顆沾濕了兩人一起在低頭看著的書頁，它們對他卻毫不起作用，就好像他那顆心眞是鐵石做成的。與此同時，他對他兩個妹妹卻比往常還親切幾分，彷彿生怕只用冷淡還不足以讓我確信自己是如何徹底地遭到了排斥和放逐，因此還要再用對比來加強它似的。而他之所以這樣做，我相信不是出於惡意，而是出於原則。

他出門的前一晚，我偶然望見他日落時在園子裏散步，而且望著他時，記起了這個人儘管現在如此疏遠，總是曾經救過我的命，再說我們彼此又是近親，因此我一時衝動，想再去作一次最後的努力，以求重新得到他的友誼。我走出屋子，向他正憑靠在小門上站著的地方走過去，直截了當地對他說：

「聖約翰，我很不快活，因爲你還在生我的氣。讓我們仍舊做朋友吧。」

「我想我們是朋友吧。」他一面毫不動容地回答，一面仍舊望著我走過來時他一直在默默凝視著的冉冉升起的月亮。

「不，聖約翰，我們已經不再是像以前那樣的朋友了。這你知道。」

「我們不是了嗎？這話不對。在我來說，我並不希望你壞，只希望你一切都好。」

「這我相信你，聖約翰，因爲我相信你對任何人都絕不會希望他們壞。不過，既然我是你的親戚，我總希望能稍微多得到一點愛，超過你對一般陌生人那種普遍的博愛。」

「自然，」他說，「你的希望是合理的，而我也遠遠沒把你只當作一個陌生人看待。」

這話用一種冷淡平靜的口氣說出來，是頗叫人既屈辱又喪氣的。要是我聽任自尊心和怒氣的驅使，我會馬上就離開他，可是我心裏有什麼東西在起作用，比這類感情更加有力。我深深敬重我表哥的才幹和信念。他的友誼是我所看重的，失掉它會叫我極爲難受。我不願那麼輕易就被棄重新贏得它的努力。

「我們一定要像這樣分手嗎，聖約翰？在你去印度的時候，你要就這樣離開我，除了你已說的以外，再沒有一句比較親切點的話嗎？」

他這時掉過臉來完全不看月亮，而面對著我了。

「在我去印度的時候，簡，我要離開你？怎麼！你不去印度了嗎？」

「你說過除非我嫁給你，否則就不能去。」

「那麼你不嫁給我嗎？你還是堅持那個決定？」

讀者啊！你也像我一樣，知道這些冷酷的人能在他們冰冷的問話中注進什麼樣的恐怖嗎？知道他們一發起怒來是多麼像雪崩？他們一下不高興起來又多麼像冰山崩裂嗎？

「不，聖約翰，我不嫁給你。我還是堅持我的決定。」

雪堆搖搖欲墜，滑下來一點兒，但還沒崩塌下來。

「再問一遍，這拒絕究竟是爲了什麼？」

「先前，」我回答道，「是因爲你並不愛我；現在，我可以回答你，是因爲你幾乎憎恨我。要是我不得不嫁給你，你會要了我的命的。現在你就已經在要我的命了。」

他的嘴唇和臉頰都發白了——完全白了。

「我會要了你的命——我現在就在要你的命？你這些話都是不該說的，既狂暴，不像個女人說的，又不符合事實。它們看來簡直不可原諒；不過寬恕同伴是人的責任，哪怕要寬恕他七十七次。」

這下我把事情弄得無可救藥了。本來一心想抹掉我前次冒犯在他心上留下的痕跡，結果卻反而在那不易撫平的表面又打上了另一個更深得多的印記。我簡直是把它烙在上面了。

「這一下，你可眞的要恨我了。」我說。「想要跟你和解已無濟於事，我明白我已經成了你永久的敵人了。」

這話又造成了新的傷害，甚至更加厲害，因爲它觸到了事實。那毫無血色的嘴唇一時哆嗦得幾乎近於抽搐，我覺察到那被我磨快了的鋼刀似的憤怒。我心裏難受極了。

「你完全誤解了我的話。」我一下抓住了他的手說。「我一點也沒有要傷你的心、叫你痛苦的意思——眞的，一點也沒有。」

他露出了一種極難看的苦笑——他極堅決地把他的手縮了回去。

「那麼我想你現在是收回了你的諾言，根本不想去印度了？」默然了好一會後，他說。

「不，我去，作爲你的助手。」我答道。

沉默了很長時間。這期間，人性和神恩在他心裏究竟進行著怎樣的搏鬥，這我說不上來。只是他兩眼中閃出一陣陣奇異的光芒，臉上掠過一陣陣奇怪的陰影。最後他才終於說：

「我先前已向你證明過，像你這樣年紀的一個未婚女人，提出要陪著一個像我這樣年紀的單身男人到國外去，是荒唐的。我還用了那樣的措詞，滿以爲那總會讓你不再提起這種想法了。你竟然還會提出來，我眞遺憾——爲你遺憾。」

我打斷了他的話。任何帶有明顯責備意味的口氣都會叫我一下子鼓起了勇氣來。

「要講點道理，聖約翰，你這簡直是在胡攪蠻纏了。你假裝聽了我剛才的話大爲吃驚，實際上你並不如此。因爲以你那樣高明的頭腦，絕不至於遲鈍或者自負到誤解了我的意思。我再說一遍，你願意的話，我當你的副牧師，但絕不做你的妻子。」

他又臉色變得一片死白，但又像剛才一樣，完全克制住了自己的怒氣。他鄭重然而還是很平靜地回答道：「一個女性的副牧師，卻又不是我的妻子，對我是絕不合適的。那麼說，你看來是不能跟我一起去的了。不過要是你的建議是認眞的話，我趁在城裏的時候會去跟一位已經結婚，而他的妻子正需要一個助手的傳教士談一談。你自己有財產，可以不靠教會的接濟。這樣你就還能不至於爲破壞諾言、背棄你約定參加的團體而丟臉。」

既然正如讀者所知，我並未正式許下過任何諾言，也從沒有作過什麼約定，而這番話一下聽來又實在未免太嚴厲、太專斷了，我就反駁道：

「這件事並沒什麼丟臉、破壞諾言、背棄約定的問題。我絲毫無義務一定要去印度，尤其是跟陌生人。跟你一起，我或許會冒險去幹許多事，因爲我佩服你、信任你，且作爲一個妹妹，我愛你，但我也確信，不管我什麼時候、跟誰一起去，我在那的水土下是活不長的。」

「哦！你是擔心你自己。」他撇撇嘴說。

「是的。上帝給了我生命並不是叫我去浪擲的。而我開始覺得，按你希望我的那樣去做，差不多會等於是自殺。不但這樣，在我明確決定離開英國之前，我還得確實弄明白，我留在這兒是不是會比離開它更好一些。」

「你這是什麼意思？」

「要解釋也是白費力氣的。不過在有一點上我長期以來都一直痛苦地抱著疑團，在用什麼辦法弄清那個疑團之前我哪兒也不能去。」

「我知道你的心在哪兒，戀戀不捨著什麼。你所抱著這種關心是非法和不神聖的。你本來早就應該打消它，現在也應該為提起它而感到臉紅。你是在想著羅徹斯特先生？」

這是真的，我默認了。

「你要去尋協羅徹斯特先生嗎？」

「我一定得弄清楚他現在怎樣了。」

「那麼，」他說，「我只好在禱告時提到你，衷心地求上帝別讓你真成了一個迷途的人。我原以為看出了你是上帝的一個選民。但上帝的看法是和人不同的，按他的意旨辦吧。」

他打開園門，走了出去，信步順著幽谷往下走，一會兒就望不見了。

回到起居室裏，我看見黛安娜正站在窗前，滿臉沉思的樣子。黛安娜比我個子高得多，她把手按在我的肩頭上，俯身察看著我的臉。

「簡，」她說，「你這陣子老是心緒不寧，臉色蒼白。我肯定準有什麼重要的事情。告訴我聖約翰跟你到底在幹什麼。這半個小時以來我一直在窗口望著你們，你得原諒我成了那麼個密探，不過已經有好些日子我自己也不知道在胡思亂想些什麼。聖約翰是個怪人……」

她停頓了一下——我沒說什麼。她馬上又接下去說：

「我這位哥哥對你抱著一種特別的看法，我敢肯定。他早就已經對你另眼相看，顯示出一種對任何人都沒有過的關心和注意——什麼用意呢？但願他是愛上了你——是嗎，簡？」

我把她的手按在我發燙的額頭上說：

「不，黛，根本沒那麼回事。」

「那他幹嘛老是用眼睛盯著你——那麼不斷地叫你單獨跟他在一塊，又那麼老是讓你待在他身邊？瑪麗跟我都斷定，他希望你嫁給他。」

「他是這樣——他已經提出了要我做他的妻子。」

黛安娜拍起手來。

「那正是我們猜想且盼望的！你會嫁給他的，對不對？那樣一來他就會留在英國了。」

「根本不是，黛安娜，他向我求婚唯一的用意，是要爲他在印度的辛苦工作得到個合適的幫手。」

「什麼！他要你去印度？」

「正是。」

「發瘋啦！」她喊了起來。「我敢肯定，你到那兒活不上三個月。你絕不能去，你沒答應吧——是嗎，簡？」

「我已經拒絕嫁給他……」

「因此就使他不高興了？」她猜測說。

「很不高興，我怕他永遠也不會原諒我了。不過我答應作爲他的妹妹陪他一起去。」

「這樣做眞蠢得發瘋，簡。想想你承擔下來的工作——一種整天勞累不堪的工作，連最強壯的人都會累死，而你又生得瘦弱。聖約翰——你是了解他的——會對你作不顧實際的要求，跟他一起，就是最炎熱的時候也不允許休息，而不幸我已經注意到，不管他怎麼苛求，你都勉強去做。我倒眞吃驚，你竟會有勇氣拒絕他的求婚。這麼說你是不愛他的了，簡？」

「不是作爲丈夫去愛。」

「可他是個漂亮的傢伙呢。」

「而我，你看，黛，卻長得那麼平常。我們一點也不相配。」

「平常！你！根本不是那麼回事。你倒是太漂亮、也太好了，眞不該在加爾各答被活活烤死。」說著她又拚命勸我打消一切要跟她哥哥出去的想法。

「說眞的，我也只好打消了，」我說，「因爲方才我又提出給他當教會執事的時候，他表示對我的行爲不檢大爲吃驚。他似乎認爲我提議不結婚而陪他一起去，是一件不正當的事，就好像我不是從一開始就希望把他當作哥哥，而且也一向就是這樣對待他似的。」

「你根據什麼說他並不愛你呢，簡？」

「你該聽聽他自己是怎麼談論這件事的。他一再說明他希望結婚，並不是爲他自己，而是職務需要。他告訴我，我不是爲了愛情，而是爲了工作才給創造出來的。毫無疑問，這話不錯。但照我想來，既然我不是爲了愛情給創造出來的，那不用說我也不是爲了結婚給創造出來的。被一輩子和一個男人拴在一起，而他只把你當作一件有用的工具，這不奇怪嗎？」

「眞無法忍受——不近人情——根本談不上的事！」

「再說，」我繼續說下去，「儘管我現在對他只有兄妹的感情，但如果勉強做了他的妻子，我能想像自己有可能會對他產生一種叫人痛苦而又無法避免的古怪的愛，因爲他是那麼有才能，神情、舉止和談吐中又總是有那麼一種英勇的動人氣概。在那種情況下，我的遭遇就會變得無法形容地可憐。他會不要我去愛他，如果我露出這種感情，他就會讓我明白那是一種自作多情，他既不需要，我也不該有。我知道他會的。」

「可是聖約翰是個善良的人啊！」黛安娜說。

「他是個既善良又偉大的人，可他在一心追求自己偉大目標的同時，卻毫不容情地忘記了小人物的感情和要求了。所以對無足輕重的人來說，最好還是躲開他，否則他在前進的途中會把他們踩在腳下的。他來啦！我要走開了，黛安娜。」說著我趕緊走上樓去，因爲望見他已經走進了園子。

但我不得不在晚飯時再次見到他。吃飯中間，他神色鎮定如常。我原以爲他根本不會跟我說話，而且我還認爲他準已經放棄了他那個結婚計畫，可結果卻證明我兩點都錯了。他完全照他平常的態度跟我講話，或者說照他最近以來的平常態度，一種過分有禮的態度。不用說，他已經求助於聖靈來平服他被我激起的怒氣，並且深信他現在已再一次原諒了我。

晚禱前的讀經，他選了《啓示錄》第二十一章。每次聽他嘴裏唸出《聖經》的詞句來時，總是很令人愉快的。他那副好嗓子從來沒像他在宣讀上帝的神諭時那麼既洪亮又悅耳，他的神態也變得那麼令人難忘地高尚質樸。

而今晚，當他坐在一家人中間時（五月的月光透過沒拉上窗帘的窗子照進來，使桌上的燭光變得幾乎沒有必要。）那嗓音更顯得分外莊嚴，那神態更含有令人戰慄的意味。他坐在那裏，俯身對著那本很大的舊《聖經》，描述著書頁中新的天國和新的塵世的景象——講著上帝如何將要降臨，來跟人們同住在一起，他會如何擦乾他們眼中的淚水，並且許諾從此將不再有死亡，既不再有憂傷和哭泣，也再有任何痛苦，因爲以往的種種都已經過去了。

接下來的一些話，他說的時候奇怪地使我渾身戰慄，特別是因爲我從他聲音中說不出的微妙變化中覺察到，他在說出它們來的時候目光轉向了我。

「得勝的，必承受這些爲業；我要作他的上帝，他要作我的兒子。惟有——」這兒——他唸得既慢又清楚，「膽怯的、不信的……他們的分，就在燒著硫磺的火湖裏；這是第二次的死。」❶

❶見《新約・啓示錄》第21章第7至8節。

從此，我明白了聖約翰是在爲我擔心會遭到什麼樣的命運。

有一種摻雜著熱切渴望心情的平靜、克制的勝利感，流露在他對那一章最後幾節光輝經文的宣讀裡。讀的人深信他自己的名字是已經寫在羔羊的生命冊上了，他渴望著那個時刻到來，好讓他進入地上的君王們將自己的榮耀歸與的那個城市，那個城不用日月光照，因爲有上帝榮耀光榮，又有羔羊爲城的燈。❷

在唸完這一章以後的祈禱裏，他全部精力都集中了起來——他整個嚴肅的熱誠都振作了起來，他虔心虔意地向上帝禱告，而且決心要贏得勝利。他爲心靈軟弱的祈求力量；爲離開羊群的迷途者祈求指引；爲被塵世和情欲所誘離開狹窄的德行之路者祈求懸崖勒馬。他請求、他敦促、他要求把那燒灼人的火烙之刑拿開。熱誠總是莊嚴動人的，起初，我聽著這種禱告時對他的熱誠感到驚奇；後來，隨著它的繼續和加強，我爲它所感動，而最後，終於產生了敬畏之情。他是如此眞誠地感覺到自己目標之偉大和善良，以致別人聽著他的祈求時，不能不產生同感。

禱告完了以後，他們都向他告別，他明天一清早就要出去了。黛安娜和瑪麗吻了他就走出了房間——我想是聽從他小聲的暗示才走的。我伸出手去，祝你旅途愉快。

「謝謝你，簡。我說過，我要過兩個星期才從劍橋回來。所以你還有這段時間可以再考慮。要是我順從人類的自尊心，我本不會再跟你提跟我結婚的事，可是我聽從我責任的指

❷同上第21章第23至27節，原文爲：「那城內又不用日月光照，因爲上帝的榮耀光照，又有羔羊爲城的燈……凡不潔淨的，並那行可憎與虛謊之事的，總不得進那城，只有名字寫在羔羊生命冊上的才得進去。」（按：這兒羔羊指基督，因《聖經》中稱基督爲「上帝的羔羊」。）

使，堅定不移地想著我首要的目標——爲了上帝的榮耀去做一切事情。我的主長期受苦，我也要這樣。我不能聽任你成爲一個遭天譴的人永墮地獄，懺悔吧——下決心吧，趁現在還有時間。記住，我們受到吩咐，要趁著白天去工作——受到警告：『黑夜將到，就沒人能工作了。』❸記住那生前享受過種種好東西的財主的命運❹，上帝使你有力量去選擇那沒法從你手裏拿走的較好的一份！」

說到最後幾句話時，他把手按在我的頭上。他說得誠摯而溫和，當然，他那神氣可不像是情人在望著他心愛的姑娘，倒像是一個牧師在召喚他迷途的羔羊——或者更恰當點說，像是一位保護天使在望著他負責照看的靈魂。一切有才幹的人，不管他有沒有感情，也不論他是狂熱者、野心家、或者是暴君——只要他們是眞心實意的當他們進行征服或者統治的時候，總會有他們顯得十分出衆的時候。

我對聖約翰產生了敬仰之情——這種心情是如此強烈，以致一下子把我推到了我那麼長時間一直在迴避的一點。我幾乎想不再對他進行抗拒——索性聽憑他的意志的洪流，衝進他生活的深淵而淹沒了我自己的一切。我現在被他幾乎也跟以前一度被另一個人一般，以另一種方式，同樣地死死纏住不放。兩次我都做了傻子，那一次如果屈服了，會是原則上的錯誤；而這一次如果屈服，那就是判斷上的錯誤了。這是如今我透過時間這個默默不言的中介

---

❸見《新約．約翰福音》中第9章第4節：「趁著白天，我們必須作那差我來者的工，黑夜將到，就沒有人能作工了。」

❹《聖經》中講到一個財主，「穿著紫色袍和細麻布衣服，天天奢華宴樂。」後來他死了，在陰間的火焰裏受到極大的痛苦。見《新約．路加福音》第16章第19－24節。

才這麼想的，當時，我卻並沒意識到自己的傻。

我在我這位導師的觸摸下一動不動地站在那兒。我的拒絕被遺忘了——我的畏懼被克服了——我的抗爭已經癱瘓了。不可能的事——也就是我跟聖約翰的結婚——很快變成了可能的事。一切都在剎那之間完全改變了。宗教在召喚——天使在招手——上帝在命令——生命像畫卷般收了起來——死亡的大門敞開了，顯示出了門那一邊的永生，令人覺得，似乎爲了那兒的平安幸福，這兒的一切都可以立刻犧牲。昏暗的房間裏充滿了種種幻象。

「現在你能決定了嗎？」這位傳教士問。問得語氣很柔和，他也同樣很柔和地把我拉近他身邊。唉，這種柔和啊！它比起強迫來不知要有力多少！我能頂住聖約翰的怒火，而在他的溫和下，我卻變得軟得像一根蘆葦。不過我始終還是很清楚，即使我現在屈服了，將來有一天總還是會要我懺悔我當初的反抗的。他的本性絕不會由於一小時莊嚴的祈禱而有所改變，它只不過是稍變得崇高了一些罷了。

「我能夠決定，」我回答道，「只要我肯定，我確信上帝的意志要我嫁給你的話，我此時此地就能立誓嫁給你——不管將來後果怎樣！」

「我的祈禱感應了！」聖約翰喊了起來。

他把手更緊地按在我頭上，彷彿確定我是他的；他伸出手臂摟住了我，幾乎就像他是愛我的（我說幾乎——我知道其中的差別——是因爲我曾經體會過被愛是怎麼回事；不過也像他一樣，我現在已把愛置於不加考慮之列，而只是想著責任。）

我跟我內心的不知所從爭鬥著，它面前還是翻騰著疑雲。我滿心眞誠而熱切地渴望做正當的事，而且只做正當的事。「指引我，指引我該走的道路吧！」我祈求著上天。我從來沒有這樣激動過，至於接下來發生的事究竟是不是由於激動所致，那得請讀者自己來判斷了。

整座房子裡寂靜無聲，因爲我相信所有的人，除了聖約翰和我之外，都已經安息了。僅有的一支蠟燭快熄滅了，房間裏充滿了月光。我心跳又快又劇烈，我聽得見它的搏動聲。突然間，它在一種說不出的感覺的震撼下猛地停住了，這種感覺立即又傳到了我的頭和四肢，它並不像電擊，但幾乎就像電擊一樣銳利、奇特、嚇人。它對我各種感官作用之強烈，就彷彿它們在此以前最活躍的時候都只不過是在昏睡，而此刻才被呼喚著，強迫它們醒來。它們有所期待地驚覺起來，眼睛和耳朵都在等待著，同時我骨頭上的肌肉也在那兒打顫。

「你聽見什麼了？你看見什麼了？」聖約翰問。

我什麼也沒看見，但是我聽見什麼地方有個聲音在喊著：

「簡！簡！簡！」接著就什麼也沒有了。

「天哪！那是什麼呀？」我氣透不過來似地說。

我很可以說：「那是在哪兒呀？」因爲它不像是來自房間裏——不像是來自屋子裏——也不像是來自花園裏，它既不是從空中傳來——也不是發自地底——也不是從頭頂上降下。我聽見了它——它到底是在哪兒？從何處傳來？這是永遠也無法知道的了！但它是人的聲音——是一個熟悉、親愛的、牢記不忘的聲音——愛德華．費爾法克斯．羅徹斯特的聲音；而它是在痛苦和悲哀中，狂野、淒慘而急切地呼喊出來的。

「我來了！」我喊道。「等著我！哦！我就來。」我飛奔到門口，朝過道裏望望，那兒一片漆黑。我跑到外面花園裏，那兒空無人跡。

「你在哪兒呀？」我喊著。

溪谷那一邊的群山送來了隱約的回聲——「你在哪兒呀？」我傾聽著。風在樅樹間低聲嘆息，周圍只有荒原的僻靜和午夜的沉寂。

「去你的迷信吧！」當這個黑黝黝的幽靈剛剛在大門前黑沉沉的紫杉樹邊一露頭，我就議論說。「這並不是你玩的鬼把戲，也不是你的法力，而是大自然起的作用。她被喚醒了，做出了——倒不是奇跡，而是最大的大好事。」

我掙脫了一直跟著我，而且要攔住我的聖約翰。這次輪到我占了上風了。我的力量在起作用，在發揮威力了。我叫他什麼也別再問，別再說；我要他離開我，我必須而且寧願一個人待著。他立即服從了。只要有毅力斷然下命令，別人總是會服從的。

我上樓回到臥室，把自己鎖在屋裏，屈膝跪下，按我自己的方式祈禱起來——跟聖約翰的不同，但自有它自己的效力。我彷彿一直來到一個強大的神靈跟前，把我感激的心靈和盤托出在他的腳下。我感恩以後，站了起來——下定一個決心，就心明眼亮、毫無畏懼地躺了下來——只一心盼望著黎明。

36

黎明降臨了。天剛一破曉我就爬了起來。我忙了一兩個小時來把我房間裏、抽屜裏和衣櫥裏的東西整理了一下，安排的便於我在一個短時期中暫時把它們留在這兒。這中間我曾聽見聖約翰從他房裏走了出來。他在我房門口停了下來，我擔心他要敲門——沒有，只是有張紙條從門底下塞了進來。我撿起了紙條，那上面寫著這樣一些話——

你昨晚離開得太突然。只要你稍微再多待一會兒，眼看你就會得到基督的十字架和天使的冠冕了。兩個星期後的今天我回來時，我想你一定會作出明確的決定的。在此期間，要小心並且祈禱不要陷入了誘惑，因爲我相信，靈是願聽話的，但我看得出，肉是軟弱的。我將時刻爲你祈禱——你的聖約翰。

「我的靈，」我在心裏回答，「是願做一切正當的事情的，而我的肉，我也希望只要我一旦清楚地知道了上帝的意志，也是堅強得足以去執行這個意志的。不管怎樣，它堅強得足以去搜尋——探問——摸索出一條出路，來衝出這團疑雲，找到事態明確的萬里晴空。」

這天是六月一日，但早晨天氣陰寒，雨點密密地打著我的窗子。我聽見前門打開，聖約翰走了出去。透過窗戶，我望見他經過園子。他走上了穿過霧濛濛的荒原通向惠特克勞斯的路——他要在那兒搭上驛車。

「再過幾小時我就要在你之後走那條路了，表哥。」我心想。「我在惠特克勞斯也有一輛馬車要搭。在我永遠離開之前，我在英國也有些人要去訪問和查訪。」

離早餐時間還有兩小時。爲了捱過這段時間，我一邊輕手輕腳地在房間裏踱步，一邊思索著促使我採取目前這個計畫的那件異事。我回想著我當時所體味到的那種內心感受，因爲我還能記得它和它那說不出的奇怪滋味。我回想著我所聽到的聲音，我再一次，而且也像前次一樣徒然地問著，它到底是從哪兒來的？看來它是來自我內心——而不是來自外部世界。我自問，那只是一種神經質的印象——一種幻覺嗎？我不能設想，也不能相信。它倒更像是一個啓示。那種奇異的感情震動，來得就像是把關保羅和西拉的監牢的地基都搖動了的那次地震❶一樣，它打開了心靈的牢門，鬆開了它的鎖鏈——把它從沉睡中驚醒，它渾身哆嗦地跳起來，傾聽著，驚得發呆；接著就接連發出三聲大喊，震動了我受驚的耳朵，鑽進我戰慄的心，傳遍了我整個靈魂。這靈魂既不驚惶、也不畏懼，卻反而大喜，彷彿是在歡慶它有幸擺脫肉體的牽掛而作的一次努力，終於得到了勝利。

「要不了多少天，」我停止了沉思說，「我就可以對昨晚似乎曾用喊聲來召喚我的那個人，知道一點消息了。寫信已經證明是沒有用的——必須用親自查訪來代替它。」

吃早飯時，我向黛安娜和瑪麗宣布了我要出門去一趟，最少要去四天。

「就一個人嗎，簡？」她們問。

「是的，我是去看望或者探問一個朋友的情況，我對他已經關心掛念了一些日子了。」

---

❶據《聖經》載：使徒保羅和西拉在聲其頓傳道，就捉拿下獄。半夜時，「忽然地大震動，甚至監牢的地基都動搖了，監門立刻全開，衆囚犯的鎖鏈也都鬆開了。」見《新約·使徒行傳》第16章第26節。

正如我明知她們心裏在想的那樣，她們原本可以說，她們一直以爲我除了她們以外並沒有什麼朋友，因爲的確，我以前經常是這麼說的。不過出於天生的眞心體貼，她們避免作什麼表示，只有黛安娜問我是不是確實覺得身體很好，可以出門旅行了。她說我看上去十分蒼白。我回答說並沒什麼不舒服，只不過心裏有些焦急不安，相信不久就會好些的。

下面的事就好辦了，因爲我既沒受到盤問，也沒受到猜測的打攪。一旦向她們解釋說我眼前還不能說明我的打算，她們也就好心而聰明地同意了我對她們保持沉默，就像我在同樣的情況下會做的那樣，給我自由行事的權利。

我在下午三點離開荒原莊，剛過四點，就來而了惠特克勞斯的路標底下，站著等候那輛要載我去遙遠的桑菲爾德的馬車到來。在那些冷僻的道路和荒涼的群山的一片寂靜中，我老遠就聽到了它在逐漸駛近。它正好就是一年前一個夏日的傍晚我在這個地點下車的那一輛——當時我是多麼孤單、絕望和無所適從啊！我招呼一下它就停下了。我上了車——這回再用不著用我的全部家當來抵車費了。重新踏上去桑菲爾德的路，我覺得自己就像是一隻飛上歸途的信鴿。

連續趕了三十六個小時的路。我是星期二下午從惠特克勞斯出發的，到接下來的那個星期四一清早，馬車在一家路邊小客棧跟前停了下來，給馬飲水。這客棧座落在一片美景如畫的碧綠樹籬、大塊田地和矮矮的牧草坡中央（比起莫爾頓那嚴峻的北方中部荒原來是多麼面貌柔和、色澤青翠啊！）它們落入我的眼裏，就像是見到了一張似曾相識的熟面孔一樣。

「桑菲爾德府離這兒多遠？」我問客棧裏的馬夫。

「只兩英里，小姐，就在田地的那一邊。」

「我到了。」我心裏想。我下馬車，把我帶的一隻箱子交托給客棧馬夫，讓他保管著等我來取。付了車費，給了馬夫足夠的錢，就準備走了。天色漸明，映亮了客棧的招牌，我看出了用金色寫著的「羅徹斯特紋章」幾個大字。我的心直跳起來。我已經來到我主人的地界上了。但它又沉落了下去，突然想到：

「你也許不知道，你的主人本人此刻正遠在英吉利海峽的那一邊呢，而且就算他是在你正匆匆趕去的桑菲爾德府，除他之外還有誰在呢？他那發瘋的妻子。而你跟他並沒什麼相干，你既不敢去跟他說話，不也不敢去見他的面。你全是白操心——你還是別再往前走的好。」我那告誡者在竭力規勸。「向客棧裏的人探問一下吧，你要打聽的他們都能告訴你，他們馬上就能解開你的疑團。走過去找那個人，問問羅徹斯特先生是否在家。」

這主意是合理的，但我怎麼也不能強迫自己去這樣做。我生怕得到一個回答，使我失望得簡直受不了。延長疑慮，也就是延長了希望。我總還可以在它的星光照耀下再看一眼宅子。我面前就是那道踏級——就是那一連片田地，我逃出桑菲爾德府的那天早晨，在仇恨的怒火驅策下又聾又瞎、心煩意亂地急急穿過的那片田地。還沒等我弄清自己究竟決定怎麼做，我就已經來到它們中間了。我走得多麼快！有時候又是怎樣地在奔跑啊！我是如何眼巴巴急於一眼望見那熟悉的樹林子啊！我是懷著什麼樣的心情高興看到一棵棵我所熟悉的樹，和樹叢間露出的一角角牧草地和小山坡啊！

樹林子終於聳立在面前，白嘴鴉黑壓壓地聚在一起，一陣響亮的鴉噪聲劃破了早晨的寧靜。一種奇特的喜悅激勵著我，我急急地繼續往前趕。又穿過一塊田地——走過一段小路——那兒就是院牆——後宅的廚房、下屋，宅子本身和鴉巢還遮沒著。

「我第一眼應該看到宅子正面，」我心裏決定，「在那兒，威武的外牆就能一下子壯麗地出現在眼前，而且那兒我能認出主人的窗子來，說不定他正好會站在窗前——他起得很早；說不定他現在正在果園裏，或者是在前面的石子路上散步。要是我能看到他多好啊！只要看一眼！當然，在那種情況下我不會發瘋似的朝他跑去嗎？我不敢說——我自己也不能確定。但就算我跑去了——那又能怎樣？上帝會保佑他！還能怎樣呢？讓我再體味一次他的目光能賦予我的生命，又能傷害了誰呢？我在說夢話，說不定他這會兒正在眺望庇里牛斯山上或者南方平靜海面上的日出吧。」

我順著果園外較矮的一帶牆繞過去——轉過拐角，那兒正好有一扇開向牧草地的園門，兩邊有石柱，柱子頂上有個石球。我隱在一根柱子後面，從這兒可以悄悄地掃視宅子的整個正面。我小心地探出頭去，以防有哪個臥室的窗戶簾子拉起著沒有放下。從這個隱蔽地點望去，外牆、窗子、長長的宅子正面，全都收入我的眼底。

盤旋在我頭上的烏鴉或許正在注視我作這樣的眺望吧。我不知道它們在想些什麼，它們大概會覺得我這人起先非常膽小謹慎，後來卻漸漸變得十分大膽和魯莽起來。先是窺視一眼，接著是久久地瞪大眼睛望著，然後又從我的隱身處走了出來，逕自走到外面的牧草地上，最後又突然一下子呆住了，正對著那座大廈的正面，久久地、死死地瞪望著它。

「一開始何必裝得那麼羞怯！」它們或許會問，「現在卻又傻裏傻氣地什麼都不顧？」

聽我打個譬喻吧，讀者。

一個情人發現他的愛人正熟睡在青苔遍地的河岸上，他想要看一眼她美麗的臉而不把她驚醒。他躡手躡腳地從草地上走過去，留心不弄出一點聲響。他停了一下——以為她動了動身子，便忙縮了回去——他無論如何也不想被她發現。沒什麼動靜，他又往前走去。他向她彎下身來，有塊輕紗蓋在她臉上，他掀開了它，把身子再彎下去一點，現在他的兩眼滿以為準能看到一幅美人的景象——溫暖、嬌艷、可愛，正在安眠。

它們一開始投去的是多麼迫不及待的眼光啊！然而它們是怎樣地呆住了！他是如何地大吃一驚！他怎樣突然伸出雙臂猛然抱住了那個他剛才還不敢用指頭去碰一碰的軀體！他如何地大聲喊著一個名字，鬆開了他抱著的東西，發了狂似的盯著它啊！他那樣地緊緊抱起它，哭泣著，盯著它，爲何他再不用擔心它會被他所能發出的任何聲音、他所做的任何動作所驚醒了。他原以爲他的愛人是在酣睡著，卻發現她已經死得冰涼了。

我懷著怯生生的喜悅指望看到一座宏偉的宅子，卻只瞧見一堆焦黑的廢墟。眞的，根本沒有必要縮在一根門柱背後——去仰頭窺視臥室的窗格，生怕裏面有人在走動！沒有必要去傾聽開門聲——想像著石路和沙礫小徑上有腳步聲傳來！草坪、庭園都已被踐踏和荒蕪了；宅門空空地大張著嘴。宅子正面正像我有一次在夢中見過的那樣，只剩薄殼似的牆根，很高，看上去很脆弱，上面敞著一個個沒有玻璃的窗洞；既沒有屋頂、沒有外牆、也沒有煙囪——一切全都倒塌在裏面了。

而且四周有一片死一般的寂靜，一種寂寞荒涼的冷落感。難怪寫信給這裏的人從來沒得到過回音，就像向教堂邊廂裏的墓穴誦讀使徒書似的。石塊上可怕的焦黑色說明這宅子是遭到了怎樣的劫運而倒塌的——是遭了火災。可是是怎麼燒起來的呢？跟這場災難相連有著什麼樣的故事呢？隨之而來的除了灰泥、大理石和木製品之外，還有沒有其他的損失？是否也有人命跟財產一樣遭到了劫難？如果有的話，又是誰？可怕的問題啊！可這裏沒有一個人來回答——連無聲的標誌，不會說話的證物都找不到。

繞過斷牆殘壁，穿過遭受浩劫的宅子內部，我看到了這場災難並非新近發生的跡象。我覺得一場場冬雪曾飄過那空洞洞的拱門，一陣陣冬雨曾打進那些空蕩蕩的窗櫺，因爲從那些濕漉漉的垃圾堆中，春天已經孕育出植物來，到處荒草蔓生，從石塊和落下來的椽木縫隙間鑽出來。而同時，唉！這廢墟遭難的主人又在哪兒呢？在哪個國度？在什麼樣的好運氣保佑下？我不由自主地把目光投向了大門旁邊那灰色的教堂尖塔，問著：

「難道他已隨著戴默爾·德·羅徹斯特，一起住進了後者那狹窄的大理石住所了嗎？」

這些問題必須得到某種解答。除了上客棧去，是哪兒也得不到的，因此我很快就趕回那兒。老板親自給我把早餐送到了客廳來。我請他關好門坐下來，我有些問題要問他。可是等他遵命照辦了，我卻簡直不知如何開口才好，我是那麼害怕聽到可能得到的回答。不過我剛剛離開的那副荒涼景象，已經使我對聽到一番淒慘的敘述有了幾分準備。老板是個樣子穩重的中年人。

「你一定知道桑菲爾德府吧？」我終於勉強開了口。

「是的，小姐，我以前在那兒待過。」

「是嗎？」不是我在那兒的時候吧，我想，我不認識他。

「我當過已故羅徹斯特先生的管事。」他補了一句。

已故！我彷彿受到了我一直在竭力躲避的重重的一擊。

「已故！」我氣都透不過來地說。「他死了嗎？」

「我是指現在的那位紳士愛德華先生的父親。」他解釋道。

我又透過了氣來，我的血脈又重新流動了。聽說愛德華先生——我的羅徹斯特先生（上帝保佑他，不管他在哪兒！）至少還活著，總之，是「現在的那位紳士」，我完全安心了。真是叫人高興的話啊！這一來我似乎對一切將要說的話——不管說出的是什麼——都能較平靜地聽下去了。只要他不在墳墓裏，我想，哪怕他正在安地波迪斯群島❷，我也受得了。

「羅徹斯特先生這會兒是住在桑菲爾德府裏嗎？」我問他，心裏自然明白知道回答是什麼，但仍想儘量拖延著不去直接探問他到底在哪裏。

「不，小姐——唉，不！沒有人住在那兒了。我猜想你不是這一帶的人吧，要不你準已經聽說去年秋天發生的事了——桑菲爾德簡直成了一堆廢墟，它剛巧在秋收前後被一場火燒毀了。眞是場可怕的災難！那麼多貴重的財產全都給毀掉了，幾乎一件家具都沒法搶出來。火是半夜三更著起來的，還沒等救火車從米爾科特趕到，宅子就已成了一片火海。那景象眞是可怕，我親眼看到的。」

「半夜三更！」我喃喃著。是啊！那一向都是桑菲爾德出事的時刻。「有發現是怎麼燒起來的嗎？」

「他們猜想到了，小姐——他們猜想到了。說實話，我敢說那是十拿九穩，沒什麼可懷疑的。你也許不知道，」他把椅子稍微向桌子挪近一點，放低了聲音接下去說，「有一位太太——一個……一個瘋子關在宅子裏吧？」

「我聽說過一點。」

「她給非常嚴密地關在裏面，小姐，大家一連好多年都還不十分肯定到底是不是有她這個人。誰都沒有看見過她，他們只聽到傳說府裏有這麼個人，她到底是誰？是什麼樣的模樣？就很難猜測了。他們說愛德華先生是從國外把她帶來的，有些人相信她從前是他的情婦。可是一年前發生了一件古怪的事——一件挺古怪的事。」

❷安地波迪斯群島（Antipodes）：在新西蘭南端南太平洋中，鄰近南極洲。

我現在擔心要聽到我自己的故事了，我竭力想提醒他回到正題上來。

「這個太太又怎麼樣呢？」

「這個太太，小姐，」他回答道，「原來是羅徹斯特先生的妻子！發現這件事的緣由眞是奇特極了。當時有一位年輕小姐，宅裏的家庭女教師，被羅徹斯特先生愛……」

「可是那場大火。」我提醒他。

「我馬上就要講到了，小姐——被羅徹斯特先生愛上了。傭人們說從來沒見過有誰愛得像他那麼著迷過，他整天地盯著她。他們常常窺測他——你知道，小姐，傭人們總是這樣的——他把她看得比什麼都重，除了他，誰也不覺得她眞有那麼漂亮。她是個挺小的小個兒，他們說她幾乎就像個孩子。我自己從來沒見過她，不過我聽女傭人莉亞說起過她，莉亞是挺喜歡她的。羅徹斯特先生將近四十了，而這個家庭教師還不到二十；你知道，像他那樣年紀的先生們愛上了小姑娘，往往會像中了魔似的。嗯，他要娶她。」

「這段故事你下次再給我講吧，」我說，「眼前我有特殊緣故想聽聽關於火災的全部情況。是不是疑心那個瘋子，羅徹斯特先生，跟失火有關呢？」

「你眞說中了，小姐，事情明擺著就是她，且只能是她放的這把火。她由一個叫普爾太太的女人照管著——那是個幹她們那一行的能幹女人，也非常可靠，只是有個毛病——許多像她們那樣幹護士和看守的人都有的毛病——她老給自己專門藏著一瓶杜松子酒，且時常多喝了那麼一口。這是可以體諒的，因她幹那活日子實在不大好過，且總歸還是件危險的事，因爲普爾太太一灌飽了酒和水就呼呼大睡，那個瘋太太狡猾得像巫婆，趁機就會掏走她口袋裏的鑰匙，逃出房間來，在宅子裏到處亂轉悠，心血來潮她什麼嚇人的壞事都能幹得出來。

「據說，有一回她還差一點把她丈夫燒死在床上，不過這事我不大清楚。但這天夜裏，她是先把她緊鄰那間屋子裏的帳幔點著了，然後來到下面一層樓裏，摸到那個家庭教師住過的那個房間裏——（她不知怎麼好像有點知道近來在發生的事，所以心懷怨恨似的。）——點著了那兒的床，幸好沒有人睡在那裏。

「女教師兩個月之前就已逃走了，儘管羅徹斯特先生千方百計找她，彷彿她是他世上最心愛的寶貝似的，可是卻一個字的消息也打聽不到。他因此變得暴跳如雷，因爲失望而簡直暴跳如雷了。他一向不是個狂暴的人，可自從失掉了她以後變得挺可怕。他還一定要獨自一個人待著。他把管家費爾法克斯太太打發到遠處她的親友家去住，不過他做得挺大方，給她規定了一筆終身的年金，這是她受之無愧的——她的確是一位很好的女人。阿黛爾小姐，他監護的一個孩子，給送進了學校。他跟所有的鄉紳們斷絕了來往，自己一個人像個隱士般的關在宅子裏。」

「什麼！她沒離開英國？」

「離開英國？哪兒的話，沒有！他連門坎也不跨出一步，除非在夜裏，他會像個鬼魂似的在庭園和果園裏轉來轉去，就像神智錯亂了似的——據我看確實是這樣，因爲在那個小鬼頭女教師拗了他的性子以前，小姐，你從來沒見過有哪個先生比他更有生氣、更有膽量、更有頭腦的了。他並不像有些人那樣一味喝酒、打牌或者賽馬，他也並不怎麼漂亮，可是他自有他自己那種一個男人所能有的勇敢和堅強。你知道，他還是個孩子時我就熟悉他，拿我來說，我常常但願那位愛小姐在來桑菲爾德府之前就已經淹死在大海裏。」

「那麼起火時羅徹斯特先生正在家裏？」

「是的，他的確是在家裏，而且在上上下下全是一片大火的時候，他還跑到頂樓去把傭人們從床上喊起來，親自扶他們下樓——又跑回去要把他的瘋子妻子從她的小房間裏救出來。這時候大家喊著告訴他她已經爬上屋頂，站在那兒揚起胳臂在城垛上揮舞著，大叫大嚷得一英里以外都聽得見。我是親眼看見她，還聽見她喊叫的。她是個大個子女人，頭髮又長又黑，她站在那兒時，我們看得見她的頭髮在火光中飄動。我，還有另外幾個人親眼目睹，羅徹斯特先生通過天窗爬到了屋頂上，我們聽見他喊著：『柏莎！』看見他朝她走過去。這時候，小姐，她大叫了一聲，往下一跳，轉眼之間她就躺在了石路上摔得稀爛。」

「死了嗎？」

「死了！唉，死得就跟灑滿她的血和腦漿的石頭一樣。」

「天哪！」

「你說得一點不錯，小姐，那可真是可怕！」

他打了個寒噤。

「後來呢？」我追問他。

「咳，小姐，後來宅子就燒成了一片平地，現在只剩下幾段牆壁還豎在那兒了。」

「還死了別的人嗎？」

「沒有——說不定有的話還好一些。」

「你這話是什麼意思？」

「可憐的愛德華先生！」他突然感嘆道，「我從沒料到還會看到這樣的事！有人說他把第一次結婚的事瞞著，還有個妻子活在那兒就想再娶第二個，這是對他公平的報應。可拿我來說，我很可憐他。」

「你不是說他還活著嗎？」我喊了起來。

「對，對，他還活著，不過許多人覺得他還不如死了的好。」

「那為什麼？怎麼回事？」我的血又涼了。「他到底在哪兒？他在英國嗎？」

「對──對──他是在英國；我看，他也沒法再出英國──他現在是死在這兒了。」這是多折磨人啊！可這人好像決心要儘量把它拖長一點似的。

「他全瞎了。」他終於說了出來。「是的──全瞎了──愛德華先生。」

我原來擔心比這還糟。我擔心他是瘋了。我竭力定下心來，問他這禍事是怎麼造成的。

「這全怪他自己的勇氣，從另一方面，小姐，你也可以說是怪他的好心，在所有的人全都離開宅子之前他絕不離開。等到羅徹斯特太太從外牆上面跳了下來，他終於從大樓梯上下來的時候，轟隆一聲──整個房倒塌了。他從廢墟底下給拖了出來，還活著，但是傷得眞慘。一根房樑倒下來，倒正好護住了他一點，但一隻眼珠給砸了出來，一隻手被壓爛得那麼厲害，醫生卡特先生不得不馬上把它截掉。另外一隻眼睛發了炎，他連這一隻的視力也失掉了。他如今眞是毫無指望──又瞎、又殘。」

「他到底在哪兒？他如今住在哪兒？」

「在芬丁，他一個農莊的莊園住宅裏，離這兒三十英里開外，是個挺荒涼的地方。」

「誰跟他在一起呢？」

「老約翰夫妻倆，別的人也全不要。他完全垮了，聽人說。」

「你有車嗎？不管什麼樣的？」

「我們有輛輕便馬車，小姐，挺漂亮的一輛車。」

「馬上備好它，要是你的車夫今天天黑前能把我送到芬丁莊園，我付給你和他比平常多一倍的錢。」

37

芬丁莊園是座相當古舊的建築，中等大小，建築上樸實無華，深深隱在一座樹林裏。我以前就聽說過，羅徹斯特先生常說起它，有時候也上那兒去。他父親買下這處產業是爲了作狩獵林場。他本想把房子出租，但因爲地點不好，不適於健康，找不到租戶。因而芬丁就一直空著，也沒陳設家具，只有兩三間屋子布置了一下，以供獵季老爺上那兒打獵時住。

我就在一個正逢天空陰沉、寒風刺骨、細雨襲人不斷的傍晚，天剛要黑下來的時候，朝著這座房子走去。我是按原先許諾的雙倍車錢把車和車夫打發走以後，步行走完最後一英里路的。一直走到離住宅只有很短的距離時，還是一點也望不見它，它四周陰森森的樹林中的樹木，實在是長得太濃密了。兩根花崗岩石柱間的鐵門告訴了我該從哪兒進去，而一進了門，我就立即發現自己置身在密林籠罩下的朦朧光影之中。在樹節累累的蒼老樹幹之間和枝葉交叉形成的拱門底下，一條荒草叢生的小徑沿著林間通道蜿蜒而下。我順著它走去，滿以爲馬上就可以到達住宅跟前了。不料它不斷往前延伸，盤旋曲折，越繞越遠，始終看不到住房或者庭園的影子。

我以爲自己走錯了方向，迷了路。天色的昏黑和林間的幽暗籠罩著我。我舉目四望，想尋找另一條路。什麼路也沒有。到處都是縱橫交織的枝丫，柱子似的樹幹和夏日濃密的綠蔭——哪兒也看不到通道。

我繼續往前走，最後前面的路終於開闊了，樹木稀疏了一點。不一會兒我就看到了一道欄杆，接著就是房子——在這樣昏暗的光線下，它幾乎跟樹木區別不開來，它那巧敗的牆壁是那麼潮濕而長滿了綠苔。踏進一道只插著門閂的門，我就站在一塊圍起來的空庭園中間，樹木呈半圓形向兩頭伸展出去。既沒有花草，也沒有花壇，只有一條寬寬的礫石路沿著一小塊草地繞過去，呈現在周圍濃重的樹林背景之下。房子正面露出兩個尖尖的人字形狀，窗子窄窄的安了格子，正門也是窄窄的，跨上一級台階就到了門前。整個看來，正像羅徹斯特紋章客棧老板所說的——「是個挺荒涼的地方。」靜得就像平常日子的教堂那樣，四周唯一能聽到的，只有雨打在林中樹葉上的聲音。

「這兒會有人住著嗎？」我問。

是的，是有一點人住的跡象，因為我聽到了一點動靜——那扇很窄的前門正在打開，一個人影剛要從這座莊屋裏走出來。

門慢慢地打開了，一個身形出現在暮色中，站立在台階上，是一個沒戴帽子的男人。他往前伸出一隻手來，似乎是試試天是不是在下雨。儘管暮色蒼茫，我還是認出了他，那不是別人，正是我的主人，愛德華·費爾法克斯·羅徹斯特。

我停下步子，幾乎還停住了呼吸，站在那兒看著他——細看著他，而自己不被看見，唉！而且他也看不見。這是一次突然的會面，而且是一次痛苦大大壓制了歡樂的會面。我並不用費多大勁就能不喊出聲來，不急急地迎上前去。

他的身形還是和從前一樣的強健和壯實，他的體態仍舊挺拔筆直，他的頭髮依然漆黑；他的面貌也沒有改變或者憔悴。不管如何憂傷，一年的時間總還不足以消弭他運動家般的體魄，或者摧毀他旺盛的生命力。但我在他臉上仍舊看到了變化；它看上去絕望而心事重重——令我想起了一隻受到虐待而且身處籠中的野獸或者鳥兒，在它慍怒苦惱之際，走近去是危險的。被殘酷地弄瞎了一雙眼睛的籠中雄鷹，看上去大概就會像眼前這位失明了的參孫❶。

那麼讀者，你以爲處在失明而狂怒中的他會叫我害怕嗎？要是你這麼想，就太不了解我了。我在傷心的同時，還夾雜著一種溫柔的願望，就是不久我就要去大膽地在他岩石般的額頭上，在它下邊那如此嚴峻地緊閉著的雙唇上印上一個吻，但不是現在。我還不想馬上就去招呼他。

他跨下那一級台階，緩慢地摸索著向那塊草地走過去。他那堅決的大步如今到哪兒去了呢？接著他停了下來，彷彿不知該朝哪一邊拐才是。他抬起一雙手來，睜開了眼瞼，茫然地拚命向天空、向圍成半圓形階梯式的樹木望去，看得出來，一切在他眼前都只是黑洞洞的一片。他伸出他的右手（被截過的左臂他一直藏在懷裏）；他似乎想憑觸摸弄清他周圍有些什麼；他仍舊只摸到一片空虛，因爲那些樹木離他站的地方還有好幾碼遠。他放棄了這番嘗試抱著胳臂安靜地默默站在雨中，任這會兒已下得很急的雨點猛打在他光著的頭上。

這時候，約翰不知從哪間屋裏出來，向他走過去。

「你扶著我的胳臂好嗎，先生？」他說。「大雨就要來了，你還是進到屋裡來吧！」

「別管我。」對方回答。

約翰退回去了，並沒瞧見我。羅徹斯特先生現在想試著走動一下，仍舊不成——什麼都太難以把握了。他一路摸索著走回屋子去，重新進了屋，關上了門。

這時我才走上前去，敲了敲門，約翰的老婆來開了門。

❶ 傳說古代大力士參孫被出賣後，被他的敵人關入牢中並刺了眼睛。參見本書第24章註①

「瑪麗，」我說，「你好嗎？」

她像看見了鬼似的嚇了一大跳，我讓她安下了心來。對她急促的問話：「當眞是你，小姐，這麼晚了還會到這麼偏僻的地方來嗎？」我用握住她的手來作爲回答，然後我跟著她走進了廚房，約翰這時正坐在一爐好火旁。我簡單地用幾句話向他們說明，我已聽說了我離開桑菲爾德以後發生的所有事情，我是來看望羅徹斯特先生的。我請約翰到我打發走馬車的柵欄口去，把我留在那兒的箱子取來。然後我脫下了帽子和披巾，問瑪麗是不是有地方讓我今晚在這過夜，等問明雖然安排起來有點困難，但還是可以做到以後，我就告訴她我要住下來。正在這時，起居室裏傳來了鈴聲。

「你進去的時候，」我說，「跟主人說有個人想跟他談話，但別說我的名字。」

「我想他不想見你的，」她回答道，「他誰也不肯見。」

她回轉來時，我問她他怎麼說。

「要你通報名字，有什麼事。」她回答，然後她動手去倒了一杯水，把它和幾支蠟燭一起放在一個托盤裏。

「他搖鈴是要這個嗎？」我問。

「是的，天一黑他總是叫人把蠟燭送進去，儘管他眼已經瞎了。」

「把托盤給我，我端進去。」

我把托盤從她手裏接過來，她指給我看起居室的門在哪兒。托盤端在我手裏晃動著，杯子裏的水都溢了出來，我一顆心在肋骨底下跳動得又響又急。瑪麗替我打開了門，然後在我身後把門關上了。

這間起居室看上去挺陰暗，壁爐裏微弱地燃燒著一點沒有撥弄好的火。俯向著它，把頭靠在高高的老式爐架上的，就是這間屋子裏的瞎了眼睛的主人。他那條老狗派洛特躺在一邊，小心不擋著路，並且蜷縮著似乎唯恐被無意間踩著了。我一進去，派洛特就豎起了耳朵，接著它又是嗚咽又是吠叫，一躍而起，朝我直蹦過來，差點兒把手裏端著的托盤都撞翻了。我把托盤在桌上放下，拍拍它，輕聲地說：「躺下！」羅徹斯特先生機械地掉過臉來看看這陣亂子是怎麼回事，但因爲什麼也看不見，就又轉過臉去，嘆了口氣。

「把水給我吧，瑪麗。」他說。

我端著潑得只剩半杯的水向他走過去，依然興奮不已的派洛特緊跟著我。

「怎麼回事？」他問。

「躺下，派洛特！」我又說了一遍。他剛把水端近嘴邊，就停了下來，似乎在聽。他把水喝了，放下了杯子。「是你吧，瑪麗，是嗎？」

「瑪麗在廚房裏。」我答道。

他的手很快地一動，往前伸了出來，但因爲看不見我站在那兒，他並沒有摸到我。

「這是誰？這是誰？」他問著，樣子就像是竭力想用他那雙看不見的眼睛來看看清楚似的——多徒勞而痛苦的嘗試啊！「回答我——再說一遍！」他不容違抗似的大聲命令道。

「你還想喝點水嗎，先生？剛才杯子裏的水讓我潑掉了一半。」我說。

「到底是誰？是什麼？是誰在說話？」

「派洛特認出了我，約翰和瑪麗都知道我來了，我今晚剛到。」我回答道。

「天啊！我產生了什麼樣的幻覺？我讓多甜蜜的瘋狂迷住了啊！」

「沒什麼幻覺——也不是瘋狂，先生，你的頭腦太堅強了，不會有幻覺，你身體也很健康，絕不會發瘋。」

「說話的人到底在哪兒呀？難道只是個聲音嗎？唉！我看不見，可我一定得摸到，要不我的心就會停住不跳，我的腦子也要爆炸了。不管你是什麼——你是誰——讓我摸到，不然我活不下去了！」

他摸索著。我抓住他那隻茫然摸索的手，用雙手牢牢地握住了它。

「正是她的指頭！」他喊了起來，「她又小又細的指頭！既然這樣，那一定還有她的整個身子。」

那隻壯健的手掙脫了我的束縛，我的胳臂給抓住了，我的肩膀——脖子——腰——我被他全身摟住，緊緊貼在他的身上。

「這真是簡嗎？這到底是什麼？是她的身形——是她的個子……」

「還有她的聲音。」我加上說。「她整個兒都在這兒，連她的一顆心。上帝保佑你，先生！我真高興重新又靠你這麼近。」

「簡·愛……簡·愛！」他只反覆地這樣說著。

「我親愛的主人，」我回答他，「我是簡·愛，我終於找到了你——我回到你身邊來了。」

「是真的簡——有血有肉的簡？我那活生生的簡？」

「你摸到了我，先生——你抱著我，而且夠緊的，我可不是冷冰冰像個屍體，也不是虛無縹緲得像空氣，對嗎？」

「我活生生的心肝寶貝！這倒真是她的肢體，是她的面容，可是在我受了那麼多苦以後，不可能有這麼大的幸福。這是夢，是我夜裏做過的那種夢，夢裏我把她再一次緊緊摟在我的胸前，就像我現在這樣，並且吻著她，就像這樣——心裏感覺到她是愛我的，相信她絕不會撇下我。」

「我永遠不會了，先生，從今天起。」

「永遠不會，幻像是這麼說的嗎？可我總是醒了過來，發覺那不過是一場騙人的空歡喜，我又淒涼、又孤單——我的生活一片黑暗、寂寞，毫無指望——我的靈魂乾渴，卻不讓喝水，我的心飢餓，卻不給吃的。溫柔親切的夢啊！你此刻偎依在我懷裏，可你也會飛走的，就像你的姊妹們在你之前全都飛走了一樣。不過趁你還沒走，吻我吧——擁抱我吧，簡。」

「哪，先生——哪！」

我把嘴唇緊貼在他一度熠熠有神而今暗淡無光的眼睛上——我撩開他額上的頭髮，也吻了那兒。

他彷彿突然振起了精神來，一下子對眼前一切的眞實不假確信無疑了。

「這眞是你——是嗎，簡？那麼你眞回到我這兒來了？」

「是的。」

「那你並沒有死在哪條溝壑裏，淹沒在水底下？也沒有憔悴地流落在異鄉人中間？」

「沒有，先生，我現在是個能夠立自的人了。」

「自立！你這話是什麼意思，簡？」

「我在馬德拉的叔叔去世了，他留給我五千鎊的遺產。」

「啊，這是實實在在的——這是眞事！」他大聲喊道。「我眞做夢也想不到。而且，還有她那特有的聲音，既溫柔，又那麼活潑、調皮，它鼓舞起我枯萎的心，使它重新有生氣——怎麼，簡妮特！你是個自立的人？是個有錢的人了？」

「相當有錢，先生。你要是不讓我跟你住在一塊兒，我可以緊靠著你家大門自己蓋一所房子，你晚上需要人作陪時就可以上我的客廳裏來坐坐。」

「可是既然你有錢了，簡，你現在準有親友們會來照顧你，不會讓你來跟著一個像我這樣瞎了眼的殘疾人吧？」

「我跟你說了我是獨立自主的，先生，不光是有錢，我自己可以替自己作主。」

「你要待在我身邊嗎？」

「當然——除非你反對。我要做你的鄰居、你的看護、你的管家。我發覺你很寂寞，我要跟你作伴——爲你唸書，陪你散步，坐在你旁邊，服侍你，做你的眼睛和手。別再那麼一副愁眉苦臉的樣子了，我親愛的主人，只要我一天活著，就不會撇下你孤孤單單的一個人。」

他沒回答，樣子顯得嚴肅——心不在焉。他嘆了口氣，剛張開嘴像是要說話，卻又閉上了。我感到有點不自在。也許我過分冒失地不顧慮習俗了，而他，也像聖約翰一樣，覺得我這樣不顧前後是行爲不檢吧。

我這樣建議的確是基於一種設想，就是他希望而且一定會提出要我做他的妻子。一種雖未明說但仍滿有把握的料想使我信心十足，以爲他定會立刻提出來要我作他的親人。我猛然想到說不定我弄錯了，或許正無意中扮演了傻子的角色。於是我開始和緩地想從他懷抱裏脫出身來——但他卻著急地把我摟得更緊。

「不——不——簡，你決不能走。不——我摸到你，聽見你，感到了你在跟前的幸福——你的撫慰的愉快甜蜜。我不能放棄這份歡樂，我已經沒剩下多少自己的東西——我必須有你。世人可以譏笑——可以說我荒唐、自私——這都無關緊要。我的心一定要你，它要嘛得到滿足，要嘛就要對包著它的軀殼狠狠地進行報復。」

「好吧，先生，我要留在你身邊，我已經說過了。」

「是的——但所謂留在我身邊，你所理解的是一回事，我理解的卻是另一回事。你也許能做到決心經常待在我的手邊，我的椅子邊——像個好心的小護士那樣侍候我（因爲你有仁慈的心和慷慨的精神，促使你去爲你憐憫的人作出犧牲。）而我毫無疑問應當對此感到心滿意足了。我看我現在只該對你抱著父親般的感情了，你想對嗎？來——告訴我。」

「你要我怎麼想我就怎樣想，先生，我可以滿足於只當你的護士，如果你認爲這樣好一些的話。」

「但你不能老是當我的護士，簡，你還年輕——你總有一天要結婚的。」

「我並不關心結婚不結婚。」

「你應當關心，簡妮特，要是我還跟以前一樣，我就要試著讓你關心……可是……一個瞎了眼的呆木頭！」

他又陷入了愁悶之中。

而我好正相反，變得高興了起來，而且又有了新的勇氣。那最後的幾句話使我看出了困難究竟在哪裏，而這在我既然算不上什麼困難，因而我剛才的不自在完全煙消雲散。我又重新用活躍的心情談起話來。

「該由誰來重後把你變成人了，」我一面撩開他那沒理過的又長又密的捲髮，一面說，「因爲我看你經完全變成了一頭獅子或者諸如此類的東西。你倒眞有幾分野地裏的尼布甲尼撒❷的『faux air』❸呢，準沒錯。你的頭髮讓我想起鷹毛，至於你的指甲是不是長得像鳥爪，我還沒注意到。」

「這條胳臂上，我既沒有手，也沒指甲。」他說著，從懷裏抽出那條截了肢的手臂來給我看。「只剩下一截殘肢——瞧著眞可怕！你看是嗎，簡？」

「看到它眞惋惜，看到你的眼睛也是——還有你前額上燒傷的疤，可最糟的是，別人有爲了這個而過分愛惜你、過分嬌慣你的危險。」

「我以爲，簡，你瞧見我的手臂和我這張結了傷疤的臉，會覺得噁心呢。」

「你這樣想嗎？別跟我這麼說——要不然我就會對你的判斷力說出大爲不敬的話來了。好了，讓我先離開你一會兒，把火弄旺一些，把壁爐邊掃掃乾淨。火燒得旺的時候，你能辨別得出嗎？」

「能，用右眼我看得出一點亮光——朦朦朧朧的紅光。」

「你看得見蠟燭嗎？」

「非常模糊——每一支就像一團發亮的雲霧。」

「你能看見我嗎？」

「不，我的仙女，不過我能聽到和摸到你就已經謝天謝地了。」

「你什麼時候吃晚飯？」

---

❷據《聖經》載：巴比倫王尼布甲尼撒「被趕出離開世人，吃草如牛，身被天露滴濕，頭髮長長，像鷹毛，指甲長長，如同鳥爪。」見《舊約·但以理書》第4章第33節。

❸法語：假象。

「我從來不吃晚飯。」

「可是你今晚得吃一點。我餓了，我敢說你也一定餓了，只不過你是忘記了餓罷了。」

我把瑪麗叫來，很快就讓房間變得較爲整潔宜人。而且，我還張羅著讓他舒舒服服地吃了一頓。我興致勃勃，吃飯中間以及飯後很長時間我一直輕鬆愉快地跟他談著話。跟他在一起，毫無惱人的拘束，也無需仰制歡快活躍，因爲在他面前我完全輕鬆自在，這是由於我知道我合他的心意，無論我說什麼做什麼，都似乎能不是使他得到安慰，就是使他精神振作。這種感覺眞叫人高興！它煥發並且顯露了我的整個天性，在他面前我才眞正地活著。同樣地，他也在我的面前才眞正地活著。他眼雖瞎了，但笑容卻仍舊蕩漾在他的臉上，歡樂仍舊舒展了他的眉頭，他整個面容都變得溫柔熱情了。

吃過晚飯，他開始問我許多問題，我一向在哪兒呀？一直在幹些什麼呀？怎麼找到他的呀？但我只很簡略地回答了他，當夜就一一細談時間實在太晚了。而且，我也不想去觸動那根令人過分激動的心弦——去再一次挖開他心裏感情的泉源，目前我唯一的目標就是要讓他開心。像我方才已經說過的，他倒確是開心了，但還只是一陣陣的。只要談話稍稍一冷下來，他就會變得心緒不寧，摸摸我，然後叫著：「簡。」

「你完完全全是個活人嗎，簡？你能擔保沒錯嗎？」

「我憑良心相信沒錯，羅徹斯特先生。」

「可在這麼個陰鬱黑暗的傍晚，你怎麼會突然間在我這孤單寂寞的火爐邊冒出來呢？我伸手從傭人那兒去接一杯水，而遞水給我的卻是你。我問了一句，原以爲回話的是約翰的老婆，可耳朵裏卻響起了你的聲音。」

「就是眼前我跟你在一塊兒，也像是魔法在起作用。有誰想到過去這幾個月裏，我過的是怎樣凄涼黯淡、毫無指望的生活啊！萬念俱灰，什麼也不幹，分不清白天和黑夜，只在我聽憑爐火熄滅下去的時候才感到冷，忘了吃飯的時候才覺得餓。再加上日夜不停的悲傷，有時候一心想再見我的簡，直想得發了。的確，我渴望再得到她，還遠遠超過渴望恢復我失去的視力。簡怎麼會眞的跟我在一起，而且說她愛我呢？她不會突然而來又突然而去嗎？我怕一到明天，我就會再也找不到她了。」

在目前這樣的心情下，我相信給他一個跟他自己煩亂的思緒毫無聯繫的平平常常的實際回答，最能好好地讓他安下心來。我用手指撫著他的眉毛說，它們被火燒焦了，我要敷上點什麼，叫它們重新長得跟以前一樣又濃又黑。

「慈悲的精靈啊！不管怎樣對我行好又有什麼用，反正一到注定的時刻，你又會丟下我——像影子似的逝去，去哪兒？怎麼去的？我都不知道，而且永遠無處尋覓。」

「你身上有小梳子嗎，先生？」

「幹什麼用，簡？」

「把這些亂蓬蓬的黑鬃毛梳順。我在近處細看著你，覺得你眞有點嚇人。你說什麼我是個仙女，可我敢說你倒更像是個褐仙童❹。」

「我樣子嚇人嗎，簡？」

「挺嚇人，先生，你知道，你一向就是挺嚇人的。」

「啊！不管你去哪兒待了一陣，你那淘氣勁兒還一點沒改掉。」

「可我倒是跟好人待在一起，比你好得多，好一百倍，有你一輩子從來沒有過的思想和

❹童話中夜間出來替農家幹活的精靈。

見解，而且要文雅和高尚得多。」

「見鬼，那你一向是跟誰在一塊兒？」

「你要那樣扭來扭去的話，會把我把頭髮都給拔光的，那時候我想你就不會再懷疑我是實實在在的了。」

「你到底是跟誰在一塊兒，簡？」

「你今晚從我嘴裏是問不出來的，先生，你得等到明天。你知道，把我的故事只講一半，就等於保證我一定會出現在你的早餐桌邊來把它講完。順便說起，我一定得記住時候別再只端著一杯水在你的壁爐旁邊冒出來，我至少得帶上個雞蛋，更不用提煎火腿了。」

「你這仙女生、凡人養、老愛捉弄人的醜仙童！你讓我感受到了這十二個月來還從來沒有感受過的心情。要是掃羅能有你當他的大衛，那不用靠彈琴就能把魔鬼趕走了。❺」

「哪，先生，這下已經把你收拾得整整齊齊、體體面面的。現在我得離開你了，我這三天來一直在趕路，我想我是累壞了，晚安。」

「只說一句話，簡。你待過的那一家是不是只有女的？」

我大笑著脫身逃掉了，一邊奔上樓梯一邊還在笑。

「真是個好主意！」我快活地想著。「我看今後一段時間裏，我有了好辦法來叫他著急得顧不上再去悶悶不樂了。」

❺據《聖經》載：上帝厭棄以色列的王掃羅，使他受了惡魔的擾亂。善於彈琴的牧童大衛來到他的跟前，每當惡魔臨到掃羅身上的時候，大衛就拿琴用手來彈琴，掃羅便舒暢爽快，惡魔離了他。見《舊約．撒母耳記上》第16章第23節。

第二天一清早，我就聽見他已經在起床走動，從這間屋子轉到那間屋子。等到瑪麗一下樓來，我聽見他馬上就問她：

「愛小姐在嗎？」接著又問：「你把她安排在哪間屋子裏？那間屋乾燥嗎？她起來了沒有？去問問她需要什麼，什麼時候下來。」

我到估計快吃早飯的時候走下樓來。我輕手輕腳地走進房間裏，在他發現我到來之前就看見了他。看到那麼旺盛的精神受制於身體上的軟弱，實在叫人傷心。他坐在他那把椅子上——靜止不動，但卻並不安定，顯然是在一心期待，如今已成慣有的愁容顯示在他剛強的眉眼間。他的臉使人想起一盞已被熄滅、正在等待著重新點亮的燈——而且，唉！如今要燃起那生動神情的燈光來，已不是他自己所能做到，而要依靠別人來擔起這件工作了。我一心想顯得輕鬆愉快，然而這個堅強的人軟弱無助的樣子卻深深地觸痛了我的心。不過儘管這樣，我還是盡可能輕鬆活潑招呼了他：

「是個陽光燦爛的早晨呢，先生。」我說。「雨已停了，不會再下，現在是雨過後的一片明媚景象，你一會兒該去散散步了。」

我喚起了那光輝，他馬上容光煥發了。

「哦，你眞的在那兒，我的百靈鳥！快到我這兒來。你沒有走掉——沒有消失嗎？一小時之前，我就聽到你的一隻同類高高地在樹林上面歌唱，可是對我來說，它的歌聲沒有音樂，就像剛升起的太陽沒有光芒一樣。在我聽來，世上所有的音樂全部都集中在我的簡的舌頭上（我很高興它不是生長沉默寡言的那一種），只有她在場我才能感受到陽光。」

聽到他這樣承認自己依賴別人，淚水湧上了我的眼睛。這正像一頭高傲的雄鷹給鎖在木架上，不得不請求一隻麻雀去替它覓食一樣。但是我不願哭哭啼啼的，我揮去了鹹澀澀的淚珠，忙著去張羅早餐。

上午大部分時間都在戶外度過。我帶他走出又潮濕又荒蕪雜亂的樹林子，來到賞心悅目的田野上。我給他描述它們多麼青翠耀眼，花草和樹籬顯得多麼清新，天空多麼蔚藍明亮。我在一處有蔭蔽的可愛的地方給他找了個坐處，是一個乾樹樁，也不拒絕他坐定以後拉我坐在他的膝頭上。幹嘛要拒絕呢？既然我們雙方都覺得靠近些要比分開更爲愉快！派洛特躺在我們的旁邊，四周一片寂靜。他把我緊抱在懷裏，突然之間發作了起來。

「你這狠心的、狠心的逃跑者啊！唉，簡，當我發現你從桑菲爾德逃走了，哪兒也找不到你，接著查看了你的房間，又肯定你既沒帶錢，也沒帶任何能抵錢用的東西時，我是多麼地難受啊！我給你的珍珠項鍊原封不動地放在它的小盒子裏，你幾隻箱子仍像原先準備帶去結婚旅行時那樣捆好鎖好放在那兒。我問，光身一人，一個錢也沒有，我那心肝該怎麼辦呢？她到底是怎麼辦的？現在說給我聽聽。」

在這樣催問下，我就開始講起我這一年的遭遇來。我大大沖淡了那三天流浪和挨餓的境況，因爲告訴他全部眞相會引起他不必要的痛苦，但就我講出來的那一點，也遠比我所預期的更深地刺痛了他那顆忠誠的心。

他說，我眞不該就那樣赤手空拳地離開了他；我本該把我的打算告訴他的。我原應該信任他，他絕不會強迫我去做他的情婦。他在絕望之下儘管顯得很粗暴，但實際上他對我是太一往情深了，絕不至於讓自己成爲我的暴君的。他寧肯把自己一半的財產都給我，甚至不要求一吻來作爲回報，也不願看我舉目無親地投身到茫茫人世中去。他確信我一定吃了不少苦，遠不止我告訴他的那一些。

「咳，不管我吃了多少苦，反正它們很快就過去了。」我回答說，隨後就對他講起我怎樣被收留在荒原莊裏，又怎樣得到了女教師的職務等等。繼承遺產，發現親戚的事也都一一沒漏。不用說，在我講述的過程裏聖約翰・里弗斯的名字經常出現。我一講完，這個名字馬上就被提了出來。

「那麼說，這位聖約翰是你的表哥嘍？」

「是啊！」

「你不斷提到他，你喜歡他嗎？」

「他是個很好的人，先生，我禁不住喜歡他。」

「一個好人？那是不是說這是位五十來歲人品端正、舉止穩重的男人？」

「聖約翰還只二十九歲呢，先生。」

「『Jeune encore』❻，像法國人說的那樣。他是不是個矮小、遲鈍而平庸的人？那種好只好在沒有過錯，而不是在於品行出衆的人呢？」

「他勤快好事得不知疲倦，他生來就是立志要做崇高偉大的事業。」

「他的頭腦呢？也許有點差勁吧？他用意很好，可聽他講起話來你只能聳聳肩？」

「他話說得很少，先生，一說就切中要害。他的頭腦是第一流的，雖說不容易打動，卻還是很強有力的。」

「那麼說，他是個能幹的人嘍？」

「的確能幹。」

「是個很有教養的人？」

❻法語：還很年輕。

「聖約翰是個很有造詣的飽學之士。」

「我記得你說過，他的舉止不合你的口味——自以爲是，一副牧師腔？」

「我從來沒提到過他的舉止，不過除非我的口味太糟，不然它是應該覺得它們挺對味的，既文雅、安靜，又有紳士氣派。」

「他的外貌呢——我忘了你是怎樣形容他的外貌的——是那種土裏土氣的教士，戴著白領結弄得差點喘不過氣來，穿著雙高幫的厚底皮靴戳在那兒，對嗎？」

「聖約翰穿得很好。他是個漂亮的人，一雙藍眼睛，一副希臘式臉型。」

「他這該死的！」他自言自語地說，之後問我，「你喜歡他嗎，簡？」

「是的，羅徹斯特先生，我喜歡他，可你剛才已經問過了呀。」

我自然已經覺察出了我這位對談者話中的含意。嫉妒攫住了他，刺痛著他，但這種刺痛是有益的，它讓他暫時從憂鬱的嚙人毒牙下擺脫出來。因此我不想去馬上降服這條毒蛇。

「也許你寧願不再坐在我的膝頭上了吧，愛小姐？」跟著是這麼一句出乎意外的話。

「幹嘛不，羅徹斯特先生？」

「你剛才描繪的那幅圖畫未免讓人感到一種過於強烈的對比？你的話非常優美地勾畫出了一位高雅的阿波羅，你的心目中時時想著他——高高、白白的，藍眼睛，還有個希臘式的臉型。而你的眼睛卻看著一個伏爾坎❼——一個道地的鐵匠，棕皮膚、寬肩膀，外加上還又殘又瞎。」

「我倒從來還沒想到過，不過你倒是確實有點兒像伏爾坎呢，先生。」

---

❼伏爾坎（Vulcan）：羅馬神話中火和鍛冶之神。

「那好——你儘管拋下我走吧，小姐，不過在走之前（說著他更加緊緊地抱住了我），請你只再答我一兩個問題。」他停住不說了。

「什麼問題呢，羅徹斯特先生？」

接著就是下面這一連串盤問：

「聖約翰還不知道你是她表妹以前就讓你當了莫爾頓的教師了？」

「是的。」

「你常常見他嗎？他有時也上學校裏來嗎？」

「每天來。」

「他當然贊成你的種種計畫嘍，簡？我估計它們都是挺聰明的，因爲你是個很有才幹的傢伙！」

「他贊成它們——不錯。」

「他曾在你身上發現許多他料想不到的東西吧？你有些才能是很不尋常的。」

「這我倒不知道。」

「你說你在學校旁邊有間小屋子，他上那兒去瞧過你嗎？」

「有時也去。」

「晚上嗎？」

「有一兩次。」

默然了一會兒。

「發現是表兄妹以後，你跟他和他的妹妹一起住了多久？」

「五個月。」

「里弗斯跟他家裏的女眷待在一起的時間多嗎？」

「多的，後面那間起居室既是他的書房也是我們的書房，他坐在窗邊，我們圍著桌子坐。」

「他讀書多嗎？」

「很多。」

「讀什麼？」

「印度斯坦語。」

「這時候你在幹些什麼呢？」

「開始，我學德語。」

「是他教你？」

「他不懂德語。」

「他什麼也沒教過你？」

「教過一點印度斯坦語。」

「里弗斯教你印度斯坦語？」

「是的，先生。」

「也教他妹妹嗎？」

「不。」

「只教你？」

「只教我。」

「是你想學的？」

「不是。」

「他要教你？」

「是的。」

又一次沉默。

「他幹嘛要教你？印度斯坦語對你有什麼用？」

「他要我跟他一起去印度。」

「哦！現在我才找到了事情的根子。他要你嫁給他？」

「他提出過要我嫁給他。」

「這是杜撰——是瞎編出來氣我的。」

「對不起，這是千眞萬確的事實，他提出過不止一次，而且也不達目的絕不罷休，不亞於從前的你。」

「愛小姐，我再說一遍，你儘管離開我好了。還要我重複多少遍？我已經叫你走了，你幹嘛還執意要坐在我的膝頭上？」

「因爲我坐在這兒挺舒服。」

「不，簡，你坐在這兒並不舒服，因爲你的心並不在我身上，它是在那位表兄——那位聖約翰身上。唉！我一直還以爲我的小簡妮特完全是屬於我的呢。即使她離開了我，我還深信她是愛我的，這是苦難中僅有的一點安慰。我們分別了那麼久，我爲我們的分手灑了那麼多熱淚，卻絕沒有想到我在這兒痛苦地思念著，她卻在愛著另一個人！不過傷心又有什麼用。簡，離開我，去嫁給里弗斯吧。」

「那麼，甩掉我吧，先生——推開我吧，因爲我自己是絕不離開你的。」

「簡，我一向喜歡你說話的口氣，它仍舊會重新喚起希望，因爲它聽起來那麼眞誠。我一聽到它，就又被帶回到一年以前。我忘記你已經有了新的結識了。不過，我並不是個傻子——走吧……」

「要我往哪兒走呢，先生？」

「走你自己的路吧——跟著你已經選中的丈夫。」

「他是誰呢？」

「你明白的——就是那位聖約翰·里弗斯。」

「他不是我的丈夫，也永遠不會是。他並不愛我，我也不愛他。他是愛著（像他所能愛的那樣，而不是像你那樣地愛著。）一位叫羅莎蒙德的年輕美麗的小姐。他想要娶我，只不過是因爲他覺得我適合做一個傳教士的妻子，而這一點她是做不到的。他善良、偉大，但卻嚴厲；而且對我冷得像一座冰山似的。他不像你，先生，無論待在他身邊，靠近他，跟他住一起，我都不感到快活。他對我既不寵愛——也不喜歡。他看不出我有什麼吸引人的地方，甚至包括年輕——只不過稍微有些心靈上的特點罷了——既然這樣，先生，我應當離開你，到他那兒去嗎？」

我不由自主地打了個寒顫，本能地更緊緊依偎著我那失明但卻親愛的主人。他笑了。

「怎麼，簡！這是眞的嗎？你跟里弗斯之間的關係眞是這樣嗎？」

「絕對不假，先生。唉！你不必嫉妒。我是想故意逗弄你一下，好讓你不那麼憂傷，我覺得生氣比發愁還好些。不過要是你眞希望我愛你，那你只要看看我確實是多麼地愛你，你就會心滿意足了。我這顆心整個兒全是你的，先生；它屬於你，而且即使命運把我其餘的部分全從你那兒奪走，它也仍舊留在你的身邊。」

他吻著我，但一些痛苦的念頭又使他臉陰鬱了起來。

「我那燒瞎了的眼睛！我那傷殘了的肢體！」他抱憾地喃喃說著。

我愛撫著，竭力安慰他。我明白他在想些什麼，想替他說出來，但是不敢。他稍稍把臉轉過去一會兒，我看見他緊閉的眼瞼下流出一滴淚水，順著他男子氣概的臉頰滾下來，我的心一陣難受。

「我如今並不比桑菲爾德果園裏那株遭到雷劈的老七葉樹強。」不一會兒他說道。「而那麼個殘枝，有什麼權利去要一棵正在發芽的忍冬用青翠來掩蓋它的凋敝呢？」

「你不是個殘枝，先生——不是遭過雷劈的樹，你又茁壯又青翠。不管你要不要，草木會圍著你的樹根生長，因為它們喜歡受到你濃蔭的蔭蔽；它們會一邊生長，一邊向你傾斜過來，盤繞著你，因為你的強壯給了它們安全的保障。」

他又笑了，我使他得到了安慰。「你講的是朋友之間吧，簡？」他問。

「是的，朋友之間。」我回答得有幾分遲疑，因為我明知自己的意思不只是指朋友而言，但卻不知該用別的什麼話來表達來才。他替我解了圍。

「哦！簡。不過我卻需要一位妻子。」

「是嗎，先生？」

「是的，難道這對你來說是個新聞嗎？」

「自然，你一點也沒說起過嘛。」

「這是個不受歡迎的新聞嗎？」

「那得看情況，先生——看你挑中的是誰了。」

「那得由你來替我代勞，簡。我堅決遵從你的決定。」

「那就挑選，先生——最愛你的人。」

「可是卻至少要挑——我最愛的人。簡，你肯嫁給我嗎？」

「是的，先生。」

「一個可憐的瞎子，你得到處用手牽著他走？」

「是的，先生。」

「一個比你大二十歲的殘疾人，得由你一直來侍候著他？」

「是的，先生。」

「當眞嗎，簡？」

「完全當眞，先生。」

「哦！我的心肝！願上帝保佑你，報答你。」

「羅徹斯特先生，如果我這輩子做過什麼好事——起過什麼善念——作過什麼眞誠無邪的祈禱——發過什麼正當的願望——那我現在是得到酬報了。對我來說，做你的妻子，就是世上所能得到的最大的幸福。」

「因爲你喜歡犧牲。」

「犧牲！我犧牲了什麼？犧牲了嗷嗷待哺和渴望滿足。有權擁抱我所珍視的——親吻我所熱愛的——偎倚我所信賴的，難道這是犧牲？要眞是這樣，那我倒確實喜歡犧牲了。」

「還要容忍我的病弱，簡，不計較我的缺陷。」

「這對我來說，先生，一點也不算什麼。我現在只有更加愛你了，因爲我可以眞正對你有所幫助，而以前你驕傲地什麼人也不依靠的時候，除了施予和保護之外，不屑於扮演任何其他的角色。」

「以前我一直討厭由別人幫助——讓人領著走。以後我覺得不會再討厭它了。我過去不喜歡把手交給一個傭人牽著，但是感覺它被簡的小小的手指緊緊握著，那是很愉快的事。我過去寧肯完全孤獨，也不願老是由僕人侍候著，可是簡溫柔照料卻是一樁經常的樂事。簡合我的心意，我合她的心意嗎？」

「連我本性中每一點最細小的地方都感到合意，先生。」

「既然這樣，我們還有什麼可等呢，我們應當馬上就結婚。」他的語氣和神氣都急不可待，他那急躁的老脾氣又抬頭了。「我們應毫不遲延地馬上結爲夫婦，簡，只要一領到證書，我們馬上就可成婚了。」

「羅徹斯特先生，我剛剛發現太陽早已偏西，派洛特也當眞已經回家吃飯去了。讓我看看你的錶。」

「把它繫在你的腰上吧，簡妮特，以後就由你留著，我用不著它了。」

「現在已將近下午四點了，先生，你不覺得餓嗎？」

「大後天就該是我們舉行婚禮的日子，簡。現在別去考慮什麼講究的衣服和珠寶了，那些東西都一文不值。」

「太陽已經把雨珠全曬乾了，一點風也沒有，天變得相當熱了。」

「你知不知道，簡，你那條小小的珍珠項鍊這會兒正套在我領帶下面古銅色的脖子上面？我從失掉我唯一的珍寶那一天起就戴著它，作爲她的紀念。」

「我們穿過樹林回去吧，走這條路最蔭涼。」

他根本沒聽我說話，一味只在順著他的思路想下去。

「簡！我敢說，你準覺得我簡直是條不信教的狗，可我這會兒卻眞滿心感激主持大地的仁慈上帝呢。他看事物跟人不一樣，卻要清楚得多；判斷事物也跟人不同，要比人聰明得多。我那時是做錯了，差點兒玷汙了我那潔白無辜的花朵——讓它的純潔沾上了罪孽。全能的上帝把它從我手上奪走了。我在倔強的反抗心情下，幾乎詛咒這種神意，不但不向天命低頭，反而公然藐視它。

上帝的公道終於應驗了，災難接連落到了我的頭上，我被迫穿過死蔭的幽谷❽。他的懲罰總是有力的，這樣的一次處罰將我重重地永遠打翻在地。你知道我曾以我的力量自豪，可如今它又算得了什麼呢，我只能不靠它而靠旁人來指引，就像一個孩子不能靠他的幼弱一樣。最近，簡——直到……直到最近，我才開始看到並且承認了上帝左右著我的命運。我開始感到了悔恨和自責，希望和我的創造者和解。有時候我開始祈禱，它們很短，但很虔誠。

幾天以前——不，我能說出是幾天來——四天以前，是星期一的夜裏，一種少有的心情向我襲來，一種悲哀代替了暴躁、憂傷代替了惱怒的心情。我早就有一種印象——既然我到處都找不到你，你一定已經死了。那天深夜——也許已到了十一、二點之間——在我準備上床去尋找我的愁夢之前，我祈求上帝，如果他認為合適的話，我只求能早些離開人世，讓我去到來世，那兒還有希望能重新跟簡相會。

「我當時是在我自己房間裏，正坐在開著的窗前。感覺到沁人的夜氣使我感到快慰，儘管我完全看不見星星，只能憑一圈朦朧的光影知道月亮的存在。我渴望著你，簡妮特！唉，我整個身心都在渴望著你！我在又痛苦又謙卑的心情中詢問上帝，難道我不是寂寞淒涼、受苦受難得夠長久的了，不能再馬上體味一次幸福和安寧的滋味嗎?!我承認我所受的一次苦都

❽語出《聖經》：「我雖然行過死蔭的幽谷」。見《舊約・詩篇》第23篇第4節。

是罪有應得，但我申辯說，我實在再也受不了了。這時我滿腔心願都不由自主從我嘴裏一古腦兒地衝口而出，化作了這幾個字——『簡！簡！簡！』」

「你大聲說出了這幾個字嗎？」

「是的，簡。如果當時有人聽見，他準會以爲我瘋了呢。我是用那麼瘋狂的勁兒把它們喊出來的。」

「那麼這是在星期一夜裏將近午夜的時候嗎？」

「是的，不過時間倒並不重要，接著發生的事才怪呢。你會覺得我這人迷信——我血液中是有些迷信的成分，一向就有，但這事卻是眞的——至少我眞的了現在要告訴你的話。」

「就在我喊了『簡！簡！簡！』以後，有一個聲音——我說不清來自哪兒，但我知道那是誰的聲音——在那兒回答：『我來了，等著我。』過了一會兒，隨著風聲又隱隱傳來——『你在哪兒呀？』」

「若我做得到，我要告訴你這些話使我的心頭展現出怎樣的意念和圖景，但要把我想表達的東西表達出來很困難。正像你看到的，芬丁深藏在密林裏，聲音變得很低沉，不發出迴響就消失了。那句『你在哪兒呀？』好像是群山中發出來的，因爲我聽到一種由小山反射出來的回聲在重複著這句話。這時強風在我的額頭上似乎顯得更加涼爽清新，我眞覺得我跟簡是在某一個荒涼寂寞的地方相會了。我相信在精神上我們一定已經相會了，不用說，簡，在那樣一個時刻你準是正在沉沉熟睡著，說不定是你的靈魂飛出了它的軀殼，來安慰我的靈魂吧，因爲那確是你的口音——就像我現在活著一樣確定無疑——那確是你的口音！」

讀者啊！正是在星期一的夜裏——將近午夜時分——我也同樣聽到了那神秘召喚，那句話也正是我回答它的話。我靜聽著羅徹斯特先生講，卻並沒反過來向他吐露眞情。我覺得這種巧合未免太可畏、太費解了，實在不宜講出來或者去談論它。要是我講出一點來，我的故事準會在聽我講的這個人心上產生極深的印象，而這顆由於飽受折磨還太容易變得陰鬱的心，實在是不需要再去加上超自然的更深的暗影了。於是我把這些事藏了起來，在自己心頭暗自思量著。

「現在你該不會奇怪了吧，」我的主人繼續說。「昨晚你那麼意想不到地在我面前冒出來的時候，我爲什麼會難以相信。認爲你不過是一個聲音和幻象，一個會默然無聲、化爲烏有的東西，就像以前那個午夜的低語和山巒的回聲終於消失了那樣。現在，我感謝上帝！我明白這次不是那樣的了。是的，我感謝上帝！」

他把我從膝上放下，站起身來，恭恭敬敬地脫下頭上的帽子，垂下他那雙失明的眼睛，站在那兒默默地祈禱著，只聽得見他頂禮膜拜的最後幾句話：

「我感謝我的創造者在報應中不忘憐憫。我謙卑地求我的救世主給我力量，讓我從今以後能過一種比以往純潔的生活！」

然後他伸出手來讓人帶領。我握住那隻親愛的手，把它舉到我的唇邊放了一會兒，然後讓它摟住了我的肩膀。由於身材比他矮得多，所以我既當嚮導，又作了他的拐杖。我們進了林子，朝家裏走去。

38

讀者，我和他結了婚。我們不大肆聲張地舉行了婚禮，到場的只有他和我、牧師和教堂執事。從教堂裏回來後，我走進了莊園的廚房，瑪麗正在做飯，約翰在擦拭餐刀，我說：

「瑪麗，今天早上我跟羅徹斯特先生結了婚。」

這位管家和她的丈夫都是那種莊重而不輕易動感情的人，任何時候你都可以放心地告訴他們一樁重大新聞，而不必擔心你的耳朵會先是被大聲尖叫所刺痛，接著又被滔滔不絕的詫異驚歎所震聾。瑪麗確實曾一下子抬起頭來，呆望著我；她正在給火上烤著的兩隻雞淋油的那把勺子，確實曾在空中停住了足足有三分鐘；而約翰的那些餐刀，也確實曾有同樣長的時間停止了擦拭，可是當瑪麗重新又低下頭去烤雞的時候，卻只是說：

「是嗎，小姐？嗯，可不是嘛！」

稍過了會兒，她才接著說：

「我瞧你跟主人出去了，可我不知道你們是上教堂結婚的。」說罷又去淋她的油雞了。

我掉過臉去看約翰時，他正咧著嘴直笑。

「我跟瑪麗說什麼來著，」他說，「我早知道愛德華先生——（約翰是個老傭人，早在主人還是這個家裏的小兒子時就熟悉他，所以常常用教名來稱呼他。）——我知道愛德華先生會怎麼做。我料到他不會等很長時間的。我雖說不上來，可他準做得沒錯。我祝你快樂，小姐！」說著他碰了碰額頭表示敬意。

「謝謝你，約翰。羅徹斯特先生叫我把這個給你和瑪麗。」我把一張五鎊的鈔票放在他手裏。沒等再聽他說什麼，我就離開了廚房。後來，偶爾在他們這個小天地的門外經過時，我聽見了這樣幾句話：

「沒比她對他比哪個闊小姐都更合適些。」又聽得：「就算她說不上頂漂亮，可她不傻，脾氣也挺好，而且在他眼裏她是個大美人，這誰都看得出。」

我立即給荒原莊和劍橋去了信，把我的事情告訴了他們，而且還充分解釋了我為什麼這樣做。黛安娜和瑪麗毫無保留地贊成我走的這一步。黛安娜聲稱她我有時間度蜜月，等過了蜜月她就要來看我。

「她最好還是別等到那個時候，簡。」我把信讀給羅徹斯特先生聽的時候，他說。「她要等的話，就會等得太久了，因為我們的蜜月會照耀我們一輩子，它的光只在你我的墳墓上才會黯淡下去。」

聖約翰聽了這個消息以後怎麼樣我不知道，我通知這個消息的那封信他一直沒有回。但過了六個月他給我來了信，不過既不提羅徹斯特先生的名字，也沒提我們的婚事。他當時的信寫得很平靜，而且儘管嚴肅，卻還親切。從那以後，他一直雖不經常但還是定期地跟我通信。他希望我幸福，並且相信我不會是那種不信上帝、只想著塵俗瑣事而活在世上的人。

你還沒有完全忘記了小阿黛爾，對嗎，讀者？我可沒有。我很快就請求並且得到了羅徹斯特先生的同意，到他送她進的那所學校去看望了她。她重又見到我時的那種狂喜叫我非常感動。她顯得蒼白而消瘦，她說她不快活。我發覺那所學校的校規對她這樣年齡的孩子來說未免太嚴，課業也太緊，就把她帶回家來了。我打算再次當她的家庭教師，但很快就發覺這是行不通的，我的時間和照料現在已為另一個人所需要——我的丈夫全都占去了。因此我找了一所管的比較鬆一些的學校，那兒也比較近，我可以常去看望她，有時候還可以把她帶回家裏來住。

我注意不讓她缺乏任何東西，好讓她過得舒適一些。她很快就在她的新住處安頓了下來，在那兒過得很快活，書也讀得很有進步。隨著她逐漸長大，完善的英國式教育大大糾正了她那些法國式的缺點，到她從學校裡畢業時，我發現她是個很熱心而且討人喜歡的小伙伴，溫順、脾氣好，而且很有主見。她出於感情而對我和我的家人所表現的關懷，早就充分報答了我在自己力所能及的範圍內曾經給過她的那一點點幫助。

我的故事已接近尾聲，只要再說一兩句關於我婚後生活經歷的話，再簡短回顧一下在我的講述中最經常出現的幾個人的命運，我就算是講完了。

如今我結婚已經十年。我知道全心全意跟我世上最心愛的人在一起生活、爲了他而生活是怎麼回事。我自覺得無比幸福——幸福到言語都無法加以形容，因爲我完全是我丈夫的生命，正如他完全是我的生命。從來沒有哪個女人比我跟丈夫更加親近，更加完完全全是他的骨中之骨、肉中之肉。

我跟我的愛德華在一起永不感到厭倦，他跟我在一起也是一樣，這正像我倆對各自胸膛中那顆心的跳動永不會感到厭倦一樣，因此，我們總是廝守在一起。對我們來說，守在一起既像獨處時一樣自在，也像相伴時同樣歡樂。我相信我們整天都在交談，互相交談只不過是一種聽得見的、更爲活躍的思考罷了。我把全部信賴都交托給他，他把全部信賴都奉獻給我；我們性情正好相投——完全和諧是當然的事。

我們婚後頭兩年中，羅徹斯特先生的眼睛仍舊是瞎的，也許正是這種情況使我們如此接近——把我們結合得如此緊密！因爲那時我就是他的眼睛，就像現在我還是他的右手一樣。絲毫不假，我就是（正如他經常叫我的那樣）他的眼珠子。他看大自然、他看書，都是通過我，而我也從不知厭倦地替他細看，並且用言語來描摹田野、樹木、城鎮、河流、雲彩、陽光——描摹我們面前的景色，周圍的天氣——還用聲音向他的耳朵傳達那光線已無法向他的眼睛傳達的印象。

我永不厭倦給他念書，永不厭倦領他到他想去的地方，替他做他希望做的事。而我在這種效勞中感到有種雖有點悲哀，但卻極爲充分、極爲強烈的樂趣——因爲他要求我爲他做這些時並未感到痛苦羞慚，也沒感到沮喪屈辱。他是那麼眞心地愛我，因而絕不會不情願受我照料；他也感覺到我是那麼深情地愛他，因而這樣照料他等於是滿足我自己最愉快的希望。

兩年將盡時，有一天早上我在他口授下寫一封信，他走過來朝我俯下身子，說：

「簡，你脖子戴著亮晶晶的首飾嗎？」

我正套著一根金錶鍊。我回答說：「是的。」

「那麼你穿的是一件淺藍色的衣服嗎？」

我是穿著。於是他告訴我，最近一段時間他好像覺得擋在他一隻眼睛前面的霧障變得不那麼濃了。現在他確信這是眞的。

他和我一起去到倫敦。他得到一位著名眼科醫生的診治，結果終於恢復了那隻眼睛的視力。他現在還不能看得很清楚，不能多看書或者寫字，但他已不用人牽著手就能自己走路，對他來說天空已不再是茫然一片——大地也不再是無限虛空。當別人把他的第一個孩子放到他懷裏的時候，他能看得到那男孩繼承了他以前有過的那一雙眼睛——又光、又亮、又黑。這一次，他又滿腔激動地承認，上帝用慈悲來減輕了懲罰。

因此，我的愛德華和我都很幸福，尤其使我們感到幸福的是我們最親愛的那些人也同樣幸福。黛安娜·里弗斯和瑪麗·里弗斯都結了婚，他們每年一次輪流來看望我們，我們也去看望他們。黛安娜的丈夫是位海軍上校，一位英武的軍官，一個很好的人。瑪麗的丈夫是一位牧師，她哥哥在大學裏的朋友，從造詣和品行來說是配得上這門親事的。無論是菲茨詹姆士上校或者是華頓先生，都很愛他們的妻子，她們也很愛他們。

至於聖約翰·里弗斯，他離開英國，去了印度。他終於踏上了他爲自己選定的道路，至今仍在走著。再沒有比他更堅決和不知疲倦地在危岩和險境中苦幹的先驅者了。他堅定、忠實、虔誠、渾身精力，滿腔熱情和眞誠地爲他的同類辛勤工作；他爲他們開闢艱苦的進步之路；他像巨人般把阻塞它的種種宗派和種族上的偏見砍倒。

他也許仍舊嚴厲，他也許仍舊苛刻，他也許仍舊野心勃勃，但他的嚴厲是武士大心❶的嚴厲，正是大心保衛他護送的香客不受亞玻倫❷的襲擊。他的苛刻是只代表上帝說話的使徒的苛刻，正因爲如此，他才說：「若有人要跟從我，就當捨己，背起他的十字架來跟我。」❸他的野心是崇高的主的精神那一類野心，他的目標是要加入那些被拯救出塵世的人們的前列——這些人清白無罪地站立在上帝寶座的跟前，分享著耶穌偉大的最後勝利，他們都是被召喚，被選中的忠誠不渝的人。

---

❶大心（Greatheart）：班揚《天路歷程》中引導克里斯蒂安娜進天城的人。

❷亞玻倫（Apollyon）：《聖經》中無底坑的使者，襲擊不信上帝的人的蝗群的王。見《新約·啓示錄》第9章第11節。

❸見《新約·馬可福音》第8章第34節。

聖約翰沒有結婚，他現在再也不會結婚了。他自己一人已經足以勝任辛勞的工作，而這工作已經即將結束，他那光輝的太陽正在加速地走向沈落。我收到他寄來的最後一封信引出我眼中凡人的淚水，但同時也使我心中充滿神聖的歡樂；他預期著他一定會得到酬報，他那不朽的桂冠。我知道，下一次將會由一位不相識者寫信給我，通知我這個善良、忠實的僕人終於被召喚去享受他的主的歡樂了。那又何必爲此而哭泣呢？絕不會有對死亡的恐懼來煩擾聖約翰的臨終時刻，他的頭腦將會清澈明淨，他的心靈裏將會無所畏懼，他的希望是可靠的，他的信念是堅定的。他自己的話就保證了這一點：

「我的主已經預先警告過我了。」他說。「他每天都更加明確宣告：『是了，我必快來！』而我每小時都更加急切地回答：『阿門。主耶穌啊，我願你來！❹』」

〈全書終〉

❹見《新約・啓示錄》第22章第20節。

國家圖書館出版品預行編目資料

簡　愛／夏綠蒂．勃朗特／著　吳鈞燮／譯
-- 二版 -- 新北市：新潮社，2019.07
面；　公分
譯自：Jane Eyre
ISBN 978-986-316-739-6（平裝）

873.57　　108008427

簡　愛

夏綠蒂．勃朗特／著
吳鈞燮／譯

【策　劃】林郁
【制　作】天蠍座文創
【出　版】新潮社文化事業有限公司
電話：(02) 8666-5711
傳真：(02) 8666-5833
E-mail：service@xcsbook.com.tw

【總經銷】創智文化有限公司
新北市土城區忠承路 89 號 6F（永寧科技園區）
電話：2268-3489
傳真：2269-6560

印前作業　東豪印刷事業有限公司

二　　版　2019 年 07 月